民国武侠·插图版

四海群龙记

全二卷 上

姚民哀◎著 杨苇◎插画

山西出版传媒集团

北岳文艺出版社

BEIYUE LITERATURE & ART PUBLISHING HOUSE

·太原

图书在版编目(CIP)数据

四海群龙记：全2册 / 姚民哀著. — 太原：北岳文艺出版社，2019.12

ISBN 978-7-5378-5486-3

Ⅰ. ①四… Ⅱ. ①姚… Ⅲ. ①侠义小说—中国—现代 Ⅳ. ①I246.5

中国版本图书馆 CIP 数据核字(2018)第 001202 号

书　　名　四海群龙记：全2册
著　　者　姚民哀
责任编辑　刘晓京
书籍设计　张永文
印装监制　巩　璠

出版发行　山西出版传媒集团·北岳文艺出版社
地　　址　山西省太原市并州南路57号
邮　　编　030012
电　　话　0351-5628696(发行部)
　　　　　0351-5628688(总编室)
传　　真　0351-5628680
网　　址　http://www.bywy.com
E - mail　bywycbs@163.com
经 销 商　新华书店
承 印 者　山西人民印刷有限责任公司

开　　本　890mm×1240mm　1/32
字　　数　450千字
印　　张　18.625
版　　次　2019年12月第1版
印　　次　2019年12月山西第1次印刷
书　　号　ISBN 978-7-5378-5486-3
定　　价　68.00元（全2册）

出版说明

姚肖尧(1894—1938),原名朕,字民哀,后以字行。艺名朱兰庵,笔名天亶、护法军、乡下人,别署小妖、老匏、花萼楼主等。室名有花萼楼、息庐、芝兰庵等。民初文坛健将之一,“南社”中坚分子。是著名的评弹艺人、报社主编、鸳鸯蝴蝶派重要作家。作为评书艺人,善说“书外书”。曾任美商花旗烟草公司文牍,出差各地搜求党会秘闻。姚民哀不喜欢神怪和艳情,也并不擅长武术描写,但他能利用他对帮会内幕熟悉的优势,大写帮派故事。为旧派武侠前五家之一,被誉为“帮会武侠之主”。

姚出身于封建地主家庭,书香门第。曾祖锡田,祖家福,字小琴,诸生,善诗文,著有《潭影山房诗集》。伯父福均,诸生,官州判,工诗文,著作甚丰,有《海虞艺文志》传世。父仁寿,字琴孙,因屡试名落孙山,遂依外姓,易名为朱寄庵,以弹唱《西厢记》《三笑》为业。

姚未冠即毕业于虞西高等小学,因家道中落而辍学,取艺名朱兰庵,随父献艺江浙各地,初崭头角,即名噪一时。父殁后,与弟民愚(菊庵)拼双档,称为“朱双档”。

清宣统二年(1909)姚至沪献艺,适南社成员太仓冯平(心侠)在沪斡旋革命事业,姚常以诗文向冯请教,且以冯为师,受到冯之陶冶,遂与革命党人相结交，未几即参加光复会，以献艺江湖，鼓吹资产阶级民主革命，后来当了文书。南北议和，军阀混战，姚民哀辞职重操三弦。在演出期间，姚民哀开始为报纸杂志写杂文。从1919年12月起，一直到次年的7月，姚民哀在《申报》上连载题为《仙韶寸知录》的昆剧研究文章，竟然能每天写一篇，并在其他报纸上发表了《丹桂歌闻》《歌场闻见录》《菊部逸闻》等长文，忙得不亦乐乎。这还不算，他还在二十年代初先后办了《春声日报》《新世界报》等真正的小报，在社会上都颇有影响。

可姚民哀不满足于说书和写那些戏剧评论文章，"临城劫车案"让他找到创作武侠小说的机会。1923年，山东的大土匪孙美瑶，劫持了国际列车，绑架了美国总统罗斯福的侄女等国内外名流，制造了全球震惊的"临城劫车案"。姚民哀闻讯，立即赶赴山东考察探询，并迅速在《侦探世界》上发表了他的第一部武侠小说《山东响马传》，后来被拍成电影。姚民哀的身份由评弹艺术家、报人，再次发生巨大转变，成了一位武侠小说史上的大家。这一年，几部名垂武侠小说史的大作一齐问世，它们是平江不肖生的《江湖奇侠传》《近代侠义英雄传》《江湖怪异传》、赵焕亭的《奇侠精忠传》和姚民哀的《山东响马传》，这五部著作合称为现代武侠的"开山五传"。所以说，姚民哀与平江不肖生和赵焕亭一道掀起了中国现代武侠小说的第一个高潮。

所以在武侠北派诸大家崛起之前的二十世纪三十年代，既有向恺然、赵焕亭、顾明道三足鼎立之说，也有向、赵、姚三足鼎立之说。姚民哀所开创的会党武侠一途，经郑证因、朱贞木，一直影响到金庸、温瑞安，至今仍在通俗小说和影视领域具有强大的生命力。

南向北赵对武侠小说的一大创新是，把武侠从体制内解放出来，从包公刘公施公的大堂上解放出来，从而引出形形色色的江湖门派以及门户之争。而姚民哀推波助澜，专心于此，把一个江湖世界写得精彩纷呈，他的作品中介绍了大量的帮会条例、香堂规矩、江湖切口等，极大地拓展了武侠小说的描写空间。他成功地将武侠与会党组织结合起来，既有纪实性的资料价值，又开拓了武侠小说的另一块新大陆。

1929年的《四海群龙记》和其姊妹篇《箬帽山王》，叙写兴中会成立(1894)以前之江湖大势，被认为是还珠楼主《蜀山剑侠传》之前中国武侠小说的最高峰。不过由于姚民哀的江湖知识太丰富，有些会党描写偏于纪实性和资料性，有时离开了武侠主题，大讲“书外书”，故显得学术价值很高而阅读趣味偏枯。

在武侠理念上，姚民哀武侠小说着力探讨“侠德”，区分“惠民济物”的真侠和“暴勇好斗”的“光蛋”。他推崇以“义”制“勇”，抑暴扶弱。姚氏笔下除了超脱尘世、天人合一的剑仙以外，世间最理想的侠客就是《四海群龙记》中以“襄助无产阶级前途战胜”为宗旨的“三不社”。三不社奉行“不做官”“不为盗”“不狎邪”的三不主义外加一条“独身主义”，从中可以明显看出近代中外民主革命思想的影响。“三不社”的宗旨恰恰是作者武侠理念的反映。作者没有大量的神怪与艳情描写，这在当时是十分标新立异的。但是，作者很少有武打招式的描写，有些喜爱武打小说的读者对此不能满意。

在小说结构上，姚民哀创造了“连环格”，即各篇小说之间在情节和人物上相互联系，彼此呼应。这些作品便隐隐形成了一个庞大的“系统”。后来港台武侠的金梁古等人娴熟地继承了这一点。另外，姚民哀喜欢用第一人称叙述，增强了作品的真实感，但有时却对叙事造成了限制。

为满足广大武侠爱好者的阅读、收藏需求，我社于2012年起陆续开发民国武侠小说书系，今特推出姚民哀先生的代表作《四海群龙记》。此次出版，为保持原书的整体风貌，特按当年出版时的原著排版。对原版中的错字、漏字、标点作了订正；文法保持当年原著的习惯，如“的”“地”

“得”的使用；对异体字、通假字等考虑到年轻读者习惯于现代汉语的标准，因此适当予以统一。

特此说明。

北岳文艺出版社

2019 年 12 月

目　录

第一回　闹命案茶寮谈往事
访畸人寺壁读新诗

却说清德宗中叶，镇江府丹徒县里出了一桩人命案子。这天乃是正月初五，大小百姓家多忙着在那里接财神。忽然一人传十，十人传百，说是丹徒县衙门内的捕快班头王大忠，被冤家戳杀了。王大忠平素为人心狠手辣，诨号叫做“瞎眼地匾虺”。他的行为，只就这大名上推想，也就可见一斑。虽也有一班人受过他的恩惠，不过平均算来，遭他害的人同受他惠的人对勘，竟是一与三之比较哩。

恰巧出事后的第二天，著书人从南京到镇江，听见街坊上闲谈男女，大抵议论这件事。回头到万花楼去吃茶点，同一个老者合桌，无意之间，彼此寒暄展询邦族，照俗例敷衍了一阵。最后我就把这件命案的根由，探问那老者知道不知道。那老者欣然的道：“王大忠从前同小老做过乡邻，他的出身和已往历史，我深晓得的。他的老子是个火居道士，中年得着这个儿子，养下来不满三个月，娘就死了，王大忠变做无母之儿。后来他老子续了弦，在晚娘手内过日子。天下做晚娘的，没有一个不把前妻儿女虐待。唯独王大忠的晚娘，天地良心，将他疼爱得和亲生一样。他的老子本来中年得子，当然更把他爱得如同掌上明珠。父母多喜了这孩子，自然由宠成娇，由娇成纵。再加穷汉养娇儿，大忠小时候又不轧好淘伴，才满十三岁，便拜了一个姓梁的做老头子，在外打光棍哩。说得好听些，所谓‘家门弟兄’，实在就是青红帮匪。后来他老子死了，王大忠既无恒产，又无职业，尽靠着开香堂、放票布、收徒弟过日子，也没有多少洋盘，全给他带过海。自己虽不曾苦着，但不过平平而过，混混而已。至于家内的晚娘，度日可是真苦，吃了早餐呒夜顿。跟儿子开开口，碰得不巧，非但未能如愿，还要遭大忠呵叱一大顿。所以丈夫死后未满三年工夫，一条老命也就没了。当时亲邻房族，多明白王大忠的晚娘乃是生生苦死的。后来不晓得怎样一个绕弯儿，大忠倒进了丹徒县衙门，去当捕快哩。始而不过快班内补上个名字，做做跑腿，没甚了不得。直到前此三四年，他领头捉了盐枭头脑叫小辫子刘六，县大老爷赏识他，才把他拔升做快班卯首。从此隆隆日起，名利双收。到现在还不满五年，居然手头内够了三四钞花头，煌煌然算做富翁了。非但娶妻生子，买地造屋，并在扬州代一个姑娘，芳名张小鸭子的花钱赎身，做他的小老婆。妻、财、子、禄四个字，他多占上哩，也不枉这一生了。不过小辫子刘六乃是脚踏两槛，为人四海要朋友，在扬子江下游、淮河南岸一带地方，有他这么一个人，翘得起大拇指儿。并且论起粮帮内的字辈来，刘六是廿二炉香‘通’字，大忠是廿四炉香‘觉’字，还是同帮同卫同船头，照家门内自家人说起来，大忠要称刘六一声嫡亲爷爷。一旦为奔自己的前程，一些义气不顾，下得下这条毒手，把刘六抓去过铁。所以外头重义气的人，多把大忠恨得牙痒痒的。这回大忠会被人刺死，说不定原就是那个祸殃根哩。”

那老儿一壁说，一壁指天划地地做手势，越说越高兴，谈话的声音也越说越响亮。莫说著书人专心请教他的，固然听得呆了；就是旁桌上不相干的闲人，也多屏息凝神，静听此老演述这番经过历史。直待老儿说至那句“原是那个祸根哩”之际，东首桌上一个秃头少年，忍不住高声接口道：“伯椒叔这句话不十分确切吧？刘六交往的一班朋友，和着他本人所拖的那些大小少爷，简直多是混蛋，那会有代友报仇、替师雪恨的心念？我晓得刘六这次栽筋斗，据说就是嫡亲徒弟扒灰起因，大忠才敢下手。那班混蛋非但刘六生时不想援救方法，过亡了不代他报仇，还一个个去巴结王大忠戳牌头、骗酒肉和换季哩。”

老者忙接口道:“梅轩,你到底年轻不懂事,出口伤人。眼前这一堂客人除了客边人以外,本地方的人,那个不知刘六在日手面?谁人不识刘六的面貌?你能保眼前诸众,没有一个往昔不同刘六交好过的吗?你口中不住地背后骂门,狗比倒灶,不怕人多了心去吗?莫说这是嘴上冤家,可知祸从口出,往往大风火就在这乱浜樱桃上发生出来,多得很哩。少年人快不要如此轻言易出。你既批评我这句捉刘六祸根不对,那么王大忠还别有什么更大的对头人在外呢?”秃头少年受了这几句抢白,冷笑一声,自顾自低头吃面,不再开口。

又有一个哑嗓子的在西首桌上接口道:“袁老先生这番高论,真是不错。论到刘六平素为人,也太觉锋芒毕露。我们不在圈的,至于什么辈分大小,什么江湖义气,多不去管它。就事实上而论,刘六行为也有不是之处。况且又是沈大老爷私行察访,访着了他的劣迹,然后才有通缉公文给王大忠,大忠才出手拿的。据那班守财虏说起来,还一致称扬王大忠代地方剪除大害,还算大忠一生历史上一件有功社会的大大事业哩。若说大忠身上的冤家,真多着哩。难道你们忘怀了丹阳姜伯先先生那桩私通革命党的案子,不是也属大忠承办的吗?”哑嗓子的说至此处,那边靠西墙根半桌上坐的一个华服少年抢着说道:“姜伯先这件逆案,人家多猜说是大忠一人弄的玄虚,硬做出来。但是我们局外人不曾得到真实凭据,未便硬派定是王大忠教唆出来。据我猜想,孙凤池前番的越狱在逃,我早代大忠捏把汗。这回大忠遭暗杀,怕和那件事多少总有点小关系哩。”

老者扑哧一笑道:“照这样猜详起来,枝节真多着哩。再说下去,怕连甘露寺里寄居的那个朝鲜人,也要说得同这血案有关联了。”这时候,那个秃头少年面已吃完,正在那里擦脸。一闻此话,忙又插嘴道:“提起这个朝鲜人,确然有些奇怪的。住在寺内好久哩,天天闷坐庙中,不是喝酒喝醉了号啕痛哭,便是在墙上东涂西抹。他到来了将近两个月,就出了这件王大忠暗杀案。你们记得吗?前年冬天,不是也有一个朝鲜人来过,住在

金鸡岭海神庙内,好似也住了头两个月,就有去年春天那件戕官杀吏的大案子发生,至今没有破案结果。现在又来了个朝鲜人,便又发生王大忠这件事。我们这处地方,大概朝鲜人来不得的,来了就出乱子,真正奇怪哩。”

哑嗓子人道:“梅轩的说话,也可谓君房语妙天下呵。要知命案是命案,朝鲜人是朝鲜人,岂能联系起来传说的?照你说来,竟猜疑去年的大命案,这番的小命案,暗中都是朝鲜人干出来的呢。那么你可认得清楚,现在住在甘露寺内的朝鲜人,是否就是上次住在海神庙内的朝鲜人?还是另外一个呢?”秃头少年道:“据吴豹君说,此次的朝鲜人,竟就是前年那一个。我也诘问豹君何所见而云然?豹君说,海神庙后殿左厢的壁上,前年被那寄宿的韩国遗民写了许多字,现在甘露寺的墙头上,也被这朝鲜人题咏迨遍,那诗句的意义,笔迹的粗细骨韵,完全一般无二。有此确证,故此豹君举出来,我也信是一个人无疑了。你们不信,立刻去问豹君。他并且能把那诗句背出来,逐字解释作证哩。”半桌上那个华服少年接口道:“上回海神庙内的韩人题壁诗,一共十二首绝诗,当时传诵士林,和原韵的人也很多,不单吴豹君一个人背得出,就是小可也记得起哩。原诗的第三、第四、第九、第十二四首的句子,小可尤其钦佩,读得滚瓜烂熟,现在还能背诵得出。第三首是:‘酒酣痛哭过夷门,人海潮流暗吐吞。如此风波如此恨,桑田沧海事难论。’第四首道:‘一腔热血酬知己,空掷头颅换自由。寄语江东诸国士,腥风吹急早回头。’第九首道:‘莽莽中原大舞台,沐猴冠服纵堪哀。是非至此何堪问,野草闲花遍地开。’末了一首是:‘祖国茫茫少立锥,紫髯碧眼订新知。可怜景略生平智,只合苻秦作帝师。’”秃头少年道:“足下把这朝鲜人的著作,倒读得比《三字经》《千字文》还要熟些,一上口像《神童诗》般背出来。还有几首,想总也背得出来?”华服少年道:“此外八首,背不全了,总之也多是这种牢骚抑郁,不平则鸣的语气啊。”

他们正在纷纷议论,你一言我一语喧嚷之际,外边又走进一个瘦长汉子来。跑堂一见，慌忙含笑相迎道：“高大叔，你老辛苦了。”那姓高的把眼皮向跑堂一眨，自顾自走至极东那张桌子，朝外一屁股坐下。把头上那顶棕结子的瓜皮小帽伸手除下来，望桌上一掼。口内自言自语道：“该晦气！老王那件案子，偏偏出在我的班上。迟一天，轮到小金值日出这乱子，岂不大妙。现在文武局多没空玩，活人代死人干事。若然我平日间没有手面，此次不晓得还要受多少累哩。”此刻一堂买主，顿时全不作声，都让那姓高的一个人拉开破毛竹般的喉咙直嚷。不问可知，这姓高的是个走红运的差头儿，本官命他承办王案缉凶的公事了。被他一来，方才那些半文半武、似雅似俗、疑士疑商、或老或少之人的有真有假、不负责任的、有出入的闲磕牙，都不肯再谈了，堂内顿觉索然无生气。

著书人也坐不住了，听见适才华服少年所背的四首朝鲜人著作，觉得这个异域人很有道理，左右没事做，何不到一趟甘露寺去玩玩，顺便过访这个三韩奇士？非但可广眼界，并能增长学识。所以急急地要了一笼包饺，一碗削面，胡乱吃喝过了，忙至账柜上会钞，顺便探听明白了上甘露寺的路径。离开万花楼，雇了一头驴子，像孟浩然寻梅似的，迤逦向东北方北固山行去。六七里路路程，工夫不大，已经到了第一峰，便下驴步行上去。

这北固山是面城背江，山壁屹立，形势非常雄壮。三国年间，孙、刘封垒，尝驻重兵于此，所以山上有藏兵坞。晋朝的蔡谟、谢安，也都会统兵驻此，蔡谟还建过一座阅兵楼。梁大同十年，梁武帝登楼四瞩，谓此岭下足须固守，且于京口壮观，故赐名为“北顾楼”，并又加筑了一座临江亭。山南有太史慈古墓。山西有走马涧，就是刘备同孙权赌赛驰马场合。山北有观音洞，石壁上有明代庞时雍镌刻的云房风窟真迹。那所甘露寺，最先还是吴国甘露中年所建。《回荆州》京剧内，吴国太乔后在此相女婿的。后来屡毁屡建。目下这寺，乃是清代彭玉麟重修。一进山门，便有“天下第一江山”六个大字刻在石壁上。大殿东首，有唐李德裕造的铁塔，以及后面清代行宫、彭杨载魅四公祠、水月山房、人天法窟、石帆楼、祭江亭、北固楼、风价楼、一览亭等十余处名胜。寺门外也有朱公祠、陶公祠等。

当下踱进山门，纡徐曲折，把各处名胜先约略游赏过后，再留心寻访那个三韩奇人的踪迹，不料徘徊出入了三四回，竟似大海捞针，一毫影响都没有。没奈何，只好去动问寺僧，请教他们指点出那个朝鲜人住处来。有一个年轻小沙弥听了我话，先把我上下一打量，然后爱理不理，懒懒地答道："你可是打听闵先生吗？他何尝是朝鲜人。可惜你来迟了，他已动身哩。你想来向他借……"说至此处，里头走出一个五六十岁的老和尚来，长眉善目，一脸慈祥恺悌的神情，望而知为有功行的守道僧人，向着小沙弥道："潭月，你又忘了出家人的本来面目，出口伤人。"沙弥噘着嘴走开去了。那老僧向我合掌和南，正颜低问道："檀越探问闵护法，有甚贵干否？"我道："并无要事，不过弟子慕着闵先生能诗善饮，所以特地前来讨教讨教的"。老僧微笑道："檀越既是慕着闵公诗名而来，容老僧引导，往后面去赏玩赏玩"。我口虽答应，跟着这老僧便向后行去，心上却摸不着头脑，他何以要邀我往后去赏玩什么呢？一壁胡想，一壁走着，霎时已出了后山门，转过一个山峰，耳内已听见澎湃之声，长江天堑，抬头便见。约莫沿着石壁走了六七箭路光景，老僧忽然停住脚步，把手向一块圆台面大小的镜面石上一指道："檀越请看"。我定神一瞧，那块石上写着六行半草书，每行二十字，一共五言百三十字，字又写得龙蛇飞舞，好一手十七贴，令人可爱。再走近些仔细瞧那句子道：

郁郁塚中人，沈沈国际蠹。冠盖满京华，之子独墟墓。盗名其位高，盗位其名树。矛弧手不操，大盗满当路。区区夺盗金，胡乃逢彼怒？彼怒太披猖，海东有国殇。欧刀膏热血，荒原愁白杨。悲哉灵魂逝，渺兮形骸藏。天地终无情，导虎终有伥。我为丁令威，三年复来归。回跖既同化，萍絮瞬已非。卮酒一为吊，热泪一为挥。去去勿复道，百年知有谁？

我见了这首悲壮淋漓的古风，不禁把自己半生蹭蹬，一腔幽愤，多一齐提上心头，口内不住地道：“可惜迟来一步，难以会面。”眼内的泪珠儿，自己也难作主，无端扑簌扑簌地掉下来。老僧道：“想来檀越也和闵护法是一样的满肚子不合时宜、频年坎坷的飘流人。论理，贫僧是个局外闲人，不应背着人，信口来谈这闲是闲非。不过这段因果，也不忍就此埋没，须得有人详细记载下了，数千百年后，世间之上，晓得以前有这样一个神龙夭矫、首现尾隐的大侠，曾干下这一桩痛快人心的事情，并且可以警惕世人，晓得作恶的到底没有好收成。请檀越同至贫僧禅房里头安坐了，容将此事的始末根由，次第奉告如何？”

我听了，自然极端赞成，便随至老僧禅房之内，静心侧耳，听他的述说。那老和尚一丝不漏，原原本本地说出来。正是：

世上恩仇难记尽，江湖侠义洵无多。

要知这老僧究竟说些什么出来，且待下回分解。

第二回　闵伟如穷途遇盗侠　姜伯先督署儆贪官

丹徒县是镇江府的首县，乃是沿江要冲，是个冲繁疲难缺役。每年的出息，有附郭解司银四万九千四百九十两，漕米六万二千五百九十六石，杂税银二千六百五十七两，积谷二万石。县官的养廉银一千五百两，出息还不算坏。这处地方是襟带江山，径途四达，兵民杂聚。虽则要伺候同城的一个副都统，一个常镇通海兵巡道，以及亲临上司的知府，至于海防同知、督粮通判，则可以彼此含糊的了。他本衙门却也统属着主簿、典史和丹徒港口、高家镇三个巡检，居然有五个小官儿反来伺候他。承上启下，精神上事实上尚都过得去。

那一年，来了一个奉天省辽阳州罗陀峒人，姓包名后拯的，来署理丹徒县。他是幕友出身，老于公事，真可当得"精明强干"四字的考语。他一出山，就得着南皮张之洞的知遇，无论张到那一省，总把他带在身旁，真是数一数二的红人，历年来奏保他的官衔，倒也不小哩。他出身是个廪生，由廪生保教谕，再过班变知县，补缺后即以直隶州知州用，补州缺后即以知府用，不论双单月，尽先提补。你们想多阔！这回到丹徒来，不过手续上玩一套把戏，就要过府班候补，和做生意的超露水一般。谈到他的政绩，真是口碑载道。不过看官们休弄错了，这口碑不是寻常口碑。镇江上下中三等人，都说这包大老爷有"八大天地"的留爰。怎样的八大天地呢？

乃是“包公上任，惊天动地；包公治狱，乌天黑地；包公报功，无天无地；包公荣升，谢天谢地”。这八句记功碑，竟同羊岵当年的岘山碑般，润州男女老少，差不多尽能上口朗诵。这位包后拯的为官实状，也可想而知。闲言少叙，书归正传。

后拯到丹徒接印后才一个月，忽然来了个乡亲叫闵伟如，不辞跋涉风霜，路远迢迢，到来投奔包公。原来闵伟如同后拯非但同学还是中表兄弟。当初后拯补廪时候的用费，初次出山作幕的川资，都是伟如的母亲资助，才有今日。伟如的学问文章，实在后拯之上。无奈命运不济，近几年来既遭母丧，复经回禄，一个才德兼全的贤惠妻子葬身火窟，弄得家产荡然，孑然一身。没奈何，变卖了几亩负郭之田，到南方来投奔老表兄，并无大欲望，不过想谋个糊口法儿，寻条生路罢了。好容易间关就道，沿途察访到了南京，才得着后拯在此署缺的确信。于是再搭江轮到丹徒。可怜他地陌生疏，口音又吃亏了，听不大明白，在江边小招商码头上了岸，一时又认不得进城去的路径。幸得他心地聪明，就在附近这家大观楼客寓安顿行李，住宿下了，然后探听进城到县署去如何走法。

客寓内的掌柜，始仅照例敷衍，后来听说客人立刻要进城去拜会包知县，晓得是个官亲，有来历的，便私下关照茶房，叫他格外小心伺候，不要恼了这位爷的脾气，不当玩的。本来镇江、扬州一带人的虚恭敬，比随便何地来得厉害，再加掌柜暗中一关照，更加不得了呢。假如伟如在这边把眼皮眨一眨，茶房便从那边奔过来，垂手侍立，问长问短。倘若伟如嘴唇皮轻微一动，说话尚未出口，那茶房已经两三个“是”字应掉的了。伟如暗忖：“怪不得人家多说南边地方同仙家一样，只消就这伺候上着眼，和我们关外人比较，一开口就是横眉瞪目，揎拳捋臂，妈的开谈神气，两两对勘起来，就有天渊之隔了。”当下访问进城路径，茶房说：“这里路七高八低，像螺蛳旋似的，怕爷走不惯。可要代爷唤乘轿子，乘着进城吗？”伟如毕竟好哥儿，听了这话，眉头一皱，把手在胸前摸了一摸道：“还是走的爽快。”茶房忙转口道：“对啦。本来坐了轿子，气闷得很，还是走的散淡。

但是爷没带二爷，一个人走路冷冷清清的，不嫌亵渎，让小的权当个跟班，随去开开眼界好吗？”伟如摇摇头，指着自己一副行李道：“你只要代我留心了这个就是啦。”当下便出了大观楼，望东行去。

这条西门大街，虽是近江热闹之区，但是左弯右转，七曲八折，非但街路难走，竟连方向都要弄不清楚，好容易沿途问了几个人，才摸进了城，心中暗暗说声“惭愧”。进了城，大约访问县衙门，总飞不去了。刚走到城门口，忽闻鸣锣喝道之声，恰巧包后拯有公事出城，摆了执事过来。伟如私喜道：“巧极了，在路上先照了面，省得到衙门传报，多费手脚了。”回头一想：“不好，书上说遇人于倾盖，尚且不能寒暄，何况我是个异乡寒士，他是个现任官儿，怎好冒冒失失，闯到他轿前去招呼，成什么样儿？还是上衙门求见他为妙。”主意打定，故也站在路旁，眼睁睁瞧老包前呼后拥地过去了。在轿子上的小嵌玻璃内，望见后拯面目，虽然那双天生水蛇眼睛依然未改，脸却肥胖得多。伟如暗暗叹气道：“自己的学问，同后拯比较，老实不客气，我比他硬上两三倍。不过一来脸子没有他厚，再者又不擅长吹拍，三来运气不如他侥幸，现在他居然南坐称尊，我反站在路旁空羡慕他。前人说，一个人有了一分本领，二分人缘，七分运气，稳可飞黄腾达；若得没有人缘和运气，哪怕你有十二分本领，也不会得意。这话真不错，我和后拯俩比较，就是眼前一个现成榜样啊。”

伟如呆想之际，后拯轿已去远。于是再一路访问前行，穿街过巷，到了县前。便在县东一家老虎灶上泡了一碗茶，静待后拯回衙后求见。足足耐心守候了一句半钟，后拯才回衙署。伟如很知趣，逆料后拯回衙之后，换衣服，进茶点，定还要抽几口大烟，如果立刻就跟去见他，似乎不近人情。所以又迟了半句钟光景，然后会了茶钞，踱进县署，经过头仪门、大堂，直至宅门上，故意响些咳了一声干嗽。靠宅门的左首小房间内，伸出一个人头来探望。伟如忙喊道：“难为贵步，往里头去禀声贵上，说同乡闵伟如要见。”那探头之人懒洋洋跑出来，把伟如上下一打量，闲闲地问道：“你是从那里来的？”伟如道：“我是贵上亲同乡。”那人听了这话，冷笑了一声，脸上显出一种鄙夷神色，厉声道：“咱们老爷有过面谕：‘无论谁人不有公事，概不准擅自传达；至于亲戚故旧，为避物议，愈加拒绝私谒。’”伟如一听口吻，晓得后拯果已忘却本来面目，只认得黄金白银，有意装出这大公无私架子来愚世蒙人。幸得自己乖觉，忙改口道：“我虽和贵上同乡，此来是从京都到此，有事面述，为公晋见，并非私谒，烦劳你禀一声吧。”那人没奈何，说声：“候着。”扭转身子往里走去，口内却嘟囔道：“轮我值日，总有这些不相干的麻烦找上门。看起来，准是个老抽丰主顾。”且说且走，悻悻然地往里去了。约莫隔了两盏茶时候，那人回出来了，脸上有了些笑容，不似适才那副傲慢骄横令人难堪的态度了。走至伟如近身说：“家爷有请。”伟如听了这话，后拯单请不接，心上已很不自在，勉强随着长班进去。又经过了两三进屋，长班紧行几步，先跑到左首一间书房样子的屋门口，伸手将帘子一掀，请伟如进去落座。

伟如移步入内，果似一间书房模样。只见后拯便衣便服，早站在屋中。伟如忙上前行礼，口中连称：“老表兄，久违了。”谁知后拯把伟如气色、身装、神情仔细扫上一眼，眉峰上立刻露出一层心事，口中有气无力，随便答应了一句：“久违。请坐。”伟如心上更不高兴，回思自家环境，目下在他门下过，只好忍耐些，受点委屈的了。于是搭讪着在上首坐下。后拯也不归座，劈头第一句便问：“伟如自都门到来，光降敝衙，究因何等要公面谕？”伟如脸都臊红了，忙道：“没甚要事，只因贵价不肯传达，所以小弟没奈何扯一个谎。”后拯口内连道：“嗯！嗯！原来如此。”眼睛却挤上两挤。伟如正要说第二句，后拯已回头喊道：“来！包升往那儿去啦？客人来了，怎么不送茶？早上吩咐他的公事干了没有？签押房公案上那份东台县的回文，快发刑房承行去。”

伟如见闻如是，明知后拯厌恶自己，依着本性，立起身就走。不过腰无余钞，身在异乡，没奈何，只好耐心忍气，且待求上他一求，找一条生路。好容易待后拯头回过来时，伟如赔着笑道：“咱们表弟兄，有六七年不见面了。”后拯道：“咦！难道已有六七年不会面了吗？”那“吗”字没出口，接着一阵干笑。笑声不曾停又连叹一口气，向着伟如皱眉道："唉！你好福气，祖上留下一份好家私，吃喝不愁。你自家又是博学多才，不事王侯高尚其志。我一班亲友里头，要算你独一无二了。我这几年，虽在外头混得过去，其实徒有虚名，入不敷出。虽蒙香帅瞧得起，补了这丹徒缺份，缺虽不坏，可惜是个官站驿道，往来的人真多，每月供应费着实可观。对于一般老亲老世谊，很想团聚在一处。无奈此地范围不大，加以供应烦剧，真正力不从心，一时容纳不下多少人。像伟如这样人才，不然正好屈留在此帮忙。但是敝衙早已有人满之患，也叫无可奈何。有班不体谅人的，远骂我志得意满，忘却贫贱之交。实在天地良心，叫我自家也难摆布哩。"

伟如此刻，恨不能伸手过来，用耳刮子将后拯结实打个痛快，才泄心头之火。气得话都说不出，赶紧起身告辞道："一人不晓得一人难处，东家不知西家苦楚。本来似先慈当日，肯当了首饰给人补廪，原叫妇人之仁。我此来并非有所请托，不过顺道拜访，叙叙友谊亲情罢了。"后拯被伟如刺了一句，心也觉难受，幸得世故已深，一脸黑苍苍的风尘色，一时显不出红白来，口里照旧空敷衍。伟如没好气再听，拱拱手回身便走。一路垂头丧气离衙出城。

回至客寓内，其时栈房中的职员职役，已经有些瞧不起伟如了。一来身装平常，二来举止寒酸，三来他说进城拜包知县，没人瞧见他真假，所以对他大大怀疑哩。当晚伟如足足思忖了一夜：前路茫茫，一时毫无主见。

到了翌日清晨起身，茶房拿脸水和茶进来，神气冷冷的，不似昨天那种巴结了，也不问声要用什么早膳。回头柜上却抄了一篇账进来，同伟如算账了。伟如暗忖："此地的栈房，怎么日日结账的？今天的钱或能付清，但是明后天怎么了呢？"一看账上，从码头上搬至寓中，不满五十步路，行李的搬力却要一毛钱一件。自己乘下水船到埠，恰好黎明时候，到这时候不过二十四小时，房金要作两天计算，并有吃中膳、晚膳多少钱开列着。忍不住开口道："这账开得不对，你们该查明了再开。"其时掌柜交代了帐单，已经退出，一个茶房在旁接口道："怎么不对？请你指摘出来。"伟如道："我昨晚不曾叫你们开饭，你们硬挨进来。我说不用，你们道胡乱吃些，可是我一粒米没沾牙，原封不动还你们，如何也好算我钱呢？"茶房冷笑一声道："你老明白人。昨晚你没知照我们不开饭，所以照白天开进来。只要饭筹一出去，厨房照筹算帐，你吃不吃同我们不相干，我们总是要钱的。"伟如道："你话太欺生了。人家现钱买实货，尚且有讨价还价，怎么你们做这百客生意，一开口就冲碰人家？"茶房竖起眉毛道："怎说我冲碰了你哩？杀人偿命，欠债还钱。我们将本求利，只消你拿出钱来销账就是啦，谈不到什么欺生欺熟的。"

那茶房一味无理强索，气得伟如两眼墨黑，正欲出手发作，这当儿却走进一个人来。此人头戴瓜皮缎帽，身穿蛋青素缎棉大褂，脚踏玄缎双梁鞋，手拿乌木旱烟袋。走至茶房身后，低低问道："清晨早起，就提了这样高的嗓子和客人吵嘴，为的是么呀？"茶房回头一看，忙赔笑脸道："姜大爷有所不知。这位关东客人光顾小店，同他算账，他不肯爽气付钱，所以争执起来，不料惊动了你老哩。"伟如定神把来人相貌一瞧，乃是生的赤糖色长方脸，浓眉暴目，方颐阔口，鼻虽不大，鼻准生得十分端正，神采奕奕，气宇不凡。暗忖这个瞧热闹的好相貌。正在打量，那人忽向茶房喝道："你滚吧，天大的事，有我担承，些些账目，什么大不了，上我的账就是啦。"茶房诺诺连声，回身便走。伟如忙道："且慢走。"一壁向那人道："同足下萍水相逢，荷蒙照拂，无功受禄，万不敢当。小子并非不肯给钱，因为他说话欺人，故同他分说。"那人一听，仰天打了个哈哈，对着茶房道："你们这班蠢东西，眼都没睁开，怎好做生意？难道这种爷们，要短少你们一个镚子的吗？快滚吧，少停同你们理论。"茶房脸涨通红，如飞退去。

那人走上一步，顺手把房门推上，然后回头笑向伟如道："这些人实在可恶！昨晚我来投宿，就听见议论专驾的事，我早已代抱不平。到底怎么一回事？同那包大令真的有交情呢，还是卖小风火，借此江湖闯荡？不妨老实说给我听听。"伟如道："足下请坐。尚未请教贵姓大名。"那人道：

"我是丹阳姜伯先。足下的名姓,我在旅客一览表瞧过,乃是辽东闵伟如了。"伟如道:"姜先生一向作何事业"?伯先道:"久当自知,现在不暇谈论这些。总之我姜伯先不是坏人事的人,你若用得着我帮忙,我也愿尽一臂之力。"伟如虽则初出门,究竟腹有经纬,再加眼睛很亮,一见这姜伯先的神气,就猜是个行侠尚义、爱朋友的血性好汉子。自己本有一肚皮的闷气,无从发泄,于是便把和包后拯前后经过,一五一十告诉出来。伯先听了,双眉倒竖,两目圆睁,把手向桌上用力一拍道:"自从这厮接任以来,地方上久已怨声载道。我本要儆诫儆诫他,因为不曾摸清根底,故未造次下手。照你说来,这厮真不是东西。好好好,交给我吧。但是你住在这里,也不是道理,还是到我家中去住一阵吧。"伟如不曾回答,伯先已走过去开了房门,高喊:"来人!把闵爷的铺陈行李,赶紧搬到我们家中去。"门外一声答应,走进来三四个彪形大汉。伯先吩咐:"把下边房饭账统去算清之后,便先同这位闵先生回去。"那班大汉同声应道:"是。"伯先自己头也不回,先自离开大观楼,扬长而去。

不提闵伟如搬往姜家。先说包后拯这日起身梳洗了,把例行公事办完,正在签押房吃早点。忽然外面递进一封南京要信来,乃是督署内文案处一个姓梁的寄来。信上说"太仓直隶州知州姚某将要调动,足下如其亲来面恳钧座。定能如愿以偿"云云。下款署"鼎芬",并有鼎芬启事的小方图章。后拯也不暇细辨笔迹、图章的真伪,心上喜得嘴都合不拢来,立刻传主簿到三堂,吩咐了几句,叫他暂行摄篆。他自己要紧漏夜赶赴南京,去求见张之洞,谋干太仓州州缺去了。那天搭了上水船,乃是招商局的老船,逆流而上,到南京已经在晌午时候,天又下雨。不及就上辕门,要到翌日早上,方能晋谒。

不过张之洞的见客,有些古怪。据云他是猴子转胎,晚上不喜睡觉。有时高兴起来,一天连见一二十位客人,有时他心上不耐烦,来了十几次的客人,仍未见着一面半面。这回后拯来得不凑巧,他到辕上手本,刚逢大养食神之际,手下不敢惊动,只好在官厅子内候着等待。后拯走得官厅里头，先有一个五品顶浓眉阔嘴之人，候在那里，瞧见后拯进去，站起身来招呼。此人乃是新到省的同知班次，已经来伺候了三天，尚未见着哩。当下和后拯通名道姓，攀谈解闷，言下颇多抱怨之词。后拯反去安慰他道："老兄耐心些。兄弟总算是大帅一手提拔出来的人，现在暂离莲幕，到来禀见，也得候机会。上次大帅到两江来，同王彭年方伯闹意见，也就为这关系，何况你我呢。"那人听了，叹道："真个做官莫做小，官小嘲笑了。"当下两人静悄悄在官厅内闲淡，甚觉投机。

大约谈了一句多钟，那人打了个呵欠，眼泪汪汪的。后拯见此情形，知道他烟瘾发作，不料心上这么一动，自己也要发瘾了。始而尚能按捺得住，禁不起那人不住连连地呵欠咳嗽，连累自己也是如此了。此刻那人身上掏出一只金表来，把后面托底旋开。原来这个表只有磁面，内里没有机器，完全是一个特别烟盒儿，里头装满了大烟泡儿。那人拈了烟泡，接一连二地往嘴里送进去。后拯此际真受不住了，懊悔自己不曾也带点灵魂在身上，现在不至于活受罪。那人瞧见后拯馋涎欲滴的神情，含笑把烟盒送过来道："老兄也喜这害人东西的吗？不妨吞一点助助精神。"后拯口内虽则客气，心上恨不得把他盒内吞剩的那两个大烟泡，一气拈来吞掉才好。那人道："四海之内，皆兄弟也。况且老兄又是大帅面前的红人，将来若肯不弃帮忙，兄弟受惠匪细。现在这点小交关，算得什么，请吧。"后拯口内虽仍逊谢，那右手大、食两个指头，却已由不得自家作主，伸到他盒内，拣一个小一些的拈起来，向口内塞进去哩。烟泡入口，略为嚼了一嚼，即伸着脖子一咽，咽下了肚去。无奈后拯烟瘾很大，一个小泡的力量，尚够不到，依旧眼泪鼻涕淌个不休。暗忖："照此情形，不要上头偏来传见了，如何是好呢？倘若回寓一趟再来，又怕既失传见机会，又得罪上头。"心上乱得不可开交。那人真凑趣，把那颗枣儿大小的烟泡，又拈了送过来道："老兄索性再吞一枚，吞足了吧。"后拯心坎上着实感激，口内仍假意谦逊一句，接过那枚泡来，再往口内一吞。不料不吞犹可，一吞这一枚，眼前顿觉天昏地暗，房屋在那里倒旋转来似的。心上晓得是头晕脑眩，便向茶几上一仆。等到仆了下去，竟和痰厥一样，知觉全无。

那人微微一笑，站起身躯，走至后拯身畔，从容不迫地把他细摆布了一番，然后大踏步离开官厅，出辕自去。正是：

> 计就月中擒玉兔，谋成日里捉金乌。

要知此后如何，且待下回分解。

第三回　浴日庄睹三不社新章　藏军洞遇廿年前旧雨

却说闵伟如随着那班彪形大汉算清大观楼账目，起了行李，一同走至招商码头，只见有七八条浪里钻停在江边。他们把伟如行李分装妥当，拣一条稍为宽大些的，叫伟如下去坐着。然后一声呼啸，他们分开下船，共开行五条划子。尚留二三条，仍旧停泊在江滩上。伟如未便动问，静瞧他们荡桨离岸，一齐向江心划去。伟如是旱道上出身，不惯坐船，在这三面见天、一面见水的小划子上，心中不免有些害怕。继而自忖："前途生死尚且未定，快把存亡念头儿置之度外吧。"只消这么一想，便无挂无碍，毫不恐怖了。先将甘露寺、金山寺两处的风景眺望了一回。继向那个荡桨的大汉问道："大哥贵姓？"大汉道："我叫四脚蛇于大林。"伟如道："咱们现在是到丹阳姜爷府上去吗？"大林道："不。姜爷原籍丹阳，现在住在焦山脚下，所以我们划向江心里来哩。"伟如道："姜爷可有一定的职业做着吗？"大林笑道："敝东以前职业真不少，不过自己不愿干，现在统辞掉了。目下靠天吃饭，仗着江湖上义气过日子。往后自知，如今不用多问了。"伟如点头会意，不再多话。

顷刻间船到焦山，由正面绕至侧首浅滩上，大家用力划近了岸，挨顺泊定了。先扶伟如到了岸上，然后起了行李，一同弯弯曲曲向山套内走去。走了三里多路，穿过一座大松林，只见一片广场，四周用黄石堆的边墙，中间一条小石子砌的甬道。走到尽头，却是一所大庄院，四周掘下四五丈阔、两三丈深的濠沟，东南西北都有护庄桥，桥面是活络的，晚上可以抽去。沿濠遍种竹子，竹子里头编着一道很结实的篱笆，篱笆后头，方是石屑、砖瓦屑、水底泥三合土砌的墙垣。碉楼烽墩，四方多有。房子重重叠叠，一时也望不到底。大林道："此地本来是座焦公祠，荒凉坍圮，不堪下足，敝东来此，经营了五六年，费了不少心思，才勉强成这个小局面。"一路闲谈，过了护庄桥，两面竹林之中，蓦地蹿出七八条獠种猎犬来，都有驴儿般大小，向伟如狂吠。幸有众人前后左右护着，不放獠犬近身，好容易叱喝开去。那濠内涧水潺潺，流声甚急。等到走至庄门前，抬头一望，门口地上摆满了石担、石锁，两扇黑漆檀木庄门，上头有"浴日山庄"四个大字，门上贴着一副七言楹联，乃是写的"伯仲之间见伊吕，指挥若定失萧曹"两句杜诗。

进了三重庄门，穿过厅屋，由于大林一人引导，也不知走过了多少院落，才至一座书厅模样的屋子中。大林将伟如让进屋子，正中悬着一方黑地金字的匾额，定睛一看，原来是"三不"两字的钟鼎篆，一时也不明白是何意思。中间又挂着一个红木大镜框，框内嵌着一张白纸，纸上写着一手好王字。伟如走近一瞧，标题是《三不社社约》。仔细从头至尾一瞧，乃是写的：

(一)带有革命色彩之无产阶级，与根深蒂固的资产阶级开始奋斗。奋斗结果，现尚未定。本社为襄助无产阶级前途战胜起见，求其能免真正民义与帝国主义之武装冲突，则本社目的，至此可云完全达到。故定"一不做官、二不为盗、三不狎邪"三项主要规例，因而定名曰"三不社"。

(二)本社现在草创时代，百废待举，不能不暂定体制，庶划清权限，办事有方。爰根据最严格的民治机关原则，设立办公机关，将来人人能享言论、出版、集会、结社、工作、信教等种种自由，生命财产均安全无虑。本社至此地步，仔肩方可完全息卸。

(三)凡属未经公家动用之土地、森林、矿产、矿区、河道等等,而为一二人操纵取求,或径强占为私人资产,欺良压善,压迫哀哀无告之小民,本社当以全力对付之。

(四)凡属与小民有利之种种企业,倘彼力不从心创办者,本社当助其成功。

(五)凡为本社社员,已填具证书,享特别社员之名义及权利者,须祸福相共,死生如一。

(六)本社社员,暂分军事、经济、法制、教育等四股。如有重大事由发生,当临时组织特别委员会解决之。

伟如一见这六条社约,暗忖:"今番我做得成王景略第二了。初不料莽荡风尘之内,倒有这样一个大人物在哩。"再回头向两厢一瞧,两壁挂满了地图,海道及各种专家调查表。东首设着一张红木大菜台,四周列着十张藤椅。正中放了一个很大的圆筒,像庙宇内的愿筒似的,不知什么用处。筒里央竖着一根七尺多长的铁梗,一头矗出筒外,上头横着四根铁条,铁条两头挂了两盏羊角灯,用铁链系着,再向筒底一瞧,原来像井栏圈似的,黑洞洞望不到底。西首摆一张百灵台,一口大书橱,橱旁放了张眉公椅。

大林让伟如在眉公椅上坐下,叮嘱莫慌。然后走到木筒旁侧,将铁梗用力往下一揿,那两盏羊角灯忽然发亮,那根铁梗直挫下去,耳畔但闻轰轰之声,那所房子仿佛在那里摇动。大林揿了铁梗之后,跑到百灵台旁边,掀起台单,两手在台边上一搭,好比开汽车似的,将房子掉了个转身,百灵台、眉公椅,适才多在西面的,如今换到东面来了,把东面的大菜台翻到了西首。大林再跑过去,将铁梗一拉,又听一阵铃声响亮,那根铁梗依然直竖起来,仍矗起了六七尺,羊角灯也熄灭,轰轰之声不作,房子也不摇动哩。不过房子外面虽仍有棵柏树，一带栀子花围墙，几盆盆景，但是天井的地步缩小。方才那个天井里有个月洞门的，如今月洞门不见，两面都是假山石，一边石上刻着“绉云”，一边刻着“眠月”四个八分书，都有碗口大小。伟如默忖：“这机关有甚用处呢？”大林把百灵台的台单铺好，然后将书橱上的两扇玻璃橱门一开，用手在旁边一拍，好端端叠得崭崭齐齐的书籍，立刻往下一卸，却见橱背后又露出两扇门来。大林用大拇指在门环上一捺，里头一阵铃声，门“呀”的一声开出来，走出几个北音大汉齐问：“于哥何事？”大林含笑回头，向伟如招招手。于是一同走进书橱，步入隧道。眼前黑魆魆，身上冷飕飕，白天都要点灯的。

伟如忍不住向大林道：“在下和贵东萍水相逢，并无深交，生平最不愿意知人秘密，还是不进去吧？”大林道：“这是敝东关照的，邀你和我们军师大老爷见见。”伟如听了这名称，甚为奇怪，暗想：“这五个字如何会联在一块？真和官场中的‘野鸡道台’‘强盗统领’‘兔子少爷’等称呼大同小异哩。想来这个军师大老爷，定和戏上做出来的纶巾羽扇、八卦袍火居道士般一个，开出口来，定又上知天文，下知地理的哩。”心上胡思，脚下乱跑，也不知走了多少路。大林忽道：“当心咱们下眢井哩。”伟如口内答应，留心向左右一瞧，原来走的这条路，同皇坟上的隧道一样。现又穿进一个石洞，石壁上虽多挂着油灯，但都半明不灭，光线不足。进洞不到一箭路，便是石级，一步一步向下共计十五级。不料才走了半箭平地，又是向上的石级。伟如跑得乏了，气喘汗流，想歇息一会再走。大林道：“军师府快到了。”伟如道：“平地上在下还能走，这种人间地狱难跑哩。”大林道：“这里头既无大热，也不大寒，足下说他地狱，其实乃是福地和陶潜笔下的桃花源相似哩。”伟如道：“开辟这处地方，工程倒不小。”大林道：“此地本叫藏军洞，天生如是。据说诸葛亮迎接先主回荆州，曾在此处藏过兵的。又有人说是姜尚当初藏兵的。焦山寺内，还留着一个诸葛铜鼓，算是纪念品。以前我们听附近人说起，此处和金山法海洞通的，可从长江底下走过去。不过这些话都是荒诞不经的。”

说话之间，石级走尽，出洞口了。两面峭壁，有扇后门模样，紧对洞口。一望之间，这山坳内筑有十六七间茅屋。大林伸手在门上敲了三下，走出一个十四五岁的小童儿把门开了。伟如见这童子獐头鼠目，不像个好货。大林问："先生一会出去吗？"童子点点头。大林便引了伟如进门，穿过一个院落，大林高喊道："任先生在哪里？"上首耳房内走出个人来。伟如留神一瞧，不禁骇然道："咦！你不是仲文吗？怎么我和你会在此地碰头的？"

原来任仲文的老子，以前在东三省作幕，同伟如父亲乃是文字至交。其时仲文年虽不大，学问已经很好，曾为伟如父亲代过馆的，所以伟如和他是总角之交，当时非常投契的。后来仲文父亲认得了一个东洋朋友，叫宫崎寅藏，动了宗悫长风之志，故就带了儿子往外国去。从此天涯迢递，音问不通，再不料却在此处相遇。

仲文一见是故人闵伟如，也乐得拍手大笑，连称奇事。于是同至耳房内坐地。仲文喊童子烹茶款态，一面动问伟如怎会到此。伟如便将自家远近经过事由，次第诉说出来。并向仲文道贺道："恭喜你在此做军师大老爷了。"仲文道："呸！这定又是于大林嚼舌头。我自那年随老人家到了东洋，那位宫崎先生，乃是幸德秋水的社会派信徒，一切言行举止，很足使人佩服钦敬的。我们中国人总算借重他的力量，在那里组织了几个团体，为祖国干些有荣光的事情，异常的活动。其时伯先也在日本游学，和我订交了，彼此志同道合，遂成刎颈之交，等到他毕业之后，我劝他回国来立点小基础。所以伯先前在湖北、直隶、江苏、黑龙江四省新军之中去做军官，就是依了我话，暗中去培植势力。后因官场中的肮脏气实在受不了，情愿回乡种田来得舒服。不料上年的春天，我们有个同志在安徽做一件大事，大材小用，没有成功，反枉送了几条性命。风声传出来，累伯先在本地也不能立足，只好隐到此地来韬光敛迹。不过天生成他一副路见不平、拔刀相助的脾气，永远不会改的。他自知其过，所以拉我来代他救亡挽失的。然而我不过吃吃现成茶饭罢了。但是你到南边来，可真的就为投奔那个包知县而来，还是另有别事呢？”伟如道：“在你老友面前，还扯谎不成？当真为着投亲而来。”仲文笑道：“你读了许多书，阅历也不浅，难道连‘贫居闹市无人问，富在深山有远亲’的两句古话也忘怀了吗？世间之上，像须贾绨袍之赠，真是罕闻仅见。包后拯的官儿那里来的？他除了吹牛拍马之外，还有甚别样能耐？莫怪他患得患失的心思，要比别人厉害，再加你的本领又在他之上，他怎敢请你做入幕之宾？恐怕招留了你，将来他做东家的驾驭你不住。况且你又在倒运时间，就算他衙门内有空位置，也要留待上官推荐亲友来，做现成人情的了。”

两人谈兴正浓，童儿进来请吃早饭哩。大林立起来先走。仲文吩咐童儿道：“我懒上食堂哩，你去搬了两份早膳来吧。”童儿应声退去。伟如听见钟声隐约，便动问仲文：“这是自鸣钟呢，还是金山寺里的午钟？”仲文含笑站起身躯，领伟如出了后户，走到饭厅上一瞧，只见厅上开了七八桌饭，六七十个彪形大汉，正在那里狼吞虎咽地嚼吃。每人面前一只大盘，盘内多是一方热气腾腾的牛肉脯。各人手执明晃晃的牛耳尖刀，把肉割下来，连刀送进口内。倘若不留心，怕连舌尖、嘴唇皮都要割破。伟如恍然道：“适才我听见的是饭钟？”仲文点点头道：“对啦。”伟如道：“吃饭的人倒不少。”仲文道：“这一班多是内部敢死之士，外部的还不全在此。若得内外两部人到齐了，要比现在加出十几倍人来哩。”他俩瞧了一瞧，回至耳房，童儿已把饭开进来，也同公众一样，一盘牛肉，用刀割不用筷夹。伟如暗忖：“这才是真平等哩。”

早膳用过，童儿送过香茗、脸水，收拾刀盘退去。仲文道：“我要干点小公事了。”伟如道：“请治正。”于是仲文在靠窗书桌抽屉内拿出一大叠纸卷来，好像公文模样。仲文看一张，批一张，神气很忙。伟如在旁闲着没事，顺手在台上取了一卷书，翻出来一瞧，乃是一本钞本，书名《军事须知》。内容常门分类，专论军事学识。后附一纸《世界军力调查比较表》，其中有一则《论世界强国海军》说明道：“全世界之海军力量，首推英国，其次则为美国。若单就大军舰而论，美国舰数实能超过英国。不过小舰数目，美不如英。如引道毁灭舰、巡洋舰、轻便巡洋舰、巡洋潜行艇，飞机船等，海军中人皆目为极重要者，则英较美胜。以美与日本并论，则战斗巡洋舰日胜于美。盖日已成者，现有四艘，尚拟再改八艘，美则尚未造成，并且其海军计划中，亦只预备制造六艘。至于二号舰，英国独多，远非日、美所及。现已有二十六艘，每艘装十二寸口径之巨炮，至少十尊，每艘吨数均在二万零六百六十吨以上。此类军舰，美只有十六艘，日本六艘，法国四艘，意大利四艘。因为战斗巡洋舰英系首创，故所有亦最多，计列入头号者四艘，二号四艘。单纯巡洋舰，英有头号两艘，二号二十艘。美只有二号二十艘。余如法、意、日本各国皆无之，亦不闻建造，仅以废置无用之巡洋舰壮观而已。至潜行艇之海军力，美虽足为英敌，然实地比较，英因自负为海上霸王，逐年注意训练，美则注重商战，以经济压迫他国，主义不同，故美终非英敌云。”伟如正欲再看下去，耳中忽听见“轰”的一响，连房屋都觉得震动。正是：

海底神鳌身抖擞，共工头触不周山。

要知这是什么响声，且听下回分解。

第四回　报廿年恩德抵掌谈武术
下千日工夫苦志练轻身

却说闵伟如听见外头嚷叫之声，不知何事，忙将手中文件放下，站起身来瞧看何事，只见从屋外踉踉跄跄抢进一个厚背圆腰、高肩短项的黑面汉子来，对着伟如道："你就是远东闵伟如吗？俺是山东蒙城醉尉迟赵至刚，生平最喜流浪风尘，物色英雄豪杰。俺面貌虽极腌脏，心地却光明磊落。以前卖艺江湖，以此过活。那年曾至贵邑，途穷日暮，金尽床头。幸遇你家老太爷爱俺相貌，一言之下，立时筹集多金，给俺做了盘费，使天涯丐食之徒，不至流落他乡，飘零客地。此恩此德，铭心刻骨，没齿不忘。自从南归之后，天遣着同姜爷相会。他是顶天立地奇男子，盖世无双大丈夫。俺虽为他门下食客，承他不以众人目我，每逢机要大事，才遣使着俺。士为知己所用，虽死不辞。自遇姜爷之后，俺这颗脑袋，后半世有了个着落。不过追思已往，愈感你家老太爷再造深恩。当时你家老太爷不肯沽善施之名，坚不肯说出真名实姓。俺却受此大德，岂敢轻便抛舍？故私下打听得明明白白，旦夕挂怀，寝食不忘。蒙天可怜见，你也会到此间来的。俺特地赶进藏军洞来，要至至诚诚拜七八拜哩。"说罢，推金山倒玉柱般，扑翻身便拜。伟如忙也跪下地去，回拜了五六拜。然后站起身来。

伟如道："先君当年和公一段因由，弟因那时年幼无知，脑海中虽留一些迹象，却已不十分明了。"至刚道："昔年穷途末路，既沐令先尊解囊援手之惠，今日南舣北驾，居然会把晤于一堂，敢陈葑菲，尚祈俯采刍荛。你的经济文章，已听任先生闲尝道及。你既有戡乱之才，又生封侯之相，何必但居奇货，何不出建丰功，显亲扬名，垂声史册？英雄结局，千古来大抵如是。何以你甘于淡泊，不和世俊争一鞭的得失？”伟如叹道：“唉！小弟本来敝屣功名，不慕荣禄。际此叔世，人心风俗，多向‘势利’二字的途径上趋附去。真正坏到极点。吾辈虽不敢自负先知先觉，似乎较寻常贪鄙庸夫总两样一些。如再随波逐流，胡乱干去，还成个世界吗？人生出处，最当注意。除非要纠合一班同志，大家数四考虑，谋定决策之后，一同联袂出山，整顿乾坤，把江山重行补缀，所有以前种种虐民苛政，全行打倒，另外成立个新局面出来。不过此话说是随便谁人会得说的，要着手做起来，谈何容易。如果徒托空言，岂不成了痴人梦呓？所以还不如随遇而安，闲闲度日。并不想蟒衣披体，只学那鸱夷子湖海遨游；也不思马革裹尸，将来似屈三闾江鱼腹葬。喜则可三杯热酒，高唱大江东去；恨只无七尺龙泉，杀尽世间邪慝……”

至刚不待他说完，忙接口道：“适才以言相戏，果然抱负不凡，这才是我们志同道合的好朋友。你说恨无宝剑，莫非有意习练柔术吗？”伟如道：“运筹帷幄；决算千里，出奇制敌，六军辟易，那些韬略阴符、攻心主战的万人敌方法，居然早已略有所知。倒是驰马击剑，流血五步，锄奸诛暴，行踪飘忽，出没无定，所谓行侠尚义、剑仙异客的本领，却可惜少年时但晓治文，不曾学得，虽则这种玩意，匹夫敌耳，不十分大稀罕。但是这种世界，贪官污吏实在太多；更有一班伪君子，表面上死活要算一尘不染、两袖清风的廉洁人员，其实人家送贿赂给他，六只眼睛不受，四只眼睛就要。送他款儿多，一声不响袋了。倘然款儿少，未能满他的欲望，他便反过脸蛋子，说什么，整肃官方，就拿住了你的钱，作为行贿的铁证，害得小民财亡家破，同哑巴吃了黄连一般，有苦还没说处。这班东西，论起他的人格心地来，比较彰明较著的贪官污吏，还要可恶，真正杀无赦。偏偏社会上，自有一部分人受愚人入彀，还当他好官儿，代他努力宣传捧誉。对待这些人，没有别话，只有深更半夜，飞剑取头，冥冥中代小民除掉一害。横竖公理自在人心，不一定先由我宣布他的罪状，知者自知，不知者自不知。往后自有人主持公道，会传说出某官被刺不枉，他有什么什么隐恶，害过多少多少人们过的哩。我因为要想对付这班混帐王八蛋，所以有志练习剑术。无奈徒有此愿，一向留心，却从未曾遇着个此道高手名人，得传枕秘。刚才和公掬忱谈话，倾心问答，故又不知不觉提及此言了。”

至刚听了，拍手大笑道：“哈哈，恩兄如其有志斯道，俺虽不敢自负为当世的张仲坚、磨勒一流人物，但是剑术哩，武士道哩，都懂得一点门径，马上就可以告诉恩兄一条简易门路，如何？”伟如听了大喜，忙招呼至刚坐下，请他指点武行门道。

至刚道：“谈到这柔术一门，以前用枪的共有十七家解数：第一是杨家三十六路花枪，其次是马家枪、金家枪、张飞神枪、五显神枪、拐突枪、拐刀枪、锥枪、梭枪、槌枪、大宁枪、拒马枪、捣马突枪、峨嵋枪、何家十八手倒手竿子枪、紫金标枪、地舌枪共十七种。使刀的传派，只有十三家，所谓偃月刀、双刀、钩刀、手刀、锯子刀、掉刀、太平刀、定戎刀、朝天刀、开阵刀、偏刀、车刀，连匕首也算第一十三类。排在压末说到宝剑，一古脑儿只得马明王剑、先主剑、卞庄剑、王聚剑、马超剑、边掣厚脊短身剑等六样古法。除了枪、刀、剑三项兵刃之外，棍子和杆棒，倒有三十种古法，所以有‘枪乃军中之秀，棍为军械祖宗’的两句老古话儿。这三十种棍棒的名目，无非是左少林棍、右少林棍、大巡海夜叉棍、小巡海夜叉棍、大火林棍、小火林棍、通虚孙张家棍、观音大闹南海神棍、梢子棍、连环棍、双头棍、阴阳手短棍、雪棒搜山棍、大八棒风磨棍、小八棒风磨棍、二郎神棍、五郎神棍、十八下狼镔棍、赵太祖腾蛇棍、安猿孙家棍、大六棒紧缠身、十八面埋伏紫薇山条子、左手条子、右手条子、边栏条子、雪搽柳条子、跨虎条子、滚手条子、贺家屠钩竿、西山寺单硬头等各种名目。至于矛哩、戟哩、板斧、月牙铲、镏金鎲、紫金瓜等各般兵器，古时多没有专门法则的，古人统名‘杂器’，总共十门：一铁鞭，二夹棒，三单手燥铁链子，四蒜头铁蒺藜，五金刚圈，六铁尺镘掌，七吕公拐，八钢叉，九狼筅，十月牙镗。月牙镗倒是像《西游记》内猪八戒手拿的九齿钉耙笨家什。前人反留傅椎牛出阵耙、山门七埋伏耙、翻山倒角耙、直行老虎耙、梢拦腿进耙等五样法道才说及十门杂器，都是步下使用。若是跨在马背上的兵将，古人也定出长鞭、软索链、九链钐、单双锤、大小流星锤、锁虎口，马叉上带使流星鞭双舞剑、双刀、马叉、六平铲、方天戟、红缨白蜡杆子枪、关公春秋刀、斩马刀、月枪等十六种，虽有成法留教后人，不过多极简单，反不如弓箭两门的花色来得多哩。因为前代没有鸟铳、鸟枪以及机关枪、迫手炮等诸般火器，两军战争起来，多以弓箭为先。故此有边箭、两广药箭、火箭、神机箭、马家箭、神箭、袖箭、弓弩、诸葛弩、连珠弩、双弓床弩、三弓床弩、打牲弩等各样分档和大刀一样，共也有一十三门解数。至于拳头一道，古人也把它收入兵刃类内，谓之'使拳格兵器'。共有十一门派别，乃是赵家拳、南拳、温家钩挂拳、孙家披挑拳、张飞神拳、霸王拳、猴拳、西家拳、童子拜观音、九滚十八跌等十一项名色。

"当时达摩自西至东，他在河南嵩山少林寺教授生徒，分为拳、棒两班，所以至今爱结这一门的，浑称作'弄拳棒'。但是达摩老祖座下皈依诸聚，虽有几个膂力天生，能够上山擒虎豹，下海捉蛟龙，但是不见得个个力大无穷，千夫辟易，也有许多身弱多病，限于天赋，学习不成。故而达摩老祖就创作出一部《易筋经》秘籍来，指导那班懦弱病夫，叫他们先把筋骨练得韧硬，耐得起劳苦了，再练解数。到了明朝初年，又出了个武当张三丰，他是道教清静门中人，和达摩释教寂灭宗中人的学识见解，本来有些抵触的，故而他就反对达摩留传下来的成法。他反对的理由颇充足，他说人的筋骨，未出母胎已经生就，这是在先天禀受的，怎说后天好想法掉换培补？那么力大力小，自幼注定，无法可想。不过照医生说起来，一个人的身体，乃是气血两件东西在脏腑中做主宰，只要气、血两旺，不论大小事情，都可以努力干一下的。如今我们要结这武术一道，也只要培养好了精血，血旺了，自然气壮，衷气一壮，那力也无形中变得盛大起来。所以古人把‘气力’二字连缀在一处，成为一种名词。体弱之人先要调养身子，培植本原，一朝血旺气盛，自然会生出胆力。譬如一个文弱书生，平日间手无缚鸡之力。有朝一日遇着贴邻回禄，他心上一急，一鼓作气，居然也可提挈了一件很沉重的箱笼物件，没命逃避。事后再叫他把那东西拿回来，他倒又拿不动的了。研究他的原因，当时目见火光，心急血沸，气勇如潮，无形中会有蛮力生出来的。事后气衰血定，力已散荡，故而仍旧拿不动的了。所以要练力的人，务先练气，衷气实沛，力量自生。

“但是气怎样练法呢？首从打坐入手。将右足盘在左边坦叉内，脚底朝天，脚背贴肉。再把左足扳起来，盘在右面坦叉里，也是脚心向上。把上半身挺直。然后将手心徐徐抚摩脚底，心上摒除一切贪嗔邪念，舌尖舐住上腭，使他满口生津。譬如手脚摩了十下，然后少息片刻，把口中那口涎沫用力咽下肚去，再行抚摩。此之谓调匀水火，伏虎降龙。由浅入深，朝夕熬练，不消三个月坐下来，那口气便可吐纳自如，呼吸有准。一面端正一个小酒坛，每日打坐之外，便用中、食、拇三指，去拎那小坛，从空坛开始拎起，坛内把小黄石子，或者大白铜钱添贮下去。等到小坛积满钱、石，另换大一号的坛儿，仍将钱、石按日称准分量，慢慢地增添。如是者一年工作下来，保可力长几倍。张三丰发明此法，世人都以为然。因此道家的武当派拳术，和僧家的少林宗武行，旗鼓相当，绵延不绝。

“到了清朝，又出了徐灵胎、薛生白两个师家。他俩都是苏省儒医，兼工拳棒，于是又发明养气一法。盖张三丰只指导人练气，不曾叫人涵养。徐、薛二人都是当时具起死回生手段的好郎中，并又博览群书，故复教人养气一法。大凡这人一有膂力，总要暴勇斗狠，欢喜多管闲事，社会上不知要多生出若干是非来。他俩敬诫力人，第一要唾面自干，切忌胡作妄为。假如仗着有力，天天寻事生风，一来多招仇寇，再者易伤气分，伤气即是败力。一定要和蔼待人，自珍气力。百蓄一发，不但省力，并且必胜。所以真正此道惯家，非但不近女色，并多韬光敛迹，不肯轻易出手。

“同时又有南京的甘凤池，常州的白泰官俩人，参透赵匡胤创作的空手入白刃把式。宋太祖的空手入刃秘决，只有托、压、推、钩、揪、捺、鞭、勒八个字。甘、白二人便把这八个字化成了推、援、牵、夺、逼、捺、撤、撺、圈、吸、抛、插、吞、吐、收、放、擦、贴一十八字。又将儒门徐、薛，道家张派、释教幸宗三种义旨，并为提神，运气舒筋、炼膜四大纲领，作为后学津梁。于是练习武功之人，便有了一件终南捷径，先由此入手，一面再把马鞍或者沙包、木马、梅花桩等套一套，三年五载下来，虽未必便成死活手，大概防防身足够的了。不过年轻子弟，不弄这玩意便罢，如其一入此门，第一要有恒心，非到炉火纯青之候不止。倘若半途抛废，或者白天练着这一门，晚上上去松腿考究那一门，非但没有成功希望，并且还要弄出吐血等诸般病症，危险异常。天下无论何事，有利必有害。如无恒心，千万不要努力强为。切记，切记。恩兄有志此道，不妨也先由此入手，熬练起来。过了些时，俺再来和你讨论其次。”

伟如一一记在心头，从那日起，他寄居此处，左右没事，每日上半天和仲文研究治理国家经济学术，下半天便打熬气力。他本生有天赋，再加专心习此，更当别论，十天以后，已大非昔比；一个月练下来，着实有些能耐了。不过他虽是生长关东，邻近燕、赵，常言道“南拳北腿”，北人的膀腿，比南人坚硬点，自伟如终属书生，腿劲不见得怎样。幸而他聪明想得出，到了晚上，在自己睡的客房里头布置起来：用一张桌子作它一座高山，两条长凳算是平坦道路，分布在桌子两面，每晚由房门口平地上起走上长凳，越过台子，再由长凳上跨至平地，然后再回上来。第一晚规定时刻，默记步数，按照古例，每三百六十步为一里，走满一里步数，上床安睡。第二晚仍旧这点辰光，加出一百八十步来。自定课程表，每一句钟当中，可以走得满三千六百步了，鞋子里塞一个青铜大钱，再行练步，由一文加到了百文。于是再换拖青铅，两足可以拖到二斤青铅，仍旧在一句钟辰光之中，走满十里路了。然后再放宽时刻，加长步数，加重铅量。练到后来，两足拖了八斤铅点半钟时间，好走一万零八百步路了。自家晓得步口、铅量，不可再加，把走过的台凳两头，添出花色来。先加一具竹梯，平摆在地。跑惯了，再将竹梯架空、再架圆木等类。一件件加增上去，痛苦虽大大受一点，练惯了倒也不觉得什么。后来功夫练好了，去掉了青铅，不论翻山越岭，或者走过乡下那种独木桥儿，伟如总行走如飞，身轻似叶。人家总想不出他这轻身腾纵劲夫，怎样练出来的。正是：

世上虽然无易事，有心练习总能成。

要知闵伟如练成了这点拳脚有何用处，且待下回分解。

第五回　梦葫芦打破闷葫芦　土强盗碰着大强盗

常言道："花开两朵，各表一枝"。上回书中，叙述本书主人翁闵伟如，在焦山浴日山庄藏军洞内，苦心练学拳脚，著书人一支秃笔，来不及四处张罗，只好权把这位首要人物，暂且搁在姜家别墅里头，和任仲文、赵至刚俩去论文讲武。趁这当儿，抽出空笔头来，把书中一个次要人物，好似京戏当中硬里子角色般的已往历史粗枝大叶叙上一叙。

却说河南彰德府下属有个汤阴县地方，在商朝时候名为羑里，即是纣皇幽囚周文王的所在。战国年间属于魏国，名为荡阴。秦属三川郡地。汉置荡阴县归河内郡辖治。晋朝改隶魏郡。后魏天平初年，并入邺县。隋文帝开皇六年，复置县，改属汲郡。唐太宗贞观元年，始改名汤阴，仍属邺郡。五代又改属相州。宋、金两朝，则从唐称，由彰德府管辖。明、清因之。以前名为县治，没有城墙。直至明太祖洪武三十年，才筑一个土堡，周环只有四里路。到了崇祯时候，为防流寇，方加砌砖城。地处彰德府西南四十五里官站，四十二里足路。离北京一千零五十八里，照清代定例，该县实征地丁银四万八千六百五十二两，漕米六千七百七十二石，杂税银一千七百两，积谷二万石。一城大小五个官：一个知县；一个管河县丞；一个典史；两个教官，一称教谕，一名训导。一共养廉银一千四百两。官立的学校，额定十五所。当地的物产，以黄豆、小麦为大宗。全县名胜地方虽没有，前贤留下的古迹倒不少。最著名的，县北九里的文王被囚处，正名羑里城，俗名牖里，附近建有文王庙，庙内又筑演易台。嵇侍中血溅晋惠帝的浣衣里，在县西南。春秋名医扁鹊坟，在县东伏道坡。曹操的蓄粮冢共有三座，那是同袁本初开仗之际，屯兵于此，诡作粮台，以愚袁绍。每冢均大如山阜，冢顶平坦，登临瞻眺，沃野凝眸。在南门内建一所岳武穆庙：庙前跪着秦桧、王氏、张俊、万俟卨、王雕儿等五铁像；正殿供着宋鄂王忠武岳公及楚国夫人李太君神位；院中有岳飞自书的诸葛《出师表》石碑，树在台阶两旁；西院塑着英烈孝娥银瓶小姐之像。此庙不但驰名全县，连别地方人都晓得。现在京汉火车就得经过汤阴，车站距城二里许。岳庙内的《出师表》拓本，有人拿到车站上来出售，也有人特地下车去瞻仰庙貌，真正万古流芳。此处风气淳朴，时生英杰，端的一个好地方。

虽是岳少保出身所在，但是姓岳的人却并不见多，倒是有家姓兵的子孙。这个姓特别得很。据云这户姓兵的确是岳少保后裔，就因为当时避免族诛的关系，所以将“岳”字下面的“山”字改为两点，变作“兵”字；同着明代方孝儒后人改姓六，清朝年羹尧子孙改姓生，是一样的用意。在明、清交替之际，兵家有一房逃难出去，逃至山东登州府文登县，就寄籍在彼。人家问及他们姓什么，他们随口答道：“姓兵。”问的人道：“是否宾客之宾？”他们胡乱应道：“正是。”后来子孙繁盛，聚族以居，居然也成了一个大户。目下山东道上，有个坐地分赃，大帮土码子的头儿脑儿，顶儿尖儿，家居文登宾家庄，叫大刀宾鸿。又有个直、鲁、豫、陕、甘、晋六省出名的飞贼叫一阵风宾燕儿，乃是宾大刀的堂弟。其实都是汤阳兵家的真正老本家。

其时兵家又有一个人入赘到沈家为婿，生下一子。号叫沈斗南，单名一个衡字。沈斗南这个人的地位，乃是这部书当中的一个硬里子角色。此人是铮铮铁汉，落落奇才，吟遍江山，胸罗星斗。说他不求闻达，却见理如漆雕；说他不爱风流，却多情似宋玉。挥毫作赋，竟能颉颃相如；抵掌谈兵，直可伯仲诸葛。他虽力足扛鼎，偏退然如不胜衣；勇可屠龙，倒凛然若将陨谷。旁通诸子，一目十行，兼擅岐黄，深知药性。生平以朋友为性命，奉名教若圣明。真正是极有血性的大儒，不识炎凉的名士。自从胜衣就傅、读书识字以来，止崇正学，力辟异端，往往解人所不可解，言人所不敢言。无论谁人一见此子，都赞不绝口，尽道前程远大，未可限量。那年十三岁观场，因为身材矮小，只报了九岁，一战凯旋，居然以幼童入泮。却不料屡次乡试，命运不济，往往堂备、房官荐足了，仍然不中，考得他心灰意懒的了。而且每逢秋试，到开封落了考寓，临场的前一天，必定做个异梦，梦见一个葫芦恍惚在面前。发现一次二次，不以为意，后来回回如是，而且一梦这葫芦，定必功名无望。

本则考试这个玩意儿，是唐太宗行出来的；考试用八股文，是明太祖行出来的。自行考试以来，所谓天下英雄，入我彀中，已把青年锐气消磨殆尽。再想出用这八股文来，更加奸恶，使得天聪天明的好男儿，四书五经读完之后，便去研究这“且夫”“尝谓”“之”“乎”“者”“也”等虚字眼儿，任你好汉子，一弄这种东西，无有不弄得呆头呆脑，志气消沉。最可恶到中了进士，殿试起来，又要改用臣对臣闻的策论，用不着八股了；就是公牍哩，普通应酬文件哩，也从无用八股文滥墨券的调调儿来仿作一篇东西的。分明是断送青年有志之士的气节，着了这道儿，再也不会有想做甚兴王定霸、分茅裂土大事业的念头儿。故而古人有“秀才造反，十年不成”之说。

沈斗南自从几次秋闱报罢，他息心止气，再也不想步蟾宫，折杏花，轧入清秘堂内去吃现成茶饭。索性弃儒就商，开了一所小酒店，将本求利胡乱度过了此生就算啦。如是者过了四五个年头儿。

那一年新年休业，斗南信步走至南门岳庙内去玩玩。庙内九流三教，以及卖零碎杂食的小贩，肩挑手托，来往川流不息，就是游人男女老少，也挨肩擦背，奔走似蚁。独有一个三十多岁的晦气色脸穷汉子，颏下长了几茎黄须，穿着一身破旧青布衫裤，连裤带都没有，用两根串头绳缚着，足登倒统破布靴，可怜脚指头同脚跟上的红肉都露在外头。空手捏着两

瓷
楊記
酒

个拳头，在那里上托天，下捺地，前推后勒，侧撞横钩的支那空架子，想博几个彩钱。无奈到来逛庙之人，全是庸夫俗眼，那里识得这一门真实好处。既无自家伙伴帮衬，又没有当地土豪吹嘘，此人空玩了好久，也不曾换着一半个镚子。站上去瞧看之人，非但没有一人肯给他些钱，大抵哈哈大笑，饶上一阵讥刺话儿，走开去了。以至惹动一班顽皮小孩，都拾着土块瓦砾，从远远地掷将过来，口内还都嚷道："好不要脸，活丢人！还不收拾场子，滚得远些，亏你还有脸站在这里献丑哩。"一唱百和，闹成一片。独有斗南一瞧这人的把式，暗暗赞赏，默忖："此人练的太极拳，功夫着实不浅。难道偌大一个汤阴县城，竟没有一个识者？"于是动问旁人道："此人就算要不着观众彩钱，怎么会惹恼这群小孩子抛砖笑骂，赶他走路呢？"始而问不出头脑，最后问着一人，方知此人到此摆场子，不曾到庙主那里去打招呼，庙主差下人和他接洽，理由讲他不过，动手打他不过，一毫便宜没占着。所以庙主没处出气，特地关照帮闲的，四下代他放臭讲，并又唤这班小孩儿来臊他滚蛋。

斗南听了，大不赞成，暗忖："现在大庙主乃是兵家四房内的老九，他和我爸还是五服之内的从堂叔侄，我要叫他一声九叔公哩。以前为抢一笔公祭，曾经涉过讼，打过大交关的。他得为岳庙庙主，不过仗着他祖父是个副榜，当时大家借仗势力，公举了他祖父做了庙主。一瞬之间，已做了三代，好比世袭一般。老九是更加混账，强横霸道，鱼肉良民。照今天这种作为，就很使人难堪。倒不如我上前去资助那个出门人吧。"继思："我爸既同老九有过交涉，今天我去照应了那个出门人，四九一定认我有心同他捣蛋，要生出闲气来的。多一事不如少一事，由他去吧。"无奈瞧瞧那人的功夫真不坏，埋没真才，殊堪慨叹。一时侠肠义胆，自己也按不住自己，不由自主地喊住了那人，叫他拳脚不用再耍，给了他二块大洋，并郑重叮嘱道："你有此真实本领，可惜风尘蹭蹬，未遇识者，今日致为群小讥侮。我看你这种人，犯不着在江湖上胡混，也不必因着命运欠通，自灰壮志，或者错走路头，断送了这颗好头颅。目下烽烟不靖，边陲需才，你应当投效九边，干一番烈烈轰轰事业，才不负老天生你这个躯干哩。”那人接了洋钱，两眼眶满含着眼泪，听斗南把话说完，扑翻身拜倒在地。斗南生怕多生枝节，口内嘱咐才罢，拔步便走，由那人拜后，收拾自去。不料斗南今天漫花了两块钱，竟买了一场大祸出来，平日间零碎受了。

原来那个兵四九本和斗南积有世仇，他知道了这件事，一口咬定斗南是有心同自己抬杠，吃里扒外，下他的脸。故此借是生非，屡屡同斗南来捣蛋。弄得斗南发急了，只好同至亲好友，共议妥法对付。恰巧那年是恩科乡试，斗南有一班同案多去应试，大家便都劝他也去下场，万一中了，就不怕兵四九了。斗南一想也不错，故又收拾行囊，上汴梁赴试。不料临行的上一晚，自家虽未做梦，那妻子王氏却又做了一个葫芦怪梦，道：“梦中见你被人抓住，要装入一个大葫芦里去。”斗南听了，心上犯疑，料想此次赶考，又是白去的了，意欲临期缩足。经不起同伴之人催促动身，势难中止，便将酒店内一个小学徒叫倪大扣子，带在身旁伺候，一同到了开封，落下考寓。等到临场的前一晚，斗南唯恐犯老毛病，索性不睡了，省得再做那个倒运葫芦梦。及至入场以后，精神聚会，更是格外留心，居然三场完毕。等到三场出闱，他做着一篇得意文章，那题目是：“子曰：回也，非助我者也，于吾言无所不说。子曰：孝哉闵子骞，人不间于其父母昆弟之言。”便将草稿授给同考诸人观看。

同学诸生将斗南这篇文字互相传观，研究了一回，多道：“小讲内借曾子出来定题，别饶生趣；入后清新俊逸，笔婉而腴，意曲而达，真令人玩不释手。”再把他其他诸作底稿一瞧，也多同圆意惬，机旺神流。都向斗南预贺道：“今科一定发解，再不会做刘蕡的了。”斗南也自负甚深，口虽谦逊，心上却也如是希望。

他们正在谈话，那个跟斗南出来充当小厮的倪大扣子，因为这几天送考接考，早起迟眠，格外辛苦，今天接斗南出了场，回至寓内，倦乏非凡，故而和衣横躺在炕上，竟是睡着的了。此际忽然梦魇在炕上大呼小叫，手舞足蹈起来，喊得在房诸人多吓了一跳。斗南忙把唤醒，问他何故如此？大扣子道："咱梦中好似仍旧接老板出场，不料一出场门，有个青面獠牙的跷脚恶鬼，把老板夹头一把抓去，塞在一个巨大无伦的大葫芦内。咱上前要去抢夺，他便将大葫芦压到咱身上来，所以咱极声叫喊哩。"斗南一听，心上老大没趣，脸上便微露一点失望神色。那班同考诸人，大半晓得斗南以前之事，只好用言安慰道："小厮困多梦多，不足为凭。再者那个青脸恶鬼，也许是文曲星官。沈兄这回但请放心，决不会名落孙山的了。"斗南闲闲答道："但愿谨依尊口。"

当下三场完毕，要待龙虎日出榜。斗南因为临行妻子做梦，出场大扣子又梦，那葫芦又发现了，想来功名九分九没望，所以先带了大扣子收拾回乡。及至到了家中，同妻子道及大扣子的梦话，沈娘子便道："闻说城内新到一个汉口算命先生，名叫张铁口，真有能耐。丈夫何不花一注小钱，请他去推算推算星命？"斗南素不信这玩意，口内应着，未去实行。经不起妻子天天噪聒着，斗南没奈何，只好去试一试。那天已是九月十一了。

及至和张铁口见面，一道来意，张铁口便将斗南八字一排，先恭维了一阵。临了道："可惜足下前生是个走江湖郎中，一生仗着说真方卖假药度活，而且假药多装在一个金漆葫芦之内，不知误了多少男女性命，所以今生的功名富贵全都折去。足下每逢秋试必梦葫芦，就是这个道理。除非要用飞天度命方法，虔诚禳解一番，或可挽回天意。"斗南被他道着心病，不知不觉入他彀中，正欲请问他如何禳解的法则。幸而家中派人追寻到来道："爷已高中了八十二名恩科举人，报子挤满一店，道喜讨赏，请回去打发。"斗南方知张铁口何尝能知过去未来，也是一派江湖诀罢了。当即回去一瞧《题名录》，见八十一名是开封府祥符县的廪生胡淡如，八十三名是归德府宁陵县的监生卢光照，年纪都较自己小掉一半。不觉恍然大悟道："所以每逢乡试必梦葫芦，原来我要中在胡、卢两姓之中。以前他俩年纪尚小，故此我梦见小葫芦；此回他俩年纪大了，同赴秋试，所以妻子同大扣子都梦见大葫芦了。科场怪事，真正神秘得很啊！并且还戳破了张铁口的胡说乱道。"

当下斗南在家把诸事料理妥当，便仍又带了大扣子，束装赴汴，准备作那填清供、拜老师、赴鹿鸣宴、会同年等种种手续。

他这件葫芦怪梦奇事，非但传遍汤阴一县，竟连河南全省士林中人，都当作科场佳话，辗转传说。并有人道："沈斗南此回乡试，实和兵四九闹了意见，才再做一回冯妇，不料他竟会中的，料想他鹿鸣宴罢归来，兵四九的日子难过了。"这种闲人猜测之词，一人传十，十人传百，传到后来，竟有人道，亲闻斗南在省里和人提及，要将兵四九如何如何处置。这消息吹入兵四九耳中，所谓人防虎，虎也防人，暗忖："我同斗南确有势不两立的景象，若不早为之计，不要真个吃了他眼前亏。"故而私下同那班不三不四的朋友，议定了一个丧门绝户的恶计。

可怜斗南本人何尝真芥蒂于此事，他在汴梁把公务办妥之后，欣然回乡开贺。不料行至卫河搭船，见船中先有五六个不伦不类的尴尬人，心上虽则犯疑，自己仗有武功，并不十分畏葸。不料他一下船，那班人就催舟子连夜赶路。船上四个水手，情形虽似老角色，无奈面软得很，听见多数客人主张开发船，便下橹就摇。斗南和大扣子主仆俩虽同声反对，但是两人拗不过大众。及至一上路，到了半夜光景，那班人便取出闷香，闷倒了斗南主仆。又把预备的麻布口袋，将两人一装，要推开头门，种水仙花了。谁知舱内诸人摆布才毕，忽听艄上四个舟子齐声喊道："瞧你们不出，表面改作店生，其实多是合字，并都带了鸡鸣断魂香，把笔管生弄翻了，请吃一顿肉馄饨，事前招呼都不打。但你们在这条线上作案，应该知道中牟山公道大王的规矩。咱们山主目下是兼管水旱两道，连蚊子哼一哼，苍蝇嗡一嗡，都须先经咱们山主同意。咱们全是公事底子，又不是半吊子的黑底子，你们倒斗胆弄这玄虚。好呀，笔管生饶了你们肉馄饨，咱们哥儿四个要请你们吃板刀面了。谁是当这份家的？有种的滚出来较量较量，分个高下，彼此死而无怨。不要狗比倒灶，推三拉四，再累爷们动三光哩。"

此时船已不动，好似抛下了锚哩。接着便听见在平儿下取出铮铮刀剑之声。这一下真出乎大家意料之外，舱中六个汉子，只合带一柄匕首，

并没有其他家伙,如何可以对敌?再者中牟山的公道大王,不是寻常码子可比。正是:

螳为捕蝉方鼓翼,岂知黄雀后飞来。

欲知此事究竟如何,且待下回分解。

第六回　强盗请先生情理周致
土豪陷文士罗织百般

却说中牟山这座山岭，虽然不十分长大，却也是太行山脉。坐落在河南边界，同山西接壤，蜿蜒曲折，环生在淇水旁侧，卫河尾间，一头要到山西潞安州为止。晋省要塞的平顺县、玉峡关、壶关等地，都倚仗中牟的山势险峻。属于豫省河北方面，分为中牟山、林虑山两座山头。林县的县城，就筑在两山交界的山坳之内。土人俗称，叫作前山、后山。住居山脚左右邻近的贫苦小民，着实不少。内中以王姓为大族，据云系唐末铁枪王彦章的子孙。

其时有一家王姓村人，连生两胎子女，都未养大。直至第三胎，生了双胞胎两个男孩，才得抚养成人，可惜一个是哑巴，一个是聋子。所以同族中人，信口唤他们弟兄俩叫王三聋，王三哑。三聋自小欢喜登梯爬高，翻山越岭。后遇名人指点，也教他两足拖铅跑路，足足练了十多年工夫，练得行路如飞，疾同归巢鹰鸷。那三哑小时候练一只飞钩，乃是旧时水龙公所内置备的一种消防器具，救火时候拆墙头用的，名为火铙，好似海船上的大铁锚头般一只。不过火铙下面是装竹柄的，三哑却改用绳柄，在手内作势抛掷出去。始而白天定了目标，专心练习。后来白天百无一失，打得准了，改在晚上练打香头。继而夜间香头又稳打得中了，再把距离线延长。最后平打有了把握，再掉打高头正鹄。练到纵横百步之内，打人取物，百发百中。于是再改练猱升功夫。居然练到火铙不论横直,钩着那里,他的这个身体,便可由那根铙绳上头过渡,也到了那里。弟兄俩苦心习练,居然都练成绝无仅有的二桩特别技艺。好在两人又都天生成水牛般蛮力,因遂名播遐迩,称他俩是李元霸再世,李存孝重生。

不过弟兄二人专心习练了功夫,对于乡下人的唯一看家本领耕、种、渔、樵四项,一样都弄不来。非但自己食量兼人,并又欢喜结交朋友,平日间家内开起大锅饭来,坐坐七八桌,十多桌,竟是常事,每天日用开支,着实不省。他俩虽然都无家小,但是坐吃山空,没有收入,一味支出;又遇着米珠薪桂,一年胜似一年的日子;凭你邓通、石崇般的家私,也会有完日的。所以王家弟兄俩,自从父母见背,接手当家了不满五个年头,把一份五口之家可以不愁吃着的家财,弄到吃了早顿没夜顿的地步。相交的那些酒肉朋友,到了这时候,一个个远而避之,望影却步,竟没有一半个讲义气的人儿,再来扶持他俩一把半把,虽然外间出了"大力王三龙,大力王三虎"十个字的名气,无奈虚名吃不饱穿不暖的。再加又都身带残废,不知江湖上打光棍的门道;不然仗了这点能耐,好合组一所镖行,代客商保镖闯道,苦度光阴。无如这调调儿,他俩又唱不来。至此田地,竟只有束手待毙,生生饿死两口子了。幸得天无绝人之路。

其时山西潞城县有个专管催解钱漕的差头儿,俗名唤做粮差,叫韦度山。其人天生是个缺嘴,自觉仪表不雅观,故而未满三十岁,便留起胡子来,把缺口掩没,倒生的是络腮胡子,蓬蓬松松生满了一嘴,像风尘三侠画图上的虬髯公张仲坚相似。人家原本把"山"字除去,称他为韦驼。及至他长了胡子,又改叫作小虬髯。后来人家叫顺了口,到潞城县问"小虬髯"三字,十人九晓;如其问"韦度山",晓得的人反而少哩。小虬髯居然少年时应过武试能开五石弓,骑得好脚力,胆门子也有一些。后来投入公门之内,当了粮差。这当粮差的味道,着实不坏,所以手头渐渐宽转。

他生平爱听北京人讲的评话,什么《三国》《隋唐》《水浒》《粉妆楼》《金枪传》《七侠五义》一类小说,肚子内记得滚瓜烂熟。他最最羡慕的是

《三国志》内的圣贤爷,其次《水浒》内的托塔天王晁盖。故而他家内也豢养了一班亡命之徒,颇想烈烈轰轰干番事业。并相与了一个开骡马行的老板,姓邵排三,是个跛子,大家都叫他三踮脚;一个开剃头店的股东,姓李行五,既是麻子,又是瘌痢头,人们都叫他李麻瘌。这邵、李二人出身虽不甚高贵,但是手把子内都不含糊,打起架来,每人开发六七个壮年汉子不当一回事。那李五更非但手脚利落,并且识得字,又能写,肚子内小划策也有一点,有时想出来的念头,的确促狭异常,真合着“天上鹞鹰刁,地上麻子刁”两句俗语。三踮脚肚皮功夫逊一些,拳脚却很去得。他俩平素为人,倒也颇有些血性,同小虬髯在所讲评书的茶棚子遇见了,彼此说话投机,志同道合,便效法刘、关、张桃园结义,就择了黄道吉日,在关帝庙内焚香叙齿,结为异姓手足,小虬髯居长,李麻瘌居次,三踮脚仍是排三。

小虬髯自结识了这两个把弟,有老二代他摇摇鹅毛扇子,老三代他做做铳头码子,文武兼备,大小皆能。因此他的名儿和势力,一天大似一天。因为他想干惊天动地的大事,对于网罗鸡鸣狗盗之雄一道,格外注意。那李麻瘌的妻子,乃是中牟山王家村上出身,故此王三聋、王三哑俩的大名,李麻瘌早已告诉给小虬髯知晓。那一回,恰巧小虬髯为了一件公事,到那林县投递,忽然想着王家弟兄,公文投掉之后,特地绕道到前山王村,访问三聋、三哑。其时王氏弟兄正在跌庙卖马之际,三人见面,似有前缘,居然一见如故。小虬髯眼见他们度日艰苦情状,便劝他俩跟随自己同至潞城县家里去吃住去。三聋、三哑住在故乡,本没甚好处,听小虬髯一说,一致赞同,约定日子,小虬髯先自回县销差。他俩把家中细软收拾了带在身旁,其余粗笨家伙封锁起来,顺便把照看屋子责任托给邻近一个近房族人,然后取道到潞城县找至韦家。

恰巧那一天小虬髯手下一个捏牌伙计是个折臂,叫小手许二,同三踮脚俩介绍一个朋友,叫一阵风神偷宾燕儿,和小虬髯结识,正备着盛筵,款待这个贼伯伯,燕儿生得身不满三尺,并且面黄肌瘦,形同马猴般一只,再加是个罗锅儿,背心上好似驮着一个大衣包般,那里信他是个飞檐走壁、来去无踪、黑道中的唯一好手。等到王氏弟兄一到,即便入席饮酒。所有在席诸人,均由小虬髯拉了场。三哑不会说话,凭装手势。三聋口虽不喑,无奈耳朵听不见,要待兄弟听见了做出手势来,乃兄却多明白,于是再直着大嗓,哇啦哇啦地答话。大抵天生哑巴,必兼聋子;唯独三哑口舌虽喑,耳朵十分灵便。大凡聋子总是呆头呆脑,偏偏三聋别的多呆,对于乃弟的手势,他总能曲曲达到,代为说出。天生他们这一对宝贝,表面上是生着两具形体,实在只合一个人的用途。

当由李麻痢发起道:"目下咱们七个人都带残废, 一朝聚首一堂,上应北斗七星。本来南斗主生,北斗主死。北斗的七颗星,所谓凶神七煞,本多不十全的;犹如咱们哥儿七口子,个个身带残疾玩意儿已经不含糊,如其咱们七个人没有残疾,真不知要如何厉害哩。而今既天缘凑巧,把晤一处,该有一种纪念结合,也不负老天撮合咱们在一块的一番美意。倒不如咱们重叙年齿,再行结拜一回,组织一个七星会吧。"此话一发表,在席六人,自然都赞成的。于是立刻摆设香案,供起三义神位,大家各把年纪说出,依着大小排了次序,依然小虬髯老大,王三聋老二,李麻痢行三,王三哑排四,三踮脚同小手许二是老五、老六,宾燕儿最小,挨顺了在神前磕头立誓。从此着手组织起七星会来。

七星当中,宾燕儿无暇常在潞城,住了几天,他自顾自开码头。那韦、李、邵、许、二王六人,分司职责,把袁家开山放布的老法儿做了模范,将七星会用足了精神办理。天下不论何事,只要用精神干去,自然而然地蒸蒸日上。不满半年,非但潞城县管辖的南垂、黄碾、微子、北社等四乡八镇,一班说得着的白相人、捣乱鬼、贩黑老、草鞋律师等等,全加入了七星会内做了会员,连那平顺、壶关、黎城、襄垣、长治、屯留、长子、高平、陵川等八九个邻县地方,也都有了七星会的分会。并且有大同府皮货帮中人,赶来入会,要求给点凭据,准备往绥远归化城,察哈尔杀虎口、凉城等边塞地方创立分会去。此外陕西榆林、同州,河南怀庆、洛阳,直隶怀安、涞源、正定、永年、元氏、邢台等处人,多不辞路远,成群结队到来入会。小虬髯见会务发达，格外高兴，预定满了十万会员，就要兴隆起手。讵料人怕出名猪怕壮，猪壮吃刀，人壮祸到。

其时山西巡抚兼提督，是河南新乡人卫荣光，为官暮气甚深，没甚出色惊人处。这是前清督抚的普通流行病，大抵尽人如是的。因为做到这一二品封疆大臣，年纪起码六七十岁，试问他还会有朝气吗？上头如此，下面两司府道等文官，自然也因循粉饰，混一天是一天。倒是武官之内，有个镇守太原等处地方总兵官、驻扎平阳府的林成兴，湖南善化县人，还是跟左宗棠拓新疆一役内的军功保举出身，一直做到这身份，比别人留心一些时务，从手下一个马弁口中问着了七星会消息，便专诚入省面禀卫帅。恰巧卫荣光的内眷回家祭扫，反从新乡代卫家看守坟茔的坟丁方面，得了一些些七星会的鳞爪，因为是治下事情，不敢懈忽，急忙赶回任上告诉卫荣光。卫荣光正要派员密查，恰巧林总兵又来面禀一切，再不从严究治，将来闹出事来，自己前程有碍。所以就把密拿七星会匪首领小虬髯格杀勿论的公文，交给林成兴，叫他会同潞安府知府刘鼎新、潞城县知县曾云章，相机办理。不料那个曾大令是江苏苏州府昭文县人氏，进士出身，家道寒酸得紧，自到潞城任上以来，每年要解漕银三万三千二百零八两、杂税银三百两。无奈潞城是个简缺，积谷定额只得八千石、养廉银八百两，一毫没有手脚可做。幸得小虬髯报答本官，上年银漕收了下来，让本官移用，等到本年报解之际，如其本官存银不敷，由小虬髯同漕总及本班几个有钱卯首公凑整了，借给本官解缴，到年终收了，尽先归还。故此官吏间的感情再好也没有。这回林总兵持了公文，一到潞安府，刘鼎新立刻派人喊曾云章去，曾大令和一个虹梓关缪绍书一同去的。及至见了公文，约定明天一同回县缉拿。其实当夜曾大令已叫缪巡检先行赶回潞城送信，叫小虬髯火速避开。好在潞城是在潞安州东北四十里官站，距离不远。到第二天，林总兵、刘知府同曾大令回县密拿，小虬髯早已远走高飞；就是七星会的痕迹，也一毫不曾拿到。此案结果，仍跳不出“事出有因，查无实据”八个字的官场老例，把韦度山粮差名字开革掉了，也就完了。

但是小虬髯一跑跑到了那里去呢？所谓“逃墨必归于杨，逃杨必归于儒”。小虬髯等一班人，公门中既站不住脚跟，始而避风头，暂且到中牟山王家村王三聋、三哑家中住下。后来晓得公事紧急，粮差名字开除，在这十年八年当中，休想出头。这也好算是官逼民变，他们没奈何，便干起打家劫舍、绑人勒赎的没本钱生意。好在地理熟悉，中牟山又跨着晋豫两省，牵着七县地界，愈加容易开武差使。就算两省官吏会同了，委派一个剿匪专员，居然带了人马来严剿，小虬髯看风使篷，力量对付得过，有李麻瘌出奇制胜，杀他个片甲不留。如果派来的官兵多了，便四散隐去，合着那“贼来兵不见，贼去兵出现，兵贼做翻戏，多想刮铜钱”的四句俗语。这都是已往之事。现在小虬髯等强盗资格一年老似一年，附近老百姓对于中牟山这班公道大王的威信，反倒有了一种相当敬礼；对于剿匪官兵，反恨如切骨，避之若蝎。

因为小虬髯有个儿子，其时年已舞象，要请一位文武全才的好先生，训教小韦。恰巧有个江湖朋友路过拜山，便将沈斗南一荐。小虬髯便差人上汤阴一打探，恰逢斗南新中举人，准备赴汴。故此小虬髯照世俗上请西席的规矩，一切筹备周致，所有汴梁、汤阴往来的水旱两道路上都派了心腹头目，恭候沈先生大驾。不料水路上倒先接着沈斗南，偏又遇兵四九也派着心腹，中途候着斗南，要将他们主仆俩种水仙花。当被小手许二领头入舱，把那班土货强盗捆起来。一共六个人，只有一个身子最矮小的，仗脚快便宜，溜出头舱门，扑通一声，跳入卫河，其余五个，全被剪起来，像猪猡般关在船头下舱。一面将斗南主仆在麻袋内倒出来，用凉水喷醒了，告诉他经过情形，及公道大王邀请的诚意。斗南也久闻公道大王的名声，并知此刻若是拒绝，反讨没趣，故暂且跟他们去了，再作道理。

不料逃去那个矮子，叫水老鼠桂生，乃是兵四九手下有名的水道上好手，他跳在水内，见没人下水追赶，便伏在船边，把许二的说话听得一清二白。当即游泳到了岸边，悄悄上岸。好在身畔有钱，一径觅路，先转汤阴，把经过情形同兵四九一说。有了题目，自然就有文章做出来。兵四九便去出首控告，指沈斗南密通七星会匪和盗寇往来，图谋不轨。其时汤阴知县乃是湖南东安人，叫陈其昌，出身廪贡，斯文一脉，对于兵四九的呈子，尚拟批驳。不料属下那个典史，江苏上元县的监生朱兆蓉，他想乘机升官发财，便先和兵四九私下接洽了，代为设法，待县里批掉，教他上彰德去告府状。那时彰德府知府叫谢祖源，和朱典史是有感情的，居然府状告准，连陈知县都受着本府训饬，于是专委朱典史办理此案。朱兆蓉便忙将斗南妻子沈王氏，同着酒店内两个伙计，一名女仆，先抓去看押起来。又将斗南的住家、店面房屋一概封锁。一面便讯问沈王氏等口供。对于斗南妻子，究竟是孝廉夫人，目下未得确据，不能刑讯。对于那个伙计，老实不客气，滥刑谳问，屈打成招。一壁请堂翁申详上宪，开革沈斗南功名；一壁密派干役，在沈家附近，留心缉拿正犯。可怜斗南本人尚一毫不曾知晓。正是：

方喜文昌星照命，谁知白虎已临门。

要知后事如何，且待下回分解。

第七回　申义利正言折群寇
诉冤怨微服走京师

却说沈斗南在卫河船上也算得死里逃生，听许二提及公道大王请师盛意，晓得这种笨货浑人脑筋简单，和他说话，枉费唇舌。所以口内一诺无辞，心上早有成竹，姑且到了盗窟，同那个为首为头之人谈判起来，或者头脑清楚，好还我自由，返家开贺。当晚就在船上过了一夜。

翌日清晨，那条船已驶到一处，望得见中牟山势的僻静所在。岸上早停有两乘青布小轿，请斗南主仆俩坐着，由喽兵抬了。许二跨了一头红毛大骡，在后压道。抓住的那班毛贼，另外也有人押进山来。暂且搁过。

单表斗南坐在轿内，被他们把轿帘下了下来，闷坐在内，实在闷气。想要推开一些帘儿，不料早已缚牢拴紧，休想推动分毫。一时间转弯抹角，连方向都分不清爽，更休想弄明白进山路径如何走法的了。从辰牌直走到申时，方才到得一所土墙瓦面的大庄院前歇足。仍由许二招待斗南，出轿入庄，一直领到一处，好似书房模样。门上贴着一副八言红纸联语道："待差先生，天诛地灭；误人子弟，男盗女娼。"斗南几乎笑出来。及至到了屋内，许二喊人打脸水，泡茶，掸掉身上尘土，漱过了口，急忙喊摆酒饭。斗南肚子内确亦饿得鬼叫，不管三七二十一，莫问盗泉匪食，且饮啖它一顿再说。

等到酒饭吃罢，斗南要紧启口动问道："你们的大当家呢？在下急于要和他会面哩。可知在下功名虽小,究竟也算是个一榜,叨受朝廷小惠。叫在下久居此处到底自己交代不过自己的。”许二笑了一笑,意欲直言答复,忽又嘟囔了一声,重又敛容回答道:“你老有甚说话,横竖见了咱们山主说吧。我是奉公差遣,山主吩咐怎么办理,便依样画葫芦,仿照着怎么办理;好似戏剧上披袍着甲、先行出场的辕门八将,受人指挥,不是指挥人的角色。你老也是明白人,现在毋庸劳神空话的。”斗南道:“在下晓得中牟山公道大王,就是从前七星会首领小虬髯韦驼。到底是不是呢?”许二道:“不错。不过眼下七星会无形取消,改名叫作黑枪会了。”斗南道:“为甚要改换名称呢?”

许二道:“说来话长哩。咱们起初创立这个七星会,恰巧结拜弟兄七个人,上合北斗七星之数,所以才组成那个七星会。不料为了这倒运会,弄得大家都背了风火,有家难归,有国难奔,从排一起至排六止,皆落草为寇。李麻瘌说:‘这七星名称不吉利。况且目下只有咱们哥儿六口子聚在一处,排小的罗锅儿向来不在一块的。我们倒不如换个名称吧。’这话大家都赞成的,不过一时改什么好名称儿呢?咱们山主因见附近各乡各镇的老百姓,被咱们许多同志接二连三跑去借伙食,借盘缠,一客都是客,一时竟有打发不尽、应酬不完之势,所以去请鹰爪来,同咱们开硬弓。不料几百个灰苍蝇,也受不起咱们一两顿接风饯行。若得请了大帮蝇儿来,咱们各山放了龙,相约结成个张果老倒骑驴,永不见畜生之面的局势,等到蝇儿飞了去,再和为头的土豪劣绅加倍算账去。要知大批灰蝇儿来了,非但照例要供给养,他们临走之际,也要不打招呼,顺手带点东西去。故此老百姓闹得实在急了,便有乖巧地想出了主张,求人不如求自己。他们一壁浼人到咱们各处山主跟前讲明月俸,按送常例钱;一壁他们自己办起团练局来,联庄防护,不烦客手。虽则地方上动了公禀,在该管文武官厅之内批准立案,但是要想请几杆洋枪火器,一时请不到手。于是这班团丁,都用红漆杆儿红缨鸭舌枪,权当军械,并且取名叫作红枪会。咱们山主触景生情,叫手下弟兄都用黑缨黑杆枪儿做防身利器,即便把七星会改名叫黑枪会,同那红枪会员天然站在对等地位。

“山主始改此名,并无别意。讵料本省怀庆府阳武县齐益集附近,有一处黄石村地方,本有一个武庠生卢大龙的小儿子,叫卢延沙,早已有这黑枪会组织。据延沙亲口告诉人家道:‘我爸在四十岁那年,遇过一位异人到来,传授《丁甲奇遁秘术》七卷。那位异人是西川出身,生平只收了我爸同北平的段正元两个徒弟。’延沙书读得不多,只不过受了两三年村塾教育。幸得他有老子传授异术,可以不怕枪炮,浑身刀剑不入。因为异人说过,叫他们父子二人潜心习练功夫,将来辅助草头正人,乃是全世界上第一个真命帝主。故卢延沙已早秘密结集,成立黑枪会团体。凡愿为会员的人,不论九流三教,上中下三等九格男女人众,一概收的。不过入会手续,须先在神前立誓,最最重要的是‘勿疑会纲,勿泄会秘’八个字,如其触犯,天罚雷殛。入会后半年,便先学‘八大金刚在前,四大天王在后,祖师佑吾不畏军器’的避刀剑符咒。入会一年,即可再习‘吾有祖师菩萨、五雷真人、三界神仙左右保护,不怕火器’的避枪炮符咒。凡遇传授符咒之际,父不告子,兄不问弟,夫妻不答话,不然便不灵验的。凭你如何聪明伶俐之人,最快须一百天卒业。卒业了,先将砖石试练,把胆门子练壮,有了经验,即可上阵退敌。所有会中供奉神道,很多很多,最最敬重的是汉代张道陵、三国关壮缪、唐朝哥舒翰、明末尤大纲四位。张道陵是始创法术的鼻祖,圣贤爷是尊敬他的义气,哥舒翰是半段枪发明家,尤大纲是黑枪会最先发起人,故此这四位最尊崇敬礼。

“但是卢延沙一人能力有限,他的黑枪会一时办得不甚发达。及至得了咱们山主把七星会也改名黑枪会的信息,他便亲来会晤,联合创办。现在是大非昔比。卢延沙的道法,同官兵哩,红枪会员哩,自家伙伴内的反叛哩,多上阵出手过,真正在枪林弹雨之内,走出走进,毫无损伤,所以信徒日众。再加咱们各山代他尽力宣传,愈加传播得广阔。仅就直、鲁、豫、晋四省地方的黑枪会会员,现已有十三四万人了。就是卢氏县界上用神扇、神刀、神八卦的扇子会,开封兰封通行念‘同胞兄弟快上前’咒语的兄弟会，洛阳一带左手执刀右手提花篮上阵的妇女诵了咒语，弹火便流入篮内的花篮会，陕、晋、豫三交界地方把黄绫包头的黄绫会，信阳、孝感等处盛行执镌刻双龙取珠军器的天神会，总共四五种名目也都是咱们黑枪会的分支哩。”

斗南听了，默然不语，暗忖：“朝乏良将贤相，野有赤眉铜马，一夫揭竿，千夫盲从。怕连妇竖也多明白不是家国人民之福，迟早要闹到荆天棘地，人自戕食，一塌糊涂地步哩。”

当下许二和斗南闲谈了一阵，斗南反催他进去告诉山主，说他急于一见。不料许二应了出去，直挨到傍晚时候，才来回复道：“山主一来事冗，再者感冒。你老既来之，则安之。极快须待三天以后，山主身子复原，一有闲暇，当即到此问候你老。所有意见，尽不妨那时当面说吧。”斗南这时候真个身不由主，懊悔嫌迟。倒是自己那个贴身小厮，一进了这山庄，不知去向，追问许二，说在外厢安歇。由许二另外拨派两个小童儿来伺候。斗南成了一只孤雁，独木不成林，单丝难成线，愈加不便利。当晚就在书房后面一间客房内将就睡了。自己的铺陈行李，倒都发来，一支绣花针都没遗失。

到了第二天早上，起身梳洗以后，仍由许二进来，端正文昌、关帝、文曲星等纸马，点起香烛，地下铺了红毡。一切周备了，便去领了一个眉清目秀、满脸英爽气概的小强盗出来，循规蹈矩地来拜先生。居然端正莲心桂圆汤代茶，用糯米甜糕、火腿粽子作点心，其中暗藏“连贵高中”一句四言吉语。斗南又好气又好笑。因见这孩子生得非常讨喜，忍不住问问他叫甚名字？这回是开荒田呢，还是已经读过书的了？那孩子对答如流道：“学生名叫韦益山。以前识过五千方字，读过《孟子》《鉴略》《左传》《国策》《国语》五部书。这回是求先生把《左传》补讲一遍，并请将吕望《六韬》、黄公《三略》、十三篇、诸葛《新书》等四五种书补习补习。斗南一听，甚为诧异。自己本来反对孩童诵读《大学》《中庸》《毛诗》《周易》等深奥沉闷的几种经书，现闻益山说出求学经过，大合己意，忍不住要试试这孩子了。韦益山年纪虽小，真不丢人，斗南口试他几个问题，他都对付得不错。本来这个小孩子乃是《侠义英雄鉴》说部中的主人翁，他这一生，将来要关系庄、何两大军阀的许多秘史关键，往后去还要引出一个天不怕地不怕、钢胆柔肠、赤心侠骨的人间奇女子来，和他合成佳偶，真不知要干多少痛快淋漓的事业。自然头角峥嵘，与众不同，人间少有，特别伶俐了。斗南爱才若命，一见此儿，好似灵磁遇铁，不知不觉把身子吸住了。

一瞬之间，三天已过，那山主仍不出来照面。没奈何，动问益山道："你爸怎么会知道我这么一个人，专诚邀我到来教读？"益山说："是光州神拳金四师，上回到来拜山，极力举荐先生的。"斗南满肚子想不出这光州神拳金家，虽则耳有所闻，但是自己和姓金的向无交谊，怎么会介绍起我这样一个美馆地来呢？

如是者又过了两天，斗南实在忍无可忍，所以第六天清晨，硬逼着益山，叫他领去见他的爸。那日被益山说话说得圆活，又敷衍过了。直挨至第十天，那一日斗南一去就做了话头，益山被迫不过，只好引领先生到忠义堂上，同天伦见面。那日恰巧又是治公日子，斗南师徒俩走至屏门后面，窥见忠义堂上坐的站的，黑压压挤了一屋子的人。小虬髯面南背北，昂坐在中间，先处理各山军务，其次料理各山饷馏，最后拷问肉票，把那些没钱老票做榜样，使用各种酷刑，庶有钱新票见了，肯通信家中，拿钱来赎。斗南在屏后一一看在眼内。

待他公务了当，各山小喽罗中头目已都散出，忠义堂上光剩十几个坐把交椅的大大王了，斗南才转出屏门，上前相见。而且一见小虬髯的面庞儿，也不容他照着俗套寒温，自己便站在居中，正色高声，侃侃而谈道："我是一个清白读书人，自信是顶天立地、噙齿戴发的须眉大丈夫，岂肯随便受人一饭，轻易结交？何况这种贼伙盗窟之中，倒肯翩然莅止，折节往还吗？因为我两三年前，便闻江湖上人无意道及，说中牟山公道大王虽然身为盗匪，宅心倒还侠义忠直，一向把'惠民济物'四字做宗旨。所杀者贪官污吏，劣绅土豪；所生者孤穷赤子，冤屈平民。远追聂政、要离、昆仑奴、古押衙等一流侠客行为，近仿吕四娘、王征南、甘凤池、张文祥辈壮士作事。所以我此番才惠然肯来，急欲一见；否则，我真会希罕这强盗西席一缺，到此间来做训蒙的先生吗？讵料一进山寨，转瞬十天，要见当家一面，难似登天。似这种瞎搭臭架子，我心上已不谓然。好容易同你儿子说至再三，才能做一个隔屏窃听的男性蔡夫人。想干大事业的人，有这样情形的吗？吐哺握发，倒屣亲迎，才是正理。自古以来的伟人豪杰，礼贤下士，大抵跳不出这范围。

“这一层呢，还及着我自身问题，姑弗细论。适才我瞧见你处理大小杂事，究治新旧肉票，口口声声，把金钱作前提，可知区分人的好歹，就把好义、好利两端来做标准。孔夫子道：‘君子喻于义，小人喻于利。’此其要旨也。又道：‘汝为君子儒，毋为小人儒。’君子之学，为人为义也；小人之学，为己为利也。又曰：‘君子和而不同，小人同而不和。’君子惟义与比，安肯苟从？小人见利必争，当然难保永久和睦。又曰：‘君子泰而不骄，小人骄而不泰。’君子安于义，终身不肯自满；小人逞于利，得志即便颠狂。又曰：‘君子易事而难悦，小人难事而易悦。’君子处世平易，只求稍合于义便已；小人宅心奸险，但见有利就喜。又曰：‘君子求诸己，小人求诸人。’义根于心，故事事求己；利生于欲，故处处仰人。又曰：‘君子坦荡荡，小人长戚戚。’心注重于侠义，自然心地常常坦夷；心供役于欲利，私衷自然永远不足。又曰：‘君子上达，小人下达。’重义则刚毅特立，故能上行；重利则柔行选入，故愈趋卑下。又曰：‘君子固穷，小人穷斯滥矣。’君子见利则思义，故金钱要想一想才赚；小人见利则忘义，黑心红眼乌指爪，瞧那黄金白银青铜钱，见钱便攫，管他要得要不得。又曰：‘君子周而不比，小人比而不周。’君子以义订交，平常淡薄如水，要遇事出力；小人以利结合，平日甘言媚语，万一有事，非但避之若浼，并且对方以利相啖，还要助虐反噬。又曰：‘君子不可小知，而可大受；小人不可大受，而可小知。’盖明大义，则识见高远；贪小利，则气量浅狭。又曰：‘君子成人之美，不成人之恶，小人反是。’重义则与人为善，贪利则同恶相济。又曰：‘君子怀德，小人怀玉;君子怀刑,小人怀惠。'本来徇义者安于义,徇利者亡于利。又曰:'君子哉蘧伯玉。'以其有道则仕,无道则卷而怀之,所守者惟义也。又曰:'小人哉樊须也。'以其请学稼,请学圃,所趋者惟利也。

"仅把一部《论语》大略讲解一下,对于'义利'两字,区别出君子小人来,已有这许多了,别的书也不必说哩。你自己想想,你所作所为,偏于义字的多呢,还是注重贸利的多?外人代你宣传,说你是个有心人,要诛尽天下无情汉。其实你自己就是在可杀之列。从古以来,岂有言行绝不相顾的公道大王?请问你公平在何处?这算什么道理?我毕竟还爱你是个可造人才,直言忠告。你若听得进的,赶紧洗心革面,改换初行;你若忠言逆耳,仍旧我行我素,速即把我一刀两段,或者凌迟碎剐,否则恭送出山,还吾自由。火速给我个干脆了当,吾辈大丈夫,干事应该这般痛痛快快,不要推三诿四,扭扭捏捏的。"

斗南说罢,两手叉在腰上,横眉瞪目,向盗众瞪视着,逼他们一个答复。此刻坐在左面的三踮脚听得火发了,也站起身来,怒喝道:"你自负读书人清白之躯,可知古来有儒冠贼行之徒很多很多。咱们却都是贼寇儒行的好汉子。你这厮满口咬文嚼字,料想你一肚子势利念头,只想功名富贵,那顾礼义纲常,得势则强吞弱食,失势则吮痈舐痔,鄙夫之心,无所不至。咱们大哥向人说明白要钱,尚不失为光明磊落的奇男子。你嘴巴道义,居心更不堪闻问,真正腌臜泼贱之人。待三爷把你送回了老家,取你狼心狗肺出来下酒。"说时便从座上作一个势,蹿至斗南近身,举起手中那根镔铁拐杖,向斗南"飕"的一响,当头真打下来。斗南面不改色,仍旧挺立在居中,丝毫不曾移动。三踮脚这一杖打下来,离开斗南头顶至多不过半寸光景,瞥见小虬髯双手乱摇,他把铁杖掣回,冷笑一声道:"瞧不出这文弱笔管生,胆气倒还不错哩。"一壁口中自言自语,一壁一瘸一拐,仍归原位坐地。

当下小虬髯出位重新行礼,并关照大众道:"沈先生是当代第一等人物,他方才教训的说话,吾等均属闻所未闻,非但要把他佛眼相看,应该要竭诚求教。”大家见小虬髯如此敬重斗南，自也唯唯遵命。斗南忙又启口动问自身的去住问题。当下双方协定：斗南再在山中住居十日，因为小虬髯已派专足，往汤阴去迎斗南家眷，大概在这数日里来，也要回山复命，待那个人回来了，再定行止；那人如再不归，则斗南限定至多再留十天。其次，斗南问及同行小厮。小虬髯道：“贵价进山的第二天，一声不响，逃出去了。会令部下留神侦察，至今未有下落。”斗南空自嗟叹了一阵。第三，益山的读书问题，如其真要拜从斗南，十天之后，只好反跟出山，往汤阴去补习。

这三件大事谈判妥洽，小虬髯便端上大鱼肉，款待斗南，就请各山山主做陪客。菜上两道，酒过三巡，小虬髯正欲请斗南指示改良盗匪方法，以备大兴中牟山。谁知差往汤阴去的专足，回来报告了兵四九如何谋害沈家，朱巡检怎样贪赃枉法。斗南一闻此话，气得怒发冲冠，始欲赶回故乡投案，后因大众都道犯不着自投罗网，故决计向小虬髯借一骑脚力，单人独骑，星夜动身，上京去告皇状或者部状去。正是：

草寇爱才争拜谒，赃官贪利反诛求。

要知斗南此去如何结果，且待下回分解。

第八回　纯阳庙深宵听奇语
汤阴城白昼出新闻

却说沈斗南一闻家内出了这种非常乱子，意欲入京叩阍，向小虬髯告借一头脚力。李麻瘌忍不住插嘴道："凡人一生所经过的祸福倚伏之机，不可预测。如果遇到大患难、大屈辱、大亏曲折损之处，最好坚忍顺受，徐俟天心人事的自然挽回，则大祸即是大福。即使目前略受小屈，或者日后可以伸。小可少时，曾闻训蒙先生讲解宋朝吕东莱的言论道：'天之生物，自蘖而条，自华丽实，此特造化之微细者尔。继而风霜雨雪，劲烈刻厉，剪击其枝叶，剥伤其肤理，然后能反膏收液，郁积磅礴，发为阳春之滋荣，此则大造化也。'故树木必先有大凋落，而后有大发育；人亦必先有大摧折，而后有大成就，据小可愚鄙之见，觉得目下朝无正士，贿赂公行，沈先生此去京都，即使得叩九阍，恐怕自身也难保平安无事，还是……。"斗南忙道："本来我此番赴京，宁甘玉碎，不望瓦全，不过使天下今后一班贪官污吏，晓得我们士林中尚有人在，不是轻易受他们鱼肉的。"小虬髯见斗南决意要行，自也未便强留，不过说："今天时晚，不及登程，待明晨准送沈先生大驾便了。"当下那顿酒筵，吃得合座索然乏味，草草终席，各自散去睡觉。

到了第二天，小虬髯晓得斗南川资不足，故特地奉送程仪二百番。斗南预料到京出首告官，着实要用掉点，老实不客气收下了。自己原来行李，丢在此间，不带了走，仅把防身匕首带在身旁。小虬髯又特将自己坐骑名唤盖昭陵的借给斗南乘坐。此马怎么叫此名字呢？因为唐代昭陵时候，有六骑宝马：第一拳毛騧，生的黄喙，天然异相，李世民平刘黑闼时所乘；第二什伐赤，浑身纯赤，也是李世民平王世充时所乘；第三白蹄乌，黑背白足平薛仁杲时所乘；第四特勒骠，毛间黄白，喙色微黑，平宋金刚时所乘；第五飒露紫燕骝，全身深紫，平宇文化及入东都时所乘；第六青骓，苍白毛片，平窦建德时所乘。这六头名马，后来也附在凌烟阁功臣图像后面，绘形作赞，流芳千古。现在小虬髯这骑龙马，满身斑点，毛片五色俱全，真可日行千里不黑，夜走八百不明，故而叫它盖昭陵。当时此马牵至斗南面前，只见它，侠少骉虢，雄驹捷疾；耳若插筒，颇疑削出。蹋金镖以弄影，控铁衔而啮膝；始骖驔以舞风，忽获略而追日。自己虽不是九方皋识得骥驹好歹，不过好东西有目共赏，一见此马的神气，便知不是凡驷。于是先向山中诸人谢别。由小虬髯派人引道，出了山坳，指点明白了上京大路。

待他们自行回进山套去复命，斗南等到一上了路，即向着那马深深一揖，郑重托付道："由我家乡汤阴到京，约共一千一百里路不到点。我瞧书上，古来真正龙驹宝马，能识足所未历之途，能知人所未吐之意。此回我家有急难，急欲入京叩阍申诉，但是我由此进京这条道路，尚是头回经历，只好借重你日夜尽力趱行。如可两三天内赶至北都，使我全家冤屈早得申雪，将来我若尚生人间，当向你八拜，以酬现在不辞劳苦，不惜饥疲之恩，此行德惠，没齿不忘也。"斗南嘱罢，跨上马背。此马真是神驹，懂得人的说话，待等斗南一骑上去，也不须鞭催吆喝，两耳一竖，头向下一低，一声长啸，鼻子内打一个微嚏，便同离弦弩箭相似，飞一般往北行去。斗南在背上，但觉耳畔风声呼呼作响，路旁树木同着山村茅屋，只要眼前发现黑点，一刹那间早又在眼角半边射过，真和驾雾腾云一样。他从中牟山出来，仍旧要到了彰德，然后走丰乐镇、磁州、马头镇、邯郸县、临洺关等处入京，就是现在那条京汉铁路干线，到京共须经过四府，三州，十县，十

九个村店镇集。当日辰牌末巳牌初时候上道，跑至晚上酉末亥初，已相近邯郸县县城。自中牟山至彰德三十二里，彰德至丰乐镇五十五里，丰乐镇至磁州四十四里，磁州至马头镇三十三里，马头镇至邯郸三十六里，一共已经二百里足路跑掉。因为斗南的裆劲还不算翘大拇指儿的角色，如换小虬髯自己乘着，一来功夫深强，二来深知马性，至少要到鸭鸽营歇足，多走二百三四十里路。

那时走至邯郸附郭，马尚精神抖擞，不住蹬蹄连连嘶叫，脚底跑热了，还要走哩。斗南的人却受不住了，遥望起那瓦房栉比的市集来了。此处路旁，恰好有所古庙在那里，便扣住马匹，下马离鞍。此时正是十月中旬天气，一轮凉月，皎洁非凡，照见庙门上有"邯郸宫"三字。上前欲思叩口投宿，不料顺手把门一推，咯吱一声，两扇朱漆山门，里头没有上闩，竟被推开。人先进去探望，殿上供的纯阳祖师吕洞宾，半边塑着一个怪树精、一个卢生。斗南暗忖："邯郸宫是汉代赵王如意所建。后来光武破王郎，居邯郸宫，昼卧温明殿，即是此处。照《舆地要览》上记载，宫址在邯郸县城西北里许。怎么胡七八糟，供着吕岩神像？而且还高悬'纯阳殿'三字一块黑底白字的巨额？和伍髭须杜十姨庙一般瞎缠。"不禁失笑。当下提高嗓子喊了几声，始终没人答应。原来是所枯庙，所以满目荒凉，连山门都没关闭。

因为自己行路劳乏，便又出去将马拉进山门，卸了鞍韂，牵至殿后一个小天井内，遛了遛汗，让它自去啃枯草根去。自己将鞍韂做了枕儿，韂垫代了被窝，蜷缩到吕祖万年台前那张檀木供案底下休息。好在有块木台围挡在前面，倒似橱儿一般，睡在里面很是安逸。始而席地而卧，还是生平头一次，反来复去，那里睡得着。耳畔但闻朔风怒吼，吹在庙外的橱上，呼呼作响。间着枝上的惊寒宿鸟，从睡梦中哀号告伴，一声两声，觉得别有一种说不出的凄凉，叫人听了真正二十四分的难受。再加念及妻子王氏，一向胆小怕事。此回被官司所累，不知收禁在女监里头呢，还是被羁押在官媒婆处？总之娇生宝养惯的，一旦住到那两个所在去，真不知如何怨恨哩。比较自己眼前受的苦恼，虽则情形不同，实在差堪仿佛。真所谓“夫妻本是同林鸟，大限来时各自飞。”一个人想着了这心事，那里还能熟睡？幸亏白天行路辛苦，四肢百骸内一阵阵的酸痛，那肉体上的苦楚，也不输精神上的桎梏。好容易闷思了良久，两目惺忪难开，只得丢开心事，闭目背书。背了半个更次，大约已有三更时分，居然勉强睡着，不过朦朦胧胧，尚未睡实。

猛听得庙门响处，有足声杂沓进庙，把斗南惊醒。静心侧耳一听，果有两个人的足声，走至殿上，好似都在木桌围前的那个木拜单上坐了下来。先听见火刀火石作声，继而鼻孔内嗅着一阵阵淡芭菇的味道。工夫不大，便又闻得一个山西土音的老年人道：“我今晚又要考考你了。三国年间，有个‘有名无姓’的人是谁？还有个‘有姓无名’的人是谁？更有个‘无名无姓’的人是谁？还要说说‘双名’的人共有几个？”接着又听得一个口操陕西土音的年轻人答道：“徒弟知道。貂蝉是‘有名无姓’的。乔国老是‘有姓无名’的。被张桓侯敲打的督邮是‘无名无姓’的。因为貂蝉虽算是王允义女，但是使连环计时节相认，本来不知姓什么。乔国老但有姓而没有名号的。督邮是个官职名称，这人名姓都没有的。至于三国时代‘双名’的人，除了黄承彦、崔州平、石广元、孟公威、庞德公、严白虎、郑康成、傅士仁等八人之外，不知尚有第九人否？”山西人道：“亏你记得起这些。你闲文能够记得如此清楚，那么咱们做黑道上翻高头好汉，开码头做生意的过门儿，都是你我吃饭正文，你已都熟悉否？”陕西人道：“徒弟就为正文不明了的地方很多，所以今晚要夤夜求你老人家指教些。”山西人道：“既然如此，我来说给你听了，你须一桩桩一件件牢牢紧记着。”

斗南在神案底下一听他俩谈话，晓得是穿窬胠箧之雄，在那里教授徒弟，自己左右被他们闹得睡不着，顺便不妨带只耳朵听听。这种异言奇语，十停人当中，竟有九停九做了一辈子的人，始终不曾听到这些话的哩。故此格外提神侧耳。只听那山西人道：“凡在北五省访桃源，把圈子开就，须把预备的假人头儿先伸进去试探试探。因为北人天性刚劲，且都尚武有力，家家购备快口。你若鲁莽一些，自己把脑袋就钻进去，也许事主早已惊觉，他拿了家伙，悄悄然候在里面。此等事主，一定心狠手辣，艺高胆大，被他顺手一劈，不免性命失途。万一未备假人，那么宜乎先伸一条腿进去探探道，即使失风，不致丢命。至于进出口的纵横尺寸，你可把两手交叉，紧抱自己腰眼，然后将肩膀去量着。如果这一段进得去，全身都进得去，因为人身最阔莫过肩膀。两手交叉抱腰，一者身材形窄，再者保护两腰，不致被墙砖擦伤。如果在门外拨起人家闩儿来，一时不知闩在那一段，那么你可把左足趾踏着了一些门槛，再将左手向上肘儿加在膝盖上，名为一膝一挣，门内闩儿常不离乎左右。因为木匠做门闩也有法定尺寸，大抵木尺四尺二寸七分半，合裁衣尺三尺半光景，木尺较衣尺大约每尺短二寸半样子。故而拨闩门道，只消一膝一挣。倘若撬门进去，推门第一下不妨重些，尽让门儿作响，藉此可以试探事主睡着或不曾睡着，胆门子是大的还是小的。进门之后，须将门掩上了，方可出手；不然要惊动街坊闲人，或者打更防夜之人。所有屋内各处的房门外面，出手时须把长凳、牌杌、小半桌之类，一一堆放门外，倘房门以内的人惊觉起身，开门出来追捉，先让他绊上一跤，或者吃上一惊，有此一小耽搁，你便可携物出门。不过遇到这种经过，自己虽未失风，但是事主已经当场知晓，你须设法助事主呐喊，庶儿左右邻居亦都起身接应。于是连一条线上的人也晓得某处已经小失风，轻易就不肯再去出手。不然，事主四邻暗中戒备，同道中未会得信，就去放钩，稳被生擒，送至当官，抽藤牵丝起来，自家也难免株连。所以必须要代为声张，益人就是利己。万一出手时闻甚声息，不必当一回事，所谓'咳嗽不离床，拖鞋不出房'。至于我们百宝囊内，大概和海道河道上弟兄相仿，不过铁尺、铁丝、三角钻三样东西，须要时刻不离。铁尺既可敲墙上坚硬东西，又可防身。若遇锁钥，即以铁丝代匙，百发百中。若遇小锁，一时未备细铁丝，那么把衣带或者棉花、头发等物，总之软而含有弹性的，从锁孔内塞进去，塞得满足了，把锁梗轻轻一扭，也可应手而开。三角钻既可钻门，又可插墙歇足。如有两柄，次第拴拔上下，竟是一具自由梯儿。如撬楼上窗儿,事主已闻声起视,你须身向外面,两手反攀楼檐,候他推窗探视,你便借他的巧劲,乘势两足送上屋面。倘肚子饿了,欲思饮食,只消拔几根竹筷,在手内轻搓,好比馋猫偷食,事主家人定必说出藏妥食物所在。此中道理,一时也传说不尽许多。总之‘心灵智幻,随机应变,胆大心细,看风使舵’十六个字,最为要紧。并且一个‘忍’字,尤须注意。万一出手之际,瞧见事主家突然起火,或者他们床上有毒虺恶物爬上去,千万视若无睹;那是天予机缘,可以趁势饱载;切不可热心高喊,做那扑火灯蛾。”

斗南听至此处,忍不住微叹道:“唉!人穷志短,多思作贼。不料贼亦有道,岂容尽人可为啊!”他嘟囔几句不打紧,把外面两人吓了一跳,忙都取出千里火,站起身躯,分头照看。照至神案下头,见了斗南,彼此六只眼珠子都愣了一愣。斗南一见那个老的身躯是个驼背,忙开口问道:“足下不是江湖上有名高手的宾燕儿吗?”一壁说话,一壁忙自神案底下爬出来,站起身躯。那操山西话的听斗南一问此话,好似解悟了什么似的,闲闲接口道:“咱并非燕七小子,论起行辈来,他还是后生小子哩。”斗南道:“那么尚未请教你老贵姓高名。”那人道:“你不必追问咱俩名姓,现在你我大概也是缘由前定,三秋深夜,会在此邯郸宫内遇见,你就唤咱一声‘邯郸老驼’,叫他一声‘小三秋儿’就得啦,但不知你是何许样人?怎会睡在此地?”斗南便把自己已往详细事由,一句不瞒,仔细诉说出来。老驼听罢,不禁拍手大笑道:“哈哈,咱在江湖上来往,时常听人道及小虬髯的威名,都称颂他是个仗义疏财、坐言起行、说得到做得出的顶天立地奇男子,磊落光明大丈夫。又道他手下有多少能人好汉,临阵当先,代他做先锋打出手的,固然不少。就是轻摇羽扇,坐定了代他运筹于帏幄之中,决胜于千里之外的角儿,也有好几个哩。谁知闻名不如所见,目下听你这么一说,小虬髯竟肯借坐骑给你,放你入京叩阍,枉为他是中牟山全山的大当家,实在不配享这样的大名。你难道不知道,现在的朝廷,牝鸡司晨,权奸当路,事事贿赂公行,非钱不办?即报有少数扶持名教,略明气节之徒,混在那坏淘内，如白染皂，也不会做吃狗屎忠臣，肯代一个不相干的人出头主持公道。那你此番入京叩阍，除非自己和那一个在马上的亲王，或者走红的贝子、贝勒，交情真够得上，才可稳打上风官司。不过你果有这么一座靠山，兵四九同朱巡检断不敢和你打交关。现在你既没有准门路可靠，那么小虬髯该代你端正了一笔巨款，起码两三万，运到北京去，走六宫都总管李莲英门路。好在这个有疗子太监，吃得进药，一贴补衷顺气汤，也保可把你的案子反过来。怎么小虬髯见不及此，竟放你匹马单身，空拳赤手，进京希图翻案？真正吃了灯草灰放屁，连轻重都不知道。所以咱要笑他是银样镴枪头。你自己既是个一榜，肚子内当然有些墨水，不妨把咱说的话仔细忖量忖量，究竟是不是的呢？”

斗南一听他这番议论，果真句句道着，自己此次晋京，确然有些不对头，全不是这回事。追想妻子、店伙收禁囹圄，恐怕今生再也不能相见，不禁两目呆呆出了一回神，渐渐地掉下几点英雄泪来。老驼见此情形，不禁扑哧一笑道：“这么大的人，有胆在此独宿，有才得中孝廉，怎也会效那妇女小孩般扑簌起来？也罢，咱既同你见了面，待咱来管了这闲账，碰你运气，姑且代你找条捷径，试它一试如何？”斗南一闻老驼如此说法，不禁跪下地去，拜谢援救深恩。老驼忙双手搀扶，连道：“咱不过为了一个‘义’字，至于事情成败，尚在未定之天，足下何必行此大礼？”当下斗南拜罢起身。

此刻已有四鼓光景。老驼便向斗南附耳密告，把他自己所定的主意，如此这般，说给斗南听了。斗南连连点首赞成。老驼又唤小三秋儿，将骡子背上的干粮袋卸下来，把袋内的炒米、牛脯分做三份，大家胡乱充了饥。直至天色乍明，斗南依了老驼嘱咐，将马备妥，仍循旧道，先行回至中牟山，和小虬髯说明原委，准备专人上汤阴去迎接眷属。那老驼师徒二人，打发斗南先走之后，也都离开邯郸宫，自去招呼了几个上好帮手，同至汤阴干事。话分两头。

却说汤阴城内，自从沈斗南那件案子发生之后，社会上都当作一件大事讨论。过了些时，被告正身消息全无，原告兵四九方面，同朱巡检议妥的种种进行程序,也无从发展,自也无形的心意灰懒,逐日懈怠下来。局中人尚且如是,局外人更不必说起这件陈案,于是渐归沉寂。又过了几时,汤阴城内的大街小巷,庵观庙宗,以及公署照墙,公厕壁上,忽然同时发现一种标语,其时所谓“无头榜”,俗名“黄莺语”,都是用五色纸儿,五色彩墨写着:“眼内看看,肚内算算,手内判判,口内断断。咄!迟早闹得全城鸡犬不安”。共二十七个字。因为城厢内外,同时发现了二三百张这种二十七字怪揭贴,大家都心上别的一跳,又当着一件奇闻,互相传说。其时是在十月二十边,有几个神经过敏的好事之徒,就大家猜详道:“莫非到廿七那天,咱们城内有甚祸事发生吗?”转眼间到了廿七白天,大家提心吊胆,防范了一天,且喜平安无事,到晚来照常睡觉。不料到了廿八清晨,果然出了岔子。正是:

游侠牛刀戏小试,愚民鸡胆尽惊穿。

究竟汤阴城内出了何等乱子,且看下回分解。

第九回　试春闱侠盗助朱提
怜壮士贞尼赠苍虬

却说沈斗南听了邯郸老陀说话，重新回至中牟山内，和小虬髯相见。小虬髯非常诧异，追问根由。斗南便一句不瞒，依次诉说出来。小虬髯不待斗南讲完，忙先命三踮脚赶紧跨了自己坐骑，去把李麻痢同随从七名心腹，也速追回。原来小虬髯也想到斗南孤身空手，入京去毫无用处。倘若当面交巨款给斗南，一防斗南无功受禄，断不肯受领；再者叫他一人两手，也带不了这许多银钞；就算勉强可以携带，单骑上道，带了这许多黄白东西，路上反愁引惹是非出来。故放斗南先行一步，随后就着李麻痢同了七名能干心腹，分带现金两万，追踪入京，去打干李莲英的门路；如果款子不够使用，好在京、津两地的大银号以及北洋保商银行，小虬髯都向有往来，十万八万，尽管挪用好哩。现闻斗南改变宗旨，北京毋须去得，故再命三踮脚去把李麻痢一行八人追回。斗南听得明白，心上既佩服老驼议论，正所谓英雄所见略同，又感激小虬髯为人谋划，忠肝义胆，一些些都不苟且。莫说草莽之中，如此侠汉，一时无两，恐怕在朝在市的衣冠队中，这种人连半个都找不到。

当下小虬髯打发三踮脚去后，又请斗南把经过情形继续讲完。立又派出十六名伶俐小头目，火速上汤阳打探。不过对手这个邯郸老驼究是何许样人，颇费上一番猜想。他自己既说是宾七前辈，再把这人的身材形状仔细向斗南盘问了一遍，又好像是江南有名前辈翻江耗子林百灵。不过林耗子是安徽寿州人，现在这驼子倒又操着山西土音。山西好手也有几个，玩意儿最大，行辈最高，首推五台县的一缕烟阎四十儿。但是阎四十一来不是驼背，二来洗手将近十年，早在五台山出家做了和尚，怎么还在江湖上收徒闯荡？左猜不对，右猜不合，连李麻瘌等回来了，也猜详不准究竟是谁。

光阴迅速，转眼间又过十天。派往汤阴去的小头目，也陆续回山报告道："汤阴城内，先现奇怪揭帖，待至廿八清晨，汤阴城厢内外，大大小小，共有四十九个土豪劣绅头上的发辫，不知被谁在廿七晚上乘他们熟睡之际，一齐剪去。最有趣的是，剪下来的辫子，都按着本人住宅方向，挂在城门上头的鼓楼角上，而且都粘有一张本人的名片。所以这班人派仆役去取回原辫，按名认领，一条都没弄错。汤阴县署的大堂屋脊鸱吻上，一面挂了兵四九夫妻二人的辫髻，一面挂着朱巡检夫妻俩的辫髻，中间供了一块木牌，木牌四面角上画着一颗心、一双手、一对眼睛、一个肚子，正中插着一柄三面出口、两边起血槽、锋锐无比的牛耳小尖刀。据称兵四九尚被剜去一只左眼，朱巡检也削掉两个耳朵、一个鼻尖哩。此事一发生，闹得满城风雨，鸡犬不宁，多说是七星会会员来干的。本来兵四九和朱巡检俩，一个假公济私，一个要紧升官发财，合力倾陷沈斗南。最不公平是正身没到案，把斗南妻子、店伙来捉生替死。如今害得我们全城百姓不安逸。便有一班公正士绅，联名递的公禀，由陈知县亲坐判断，把沈夫人和被累的店伙，都已取了切实铺保，暂时释放出来。就是沈先生的住宅，也启封发还。朱巡检密派缉捕沈先生的几名干役，据说也都接到了匿名警告信函，已都自动销差告退，不敢承行此案。这么一来，县署照墙上，又发现一个栲栳大小的'安'字，民心也才得稍稍安定。目下沈先生这件案子，总算无形缓和。朱巡检已被撤职，兵四九也淫威顿敛，不会再生枝节出来了。"

斗南同小虬髯等听了，口内不说甚么，心上多感佩那个邯郸老驼的手段。不过眼前未知此人下落何处，虽是一个急于要重重拜谢他的援手深恩，一个急于要结识这个谋智胜人的义贼，无奈踪迹莫明，一时拜谢固无从拜谢，结识亦无从结识，只好彼此铭心镂骨，徐图后来把晤。当时得了这报告，小虬髯就叫斗南写了一封亲笔书函，再派三四个机灵可靠的中头目，再下汤阴，等候社会上更觉冷静一些的当儿，便夤夜到斗南家内说明底细，呈上书信，神不知鬼不觉，把沈王氏也接到中牟山内。这也是环境逼人，沈斗南心上虽然一百二十四分不愿意，无奈情势所迫，目前只好做那强盗西席，耐心教授韦益山。

韶华迅速，转眼间已残年送去，又届新春。一眨眼睛，已经元宵节过。那年恰巧是大比之年，天下举子，都束装就道，入京会试。小虬髯早代斗南周备一切，家眷暂留在山，叫斗南安心赴考，所有用途，全由小虬髯担任，连汤阴县的一张保结，都代斗南弄到。这种强盗东家，可称得够交情，爱朋友的了。于是斗南上京应试。他本来才学不含糊，再加有小虬髯资助了他的财帛，才财兼备，岂有不入彀之理？等到春闱揭晓，斗南中了一百六十二名进士。不过殿试迟交了卷，没有挨进清秘堂做庶吉士，只得列名四甲，以知县用，归部候选。未几，分发江苏候补，俗名叫作‘雌老虎班’，比翰林散馆，大考打下来做改用知县，固然差一点儿，比较大挑一等州判改捐等类的知县班次，却强硬得多了，只要他春风得意，家乡那件前案，还有谁再敢提及？所以斗南安然回乡祭扫，开贺受礼。一切俗套举行之后，才动身到省。临走时节，向小虬髯要了几封书信，求他介绍几个草野英雄，到了江南，顺便拜访结交，就算用不着这班人襄佐为官，然而同这种人往来稔熟了，比交士林中的伪君子有用得多哩。

这边沈斗南青云直上，呼驺出京。那边闵伟如也正否极泰来，奇缘巧遇。原来伟如在浴日山庄藏军洞内，一枝鹪寄，耐心耽搁下来。每日里无非上午习文，下午练武，到了晚间，又自课跑路功夫。对于外间大小事情，不闻不问。日子格外好过，转瞬之间，已过了七十多天。那一日姜伯先忽然回山来，把伟如邀到他的寿石山房办公室内，告诉他早把包后拯在江宁督署官厅内如何如何摆布；又亲至他的署内，取了他八千赃银，代他上江北去散福，散去了三千，现在尚有五千金。“你拿去或者经商，或做读书本钱，大约可以敷衍的了。你离乡日久，况且是不惯出门之人，在外诸多不适意，你拿着这钱，好生回去吧。本来俺江北回来，就要归结你这件公案。因为一来自己杂务太多，分身不开；二来知道你和仲文、至刚都是旧识，寄居客地，尚不寂寞。依着任、赵二人的主意，还想永远留住你，不放你回去。但依俺瞧你的举止，乃是符坚、石勒一流人物，决非桓幕中的郄、孟可比，万万不是甘居人下，做那王扪虱、桑铁砚的。料想你的志愿，一旦遇着事机，定欲独树一帜，大展经纶，即难百世流芳，亦当万年遗臭。否则荒江老屋丧，笠烟云，同尘世阕绝，了此残年。所贵乎朋友的，贵相知心。俺既瞧出你的这番心事来，不当再把你强留在此，耽误你的大好光阴。所以今天特地回山，和你面谈一句，并非恶主无情，下令逐客。区区此心，大概你也明白啊。”

说罢，便喊贴身小厮寒云，取过一柄油纸伞来。那伞上彩画的花式，乃是伯先的暗符号，不啻送了伟如一枝镖旗，省得路上出岔。并且伞柄是空的，中藏赤金条子六十两。其实赤金昂贵，市面上每两要七十换。伯先恐怕伟如携带了五十千现银行路不便；其时钞票尚未通行，洋钱虽有，鹰、龙兑价既分高低，而且南五省的银洋，拿到北五省去不通用。所以伯先代为兑了六十两金条，合四千二百两银数。另外端正三百块现洋，一半鹰洋，一半站人造币。江南、湖北等各半，作为路上用费。如此办法南北皆通，不致再费周章。

当时伯先一一检交了伟如。伟如感极至于下泪，口内虽则不落俗套，并不一迭连声道谢，也学着那种庸鄙行为，但在接过雨伞现银，藏下袋去时，默忖：“我闵伟如昂藏六尺，出世了近三十年，向来是主张英雄从不受人怜的宗旨。却不料茫茫天壤，俊杰辈生，我的真知已倒在此地。而且今番如此相逢，真个梦想不到。不过我今日受了他这国士待遇，将来万一有成，应该如何答报呢？”所以不由自主地向伯先下了个全礼。伯先见伟如把银、伞收去，他自己还有别的要务，须亲去料理，故连饯行等事，全托仲文代表，他又忙着离山他去。

伟如当日不及动身。第二天，又被任、赵俩人挽留一日。直到第三天才得就道。仍由于大林伴送出山，备了一号浪里钻，径送他至江北上岸。因为那时由苏北去，必定要走淮阴王家营，由台儿庄起旱，取道山东，自南大道到了保定，再折东出山海关，回归辽阳州罗陀峒去。伟如到了江北，取了行李雨伞，别过于大林，舍舟登陆，自行觅路北归。在路行程，非止一日。那一天行至距离泰安府七十二里站路，长清县管辖的小地方，名叫万德打午尖。天上乌云四合，狂风虎吼，大有雨意。伟如打尖的这家饭铺子，里头本来带做仕宦行台，附近出名的，叫李家小栈。一见天将下雨，跑堂小二便向许多打尖客人招揽生意道："爷们可要就在小店过了夜吧。好在铺价公道，每位只消四十个大钱一夜。再过去多是山道，倘然遇雨，躲都没地方可躲。就算赶到界首，也要近三十里路程。界首集上的客店，价格同小店一样，可是床炕不及咱们清洁，招呼不如小店周到哩。"有些小心老客，同着纨绔士商，一听他话，一瞧天色，竟就在此过夜。

伟如因为贪赶路程，照常就道。不料行不到十里路光景，天果下起大雨来了。伟如肩背行李，步履已经不便。如今一遭大雨，虽有雨伞，怎奈这条道路处在泰山阴面，四处高高低低，都是山峦衔接，那大风一阵阵吹来，多起着螺旋势，俗名唤做"转转风"，休想撑得住伞儿。就算手内吃得住，那伞顶却又被风吹得反仰过去，成为喇叭式了。再加伟如这柄伞，既似一个镖客，又同一位银东，岂忍被风吹坏？只好冒雨前进，听凭石子般大小的雨点，淋头盖面地打来。工夫不大，已经同落汤鸡般，弄得浑身透湿。又勉强走了里许光景，雨下得更大，风势也越吹得狂紧，而且地上泥沙泞滑。始而一脚滑一脚，继而泥土湿透了，脚用力踏了下去，污到了脚踝骨相近，急切拔不起来，直累得伟如浑身流汗。外头既被雨淋得水泻如潮，下半身又溅得泥浆过膝，三分像人，七分像鬼。伟如至此地步，也懊悔不曾就在万德宿夜，可以免受这番苦楚。好容易又走了五六十步，方望见一箭路外，有所寺院，直同重囚遇赦、小儿得乳相似。重新振作精神，一步步挨到寺门前，上前叩门。叩了好一会，直待雨下得小些了，才有个十二三岁的小尼，打着雨伞出来开门。伟如哀述来意，欲思在宝刹暂避风雨，不吝重谢。

那小尼初见是个男子，意欲拒绝。及见伟如带的那柄雨伞，仔细瞧了一瞧，便笑逐颜开，很殷勤地招呼了进去，请在大殿后面的东厢歇下。非但喊一个老迈龙钟六十岁的老香工，借里外衣衫给伟如，把湿衣裤统身换下来，连同行李拿至香积厨内去，设法烤干。并且还代为端正安歇的被褥，又烫出一壶白干，同着四五样很可口很精致的菜蔬，给客人御寒永夜。回头又备了八样素斋，同着大米干饭，小米稀饭，白面饽饽，喜饭爱面，任从客便。伟如立即有些明白：这定是伯先那柄纸伞的效力。但是此处的当家虽属女尼，想必也是个非常之辈，所以能如此优待过客。可见世界上良好的男女，真不在少数。天可怜俺姓闵的，都会次第相遇。'礼失而求诸野'一点不错。越是沾亲带故，像包后拯那种混账东西，受恩不报，势利为怀，倒居然称尊南面，高坐堂皇，颐指气使地临治平民，莫怪国家要不太平了。

伟如一壁饮酒进饭，一壁追想心事。等到酒醉饭饱，听那窗外雨声，兀自澎湃如泻，依然未止。料想明日未必可以动身，心上格外昏闷，爬上床去，倒头便睡。不料内伤抑郁，外感寒邪，当晚便浑身发烧，生起火病来了。幸得庵内当家老尼深通医道，亲来诊脉定方，代为调治。始而伟如昏昏沉沉，人事不知。直至十天之后，才有些知觉。半个月后，病势渐退。二十天后，病虽痊愈，无奈气力不生，不能离床。在庵中足足住了六十天，方得复原。于是急急取出四十块钱，叫小尼转给当家，算做谢仪。又把一切费用结清，重赏香工，整理行具，预备明晨就道。

谁知小尼把钱拿了进去，俄顷回出来道："我们当家说，只收食宿费，不受谢资。"伟如怎肯收回，推至再三，累小尼多跑了不少趟数，临了，钱虽收受，却命小尼送出一口剑来，道："奉赠客官，以壮行色。"伟如接来一瞧，只见那剑把上用紫色绦结着，上面用银丝嵌出“苍虬”两个篆字。把上又悬着蝴蝶坠结双歧杏黄短须。还配有卷毛狮子吞口、绿鲨鱼皮剑鞘、菜花铜螭虎铰链。鞘上也用银丝嵌就了“光文耀武，以卫乃国”八个小隶。只看了这外表，先就令人可爱。忙抽出一段来瞧时，似觉有股冷气，劈脸喷上来，令人毛发森竖。再一细看，乃是四指开锋，一指厚，脊梁上亮同明镜，远望好似一汪水。伟如一见此剑，爱不释手。小尼道：“此剑连把，共重七斤四两，长共四尺二寸。家师道：请客官收了此剑，停刻晚饭过后，还当亲来面晤，临别赠言，要指点一条光明大路，让客官今后好安身立命呢。”伟如既见此剑，又闻此语，便断定这当家老尼，也是非常人物，恨不能立时得亲謦欬。正是：

天涯何处无芳草？地主情深铭赤心。

要知老尼见了伟如说些什么话儿，且待下回分解。

第十回　净土庵说剑指迷途　都天庙开堂收徒弟

却说闵伟如听了小尼传话，恨不能立刻就和老尼姑见面晤谈。当下先把苍虬宝剑收起。好不容易待到晚饭过后，又俄延了三十分钟光景，正思去唤老香工，往里去催请当家师太相见，忽听得二殿上人声喧杂，遥见庵中一共六个小尼姑，都在那里手忙脚乱点灯设座。又过了十五分钟，仍由适才送剑出来那个小尼到东厢相请。伟如急便随她走至二殿上，抬头一望，只见神案右侧站着一个面黄如蜡、骨瘦如柴、长身玉立、年近花甲的枯瘠老尼，含笑招呼，合掌和南。伟如瞧这老尼虽则如是瘦削，但是两目灼灼有光，面上虬筋坚结，脚下虎步端方，好比一棵千年松柏，凌空夭矫，自有一种苍劲临风的异态。不禁肃然起敬，也忙着躬身长揖。彼此行礼落座。由小尼送过香茗。

伟如正要开言，老尼却先开口道："客官口操辽东土音，怎会和江南姜伯先相识？想他既肯资助重金，并又加赠镖旗，和先生决非寻常泛泛之交。不过两月来默觇动止，似和伯先又无密切关系。此中情实，令人万难猜度，究竟是怎么一回事呢？"伟如听老尼如此说法，不啻洞烛自己行径，晓得这是天涯异人，还是掬忱相告的便宜。故把自己来踪去迹，以及和伯先一番结交经过，一字不遗地说出来。

老尼点了点头道："原来如此。闵君如此诚信，怪不得伯先肯倾心结纳。老衲还以苍虬相赠，不负它了。那口钝剑，三十年前，老衲到荆里朝山，无意之间，在光化得到。据传此剑造匠还是春秋时候的楚国风胡子，他因见了那柄自飞至楚的吴剑湛卢，于是仿照形式，铸成此剑。虽非倾城量金、珠玉不易之至宝，然亦不是骏马万户，便能随便互换的凡品。自周迄今，经历一十三个朝代，在它锋口上出过的人命，当然不知多少。用它斫铜剁铁，切玉断金，如削竹木一般。老衲当初在江湖奔走，也着实仰仗了它，得着它的臂助。年来闭关静修，将它投置闲散，莫怪遇到阴霾雨湿的天气，它便自啸作响。以前每当啸响时，还往往要自行跃出鞘外。近三年来，非但不自跃鞘，并且啸声也不常作了。想来久搁不用，同英雄无用武之地般，始而啸跃，尚是拊髀生悲，现在壮志消沉，所以一声不响。恐怕再空悬下去，等同狱底长埋，它的精灵要完全散歇。天使闵君避雨到此，并在荒山养疴。烈士当前，若再不将它转赠闵君，恐老衲要造物呵叱，真正辜负神龙。预祝闵君得了此剑之后，它以器利显，君以名实举，陆断元犀，水截轻羽。但愿有剖山竭川，非种消亡，扬威耀武，震摄遐荒的一日，总算它不违君壮志。老衲今日将它移赠给君，也不负它的精锐了。这是它同君契合以后的勋业，事在人为，君与它共勉之。至于老衲何以要把它移赠君呢？乃是老衲和君的结交义旨，也当申说明白。此处庵名净土，乃是泰山玉皇阁的下院。老衲七岁出家，法名元晖。老衲俗家姓姚行二。吾家爸爸，乃是长清县附郭小民，生平不打诳语，故叫姚老实，向以采樵为生。三十二岁那一年，结伴往崂山进香，讵料上山过早，遇着一头千年神猿，挟入深山石室，恰巧是个母猴，便结成夫妇。头胎产生家兄姚大，面目虽具人形，浑身生着紫毛，尚有兽状，隔了三年以后，再生老衲，虽较兄雅致一点，不过两腿上依旧长着紫毛。吾母深通剑术，自幼即教愚兄妹种种跳跃击刺法则。吾爸又擅拳棒。椿、萱轮流指正，居然得通武行路径。到了七岁那年，由吾爸做主，将衲送至泰山碧霞元君行宫落发出家。其时家兄十岁，仍在崂山侈亲习技。后来老衲云游天下，倦归东鲁。在烟台海边，兄妹重逢。这当儿，家兄已雄踞海岛，自成局面。老衲亦会到过岛中，为兄略尽心力。后因水土不服，十天九病，故而退隐至此，虔诚修行。不料近数年来，家兄亦遇异人指引，参透九华妙谛，他亦无心荣禄，急于摆脱一切。奈被岛民苦留，务必要觅着一个相当人物，瓜代他的位置，才能入山静修，类次派人持函至此邀衲。但是衲亦辞尘遁世，不愿跳这是非旋涡，所以仅允许家兄代为物色良才，自己总不愿舍静取动。今日和君邂逅，定有前缘。默觇举止，留神言论，晓得是个非常材器，足当家兄遗席。况且伯先智识，夙所钦佩，闵君既为伯先钦契之人，闵君的文章经济，也就可想而知。因为突然以此言相告，君必当狐疑莫释，所以先赠苍虬，藉试襟怀。本来老衲所有宝剑，不止此苍虬一柄，向分王、霸、侠三个种类：甲等帝王剑，应具仁、孝、聪、明、敬、刚、健、学八德，方能得佩。丙种豪侠剑，只消忠、正、明、辨、宽、容、厚、恕，便可佩得。如此人才，最为繁伙，无足深道。似闵君为人，已兼廉、果、智、信、仁、勇、严、明八个字的长处，故不揣冒昧，即以乙种雄霸宝剑相赠。并希望君立赴海岛，继续家兄前业，而且成全愚兄妹潜修初愿，普慰二千万岛民渴望，真正一举而备三善。谅闵君君成人之美，定表同情，未必严拒峻却的吧。”

伟如一闻此语，不禁愣住了半天，自己大大忖量了好一会，才郑重答复道：“元师所命，敢不恪遵。不过世间若不才一类人物，车载斗量；令兄创业，决非轻易。倘使不才继任，万一处置失宜，为第三者坐收渔利，不特令兄半生心血，骤付汪洋；并累二千万岛民，下衽席而仍淫水火；且又波及元师，蒙世人智者千虑一失之诟病。各方开罪，何忍详言。大丈夫出处最宜慎审，故而还求元师另行驱策，敢不效犬马之报。若说如此任重责，自维才力陋薄，万不敢轻负仔肩。”元晖合掌微笑道：“善哉！言简意广，词婉思深，即此数言，已见襟怀。要知王道不外顺民，圣教无非忠恕，君放心前去可耳。万一发生过分棘手之事，一来彼处也有几个辅弼人才，足为臂佐；再者愚兄妹风闻消息，亦出头协助，决不放君一人独负艰难的。”伟如道：“既然如此，姑随元师到了岛中察看情形，再定游踪。但不知此岛在于何处？由此前往，怎生走法？该岛名叫什么？尚乞一一详示。”元晖笑道：

“君既愿往，到了那边，自然都会知道。至于由此赴岛路由，老衲既为媒介，当派专人伴引前往，不劳君费一毫心思。君只准备做那薛平贵，安然演唱《大登殿》就是了。”伟如见元晖如此说法，未便再问什么，静待她派人伴引赴岛。书中暂且搁过。

先表镇江地方，其时沪宁车尚未通行，同各埠交通最迅速的，要首推轮舶，除了招商、太古、恰和几家大公司往来行驶汉口、上海的长江班大轮船外，另尚有开往扬州、清江浦、南京、仙女庙、六合、小河等五六处内地小轮。那日六合班小轮到埠之时，有许多不三不四的老少人家，恭候着一个瘦长躯干的烟鬼和三四个伴当上岸，大家逢迎谄媚，无微不至，同陪伴他到马三元栈房内去投宿。外人虽然不知此君是何许样人物，不过瞧这神情，一定是个翘大拇指儿的有名角色。等到下店后不到半点钟，外头又来了镇江有名的土棍，叫小辫子刘六，到马三元栈房拜会此君。于是合栈职役，愈加把那来客神佛般敬重，盗贼般防备。

那么这人到底是谁呢？他是苏州府昭文县梅里镇人，名叫邓国人。梅里姓邓的也是大族，国人家内，本也有二百多亩租田。自己腹内，也尚过得去，文试取过佾生，武试入过武学。不料在将近二十岁那年吸上了鸦片烟，因为在本镇吸食，被家长管束吵闹，不甚方便，所以到邻镇浒浦口（俗名彭家桥）去过瘾。浒浦虽是个乡镇，因为是沿着长江下游的一个小口岸，向和江北泰兴、盐城、兴化、东台、扬中、海州、板浦以及山东胶州邦等客商往来交易，每年春夏之交，黄花鱼或刀鱼、鲫鱼上市当儿，俗名洋汛时节，十分热闹，有所谓“小小浒浦赛上海”之说。故而这块地方，五方杂处，人至不齐。邓国人到那里去抽烟，一不留神，触犯了一个兴化中堡镇的邦中老头子，找了场大大没趣。他一时火发，便也转弯托人介绍，投拜在驻防常熟淞北营内当差、兼飞划营帮统的镇江府丹徒县慈妙乡人名叫吕文标门下，也置身青帮，做个“通”字辈，专门考博这一道。如是者五年工夫，水到渠成，所有青帮规则，完全通达，能够晓得分帮分兑。开起香堂来，别人至多摆十三炉香，他能摆十五、十七、十九、廿一、三十六或七十二，最多好摆一百单八炉忠义香。能仿三祖爷走八百里旱海，朝北五台，叫天津小老官石玉，帮中所谓“门外小祖爷”，碰山门参祖开场，到老祖杭州哑巴桥归神慈悲为止。长江下游两岸，苏、松、常、镇、太四府一州地方上，凡属粮帮子弟，那个不知，谁人不晓邓国人是个富通草角色。

不过他名气虽然有了，家中的二百多亩租田，也完全为了“在帮”两字，牺牲得干干净净，剩了一个光棍身子哩。幸亏其时帮中人的义气，比较后来沉重，团结力量，也今非昔比，大家晓得邓国人的家业，一大半是照应自家人变卖去的，所以由宿迁的景富春、桃源的朱槐国、济宁的罗洪彪、北平的黄松庭等四五个“理”字辈，同着原籍镇江、寄居无锡的宜天润，清江的杨泗江，以及天王老子张树深，寄籍苏州的陈标，和本命师吕文标等近十个“大”字辈前人班次，出头代他维持，四处关照，凡是青帮中人开香堂，本人通草和礼节不甚明了，都请姓邓的做代表。好在他自己本帮虽属嘉北分支嘉兴卫，其余各帮，如江淮泗总帮、嘉海卫帮、新河四帮、新河六帮、枕前帮等船有多少，兑粮若干，停泊何处，装兑那里粮米，进京打什么旗帜，平日扯何种旗号，吃什么水，以及正副三堂六部，七飞八走，粮船共有多少帮次，船上多少钉，多少眼，三般家法，十大帮规，有钉无眼、有眼无钉、无钉无眼三块板，三棵倒栽树，七叉九弯三不到，三刀八相八仙庵等种种秘密法规，国人肚子里都滚瓜烂熟，尽可为人代表慈悲。并且请他做代表，谢他金钱，分文不受，只要送些烟土给他，或者他身上衣服破旧，为他做一两件新衣换换季就是了。至于来去川资，到了当地的烟、饭、住三项，自然由延请他的主人开支，不见得要他掏腰包。总算这么一来，他个人生活，藉此维持过去，无拘无束，自逍自遥。不过那时尚是专制时代，阶级思想不会打倒，在旁人眼内看来，总觉得国人真的少爷班次为何不做，反愿甘居下流，去做帮匪？但在他自己，只要衣食不愁，反而今朝东，明天西，藉此游访游访各处名胜古迹，视察视察诸城镇市的风俗人情，倒很觉得逍遥自在，散淡异常，真所谓“庸人鄙我行为贱，贱在行为乐有余”。

此次六合有人请他去做代表，路过镇江时候，同刘六见面，恰巧刘六自己收了六七百张门生帖子，只有小部分上过小香，余者都不过寄了个名；好比教会里头，上小香是受圣洗礼，上大香是受坚振礼，若是单寄一个名，还不能算手续完备的唯一信徒。况且做老头子的开香堂，真是一碗烂米饭，名虽千两黄金买不进，万两黄金卖不出，但是开香堂要端正香烛钱粮，再要办酒请客，有一注用费。以前是老头子拿出钱来开销，后来改变办法，由上香徒弟公共拼凑出来。譬如像刘六有七百多个寄名弟子，上起香来，派人分头关照，待他们自愿前来，照例是不能强迫的，所谓“不唤不来，不来不怪”。既愿到来，应当受戒。假定七百个人，愿来一半，已有三百五十人。内中除了五十个手头拮据，人才干练，乃是师父特别优待，或经有大力者说情，不取他香金。此外三百个，每人出十块钱，就有三千块。一切开支用去了一半，尚有一千五百块盈余。像刘六那种人，对于徒弟们，用强迫手段派人知照他们上大香，他愿来果然最好，不来也要算他来，届时本人就算不到，香堂参祖聆慈悲，照例可叫别人代的，不过香金却一样要出十番，九元九角不答应。那么一回香堂开下来，总数有七千有零收入，结果除却开支，至少好多五千块大洋。因此同邓国人当面约定，请他六合事毕回镇，他也要请邓做代表，开一次七炉香的普通香堂哩。等到邓赴六合，刘便四面派人通讯。

今天邓由六合返镇，刘先派徒弟到轮埠恭候。回头便亲至邓寓接洽，道及香堂场合，已借定都天庙的后宫，酒席已备若干桌数；所有扬州、南京、丹阳、宝应、高邮、清江浦等各地赶香堂吃喜酒的人，已来了某人某人等几个。并请国人把香堂内应用香炉纸马，一切零碎堆物，开张横单出来，今晚派人预购，庶明晚临场不至手脚忙乱。横竖这也有一定的，摆七炉香需用若干物件，也不必国人自家动笔，由常随他左右一个叫殷大的代为开明。又有一个叫年三，忙把香堂职员单，也开就了交给刘六。这单上书明本命师及代表名姓之外，另载参跳师、引见师、左右护法师、值堂师、净堂监察师、请祖、司香、司烛等等。至于国人同伴，一共三人：殷大总为司香或司烛;年三必是请祖或值堂;还有一个叫严庆,不是护法,定为净堂。一共十个名目,他们必占去三席,其余由刘六事先邀定参跳、引见,临期再商填那五个名目,请某某等担任,一切手续周备。

到了来朝晚上,便悄悄然同至都天庙内,开堂慈悲。这也算青帮中唯一大典礼,凡到香堂内的人,都很当一件正当大事情干的。正是:

振鬣蛟龙离祖国,噬人虎豹聚江城。

要知香堂中究竟情形,且待下回分解。

第十一回　旧庙训新徒援今证古　豪门求快婿煮鹤焚琴

却说青帮中开香堂的定规，起码摆三炉或五炉香，摆七炉香最普通些。详细分析出来，翁、钱、潘三祖爷三副香烛，达摩、罗祖两副香烛，天地君亲师一副香烛，本命三帮九代一副香烛，合成七炉。不过名虽七炉，香炉要端正八只，因为有一只有香无烛，俗名“五枝包头香”。别的香是用原股线香，这种包头香乃是用黄纸包卷的那种速香末，以示区别。至于摆九炉、十三炉、十五炉等，也有讲究，书中不去细表。

单道邓国人代表刘六，在镇江都天庙内开香堂那一晚，到了夕阳西逝，大家先在附近各家大小酒饭铺内吃夜膳，照例大小一律，应该聚饮一堂，同人家喝喜庆酒筵一般。今天是刘六的划策，托名避免公门中人耳目起见，人数太多，聚饮不便，故而四散吃喝吧。其实他这么一打算，省掉不少哩。像邓国人等一行四人，以及赶香堂来宾队中有场面手腕的，招呼在大馆子里吃喝，自然价格昂贵，东西可口而且漂亮些。其余上香徒弟和差不多的赶香堂人，便叫他们到小铺子里进酒饭，开销要省俭不少。

晚饭过后，还要待邓国人过足了烟瘾。一壁年三、殷大俩人先至香堂内铺设一切。好在那时候帮匪开堂收徒，有干例禁，地方官晓得了，要出来围捕，所以必定要待到夜深人静，拣那荒僻所在的古祠冷庙内去举行。其实帮中人物，以公门中当皂快两班的健役居多。譬如刘六平日里横行霸道，目无法纪，鱼肉良善，一半就倚仗同公差有交情凭势。今天他开香堂，府县两署中蠹史虎役到来道喜赶香堂的，竟有近三十人。左护法师，请国人同来的严庆担任；右护法师，就是请府署快班卯首姓姜的担任。值堂用了年三；请祖又烦丹徒县衙门内捕快伙计王大忠当着。明明公门中人都晓得的，何必还要畏首畏尾，鬼鬼祟祟，待至深宵举行呢？这就叫瞒上不瞒下。事实上，尽管如此做法，表面上务须留还彼此一个脸儿。本来社会上大小事情，那一件不作如是观？多是纸糊老虎，戳破了半文不值。

故此邓国人尽可安逸自在，吸饱了大烟，到二更打过，才同刘六等到都天庙内。先至后宫东厢房内坐了一坐，问问上香徒弟可否到齐？已经到齐的了，吩咐将门儿关闭起来。其时大门、仪门早已关上，不过把他们进出的西角门和后宫咽喉石库门，也都闭好上闩。然后将预备的冷水，大家都应酬洗漱一下。待值堂同请祖的，先将后宫长窗外头一张小方杌上供的门外小祖爷面前的香、蜡燃点之后，他俩先入堂参拜。接着司香、司烛进去，待请祖的朗诵"远望云山紫竹林"的七绝《请祖偈》，再诵《香蜡偈》，把七炉香烛点齐，包头香插好。值堂先请净堂进去参祖，然后依次请至参跳、引见、本命为止，再将赶香堂人众请进参祖。净堂便高喝道："有亲叙亲，沾故叙故，无故无亲，再叙安清。"本来香堂不照面，对晤不相称。哪怕彼此暗中都知道是自己人，如果香堂内未曾会过，大家表面上仍可不买这笔账；如果香堂内照面过了，以后再碰面了，小辈该向长辈下跪，一毫不含糊的了。因此净堂要喝这四句。假如有儿子为"大"字辈，他的亲长倒是"通"字或者"悟""觉""万""象"等字辈，试问如何称呼相见法呢？所以要先叙亲故，后叙帮次，俗谈所谓"先有交情，后有安清"，又叫作"七分交情三分道"，都为这种关系开的生门。然而到了目下，连这奉行故事也不行的了。

当时似觉郑重一点，赶香堂人参祖，如果本人已收徒弟，开过山门，拜下去时的两只手，左归左，右归右，伸直手掌，摆在拜台上；倘若自己未开山门，从未收过徒弟，两手要左右交叉了，手背在内紧靠着，手心分向在外跪拜。赶香的参祖过了，那么上香诸人来参祖了。以前诸色人等，不过行一个三跪九叩首总礼，上香的却都要分开了行礼，七炉香要行七下三跪九叩首。有时值堂爱乐的，把参跳、引见再分出来，共行九下大礼。连下来向前人班，同参弟兄班、少爷班、家门内、古今来前后爷儿班等四班道喜，又是四次跪叩。总共要跪三十九跪，磕一百十七个头。而且地上大抵用稻草代拜垫，跪拜下去不能有窸窣之声。任你一等一年轻力壮的汉子，等到这许多跪拜下来，莫不汗流浃背。又要挺直上半身跪在地上，静聆慈悲，至短一句半钟。慈悲完毕，老例还要下三十九跪，再叩一百十七个头。后来改良了，结果也只行一下大礼算数。然而跪了这许多辰光，两腿一定力乏发抖，再参拜之后，站起来时，个个人困马乏，面无血色的了。这也是件残酷事情，人间活地狱。据云老祖想出来，极有深意：必须如是吃苦，庶他们肯牢记在心；不然太简便了，一来草率不成体统，二来不吃得苦中苦，不成人上人的。这话虽不错，无如人情大抵如此，等到精神倦乏，气力不济了，所有慈悲的话，一句也难记牢的了，莫怪后来要改良啊。

当下刘六诸徒参祖既毕，再由值堂依次延请参跳、引见、慈悲本帮三代。末了请着本命代表邓老头子，上前慈悲开训。邓国人对于此事是熟极而流，他连身子的上下姿势、字眼儿的阴阳顿挫，都研究入骨。从容不迫，走至供设纸位的公案左首先向上行了三鞠躬礼，然后身子侧过来，面向右首，口中低念那《定场偈》。别人总是"滚滚长江不尽流，前人田地后人收。后人收后循规法，还有收人在后头"那首七绝。唯有他念的是一阕《鹧鸪天》中令，乃是当时名士黄摩西代他填的，句儿虽然率直，却很贴切。这首词道："粮帮辛苦结成功，法与红门略不同。昔日运粮奉旨办，码头到处有威风。年代久，海运通，粮船早已隐无踪。慈悲今日诸徒弟，家法帮规要服从。"八句词儿念毕，再侧过身子，脸向着下，正色厉声问道："诸位今天来在帮，究竟是自己情愿，还是有谁诱劝你们来的？"跪在头排的几个，同声答道："我们都是出于自愿，投入家门。"

国人道："好。既出自愿，静听慈悲。可知粮船跳板三丈三，进帮容易出帮难。我们粮帮宗旨和袁家一样,不过办法截然不同。皈依袁家的,名为进红帮,乃是国际性质;我们粮帮却名青帮,乃是家门性质。方才引见、参跳两前人已将三般家法、十大帮规同本帮创立大概,罗祖得道、天降红雪、芦柴发芽等种种过去历史,慈悲过了。如今俺是代表你们本命师慈悲。人家问起老大在马,你们该站起来,立正了回答道:'不敢,兄弟是靠祖爷灵光。'人家又问:'老大几炉香?'应回答:'头顶二十二,身背二十三,手捧二十四。'人家问及贵前人上下,应答道:'在家子不言父,出外徒不谈师。不过鸟不啼声,怎晓乌鸦、彩凤?人不留名,怎知李四、张三?敝前人姓刘,上德下标,镇江府丹徒县商籍。敝爷爷姓杨,上泗下江,淮安府淮阴县清江浦军籍。敝师太姓姜,上廷下枢,也是清江浦在公门为业,昔充刑、工两房卯首。'人家问及帮口船只,应回答:'本帮嘉抚第八帮嘉海卫。乃是浙江杭州廿一帮中的分帮运粮船计有一千六百三十一条,本帮计派四十六条,内除十条停修,三十六条走运披水打金棍,诨名死人膀子。大将军无雀杆,无飘带,仅铁三叉暗记。初一十五打红边白旗,平日打红月牙白旗。嘉兴府石门、桐乡两县兑粮。浙江十府八十县,地丁银征额二百九十一万四千九百四十六两,杂税银征额一万零六百五十两,浙西三府漕米六十一万二千七百二十石。监课藩库起运银,存留本省。银粮关税征数不计,只谈出运,由本帮和其余二十帮分装分兑。海宁所管辖,吃本斗本水。回南在嘉兴南门闸口渡河码头停泊。北上在石门北外东南码头上载。'这是你们本命师的一帮三代。不过诸位既然看得起敝帮,从前寄名,今日上香之后,第一要敬重尊长,友恭弟兄,悌恤后辈;第二要在外交结,自己建立基础,所谓'前人领进门,交情自己寻'。切不可江河乱道,横行不法。潘祖爷留有'见事不明休开口,身家不清早回头'两句遗训。至于当时雍正三四年间,漕督挂榜招人兑运粮米,原只有翁德慧福亭、钱德正福勋两祖爷出头,管领一百廿八帮半人口,统率九千九百九十九条半船只。因为投到船上来的水手多是红门弟兄,或者白莲教、哥老会、大小刀会等会员,他们以排满灭清做宗旨,重扶大明江山为目的的。翁、钱二祖虽也赞成,但是取缓进主义,先要运出了信用,待清廷深信不疑,到那时天下钱粮都由粮帮包运,届时再行烧粮取银,兴隆起手,才有成功大事希望。如其一成立粮帮,便动手烧劫,决难成功大事。奈何一时无法阻止部下,所以才去邀请潘德林福齐三祖爷加入粮帮,设法挽救。潘祖是在山西太原府入泮过的,官名锡雨,终究是读书人,想得出法道。便效法宋朝狄青招抚侬智高部下法则,组织一种特别团体。恰巧其时袁家叫红帮;天地会八卦教以白莲花做标帜,称为白帮;小道上偷偷摸摸之辈,以及流星水碗等众,名唤皂帮,俗称黑道。为暗应世间那一句"分分青红皂白"的俗谚起见,再者是取狄青成法组织,故便定名为青帮。又怕清廷官吏注意,故再称为安清,表示为谋安定大清朝面组合,暗中实又名叫暗庆。乃是叫满人着道儿,安心叫我们运粮,总有一天首义,代明复仇。私底下各种秘密社会,多庆幸新添这种有力量团体,故亦名暗庆。"

国人谈得娓娓不倦,井井有条。合香堂内跪的站的诸色人等,也听得津津有味,连连点首。讵料这个当儿,忽然派在庙外巡风的一个浑名牛皮金根,脚步踉跄,急急赶进来报告道:"远远人声喧闹,火光烛天,恐怕营里弟兄来出枪花。我们快些散吧,不要出斗老。"被他此话一发表,吓得大家要紧逃跑,一幕有典有则,很严肃开始的盛举,却不料一场无结果,如是闭幕。

等到大家抱头鼠窜分头逃躲,那几个当差人的,只要一出都天庙庙门,心便少安,有意向火光方面迎过去,瞧个实在。行近一瞧,果是飞劫营内的弟兄。一问他们什么公事,黄夜执行?他们诉说出来,却和刘六那件事完全不相干的。原来他们有个舱长,同一个寡孀大姨有了暗昧交涉,发生肉体恋爱,不知被谁走漏消息,吹入当地一张《小阳秋》小报主笔的耳朵内。本来小报的大宗收入,就靠着钻空子敲竹杠,才可以维持报馆的经常开支。其时《小阳秋》的总理兼总编辑,乃是扬州肉欲才子乔家运,他风闻了此事,便做了一篇杂事秘辛体的挖苦文字,转辗托人去接洽,故意把此文给当事人过目,表示要不买账,就在报上刊布出来。无奈乔家运的欲

望太奢，致居间人接洽得毫无结果而罢。自然那篇东西一字不遗发了出来。舱长的大姨倒不是寻常女流，便在暗中定了一条以武会文的毒计。舱长拍手赞成，拣了今晚二更打过，派十余名心腹弟兄，在要道埋伏着。等到乔家运将稿件发排妥，看过大样，由印刷所内出来，安步回家，即被他们半路邀截，遇到江边，先拳脚交下，殴打一顿。临了又将衣服剥尽，罚他精赤条条拜了个四方，才一哄而散。至于乔家运自作孽，不可活，在江边裸体跳舞之后，往后如何，书中不暇细表。那班弟兄奏凯回营，一路扬威耀武地走着，却把刘六的香堂惊散。所有刘六如何酬送邓国人等动身，也不必细述。

单表那舱长的大姨，夫家也姓乔，祖上向营商业，大沙船够七八条，家产足有二三十万。传至她的丈夫手内，却读书赶考，改入士林，所有商务托一个姓应的老伙计全权管理。应伙有两个侄女，便将大的嫁给小东，次的嫁与舱长。不过乔公读了一肚子朱程理学，在十九岁入泮之后，从此却文章憎命，赴了七次乡试，连房都不曾出过一回。所以造成他一肚皮不合时宜，整年闭户诵读，和外间不通庆吊，两扇大门一向关着，邻舍都讥笑这门是铁的。他听了不以为忤，便自取了一个“铁扉道人”别署。膝前没有儿子，仅生一个女儿，经父陶冶一番，腹内着实通达。而且天生成吹弹得破的面庞儿，可称眉不描而黛，唇不点而红，面不粉而白，髻不装而浓。镇、扬两府，谁不知这个才貌双全的丽姝，多唤她做“江东小乔”。也不知有多少豪华子弟，五陵少年，托人三番两次，到铁扉道人家求婚。讵料他的选婿条件，比较窦氏射屏方法还要苛刻，因此高不成，低不就。后来铁扉道人死了，人家意谓乔应氏是个女流，好哄骗的了，又都来旧事重提。岂知铁扉的选婿条件载明遗嘱，再加应氏又有许多琐屑吹求附带上去，愈觉不是这回事哩。连那时分巡常、镇、通、海兵备道吕观察的侄少爷，也曾托过人作伐，结果照样不成。故此社会上年少人们对于小乔，如同海上神山，可望而不可即。于是由爱成妬，由妬成仇，都想伺隙而攻，或者可达目的。《小阳秋》报上刊出那篇东西，别人见了犹可，那吕公子见了，便同门客商量，意欲借端干涉，强迫求婚，倘再遭拒绝，该当若何对付。自有一个促狭鬼，想出一条绝户计来，教唆吕公子依次进行。正是：

弱女闭门家里坐，不防祸患劈空来。

要知吕公子若何摆布小乔，且待下回详解。

第十二回　整家规法治一刁童　访恶霸途逢三俊杰

却说姜伯先自从打发闵伟如走后，他自己一天到晚杂事很多，无非干那行侠尚义，路见不平、拔刀相助之事。那一日稍有余暇，回到浴日山庄寿石山房办公室内，将息了半天。忽然想起有个祖籍江西、目下寄居歇浦的浪漫画师，画了四十幅《太平天国恨史》，遍征海内名人题咏，曾经有过三四次专函催促他，也代为写上几句，不论诗词歌赋。上回喊仲文代他捉刀，仲文因为自家也有著作，所以不肯答应。倒不如今天趁空诌上几句，付邮缴卷，也算了却一件心事。当下略略沉吟片刻，腹稿打就，便命小童磨墨，自家伏案摊纸，振笔疾书道：

不争利禄不争名，首义金田正气生。光复河山才一半，可怜天父杀天兄。

乱世头颅土芥同，漫将成败论英雄。下元劫运今方始，生死存亡关系冯。（南王冯云山）

天堡城头战血鲜，齐山骸骨倩谁怜？匹夫同负兴亡责，痛恨骑墙王紫诠。天津桥上子规啼，人事天心两不齐。家国兴亡无限恨，大江流水自东西。

伯先题了四绝，觉得此道久疏，今日居然还能扭捏出这一百一十二个字来，颇为得意。便亲自拿至藏军洞里，去给仲文观看。不料仲文正在那里大发雷霆，痛骂那个骈指小童。本来伯先家内，以前在外留心购买了八个小童，面貌肥瘠，身材长短，都是差不多的。买了进来，先由总管事于大林辈教他们规矩礼貌、应对进退的外表。等到外表学就了，然后命他们轮流当半日差，腾出半日工夫来，逢双日由仲文教文，逢单日由至刚传武。这个骈指小童，最初也在八个人当中，名字以"云"字排行。谁知这八朵"云"当中，除他这朵寒云之外，余如凉云、冷云、岫云、倚云、剑云、漱云、啸云等七云都极聪明伶俐，有志向上，一个个学得文武兼通，长得眉目清秀。唯独这个寒云，对于正当学识上，一毫也不聪明，对于挑小眼儿，献小殷勤，同伙中挑拨是非，搬嘴学舌，干了坏事强辩护，购东西打后手，说鬼话等种种下人恶习，却是非常灵巧，而且他目中并未曾瞧见，耳内也从未曾听过，这些歹行径，却天生天化，自会一桩桩干出来的。

伯先早就不喜这厮。恰巧前三年的春天，伯先也为了公愤出头，平反一件事情，无意救了一个邻镇保正的性命。那保正受恩深重，念念不忘，特把自己前妻所出的一个儿子送至姜家来当小厮。伯先固辞不获，收用下来，取名叫小云。不料小云这孩子聪明绝顶，识见超群，无论读书识字，驰马击剑，一学便会，一会便精，大得主人宠信。便把原来那个寒云改名衣云，派往伺候仲文。将小云顶了寒云名位，做了七云首领。伯先时常向人夸口道："我若干起大事业来，没说别的，单同八云小厮同临火线，多不敢吹，大约那种起码军队，两三师人，我还可从容不迫，和他们周旋。若得地势占着优良，输送首尾不断，竟可以少击众，像甘兴霸百骑劫曹营相似，杀个痛快，使敌人闻风丧胆，弃甲退避哩。"就伯先这番说话推测，他家中这八云小厮是何等人物，具何等能耐，也就可想而知。

但是那个贬降出外、派侍仲文的衣云，口中虽不敢说什么，心上把小云恨得牙痒痒的，常想伺隙攻讦，誓报深仇。所以他虽则伺候仲文，做事情毫无心绪，只是潦草塞责，心上终日不怀好意，真所谓"吃饱自家饭，常当别人心”。说也古怪，他存了这种私见，连脸架子都会变坏的。本有面庞儿虽不十分俊俏，总算站在人面前也还不十分讨厌。现在腹内常操了瞎心思，吃喝了东西，化痰不长肉，变得獐头鼠目，一张嘴尖得同雷公般，偏又配着两只耳朵卷边而带招风，走到人面前实在讨厌不讨喜。仲文一向打狗瞧主面，总念着这是伯先派来的人，另眼看待，大小事情，逆来顺受。无奈这衣云太混账，仲文客气，他当福气，竟欺到仲文头发梢上来了。

今天伯先有个南京朋友，写来一封密告信，大意是：包后拯自从失慎，额尖、鼻尖、舌尖、阴尖四尖同时失去，不能再作民之父母。那张之洞也从枕畔接着无名侠的留刀寄柬，报告包后拯的劣迹。故此将他撤任，另换一个新到省两榜出身的河南人姓沈的，来署丹徒县。包后拯自己已搭江轮赴沪，延请西医治疗残疾。所有交卸印信、清算交代、移交一切已结未结案卷的责任，全委托他一个偏房的胞兄全权法理。据传丹徒县署里头，也被一个江湖好汉用了鸡鸣断魂香，把合署之人闷倒，借去近万川资之外，并又恶作剧将后拯的四尖，多颠倒移装在他爱姬身上：额尖塞在她的下身；阴尖戳在她的额角上，乃是用刀割开皮肤，趁热血流出时粘住的。故此后拯宠妾，亦赴沪医治。此间传闻如是。执事近在咫尺之间，见闻较切，此事究竟确否，尚希即复。不过此事外间知者虽鲜，据督署中可靠消息，不特包氏方面，已有不吝重金酬犒，矢誓必得阴谋彼之无名侠士，宰割剐剁，以雪深仇之宣言；即张之洞方面，亦极注意：新任沈令赴镇，固已衔有暗查秘探之密命；并又别委多能死士若干名，已分途出发，在长江各埠留心刺探。前次执事在宁，面嘱留意兹事，延至近今，始闻大略，爰举所知，驰函详告。一切希即卓裁阅后尚祈付丙云云。

伯先接了此信，便将原函交给仲文，请他把密字暗号翻译出来之后，即行作复，所有来书所述大概，记明了说给他知道，原信不妨焚毁，自己毋须过目。于是仲文把来书译就，他为周到起见，一壁写了回信，自己拿出去交文书处发递；一壁走去告诉伯先，南京复函已发，如果欲阅原书，则未焚尚在，可以马上取来。伯先道：“不必瞧了，你赶快去毁掉吧，泯然无迹最好。”仲文遵命回来毁书。不料一跨进房，见衣云正在那里抄录来函。忽想起：“伟如曾经说过这衣云天生鹘眼，其心叵测。我尚笑伟如太觉小心，这厮从小就受伯先庇护，决无卖主求荣之理；再者谅他一个无倚无靠无亲无族的小奴才，也做不出张松给图、谯周草表般的大事业来。今天却亲眼见他如此作为，一定存心不良。”故此仲文先把来信和衣云抄的副本一古脑儿烧掉了。然后诘问衣云，此事受谁指使，还是出于本意？抄了做什么用的？岂知衣云一味狡赖，只说无心习练字课，信手抄抄罢了，并无作用。反指任师爷有心说坏他，要打破他的饭碗绝他生命。故此仲文发怒，要派人送至总管事处究治。恰巧伯先自己走来，见此情形，忙问何事。仲文便把此事大略说出。伯先听了大怒，照伯先脾气，竟要将衣云一刀两段。却被于大林说情，指他罪不至死，且把他罚做苦工一月，再观后效。伯先自然赞成，命大林去照办。他却要紧和仲文讨论这四首绝句的优劣，回头另外派人来伺候仲文。书中都表过不提。

单说伯先生平的好恶，凡属安分守己、循礼廉洁之士，伯先都乐与交游，哪怕舆台隶卒，也肯折节下交。如果这人有一艺之长，虽是雕虫小技，总代为极力揄扬，造成为一代人物才休。这是他生平所喜，除此别无他嗜。至于他生平所最痛恨之辈，无非贪官污吏，土豪劣绅，恶霸奸徒，狡童泼妇，一旦这班人的劣迹污行传入了他老人家耳内，暗中总要千方百计，把这人设法摆布一下方罢；并且将本人作恶的大小，做那对付方法轻重的规范。也不一上手便使人丧身亡家，必定经过劝戒警告两步手续，再给他点榜样。瞧瞧倘再不悔过自新洗心革面，第四步才下辣手对付哩。

其时镇江地面上，一者上中社会，并没有过分暴恶之徒；二来乃是伯先第二桑梓，总有姻亲、世族、年寅等谊关系：所以伯先不用全神注视，反先在邻县监视起来。最近有个句容乡媪到来，告发一个恶霸鱼肉平民，欺良压善，那一桩桩罪恶，真是擢发难数。伯先派人去一调查，果然事事属实。已曾浼人劝戒，再用书面警告，又派于大林去做过榜样给他亲睹。前日又派赵至刚前去调查，究竟此人改悔了没有。讵料那人照常怙恶不悛，至刚便急急回庄禀报。恰巧伯先自藏军洞内回出来，喊寒云写了一封信，自己过目签字，把那题书四诗附人，发寄浪漫书师去讫，正思将息一会。忽得至刚回来的报告，心头火发，再也按捺不住，马上收几件应用东西，吩咐外间借舟带马亲至句容，找寻那恶霸去。原来自浴日庄出来，必须用船摆渡。但是上句容去，应由陆道走高资往西，到了下蜀，然后假道仑山头、大茅山等地，一条捷径，至句容，故又要带马。当下离家下船，渡至南岸。舍舟登陆策马就道。在路上无非熟筹如何对付那个恶霸的方法。

一路并不耽搁，转瞬已近仑山。这仑山是句容、金坛、丹徒三县交界所在，距离高资二千里官站，俗名叫作小茅山。岗峦起伏蜿蜒，山势非常险峻，而且丛岭深谷，不是土人，休想行走得到。伯先暗忖："如果山庄里往后弟兄多了，住不下许多，倒可分一支到此地屯扎，也是绝妙一个安乐窝哩。"正且看之际，忽见大路上有两条蛮牛死斗，把路挡住，不能过去。伯先意欲扣马离鞍，上前去排解这两个畜生。随又见路旁草地里跳出一个十四五岁的牧童来，厉声喝道："小爷才得合眼，你们又在那里闹意见哩。"不料两牛依然低头作势用角相撞，全不理会牧童吆喝。惹得牧童火发，一个腾步窜过来，将两手分开，抓住两个牛角，用力一推，两条牛立时都倒退了两三步，头低倒了，一动都不能动。牧童骂道："瘟畜生，你们再敢强一强，送你们到师父那里去。抽筋剥皮，煨熟了给小爷下酒。"说时把手放开，跨上左首牛背，横卧着身子，伸过左脚来，把右首牛角上一挑，口内喝道："走吧。"说也古怪，那两条牛竟是服服帖帖，一步步向前，往右山嘴转弯自去。这一来，却把大路上那个停鞭驻马，爱才若命的姜伯先看得呆了。暗想："这牧童能够谈笑分开牛斗，两臂至少有七八百斤力气。虽则一向归彼饲养惯的家畜，只要一听他的声音，便驯良帖服。但是换了别个牧童，那有这胆量，敢横身插入两牛斗殴的居中地步内去呢？这确是个斩将搴旗、冲锋陷阵的战将材器。我此番句容事毕归来，务必要派人至此，专诚物色；否则这种天生将材混迹牧竖，老死田陇。吾辈也难辞其咎的。"

一路思量，一路行走。直至未牌时候，到郭庄庙打尖，瞧见一家饭铺，招牌叫顺兴馆。忙便离镫下马，先把坐骑在门外拴好，然后走进那家馆子。因为要照料门外马匹，就在楼下散座内坐定，要了几样菜饭吃喝。并喊跑堂端正一束稻草，拿来铡一铡断，去堆在门外那匹青马面前，让它自行嚼吃，少停算账起来，马料代价，一并给付。跑堂自然遵命前去喂马。伯先一壁进膳，一壁把店堂陈设看看。瞥见左首桌上，坐着一个粗眉大目、虬筋虎骨的长须壮汉，面前堆着一盘牛脯，约有二斤光景，一盘羊蹄已吃得差不多了，另外一盘花卷，足有四五十枚，高高叠就。见他筷都不用，伸出大蒲扇般手掌，粗萝卜般指头，向盘内抓了东西，流水般望口内送进去。最足使人注目的地方，是此人生着一嘴络腮胡子，长垂过胸，把嘴都遮没。如今吃起东西来，用两个赤金小钩，把虬髯分向两边钩着，一头挂在耳上，这形状格外惹人骇异。面前三盘东西，只见他仿佛狼吞虎咽，好比风卷残云，要不了多少时候，已经吃个罄净。吃罢了，脸也不擦，仅把金钩收起，放下长髯，大踏步起身离座，到柜上掏钱会过了钞，昂然出店自去。非但伯先瞧了出神，连那合店诸人尽都惊奇诧怪，都在那里揣度，这老胡子不知究是何许样人？伯先又自己埋怨自己："适才何不同那髯汉招呼？照此人的仪表行径看来，也定是个奇人侠士，怎么也会一时糊涂，交臂失之？而且听店中人 的闲话，此人分明不是此间土著，门外天涯，苍茫人海，从今以后，不知还有见面的机会否？不比那个大力牧童，倒还是容易寻觅呢。"

伯先腹中思量，口中嚼吃，少顷东西吃罢，会账出门。刚走至坐骑旁侧，伸手解缰意欲牵出了郭庄庙市梢，才再上背。不料又有一个面黄肌瘦、衣衫褴褛的穷汉，从伯先身畔擦过，挨向前去。瞥见伯先那马，霍地站定身躯，仔细打量一下，高声喝彩道："好一匹菊花青！口齿未老，筋力方刚。照这膘水，倒似天天喂的细料。可惜喂得好，用得少，伏枥惯常，犯了懒跑病的哩。"道罢，自向前走去。伯先听得明明白白，听这穷汉口音，像是皖、鄂交界的宿松、黄梅等地的人。想来是个潦倒马贩，所以说出来的话儿，一些没有外气的。他既自言自语，不是和我交谈，自然不去理会，自顾自上路。谁知一上长途，走了半里光景，只见那穷汉趿着一双鸳鸯破鞋，一只没跟，一只露趾，在前一彳一亍慢腾腾地走着，想必也是往句容去的。听见背后銮铃响动，他并不让避，照常歪歪斜斜地走着。并且伯先马头向左，他也拐到左首，马头向右，他又偏至右面，好似有心和伯先开玩笑的。好容易抢到了他的前头，伯先也有心把裆劲加紧，两腿用力一夹，催动坐骑。那两耳直竖，尾巴挺起，呼啦啦四蹄发动，像汽车开足了马达相似，一口气直奔了八九里路光景。伯先见天将傍晚，路渐狭窄，前面并有树林，唯恐惹祸，故而把马扣住，回头瞧一瞧，暗笑那个穷汉方才十分惹厌，如今可赶不上了。讵料心上思忖未毕，却听见前面树林内有人笑道："咱早说尊骑犯了懒跑病哩，足下不信，现在如何？"伯先一辨那口音，不是那穷汉是谁？但是他怎反会跑出菊花青前头去的呢？正是：

十室之内有忠信，野草丛中出茝兰。

要知后事如何，且待下回分解。

第十三回　缙绅班中竟有此辈
招商店内何来故人

却说姜伯先听见马前一箭路外树林中，竟有那个穷汉的声音，急忙催马向前，留神瞧看。此时暮霭沉沉，崦嵫日薄，但闻树上归巢鸟语，望到树林里头，自有一股森森鬼气，令人毛骨悚然。地下沙土上面，落叶满林，而隐隐约约的狐兔足迹，又纵横掩映，触目皆是。至于那个穷汉，却已毫无踪迹。只靠极北方面，好似有条黑影一闪闪出林外去了。是否就是那个奇怪穷汉，因为距离太远，再加时已薄暮，没有看清身量，未敢武断。心上忽然想着：方才坐骑跑得开足之际，眼梢上似乎瞥着一道黑影，从后挨身擦过，一眨眼睛便已不见。当时只当眼花瞭乱，或者野风吹了地上灰沙，卷向马头前去。如今想来，定是那穷汉施展功夫追过我马前头。这路功夫，名为狂风卷絮法，又叫神影无形术。当今世界上，只有湖北汉川艾铁脚、陕西三原高鹞子俩，总算前辈老师家，会这一手。此人既操皖、鄂交界口音，莫非是艾门子弟，真传衣钵，今天有心来同我玩玩的吗？伯先一路寻思，一路漏夜前进，直赶到二鼓时分才到句容城外。

按照清制，句容属于江宁府管辖，在南京东首九十里，别名江乘。县虽中等，却是冲要孔道，每年要缴解司银四万九千七百五十三两，仓米一万一千一百八十三石，杂税银五百廿二两，积存仓谷三万石。同城大小官吏，连龙潭巡检在内，一共六所衙门，养廉银一千五百两。官立学校，额定二十五所。因算是个驿站，例备站马二十匹。当地士风不甚兴盛。大族首推陶姓，乃是晋代仙人陶弘景的后裔。其次姓笪的也不少。中下社会之人，大抵习学剃头、修脚两行小手艺。至今南边的理发司务和澡堂中的职员职役，仍以句容人算大帮。伯先此次到来找寻的那个恶霸也姓笪，从前祖上亦是做修脚出身，后来有人到东洋营业，带了他去。

我们中国人和日本人在大商业上的竞争，无论纱布、丝茧等等，桩桩失败，唯独苏州雷允上的六神丸，镇扬帮的厨刀，句容帮的剃刀、修脚刀，在日本却都占到胜利的。但是六神丸已遭日本警察省禁止输入，作为违禁品，搜着了充公销毁。唯独这三把刀的玩意无法取缔的哩。往往那班剃头、修脚的，光棍一个身子到了东洋，几年生意一做，捞了一票苦工钱回国了。也有乖巧些的，索性归化了日本，永久在那里设肆营业，其实他隔开两三年归国一次，总多少带了些回来。日本政府明知有这小漏卮，但是没有妥善方法来塞补。这一来，真同俗语所谓："满船芝麻泼翻了，在糖饼上刮屑也是好的。"可称聊胜于无，借以泄愤。

那姓笪的排行第四，自小学的剃头，十三岁那年，跟师叔到了东洋。他的理发本领虽不佳，扒耳朵手段却不坏。恰巧日本男女多喜这一样的，东洋名词叫作"咪咪沙齐"，笪四就在这上头着实弄了点积蓄。后来财来福凑，有个铃木洋行协理的女儿，叫春樱子，也是叫笪四咪咪沙齐开始认识，不久发生恋爱，春樱子竟同他结为夫妇，带来奁金近十万。于是笪四本行不干了，同着日妇归国。春樱子问他家中世业，笪四信口胡吹，说自己是缙绅子弟，有志青年，本不要干这财业，因为奉着本省高级长官密命东渡寄籍，暗做国际侦探的。及至回到故乡，一面买住宅，购田地，一面拚命交结士绅，又吹说在东洋某某株式会社做了取引商，所以会娶着富商爱女，得意归来。

其时风气闭塞，交通不便，人家瞧见笪四一个光棍出门，如今如此归来，一时摸不着他的实在根底；再者那时节出洋归来的人，不问士商，社会上格外看得高些；三来世界上人类的目光，大抵是势利的，所以"富贵"

二字永远打不倒的，譬如从前旅居我们中国的东西侨商，大家只见他们出必高车驷马，入必华屋高轩，随便什么吃的用的穿的，总较我中国人高出一等，偶至内地购甚东西，花钱又阔又爽。所以人人乐与交易，有利可图，故而见着洋先生，都是很畏敬的。自从欧战以后，中国出现了俄丐；而一般侨商，也有生长中土，深知吾国社会情形的，买东西也要论斤估两。使得中人以下的男女恍然大悟，原来外国也有叫化子，并且脾气也有坏得狗都不要吃的。于是自然而然眼光放低了。以前一个欧美侨商跑到内地，可以吓退二三百个乡民，现在十个八个都吓不退了。无形中就为这缘故，对外如是，对内亦然，明知这人虽富，然而来历不明，洁身自好之人，自然远避不问。不过也有一些人贪图眼前利益，会来趋附吹拍的。

当时笪四大话一吹，居然顿生效果。原来本地原有五个劣绅，称为五毒党。一个姓戚，不论大小事情，他总要捞半数金钱上袋，故而诨名叫“切一半”，一个姓宣的，诨名叫“先一口”，一个姓劳的，叫“捞一票”，一个是笪四族叔，叫“搭一份”。这四个分捐监生、州判、县丞、库大使头衔。独有那个首领姓黄的，确是一榜，而且有甚闲事托他经手，钱还分文不要。不过黄绅烟瘾极大，如果托他干事，务必请他烟瘾过足才行，故而诨名“横一两”。大凡事情托了五毒党，没有一件不失败的。最笑话，事后还要向着当事人说道：“这回对方托了某人，用去一千金，所以打了赢官司。你们一共只费了八百，怪不得官司输了。如果早肯拿出千五或者二千来，某人万万占不着面子的。”这种干法，试问还有谁再来请教？其时五毒党适在势力消沉之际，恰巧笪四回来，正要结交士绅，于是由那族叔搭一份介绍，加入五毒，算做“竹溪六逸”。彼此狼狈为奸，互相援借。哪怕乡民为了一鸡一犬小交涉，经由他们的手内，便先去拜会地方官。倘然句容县置之不理，笪四便拉着妻子到南京去告诉日本领事。彼时日本初胜俄军，正在并吞三韩之际，本想凭仗强权，找点岔子出来，有人找上领事公馆来，无不遵命辩理，有求必应。其实官场又最怕牵动外交，见了一个天主教或基督教的信徒，尚且一丝不敢违拗，何况真有外国钦差正式公事关照，自更不敢不百依百顺，于是修脚司务的儿子小剃头，变成句容城内头一个红绅，再加左右有五毒辅弼着，闹得地方上真个鸡犬不宁。

后来春樱子见笪四行为不端，屡次劝诫不听，要求回国去又不允，活活闷死。这一下笪四愈加如鱼得水，本来财权还轮不到自己经手，现在日妇死了，予取予求，任凭自家做主。好在南京那个日领事和自己也相熟的了，于外界势力上，妻子死了，并没有甚影响受着。所以在妻丧百日之内，便将横一两的次女娶为续弦。更加肆无忌惮，胡作妄为，非但求他的事情非钱不行，家用出入也要盘剥得人家叫苦连天。

他其时也吸上了大烟哩。有个土贩叫周三官，和他做交易的，不过土款言明三节结算，每节总有一千或八百块上下。有时周三官周转不灵，跑来商调四五百块，口内说得好听些，推说是向笪老爷借洋若干，其实就是预支点土款。谁知笪四款子是有的，要周三官出立借票，按月至少要一分半的利钱。待到节上算起帐来，提及此话，周三官当然不答应，和他去理论。笪四说出片面理由来，却是非常充足，道："我和你的土款，言明三节一结，每逢到节，如数给你。你不必胆大不小心，先来预支不预支。至于你中途来借去的款子，乃是我向钱庄上去移来的，大凡用到庄款，利息至少二分四。现在我因为和你有交情，仅收你一半分子金，暗中我还每月代你赔去八九厘庄息哩，怎么你得福不知？本来土款如数予你，因你这样不知足，此回非打个七折销账不成。"笪四既要占铜钱上的利益，又要僭别人一句说话，这是大出入上的情形。其余小交易上，哪怕卖柴卖西瓜，也要吩咐下人，须分开来一捆一秤，或者一个一秤，不许放在一起总秤的。有人问他用意，笪四道："凡用到秤，买主照例有个零头沾光的。如果总秤，只有一个零头；如今零碎一秤，秤秤有零头，一称多一两，十六称就好多一斤。倘然一秤总称之后，叫卖主让掉一斤不算钱，他一定肯。所以还是分开称的便宜。"看官们试想，笪四的行为，刻薄尖利到如此地步，居然也算地方上的缙绅。再加还有那切一半、先一口、捞一票、族叔搭一份、丈人横一两等五位仁翁，狼依狈附，代补不足，句容的苦力平民，日子好过不好过？因此弄得天恫人怨，怨声载道。

笪四尽情搜刮了几年，手头积有十余万金。自己也晓得外间死冤家结得多了，自己已堪温饱，也好收篷洗手哩。无奈本人虽有这心思，那左辅右弼的五毒、吮痈舐痔的牙爪等欲望尚未满足，热血落在牙齿内，岂肯急流勇退？依旧要来推戴笪四搜刮天地。故而笪四欲罢不能，仍只得去做那出头椽子，一壁先患预防，去请了个东洋技师到来，参用隋炀帝的迷楼方法，建筑一所新住宅，门里套门，屋中造屋。所有水木两作的大小工匠，都是笪四往上海去雇用来的宁绍客帮。而且一所房子换了十五批工匠，费了十二年工夫，才告落成。据传房子造就之后，那个东洋技师就被笪四用毒死了。因此他这所房屋的内容，连他续弦黄氏也不曾全部了然。所有出入的牙爪同雇用的男女仆役，也不能随便走动，日间用红绿旗，晚上点红绿灯为号，并且按月更换。譬如上个月，笪四吩咐，凡见悬挂红色标帜的地方，乃是活路，仆人们不妨自由行动。有几个精细下人用心牢记，好似红标记都挂在左首，才有点头路。不料下月的红标记，反又挂往右首去了。上半年得主人嘱咐，凡见张挂绿色旗、灯的回廊亭屋，千万不可进去走动；如果不信，误走入去，不但走不出，并且轻则要受重伤，一不留心竟有性命之忧。于是大家都明白了红活绿死，不可记错。不料下半年又反了过来哩。人心抵如此，最喜刺探人家秘密。笪四这种鬼祟行为，神秘住宅，莫说外人都想明白个究竟，连那班男女下人，有少数年轻好事，天生拗僻脾气，笪四嘱咐了他死、活路，他们私下偏偏要到死路上试试。始而胆小不敢深入，闯进一间两间房屋，不见动静。第二次胆大了，便去多走几间，果然闹出乱子来了。有的走了进去，走不出来；有的不知怎样一来，被空中当头敲了一下，敲得头破血淋，有的连性命都断送在内。故此笪四新屋落成之后的四五年里头，他家的下人，每年的年终检报，至少要失踪两三名。

这消息传出来，句容上中下三等社会上人物，多当奇闻传说。有的说是东洋人做的鬼戏，也有猜是笪四薄待了匠人，被水木工匠弄的玄虚；或道房多人少，被狐魅借作公馆；或云这屋左边沿着城墙，右面是座大桥，开出门来，又正对一条城河，风水不佳，俗谈叫左青龙右白虎，只好做衙门或公所、祠堂、庙宇之类，做住宅挡不住的，故变了所凶宅，年年要暴死两三个人的。但据那班知识界中人说起来，以为笪四这所宅子，定仿休、生、伤、杜、惊、死、景，开的八阵图造法，故而他月月要嘱咐下人死活路。不过有人爬至城墙高处，留心望他宅基全部，只见曲廊深院，碧沼红墙，历历在目，倒又瞧不出甚异点来。也有神经过敏、性好吹牛之人见了，指手画脚说，笪四这屋按着九宫八卦、五行生克造成，前后约有八进，分明是一天、二地、三风、四云、五飞龙、六翔鸟、七虎翼、八蛇蟠之势。这种胡七八糟的说话传入笪四耳内，只把来付之一笑。

老实说，笪四这屋，著书人一时倘用文字来述说，怕连篇累牍写上一大段也说不清楚，只得请读者诸君自己去想象了屋中的显明机关，外人如果踏进去，还可一望而知。倒是尚有许多暗机关地方，横一两曾经问过女婿，谁知连笪四本人急切也回答不出一个总数来，除非要走至当场，瞧了甲屋中陈设，才指得出这墙头是活动的，甲室可通乙室。乙室这道垂花门是假设的，如果伸手去拉开来，要想走进去，必先要把丙室一架大自鸣钟做的壁橱门开了，橱内有尊三尺半长的吕祖铜像，翻个转身，待这垂花门内的刀轮隐入复壁内去，才可安然走至丁室床头后面的纱窗夹层里。不然，那刀轮昼夜不息运转着，稳被碾成肉糜。诸如此类，不一而足。笪四自建此屋以来，非但干预外间闲事，家内并又开场聚赌抽头，窝藏江洋大盗，贩盐绑票，私铸银洋，无恶不作，无所不为。因此外间叫他那宅是“阎王庄”，称他做“活阎王搭一饱”哩。不料天网恢恢疏而不漏，今番被伯先探知，亲自出马，到句容来找他了。

当下伯先到了句容城外，自己方针早定，便在城外找寻着一家级升大旅馆，下马入店，租房投宿那级升栈的账房先生，一听伯先说是由镇江到来的姓姜，慌忙招呼道：“原来尊驾就是伯先先生，久仰久仰！贵亲已经恭候好久了。”说时便喊茶房道：“姜老爷到了，快来引领到十五号官房内,和赵老爷相见去。赵老爷也望得眼睛快穿了,今天这一喜,不知要喜到如何地步哩。”茶房也忙着答应,走上前来带路。伯先被这店中人不由分说,没头没脑地一阵瞎奉承,倒开闹得如堕五里雾中,莫名其妙。正是:

曾母逾垣惑众说,市人传虎日三谣。

要知后事如何,且待下回分解。

第十四回　室迩人远奇奇怪怪谣三首 就事论文是是非非注一番

却说姜伯先身虽跟着级升栈账房内的茶房，向十五号房间内，去见那个候之已久'自称和己沾亲带故的赵老爷，心上却辘轳万转，再也想不出这家姓赵的亲戚来。暗想："大约是个江湖上的穷朋友，到过我家吃过大锅饭的，这回到了此地，囊中空空积欠了不少房饭钱，店中司事向他催讨，他便信口胡说道：'你们目下不用开口，待俺一家亲戚押送俺的大批行李到来，俺立刻就好同你们结账。'店中人问他令亲贵姓大名，几时可以到此，他便把我凑上了。我虽不及七国年间田文、赵胜、魏无忌、黄歇四公子般的名望，然而在长江下游南北两岸，方圆三四千里路内的大小地方，不论军政商学，农工盗贼，各界总有几个人知道，何况就在京口邻近地方，又是送往迎来的旅店之中，自然提及我名，定然知晓，哪怕这姓赵的胡说乱道，回头一溜烟跑掉了，店中人找上我们来，只要说话说得不错，情节合符，我家总管事处也肯如数照付。区区信用在外，每年总有一二十件这种事儿发生，故而姓赵的说了此话，店中人便不再向他催讨欠账。他为圆救自家的谎话起见。故意装出天天盼望我到来的神情，借此遮人耳目。不料事情真巧，我真会单骑到此，并且别家旅店不投，也投到这级升栈内，居然被他胡吹吹着了。不过走至房内，我不认得他还不妨碍，不要他也不认识我的，这就糟糕了，那班店中人旁观冷眼，不免瞧出破绽来，传说出去，怕连我都疑心是个骗子，假冒姜伯先的大名哩。再者，我此来所做的勾当，宜乎秘密而神速，万一为此小事，闹得满城风雨，于我此来任务上也有损无益。这倒又是初料所不及的。”想起此情，不由得心头火发，又恼恨起那个冒认亲戚的姓赵人来。

那十五号是楼上房间，那个账房内的茶房，领至第二进侧首天井内，抬起头来，喊应了楼上十五号当值茶房小弟，说明原委后，即贪懒不上楼，要退往外去。伯先便唤他把门口那匹青马卸了鞍韂，喂料上槽。那人答应自去。伯先见一座扶梯。就装在庭心内天幔下头，当即拾级登楼。小弟也含笑相迎。伯先要紧问道：“赵老爷的房间在哪里？”小弟一壁带路，一壁殷勤敷衍道：“就在这儿。今天上灯时分，赵老爷有事出门，向小的千叮万嘱说：‘如果镇江姜老爷到来，不妨招呼到我房内休息。’”伯先忙道：“现在人回来了没有？他来了几天啦？”小弟道：“目下人尚未归。至于光顾小店，尚是上月十五左右，来此已将一个月快了。到底做官当公事的财神爷，手面两样的，用钱阔绰，为人和气，小的们不知沾沐了他老人家多少光恩哩。”伯先听了，更加奇异。

及至转弯抹角，走到十五号房间门首，小弟掏出钥匙开门。伯先见这间客房闹中取静，是陌生人一时走不到摸不着的所在，两边砖墙，和十三、十四、十六、十七等号房间完全隔绝。并不像普通客房，仅用木板分界，至多涂点洋漆，糊些花纸，甲房谈话，左右乙丙两房听得明明白白可比。等到走到进房内一瞧，前后玻璃窗光线充足，空气流通。房内虽然除了一张铁床、一张假红木大抽屉台、一架杉木小面盆台、四把黑漆圈背藤椅等外，无他陈设，然而东西摆得非常合适。再者，那时候的内地栈房，用着铁床、藤椅，参用半西式器具，已经算是一等一的场面了。当下小弟忙着打脸水，泡茶。接着外间把马上家什也送进房来，顺便告禀：“姜爷，因为本店没有马槽，已将尊骑寄养在附近一家张阿龙马棚内去。阿龙是句容地面上著名的马夫，不论生熟牲口，经了他手喂养，没有不上膘的。店中总账房潘先生特地叫小的们提上一句，请爷放心就是啦。”伯先一壁点头答应，一壁再留心瞧看房内，姓赵的有无紧要东西留在外，借以默觇这是何等样人，谁知仔细一瞧，只有墙上挂着一根很精致的马鞭子，床底下摆上一只白皮扁小官箱，虽没上锁，自己总未便去开视。

正欲再喊小弟进来盘问，忽听门外有个女子声口问道："十五号就在这儿吧？"接着便有个近二十岁的苗条女郎推门进来，虽然不施脂粉，荆布钗裙，然而脸面和身材，生得增一分太肥，减一分嫌瘦，非常讨人喜欢。而且眉宇间满含着一般英秀灵气，全没有半点寻常女子羞涩俗态。一见伯先，很自然地行了个常礼，道："尊驾想就是姜爷。赵四爷使奴昼夜前来，面递要函。并嘱把他的一个皮箱、一条马鞭带去。"说时在胸前掏出一封信来，顺手摆在桌上。也不待伯先启口，忙在墙上除下鞭子。正欲弯腰伸手向床下取那小官箱时，小弟也赶进来殷勤招呼，并向伯先介绍道："这是赵老爷的寄名千金小姐。莫轻瞧她是个伶仃弱质，北道上的大帮响马见了四小姐，鼻子内哼都不敢哼一哼。"四小姐嗔道："你又要胡说啦。快代奴把箱子掮下去。"小弟诺诺连声，把小官箱扛上肩头，拔步便走。四小姐忽又喊住他，把箱儿放下，开了，在箱盖上的公文袋内，又取出一张纸儿，同信放在一块，道："这也是寄父关照，务必要交姜爷过目。适才被这厮一胡缠，几乎误了大事。"小弟待关上箱盖，揿上暗锁；先自扛箱出去。她便低声小语道："寄父说，笪家事情不易办的，劝爷见机而作。并且说爷自己在江宁最近干的那回事，乱子闹得不小，已有人疑心到爷，暗下四处埋弓掘井，准备引诱你老上钩。今天盯梢来的九老胡子，也是大大扎手货，幸被寄父吹掉的了。不过劝爷小心为上，最好少管闲账。至于寄父的行藏，和笪家不易办的所以然，多详载在这两张纸儿上了。"她说罢，裣衽告退，出房下楼，出店自去。

伯先此刻益发疑云万叠，自己疑惑自己怕在梦中吧？若是当时小弟不进来，那女子又没有书信和这番说话，那姓赵的东西决不肯放她拿去的。因为话出有因，才不作梗。待她一走，忙把房门闩闭，回到桌子跟前，先拿起箱内取出的那张纸儿，在灯下一瞧，上写着"旅夜书怀，留赠伯先"

的一首五古。那诗句是：

十二慕信陵，十三师抱朴，十五精骑射，功名志沙漠。袖中发强矢，纷如飞雨雹。章句耻不为，孙吴时道学。蹉跎过中年，丧乱成萧索。洗心向林泉，所伴惟鸾鹤，瀑布卷飞絮，飘摇梦中落。（一解）相逢少林僧，剑法传授予，绕身若电光，声若风雨至。良马名铜龙，雄鸡猛无比。慷慨少年场，报仇雪国耻。丈夫尽能军，市人皆可使。何听命于人，自捐壮大志？（二解）成败恨由命，英雄祈战殁。可惜沙场中，少此两白骨。神仙学未成，见道苦超忽。努力去云雾，天光自开阖。归去躬田亩，聪明毋自伐。朝气若流泉，暮心等海月。（三解）

伯先读罢，心上一酸，眼眶中不知不觉掉下几点英雄泪来。再把女郎专诚送来的那封信拿来看时，非但信封上并无只字，就是里头的信纸抽展出来瞧时，也是一个字都没有。难道姓赵的一时鲁莽，竟把一张有字的遗忘，反将这张没字的套寄了来？但忖量忖量此人行径，决不是这种轻浮子弟，万不会闹这笑话的。是把白纸反复仔细瞧了好一会，又凑在灯上照了好半天，依旧没有瞧出什么来。一个人正在沉思之际，小弟又来打门。伯先顺手放下白纸，走过去开了门。原来小弟因为时候不早，照例到各房间内动问一声，可否要喊半夜点心，或者要抽烟器具，喊土娼陪夜等事，顺便再提了把铜铫，将房内茶水加满，然后退了出去。今天公事交代，要明天待值早班的人，再进来问茶问水的了。

伯先一尘不染，待他道了晚安，退出去后，再把房门闩闭。回过来一瞧那张白纸，却被小弟冲茶时不当心，溅了一些水渍在纸上。伯先伸手上去揩抹却见溅水的地方，隐约显出些微黑痕来。心上陡地一动，忙把这张白纸全部凑至保险台灯上一烘，果然烘出笔迹来了。伯先暗骂自己糊涂，几乎被雁啄了眼去。谁知白纸烘罢，低头细瞧，只见那纸上显出来的句儿是：

月聶尸　圙义柜　倜弍举　斞工韫
月聶尸　傢挝五　心险品　劧雔誰
月聶尸　创至攆　人拜斨　昦荆秦

伯先一瞧这三行字迹，三四十二个字一行，一共三十六个字，仍同适才无字无书一样，还是个不明白。而且适才倒还晓得它的所以然，是没字；如今字虽有了，但多是些倒写、横书、反手字，古体杜撰，大小不一，分明是故意如此，其中含有用意。无奈一时间那里想得出这所以然；正如《翠屏山》京剧里头，潘老丈向迎儿打诨道："你不说我还明白点，你说了这句话，我更糊涂了。"当下伯先空猜了好半天，听得谯楼已交三鼓，人也有些倦乏，姑把东西收拾了，上床安歇。

到了第二天，伯先睡到近午才起身。等到开门喊茶房打洗脸水，另由一个日班当值的南京人，名叫云生，进来伺候，却把于大林领了进来。一来伯先离家之际，和大林约定，叫他来的；再者仲文得着一个南京确讯，所以命大林漏夜赶来报告；三来大林向伯先请罪道："那个刁童衣云，想来不愿充当苦工，昨日主人走后，他竟乘隙私逃，至晚不归。这是门下疏防的过失，特向主人告罪。并请示对付这厮，是否要四出派人追回重办？"此刻伯先心上要事很多，这件事业不高兴小题大作，仅吩咐随时留意，不必专诚究治。自己要紧将那怪人的怪信取出来，交给大林，命他火速回去，请任先生详测一个道理出来，只要得到一线光明，随时就着鸽儿报告。并又向大林耳语了几句。大林立刻持函动身，回庄照办。

伯先梳洗茶膳均毕，便把后面的窗儿开了，悬上一幅青红黑三色拼成的小方手帕，随风飘荡，使人非常注目。好在这十五号的后面，虽则也是临街，却是僻静异常。经过的人们多是赶集乡愚，就算遥见了这方三色标帜，也不过当场一喧嚷，过后不再去细研究。反不如空中飞鸟，俯视着了这东西，倒多要飞近了仔细瞧瞧哩。其实伯先庄上豢养着二百多只三红白鸽,多教得灵活似人,可以二三百里当中传递密书,百无一失。乃是任仲义在东洋见了他们的军鸽,然后留心问明了教养门道,代伯先平日豢养教化成功的。这方三色标帜,就是鸽旗。伯先正午挂上,一到明天下午,就有鸽报递来。伯先在它翼下解了密札,把预备的水食喂饱了它,然后再放它回去。如是者二三天下来,仲文已把那怪函推测完毕。

伯先将陆续收到的鸽报,顺着次序拼凑起来瞧看,乃是七言歌谣三首。仲文逐首逐字解释道:

“月[illegible]尸”,乃是苏东坡创作的所谓“斜月三更门半开”。寄书人怕我们摸不着门径,所以著此一句,教我们依着这格局推测下去,不难迎刃而解。“奸”字外加一个方框,好似人家已死的儿子列在讣闻上,也用这方框的,乃是表明“除奸”的意思。“义”字写得格外长,长、仗谐声。“柜”字,人家只知是“槛”字俗写,其实读举,又音巨,亦音矩。柜柳乃大叶木,分明誉君是根大木。四书上有“工师得大木,则王喜”之句,因为大木可备梁栋材料之故。以此推想,首章第二句是 “除奸仗义栋梁材”七个字。“僩”字音闲,宽大之意。俗写“间” “闲”二字,往往缠讹。故“僩”一字,在宽大上反想过来,可以当作“人间”解释。

“弌”字乃古体“一”字。照字典上看下来,附属部分不算,独立的一共有二百十四个部首,这“一”字又为二百十四个部首当中的魁首。故“弌”字代表“第一”二字。但是寄书人为何用古“弌”,而不用今“一”呢?这是他自高身份,言君才为世人第一,但是同他比较,却居其次。故此字典上“一”字之下,便是个“弌”字。所以他用“弌”,不用“一”。“宷”系古文“南”字。“南”若从古写法,人家见了,定以为奇。“奇南”者,“奇男”之谐声。故首章第三句,也是颂扬君乃“人间第一奇男子”。“海”字倒写,“江”字反书,明明说是“倒海翻江”。“瞐”字音龙,上声,与“晶”字通,美目之意。又可作深目解。古例一目谓视见,两目谓观见,三目谓看见。凡事物经三人闻见,就可云“众”,故古“众”字是三个人字的“众”。寄书人用这“瞐”字,既说众人们是用冷眼旁观的,又表明他却用深刻目光期望你成功,还可以算做干番大事给大众瞧瞧。因此首章末句是“倒海翻江众目看”。

第二首首句,是不用重加说明了。“傢”字拆开来,是“人家”二字。不过这“人”是个立人,应加转述为:“亻,人也。”“人也”二字,又合成个“他”字。“挝”字是“手过”二字拼就。援照上头“傢”字注重偏旁的旧例,再就事论文,则当解为:君此至句容所勾当之事,首重侦探。故“傢”字是代表“他家”二字,“挝”字定属代表“探过”二字。至于“五”字,是个数目,二三成五。以次推详,第二首次句是“他家探过两三番”七字。“心”字特地写得小,“险”字有意写得大,与首章“江海”二字一样用意,所谓“小心大险”;关照君万事要小心谨慎,他家内大危险的地方很多很多。“品”字三口合成,无非再三叮咛嘱咐,不是当玩的意思。于是次章第三句,定为“小心大险叮咛嘱”一语无疑了。“扐”字音只,攻坚之意。是告诉君,他家有坚固防御设施,攻之不易。再就上文“傢”“挝”旧例,反过来推详,“傢”“挝”二字都是偏旁上增加成字,这“扐”字的手旁作它“手”字用,将“力”字左首添个“工”字,成为“功”字。则是料想到君此次出发句容情状,真个急如星火,心上恨不能马到成功,手到病除。这“扐”字就是代“手到成功”四字哩。“雖雎”二字,都是古体“难”字。那么次章末句,分明说是君想唾手告成,怕难如愿,乃是“手到功成难上难”一句哩。

伯先随瞧随想,暗佩仲文的心灵智巧。正欲再瞧那第三首的细注,忽然外间人声鼎沸,小弟在那里高喊:“火已冒穿屋顶了,大家快些搬些值钱东西逃命要紧。”伯先抬头向窗外天空一望,只见浓烟密布,非但火星四射,那火舌头如同万道金蛇,向窗内直窜进来。耳畔但闻大呼小叫,男啼女哭,杂着金锣警笛声音,闹成一片。正是:

隐侠留谜才半解,祝融税驾已全来。

要知后事若何,且待下回再说。

第十五回　失火累池鱼龙驹被盗
轻敌临虎穴豪杰遭殃

却说姜伯先在级升栈楼上十五号客房里头，一个人正在静览诗谜，忽被火警打断兴头。像他这种人，千军万马、枪林弹雨里头，尚且出出入入，视同无人之境，何况这走水小事情，任你外头如何扰乱，他仍镇静如常。先把几种要紧文件次第收拾，装在身上。因为鼻子里已闻着乌焦味道，满房间也塞满了浓烟，连眼睛都睁不开来了。寻常人至此地步，不免惊慌得房门多要摸不出。但伯先是有门道的，凭你烟头浓，知道它是向上冒的，只消身体蹲倒，向下瞧看，便可辨清出路。遇到尴尬的当儿，哪怕四肢着地，在地上爬出去，就不愁浓烟眯眼哩。当下伯先爬至门口，拔去门闩。正要下梯走时，那小弟又奔进来安慰大众道："好了，好了！幸亏西门那条洋龙到场，水力厉害；再加阖城文武官员，也多到场弹压：现在火势已退，烟头发白，不妨事了。"

伯先仔细一追问，原来起火地方，和级升栈相距有近二十个店面，并且坐落在东首。那一天吹的是大西北风，大家以为火准顺风蔓延，往东边烧去的，况且是在白天，决计烧不出什么大祸来。不料火头冒穿屋顶之后，附近邻居正忙着搬移自己东西，那最先到场的一条水龙，非但水斗不多，而且出水呆细，掌龙头的又不内行，观准了火头一打，竟把火向四散飞去，反变作东着西着，最希奇又是逆风烧的。而赶来救火之人当中，又以下流社会的游手好闲者居多。本则中国上中社会人物训教子侄辈，有“赌场、火场、杀人场三场莫到”的古话。而下流人物的习惯，适又与之相反，所谓着火好看，难为人家，他们当作一件出钱没有瞧处的玩意儿看待，口内嚷着救火为名，心上实在是来瞧热闹的，更有少数穷极无良之辈，还想来趁火打劫。加着附近搬物邻人，东窜西奔，秩序全无，反使真正赶来救火的热心人投鼠忌器，无从施展手脚。等到火势四散烧开，又有一班造谣生事之徒，说甚这是天火，所以水浇上去，反似添油一般，要待它把在劫人家烧满了，才会自行熄灭；非但救不了，并且违抗神意，犯天条的哩。这种论调吹入救火的人耳内，至少限度要减去三分勇气。所以内地走水，大原因是消防器械不良，小原因就为着谣诼孔多，乱无头绪。往往有烧上头两个钟头，焚掉一二三十家人家。市面上无端损灭一二十万金钱，皆为此故。当日句容城外小火酿大灾，也是如此。

伯先听了，付之一叹。重又回至房内，姑不问外间如何，仍旧闭上房门，再把纸儿从袋内抽出，继续瞧那第三首的解释道：

三首首句，固不必赘述。第二句头一个“創”字。按照第二首的“傢”“挝”“扐”等字前例推详，左首一个“倉”字，加上木旁，便成“枪”字。右首天然一个侧刀，当它“刀”字。那“至”字是实字虚解，不可当达到解释。倘写出那“室”字或“屋”字来，居中不是都有个“至”字的吗？故“至”字可代“室中”或“屋内”。“撵”字是杜撰出来的，遍查字典字汇，并无此字。望文生义，乃是“安排”两字凑巧拼成，姑作它是“巧安排”三字解。这一句便成了“枪刀屋内巧安排”七个字哩。第三句第二字的“拜”字，音拱，又古文“友”字。好在上头有个“人”字烘托，合成“个人双手”四字。那“幹”字横写过来，同“小心大险”“倒海翻江”一样，是劝君切不可横干蛮为。于是凑成“个人双手休横干”一句。这是寄书人再三叮嘱，叫你一个人不要轻易赶到那人家去动手，那家屋内早已埋伏枪刀，小心要蹈大危险的。如何方可前去动手呢？他最后一句是“㝵荆泰”。“㝵”是古文“得”字。“荆秦”二字，暗射荆轲、秦舞阳两个古人。当时燕国太子丹，差荆轲入秦刺始皇，用樊於期的首级和督亢地图来做香饵的。督亢图献至秦廷，乃是秦舞阳捧的。这一句，武断它为寻得、待得均可。再转弯想作寻，静谐声，凑成“静候荆秦督亢来”。乃是寄书人留言告你，他已暗中去寻觅那家的房屋鱼鳞图，并代为招呼荆轲、秦舞阳般的帮手到来援助。说来话去，劝你一个人千万莫去胡干。

总而言之，他留下的三十六个字，可以化作下面的三首七言歌谣：

斜月三更门半开，除奸仗义栋梁材。
人间第一奇男子，倒海翻江众目看。
斜月三更门半开，他家探过两三番。
小心大险叮咛嘱，手到功成难上难。
斜月三更门半开，枪刀屋内巧安排。
个人双手休横干，静候荆秦督亢来。

第一首是含些颂扬体，二、三两章乃是叙事而兼劝诫，且表白他自己也正在暗中积极进行，叫你万万不可心急。鄙意如此，尊意以为如何？

伯先瞧完了仲文的注释，重又把全文从头至尾复看了几遍，再将这八十四个字儿低低吟哦了数次，更把这文情同事实对勘了一番，不禁拍案长叹道：“这姓赵的究竟是谁呢？若没有这般的注解，真正埋没了他这番苦心孤诣。但既已洞见俺姜伯先的肺腑，又如此的谆谆相劝，代俺去觅图寻人，怎又不和俺当面晤谈一下，反要这样的卖弄小聪明，像在云端里隐隐约约，露出片鳞片爪，不肯披露全身？好不闷煞人也。”

伯先正在愁闷自叹之际，忽然小弟又在那里叩门招呼。伯先无奈，收拾过了许多纸儿，走过去开门。只见小弟同着那账房潘先生，又引领着一个短衣窄袖之人，都哭丧着脸儿，移步进来。伯先不知就里，忙问何事。始而三个人六只眼睛觑成三对，都说不出一句半句话来。被伯先逼问得紧急，小弟才说明进房来的原委：那个短衣窄袖之人，就是在附近开马棚的张阿龙。适才起火的那家京广杂货店，就在阿龙马棚前面。本来或者可免被累，偏遇第一条水龙打了盖头水，火势游散开来，阿龙的马棚便首遭波及。当时心慌意乱，忙着搬移家私什物。又有闻警赶来的义气朋友冒烟突火，总算在火当中把槽上四五匹脚力都抢救了出去。事后检点，房屋仅烧去七分，还留着三分劫余茅屋，可以暂避风雨。就是零星东西，虽有遗失，大幸值钱的都未失去。这是再好也没有。讵料级升栈内的潘先生，因为有伯先那匹青马寄养在他棚内，特去慰问几句，顺便瞧瞧那青马。阿龙见了潘先生，才想起尚有匹寄槽青马来。忙再一查，自己的一匹银鞍，一匹海驴，两匹关东大骡，一匹小骝儿，都在那里，唯独那匹青马不知去向。赶紧四处派人寻访，附近也无影踪。派往远一点去找寻的人，尚未回来报告，不知有无下落。潘先生因有责任关系，所以急同阿龙到伯先房内告诉一声。

当下伯先听了，直跳起来，因为这匹青骢宝马，乃是一个广西朋友送的，普通叫起来，总名小川马。其实四川并不产马，偶尔出产几匹，也多是寻常代步。只有贵州省产出的马，虽然身材不大，其行步收敛，不行散蹄，而且胆大非常，驰高驱下，稳而且快。其中尤以水西、乌蒙两地产生的为全黔骏马之冠。明初宋濂著有赞美水西马的歌词。水西马的外表，较乌蒙马美观，跑起来却次一点。因为乌蒙土人从小就把小马教练。等到驹生三月，拣骏健些的缚在山下，将老马系在高山岭上。待驹儿饿了大半天，先行放了，然后设法使山上的牝马长嘶。驹儿一听母鸣，再加腹饥觅乳，便不顾高低远近，没命向山上奔去。如是者教了十余次，待它自下而上熟惯了，再调换过来，把老马缚在山下，驹儿改系在山上，使它们母呼子应，顾盼徘徊，只待松缚，直驰冲下。小时候只消如此一教练。大起来胆壮神完，登山涉水，毫不畏缩。再加在水西、乌蒙附近，有一处小地名叫柳坑，也由养龙司土司管辖的。据云这柳坑河内，有个龙窟在内。每届春日，土人选择贞良牝马，拴在坑坡旁侧。到了晚上，云雾晦暝，河内自有一种东西蜿蜒直上，和马交接。回头养出来的驹儿，真正龙驹宝马相似。不过三年之中只有一回，并且养出来的龙种好马，往往养不大的多，故此格外名贵。可惜贵州天然产生了这许多好马，本省市面做不开来，必定要贩至四川交易。俗语所谓“出处不如聚处”。故而外人不知底细，只认川中出马，不过骨骼小点，便唤做小川马了。伯先这匹青马既是柳坑龙种，又经乌蒙人教练了一番，外表和水西马一样。当时伯先在鄂省廿一镇八十三标内当标统时节，赏识了部下一个队官广西人，将他破格擢用，直提拔他做了管带。他感念长官恩德，那回请假回去，特地亲至乌蒙，几经托人，花了重价，同觅宝似的觅来送给伯先，算表他一番心迹。那马浑身毛片黛青色，只有马臀左右有两撮天生成月牙式的白毛，它回过头去，这白毛刚刚遥对它的两眼。照马谱上看下来，此名“回头望月”。再加陌生人跨上它的背去，它要回头来咬人膝盖骨的。故而伯先代它起了个“回头望月咬人青”，名字真爱同子侄辈相似。一日到了句容，闹出这“城门失火殃及池鱼”的局面来，他当场自然要直跳起来。家中好马虽然尚有三四匹，但是品格都不及这青马，失去了这种可遇而不可求的东西。无论谁人，心上总不舒服的。

伯先当下灵机一动，想起路上遇到过的那个衣衫褴褛的汉子，怀疑也许是他干的。于是把此人的形状对阿龙说了一遍，问他可认识这样一个。阿龙想了半天道：“咱们句容马夫帮内并无此人。不过爷现在说出这人的形状，好像在今天未失火前，小的眼内曾瞧见有这么一个人的，在咱马棚前闲看了好半天哩。”伯先一听，心上好似连珠箭般叫苦，暗想：“我马一定被这穷汉盗去。难说四面八方托人，或者还可追得回来，但大约又要煞费经营，不是轻易便能璧赵的了。”于是把阿龙又仔细盘问一番，瞧他不像做了手脚来欺客边，再者自己不是轻易就受人欺负之辈，马已丢了，只好说几句限在他身上追回原马，不吝重赏的冠冕话儿。先把他打发开了。又把栈内的潘先生用话罩住了他，使他不能轻轻卸责，脱身事外。潘先生只好答应也去留心侦查，务必追回原骑为止。说罢，自同小弟退回房去。

伯先格外昏闷，一个人在客房内坐立不安，异常焦灼。到了傍晚时候，那一个云生茶房，进来动问夜膳问题，顺便道："前日里和爷说及的那个告地状的河南难民，今天也被笪四收罗去了家丁哩。本来笪四家内的男女下人，大半是这般来历不明的野货。而且到了他家内，至多不过半年。仗着祖上有积德，或者还你一个囫囵人出门；倘然额角黑沉沉，连那人的踪迹多不见了。据说他这所房子不吉利。年年要三四个或者五六个男女祭屋的，故而下人们会尸骨不还乡。笪四所以专门要收罗客边穷人，也是他的深心。如果用了本地人，一旦失踪之后，他家内总有父兄妻儿老小，岂不要吵上笪家大门去吗？"伯先心上一动，忙接口道："怪不得外间称笪四是活阎王，指他的住宅叫阎王庄哩。但不知这阎王庄离此多远呢？我在前头窗内望出去，望得见一座高矗云表、金碧辉煌的西式硐楼，又是那一家呢？"云生笑道："这座高楼就是活阎王办公的森罗殿了。他家的房屋是紧靠城墙的，小店若得移到护城河的那一边去，没有城垛子碍隔，竟好算是笪四的贴邻哩。由此往右走去，过了飞虹桥、外吊桥，进了城门，左首拐弯，再过了内吊桥，一直就可到笪家大门口哩。"

伯先一一记在心头。等到晚饭吃过了，天交二鼓时分，他便把里头扎束妥当，外头仍旧罩了件大褂，关照云生把房门锁了，今晚有事出去，或者要明天回来，房内格外小心。云生自然诺诺连声。伯先便离开级升栈，挨进了城门，先在街上信步胡闯。直闯至三更过后，真个夜深人静，万籁俱寂，才走至笪四房屋后面，将外罩大褂脱下来一卷，权当一件临时军器。他是练过壁虎游墙功夫的，只消背心往墙上一靠，手心脚底弯过去搭着墙头，两肩微微摆动，身子便向上直升上去，转眼之间，已到了屋面上。然后定一定神，向四周细瞧了一下，再把中央那座高楼做了目标，放出夜行术来，瓦上绝无声息，直向中央奔过来。大约十停地步中，走去五停光景，忽听下面有叹息之声。伯先忙止步侧耳一听，但听低低地道："我笪四将来也有这一日吗？"伯先听了心活，忙改变路线，趖至檐前，先折了一块瓦角，向下投了块问路石，且喜一无人声，二无犬吠。等到飞身下屋，却见一间坐北朝南客房模样的屋子，八扇百叶窗只关上六扇，两扇开着。且喜对窗铺着一张半段头铁床，床上睡的那人乃是面对着里，背向着外，自己已从窗内看清那人，那人尚一毫不曾觉得。也不去管他是否就是笪四本人，姑且蹿进去抓住了他，问明了再作道理。说时迟，那时疾，伯先一落下地，一见那人，跟着一个箭步，就从那洞开的两扇百叶窗窗洞当中，直蹿到了层内。一壁铁臂约略一伸一缩，提功运气，运到那卷大褂上头，顿时坚硬得宛如一条杆棒。抢至床前，举起手内家伙，向床上人作势打将下去。正是：

自古明枪容易躲，本来暗算最难防。

要知卧的这人是否笪四，可曾挨伯先打这一下，性命如何都在下回详细分解。

第十六回　入虎穴侠客陷绝境　出龙潭难民遇救星

却说姜伯先跳下屋面，蹿进窗户，抢至床前，举起家什，作势打下去时，明明还瞧见卧在床上的男子面北背南，枕畔放着一盏黄铜油灯，像抽鸦片用的烟灯一般，燃着了灯芯，正静心在那里看书。谁知及至伯先手中衣卷向床上落下的当儿，忽然那人身子向里一滚，立时灯儿熄灭，眼前一黑，耳内好似噼啪咔嚓一响，手中觉得有一件硬邦邦的东西在衣卷上一掀，弹激力非常重大。换了别人，竟要被掀得家什脱手，幸而是姜伯先，还不至于狼狈到如此地步。等到再借窗外映射进来的星光所照耀的一些光线，又运动夜行目光，定睛一望，不禁呆了。原来铁床仍旧是张铁床，被褥照样这么折叠平铺，和适才在窗外瞧见时候丝毫无二，独不见了卧在床中看书的那个人，熄灭了枕畔的一盏灯。往上瞧瞧，没有痕迹。伸手揿揿床上，很好一张床上很好一张床垫搁在那里，并无机关揿破。又将床里望望，这床是紧贴着墙壁铺设的，床背后并未留出子孙衖堂，也无从躲闪。

伯先仔细一想，料定这人乃是从墙壁内逃走掉的，这墙定是假墙，中有关捩子的。正欲跳上床去，伸手去摸那墙壁，不料这屋下面是横铺的地板，不拨动枢轴，乃是块块做死的，上面尽不妨由人行动；只要暗中把关捩子拨动，除了铺设那张铁床的一点地步照样不动外，其余块块地板活络。伯先如果早一步跳上铁床，便可不遭此跌。如今却迟了一步，等到觉着脚下松活，晓得踏着了翻板，忙伸手去抓住了铁床的半段头铁梗，想把身子悬一悬空，好借劲跳至实地上去。不料手刚抓着铁梗，又听得梗内丁零一响，伯先才晓得这梗内也有毛病，赶紧放手时，已经被梗内自然钻出来的小尖刀戳破了手上好几处。此刻上头一受着小痛苦，难以兼顾到下部，两手不免一松，他的两只脚早已悬空了。接着望下一坠，又被翻板卷住了两腿，好似往下一拖，身子便向地窖内直跌下去。幸亏伯先乖巧，再者有功夫的，索性四肢一蜷，将上下身命门都关紧，自己反也用力往下一挫，总算像高楼失足跌了一跤般跌至地上，只不过臀上微痛了一阵，别的毛病没有。如果颠横倒竖，同断线风筝般滴溜溜翻滚下来，那笪四的翻板下头滚钩钢网，尖刀风轮，柳叶狭长钢桨，都层层节节的装着；再加伯先自己又去拉了一拉铁床的梗子，就是开发滚钩等的钥匙，一枚动，百枝摇，准要把坠下之人剁成一个人肉饼子方罢。而且笪四刁恶非凡，下面土牢内养满丁秃虺、竹叶青等毒蛇，水牢内养满了红眼珠宝塔背的大癞头元龟。如果有人失足跌下去，就算侥幸免过机械上的分尸惨刑，临了也免不过这般鳞介毒物的馋吻，一两个人投下来，也不够它们吞嚼一顿饱哩。这道门槛，乃是笪四自己发明了加出来的，连那个作俑的日本工程师，也不会了解到这玄之又玄、戏中有戏的恶毒埋伏哩。此刻的伯先，乃是一直跌下去，迅速不过，等到机械开动，圆转得快速之际，伯先早已着地多时，所以倒没碰伤一些皮肤。并且跌得巧不过，恰恰跌在水牢夹衢内的大阴沟里头，虽则一阵阵的恶臭刺鼻难受，幸不至于有性命之忧。

伯先初跌下地，眼前黑黑，也不知跌了多少深，跌在什么所在，头脑子内浑浊浊，一时也辨不出甚么来呢。直待坐在潮湿阴寒的地皮上，坐了有半小时光景，精神稍振。那一件大褂子卷的临时家什，当跌下来的当儿，要紧两手死保命门，也不知把它抛往何处去了。幸得百宝囊没有跌掉，伸手留心一摸，里面东西俱在。于是掏出千里火来，弄旺了一照，里面黑魆魆照不见底，横里不过二尺地步开阔，上下距离亦不过如是，两厢都是青砖白缝，砖砌得很是讲究。下面好似有污浊水儿，往左流去，情形是条水槽。忽然灵机一动,水既向左流去,那尽头总有个出口。于是顾不得龌龊,身子只好伛偻着,往左一步步爬过去。他跌下来的地方是个大缺口,上头没有什么砌的,所以身子好坐得直。如今钻入了四面砌好的沟套里头,连呼吸都不灵便的了。凭你铜筋铁骨的大英雄,练就了一身好功夫,在这隧道内爬着,倒也有些受不了的。幸而爬了二三十步,又有了一个缺口,才好直一直腰,透一透气。

休息片刻,再往左爬。如是者也不知过了多少缺口,爬了多少路,好容易爬到左前尽头的地方了。却原来是在地下掘一个泉眼,龌龊水统往眼内流下去的,并无做就的大出口。伯先不免大失所望,暗忖:"自己该活埋在此的了。悔不听那隐侠留言,鲁莽探险,自取其咎。而且自己是个何等人物,生平做事总是光明磊落,不料现在要这样糊糊涂涂,结果在这肮脏地方,世人一个都不明白姜伯先如何失踪的。这也是造化弄人,天道不公也。"

他闭目静心,自叹自呆了好一会。重又睁开眼睛来,好似有一线天光,在目前一亮。忙取千里火照时,偏偏千里火当中的硫磺火硝,一者将要用罄,又因着了地底潮气,光不大亮,反被这星火光儿将眼睛耀得发花,连那一线光明都不见了。气得伯先把千里火索性向百宝囊中一塞,腹内寻思道:"这真是天亡我也。"欲思再爬往右首尽头处去找寻找寻,或者有条把生路。无奈沟内回身不转,再要一路爬过去,非但气力不济,秽味难受;再加没有了千里火,暗中摸索,愈加不易;三来由此往右首尽头,不知距离着多少路哩。不要说爬不到底,就算爬到了右首尽头处,不要依旧没有出路,仍然免不了全尸活葬,反不如就死在此处,不必再去自讨苦吃吧。

又挨过了好一刻时候,忽然这阴沟的左右地道内,不知从何处飞集来的磷火,绿沉沉亮晶晶的一明一暗。伯先在阴森黑狱中得着这一些光明,真和点了不夜天灯相似,顿时精神衰而复振,勇气竭而重鼓。定神仔细一瞧时,左首尽头处的墙壁,是用三合土砌的,坚固非凡,没法可想。不

过在这沟渠泉眼地方，却砌着一方四格眼的花砖在墙当中，想来是匠人做的出气洞。伯先想到百宝囊内三角钻、小鎯头全都备着，何不试试运气去掘掘看呢？于是趁了那一些磷火微光，忙取出钻、锤来，用力去敲凿那块花砖。始而凿上去动都不动，再加身子伏在沟套中，难以用力做手脚，凿得有些意懒心灰。自已劝自己不可躁急，工作一会，休息一会。又不知过了多少时候，倒是肚子内又觉得饥饿了，口内也渴得要死，不禁又心烦暴躁起来。于是闭目养神，作了一度长时间的休息，重又鼓足全身气力，再把花砖敲凿。这一回有意思了，好容易凿去那块花砖，墙上有了个小方窟窿。但是身子仍旧钻不出去，而且亮光反而没有，那磷火又次第往别处飞散。伯先此刻浑身汗出如浆，筋力疲倦，认为这番手脚又是白费的了。其实外头天又夜了，所以里头无光。伯先心上一阵难受，如同晕厥一般，直挺挺卧在沟内，人事不知。

也不知过了多少时候，重又睁开眼来，只见眼前雪亮。原来又到了白天，在这花砖漏隙内透进来的亮光。于是再施出偷儿开桃源的手段来，煞费苦心，总算掘去不少三合土，把窟窿开大了。然后把钻、锤收起，两手交叉护腰，用了个黄龙出洞姿势，好容易钻出墙洞。虽然仍在地底夹道内，空气仍然窒浊，但比较在沟套之中，真个已有天洞地狱之分。

他席地而坐，将息了一刻。又站起来运了一回功夫。再在百宝囊中取出行路不饥丸来，一口气吞嚼了七粒。正欲拔步去寻门路，耳边厢忽听见有叹息的声音，以及脚步声响。伯先听明白是人的声音，不是鬼啸，亦非鸟兽啼叫之声，便向两头望望，想逆风找寻过去。谁知抬起头来，那堵墙根边却有个下人模样，手拿箕扫，垂头丧气地拐弯转过这边来。伯先急忙显出平日威风，反先迎将过去，厉声喝道："哇，这厮慢走。"

那人猝不及防吓了一跳。抬头一见伯先那副威风凛凛、杀气腾腾的形状，虽然身上没穿长衣，而且遍沾淤泥。但是瞧他那双棱棱虎目，生灼灼光，再加一作虎势，使人见了愈加不寒而栗。吓得他丢了手中箕帚，慌忙双膝跪倒。一壁二十六个牙齿作对打战，一壁口中连连求告道："仙老爷，鬼爷爷，好汉爷，饶命饶命。”伯先一听他的口音，便道：“你是河南人，怎么在这里头充打扫夫？俺是来救你的，你快说了老实话，就好和你离开此处哩。”那人一听此话，放大了胆，复将伯先上下统身打量了几次，然后眼泪汪汪答复道：“我正是河南汤阴人，名叫倪大扣子，自幼没了父母，在本地沈家酒店内学生意。蒙老板看重我，上省赶考，带我同行。老板本来乡试了好几次，没中举人。那回和我同去了，倒一考就中，故此格外疼我。二次上开封，又同我去的回来时候遇着响马，掳入盗窟。我自己乖巧，乘他们没有防备，被我单身偷跑下山，回至本地，想去报官请兵，剿匪救主。不料老板家内遭了仇家陷害，全家捉到官里去。所以我非但不敢出首，反又亡命出外，被一个山东人卖膏药的收作徒弟，在江湖上混了几年。得讯沈老板官司了结，到江南来做官，恰巧我也因受不住那个师父打骂，所以再逃至南边来，意欲找寻旧东，谋碗饭吃。可怜我不认识道路，到得此间，腰无半文，只好暂时讨饭吃。前天早上，蒙此间的笪四爷派人唤我到家，也先问明了根由细底，承他派我个安逸差事，领我到后园一个眢井旁侧，用筐子绳索将我放了下来，命我专管收拾墙根的四周夹道。我以为收拾一回之后，仍由筐内援吊上去。谁知四爷在上头亲口吩咐道：‘下来之后，不准再吊上去。每日三餐茶水，自有人按时送下。那首有间小小卧房，是你晚间休息所在。进来了，除死方休。’四爷说罢，收了筐索自去。我估量此地距离地面，至少要三丈多深，我又无能爬出眢井。那边有扇铁门，开出去又在水底下，我是不识水性的，也不好逃遁。再加铁门的开关，一半做在上头，由不得下边人作完全主张。每天晚间，有一盏小红灯儿荡下来，乃是开放铁门暗号。等到铁门一开，我就把堆在那里的垃圾推出去，上头放掉一些龌龊水，一刻工夫就自来关闭。我好比殉葬的童男童女，永远过这隧道生活，今生再无重见天日之期。下来了不过两天，真同度了两年相似。好汉爷从何处下来？你说救我出去，此话想来当真。我若出去得见沈老板，总极力的举荐你，今生今世永不忘你重生再造之恩。”

伯先听罢，晓得此人就是云生说起的那个河南难民。既有铁门，就有生路。当下便先叫大扣子站起来，叫他引到他的卧房内，要了口水喝，又告诉他一个出去法儿。好在伯先游泳功夫，也是一等一的。候到晚上，叫大扣子照旧取了晚饭来，彼此胡乱吃了半饱。待至深夜小红灯坠下来时，他俩同至铁门跟前，下面关捩拔去，上头也拔去拴锁，即便放水。伯先即乘这个时候，将大扣子驮在背上，顾不得肮脏水淋头盖脑，人身权当垃圾，冲出铁门，果然是在河底。伯先定了定神，定了个大约的目标，方又游泅出去。离开筸家约一丈开外路，恐背上人受不起水淹，便透出水面。定睛一瞧，城墙尚在目前，原来是在护城河内。于是游至对面上了岸，将大扣子放下来，代他掐了穴道，呕去了不少清水，急忙催他拔步便走。倒是出城去，必定重走回头，要经过筸家大门的。伯先并不在意，大扣子却急得脸上失色。幸而时候不早，筸家大门固已紧闭，就是街上行人亦已稀少。两人走到城门口，虽未上锁，关却关了好久哩。恰巧有人从城外进来，正在那里叫城门，他俩就趁此挨出城去，同回级升栈房。不然两个水淋鸡般的短打扮上前来喊城门，守月城的老将多少有点疙瘩，要费一番唇舌哩。

当下伯先救了大扣子，安然离开虎穴，回到寓中。小弟见了，骇问根由，少不得又要造作一番说话。幸而带了一个人回来，只推说出去三晚两天，就为搭救这人，连大褂子都丢啦。

及至回进十五号房间内，于大林又奉着仲文密命，到来追伯先回去。此刻的伯先，栽了这样一个大筋斗，这真是自从十三岁出道至今，在他的半生历史上所从来没有遇到过的。换了寻常人，岂肯便离开此地，立即回去呢？但是伯先毕竟是个大英雄。一来那隐侠留言谆谆叮嘱，对手不是好惹的，此次轻临虎穴，几乎枉送性命；如果二次再往筸家去，非有十二成把握，事在必成不可，决不再似这次冒失的了。二来救了这大扣子，未便同他住居一块，就是要居留在此伺候机隙，也须把大扣子安顿掉了再来。三因大林说起，仲文又得着江宁要讯，而且自己在此失马一事，这里并没有眉目，家内却有了线索哩。再加另有一个刎颈朋友叫张襄文，本是江北名士，寄居在镇江，据大林说起，这四五天之中，襄文共有近十封亲笔函件递至浴日山庄，究不知为了何事。故而通盘筹划一下，决计暂行回去，将江宁之事定了个对付办法，安顿掉了这大扣子，再把襄文的函中要事料理妥洽，把失去的宝马追回，然后和仲文等商定了一个善策，再来句容。或者到那时候，那个隐侠赵四也把笪家房屋鱼鳞图找到，好帮手也邀请前来，便可一同动手，捣巢灭穴，未为迟也。江湖上本有“君子报仇三年，小人报仇眼前”两句老话。自己何必不要做君子，去效尤小人胡干呢？

主见打定，便命大林往估衣店内，先去买了件大褂子。又买了一套商人服饰，给大扣子上下换过。然后同级升栈内，将账目结清。又将张阿龙唤来，当着潘先生吩咐了一番。于是一行三人即便离开句容，径行回庄。

伯先一到庄内，忙先到寿石山房坐定，要紧瞧那襄文的来信。当由寒云小厮理顺次序，陈给主人展阅。伯先瞧了头上五封来信，脸上虽已有了怒容，动作上尚无什么表示。及至瞧了后头三封密札，不禁怒火中烧，再也忍耐不住，直跳起来，戟指怒骂道：“鼠子竟敢如此猖獗！俺若再优柔，恐于微名有碍，此番必得要给苦辣滋味与他尝尝哩。”正是：

悟道龙狮甘敛迹，得时鹰犬逞淫威。

要知襄文来信为着何事，致伯先见了要生这样大气，且待下回分解。

第十七回　泄私愤设阱陷娇娃
嗟薄命含垢赚暴客

却说上文十一回书中，提及那个江东小乔，才貌双全，四德咸备，莫说镇江地方，一时罕有第二个同她一样的人材，简直江苏全省女子队中，再要拣出一个和她等量齐观、分庭抗礼、铢两悉称的人儿，怕也难哩。她的闺名叫慧贞，因为经过乃父铁扉道人的陶冶教化，肚里虽然真的通了，不过她的性格却含着一些书呆子的意味儿哩。自从老父作古，见阿娘和小姨夫的鬼祟行为，心上大不赞成，表面上虽没甚表示，但觉得四顾茫茫，孤云落落。和往来的亲邻姊妹谈淡，又憎她们烟火气、酒肉气太重，一股俗态，不足与谈衷曲。而人家也嫌她满口文言，动辄引经据典，有书为证，酸得太厉害，和她一辈子交不亲热来。于是她虽女流，遇着这种环境，渐也造成了一肚子不合时宜，放眼看众人皆醉，竟不时要用得着痛哭流涕长太息了。每日除了三餐一宿之外，一个人老躲在楼上卧房内看书写字，或者咿唔不绝，做那特别蚊虫叫声而已。

那天夕阳西去，暮霭深沉。她一时有兴，帘卷窗开，斜倚在丁字朱栏上，闲眺片刻。忽然庭前那棵梨花树上栖着无数归鸦，都不住的对伊噪聒。可怜她如何想得到乌知人事，先来预报凶音。她触动情绪，反就将眼前情景为题，做起一首《金缕曲》词儿来。她才思真不含糊，顷刻谱成。忙回至书案中坐下，伸纸握管，把全阕写了出来，低低念道：

鸦阵来沙渚，逗轻寒。霜天一抹，晚红如缕。掠下晴窗惊帛裂，影逐断云归去。伴黄叶，萧萧乱舞。寒话空林飞且止，似商量，明日风兼雨。声哑哑，倩谁诉？黄云阵畔知无数，趁星稀，月明三匝，一枝休妒。雁字横斜分几点，极目江村烟树。惆怅煞，落霞孤鹜。啼向碧纱堪忆远，最凄凉，织锦秦川女。空房宿，泪偷注。

慧贞正对着那张纸儿反复推敲，曼声正拍之际，却见母亲乔应氏脚步踉跄，神色慌张，三步并作两步，要要紧紧地赶上闺楼来，找寻女儿说话。慧贞忙站起身来，叫过姆妈。并又笑嘻嘻拿起那阕词来道："适才归鸦饥噪，女孩儿触景生情，填了一道《金缕曲》，请妈看看，自从爸爸见背之后，女儿的功夫可曾进步些呢，还是荒疏点？"乔应氏急得挥泪道："呸！你这痴丫头，此刻大祸临头，叫为娘的有甚心绪，再来同你讨论这些正经闲事啊！"慧贞惊道："怎么叫作大祸临头呢？"乔应氏道："前几天吕道台侄子又央人到来求亲，并且把那秦始皇烧剩下的瘟小报，刊出那篇诬蔑为娘的混账文字，做了话头，迹近要挟，自然为娘铁铮铮地回绝。好像这话已曾和你说过。不料这个姓吕的小杀才，想出来的念头儿真促狭，私下去召集一班赌棍流氓，声称谁有胆量到我家来把你强奸一夜，他非但担保不生讼事，并且还肯拿出五百块大洋赏钱来哩。这话吹入了大流氓小辫子刘六耳朵内，他便挺身应募，到我家来寻晦气哩。"慧贞想了一想，强作笑容，反去安慰母亲道："这是外间的谣言，不足信的。刘六这厮虽则无法无天，真的找上我家来寻事，恐怕也吹吹罢了，决不能成为事实的。"乔应氏手抖索索地在袖内摸出一封信，授给女儿道："你莫认为他空吹吹，连哀的美敦书都派专人送来的了。"这一来，慧贞顿时芳心乱跳，杏脸绯红，忙接过信封，抽出信纸一瞧，只见上写着：

字谕乔应氏知悉：

久闻汝女才貌双全，明晚三更，吾将为汝快婿，与汝女作叶底鸳鸯，双飞双宿。倘汝不愿，仍如对待一般少年求婚方法，藏女拒吾，或汝女有逃逸轻生等事发生，则非但将汝丑史昭揭通衢，并须将汝与汝意中人一同捆示全城民众之后，再屠汝全家，为汝夫雪愤报仇，并维社会风化。允乎否乎？孰利孰害，速自裁夺，毋贻后悔。

中国第一好汉刘六白

慧贞瞧罢，只吓得玉容失色，呆了半晌，说不出话来。乔应氏一味喃喃自语道："这便如何是好呢？"除此一句之外，别无话说。慧贞哭道："就算这种世界，王法二字谈不到了，难道偌大一个镇江城，又像我们这样的门楣，那些亲戚自族、门生故旧之中，也竟没有一个正经人出头来说句公道话，任这厮肆无忌惮胡作妄为吗？"乔应氏也哭道："女儿，你也是聪明人。一来为娘的连累了你；二来你爸生前，外间少有交情留着；三因这刘六天杀的，仗着脚踏青、红两槛，大小衙门的吏役多有来往，又算是姜伯先的先锋，此次更加倚仗着吕道台侄儿撑腰，所以他敢如此胡为。请问谁再肯出头来做甚闲冤家呢？"慧贞道："何不也像上次对付那小报主笔一样，就请姨夫喊弟兄去挺出场呢？"乔应氏道："本来当丘八的，和这班人是哥儿弟兄，为娘也早已想到叫他出场。岂知他势力够不上姓刘的，又因弄糟了要牵惹到他自己身上，所以他非但不肯出面，反劝为娘将你给了刘六，说甚釜底抽薪，最为上策哩。"慧贞听了，又气又急，又恨又恼，把刘六那封来信"骕"的一声撕做四片，又叠起来咬牙切齿，横撕竖分，左拉右扯，也不知撕了几十片，顺手丢在楼板上，把双足在上乱蹬一壁，号啕痛哭，聊以泄愤。

母女俩哭了好一会，她忽然芳心一动，晓得事已至此，徒哭无益，故而含悲忍泪，反去劝娘莫哭，复在娘耳畔低低说了一阵。并又喊聚在楼底下听风声的婢媪们速打脸水上楼，忙忙地重匀脂粉，再整钗环，装得同平常一般，一毫声色不露。乔应氏也只好依着女儿，下楼去照常办事。当时那班下人,一时倒大大弄不明白了,她母女俩是否为了刘六之事,蓦地大哭这一场,还是另有他故呢?

当晚慧贞又仔细一盘算:“万一出了事情,亲邻自族中人,多是不可靠的。只有爸爸生前有个道义之交,别署掩耳道人姓李的,或者有些血性。倒不如写封乞援信给他,奴若惨遭毒手,希望他发一下戆劲,代为出头申雪。好在他也有一个见义勇为的虚名可沽,大概肯跳身局内来干一回的哩。”心上想着,立刻就点灯磨墨,一头哭一头写。写罢这一封信,天已有三更左右,勉强和衣躺在床上,眼巴巴直盼至天明。要紧起来下楼去,喊人把信送去,心上也算完了一件大事。又叮嘱了母亲几句要言,反而用了一片孺慕状态,着实安慰了乔应氏一番,才再回房休息,准备晚间干事。

乔应氏果然信从女儿的政策,吩咐厨房内端正了一席四汤四炒、八大菜、六道点心的丰盛筵席,晚间发至小姐楼上,宴请贵客。依着她心上,酒内要下砒霜的,无奈家中没有现成货,急切差人上店去买又买不到;再者怕来人没毒死,反药毙了自己的女儿。故此仅觅着了一些晒干的闹阳花,拿来捣了汁,待晚间用时,搅和在酒内。

这一天格外容易过。本来十月里天气,又为一年之中最短的时候,转瞬之间,天色已晚。乔家内外上下男女诸众,好比死囚在萧王堂上上绑出监,个个提心吊胆,忐忑不定。乔应氏在绝望之中,反起了万一希望,或者那刘六天杀的说得出,做不到,今晚不敢来的了。谁知这个当儿,司阍老仆忽然进来禀报道:“有人在门上用力叩了一阵,高喊:‘你家答应的,大门上贴条红纸;不答应的,贴条白纸。’老奴听他说话奇异,忙去开门,想问个明白。不料开出门上,叩门的人不知去向,只有十几个短衣窄袖的荡生,在大门外踅来踅去。老奴怕他们一拥入来动手劫掠,所以忙把大门闭上,进来告禀主母定夺。”乔应氏方晓得今晚那祸事免不过的了。无奈喊婢女裁了条红纸,就交给司阍带出去,快快贴在大门上。下人们怎知其中玄妙,自然遵命照办去讫。

可恨的自鸣钟，却比较平日间格外走得快，眨眨眼睛，已经十点三刻，敲出来十一点了。再侧着耳朵听听，邻近的那家兴当更楼上，二更打尽，快要转三更了。乔应氏又跑至女儿闺楼上去瞧瞧，有无动静。且喜楼上前后窗户洞开，里外房高烧红烛，照耀如同白昼。走上扶梯，遥见亲生女儿依旧一人独坐在镜台旁侧，一手支颐，呆想出神。她正欲走进去，再叮嘱伊一番说话，忽闻屋面上"㓥"的一声，她心上不禁"别"的一跳，当作那天杀的来了。谁知正是女儿豢食的那只雪里枪的大白猫儿，从屋上跳下来，累人吃了个虚惊。正欲再行举步入房，忽然又听楼梯上有很大的脚声，在那里"登登登"地走上来。乔应氏回头一望，只见一个黑人直钻上来，她吓得要紧往旁边躲闪，那黑人"霍"地身子翻过来，又露出一张怪脸来，乃是淡金色皮肤，刷板眉，铜铃眼，狮子鼻，血盆大口，口内露出两只獠牙，吐出一段舌头，衬着鬓边两撮红毛，颏下一部靛青胡子，对着乔应氏"吱"的一叫。任你是谁，都要吓得魂灵儿出窍。乔应氏"啊呀"一声，身子往后便倒，竟晕吓在女儿的房门口，于是房内的慧贞，楼下的下人，此刻都惊动了，忙上楼聚拢来瞧看。谁知那个怪，反而不知去向。大家七手八脚，把主母喊醒。慧贞忙问何以会得惊倒？她怕吓了女儿，反问大众上楼来可见什么？大家说没有，她便改口道："发肝阳头眩栽倒，并无别故。"连叮嘱女儿的说话，都吓掉了，一句没说，忙唤婢子扶掖下楼，急忙回至自己房内将息。

她回房不到二十分钟，忽然婢子进来，低低惊诉道："小姐楼上的客人，想是来了，她自己站在楼梯口，喊烫酒发菜呢。"乔应氏听了放心不下，又亲自赶至楼下瞧瞧。无奈女儿再四嘱咐过的，客人来了，楼上由女儿一个人招待，别人概不准上去；就是添酒上来，只要放在扶梯上头楼板上，由她自己来上到桌面上去。一时不敢违拗她的话儿，只好站在楼下呆望，究不知楼上实状如何。

此时楼上的乔慧贞正处在水深火热当儿，用足了十二分心神，和那恶魔奋斗。适才母亲蓦地踅上楼来，闷倒在内房门口，虽则苏醒过来，不会说明因何栽倒闷去的理由，但她是聪明女子，心上已猜透了六七成。等到下人们上来，将娘扶掖下楼，她也走至扶梯跟前，目送大众走了，仍旧一个人冷清清回进房来。蓦然瞧见房内玻璃大衣橱对面藤面红木春凳上，早有一个粗眉小目，满脸横肉，浑身玄色，遍体皂装，背着一口雪亮单刀的秃头汉子，两手叉腰，挺腰凸肚的昂然坐在那里。她虽是早有预备，究属是那时候的年轻女流，一见这杀人不眨眼的刘六，果然夤夜如约光临，谯楼正打三鼓，莽男子一点不失信，俏佳人总有些胆怯。

自家先定了一定六神，然后轻移莲步，走进房去，和那厮相见。要知刘六这厮乃是粗豪无礼的市井小人，这些文绉绉的玩意，一毫弄不来的。他此来本意，只要玷辱了小乔，便可向吕公子去领取重赏，一壁可以夸耀侪辈。他的目的如此而已，并不真想和小乔做那白首鸳鸯。他明知这块天鹅肉，决不是癞蛤蟆的食料。此刻到了小乔楼上，所谓人防虎，虎防人，始而装出一副尴尬面孔，疙瘩神气。慧贞同他十二分的周旋，他总竖起了眉毛说话。后来见小乔对待自己不像灌米汤，再加她的面庞儿实在讨人欢喜，任凭自己怎样寻是生非，她总满脸堆笑，逆来顺受，不知不觉地渐入彀中。慧贞瞧这厮有些着道儿了，便喊楼下婢妪，把白天预备的那席丰盛酒肴发上楼来。她一个人拉桌子，摆座位，到扶梯跟前接了杯壶箸碟。忙了好一阵，总算席面摆就，便请刘六入席，而且所有酒菜，总是她先尝过了，表示未藏毒物，然后让客。刘六也很狡猾，菜拣心爱可口的下箸，酒却涓滴不饮，推说自己是点理的，所以烟酒不闻。

她倒暗暗吃了一个大惊吓，他若真不饮酒，自己原定计划，岂非完全失败？好容易又问明了理门子弟，是将醋内搅和白糖代酒的。好在镇江香醋天下闻名，于是再吩咐厨下，临时端正起糖醋来，里头仍可把闹阳花汁搀入。她本来酒量颇佳，今晚又含着葛根在口内，自然千杯不醉。刘六喝了那闹阳花糖醋，当然要一杯醉倒。经不起她又有说有笑，渐渐说到风情路上，欲擒先纵，故露轻狂。刘六毕竟是个莽汉，那里是她的对手，只消菜上五道，酒至半酣，他果已头重脚轻，烂醉如泥。她又乘他模糊莫辨之际，硬灌了三大杯热酒。刘六实在支撑不住,一味地嚷要睡了。于是她便扶他到了床面前,代他卸去装束,服侍他睡定在床上,再亲手把两头的帐门放下。刘六睡到这种香温玉暖、锦帐牙床、软绵绵、香喷喷的被窝内,有生以来第一回,隔不多时,鼻息同打雷一般,竟然睡稳了。

此刻的慧贞,对于那边桌上的残肴,也不暇收拾,待明日下人们搬开揩抹的了。她一个人呆呆地站在镜台前面,把适才计稳那厮的言语举动,在脑筋里重又倒翻过来,挨次追想一下。虽然没有第三者在旁瞧见,不过自家良心上生出惭愧来,不禁两颊发热,四肢疲乏,心上说不出的难受。忽瞥见梳妆台上放着亲手在刘六肩头上卸下来的那柄柳叶单刀,顿时逗起杀机。牙关一咬,扭转娇躯,侧耳听了一听,床上的杀胚正睡得甜蜜蜜的呢。她便把衣袖挽起一些,将雪白粉嫩的右手拿起那柄光闪闪、冷森森的刀儿,跨一步过来,走至床前,先起左手,把靠那厮睡头的一边帐门掀起,右手举起刀来。不料一个不留神,刀头只轻轻地在白铜帐钩上一带,已把钩头削去一段。好在钩头坠下去,坠在床沿上,有床围衬着,并未有声,她自己也不会觉着。赶紧把刀头戳进帐中,两眼紧闭,尽平生之力,往下便斩。正是:

数由前定难逃避,事出非常易播传。

要知此事究竟如何了局,且待下回分解。

第十八回　一家哭社会灭亡公理
万民惊英雄保障人权

却说江东小乔乔慧贞掀开帐子，满拟一刀斩下，要把这土豪小辫子刘六送回老家，结果他的狗命。报复自己一家一身的私仇尚在其次，代镇江社会上除去这个蟊蠹，省得再留在世间欺良压善，鱼肉平民，真是一件大大功德，比吃素烧香，看经念佛，其有益于人，不知要好上几倍哩。说时慢，那时疾，她的刀锋正往下落去，仅离开那厮颈脖子不满一尺当儿，霍地床背后狸奴捕着了一只大耗子，吱吱极叫。接着外房一声鬼啸，同时屋面上、扶梯上都好似有人行动的脚步之声，吓得慧贞忙把刀儿抽出帐外，一手仍将帐门放下。一壁扭回头来，向四周张望，好似有个红发青须的鬼脸，在房门口一探。她自己壮大了胆门子，轻轻踅至房门口，向外房看个究竟。果见两三条黑影，在目前一闪一烁。忙再定睛细瞧，却又空房寂静，一毫影踪没有。她暗忖："刘六也不是个好惹东西，所谓蜒蚰吃百脚，大家乖碰乖，表面上他是单身到奴楼上，但他也明知我妈是个出名的雌老虎，也许暗中四下埋伏一班打手，候他到来，打他一个措手不及，所谓双拳难乱四手，四手还怕人多。故而他暗中定也做准备，把他手下的所谓四蟹、一癞团、九鳅、十条鳗都带来散伏在奴之闺楼四方。他们暗中瞧得清楚，故见奴要下手行刺，便做些声息出来，阻止动手。否则是势败奴欺主，时衰鬼弄人，真的奴楼上新出了鬼祟，所以三更时候，母亲会惊倒在内房门口的。”

此刻她一个人疑神疑鬼，心乱如麻，越想越怕。到底是个女孩儿家，哪里经得起接二连三的风险遭遇着，竟把她的一团勇气，自然磨灭得干干净净，反变作心惊胆怯。回至妆台旁侧坐下来，又把放在妆台上的单刀瞧瞧，一味眼巴巴希望早些天亮吧。好容易巴到金鸡三唱，窗外树上的乌鸦又哇哇乱噪，天色果真亮了。她暗地念了声："阿弥陀佛！总算难关逃过，待这厮睡醒之后，奴再预备下一笔巨款，打发这厮走路，再慢慢想定报复方法。就算本地官厅黑暗，再加有姓吕的撑腰，奈何他们不得，但奴可以上南京去告状，或者径至北京告部状、皇状，拼着这一身，同这班恶魔奋斗。左右是个死，若得被奴告准词状，把这班土豪劣绅打倒，那时节奴虽死无憾的了。”

她坐在那里胡思乱想，床上睡的刘六已是一觉醒来，睁开眼睛一瞧，自己有些糊里糊涂，不知究睡在什么所在呢。于是重又闭了眼睛，把过去的事情追想一下，方记得昨晚是预定玷辱小乔的日子，如何同乔家的饭头麻子小四串通，预先伏在小四的房内。到了晚上，他又把俺手下的四庭柱、一正梁、五个爱徒，多私下引进来，暗中保护，如何他指点我们在什么地方埋伏。开山门大徒弟铁臂膊阿虎，如何穿了两面光的黑衣套，吓走乔应氏，乘乱开了后窗，招呼我到小乔房内。后来又是如何长，如何短，她请我吃的什么，说的什么话。啊唷！英雄难破美人关，终究着了她的道儿。难道我家没有床，不能安睡，希罕在此地来睡一晚，捐个等老婆的痴汉做做？看不出这小小妮子，倒能掉这大大枪花。少顷一定还要把钱来买太平，打发我走路。回头怕她还要拼着命，舍着钱，往南京或者苏州去出首告状。斩草不除根，逢春又要发。好汉子作事要了当痛快，不然非但自己脚头站不住，牵出去关系大哩。刘六把利害熟权之后，重新睁眼坐起，把帐门一掀，只听得"当啷"一响。忙留神一瞧，原来是一段断的铜帐钩头，由床边上坠到楼板上的声音。刘六心上一动，赶紧披衣下床。慧贞忙也站起身来，依旧装着很殷勤的亲热态度，上前来伺候刘六。他一见她的容貌，又被她小心一奉承，一时倒也提不起火来。等到他上下统身装束停当，她又亲自跑至扶梯跟前，喊下人们送脸水上来。回头厨房内把热水送来，不是放在桶内，乃是用家常用的木盆，盆边上搁着条高丽布手巾。她此刻心上还以为是厨房内想得周到，不要再用她的洋磁面盆、毛巾擦脸布了。岂知这里头，刘六和麻子小四也早有暗记号预约着。可怜她亲自搬进房来，尚含笑请他洗脸。不料刘六一见这巾、盆，不觉气往上冲，再也按捺不住，提高了心头怒火三千丈，向慧贞冷笑道："小蹄子好做功，老爷若无防备，昨晚早做了刀头之鬼。你一味笑里藏刀，承情你此刻还要送一批大宗款项给俺使用，回头你好到官出首，栽赃诬陷。但你也不打听打听，老爷是专干这些玩意的，难道自己也会受你这种三把梳头，拍粉画眉之辈所哄？岂不是拳师跌翻在西瓜皮身上，笑煞天下人了吗？"

刘六怒目横眉，高声说骂，将她心上计划完全揭破。她呆立在旁边，不禁花容失色，半句话都对答不出来。小辫子究竟在外头跑惯的，也不是瞎子，瞧这情形，晓得句句说着了她的心病，所以她会变得这种呆木不灵，手足无措。恰巧他指手划脚，神气活现地诘责着，她一声也不响，刘六便又用力把放脸水的那张桌儿一拍，气力用得太大了，那只木面盆也拍得直跳起来，盆内的热水四溅，偏偏大部分溅在刘六手背上。他经这热水一烫，格外逗起杀心，立刻回手过去，在妆台上抽过那柄单刀。她见刘六举起刀来，并不畏避，反把头颈伸长了迎上去。刘六道："你倒情愿死了。但俺偏不给你便当送命，还要让你受点零星痛苦，不就给你便宜哩。"

她此刻拼死无大难，只管连身子凑近刀口上去，谁再去辨清他口内噜苏些什么。不料她身子凑过来时，被刘六起左手，用力把她一拦。一个足小伶仃、弱不经风的女子，如何经得起这莽男子用力一拦，自然身子站立不稳，往后仰面朝天，一跤跌到楼板上。大凡没练过功夫的男女，上半身仰面跌倒下去，下半身必定往上跷的。此刻乔慧贞头部跌下，两只小脚向上一叉，恰巧她的下部正带斜一点，同刘六面部打个对照。这一跤，俗名"元宝翻身"。在外打光棍做大流氓白相的人，又多讨吉利的。他一见这情形,口内喊声“晦气”,顺手将那单刀又用力一撩。恰巧她两足向上叉直,一被刀锋撩着,一只脚齐脚踝骨,一只在大登穴上一点,都剁了下来。刘六便把那块手巾拿过来抹了一抹刀口上血迹,仍往背上威武绦内一插,又把那手巾将两个足儿一裹。接着冷笑了一声,自顾自大踏步下楼,仍旧出后门去找寻吕公子讨赏去了。

如今先说乔家。当时小乔变作刖足孙膑,痛得晕倒在楼板上,可怜尚没人知道。直至八句钟敲过,究竟自己人关心的,乔应氏放心不下,始而动问下人,随又派丫头到楼下探听消息。都说楼上绝无声息,不知这暴客去了没有,挨到这时候,楼上还是没有动静。她实在忍不住了,硬着头皮闯上楼来,才发现一颗掌上明珠,变作红孩儿般,浑身赤色,卧在血泊之中。那时人也苏醒过来,呻吟不绝。于是乔应氏大呼小叫,吵嚷起来,才有大胆老妈上楼来,把她扶入藤椅内躺着。一面分头延请名医前来救治。虽然两足斩去,实在只是硬伤,换了身子壮健的,斩去了两足,就用药搽在伤口上,不放它淌血淌这许多时候,可以无大妨碍的。无如乔慧贞原本怯弱,一向又娇生保养惯的,一旦遇着这种失意之事,受伤之后又流了好久的血,及至大夫来医治,伤口上已经鲜血流枯了,淌的是黄水哩。有这种种关系,自然格外显得病状凶险些。在她自己心上,本来很愿意死的了,偏偏受尽精神上、肉体上的无限零碎痛苦,一时倒又不能就死。过了两星期,伤痕倒有收功希望,不过另又加添了内病,不然就可复原的了。

她听医生如此说法,晓得自己是死不成了,故便乘人不备,私将手上戴的两枚金戒指,一只三钱,两只六钱,偷偷吞下肚去寻短见了。吞金很难断气,不是一死就死,必定要晕厥四五次,回苏三四次,才长眠不醒哩,情状最最伤心惨目。不过她最后一次醒过来,却劝娘丢脸也丢到异乡去,不然洗心革面,快快一刀斩断情魔。“此次女儿不幸遭此折磨,虽说红颜命薄,烦恼寻人,但是娘和小姨夫没有暧昧交涉,吾家不至于被人如是欺负,亲邻世族也不至于竟没有一个人出头来说句公道话,扶我们孤儿寡妇一把。木必先腐,而后虫生。娘若真正疼爱苦命女儿,从今后须改改行为，修修名誉，不然往后去恐尚有闲是非发生哩。小乔说完这番忠言，又晕了过去，从此脱离孽海，找寻父亲铁扉道人去论文讲学，不再苏醒过来了。

慧贞死后，乔应氏一心要代女儿报仇雪恨，因向她的恋人聒噪。但他一味空话支吾，始终不给她一个着实回答。因此乔应氏又想着爱女临终遗嘱，她不责备自己贪淫无状，败破门风，反恨他阴谋乔姓产业，用计勾引成奸。以致直接害得自己声名狼藉，无面见人；间接又把掌珠害死，从此连暮年来半子收成都绝望。不觉越想越恨。她也不是寻常安分驯良之女，待至女儿五七之期，蓦然吩咐把丈夫同女儿的灵柩，新丧领旧丧，一同扛至祖坟埋葬妥洽。等到慧贞终七，照例喊一班火居道士家来，做了三日一夜大功德，并连净宅保太平。这是江南风俗，大小人家皆是如此。经这一来，自然男女下人，都觉工作得很辛苦，到了第五十天的晚上，当然要紧休歇。恰巧这一晚乔应氏的恋人又来叙旧，她早已把卧房四周端上遍浇煤油，待至深夜，竟自己放起火来，仿效商辛的摘星楼、张士诚的齐云楼纵火自焚故事。她的妹婿梦中惊醒，要爬起来喊救，被乔应氏拼命拉住。结果一对露水夫妻变作火里鸳鸯。连累男女下人，受了一下大大惊吓。那个饭司务麻子小四，良心真坏，他一见火起，托名救主，其实意图趁火打劫，竟冒烟突火钻进去。不料东西一毫没抢着，反赔上一条狗命，葬身火窑。后来人家多说麻四殉主，不枉负东君豢养他半生恩泽。殊不知内容复杂异常，这种忘恩负义的刁恶奴才，实是死不足惜呢。而这一场火，烧得也有些奇怪，单把乔家一所十余进坐北朝南的大房屋从中部起火，分往南北蔓延开去，前门烧至后户，东西贴邻却都未波及。所以事后闲人傅说，这是他们祖上隐恶遭的天火。也有人说是铁扉父女有灵，省得留乔应氏在世丢脸，故而连家用贵贱杂物，一古脑儿收拾个罄净。再也猜不着是她积薪自焚，借这无情之火，洗涤她的有情之躯，作最后忏悔的。

这幕连环惨剧发生之初，镇江城厢内外，居然有很多人谈论谈论。隔不多时，已同烟云过眼，谁再去仔细研究？反是刘六那厮干了这件惨无人道的恶事，愈加横行不法，肆无忌惮了。并且将小乔那对小足用酒精浸过，装在一只玻璃匣内，好似军人的胜利纪念物品。每有外来同类，彼此谈及生平所作所为起来，刘六必定提起此事，并且又必将这匣儿拿给人瞧，证明确有其事，不是硬装门面，胡吹瞎说。于是人家都送了他一个“小霸王”的外号。非但他自己昂头天外，目中无人，连他部下那班狐群狗党，也眼睛乔迁到了额角上，寻是生非，吵得镇江中下社会上鸡犬不宁。

论到刘六自己手把子内，并不见得高明几许。倒是他的五个爱徒，所谓“四庭柱一正梁”，都天生水牛般力气。其中那条“正梁”名叫扎不死项胖，算刘六的顶山门少爷，他是淮安府清江浦出身，本来在王家营做赶脚的。因为那一年两淮帮脚夫和山东帮脚夫抢夺台儿庄码头，双方都招集了大批人马，约期械斗，项胖也在淮帮被邀之列。两下斗殴了两天，淮帮有些支持不住了。不料第三天上，项胖一人深入重围，一口气开发二十七条枣木扁担，自己身上也受敌方扎子扎伤了十三处。于是东帮气馁，淮帮转败为胜，乘胜追逐，把台儿庄码头夺过来。不过项胖身受重伤，十个伤科九个摇头。幸遇北派形意拳老师家沈禄塘，把他医好，并且又把形意拳的三体式传给了他。从此有了“扎不死”的诨名。后来终因同人打架，失手打了人家一下百日亡，遭了人命，无奈逃至扬州仙女镇、做挑盐脚夫。别人至多两个人合抬一包盐，项胖一个人好挑四包盐。恰巧刘六往仙女镇去探望一个相好的妓女，无意瞧见了项胖，便收罗在手下做保镖，不久索性又收他做了顶山门徒弟。而在刘六心腹爪牙之中，也要算项胖最有能耐，并又最最义气。老头子叫他如何干法，他唯命是从，别人势迫利诱，他是毫不动心。一些不买帐的，人家多背地咒骂项胖早死一天，刘六的气焰至少要短去一半，少干几件恶事哩。

此外有一个做染青司务出身，叫青脚小弟；一个本业成衣，爱穿两件漂亮衣裳，喜出风头的，所以叫花蝴蝶阿全；一个叫玲珑子阿新；一个关山门的铁臂膊阿虎，又叫强盗老四。所谓刘家“四庭柱”，虽也拳头大，臂膊粗，帽子三七戴，跑起路来一人要占一条街，遇着打出手全武行时候，四口子背对背站着，四面照顾呼应，八条臂膊舞动，竟可开发得了二三十个壮男。不过和项胖子比较，终究差一点了。其次尚有小山东，小江北，小宁波、东洋毛毛、馊饭根根、粢饭和尚、刀壳子斌根、马夫二二、老江湖、白拉司、牛皮关林、捣乱阿七、西崽四四、歪头申公豹、老洋盘、洋船大班、茄门机器、好卖相、小刁、杜园皇帝、失风守备等四五十名打手，这些人是愈加窝囊没中用，只依附在刘六左右摇旗呐喊，混口饭吃罢了。

天下的事情，谣言往往成为事实，俗谈叫做“人口毒”的，只要遭多数人咒骂，被咒骂的竟会真的暴毙。那一天镇江一张最有价值的地方报，名叫《三山日刊》，载着一则金山脚下发现有伤无名男尸的新闻。后经丹徒县委左堂带着仵作前去检验，验得该尸年约三十余岁，量见身长四尺三寸，肩阔一尺四寸，胸高七寸，仰面倒地，面色及皮肤均未变膀，两眼怒睁，口开露齿，两手紧握双拳。前面左肋下有铁器伤一条，量见斜长二寸七分，宽四分，紫赤色，血凝瘀。左腿曲，右腿伸，左右两膝均有擦伤痕五六道，皮破血凝，伤痕参差，难量分寸。右腰有致命铁器伤一处，量见斜长九分，宽四分，紫赤色，血瘀肿胀。谷道有粪污。余无别故。验系生前和人猛斗，受伤身死。左堂复验之后，因无尸属到场，谕保备棺收殓云云。

当日大家不知死者是何许样人，姓甚名谁，如何被人殴毙在金山脚下。及至第二天，死者的姓氏已是满城知晓。又隔一天，由死者亲友方面传出来消息，连动手的人都有了着落，并且双方都不是轻易肯受人欺压的主顾。旁人预料，难免要发生大大风波，结果定必闹得城隍、土地弃职出洋，家堂、灶君通电下野哩。正是：

日出事生难预料，变从意外不胜防。

要知此事后究如何，请看下回便知分晓。

第十九回　不量力小辈捋虎须　显神威大名破鼠胆

却说刘六横行不法之际，社会上出头说公道话的人虽然没有，暗中却恼了一位隐居谢客的江北名士张襄文。他听人传说刘六在外扬言，跟姜伯先是磕头拜把子、通家换兰谱的结义弟兄，交情真够得上。襄文知道了大大诧异，暗想："伯先为人虽然不拘小节，以朋友为性命，上中下三等九格之人多交往的，不过像这厮强横霸道，一毫没有长处可取，难道伯先也会同他结为异姓手足的吗？"于是再留神观察，私下当心监视，愈觉刘六十恶不赦，简直是个泼皮无赖，险诈小人，那里配称草莽英雄，市井侠义。襄文同伯先平日间并不见打得火一般热，所谓"君子之交淡如水"，不过彼此心内都有这么一个好朋友，遇事直言诤谏，互尽所知，以相纠正。故此襄文为爱惜伯先起见，借自己家内要雇用一名得力男仆，托伯先举荐为由，致书专送浴日山庄，顺便提及刘六之事。讵料伯先上句容去了，不在家中，没有回信。襄文便接二连三催函究问，最后一封信上，索性把刘六作为，写得清楚明白，请伯先速即裁夺。如其果有这位同盟好弟兄，未便去干涉他的胡为，那么襄文要同伯先断绝交往。不然，应该有种相当对付方法，保全小民的安适。目下为民父母的地方官既不能关心民瘼，解除平民的痛苦。安良除暴之责，吾辈义不容辞。风闻长江下游诸郡邑人民，多称道伯先为叔世主持公理的总代表。而今反坐视自己住居的地方上，容留这种恶徒蹂躏哀哀无告之人民，试扪心自问，安乎否乎云云。

伯先瞧见了这种来信，莫怪要直跳起来。当下回信也不写，想了一想，便着于大林将倪大扣子伴送至襄文家内当差。并嘱咐大林道："倘若见了张先生，你说所有来信，敝东都已拜诵过了，诸事心照不宣，前情敝东概未知晓，以后请张先生瞧着吧。至于这个当差的，敝东才自他处救出带回，性格人品，亦未深悉，遣他来暂请试用，如其不佳，不妨更换。"大林自然遵照办理，把大扣子伴送前去。伯先忙去和仲文会晤，动问南京消息及坐骑着落。著书人却又要搁过伯先一方，先提及小辫子刘六了。

刘六有个相好妓女，叫张小鸭子。她本是娼妓世家，小时候住在一家铁匠店楼上，其时刘六正在这店内学生意，他俩或有前缘，耳鬓厮磨，便有天然的情爱。如是者鬼混了两年，张小鸭子随着娘开码头去了，两人便音问阕绝，彼此不知境况。直至隔了十三年，刘六已经打光棍打了一点小道理出来。那年到仙女镇去找朋友，恰巧小鸭子也在那里做生意，于是叙旧续欢，才了童时所愿。其时小鸭子就想跟着刘六做那白相人嫂嫂，无奈小鸭子的娘不答应；再者刘六知目下只能一身糊口，无力养家，故此作罢。到了现在，刘六手内有了些积蓄，适逢小鸭子回到镇江来做生意，她的娘已死了，变做自家身体，刘六要想迎归金屋。不料小鸭子风尘阅历已深，知道人若无钱，阳间大难。如其无田无地，手内蓄着一二千金，坐吃山空，真同鸡毛帚扫圆炉火，名为不够带，一碰就完。所以和刘六说明此理，要自己再做几年生意，叫刘六也出入省俭点，彼此合起来，起码一二万积蓄，那才实行同居之爱。一壁放放重利息的人头小债，一壁上江北去收养几口瘦马贩卖贩卖，顺便带做些海沙烟土生意，可以到老不愁的了。

刘六听她说话在情理之中，自然依从，故反拼命替她宣传拉生意。不过小鸭子有了这小霸王的一户恩客，除了天生糊涂虫的官绅还叫叫她条子之外，余如正当商人、读书子弟等等，多不敢接近她的了。所以她做的客人，一帮是季老爷、巴老爷等候补及局差文武小官僚诸众，其次就是当公事的靠赌吃饭的流儿末作。寻常人见了，多要摇头远避。故此连和她同业女伴也多同她不敢过分亲近，怕一个不留心，便会沾着些寒湿气。同行尚且如此，花钱的嫖客自然更加怕碰着火星，愈加远离为是，并且代她加了个“被累公司”诨名。“被”字，镇、宁、淮、扬一带人都读作“纰”，因此连“累”也讹作“漏”字。倘有正当经纪人叫了张小鸭子一回条子，定有快嘴的人去叮嘱道：“这一只是小老头，你若想尝滋味，当心雄鸭来出纰漏啊。”

好坏出在人口里。外间舆论如此，小鸭子还有外客去亲近她吗？不过她做了那两帮客人，名义上不大好听，实际上收入并不落于人后。这一班粮差捕快包打听，赌棍流氓白相人，不跨进窑子门儿便罢，如其自愿跨了进来，唯恐背后遭那龟鸨谈论，所以用起钱来，比谁都阔绰。而且不来则已，如其这一时脚头跑热了，今天你，明天我，后天他，轮做主人家，碰和吃酒，来得上劲，临了雪白洋钱现开销。若得有了一些芥花色，他们自家伙内早嚷桂花，不须班子内的人开口，连白茶围都不常来打的。所以小鸭子尽人家背后说道她，她却甘之如饴，津津有味哩。每隔上三四天，必和刘六见面，一次有时生意上不便，她便到刘六家内去会晤。这一晚，她移樽就教，到了刘家，满拟不走的了。忽因城守营的都司夤夜到她班子里指名要喊她见客，她没奈何，只得回至生意上去。

刘六昏闷得很，放倒头便睡。一觉醒来，天才发白。翻过身来，忽见枕头半边插着明晃晃一把牛耳尖刀。慌忙坐起复瞧，那尖刀上还插着一张白纸，纸上写着一个很大的“改”字。刘六一见，心上有些明白，忙亲手收拾藏过，也不会同谁提及照常办事。

又过了五六天，忽有个寿州人孙凤池，那是黑道好手，到来拜山访道，向刘六说道：“我在外听见你的声名浩大，忌妒你的人很多。并且有一个喜打抱不平、脸架子和俺相似的姓姜的人，曾经派人到府寄柬留刀，劝你改行为善；不然他要出手剪除你的‘四庭柱一正梁’，先弄你做了没脚蟹，然后再叫鹰爪来跌你进高圈子里去哩。”刘六听了默然不则声。论理，孙凤池直言劝告，该听从改过为是。谁知刘六反以为孙是代姜伯先吹大气，和自己抬扛。再者他已知道枕畔留刀秘事，倘若传说出去，与己面子有关。所以待孙走后，刘六反去找了王大忠，叫他转告头儿，近有寿州客手到了，须格外留意。这就叫做放龙吃水，按照江湖上规矩是不行的。

岂知又隔不到十天，果然顶山门爱徒扎不死项胖，不知被谁殴死在金山脚下，做了路毙哩。刘六正和人商量妥贴，买出一个贫家老媪来，到丹徒县署击鼓鸣冤，算是死者生母，要求县令严缉凶手，为子伸冤。不料这事未了，"四庭柱"中的玲珑子阿新，也出了事。此人气力虽然最小不中用的，不过他是米行伙计出身，书算兼通，见性既快，口才也厉害，他在刘六身畔的地位，竟是个摇鹅毛扇子的狗头军帅。那一晚在赌场内混到三更敲过，单身回家，又遭人暗算，挖去两个眼珠子，割断半个舌头，变成残废，不能再代老头子阴谋诡算，陷害别人。

刘六到此地步，才信孙凤池的说话是不错的，分明是姜伯先在暗中和己作对，若不妥筹对付方法，真要被他打倒。于是同手下一商议，值得同他对垒的，俗语所谓"攀翻大树有柴烧"。故便分头发信出去，把平日间相好有来往的各地同类，都招呼到了镇江。然后派人送信到焦山浴日山庄，要同伯先订期较量，那柬帖上噜噜苏苏，添写着什么"来者君子，不到小人"等话。像姜伯先那种磊落光明大丈夫，何惧这班鼠辈。依着仲文主张，劝伯先犯不着亲临说话，派几个代表前来会晤就算了。伯先因为要保全地方公安起见，故屈尊就卑，答应如约亲至。约会的地点，乃是在金山江天寺山门外头。

到了那日，刘六同着手下一百多名徒弟，加上各处去邀来的百外个打手，另有一班好事闲人，以及附近居民等众，一早就先赶到了目的地。刘六今天是拚死无大难，若得揪倒姜伯先，后半世衣食不愁；不然也休想再站得牢这个镇江码头。故此他威风凛凛，杀气腾腾，一鼓作气赶至金山，倒是一班手托肩挑的食物小贩，误认做了特别节场，也多追踪到来做生意。那班人饿了，少不得购买来胡乱充饥。口渴了，去汲中冷泉代茶。原来约的是上午九时至十时，谁知等到九点三刻过了，仍不见对方动静。有的说:“伯先孬种,不敢来的了。”有的说:“莫非他人没有喊齐,所以延长辰光?”

正在你一言我一语,耀武扬威之际,忽然有个龙钟衰迈的老头儿,扶着一个十一二三岁的小孩子,走至金山寺的大殿上,瞧见刘六正坐在东首大长凳上,和主客僧闲谈。那老儿忽然向刘六高声道:“你这种亡命脓包,也想同姜爷去较量吗?老夫年轻时节,最喜毛手毛脚,听见打架二字,和小孩穿了新衣新鞋帽般快活。也罢,今天先来打个样儿给你看看。”刘六一团怒火,正愁没处发泄,一听老儿说话,正欲站起发作。只见老儿把身子站直,脱下一件青布大氅,授给那个同伴小儿道:“藏好了,咱们祖孙二人,和这班冒失鬼耍一耍。”那小儿接过大氅,抬头向四下一望,“霍”地奔至大殿庭柱跟前,步口一踏,把左手紧抱了柱儿,小身体伛下去,不过稍微用力往上一掀,那根柱头和柱下的石鼓石敦,都被他提了起来。然后将右手内的衣服向柱磉石的孔内一塞,左手一松,柱儿依旧放下,压在大氅上头。那老儿却走出大殿,也是向四周一瞧,自言自语道:“就是这东西,权且当做家什吧。”说时蹿下台阶,奔至一棵七八抱光景的柏树下面。只见他伸手抓住树身,轻轻的四五摇,又用力一拔,一棵柏树已经被他摇断树根,拔在手内。

刘六一见这一老一少出手情形,气已吓馁了七分。猛又听得半空中起了一声吆喝,如同晴天霹雳一般。刘六和徒弟并邀来的打手,以及瞧热闹的闲人,大家不约而同抬头一望,一个个吓得心惊胆战,面容失色,那里还敢打什么架,异口同声地喊了声“啊呀”,大家都怨爷娘少生了两条腿,往着山脚下没命地飞跑。正是:

竟有蜉蝣思撼树,未闻蝼蚁可移山。

要知刘六等为何如此虎头蛇尾,不战先溃,请瞧下回,便可明白。

第二十回　神龙客冒昧进忠言
雪狮儿无奈泄秘史

却说姜伯先自从允许面会刘六分个高下之后，接着便接到部从报告道："刘六的羽党在外散布流言，称今番姜、刘相会，竟同汉朝的鸿门宴、三国时代的黄鹤楼、宋代的双龙会、明初的兴隆会相仿。刘老头子早已聘请到某人某人，许多老师家出手帮助，论不定姓姜的吃不尽，留下来兜着走哩。街头巷口，酒肆茶坊，沸沸扬扬，闲人议论，近几日间，差不多全是传说这事。虽然小流氓造谣生事没甚大不了，但是防却不可不防。"伯先听见了，只付之一笑。

恰巧于大林的前人从南京到来，同着个徒孙叫小猢狲朱全义，回转淮阴去，顺便探望大林。他和伯先也是老友，他因在南京风闻一句说话，特来通知伯先一声。此人是淮、徐、通、泰、海、滁、凤、庐、亳、寿等处地方的有名好汉，年轻时节人称"长淮独霸"，水里功夫尤其出色，所以叫"闹海神龙苏二"。四十五岁那年在关东遇着异人，传授了他龙门派导吐引纳的养生功夫。后又加入了道德会，专门讲究正心修身，克己复礼功夫，和少年时的行为竟是两个人般。这个徒孙是福建泉州府同安县白鹤拳好手林冠南的外甥。冠南客死北平，贫无以殓，并且还留下一个哀哀无告的异姓孤儿。苏二动了狐兔之悲，仗义出头，代冠南买棺成殓，扶柩还乡。川资不够了，苏二把心爱的一匹红毛大骡，一口纯钢鬼头刀，一件青综羊一口钟，一气卖掉了，才能把冠南的棺木弄至同安埋葬。但是朱全义也没有亲人的了，于是抚育他的责任，也由苏二一个人承担。别人不知底细，只有在北京开设震远镖局的大刀王五、金鞭李九、花枪魏二等等，却都晓得苏二初出山时，在山西放响马，曾经受过白鹤拳的亏的，今番他能如此以德报怨，真是难得。所以愈加名重一时，威震南北。那时江湖上有几句歌谣道："任你在帮在会势力大，不及甘凉一头马。"又道："北道孙、董，南道梁、洪，关东关西十兄弟，外加江淮三条龙。""马"是指着甘肃凉州天方教首领马元昌。北方武林，首推孙六塘、董禄堂。南边首举梁、洪两家。关东是说的东三省冯、张、阚、汲等大帮红胡子。关西是说潼关西面一直搭着西川神、棒两匪的张三、柴八等一班人物。"江淮三条龙"：一条是姓龙名门鲤；一条是姓伏名龙字云从；一条就是苏二，绰号叫闹海神龙。

当下和姜、于会面，问知刘六决斗事情。老英雄气往上冲，便自告奋勇，和徒孙挡了头阵。伯先则同了八云小厮，头扎白巾，身披锦绣九龙大红缎斗篷，胁下都佩了双股龙泉剑，预先埋伏在慈寿塔的第七层最高之处。又命于、赵二人随带九龙流星和猛烈炸药，藏在法海洞附近深坳之内。一面派联络杂闲人群里，但等苏、朱出手，便报告于、赵，将九龙、炸药同时燃着。伯先便率同手下，舞动十八口雪亮宝剑，从塔顶飞身而下。大家一见老少扬威，已多内荏。接着耳边又惊闻山啸般震响，险把耳都震聋。抬头见天空烟雾弥漫，火龙四射，心上更加着慌。不一会，又见九道红白光芒，从空飞舞下来，一时眼花瞭乱，胆颤心惊，以为剑仙侠客前来剿灭他们。再加有伯先派来杂在闲人群里的心腹，趁势齐声呐喊快逃。于是刘六部众不战自溃，连他自己也撒腿一跑。一场遮天盖地的大是非，顷刻烟消火灭。刘六逃下金山，遣散部众，从此稍稍敛迹。暂且搁过。

先表伯先等陆续回转山庄，自当办酒庆功。并且苏二祖孙俩立刻就要回淮，一宴两用，也可以算是饯行盛筵。席间无非谈及金山之事。酒行三巡，菜上六道，苏二便想起南京风闻之事，低低告诉席上诸人。伯先听了，只向仲文说："和南京信所云，大致相似，不过还不如苏二哥侦知的来

得详细。”仲文听了，眉峰微皱，口内微微打了个支吾。

这当儿，下人进来禀报道：“有个陕西口音的壮士，特来拜谒庄主，道有要言面达。”伯先笑向同席诸人道：“现在的乞丐特别，打抽丰的手段愈加进步，思想也比前高明。我门上竟往来不断，昨儿打发了一个老侉，今儿又来了个老西哩。”仲文怕苏二多心，忙指着他道：“我们面前不是已有一个老江北坐着吗？”苏二叹道：“不有尔辈，饿煞此辈，谁叫你们仗钱多打发的？害他们赚惯了省力钱，再也不想走正路的了。”伯先道：“所以日本法律上规定，无论何人被匪绑票，被绑的家属若是依匪要挟，花钱赎票，官厅知道了，反要把这家人家大大的惩罚。表面上好似严酷不人道，其实和苏二哥的谈话一样用意。治现世界的人，因为大家多没有了天良，只好这样严酷惩办。”说罢，回过头去，命那边席上的于大林，代表出去会客，照例留他一宿三餐，再给发一些川资，打发他走了就是哩。谁知大林出去了好一会，进来禀复道：“不行，来人不似那一门，定要和庄主面谈。”伯先道：“不要又同上次金星标一样，那回一不小心，连命几乎白丢。”大林道：“来客并没有寻仇模样，虽则人心难测，但照外表看上去，不会蹈姓金的覆辙。”

伯先便向席上招呼一声，走至会客厅后一瞧，只见来客彬彬文雅，行装打扮，果然不是赳赳武夫，不像到此来无理取闹的。当即走出去和他相见，行礼坐定。伯先正欲动问姓氏、来意，客人已先开口道：“在下浪游万里，到处为家。尝探黄河源头，曾登太行之顶。访夷门监故居于汴梁，哭明太祖陵寝于白下。谒望诸君墓于燕蓟，游南粤王宫于岭峤。五湖历其四，五岳登其三。滇黔云雾，供在下吞吐者二三载。此身非我有，半托鸡声半马蹄。然而落落无俦，知我者稀；征尘仆仆，空掷华年。今马齿渐加，二毛欺鬓，忽忽其将老矣。和在下形影不离，老伴岑寂的长途良侣，数十年如一日，从无间言，向称莫逆无忤者，只有随身一剑。无奈茫茫中原，腥膻迨遍，直无吾辈插足地，再混迹此间，恐污剑气，行将航海西行，别寻善地。顾欲行又止者，为恋恋于君，公私萦念，久终难舍。故特冒昧登堂，聊贡一得。”

伯先忍不住道：“足下究竟高姓尊名？不佞何德，乃蒙如此企念！”客人道：“愿君勿问在下之行迹与姓氏。二十年前盛京市上之事，谅君未必再能忆及。总之在下此来，非祸君者。君昔统大军，杀敌如摧枯朽，有大勋劳于朝廷，威名震摄于寰宇。幸君聪俊，不构淮阴未央之难，窥见具虚羁縻，崇褒无诚之症结，挂冠归隐，固不得不佩君之卓见巨识。惜乎入山入水，不深不遥。虽穷寒之士，沾沐匪细，不过道高毁兴，德修谤来，名重势危，势盛疑至，朝野图君者，固大有人在。君再不见机，恐将为悦饵之鱼，拘网之雉，行见赭衣赴市，将兴黄犬东门之叹。”伯先道：“足下言虽有理，但是不佞也随处留意，万一有变，或者不致临事仓猝，走避无及。”来客仰天打了一个哈哈道：“君岂不知‘白刃捍胸，则目不见流矢；拔戟加手，则十指不辞断’之古语乎？任君耳目众多，心腹遍地，可知图君之人蓄念已久。岂不知君之势力范围，非庸庸者比，一旦若渔人下缯，猎人张网，靡不四处设伏，驱君下阱。届时部从虽众，反嫌群龙无首，尾大不掉，徒叹疣赘。即有义举，恐亦增君焦灼，未必真能释君焦灼，脱君急难也。”伯先听了，默然不语。

来客见伯先态度没有一些改变，晓得自己焦唇敝舌，曲譬旁喻，不会发生什么效力，低低叹了一口气，重又开口道：“君膝下承欢，共有几位哲嗣呢？”伯先道：“不佞少时到日本士官肄业，和彼邦幸德秋水门下信徒订交。以后对于纯粹的社会主义非常崇拜，故而也主张无家室主义，不佞的爱妻就是祖国。那时颇思提倡黎民子孙学识，打倒吾国沿传已久子孙黎民的恶习惯。不料积重难返，忽忽之间，不佞已经年近不惑，非但主张不曾贯彻，连形式上的一毫小小成绩也不存在。不过扪心无愧，自己从来不曾娶过妻小。并非故意矫情，实欲以身作率。足下试思，不佞妻子尚未曾娶过，怎谈得到儿女二字？”来客嘴唇掀了一掀，好似想着了甚话要说时，忽又顿住了口，只又低低咕哝了一声，仿佛“可敬”二字。蓦地眉飞色舞道：“十九年前，君于辽阳虎符告卸之后，摒挡入关，恍闻在滦州岭上附近，曾遇一大帮胡子，乘君不备，出头借饷，君虽未栽大筋斗，但是丢失过两件贵重物品。可有此事否？”伯先听了，心上“别”地一跳，陡把前尘影事兜上心头，不禁百感交集，呆想出神，一时找不出一句相当话儿来答复这怪客的疑问。

那客人却已站起身来，自言自语道：“伍员携子使齐，即使勾践灭吴，或许有步武王鞭尸之日，寸心少安。”说罢，便长揖告辞。伯先生性爱才若命，再加如此奇人，望门投止，真个要吐握倒屣欢迎，岂肯放他翩然即去。无奈任凭主人怎样挽留，来客执意要行，再也留不住他。伯先也只得起身相送。本来伯先对客迎送，至多走至二门，今日特别破例，把来客直送出了庄门，过了护庄桥，才彼此揖别。客人掉头便走，已走了近三十步路了。伯先初时站在庄桥南堍，呆呆痴望，这时忽似想着了什么话，忙高声喊那客人回来。及至客人闻声回步，走到近身，伯先反又说不出半句话来，累客人白站了片刻。于是重新话别，伯先才转身移步回庄。岂知伯先才下庄桥北堍，耳边厢好似听那客人叫唤之声，忙也回身观看，果然那客人又飞一般跑回来。伯先自然迎过桥去，听那客人说些什么。不料两人照面，客人只眼珠眨了几眨，又微微叹了一口气，也是半句话没有，向伯先抱拳带笑，拱了一拱手，急急地回身自去。

伯先一路踱进山庄，一路寻思：“这客人的奇特，可称神龙见首不见尾。细味他的说话，确是药石良言。不管他是否受人指使，特来用手段翻我的戏，总之做人做到我这样地位，又无室家之累，也没有儿孙马牛债，从此从了来客忠告，摆脱一切，世间什么事都不问，拣一处山明水秀地方，隐姓埋名，怡养余年，与我个人倒是有益无损的。不过照眼前这种景象看来，一时又绝对摆脱不了的。上马固要个机会，下台也得有个际遇。就此一声不响地走他娘，一来部众未必肯放我讨这个大便宜，再者虎头蛇尾，岂不要被天下英雄笑死吗？”伯先心上忖量了好一会，始终不曾决定出一个解决办法来。当下回至席上，强打精神终了席。当晚为要陪伴苏二，无暇同仲文计议。

直至第二天送苏、朱二人动了身,正欲同仲文谈及此话,手下又来禀报道:“薛四爷接着庄主去信,他亲来面晤了。”薛四是湖南岳州府首县巴陵县人,向在皖、鄂边境做生意,故此脱尽乡音,人家多当他宿松、黄梅一带出身。他就是上次伯先往句容去,在路上遇见的那个穷汉。伯先丢失那匹回头望月的宝马,他倒知道来踪去迹。曾至浴日山庄报信,偏偏伯先不在家,他就留下一句说话:如其有用着他的地方,只要捎书到山东济南商埠胶济车站间壁日商开设的铁道旅馆, 托一个日本人叫阪桂大武郎转致,不会遗失,至晚一星期,他定照着函中所载的相见地点,赶到把晤。伯先回庄得信,自然捎封书信往鲁邦省曾去约薛四,再至焦山面晤。书已去了十多天,昨日正和仲文谈及此话,大家多说薛四的说话没有信用的;不然信已寄去了两星期哩,如何尚不见他有什么动静? 谁知今天他竟翩然莅至。

伯先即便亲自到二门迎迓。等到一照面,他身上虽已遍体绫罗,打扮得非常华丽,但是伯先一见面容,便瞧出来是句容道上那个穷汉,知道也是个天涯异人,便招呼到寿石山房献茶落座。交谈了片刻,才知滇、黔、桂、粤、川、闽、湘七省有名的义贼雪狮儿就是他。一来他是社日养的,浑身雪白。连眉毛头发也是白的;再者他虽厕身黑道,不愿意干那鬼祟行为,所以不论亮汛暗汛,白天晚上,出门做生意,身上总穿着本色衫裤;三因他原名薛四儿,江湖上叫歪了一些,讹成了雪狮儿。他索性去做了一个铜狮漏子,中间贮满铅粉,做了案子,必留下一个狮子粉印在事主墙上。故此他的声名传遍了南七省。

当下雪狮儿也要追问伯先:“怎么尊骑曾在句容丢失的呢? ”伯先自然便把往事一一诉说出来。雪狮儿听了,皱眉道:“这尴尬问题,倒弄到俺头上来了。”伯先问他有何尴尬呢? 雪狮儿道:“足下可知江湖上‘空中七祖’是那几个? ”伯先道:“好像空中一祖是廖祖爷;二祖是红云沈祖师,三祖是黄叶朱祖爷;末底七祖是茅山茅祖爷,故而又称末底祖师,其余四、五、六三位祖爷名讳,想不起了。”雪狮儿道:“四是理门杨祖爷,五是洪门总祖，又是峨嵋关派祖师袁祖爷，六是骷髅白骨孔祖爷。他们七位老祖，每人收了七个徒弟，化为七七四十九个会党。目下江湖上的上中下三九二十七流，八八六十四项空心饭碗，多跳不出这七祖范围。其中六祖孔爷支派的最大一支，三传到周太谷手内，把朱程理学做了面具，宗旨主张肉欲，采阴补阳，参用佛家金刚禅、魔道刹魔公主学识，想练得连臭皮囊都不坏，永久存在世上。四传张书疯，创立黄崖教，像电光石火般亮上一亮。如今虽尚留有一小部分，对着月求拜大学。据传已出了个神童江希张，不久要大兴黄崖派。其余六徒，都是恪遵祖训，不敢擅更定则。虽有第三房创组道德会、尊孔会，究竟未曾普及。倒是最小一支，住在南京，与茅山相近，又得了末底祖师的茅山正派、辰州系副派、水木石铁等小工的鲁班书真传，开出个骷髅白骨教来，成立未满一百年，连青海、新疆、内外蒙古、前后西藏、南北满洲、生熟苗瑶等地，多有了信徒哩。足下找寻那个姓笪的，也是小可的同教。至于盗取足下宝马之人，是个天方分支的锡兰教徒，因和本教竞争东西印度的传教势力，所以小可才来多事的。初不料里头还有这关系，这倒有些难办了。”伯先仍一味央他设法。

他又仔细想了一想，“霍”地跳起身来道：“有啦。闻得寿州师弟现在镇江，盗回宝马之事，不如托他代劳吧。”说罢，便向伯先告退，立即起身往京口，找寻师弟去。伯先一闻他提及寿州二字，忽又触动心事，忙又请他回来，要托他办一件紧要公务。正是：

冷眼却无祸福事，热心难免是非多。

要知伯先又有什么公要面托雪狮儿带办，当在下回分解。

第二十一回　多心眼先患预筹防　显身手深宵恶作剧

却说丹徒县的捕快班头，卯名周吉，实在本姓萧，小名柳山。以前也是黑道上好手，所谓'捕快多是贼出身'，他的软功夫实在不错。不过他既非练的文八段，也非八卦游丝掌、龙吞功、壁虎功、鳝骨功等等。乃是小时候在屋后野地上，栽了两根尺把高的木桩，学走绳索学上的路。一壁兼练拖铅跑山、跳门槛。练到后来，可以着了钉鞋，在架空油纸上跑两个来回，纸上没有一些裂痕脚印；手里拿了一根竹竿，且行且舞；得急了，自然重心力都到了上头的竹梢上去，他便借此一跃，可以跳过三四丈开阔的河面。别人不相信，他就跟人打赌。他穿了白布长衫，着了厚底镶鞋，沿着典当的黑围墙走来走去。喊大家用了蘸过墨头的竹竿，排列在离墙丈外路站着，待他走过面前，依次向他乱戳。戳的人不拘多少，时间不论长短，以兴尽为止，他衫上不行有一点墨迹。你们想他的功夫含糊不含糊？所以大众叫他"一溜烟小溜溜"。

可惜一溜烟有了这种功夫，生性不习上，最喜同乞丐往来。他原籍是浙江湖州府长兴县虹星桥人，祖上向以务农为业。他的爸爸因为娶了一个住在天目山内，有大竹园的女儿为妻，所以兼做天目笋贩子，着实挣了一份家私起来。小溜溜出世不满三岁，母亲就死了。因为他不习上，十五岁那年，又将父亲活活气死。于是一份小康家私，拆了不过二三年烂污，如数清讫。他便跟了一般二八月走江湖的西行乞丐，出门游学去了。

直至他廿七岁那年，再回故乡，手内倒着实有些积蓄。不过在外辛苦，连背心都有些驼的了。一回转来，探亲族，望朋友，请乡邻外，便买地造屋，娶妻捐官，非但做人，并且成家。妻子是安吉吴武举的女儿，虽然岳家贫乏，没有半厚奁赠，幸而新娘人品，生得天仙化人相似。再者丈人是个武举人，足有恫吓乡愚、包漕唆讼准资格。你借我的财，我靠你的势，交易往来，狼狈为奸，彼此各得其所。不过每至秋尽冬初，日短夜长天气，小溜溜必定要出门一趟，至早要到十二月初回来。而且出门空手，回来又必满载而归。那些亲族邻舍方面，小溜溜也一定有回头货带归馈送。人家受了他的馈赠东西，自多异口同声的赞颂，谁还来研究他的诡秘行踪。唯独他的妻子吴氏，总觉得丈夫有些说不出，话不像的毛病，一向心上存着这念头儿。如是者过了二年。第四年的元宵节，忽然有个福建人登门访晤。小溜溜对于这人，招待得二十四分殷勤。住到正月底，客人尚无去意。而且每至晚上，家中人都睡了，小溜溜便溜至客房去谈话，非谈到三四更天不罢，简直夜夜如此。吴氏更加动了疑心。私去偷听了三夜密语。不知听到了什么要言，吴氏忽然回进去，便悬梁自尽。那闽客见小溜溜遭了着人命，才怏怏动身。从此小溜溜的奇行怪状，邻里间才稍稍疑异，也没人再愿和他对亲。

吴氏死的后一年，小溜溜又照例出门，却同了个续弦回来，据他说是在上海娶的安徽吴连英小姐。有人认得她的道："好似在杭州见过，那是跑码头玩大把戏的金玉堂班子内莲姑娘。"横竖姓萧的家事，别人也不十分认真去甄别是非虚实。不料这年冬天，小溜溜出门不久就回来，吩咐下人，从此闭门谢客，有客边人来拜访，一概挡驾。此后他果然也深居简出，轻易不走到大门口。而且声称一只左手患了毛病，不能遇风，常套了一个皮手套，连大热天都一刻不除下来凉快凉快。到了冬季，更加不出门哩。讵料销声匿迹了不到五年，忽然有自称江西广信府玉山县的捕快杨春，同了八个伙计找上门来，说是送还一溜烟五个指头的。下人拒绝不掉，小溜溜只好出来照面，许了二千八百块钱购指费。杨春依旧不答应，非要一万不可，否则同往玉山归案。小溜溜晓得骑虎之势难下，想用手枪吓他们，岂知杨春有恃无恐。小溜溜只好回过枪口，自戕倒地。再由连姑娘出来续办交涉，花三千块钱赎回五指。杨春目睹小溜溜直挺挺卧在血泊内，正身一死，一了百了，只好把五指换了三千元，恨恨而去。谁知小溜溜的驼背，是平日装出来的。今天用的是真手枪，纸子弹，内衬猪血彩托。当场用功夫闭了一闭气，总算用这哭丧计诳过了来人，又把做贼确证贱赎回来，心上很是得意。但本地方上，无脸再住下去，便迁到镇江，同莲姑娘的干娘田吴氏去合住。

迁镇的明年春天，一家三口，往江北狼山进香，来去约有四十天工夫。及至回到家中，查见留在寓内的次要细软东西，已费神一位同道光临茅舍，席卷而空。首饰箱内，尚留着一张拜年红柬，柬上画着元旦晚上耗子结婚斋猫儿的故事。他晓得是安徽寿州帮林百灵耗子，系后辈来做的案。自已无能去贼捉贼，因此他才提动三光，投身到丹徒县衙门内去当捕快。他是名贼改造的，岂有不成名捕之理。当时吴光殷、苏州潘、上海华商总会买办马枚叔、常州盛杏荪等四件大窃案，都由地方官备文到镇江，借了周吉去，才能破获。所以江南全省，其时九个高手捕役，第一淮安瘌三妹，第二松江樊四相，第三就轮着丹徒小手捕快一溜烟了。现在年纪已近六十，手内积了二三十万家私，曾向本官退过五六次卯，无奈退不掉。那些小就事，早由捏牌伙计王大忠代表承行，他一年之中，至多不过出二三次马，安居享福已久了。最近王大忠说起，在刘六方面拔来的主信，说有寿州帮在此踩盘。他因为自已吃过寿帮林派的哑苦，一听此话，不管虚实，便又亲自出来游龙拔线哩。

这一天，在三山街上，忽觉耳内奇痒难当。他便走进一家剃头铺内，喊一个剃头司务看耳朵。一走进门，这家的老板是认得他的，忙赔了笑脸，抢上来招呼道："周头儿，那阵好风，会把你财神爷吹进小店来的呢？近来公事忙不忙？你老好福气，听说要添孙少爷了。今日贵人上宅，檐高三尺。请坐请坐。你老修面呢,还是去发? ”老板夹七杂八地瞎奉承。小溜溜正要开口回答他,瞥见有一个剃头客人,身穿枣红团花杭宁绸拷绒皮袍。此时理发匠工作已毕,正在壁上取下那人的天蓝重缎猞猁狲马褂,海龙四喜拉虎帽,代客人升冠加褂。那人顺手在袍子袋内挖出一把钱来,内中大小银圆、青红铜钱都有,他拣了两个双毫小银币,向剃头时候用的搁手凳上一丢,口中说了声:“一横一竖。”说罢,便走出门去。原来剃头店内定规:譬如你给他一百文工资,其时通行制钱,你将八十文横摆,另将二十文竖戤在这八十个头上,暗示八十是正数,这二十文是给与那个动手工匠的酒钱。其时社会生活程度低廉,普通剃个头,不过四五十文,小孩童仆减半。较之洪、杨以前,八文剃个小孩头,十四文剃个大人头,固已昂贵不少;若和目下起码一毛小洋理回发,比那时几十文时代,视十几文前期,更加可叹哩。彼时每角小洋,兑易制钱七十三文。此人给上两个单毛,一百四十六文剃个头,已经阔乎其阔,如今他竟给二百九十二文工资,自然那个做手喜得打跌。

不料局外旁观的小溜溜,竟因之疑云万叠,非但无暇答复老板的谄媚话,并连自己耳痒也不顾,忙也追出店门,紧紧跟在那个剃头客后面,一步不肯放松的了。因为此人身装这样奢华,人品又极漂亮,举止行动,一望而知是个富贵中人。照他的皮衣,莫道四毛钱剃个头不嫌多,只要服侍得爷们适意,那怕特别给赏十元八元钱,也不足为奇的。不过照他的身份而论,应当把剃头匠喊至大府上工作,不该他反而光临到剃头店内来的了。就算少爷偶然有兴,屈尊就卑,顺便到市面上遛腿玩耍,那么又该带一两个跟人,不会一个人踽踽独行。就算他是平民化的,不喜搭臭架子带下人随护,那么这般人物,总脱不尽纨绔气味,怎么给钱之际,门槛全精,说出什么“一横一竖”。小溜溜当了这几年公事,再加自己又是走码头闯江湖出身,轻易瞒得过他的眼睛吗? 所以要盯住了他,不敢懈怠。谁知盯了大半天,倒瞧不出什么破绽来。最后见他回到万全楼十九号寓所内去了。小溜溜便向帐房中去仔细一打听,此人是昨晚由南京来的,名叫薛师郑，安徽人，年纪三十三岁，到镇江来访朋友，职业政界。小溜溜一算此人下店辰光，并非下水江轮到埠时候。大凡政界中人，总喜装门面的，怎么从人不带，连行李都没有？再问可有政界中人来栈访问过他？账房中人不详细，特喊十九号当值茶房出来追究。那茶房静想了好久，才回答并无谁人来访过这客。于是小溜溜便在十九号对面，也开了个廿五号房间。一面又喊了四个得力伙计，相助自己监视此人。

接连监视了五天，并无半点破绽拾着。只不过第四天上灯时候，有个商人模样，到万全楼来探望这十九号的怪客，恰巧那客人到半斋去吃夜饭，未曾会面。茶房便到廿五号内报告留守探伙。探伙忙追出去瞧那来人是何等人物，可惜没有追着，仅见一个壮汉，身量、脸子和焦山姜大爷相似之人，从大门口往内走进来，此外别无第三者进出。探伙追不着来人，回进来再问茶房。茶房道："适才探访十九号的商人，那脸架子似乎同姜伯先有七分相似的。"于是再把合栈房住的客人一留神，并未瞧见有和伯先容貌类似之人。留心了那人五六天，就只这一点有研究价值的，此外一无可疑。到第六天上水船到埠，那人算清栈房账目，搭轮回去了。这天是十一月廿三。

到了廿四晚上，恰巧冬至节。小溜溜家内祭祖，喊手下伙计，以及衙门相好朋友，同至他家吃冬至夜饭。席间谈及此事，小溜溜道："第一次我在剃头店内瞧见那人付钱之际，恍惚见他银钱里头夹着一枚金戥子道光铜钱，一边厚，一边薄。我想这是青插手用的家什，如何这种火皮子的少爷班次，身怀此物？于是才注意他的举动。正面瞧不出什么，仔细瞧他的背影，好似南七省好手雪狮儿。及至留心他步下，果然脚脚踏实地，而且地下灰尘不随他脚后跟飞起来。再瞧他眉发，果然银丝一般。我就想下手捕的，谁知他回进栈房，忽然又挂了一块骷髅白骨教的招牌出来。我晓得目下这位府太爷，乃是满洲正白旗人彦秀，还有松江提台、湖南湘潭人谭碧理，都是这一教的信徒。就算他果是雪狮儿，也许是来拜会本府的。故而我便上县衙去向本官请示，捕呢，还是不捕？谁知这位王芝兰太爷，他是代理的。只因包糊涂滚了蛋，正任姓沈的，上峰又派赴苏州，密查太湖内峒坑四大王的要公未了，不能走马到任，故叫王侉子来代理三个月。他是胆小书呆，最怕出乱子。得了我的报告，即再三叮嘱我，不必捕捉这厮，一面也不可放松这厮，命人严行监视着，使他不能做案，空手出境，岂非八方无碍，大吉大利。如今托赖大家洪福，不曾出岔，把这厮哄跑了。”

王大忠道：“我看这小子是个浑人，我们多他的心，他尚不曾觉着哩。”小溜溜忙道：“你真是吃了灯草灰撒屁，连轻重都不知，亏你说出这句话来。常言道：‘三年江湖毒如砒’。又道：‘出门没心眼，一步走不开’。漫道咱们故示线索，唯恐他不觉得的做品，就是再敛迹一些，那厮也有数目哩。你是没出过远门，怪你不得。如果跑到云、贵地方，提及“雪狮儿薛四”五个字，可称妇竖咸知。如果到云南昭通府管辖的抚彝厅、镇雄州和恩安、永善两县等地方，大小百姓家正屋内，多供着一个雪狮儿恩祖的长生禄位。因为那年这四处地方大荒，而且大疫，他从贵州威宁州西来，目击惨状，动了恻隐之心，便到四川宁远府去偷了几家大富户，把赃银东运，粜米放赈，施棺送药，不知救活多少人。其时昭通镇的总兵，乃是广东连平州人何雄辉。风闻此信，着在地方官身上，要雪狮儿正身到案，瞧瞧究竟是怎样一个仪表。一府、两县、一厅、一州五座衙门的全班正副皂快，情愿两腿打得皮开肉绽，总不忍动手捕捉他。而且每逢限卯比起来，他总站在堂上瞧热闹。回头他发了脾气，到连平何雄辉总兵家内，一票拿了三万多，又运至昭通，分给全班正副皂快，算补偿他们四五十名弟兄皮肉痛苦。自此以后，他的名声一天大一天，比咱班辈虽次两代，但是英雄出少年。你当他浑人。怕你自己瞎了眼哩。他果真浑了，配享这样的鼎鼎大名吗？”王大忠讨了场没趣，默默无言。在席诸人，忙改换口风道：“大约他晓得有你老在门，所以悄然而去的。”小溜溜口内虽则谦虚道：“或者他是忌惮府署的姜头儿，我是无能老朽，他不见得买我的死账。”其实心上和表现出来的神情，确有“此次若没有我在这里，真不知怎样了哩”的形象。

当晚尽欢而散，时候已有近三更了。小溜溜回到房内，仗着酒兴，又同老伴莲姑娘说了一番含吹带笑的风情话儿，然后上床安睡。身子才得躺平，忽听屋上有人走动的声音。小溜溜忙喊老伴吹灭了洋灯。自己重又起身扎束停当，在枕头底下抽了根铁尺执在手中，下床在抽屉内拿了一支龙虎结日本货莲子式手枪。其时尚称做小风炮，妥藏腰内。踅至后窗跟前，轻去窗搭，推开一扇，蹿至房后小天井内。他诨名一溜烟，果然名不虚传，身子只微微摆动，已到了屋上。只见一个穿白衣道客，在前房檐自东至西，一个向后转，再自西回东，在那里低头踱方步，数屋楞。小溜溜不觉怒火中烧，气吼吼地蹿到那人近身，右手铁尺作一个量天切菜式，向那人上三部打下去；左手一个白蛇吐信势，向那人中三部抓进去；下面右足稳稳站定，左足一个狂风卷落叶，对准那人下三部扫过去。三部并进，名为连环三探手。这是杨家小路十八变内的第一记毒门，从死沙包上练出来的。因为来人暗泛身穿白衣，再加屋面上踱方步，分明志不在拿东西，有意做出响声来，惊引事主出面较量。小溜溜晓得是个大行家，来者不善，善者不来，是以就施展出生平看家本领，一出手就三路夹攻，想把强敌打倒。讵料上下两部多未命中，只中部好像已抓住那人衣裳。那人立脚不稳，已向自己怀内直跌过来。小溜溜不敢怠慢，忙把左手用劲向怀中一拖预备再一提一掼，至少把来人掼个半死。不料赛过活见鬼，明明那人已被拖进门，忽觉着他身子往上一抖，眼前白光一闪，手内一滑，那人已从自己头上跳到身后去了，而且头顶上还被那人踹了一脚。小溜溜愈加动火，格外当心。一壁回过身驱，将铁尺交给左手，右手即在腰内拔出手枪来，不问情由，便“砰砰砰”连开三响。这时莲姑娘在屋内也短衣窄袖，提了根齐眉梢棍，开了前房门正屋长窗，抢至天井内助战。一闻枪声，又听屋面上有人跌倒的声音，意谓贼已受伤遭擒，自己毋庸出手，便问：“要绳吗？”岂知屋上小溜溜开放手枪，非但一枪未中，自己脸上反吃了两下嘴巴子，并被贼人在背后用指向腰内一点，顿时浑身酸麻，站立不住，栽倒屋上，手枪、铁尺都被贼人夺去，只好闭目受死。而且晓得来人技艺高出自己十倍，万万不是他对手，所以也不思抵抗的了。岂知来人夺了家什之后，倒哈哈一笑道:“请下去到床上睡吧。寒天深夜,屋上睡了要受凉的。明天会了,得罪得罪。”那人说罢,果真去了。

小溜溜好不羞惭,两颊臊得发烧。空手爬起身来,由前檐下屋,同妻子闭上门窗,急急上床安睡。莲姑娘也瞧出丈夫栽了大筋斗,但她识相得很,也一声不响地睡去。小溜溜那里睡得着,将近天明爬了起来,伸手到床底下提尿壶起来小解,觉得尿壶口内有甚硬绷绷的东西竖插着,仔细一摸,原来就是那根铁尺。回头莲姑娘要小解了,一个红漆马桶,遍寻无着,用心搜寻,却摆到箱子头上去了。当晚拿了下来,只觉着沉重了些,不曾想着。第二天,女用倒马桶了,才发现小溜溜那支手枪,浸在排泄物中间。廿五晚上,小溜溜喊了八个大力伙计,准备动手,却没有动静。如是连防三夜,没有消息。廿八夜间,不防了,到三更打过,仇人却又来开玩笑哩。正是:

麝怀脐兮毕若命,象有齿而焚其身。

要知来者究系何人。廿八晚上又怎样闹出新鲜玩意儿来,请看下回分解。

第二十二回　送金讨眼睛巧逢敌手　卖解走码头暗访正凶

却说小溜溜连防三夜，怎贼不来，以为已经别开码头，自己人也累得个个倦乏，廿八晚上大家要紧安睡的了。不料小溜溜一觉醒来，身上觉得异常寒冷。眼看时，又觉得一阵连一阵臭味，向鼻孔内直刺。幸亏他也是走过江湖，练过夜眼的，定睛仔细瞧瞧，原来睡在自家屋后的露天毛坑上头；而且身底下卧的是条窄而且薄的松板条儿，若是翻个转身或者用力往下挫一挫，身子就要在粪池之内洗澡。自己进衙门当了公事之后，只有抓到了嘴硬小窃，逼他口供，有时也许用着这一手的，其名“看金鲫鱼”。不料自己今晚反也遭人暗算，来尝尝这金鱼味道。再加又在黑夜，并且四肢还被摆布之人用细麻绳缚在板上。若是想用力挣断绳索，一来细麻绳切牢在肉内，不容易挣扎；再者身体一用力，连板摇动，又怕翻了过去，自己面对着“米田共”，实在受不了。没奈何，只得直了嗓子，用劲高喊家人们出来解放。偏偏家中人因为连日少睡，其时天交三鼓，正在好睡当儿，怎里喊得应。小溜溜喊了约摸半个更次，喊得声嘶力竭，舌敝唇焦，总算惊动了东邻开小酒店的唐三老老。他起来解手，听见声息，才开后门出来，将灯照看个究竟，方救了小溜溜下坑。他谢过唐三，也不打门，径从屋上回进家去，意欲把家中人大大发挥一顿。谁知回至家中，见门窗大开。原来家中诸色人等，全受了鸡鸣断魂香闷倒，怪道叫唤不应。于是取了凉水，单把莲姑娘救醒。其余待他们到五更头，自然醒过来吧。

他救醒了妻子，便低低地同她商酌。明知又是那个白衣人，暗到来掇弄自己，倒是一时怎样对付呢？他俩正谈论间，忽听屋上问道："周头儿，如今认得俺吗？你的照子是亮的了，不过世间之上，有了你，就没有我，有了我，可就没有你啦：宛如诸葛亮同周瑜般，总要拼掉一个才好呢。"小溜溜此刻反变做张口结舌，回答不出一句相当话儿。倒是莲姑娘口齿伶俐些，忙接口道："咱们当家未当公事之际，也是在外靠朋友吃饭的；光棍的过门，略为明白一些。现在当了这份差使，也教没法的法子。常言说得好：'得人钱财，与人消灾'。只要手中积了些微养老资本，就可事事马虎过去，谁真愿意背了不义骂名，跟江湖上朋友作对？你既是个高明能干的英雄好汉子，当该见谅到咱们当家的这份苦衷，特别放松一步才是，何苦如此的在暗中作弄人呢？"屋上人接口道："这话说得很有道理。不过你们要积了多少数目，方可以洗手呢？"此刻莲姑娘也是随口对答，并非同买卖人的讨价还价一般，故也接口道："有了二千五百块钱，一半就有了着落；尚积得到五千块大洋钱，大概连后辈都有了靠傍哩。"屋上人道："好！一言既出，驷马难追。四五千块钱，有甚大不了，十天半月之内，准给你们一个喜信就是啦。"这番说话完毕，屋上顿时寂静无声，那人想是走了。莲姑娘认为没事了。小溜溜心上却总觉得后患方兴未艾，恐未必就此结局，所以总是愁眉不展。

待至十二月初五下午，果然又发生出一件怪事来哩。那天下水的长江轮船到埠，由轮船上账房，派茶房送到小溜溜家中，道是周头儿的旧时好友，自芜湖托带来的一封要信。小溜溜接来拆开一瞧，信中并无只字，只有三千块钱一张，一千块钱两张，计共三张汇票，合该大洋五千元。乃是芜湖德昌番庄，汇划到镇江厚甡庄的现期洋票。小溜溜亲到厚甡去一兑，果然如数兑来，毫厘丝忽不少，整整五千块大洋。这真是飞来大横财，自然莲姑娘十分高兴。独有小溜溜愈加寝食不安，心知祸在眉睫，不出十天，定有人要来讨收条了。

一到初七晚间，二更过后，屋上又有人来问道："五千块钱收到之后，便当怎么样呢？"小溜溜在屋内答道："原款在此，谁希罕这些，拿去了就是啦。"屋上人冷笑道："光棍好做。过门难打。你既已到过庄上，划收到了这笔款子，就该给点过门与我。你说还我款子，天下没有这么容易事情，你要就劳人拿来，不要又随便还给人家。现在不论银钱还不还，要论过门清不清哩。若是过门不清楚，莫怪咱们不讲交情，要对你不起，无礼了。"小溜溜明知米已成饭，木已成舟，晓得逃不了这一劫。便向屋上人道："俺早就晓得你们要来讨取收条的。可是张家不知李家事，东邻那晓西舍情，那怕皇家的钱漕，也有个头二三限。俺须把经手大小公私杂事，一切整理清楚，才能给个下落与你们。"屋上人道："你的话儿说得有理，准其再宽限你三天，到初十或者十一晚上，仍旧这个时候讨你的讯吧。"说罢，屋上又无声息，想又走了。

小溜溜当晚也无说话，闷闷地过了一宵。到初八早上，先忙着到丹徒县衙门内去退卯。不料那位王老爷代理期限将满，再者封印在即，再也不准他辞。并道："你如果因年老多病，或有其他秘密关系，定要辞职，那么你姑且负责，混过了这个年关，到明年开印之后，正任沈老爷接印，本县交代，新旧交卸之际，你再趁势退卯，未为迟也。"小溜溜见明辞辞不掉，只好回至外头，和手下全班伙计详细说明不能再当公事的原委；所有一切已结未结经手的公案，同各方应出应入的大小交关密事，全卸给捏牌伙计王大忠当家负责去。并且领了他往六房书吏、三班有名同衙门要人面前，申说明白，从今以后，快班卯首周吉的责任，自己丝毫不干，完全由王大忠担负的了。这叫做私退官不退。以前衙门吏役的卯名承顶人，十有八九如此沿革的。初八一天，小溜溜就只办了这一件事。初九初十两日，小溜溜将街面上往来帐目，同着亲友方面有银钱出入，由自己居间作为保人或中人的，都叫来三面言明，有了个结束办法。并把这五千块飞来之财。分作大小四股：一股两千元，作为传给后人的遗产；一股一千元，拨给莲姑娘所有；一股一千五百元，预备买几亩良田，过立自己公祭户名，将来顶袭自己香烟的子孙贤德，自然由子孙完粮管业，倘然后人不肖，此田便捐入慈善堂内，作为永远春秋两季祭扫自己坟墓的代价；一股五百元，目前存庄起息，作为自己的暮年养膳，将来自己死了，就将它作为丧葬费用。

大家见小溜溜这样整整有条的处置一切，也不明白他究竟是什么道理。莲姑娘虽也略有所知，不过据她女流客的识见，意谓当捕快的用贼赃，也是应该的，就为受了这五千块钱，便要丢掉一条老命，犯不着吧；至多辞差不干，另开上一个码头，隐姓埋名，恰养余年，也可以的，何必要如此干法呢。其实小溜溜并非真呆子，他要是手腕胜得过对手，他就不肯这么办了，因为自己忖量一身本领，以及外头的交情都不如来人来得高明周到，况且自己年纪又这般大了，何苦再和人斗虚劲，去讨那死要脸子活受罪的苦吃。以情愿这样低头服小的办理，倒好沽一个小溜溜到老漂亮，不枉是个有名人物老江湖的美名呢。到了初十晚上，小溜溜尚有一两件琐屑私事不及料理完结，那讨收条人也没有来。

一到十一白天，小溜溜诸事料理妥当。晚上二更打过，屋上倒又发现脚声。接着向下高问道："收条端正了没有？"依着莲姑娘还要用话支吾。到底小溜溜爽快，在屋内答道："早已端正，请你在前窗口收取吧。"口中说罢，他就走至前窗口，将窗户洞开。伸手在袋内挖出预备的两根短短竹扦，把尖锐的一头往自己眉毛之下、上眼皮的上边空档软眶内，用力一插一拍，两个眼珠子全迸出了眼眶。大凡眼珠离眶后面必拖着同绢线般一条丝的哩。如果这丝不断，眼内不会流血，眼泡不瘪，能将眼珠捧住，连丝塞入眶内。仍不至于做盲子的哩。当时小溜溜眼珠一离眶，忍着疼痛，用两手一阵乱抓，抓断眼丝，居然还能把两珠抛出窗外。口内挣扎出一句："收条拿去吧。"不过此话声音未绝，早已血流满面。原来眼为心之苗，痛得他发昏过去了。屋上人瞧得清清楚楚，并且把小溜溜抛出来的一对眼珠子收拾带去，赞了两声："有种。"自行去了。

当时莲姑娘喊天唤地，喊醒了家中众人，大家七手八脚地代小溜溜救治眼睛,然而治也不中用。直至将近黎明时节,小溜溜才苏醒过来。虽则成了个残废,两目失明,幸而他的本原不坏,而且这是外伤,并非内病。不过初瞎的两三个月内,性情暴躁,一不如意,就要把左右服侍他的下人打骂,有时还要把茶壶茶杯等磁器东西任意掼掷。过了些时,也就渐渐平心静气,非但行止照常,并且待人接物,反较不瞎时候和气了些哩。至于他家中日常用度,本来很有蓄,不愁吃喝,新近又得到这笔五千块钱的卖眼睛铜钱,足够他暮年支应。而且那个眼珠子买主,也很讲江湖上义气,虽把小溜溜一双眼珠子生催硬逼,不啻被他动手挖了去,但是从此以后,每隔半年,总是派人资送一百或八十块钱来,名为零用费,给小溜溜贴补。这项零用费,直要补贴到小溜溜死了才不送,总数目倒也很不小哩。

那么这个屋上买眼睛客人究竟是谁呢?小溜溜眼力确实不错,此人的确是云贵有名义贼雪狮儿。他是由浴日山庄渡江到京口来找寻师弟孙凤池,叫他去盗回姜伯先的那骑回头望月宝马,了却一场公案。初不料因为小溜溜多管闲事,以致闹出送金换眼珠的一场闲是非来。

天下意外事情真多着哩,俗谈叫做"日出事生"。这一厢雪狮儿和小溜溜事儿才了,那一厢孙凤池又被一班走码头卖解玩大把戏的人捆送到了丹徒县衙门内去钉镣加铐,收禁在镇江府监内去了。照理,就是办实了窃贼罪名,只要不曾刃伤事主,也不致如此重办。况且卖解之人,也是同途异辙,属于走江湖下九流之中的人物,怎么会把孙凤池捆送县署起来呢?原来此中曲折甚多,原因也很复杂,和书中主人翁姜伯先草蛇灰线,极有关系。阅者休慌,待小可一一道来。

原来这一班卖解的,一共有二三十人,男女老少,长短瘦胖,蠢俏贞淫,应有尽有。所玩的把戏,非但钻云梯、耍缸甏、走绳索、跑马飞杯、吞剑吃铁弹、摔流星、钻刀门等长短软硬的卖解老门道儿,无有一样不能,无有一件不精,而且尚有许多新鲜玩意儿做出来,为镇江人所从来不曾瞧见过的。物以稀为贵,玩意有目共赏。这班卖解的来镇不满一星期,已经名播全城，无人不晓。再加他们献技的场合，不是限定在一处的。譬如今天在南门城内，拣了块旷场，鸣锣聚众，做上大半天工夫，换着了一二十千辛苦铜钱，大众意谓生意不算坏。自有年轻好事之徒，搭讪着上前谈话，教他们明天再到此地来复耍，保他们收入不亚今天，或者还可多赚一些，也未可知哩。他们当场虽则唯唯应着，谁知到了来朝，他们全班人马，却移往北门外边去献技了。有南门热心人知道了，也赶至北门外去凑热闹。见他们收入不如上一天，又要忍不住劝他们，还是到南门去做吧。岂知他们口内一味答应得震天价响亮，事实上他们自照着自己拿定的宗旨进行，一到第三天，并不因着北门外生涯不佳，偏又绝早重去拉场子开锣了。说他们一定不为经济出来跑码头的，也许是袁家子弟，新辟了一个山头，带了公事下山，访贤求道的；或是嗜好拳棒功夫，寻师不如访友，借此为名，到江湖上来交结交结朋友的吧。然而情形又不大相似。因为在北门外僻静所在，连玩了两半天，究嫌收入太少，连堂食多开销不出，故而第三天，又乔迁到东门城内热闹地方摆场子了。总之行踪诡秘，很多使人犯疑，惹人议论之处。不过吃这江湖上饭，无论卖解、算卦等那一行，越是惹人生疑，引人注目，本人只要有真实拿人本领，越是容易名利双收，满载而去。这也是出卖“小风火”门中的一些小道理，在外面常跑之人，大都明白。他们经这样奇形怪状的一搅，连文武衙门内的六房三班，以及戤石狮子、掮牌头的小跑腿，也渐渐注意到这班人身上，暗中已在那里合药开方子，转他们竹杠的念头儿了。

其时孙凤池是住在镇守京口沿江海岸等处地方副都统、满洲镶黄旗人吉升的衙门里头，已同雪狮儿会过了面，预备即日动身，代师兄去盗回那匹“回头望月咬人青”宝马，送至浴日山庄，面交姜伯先。非但为了同门弟兄一点友谊，并可和姓姜的多一层交情。这种朋友，多交一个好一个，一时为了交结这种人，门路还要走哩，何况有如此凑巧的机缘。怎肯放过，所以凤池很愿意去干的。这也是合当有事。凤池原定昨日就要走的，不料他能寄居在副都统衙门内，不是和吉升有甚交情，而是吉副都统手下一个办稿案兼充保镖的管事二太爷，风池跟他是姨表弟兄，表弟要走了，被表兄硬留下了一天。到了临行的当日，风池一早就要上路，偏偏老表兄又端正馆菜，代他饯行，所以直敷衍到下午二点钟打过，才送风池出了后门上路。

这一天，那班卖解男女，恰巧场子就拉在满洲营的后面。风池一出都统衙门，就听到闲人商嚷着瞧好把戏。他耳内本已听说过了，晓得有这一班高等卖解，今天送到眼前来，何不就绕过去瞧它一下之后上路，未为迟也。故此风池也随了闲杂人等，信步走至卖解场上。在人背后站定身子，抬首一望，那场上正在那里表演"空中赎当"：由他们班内一个老头，先站在人圈子中心点，指天划地说明原委。然后把粉笔在地上画了个圆圈，圈当中画上两扇城门。然后由副手随便向那一个看客借了一件大褂子，授给老头。那老头接了大褂，两条腿像打醉八仙似的，尽管在地上歪歪斜斜走着。一只左手捏了个灵官诀，对着地上画的那两扇城门鬼画符，口内也不知喃喃些什么。如是者大约隔了三分钟时候，老头忽又在白圈外面急绕一周，口内蓦地厉声喝道："开！"也奇怪，地上竟会陷了一个缺口，画的两扇城门顿时开了。老头忙把右手拿的那件大褂子，向地洞内塞下去。再喝道："当！"那件大褂竟似地下有人接收去般，一眨眼睛，大褂入地，地洞胀平，城门依旧闭上了。老头忙去拿一条红毡来，在白圈上面一罩，口内尚高声卖口道："戏法变幻，全凭遮盖。遮遮盖盖，能去能来。不遮不盖，仙人难来。"又道："把戏把戏，全仗画符吹气。若不吹口仙气，当场变不伶俐。"说罢，果用力向毡子上吹了一口气。然后揭开毡儿一瞧，只见画的城门上头，堆着一张当票，一个纸包。打开包儿瞧时，却是四十二个铜子。当票上写明姓王，破杜布长衫一件，当银六钱。其时每两七百文，所以六钱折合成四百二十文。老头忙在身上掏出十个铜子来，算是赔的一个月利钱，连着票儿、铜子儿，交给副手。副手便去交还大褂原主，央求他自己往那典当内去赎一赎。偏偏原主不愿赎去。副手道："咱们代你去赎了，人家要疑心我们捣鬼，这套把戏便没有价值。况且还不认识这家元裕当铺子坐落何处哩。”他俩这么一嚷，好在元裕就在附近，自有第三者年轻好事，接受当票和钱，去代跑一趟。工夫不大，早已赎了原物回来，并且问过柜上朝奉，说是适才有个穷人家女孩子拿来当的。

这套把戏一完，全场彩声雷动，大家一迭连声喊好。连那孙凤池也看得着魔，忘却了自己赶路，反由人背后挤到前排头来，瞧他们第二套又玩甚新鲜把戏出来。正是：

巨祸每由细事起，本来全局一丝牵。

谁知孙凤池挤至前排，站定不到十分钟，忽被卖解诸人瞧见，便闹出一件惊天动地、牵丝扯藤的大乱子出来。请阅下回，便知分晓。

第二十三回　贤大令微服私行
村先生闲言泄愤

却说那班卖解男女一见孙凤池的脸子，大家不约而同打了个眼色。就是方才玩那“空中赎当”的那个老头，忙也跑至他们盛放器具的那个大木箱旁侧，伸手把箱盖掀起，在箱屉子内拿出一张照片来相了一相；又把照片上人的面庞儿，和孙凤池两两勘视了一番；再将照片辗转授给同伙几个著名好眼力的，又仔细端详了好一会：面容肥瘦，身材长短，肩膀阔狭，果然一些不错的了。便由那老头高喊一声：“拿吧！”那班卖解男女，便分执着杆棒铁尺，单刀短斧，不由分说，蜂拥上前，将孙凤池团团围绕，动手锁拿。但孙凤池并非无名小辈，一见他们拥上来，心想动手招架，而且自己功夫又不含糊，人多遮眼暗，不愁跑不了哩。谁知众寡不敌，他们人多手众，毕竟占了上风。再加在旷场之上，四周并无房屋。凤池的唯一能耐，是上高落低。如今用违其长，并还要分出三分神思来，照料自己的包囊，又防不要带累那班无辜观众。因此精神不聚，竟被他们殴伤了一条右腿，行走不便，才被他们擒住，用三道粗细麻绳倒剪两臂，一直送往丹徒县衙门内去。连累在场瞧热闹的男女，也都饱受虚惊。有几个大胆壮男，访问访问底细，据那两个扛抬把戏木箱的打杂说：“咱们老板并非真正卖解为活的，他们是在南京制台衙门张中堂手下当差使的，多是实缺参将、游击、都司、守备等身份。一个个学得十八般兵器，件件皆能；并且蹿高上

树，尤都擅长，那怕四五层高的洋楼，上下如同平地。此次奉着上头密令，特地乔装改扮，出来密干一件要公。适才捆送的那厮，就是案中要犯哩。”旁人听得是总督公事，吓得老远跑开，不敢再来胡说乱道。

单表那个卖解老头，领着手下，将凤池送至县衙。忙把制台的海捕公文，附着自己的衔帖，送进衙门。讵料这一日，王代理正办交卸，沈斗南刚才到任接印，尚未公座谕话，点卯拈香，放告视事哩。如果不是张之洞的公事，今天搁置不理的哩。现因有制台的公文，又见那张衔帖上署着“赏带花翎，不论双单月，遇缺即补参将罗天才”，晓得此人是诚勇巴图鲁督标中军副将王幼山面前的第一个红人，又是张制军密探班的副班长，他还是跟随刘铭传打捻匪时候造成功的角色，非但马步都有真功夫，并且还晓得江湖上诸色人等的种种大小门槛哩，所以仍由王前任出去接见。那时是重文轻武的，论起品级来，罗天才身份，要比王芝兰大得多，不过积习使然，名为文武不统属，见了画，倒是弟兄称呼的。当下芝兰问了个大概，便当着天才的面，将凤池带上花厅一问，不料这一问问僵了。原来制台的密拿公文上，是要抓一个镇江本地人，暗通革党，谋为不轨的要犯姜伯先。如今抓得来的，却是安徽寿州布商孙凤池。不过凤池的面貌，和伯先有些相似罢了。这一下，弄得天才也没有主见了。临了还是王大令想来的办法，将孙凤池权日寄顿在监内，待正任沈大令接事之后，详细地审诘，问明个究竟，再定端的。至于罗老兄等，不妨立即回南京，告诉了上头，备文往寿州去，查他一查，该处布商业中，有无孙凤池其人；如果没有，也许就是姓姜的有意狡赖，假名避祸，然后备文到此，把孙凤池关提到南京，归案法办便了。罗天才因要避免一个错捕罪名，只好依着王知县所拟办法料理，怏怏地回南京禀告，备文往寿州饬查去。这里王芝兰是扶小娘过了桥，以后如何，横竖是沈同寅的干系，与他不相关的了。

等到斗南接事之后，再将凤池提出来问了几堂，确非姜姓化名避罪，意欲备文禀复，一面将姓孙的取保开释。不料快班卯首王大忠私下禀道：“此人虽非总督大人访的要犯，但是他是个著名窃贼。请老爷出示招告，不可轻放出去。”因为王大忠暗中这么一捣鬼，以至孙凤池仍旧收禁在监，不能恢复自由。但是斗南为官，非同别比。他自到任以来，早已把在小虬髯处要求得来的介绍信翻翻，里头有一封是给丹阳姜伯先的。大约这人可以使小虬髯出信介绍，定是个义侠男儿，决非泛泛之辈。如今上头又要起这个镇江姜伯先来，不知道就是一个人呢，还是小虬髯介绍的姜伯先，乃是丹阳籍贯，另有其人，和上头访拿的镇江姜伯先是两个人？此事不可造次，须得自家亲身去密查一下哩。主见打定，便换了青衣小帽，连妻子王安人处都未告诉她实在，从人也未带，一个人悄悄然出了县衙，专拣僻静地方留神察听去。

头一天，没访出甚道理。第二天饭后又出去，走了大半天，两腿走得乏了，却见那巷内有一家老虎灶茶馆。他就进去泡了一碗茶，借此休息片时，顺便留心访察一下镇地社会的普通实状。斗南坐定了不满五分钟，外头忽又拥了六七个不三不四的壮年男子进来。多是头上帽子歪戴着；身上的衣服，一件一件交叉裹在身上，腰内用条大束腰一束；脚上簇新的双梁缎鞋，并不端端正正趿着，却把鞋跟硬踏倒了，拖在脚上，走起路来，所以有踢嗒之声。他们一走进门，便把沿街的两张桌子分开占了。堂倌照例泡茶上去。他们抢着会茶钞，不过都不拿现钱出来，都是口内乱嚷：“我算了。”那堂倌并不注意在钱上头，反笑嘻嘻地道：“空心老官少做做吧，这点小东道，怕不是又着在刘六老爹牌头上。”一壁说话，一壁把两桌上泡的茶都冲了一冲水，便顺转到斗南桌上来冲水。斗南就趁此把茶资会掉。不过照这情形看来，这班人定是此地的老茶客，所以这跑堂兼立老虎灶的，会有这种言行表现。

斗南正欲留心听听这班人谈些什么，忽然外边又走进一个汉子来，那气概身装威严得多了。堂内六七个闲汉都站起来招呼他，有的叫他六大哥，有的叫六叔，有的称他老头子。这汉子架子大得很，只把头似点非点的颌了一颌，便朝外大马金刀的一屁股坐下，向着一个瘦小子骂道：“混账东西！也不摸摸清人家根底，便斧头滥斫，榫头乱拍，还一口咬定是小开牌头。昨晚我去一掏根,那个末佬,原来是丹徒县署内快班头儿王大忠的底佬哩。非但大忠现在马上,并且跟我又很有交情的,这还有甚劲头可讲?偷鸡勿着蚀把米。我原晓得阿表残废之后,我们下多是饭桶,不中用的了。这一些些小事情,又弄得惹人笑哩。”说罢,长叹了几声。队中有个矮胖子道:“老七干事体,就是这上头不道地,往往乱来十八出,莫怪老头子要动三光。算算你也是十三岁披发为将,早出道的,难道混了这几年工夫,一毫没有长进?大家因为你做事冒失,故此唤你做‘捣乱阿七’。真的没有一件事情有始有终,干得漂亮的,总是一味的捣乱,不知到何年月日会把这老脾气改掉啊!”那瘦小子被他俩一阵训骂,骂得哑口无言,两颊涨得绯红,只低倒了头,把茶碗盖儿左旋右转,弄个不定。矮胖子又向那壮汉道:“阿七那件事,咱们免谈吧。杭州上城的阿才哥,昨天来拜会了老头子,好似听见他要瞧瞧老头子的宝贝。到底要给他瞧呢,还是不睬他?”壮汉道:“幸亏你提起,不然竟忘怀了。我原约他四五点钟在澡堂子内碰头哩。”一壁回过头来,又向那瘦小子道:“快到我家中,在里房靠床那个抽屉内,把那只楠木嵌玻璃的方匣子去拿来。”瘦小子没口子答应,站起身飞一般跑去了。工夫不大,已把那匣子拿来。壮汉又责备他粗鲁,外面为何不用旧报纸包包严,掮在手内出面包,卖洋卖给谁看?那矮胖子很乖巧,忙向那个跑堂要了一大张包茶叶的纸儿,将匣儿裹了。又坐了一会,那壮汉掏出一毛小洋,向桌上一丢。六七个闲汉便都簇拥着他,并由那个矮胖子拿了那纸包,一窝蜂走了。

斗南一一瞧在眼内,最最注目的便是那只木匣。好在三面嵌玻璃,望得见内藏的所谓宝贝,好似一双女人的小脚,而且像真的,不是石膏或蜡制模型。可惜不及走近去仔细看一看,弄得心头异常纳闷。如今见他们走了,正想喊那跑堂过来探问一下。恰巧又有个四五十岁的穷读书人,一手拿了把火夹,一手提了只小薄包,一路上在那里收拾有字纸,经过老虎灶门口。那跑堂倒又认识的,信口招呼道:“李先生你老趁这新年放学堂儿,惜字延年,阴功积德。走得脚酸吗?这厢有一碗好‘脱手’在此,可要喝一开水再走?”那李先生倒也老实得很,竟进店来喝脱手茶,恰好同斗南坐在一桌。斗南是有意找人兜搭,便搭讪着和李先生尊姓大名,十八句套话交谈起来,并代他会了一碗茶钞。弄得李先生大大过意不去,于是斗南动问他的话,他没有一句不回答的了,有问必对,也算享着这一碗茶资权利的酬报。

斗南慢慢地谈到适才目睹的情形上去,道:“究竟这一班是何许样人?那盒内藏的宝贝,是否是真的女足?”李先生一闻此话,更加兴高采烈,指手划脚地大谈起来。先把那个壮汉叫小辫子刘六,近年来的所作所为,细细述说了一遍。又把江东小乔那节往事,从头至尾演讲出来直说至乔家失火,厨子司务殉主为止。并又在束裤子的青布褡包之内摸出一张烂熟纸儿,授给斗南道:“请兄瞧瞧那位乔小姐的绝命书,那怕宋广平铁石心肠,瞧了这种凄声哀艳的笔墨,一定也要遍洒新亭热泪哩。”斗南见了这李先生“酸穷呆腐”四字兼全的神情,几乎忍俊不禁。不过他既然郑重其事,取出那纸儿给自己观看,左右没事何妨一读。等到展开瞧时,只见那纸上写得好一手卫夫人美女簪花格。惜乎被李先生在褡包内不时装进挖出,那折叠之处的笔迹,已多快要磨烂泯灭。斗南目光欠佳,只好拿了那纸儿,走到沿街光亮充足地方,定神细瞧,默诵那句儿道:

慧贞昔闻“红颜薄命”,窃以为未必尽然。及今以慧之身世衡之,信矣。慧贞出名门,娴庭训,虽不敢方古之贤媛,然自好之心,颇亦足以质幽独。岂知摽梅方届,强暴忽来。有巨枭刘六者,猝以非法恋爱相迫,拒之则祸及高堂,从之则云何大节?夫赵苞以杀贼忘亲,为君子讥;徐庶又以从操去刘,贻慈母戚。慧贞一女子,生死两难,情实类乎徐、赵矣!稍一谬误,动足致悔。计维强作欢颜,从容尽节。倘能保全圭璧,无忝所生,含笑九原,亦固其所。如其青蝇偶玷,黄土终埋,略迹原心,尚希观过之君子。嗟乎!藕短丝长,孽根难断;怨深福浅,香国何人!哀哀精卫之魂,口衔石阙;点点啼归之血,望绝押衙。聊志断肠,讵能瞑目。……

下边洋洋洒洒，尚有许多字迹。无奈有的被人用墨涂没，瞧不清楚；有的墨虽未涂，纸儿却又破碎不能卒读。但斗南对于此事。已是了若指掌，不必再瞧此纸。便回至原座，把这纸儿还给李先生装好，叹道："地方上出了这种枭獍，官厅难道一些不知，不派人出来访捕昭告的吗？"李先生低声道："非但此间上至城守，下至吏役，莫不与之往来；并且连江北里下河，以及往北去的高邮、邵伯，一直到清江浦一带，多有这厮的羽党。若一骚动，为害更巨。除非大起盘旋，彻底解决，然而言易行艰，谁愿首先举发？所以官厅宁养痈而不治，小民甘受害而不言。"斗南道："如此说来，这厮势力，和姜伯先可以分庭抗礼了。"李先生连连摇头道："否，不然。也幸亏还有姜伯先在此，这厮淫威少戢，不然还了得！一个是侠义英雄，一个是市井无赖。"于是李先生又把伯先一向的作为，和上次金山寺先声夺人的已往事儿，再一情一节地追述出来。直谈至夕阳西逝，暮霭沉沉，李先生的小儿子出来找寻老子回家吃夜饭了，才打断话头，拿着火夹、蒲包，同儿子回去。

斗南见天色已晚，也匆匆离开那家老虎灶，觅路回衙。不过腹内寻思道："对待那个土痞，固然已有办法。倒是对付那位姜先生，这又不是，那又不妙，叫俺怎样办理呢？"斗南心上胡思，脚下乱走。一来地生路陌，再加在亮光接火光的时候，三来他目力又不甚佳妙的，等到匆匆走出那巷，恰巧一个鹅头颈弯之处，迎面走来一人，也是低头急走，彼此不提防，互撞了一个满怀。人虽都没有倾跌，但是将那人手内一个洋瓶撞跌了下地，变成五六片。那人岂肯善休，将斗南一把揪住，厉声喝道："你走路不带眼睛的吗？俺的煤油瓶被你撞碎，非赔不可！"斗南抬头把那人一瞧，那人也仔细将斗南一看，不禁失惊释手道："你莫非是我的……"正是：

毒蟒神龙分别治，贤东忠仆喜重逢。

要知后事如何，且待下回再说。

第二十四回　报旧恩海峡招小隐
全友谊琴署降高轩

却说焦山浴日山庄的姜伯先，自从上年冬天听了那位无名侠客的椎心谲谏，后又送雪狮儿动身之后，自知外间树敌太多，在暗中耽耽虎视。乘隙攻讦之徒，不仅贪官污吏、土豪劣绅等一切众生，就是江湖上朋友，也大部分多了心眼去哩。不然，那匹龙马怎么会有骷髅白骨教、锡兰教等教中人，前来下手显能斗劲，将它盗去？古人说得好："木秀于林，风必摧之。"谚语所谓"爬得高，跌得重"。自己现成深林秀木，在长江下游各种社会上的资望，也远非昔比，莫怪有这种扎手闲烦恼找上头来。万一布置失宜，出一点小岔子，一时拉不回那虚劲儿来，起码要丧去三四百年道行。宜未雨而绸缪，毋临渴而掘井。就情势而论，好似已经迟了一步哩。若得马上认真干去，还是亡羊补牢，见兔顾犬的局面；否则真的要落到别人后头了。所以和仲文俩计议了一日一黄昏，便差赵至刚速往北五省去，托某人某人分别进行。并须先至北京去拜会太极拳好手杨鲁傅的大儿子杨健侯，烦他去走那庆亲王奕劻及孙家鼐、王文韶等三条门路。一壁又打电报到四川成都去，关照一个公口总首领，又是神、棒两门的大当家，现在成都办理地方白话报。此人姓傅，非但文武全材，而且对于全川官、绅、民、匪四色人物方面，都有相当情感。其时定兴的鹿傅霖在四川做制台，跟张之洞是郎舅至亲。好在那姓傅的在鹿制台面前，很可说几句话，托他转弯设法，叫鹿制台顺便给个信与张之洞，私下解松那扣儿一步。一方面又着于大林上南京，请江宁朋友就近设法。这都是去年赶年底下遣发出去，事在燃眉，不容复缓的了。

献岁以来，伯先深居简出闭户读书。无论上中下三等宾客，若是到门拜访，只推说庄主往北京去勾当公事，请留名帖，容归后谢步，目前概暂挡驾。故而连沈斗南上任不久，专恭其诚来拜谒伯先，首尾三次，并且提及有中牟山公道大王小虬髯的介绍，也都遭了挡驾的。

流光迅速，转眼之间，元宵已过，已是正月二十日了。那天伯先清晨起身梳洗了，正愁没事，想命剑云童子，去请任先生到寿石山房来，下棋永昼。忽然寒云童子进来禀报道："有一班商人模样的，都是高资、下蜀等处土著。自称新从东海洋内飘洋归来，有一个东、渤、黄三海副首领，西连、田横、南城隍、北城隍、葫芦等五岛岛主，同他们在洋面上遇到，询知他们家乡在京口，那岛主特地端正一副厚礼，托他们带来送给庄主。据那岛主说，和庄主的交情，真和古时陈雷、左杜、管鲍、羊左等一般投契哩。他们在总管事处挂号，说明这话。因为于总管不在家，我们又没有海上人物的礼尚往来，所以副管事不敢擅主，叫小的进来请示庄主，到底怎样办理。"伯先听了沉吟半晌，就叫寒云出去知照副管事丁大鹏，命他将来人照例看待，一壁问明那个岛主名姓、籍贯，然后先把礼单要过来。拿给他瞧了之后，再行定夺。寒云应声出去。伯先仍着剑云去邀仲文。

仲文前脚才到，那丁大鹏后脚也跨进来报告道："来人已都在东轩坐地，端正了上好酒饭看待。那个岛主名叫闻为鲁，北边人，年纪并不大，而且还有一件紧要东西，叫他们带至庄上务必要面交庄主，断断不可由第三者转手的哩。"说时，将礼单呈上来。伯先一壁伸手接他礼单，一壁点头会意。丁大鹏见公事告卸，没有后命，自顾自退出去。伯先便将来人送礼大略情由，先转述给仲文听了。然后展开礼单，一同瞧看。只见单上书着：

谨具：

鸾毛羽扇成对；交趾秋梨硒件；翡翠如意全座；安南绯柿硒双；珍珠香盒全具；琼崖碧龟双头；俄窑参壶两把；核桃花篮一架。

奉申。

伯先不禁失笑道："哈哈，俺以为是什么稀世奇珍，特从海外寄来。谁知这些含着珠粉气息的东西，凭你如何贵重，俺总是不喜欢的。"仲文在旁仔细忖量了一番，又掐着指儿算了一算，不禁失惊道："伯先，休辜负了人家美意。这八色礼物，表面上看去，似有些不伦不类，殊不知内中却暗藏着：'乱离如是，盖归乎来'这八个字的哑谜哩。"伯先经仲文一提醒，忙顿口静思一遍，也动容改口道："咦！这位岛主怎么为俺如此的推解关怀呢？不要就是去冬咱们代苏老头儿祖孙饯行那天蓦然登门造访的那个不愿留名的侠客吧？"仲文道："不见得吧。"伯先道："俺的旧交，你也全知道，并无闻为鲁其人。"仲文道："或者不是真名实姓，好比张禄一般，也许口音叫得走将了些。我料想上去，怕是他吧，听起来声音有些像的。"伯先道："他单身离开此处，再者赤手空拳，怎么会做起海上霸王来呢？"仲文道："士别三日，便当刮目相看。造化生才，古今来出水火而登衽席，泥途自拔，展翮九霄的成功人，多得很哩。"伯先道："好在还有一件要物，他们说要面交给俺。本来懒得去酬酢，如今和你同去谈谈，便可追索出这岛主的庐山真面目来了。"

当下仲文也欣然跟伯先同至东轩。见来宾一共五位，都是面目黧黑，风尘扑鬓，望而知为久度海洋生活，受惯劳苦的商人。当下彼此行礼通名，添上杯箸。伯、仲二人，便入席劝酒。待等酒过三巡，伯先问道："那岛主怎么托公等送礼给不佞起来？"内中有一个年纪最大，口齿最利，代表其余四人答复道："小可叫杨全福。我等自小就在长江外洋船上干事。近年来，合股造了一艘海舶，专走东、黄、渤三处洋面，贩运货物。这位闻岛主的声名，咱们也晓得了好久哩。他手下战将如云，谋臣林立。内中有田北湖田先生，就是旧名鸭蛋岛，现称西连岛的理事长，更加了不得，上知天文，下知地理。闻岛主的事业，大半是田先生代他干就的。闻岛主的用人，专取质直浑厚之人，不喜用那新进浮薄好事之徒。他尝憎嫌年轻好动之人，往往妄陈利弊，章疏日上，他们不问事情可行不可行，话总不愿少说。于是兴行一事，即布一令。朝廷下之大吏，大吏下之监司，监司下之守令，守令委之胥从。文告纷然，追呼四出。奉行前令不暇暖席，后令又纷至沓来。实在多是纸上空谈，于民生国计上，究否有无补益，完全不会研究到这一层。并且还有旦暮间所颁发的两令，前后自相矛盾的。于是小百姓已不胜奔波，吵得乡僻地方，也多鸡犬不宁。所以他手下掌大权的，不论文武，都是深谋远虑，老成持重之辈。不过年纪老大了，又多沾染极深的暮气，不若少年人的坐言起行。故而青年有才之士，他用是也用得不少，不过不安置在最高及最低阶级上，大抵安插在中段次要阶级内。由他们去监促在上在下的人，使老的不能颓唐畏懒，少的不能操切胡干。海上各岛的岛民，真正沾恩匪细呢。以前一个正首领姓姚，他是来无影，去无踪，已修成半仙之道的剑仙侠客。御下虽也是个好人，不过政治手腕，不及现在这闻副首领。自从闻副首领一到了海上，姚正首领便隐入崂山什么事都不管。闻副首领接手之际，仅只田横岛一块地方。如今逐年扩充势力，所有黄、渤两洋内的大小岛屿，全树了他的五角星岛旗了。现在又要去经营东海洋内的各岛。据称大戢、小戢、花鸟、钱陈等地，已归掌握，将要搭着舟山群岛了。咱们和他是在刘公岛附近洋面上碰头。他听我们说是转回故乡镇江的，所以托我们带奉八色礼物，请姜爷哂纳，并云不在乎东西值钱不值钱，此中的意思，要请姜爷注意。另外还有一柄雨伞，说是姜爷原物，叫我们务必当面交还。”说罢便由另外一人将伞奉上。伯、仲俩听了，不禁都站起身来。举起面前的杯中美酒，东向遥空洒祝道：“俺俩愧不能为李药师、刘文静二人，伟如倒已先成了张仲坚第二，非但称雄扶余一隅，并且握海上霸权，为国藩屏。从今以后，三岛野心不足虑也。”当日这席酒饭，吃得宾主尽欢而散。这八色厚礼既是伟如馈送，自然照单收下。

不过另外送一百块钱程仪，给那五位青鸟使者。他们推至数四才收受，欢天喜地，再三致谢别去。

他们走后，伯先又和仲义商酌了一整夜。既然伟如海上已成了个局面在那里，并且他亦有意招致他们，现在此地正在进退维谷之际，祖国既无干净土，一同到海面上去干番惊天动地大事业，也未为不可。所以决定仲文先单独放洋一次，瞧瞧情形，可以去的，然后把浴日山庄大本营，全部移出口去浮家泛宅。仲文自然不敢怠慢，即于翌晨就道。不过临行之前，仲文觉得山庄近来气象，大有崦嵫日薄景状，不似自己初来时候的朝暾乍上情形。故而瞒着伯先，私下卜了一卦，却卜了个否卦，分明是君子道消，小人道长，天地闭塞，贤人隐逝之兆。赵、于二人一南一北出去了，尚无信息。自己再一放洋，倘若出起事情来，伯先变做孤掌难鸣。没奈何，只得自己吃苦些，一个人想了一条救急妙策：写下八份锦囊，暗中交给伯先身旁的八云童子，叫他们遇着燃眉横祸，不可开交时候，打开观看。这是一种备而不用的东西，不到急迫之际，不准轻擅拆视。好在八云对于仲文，是真诚佩服，唯命是从，再加资格也不含糊，自当遵办的。仲文安排了这事之后，便收拾动身。犹如战国年间齐邦的冯谖，去海外代田文营第三个兔窟一般。书中暂且搁过，后文再提。

单表焦山方面，正月二十一日上午，任仲文走了之后，等到那天下午，果真出了一件岔子来了。伯先因为仲文又出了门，一人寂寞，中膳过后，睡了一个午觉。一觉醒来，已近下午四点钟光景，天快要晚了。伯先正欲喊人进来查问说话，忽然冷云童子把那个句容带回荐往张家服役的河南小厮倪大扣子，领进寿石山房。一见伯先，大扣子忙双膝跪下，挥泪哀告道："张爷被县署内派人来捕捉了去，说是事由姜爷而起。务请姜爷立刻进城，到县衙门内去找县太爷，搭救张爷则个。"他没头没脑，带哭带说地诉上一阵。伯先真有些莫名其妙。忙由榻上坐起身来，问道："你夹七杂八，究竟说些什么呀？你家主人怎么县官会来逮捕他？如何里头又牵扯着俺起来呢？你定定神，站起来好好的重说一遍。"

大扣子遵命站起身躯，将衣袖口抹了一抹两眼眶的泪痕，然后重复诉说道：“只因新任丹徒知县沈大老爷，他是河南汤阴县的著名读书人，生平轻财仗义，疾恶如仇，以朋友为性命的。不过他天生着一副毛暴脾气，对了他的劲，赤心忠良，代人谋干；如其违逆了他的意思，他说到做到，可以向火内跳的。此次上了任，据说姜爷有一件公事，由南京制台密交他速办的。不过他久仰姜爷的大名，有心要交结一个朋友，所以他接印之后，非但不把那制台公事马上执行，并且还一再到府拜谒。不料来得不巧，和姜爷至今参商，不曾相见。不知那一个快嘴，私去告诉了他说，江北张某人，现寓本城某处，他跟姓姜的是一人之交。只要先和张某人订交之后，就托他于中介绍，事无不成不就之理。他听信了此话，便也来拜会张爷，提起此情，务恳居中撮合。张爷的脾气，姜爷所深知。他明知沈大老爷三上焦山，未能一面，此中定有蹊跷。自己局外闲人，怎肯来卷入漩涡，再加天性好静而不好动的，自然婉言逊拒。无奈沈大老爷不怕烦琐，竟每日要来聒噪三四回，噪得张爷麻烦了，昨儿就命小的挡驾，推说回原籍祭祠堂去了。不料今日清晨，沈大老爷带了三班衙役，亲自率领至张爷寓处，竖起两道浓眉，摆出一副办公事脸子。一口咬定张爷在寓，没回江北，分明存心躲避，到底把他当做什么人看待？说张爷如此不懂交情，莫怪他也要无礼。他说罢，竟指挥差役，要动手将老太太骗入县衙软禁，声称叫张爷代去邀了姜某人到案掉换。张老太太是年迈女流，急得眼泪双抛。张爷本来躲在少太太大床上，他天性纯孝，见县官野蛮，累及老娘，便挺身而出。不料沈老大爷一见张爷出头，便拍手大笑，笑张爷中了他的谋划。于是又硬逼着张爷，要同至此间来拜访姜爷。张爷说：‘伯先兄确不在家，你今天一定要人归案，除非姜冠张戴，我跟你回衙去，代表伯先兄听候审讯’。两下说话僵，结果沈知县竟将张爷拉回衙内去了。可怜老太太、少太太等急得茶饭不思，一味啼哭。小的赶往县署中探听动静，又没得着真实消息。有人说沈大令已把张爷押往南京去了；也有的说软禁在内衙，只要招呼姜爷到来，便可平安无事。故此小的斗胆渡江赶来，请姜爷速急设法搭救张爷。衙门内人都说，沈知县是诚心跟姜某人结交个朋友，正身来了，一帖平和散，他们总该晓得本官实在情性，不比外人说话，大半猜测造谣。小的想，姜爷就上一趟丹徒县衙门内去，也不妨的。只要救了张爷出来，他那里有甚风吹草动，老实说，姜爷有飞檐走壁的功夫，像笪家那种铜墙铁壁，网天罗地的阎王庄，活地狱，尚能坦坦然进出，何况一座破衙门。姜爷一去，保全了张爷，真是仁义待人，同三国年间圣贤爷一般的值价哩。”

伯先本已心动，及至听到后边几句，暗想：“俺若不去，万一累及襄文有甚差迟长短，事由俺始，和晋代王导、周顗交涉一般，徒留“虽非我杀伯仁，伯仁由我而死”两句空话，俺姜伯先往后去还好做人吗？”当下一人没有两人主意多，伯先左右没人商酌，尽大扣子一味哀求。伯先被一个“义”字蒙住了心，连在笪家初会大扣子，他口内述说的说话，一时也不曾想到。这也是鬼使神差，合当有事。伯先仅自己以心问心，忖量了一下。毕竟艺高人胆大，再者素来是个注重情义、侠肠古道的大丈夫，所以结果忙忙地换了身衣服，带了点应用东西，关照了一声八云童子之后，便命大扣子引导出庄，下山上船，于暮霭沉暝中渡江，连夜赶进镇江城门，单身上丹徒县衙门，想搭救张襄文去了。

谁知伯先垂暮出庄，相距不到一顿饭工夫，于大林在南京方面，先探着在本庄私下遁走的那个刁童衣云，已被前任丹徒县包后拯收做长随。冤家碰着对头，暗中正在罗织罪案，对付伯先。此番发作，非同小可，他们也明白斩草不除根，逢春又要发的道理。极迟在正月底二月初，要有青皂红白颜色显出来了。不料大林是正月十六晚上得闻这消息偏偏二十晚上，南京藩库内失去一大批地丁杂税芦课银两的存库库银。这窃贼胆门子真不小，库银到手，还敢在墙上留下名氏。而且这贼名叫姜佰仙，同伯先名氏蒙混。大概这贼和伯先也有过不去，所以有心来移祸江东。大林今晨闻知此信，便无暇再干别事，急急忙忙地赶回庄来，叫伯先速急防避，所谓大丈夫能屈能伸，识时务者为俊杰。谁知大林迟归一步，万不料伯先已为着成全“义”字起见，反入了沈斗南的彀中，着了倪大扣子的道儿，径自单身入县衙，自行投网去的了。要知以后如何，请阅下文。

第二十五回　订新知惺惺相惜
修旧怨咄咄逼人

却说姜伯先一时为义愤所激，信了大扣子一面之词，漏夜进城，到县衙门内去搭救张襄文出来。当他走到衙门口，已经万家灯火，俗名叫做吃夜饭辰光。伯先是懂得公事进出，要先去找了值日皂班，转报进去。不料反是大扣子说："咱们径去找那个宅门二爷，省得多空费时候了。"伯先一听此话，心上有些疑惑起来了，身子姑且随他进去。于是一同进了头门，仪门，由甬道上走到大堂。大扣子在前引路，领伯先由暖阁下首转进去。

再说快班卯首王大忠，被本官传到签押房，当面下了根朱签，命他密捕刘六。大忠接了这件公事，有些掂斤两的。而且沈本官非常精明。当大忠的面，说破他和刘六有交情。"不过公事公办。本县已早探访明白，刘六这厮，全镇江地方当公为活的，只有你一人，他尚有三分忌惮，余者多不是他对手。本县为某地方上就众安宁起见，所以今天要喊你到里头来，命你秘密前去捕捉。本县客边人，尚代你们镇江民众谋幸福；那么你这个本地人，更应该加紧一点，一定要为公忘私，去干这件除暴安良的大阴功公事。如果得钱买放，或者漏泄风声，致那厮因而逃逸了！你得留心两条狗腿。如今给你五天限期，快去好好地相机办理吧"。王大忠被本官说话套住，不能推托，打从里头回出来，正心上不住转念，愁眉苦脸地走着，也从暖阁后面下首抄出来，跟伯先俩碰了头。他一见伯先，忽而灵机一动，忙垂手招呼。殊不知伯先此刻心上，也是一百二十四分的狐疑着。大凡大堂暖阁后头，那怕白天也黑暗沉沉，何况晚上。上头虽悬着一盏昼夜长明不熄灯，却不比现在的电灯，很开阔的一处黑暗地方，仗一盏灯的光线悬照着，当然不十分清晰。再加大扣子在前，又走得很快。伯先胸有成竹，紧跟住了他，一步不放松的了。故而大忠郑重其事招呼伯先，伯先却听都没有听见，忙忙地往内去了。大忠反自讨了一个冷面，不免在心上记下，也就自顾自出去，筹划拿捉刘六的方法。

单表伯先和大扣子俩，走至二堂前面的石库门跟前，靠左有间厢房，两扇蝴蝶门，沿上首门上钉着一块黑漆白字的小木牌，乃是“传达处”三个字。这间屋内，原有四五个下大夫聚在那里，一见他俩走近门口，便都哄出来瞧看是谁。等待到望见大扣子，大家异口同声道：“倪大哥辛苦啦。公事干得怎样了？”大扣子并不回答他们，只请伯先权在此间站一站，他飞奔往内去了。伯先一听那班下人招呼大扣子，心上方始了然，自己埋怨道：“俺终日打雁，怎么还会被雁啄了眼去呢？分明中了这倪小子的调虎离山之计了。但是他本在襄文家内服役的，如何现在会替沈大令做起爪牙来哩？襄文为人古道可风，不是贪功慕禄、倒戈卖友之辈，怎会放这小子来做俗吏的羽翼呢？想要抓住他问个究竟，但他已如飞地往内跑去了。仔细推详，大约这个知县并不是把襄文抓来，乃是和襄文疏通就绪了，特命大扣子来哄俺入衙。想来襄文本人，也在里头候着俺到来哩。方才倪小子口内也说过，这知县性爱结交，对俺毫无恶意。如今瞧这班左右的神情，果然没有办公面孔，也不来看管。姑候一刻工夫，和姓沈的见面之后，再定行止。”故此伯先反自己劝譬了自己一阵，静候下文。

距离大扣子进去了未满十分钟，遥见里头火炬通明，照着那沈知县亲自出来，满脸春风，十分谦恭地将伯先迎接到上房落座。伯先走进上房一瞧，乃是在签押房的对面屋内；坐西朝东，一并肩三开间的地板房。正中挂了一幅改七芗的仕女立轴。旁悬一副王梦楼的对联，那句儿是：“坐纳冠裳，花径常迎宾益友；言多滋味，芸窗闲诵理条书”。此时伯先也无心去分辨这字画真赝，以及次间内的陈设，单又向正间正中一瞧，乃是一座炕床，上设黄杨炕几，几上支着两个菜花铜帽架。炕前放着一对白铜痰盂。上面一个挂落。两边两扇纱窗。纱窗面前有两盆盆景，用湘妃竹架子支架着。离开纱窗二三步路光景，摆着一只红木小八仙桌。桌上杯箸井然，盘餐罗列，一望而知是一席款待贵客的盛筵，所以用着银杯牙箸，十分考究。

伯先正在观看，只听斗南先开口道：“小弟不善无谓虚恭敬，敢问伯先兄，还是先升炕，喝上一杯粗茶，然后用酒呢？还是径先坐席开樽，把臂快谈？”伯先一见斗南面貌，好似在何处已曾会过的了，觉得异常面善，无奈一时想不起来。现又见他如此洒脱，如此亲热，一毫没有风尘俗吏的恶习，倒很觉对胃。又听他所言，方知此席即为己而设。于是亦老老实实道：“既蒙公祖抬爱，治弟自当遵命讨扰，迟早要吃喝的，鄙意毋须别坐，何妨径行入席。不过敝友张襄文先生，据他人说起，今晨也由公祖亲邀在署。如今人在何所？快请出来同饮一杯。治弟就为他夤夜冒昧晋谒，倘然公祖不肯明白指示敝友行踪，非但涓滴不能入口，有负抬举盛意，就是刀钺在前，鼎镬在后，亦所不颐。治弟是卤莽武夫，不学无术，坐言起行，最喜爽直。如果公祖对于治弟有所甘心，不妨此时面论是非曲直，或者治弟肯俯首从命。若因治弟而牵涉及第三友人，要知道治弟是以朋友为性命的，不要闹出伏尸一人，流血五步的乱子出来。”斗南不待伯先说完，忍不住哈哈大笑道：“久仰伯先兄智并张、韩，才同李、杜，江左名流之中，也是数一数二的。不料今番也变做了郑国的公孙侨，使小弟成为蓄鱼烹饪的校人哩。”斗南一壁如此说法，一壁回过头去，向屋外喊道：“大扣子，还不进来向姜爷磕头赔罪吗？”大扣子果然应声而入，向伯先双膝点地，连称该死，求爷恕罪。这一来，把个绝顶聪明的姜伯先，给他们主仆俩如此的怪形怪状怪举动，竟愣住了，老是呆站在席畔，口内连连诧异道：“这是怎么一回事呢？”

原来廿三回的结尾，不是沈斗南私行回衙，在二岔路口鹅头颈弯上，撞掉过一个人的煤油瓶的吗？此人就是倪大扣子。因为彼此开出口来，都是河南汤阴口音，两下心中一动，仔细一辨认，斗南先认出这是酒店旧伙，大扣子也瞧出是旧东家。邂逅相逢，出于意外，真个他乡遇故主，比遇故知还胜一倍，何等快活。当时因在街坊上不暇细谈，斗南只吩咐大扣子，明日到县衙相会。第二天，大扣子到衙门内见了斗南夫妇，互将别后情由，诉说一番。依着大扣子心思，马上回绝了襄文处的事情，入衙佐理簿书。但斗南听大扣子说此事是伯先所荐，再者又有救命之恩，故反不准他到衙门里来当差。继而询知襄文回江北拜年祭祠堂去了，便吩咐他在张太夫人跟前请了十天假，借脚上阶沿，着大扣子到浴日山庄，造作一派谎言，竟把伯先诳进衙门。其实襄文本人尚在江北，未知何日返镇。因为过了新年，伯先连庄门都没出过；加以同襄文不是寻常泛泛之交，大扣子又是由自己荐往张家服役之人；仲文、至刚等又都不在左右，没人商量，有此种种关系，所以会着这道儿的。

当下大扣子叩首服罪。斗南在旁带笑说明原委。伯先也忍不住笑出来道："足见公祖是两榜出身，究和捐班出身的脓包有天渊之隔。略略施展经济，小显才能，已把治弟玩弄于股掌之上了。"一面向大扣子道："这个不关你的事，起来吧。"于是大扣子又磕了一个头，谢过伯先，然后站起来，就在旁伺侯，执壶值席。斗南便再邀伯先正式入席，开怀畅饮。伯先道："公祖和大扣子有何渊源？此次公祖到镇江来，是否知道他在张家执役呢？"斗南道："不。"于是把同大扣子关系，及此次路上重逢的说话，叙述出来。伯先方想起初会大扣子时，本来他说过，到江南来是找旧东谋事，并也说明旧东姓沈，怎么适才俺竟会全想不起来的呢？

伯先腹内寻思，斗南此时却非常高兴，便将那日遇见大扣子以前，在老虎灶上的一节经过，也连带说了出来。伯先道："同公祖说话的那个穷酸姓李，乃是被刘六斫去两足的女子乔慧贞之父的知己朋友。乔公铁扉道人，一生就交着这一位好友。他虽也是个岁贡生，但除了'且夫''尝谓'

的几篇滥墨卷，一部《小题正鹄》之外，别种经史子集，他们先生腹内是没有一点的。不过他生平崇拜宋儒，算是朱程理学旗帜下的唯一信徒。对于近人，最最崇仰曾国藩。每每在大庭广众或者茶坊酒肆之内，所见有人谈论别人家闺阃隐事，以前竟不问那班人相熟不相熟，要上去严词斥责；后来也经着了硬汉和他办过正式交涉之后，方稍稍改行，一闻人们谈及妇女情事，他口内便喃喃道着'无耻之耻，可谓无耻矣'，两句四书，脚下要紧开步走远，而且两手必定掩着自己双耳，没命而跑，形同疯子，旁人讪笑，亦所不顾。故而有个'掩耳道人'的外号。本来家境很是穷迫，三四年前，仗着他一个大儿子，是吃六陈饭的，目光看得准，囤贩了几回大米，现在度日可以敷衍过去了。据他自己说，贩米的那个年头上，耳边厢常所得有人念着'邦有道谷，邦无道谷'八个字。故此他福至心灵，想着贩米。但是一时又无处去筹措本钱，于是日夜愁思，一筹莫展。有一天，两耳忽然奇痒难当，自己掏掏，却在耳内掏出两块碎银子来。据他自己说起来，足足两成色都有的哩。于是就把此银作为资本。时逢新谷登场，买进了一票。到来年青黄不接时候粜出，果然大获其利。其实这都是混帐话，哄骗一班迷信男妇而已。他的用意，无非是表明人家笑他掩耳却步，他却在这掩耳朵上着实沾光。乔父铁扉道人，虽是出身寓家，然也是这一流人物，故而两人能成知交。据云乔慧贞生前，曾经有信去求教过这位父执，希望他做黄衫客、昆仑奴，仗义出头，跟刘六说话。不料李老先生近年家计稍裕，竟也保起身价来，慧贞去函求助于他，他一毫没有回响。直等乔家一门消泯之后，他才在外野鹤叫，然也徒托空言，于事无补。刻薄人说起来，这是掩耳道人的新手段，待这风吹入刘六耳内，好去买买他的帐。这话俺不敢武断他确然如是存心，不过照他那种行为，却有使人可议之处。不然，同公祖萍水相逢，何必拿出那张纸儿来给公祖过目呢？那天幸而时候不早，就分手散伙，不然，他定要提及自己那'邦有道谷'的耳朵故事了。"

斗南道："他对于伯先倒也很佩服的。"伯先道："这倒谢他盛意。但是俺不喜跟这种人相交，反喜和绿林中人往来呢。前次公祖降舍，屡屡失迎，今日当面，该一并谢过。好似公祖说及，有小虬髯的介绍信。这小虬髯，是不是山西潞城县的韦度山呢？”斗南道：“然也。”当下斗南便去将公道大王介绍信拿出来，面递伯先。伯先读了此信，方知斗南也是个宦海奇人，心上对于他的观念，和入席时有些不同了。

于是两人一壁饮酒，一壁细细谈论。先从游戏谈起，什么古时的双陆、马吊，现行的麻雀、铜旗，以及琴、棋、书、画，医卜星相，种种玩意。斗南虽堪对付，但总比伯先低一着。继又谈及武功，和江湖上的秘密党会。这是伯先专长，斗南有些应付不下，忙改谈到经史子集，坟典索丘上去，觉得伯先还是在自己之上。最后斗南掮出看家本领，和伯先谈起文字学问来，一口气说出了“敦”字的九种读音，满以为这一下可以难住伯先了。谁知伯先微微一笑，从容不迫，引经据典，不但举出“敦”字有十二种读音，而且进一步说道：“余如‘句’‘屈’‘空’三字，各有四种读音；‘差’‘贲’二字，各有七种读音；最多的乃是个‘苴’字，竟有十四种读音。字义最多的，乃是个‘离’字，共有十五义。这些多被古人杂记上搜罗过的了。我辈迟生了几时，活在古人之后，徒费心思。以前治弟也曾研究过这些，目下听了一个姓任的朋友谏劝，非但自己不愿去非，并劝别人也犯不着去步古人的脚后跟哩。”伯先滔滔滚滚，口若悬河，像开了话匣一般，谈锋犀利，旁若无人。使得那个久已钦慕的沈斗南，佩服到五体投地。

直至上大菜时候，手下前来密禀斗南道：“王大忠有要公面复。”斗南便借解手当儿，出去了半晌。再回进来，二次入席。又谈起古今来的政治问题，于是过渡到法律上头。伯先乘机动问道：“治弟究犯何罪？风闻公祖已接制军密令，要逮捕治弟。如能宣布，请道一二。”斗南道：“你我可称一见如故，彼此肝胆相照，情深交浅，岂还有不可道之事。因为年前张之洞接篆之后，便接到外省移文。有的是已经破获的盗伙，供出为首的大当家，名叫张百先，江南人。有的窃贼在失主墙上留名，写明做案者是京口姜伯鲜。类于此者，竟有二三十件案子。该管官厅，多申详上宪，移文到江苏来饬查。最后浙江黄岩一件盗案，索性有张盗魁照片，被该处做公觅得，粘附来查。制军张之洞又是好动不好静的，将此事很为注意。到了包后拯那起怪案一出，据小弟所知，乃是同兄交好的友人，酒后无意间露了一两句尴尬说话，被包党侦知。不久，制军署内迭连接到许多匿名公禀，都是指名控告吾兄暗通革党，私藏军火，共有十三四条条款，皆足致兄性命者。不过先传原告，却一个不曾传到。张之洞一面分派心腹丁弁，带了海捕公文，并将黄岩粘附来的照片翻印了许多，命他们随带在身，假托卖解施药，分头出外侦缉。恰巧小弟蒙端方伯提拔，挂了接手后拯后任的牌。那时小弟先往苏州洞庭山查案，及至太湖公毕回到南京，制军便给了小弟一道密札，着小弟到任之后，就得查明吾兄行迹，倘有不轨嫌疑，即行治捕。但是小弟未至贵邑之前，已知吾兄大名，诚心要与兄订交。故此专待与兄一面之后，小弟便当详复制军，已经将公文都端正好哩。”说至此，就喊大扣子，往签押房内，将那公文拿来，给伯先观看。公文上头，大致说姜伯先是个奉公守法的安分良民，从不为非作歹，向来寡言慎交，非但断无暗通匪类，谋为不轨之事，并且才堪大用，乞从节取，定有作为。如有蹉跌，卑职愿以全家丁口担保云云。

伯先阅毕，反而眉峰略皱，默默无言。本来那种摇尾乞怜的恶态，感激涕零、粉身图报等口头禅，岂是伯先这种人格所愿做出来的。史迁所谓“士为知己者死”，如今对于沈斗南，亦有知己之感。彼此相交以心，因此反而无话可说。还是斗南喊大扣子，将公文拿去放妥。一壁又向伯先道：“本来今晚席散，就得送兄回庄。现因快班卯首王大忠进来告密，所以小弟想屈留吾兄在敝署盘桓三日。盖欲借重大名，办理一件棘手要公。三天之后，再行恭送回庄。未识吾兄亦肯俯允否？”伯先是个慷慨男儿，蒙人家素不相识的如此优待自己，如今他要求勾留三天，自然不容回绝，一口应允。当晚席散，天气已近三鼓。斗南早预备下很精洁的被褥，非常幽静的客房，送伯先前去安歇。

第二天一清早，又打发大扣子往浴日山庄传个口信，说庄主要后天回来，现在安居在衙，叫家中人放心。偏偏于大林正在城内走门路，打听伯先消息，没同大扣子碰头。伯先这一天又起身得很迟，等到一起身，斗南便来奉陪，招待得十分殷勤。回头又端正盛筵，开怀对酌。饮至酒酣耳热，彼此又击剑吟诗，互相酬唱，兴致勃勃，两人心下都有相见恨晚之感。

直至第三天下午，伯先听斗南说起，那件棘手公事可望办妥，用不着自己出手的了，自然立即兴辞。不料斗南苦苦挽留，务必要满了三天之约，方肯放他出署。"既老何憎一岁，两晚屈留下来了，何在乎这一宵。平原当日有十日之饮，我辈实在只欢饮得三夜二天。倘此约再不能偿，不但被古人专美于前，直要被今世俗人窃笑的了"。伯先无奈，又只得住下。这天的大扣子，因为假期已满，斗南命他仍圆张家去销假当差。这天的酒席，格外丰盛，内中还加上几道王安人亲自烹调的精致佳肴。饮至半酣，斗南特令女佣们伺候夫人出来，当筵叩见姜家伯父。总之斗南对于伯先的举动，竟和通家老友一般看待。反使得伯先受宠若惊，局促不安。岂知将近散席当儿，宅门上忽然送进一道南京制台衙门来的八百里加急飞递紧要公文。原来镇江府彦秀接着了这种烧眉毛公事，那敢怠慢，立即端正剑子，饬首县赶快办理。当下斗南接过那堂翁剑饬，拆开来一瞧，不禁四肢冰冷，口定目呆，好似瘫痪在座位上的了。正是：

知己当筵欢未尽，孽臣诡算祸移来。

究竟这是什么公事，能使斗南发呆，要知详细，请阅下回。

第二十六回　仗义全交情甘堕法网　贪功卖友谋定捉流氓

本来喜新厌故，人之恒情。无论何种事物，何等人物，总归带着一个新字，更加见得讨喜，格外觉得亲热些。滑稽家说起来，连亲眷都是新的见希罕些。所以《大学》注脚，早有“亲，当作新”的说法。亲戚尚且尚新，那五伦末尾的朋友，愈加不消说是新交要比老友来得密切点了。像丹徒知县沈斗南，新交着的这个朋友，并非泛泛之辈，乃是自己夙素饮佩，名下无虚的名人姜伯先。一时如愿以偿，欢叙一室，把臂快谈，觉得他的学问文章，经济阅历，处处全比自己高出一筹，所谈出来的说话，大半是闻所未闻的。并又生性伉爽磊落，诚直朴真，一些机械心没有。真正合着孔丘所说的：“益者三友：友直，友谅，友多闻。”这种朋友交着了，于自己后半生，不知要得着几许益处。莫怪得意得忘了形，一杯一杯的酒喝下去，竟是毫无一点酒意。又互相不住的指天划地，慨古吊今。谁知正在耳后生风，鼻端出火，气吞湖海，豪压河山之际，无端来了一纸本府剑子，说甚公事紧急，意要漏夜就去办理。斗南没奈何，拆开那封公文，抽出来瞧时，原来是南京制台衙门的密札，严令沈斗南立即逮捕姜伯先。其罪名有两大款：其一是姜伯先化名姜佰仙，率同党七八十名，盗窃了江苏布政司库银三万五千二百八十两，并在墙上大书“姜佰仙”之名；其二是根据原丹徒县知县包后拯揭发，说姜佰仙就是姜伯先的化名，一向“不守本分，藐法欺良，营私结党，开场聚赌，无恶不作；并有暗通革党，私藏军火，又与海陆盗匪常通声气，坐地分赃，谋为不轨等种种不法行为。罪大恶极，擢发难数，劣迹昭著，无可掩避”云云。末限沈斗南三天之内，务必将姜伯先捉拿归案；逾期不获，沈斗南就要被革职治罪。斗南瞧了这纸公文，莫怪要六神无主，呆坐在椅上。这个被南京方面指为要犯，着他雷厉风行，一刻等不得两时辰，要捉拿到案的姜伯先，现成的就坐在自己对面座上。而愿把全家丁口担保姜伯先决无不法行为的复文，又在昨天已经申请出去。不料今天就接着发生此事。这使得沈斗南于公于私方面，皆成顶石臼串戏，费力不讨好的局面。这该怎么办呢？在这当儿，手下又来禀报道："快班卯首王大忠，已将地棍刘六正身拿获到案，请老爷出去过堂发判。"斗南此刻把心一横，顺手将那封公文在台上一搁，向伯先打了个招呼，姑且出去发判了刘六再说。

不过刘六这厮虽非伯先可比，然也不是轻易俯首就缚之辈，王大忠如何会得在初限内，便能捕获住的呢？原来前日王大忠奉了本官密命，退出去时，跟伯先打了个照面。回头又进来央求本官，将伯先权留在署，万一他自己抓不到刘六，还要烦劳伯先出手。因为合镇江城，为刘六所心上害怕，见了面如同耗子见了猫儿一般，一强不敢强的，只有伯先一人。斗南听他言之有理，故而允许他的要求。当晚王大忠回家去思索了一夜。第二天清早，又去同双目不明的一溜烟计议了一早晨，才敢照着预定方针，依次进行。终究当衙门的人多口众，只消一个风传出去，三三两两议论纷纷。顷刻之间，镇江城内，大都已晓得新任丹徒县沈老爷，访明了刘六的劣迹，特地商请浴日山庄的姜伯先进城，烦他出手去捕捉刘六哩。这话辗转传到刘六党徒耳内，顿时个个着忙，纷纷地去告诉刘六。唯独刘六本人不信这话是真的，说姜伯先决计不肯去做七品官儿的牙爪的。但是社会上一有一句谣言，只消三个转弯一传述，互相渲染，已可闹得满城风雨，何况此事暗中确有谋主，不比空穴来风；再加平素对于刘六敢怒而不敢言的小仇家，真不知有多少，正好趁势报复。所以第二天，社会上愈加谣言厉害，越传越紧。

刘六口内不言，心上也有些慌了。恰巧清江浦来了一个很有小面子的白相人，名叫张天林，前来拜会刘六。刘六便借在小鸭子生意上，请这姓张的，顺便把王大忠也相邀在内，意欲探探他真实口风，拔拔苗头的。王大忠一见刘六的请客条子，正中下怀，便把全班下手喊齐拢来，挑一挑选，拣手脚来得的派做甚事，气力次弱些的，派定作何勾当。然后同至小鸭子生意上。今年的小鸭子，不比去年了，另外包着一个小先生，顶袭了她这块牌子出堂唱，她自己反做了打底。并且还合伙一个上海做手，叫宝林姐，掮掉四分带挡，正式做生意，积极营业，和上年胡调性质不同了。那一天，因为是刘六的主人家，格外殷勤。王大忠带去二十三个伙计：留出十七个，在外边四周埋伏，预备动手时候，哄进来接应；又派定三个算下大夫，他只带了三个吃镶边酒的人，到席面上一瞧。刘六方面，连那张天林，共请了十二个客人。王大忠带了三客进去，一共连主人十六位。倘然动起手来，刘方人众，好汉不吃眼前亏，索性不发动，反拼命地去向那小鸭子大胡调。直至席散以后，王大忠假意也算请张天林的，托刘六代约，明日他做主人，仍旧在此相聚。等到离开了窑子门，便去找府署快班姜卯首，叫他转弯过风给张天林晓得，叫他明日不必赴宴，其中另有奥妙。那姓张的也是老白相，自然临时谢绝不来。

这晚是大忠的主人，他共摆四台酒，请了三十二位客人。也是刘六命该如此，恶贯满盈。他因为上一晚无暇跟大忠谈起那句说话，今天老早就到，想和大忠知己点，要探他一个真确消息。那天所来的客人，内中只有三四个和刘六有交情的，其余都是王大忠身边带来的伙计，要来动刘六的手的。回头张天林临时谢绝，大忠便招呼大家入席，于是连主人只得三十二人。由大忠发起，先轮流的敬刘六饮酒，每人一杯，要三十一杯。刘六的酒量，又不见得如何，这一批敬酒饮下来，已经醉醺醺的了。于是再猜拳行令，闹了一阵。然后再喊那小先生唱曲子。镇、扬妓院规矩，妓女不开口便罢，一开口，不问是谁喊的堂唱，都要阖席均唱一遍。这个曲潮过了，大忠忽又发起，小先生唱的不算，要小鸭子自家来唱哩。小鸭子不答应，经不起大家一致赞成的，同声催逼着。于是小鸭子声明不唱遍全席，只唱一曲。大忠姑且答应。小鸭子便自己拉着二胡，唱了一支《嫖客自叹》，那是仿打油山调门的。那句儿是：

昏懂懂，又来到，迷魂阵上。（白）小生今年（唱）二十岁，才知道，从前事，太觉混帐。悔不该，在上海，把窑子来逛。悔不该，赌钱儿，文局武场。悔不该，吃馆子，京苏闽广。悔不该，穿衣服，时新翻样。我只道，她那里，情义无双。又谁知，她心似猛虎，口似蜜糖，既敲竹杠，又灌米汤。灌得俺，糊糊涂涂，荒荒唐唐。到如今只落得，腰无半文，吃尽当光。回不得家乡，见不得爹娘，又生着一身杨梅大疮。我那大洋钱呀！

小鸭子还没唱完，大家已经鼓掌喝彩，闹得沸反盈天。等到唱完了，王大忠又嬉皮厚脸，苦苦央求小鸭子再唱一首。因为大忠是在马上之人，小鸭子无奈，只得又唱一支《戏子骂门》的流水板道：

你唱你的二簧，我唱我的西皮。《过昭关》，我做东皋公，你做伍子胥。《二进宫》，你做杨大人，我做千岁爷。我虽扫边里子带零碎，能够对付的辙儿比你多些。你时常一顺边碰折三条腿，忘词马虎不识老面皮。你不该应，偷了我一双钉鞋，两包土皮。我细想起来，入你妹子的臭×。

这支唱完，大忠不好意思再要求，却去转请刘六劝驾。刘六草包，果然向小鸭子道："谁不知我俩的交情。你今天有我在心上，必得再唱一下，敬敬客，遮遮我的脸。"谁知局中的刘六本人虽是大祸临头，自己一毫也不曾觉得，反是置身局外的小鸭子，她倒已瞧出大忠等今天的作为，与阿六决计是大大不利；再加市面上的谣言，小鸭子亦有所闻。此刻见刘六带着七八分酒意，还如此地不知轻重，她恨恨地瞪了刘六一眼。偏偏刘六仍然一无觉察，反高声道："你前天学会的那支歌儿，倒很好听的。好在风琴又现成的，何不不唱曲子，就唱那支歌儿算数呢。"小鸭子此刻柔肠寸裂，芳心片断，也说不尽多少幽恨。经不起王大忠等又异口同声地附和着，小鸭子无奈，放下二胡，站起身躯，走至靠墙风琴前面坐下，伸手揭去了盖儿，先把拍子试了一试，然后又把句子默了一默，才正式踏动琴声，口内曼声柔气地唱那张襄文新编的《决虞》歌词道：

人生行乐耳，百年一刹那。四座请勿喧，听唱《决虞》歌。七十二战新鬼故鬼哭，非战之罪欺谁何？力空拔山兮，气空盖世，骓不逝兮，泪滂沱。外人安足败乃公，所恨部从轻倒戈。丈夫出外应审慎，更当交友看清楚。不恨我不见古人，所恨古人未见我。（一解）

君不见垓下猎猎生悲风，楚歌四面困重瞳。帐内虞兮歌未阕，帐前草木流腥红。淮阴胯夫何足数，亡国小子等儿童。乌江误走谁之过？毕竟误信吕马通。祸生肘腋不胜防，鹬蚌相争利渔翁。汗青多少兴亡恨，千变万化不离宗。前车覆辙后车鉴，漫将成败论英雄。（二解）

君不见河山兮破碎，飘荡兮国魂。君既自负好男儿，应将个人一切尽牺牲。负戈前驱与异种争，造成东亚华盛顿。何尚念念不忘利名心，说甚醇酒妇人学信陵？哀哉祖国将沉沦。（三解）

鸟尽弓藏，兔死狗烹。螳螂捕蝉黄雀忭。识时务者为俊人，立身处世步步须留神。岂不闻今年杀尽诸叛贼，明年肘悬斗大黄金印。新鬼故鬼沙场哭，将军高卧永不再问闻。寄语贪功卖友者，何必自相践踏害黎民？一家一路哭声盈，啸虎啼猿闻之噤不声。天昏地暗，日月失明，何独伊人不动心？（四解）

襄文这支歌儿，就为得到南京确信，晓得伯先不拘小节，一向滥交，此番却受了滥交之苦，被一个满面天官赐福、一肚男盗女娼的所谓知己朋友漏泄秘密，伯先迟早受累啦，所以才编了这歌儿去讽劝伯先的。其时襄文在镇江教育界方面，很有一班人真心崇拜，极力捧他场的。只要襄文有新著作脱稿，他们就辗转传抄，拿至男女校内去教授生徒。此歌脱稿之后，襄文尚觉不十分惬意，想要修改尽善，然后传播出去，故此还未寄给伯先。初不料今年镇地各校一开学，音乐教员十有八九，把这歌儿配上拍子，多拿来上第一堂唱歌课。所以镇江城内一般高小、初中男女学生，反都会唱这歌儿的了。

小鸭子也是听乡邻人家一个小女学生口内唱了，前去学得来的。不料今晚唱至第四段，无端一阵心酸，眼泪留不住，扑簌扑簌掉下来。唱至末了“不动心”三个字，更加转念道：“王大忠今天对阿六总觉得不怀好意，他却还要逼我唱歌。我岂真是情愿吃这劳什子饭吗？实在为了想七钱三分到手，真正没法，只得将爹娘生下来的清白身躯糟蹋。不知我情性的呢，不必去说他；阿六是深知奴的肺腑情事的了，他今晚也附和着别人来逼我唱，我反而在此代他提心吊胆。看起来，他直头也是不动心的。”一念及此，更加有万种酸心，一腔冤愤，同带雨春潮般涌上来，那里还忍得住歌声未毕，哭声已起，竟呜呜咽咽地哭起来了。那该死的刘六，偏也发起脾气来道：“好端端为何掉泪？难道叫你多唱了一支，就冤屈了你啦？分明下我面子，给晦气与我。你现在少哭些，如果有眼泪，等我死了，你送殡时候多哭哭好啦。”刘六这么一闹，小鸭子格外伤心，便“霍”地站起身来，哭往后房去了。宝林姐知道这对男女，都生就的是狗都不要吃的坏脾气。好容易先把小鸭子劝走，回了小房子。然后再同那小先生，以及其他做手，到台面上来敷衍。

刘六见小鸭子如此伤心，他心上也觉得不自在起来了，凄然地向王大忠道：“非俺跟她一般见识，实是吾辈最讨吉利。便是近两天来，外间纷

纷传说，说那沈知县要我这人。今天很快乐的事情，她忽然哭起来，真正触俺霉头。所以我心头的火按捺不住了。本则俺昨天就想问王哥，到底你们本官是不是要我这人？你们总该知道实信。万一狗官果和俺作对，一定烦劳王哥的贵班弟兄。不知诸位肯卖个交情，给俺一些风信否？”大忠哈哈大笑道：“老六平常自负英雄好汉。今天想被心上人一哭，把脾气都哭变的了，说出来的话儿，太不漂亮。外头的谣言，咱们的在门诸人，连梦也没有做着。当真你有甚风火，咱们都是自己弟兄，为成全一个‘义’字起见，还能下得下这条手捉你？一定还得事前放龙，叫你避风头啦。”

此时辰光不早，大忠手下见事机成熟，便有人开口道：“我们不谈这些了。听说昨儿六哥请的那个客人张天林，是脚踏两槛，清江浦的一霸。他擅长铁布衫功夫；把原匹头的杜布，将他周身捆住，连头扎没了，他只消头一伸，腰一努，手脚一挺，凭你身上捆多少布，都断做一段一段。这话真的吗？”刘六道：“真的。不过他练的是铁牛功，不是铁布衫。”又有一人开口道：“这也算不了什么，就是六哥也能如此，我曾经亲眼瞧见过的。”于是先开口的人假作不相信，和后开口的争执起来。又有第三者出来道：“这又不是难事，六哥现在此，何不就请他显一显能为？”王大忠连忙拦阻道：“今天六哥酒喝多了，再加心上不自在，他虽有这功夫，今天恐怕不行，缓一日再试吧。”他们同演戏一般，一问一答，或扬或抑。刘六一者草包，再者酒后，临了竟使得他自告奋勇，喊拿布来，当场试验。正是：

漫云妓女无情义，始信公人鬼蜮多。

要知以后若何，容待下回详述。

第二十七回　知己互相怜六州铸错
市谣多误会一火烧庄

小辫子刘六一时疏忽，在张小鸭子生意上，酒后遭王大忠等人一激，自愿要练功给大众观看。于是王火忠假作善意相劝，一味不主张胡干。他手下伙计却又装得七嘴八舌，先去拿了五六匹青布来，乃是向附近染坊内去借的。然后搬去席面，出空地方。刘六自己动手，卸了长衣服，只脱剩衬里衫裤，地上辅了一张旧席。刘六自己卧倒在地，笑向两面诸人道："动手吧。"此时除了和刘六略有交情的四人心上也起了狐疑，在旁呆看不动手外，其余二十六人，由王大忠一人指挥着，先将青布打开，次第一匹匹在刘六上下统身，紧紧捆扎住了。刘六在布内问道："舒齐了没有？"大忠道："尚差一层。"其实六匹青布已经绕完。临了，大忠命将预备的一个橡皮布袋，把刘六装了进去。刘六觉着不对，用力一挣扎，捆他上身的青布已多断了，再用力往上一顶，皮袋尚未收口，刘六的头已露出来了。好在大忠早有预备，见他把头钻出来时，忙从身上又摸出一个小的真橡皮袋，像东洋人的风流如意袋一般，再对准刘六头上齐颈一套。袋口上做有一根绳的，复用力一收一绕。刘六方急喊道："王大哥，这袋内有石灰屑，不是当玩的。"大忠厉声答道："本来谁同你来玩耍！"刘六道："快把颈里那道绳松一松，俺好说话。"大忠道："你有话，见了咱们本官说去，未为迟哩。"于是大忠又拿出朱签来，给那四人一瞧道："并非俺姓王的不义气，实在这厮干的事也太过分，公事紧急，我不能不这样办。”袋内的刘六听了，才知弄假成真，上了当啦，便将王大忠破口大骂。那四个人识相得很，说了几句顺水推船，不相干的说话，先自告别去了。当下王大忠要开销酒钱，请问宝林姐等，目睹如此情形，还敢收吗？但求不被累，已经莫大侥幸了。大忠见她们不敢收，便说了声：“往后再算吧。”忙指挥手下，把刘六像猪猡般抬了就走。他们一走，宝林姐便往小房子内，将此事告诉小鸭子。小鸭子一听刘六被捕，她忙去求张良，拜韩信，想设法营救刘六。她确是个多情人物，此番冤枉钱着实丢掉不少。无奈数由前定，一个纤弱妓女，仗一些些金钱魔力，如何会挽回造化？待后文再行交代。

现在先表王大忠，将刘六黄夜抬入衙门，报告本官销差。斗南出来坐了二堂，先将大忠奖励一番，收回朱签，并拖着一句说话道：“待结案之后，重重颁赏。”一壁将刘六在内袋倒出来。又是大忠献计，把刘六上了手铐、脚镣之外，唯恐脱逃，还穿了琵琶骨。斗南约略问了几句，便把他暂且寄收外监。一壁吩咐刑房，赶紧起草布告。此事草草料理之后，自己也心乱如麻，急于退堂进去。至于大忠等退出去当然自家伙内去庆功。刑房书吏，连夜起那布告草稿，明日待本官过了目，张贴出去等等，由他们各行分班自去办理。

当时斗南退进来，伯先已将总督衙门的公文瞧过，专待斗南进来，便请他赶紧将自己解往府署请功，以了此案。斗南叹道：“唉！伯先兄，难道两天三夜盘桓下来，小弟如是掬诚相待，无话不谈，兄尚疑心小弟是作伪的吗？倘然小弟要在吾兄身上邀功，也等不到今晚了，何不早日传齐通班衙役，贸然赶至吾兄府上，下手掩捕，把兄抓到，径送江宁？必然好博着一次加级虚荣。即使吾兄具有通天手段，抓不到案，那么把兄府上骚扰之后，将尊屋封交地保看管，回头备文申诉上去，奉迎了制军所欲办理，他一定欢喜，也可博着一回记录的。岂有全牛不要，到如今反随在人后，去分尝一脔吗？”伯先道：“依公祖心上主张，怎样办呢？”斗南道：“小弟愚见，吾兄速请回府料理一切，然后鸿飞冥冥，给官场一百个不理会便了。

一面待小弟此刻上府衙去参见堂翁，推说时在深夜，往焦山去抓人诸多未便，累及百姓们大起恐慌，反为不美；不如今夜诸色齐备，明日一早，悄然前去掩捕，定可马到功成。等到明晨前去，吾兄已经走了，官样文章，不过遮遮局外耳目。横竖官无三日紧，回头待此事自然松懈下来，也就完了。”伯先摇头道：“此策不妥，要累及公祖的。还是如今把治弟送至府衙，让公祖把干系脱清。老实说罢，无论铜墙铁壁，钢链石槛，也阻挡不住治弟的行止，要走就走，愿留就留。只要公祖责任脱卸了，治弟自有方法走路，请公祖毋庸过虑。”斗南道：“总之，要在小弟手内把吾兄解出去，此事今生不干，除非来世的了。兄怕累及小弟，其实至多丢官罢了，这小小前程，小弟真不当什么哩。吾兄盘盘大才，将来正有作为，犯不着为这点小事，便自暴自弃。劝兄还是早早远走为是。”伯先见斗南如此固执，也长叹一声道：“公祖意见不错。然沈斗南不肯将姜伯先献出去邀功受赏，难道俺姜伯先反肯掉头不顾而去，遗累沈斗南丢官的吗？也罢，由你如何去办吧，俺总之住在你衙内，乐得大鱼大肉吃喝着。你的肩责一日不卸，俺一日不离衙门，那怕为此死在丹徒县署内，也所甘心。”斗南急得挠腮摸耳，连连顿足道：“这怎么办呢？懊悔前日设计赚兄，光降敝署，如今反变小弟有心害了吾兄哩。也罢，吾辈磊落丈夫，索性光明正大的做去。先待小弟漏夜到府署，索性说明吾兄已被邀在署，不必劳师动众，往焦山捉人。然后待弟硬着头皮去碰一碰，直接申文出去，凭弟力量担保吾兄，庶与前文不相抵触。万一有生路，那是最好；如果达不到目的，到危急之际，那么再依兄主张，将兄交代出去，代弟卸责如何？”伯先道：“也好，任凭公祖去办吧。”斗南想了一想，决计走这一着。故即漏夜到府署内，向知府禀告。彦秀一听姓姜的已在县署，心便放下，只嘱斗南火速取供。斗南答应出来，回至本衙，伯先已经睡了，斗南坐候天明。忙又端正二次担保伯先的公文，加紧复详出去。

其实此时的斗南和伯先俩，太觉守经，都不肯从权一点，竟合着那“聪明一世，懵懂一时”的两句俗语了。上头对于姜伯先本已万分疑忌，现又发生这藩库失银,包后拯出头指控的事情,那怕伯先直接和张之洞有交情,也非得亲身到案,和原告对质几堂之后,才得脱清干系。事势至此,斗南尚想以全家丁口力保伯先,去碰这软钉,去撞这木钟,固未免有螳臂挡车,自不量力之象。而在伯先方面,也何不听了斗南相劝,翩然一走,不了了之?目前虽似承担一些不义污名,拖累朋友,往后尽可补报斗南,不难洗白今番污点。为甚一味仗着自己有能耐,料定官场中所有玩出来的把戏,皆不足阻挠乃公行止,固执着要先为斗南脱卸了责任,然后自己再走?行动太嫌刚愎,虽然可免人家以不义相责,然而难逃不智之讥了。他俩此次失着,都是聪明反被聪明误,所谓“智者千虑,必有一失”。初不料这一失,也要成为千古遗憾。皆因彼此平素都是肝胆照人,一旦缔交以后,咸存了刀锯唯命的念头,你舍不得我,我舍不得你,大有伯乐死而冀北无马,田横死而天下无士之概,才闹成这种僵局。

自古迄今,大而言之,一国盛衰;中而言之,一家兴亡;小而言之,一身成败,都有一种出人意表的神秘事由,在其间穿插发生的。诸葛亮《出师表》上说:“亲贤人,远小人,此先汉之所以兴隆也;亲小人,远贤人,此后汉之所以倾颓也”。殊不知在走运当儿,助交这人,并不当他贤人交的。忽然有件事儿发,旧人都是外行,不善辩理。倒是这位新交,样样不内行,唯独这事有研究,可以负责辩理尽善美。那怕这人不贤,到此地步,也就变成为贤了。及至失败起来,特地慕了这人贤能之名,不惜卑词厚币,聘请到身边来佐理一切。岂知此人一向古道可风,一到了你身畔来,也会被社会恶俗所化,将来卖国求荣,就在这贤人身上,以至弄得一败不可收拾。古今来这种事情多得很。那理由神秘非凡,一时讲都讲不清楚。就是本人干事,也会变得乱七八糟的。远的不谈,单论吴佩孚失败那年,著书人听他幕府内一个姓杨的说,在长辛店动身赴汉,手内饷、械两项,多无成竹,已经一半输给人家的了。一到汉口,其时余荫森、宋大霈两旅鄂军,董政国一旅北军,分担着东西中三路防线。董的西路,临阵脱逃。宋的东路,坐误军机。只有中路余军,连获胜仗,突进二百多里路。不料董是吴的旧部，刮目相看。宋仗运动得法，皆未受责。反将余调回来，指他不守军令，孤军轻进。余自然心上不服，顶了几句。吴竟反脸，将余枪毙在刘家庙车站上，赏罚不明，从此士卒离心，每战必败。使人回想到他衡阳班师，一战胜皖，再战胜奉之际，天下人多赞他善于将将，赏功罚罪，一丝不苟，所以士卒乐于效命，百战百胜。同一吴佩孚，何以前后判若两人？其中也有说不出的神秘理由存在哩。所以迷信这件事，总不能完全打倒，连根拔去，就为此耳。即如西人崇仰天主、耶稣，也和我中华愚夫愚妇的相信城隍、观音，实在也差不多呢。人们对于吴的评论，有的说他命中注定，只能朝北打，可以胜，朝南打，必败的；又有人说，他自被冯、王、胡三人倒戈之后，将星满运了，敬而长胜将军的旗号倒啦；又有人说，他把萧耀南逼煞，良心上太讲不过去，所以失败。这些话虽然明知是齐东野人之语，不足为据，但也有一种片面理由可讲，总之归入迷信途上去的。

现在我书中所述的姜、沈二人，都不是笨伯，怎么会如此不知轻重进退的干法呢？著书人无从下断，也只得把“定数难逃，命中注定”八个字，来说明他俩这番失着，付之天意的了。倒是彦知府迭连派人到县里来，要催取姓姜的口供单。斗南无奈，只得再到府衙推说姜嫌疑犯有病，病得人事不知，须待他稍为清楚些，方可取供。彦知府道：“既然该犯有病，咱们且待过今天。若是明天他的病再不好，不如先去搜检他的家中，有无违禁物品。”斗南听此话，暗暗叫苦。退出府署上轿时候，就差心腹赶往张家去，喊大扣子到本衙门来，说本县有要公差遣他。心腹家人答应前去。等到斗南回署不久，大扣子来了。斗南瞒着伯先，私下吩咐大扣子，速往浴日山庄关照姜爷家中人，叫他们把所有违禁物件速即藏过恐怕日明府衙要来抄搜哩。大扣子自然立刻出城，渡江到焦山送信。其时焦山方面，于大林前天追进城去，未曾和庄主碰面。半夜回庄，偏偏生起病来，卧床呻吟，病势很凶。庄中大小事情。仍由丁副管事暂理。第二天得着县署消息，知道庄主安然在衙，饮酒吟诗，大家自然暂且放心。直候至今天，三日期满，尚未见庄主回来。丁副管心上犯疑，一早入城探访去了。大扣子一到庄上，密报抄家信息。八云童子追问他是何人差来的？大扣子道：“是姜爷亲口吩咐着我，叫我来的。”他信息传运到了，自行入城复命。

庄上八云童子得此噩耗，都变得六神无主，想去和于大林商量。但大林正在浑身发烧，热得口内胡说乱话之际，试问怎生商议法？回头丁副管由城内气急败坏奔回庄来道：“我在县衙门内快班房方面探来的确信，庄主又犯了盗库嫌疑，罪名大啦，连那县官姓沈的都得了处分。恐怕在这一两天内要来抄检家私，发封房屋。吾家庄主，被那瘟知县软禁在署，失了自由哩。”八云之中，剑云火性最大，一听此话，直跳起来道：“谅斗大一个镇江城，区区几个饭桶官儿，有甚大不了。待俺今夜入衙救主，先把这狗官脑袋祭俺的宝剑。”啸、漱、冷三云接口道：“剑哥此话，咱们三人极端赞成，就一同跟你助威去。”凉、岫二云道：“你们不要仗了些小能耐目空一切，入署戕官。这乱子倘真闹了出来，仍都搁在庄主身上。试想一个知县有多大能为，可以软禁我们庄主？这一定是庄主自愿等在署中，决非别人好代他作主张的。你们一时性发进城，当真做了什么出来，万一做错了，反又累庄主担上肩责，罪上加罪。你们心上交代得过庄主吗？”凉、岫二人如此一说，剑、漱、啸、冷四人一听言之有理，气焰也就矮了下来。倚云叹道：“于总管病啦，丁副管又同我们八人相似，想不出甚妙策来；任、赵两先生又出了门，尚不知何日回庄。如今祸在燃眉，到底怎么办才好呢？”

倚云如此一说，倒把最最聪明能干的寒云提醒了，忙道：“大家不用慌。任先生临行那天，不是有八个锦囊留给咱们，吩咐到危急时候开拆吗？目下庄主背了风火，文武两师爷都出了门，于总管又害重病，偏又得着这种不详消息，可算得万分危急了，很可以将任先生的锦囊拆开来瞧吧。”剑云拍手道：“对啦！咱们急糊涂了，怎么没想到这锦囊呢？”于是大家都把那锦囊去拿出来，先瞧外边的封套上，都画着一道卦儿。啸云道：“这又是什么呢？”岫云道：“这分明是排好次序的暗记号儿。”寒云道：“我也这般想。”于是先将次序排定，才次第拆开来看。每一套内写着八个字。

一其六十四个字，合成四言十六句道：物极必反，防主有难。不幸事生，士只四散。将隐高资，机藏小海。屋付祝融，免贻后患。轻举妄动，少成多败。如缺饷镑，传镖暂贷。柔能克刚，时机静待。胜负常事，卷土重来。

寒云道："照这句儿参详上去，分明叫我们暂时散伙。那班内部敢死队员，都避到高资去。外部士卒，暂且遣散。所有军装器机，以及重要物品，都寄往小海去。"倚云道："小海在那里呢？"岫云道："怎么你忘怀了？金鞭李二爷，不是家居东台县乡下小海镇上吗？"剑云道："我也想起来啦，任先生叫我们避往高资，乃是投奔到倒海金龙杨九爷的杨庄上去，他武岐山内也有所别墅，足可容纳得下我们一班人哩。"凉云道："倒是遣散外部诸众，要遣散费的，那里来呢？"寒云道："锦囊上不是写明'传镖暂贷'，乃是仿效黄三太当初指镖借银办法，暂时向江湖上英雄好汉去告贷筹措。"凉云道："恐怕他们不肯吧？"寒云道："江湖上的盗贼，不比官场士宦中人，一方最重义气，一方树倒猢狲散，讲究吹拍势利的。再加庄主外面的春风行得多，现在偶尔有事，向他们去收一些夏雨，多呢，我也不敢说，大约三四十万总好捞的。方才剑、啸、漱、冷四哥要入城硬干，任先生也早料到，所以谆谆叮嘱，教咱们不可轻举妄动；若是违命胡干，失败多而成功少的。任先生又恐大家心上难受，他又说明胜败兵家常事，只要此心不懈，宗旨历劫不变，不难中兴旧业，卷土重来哩。"漱云道："寒云弟，先慢解释下文，我倒先要研究第七、八两句。照任先生嘱咐，要把此地放火烧山。我们如果不依，唯恐遗留后患；若说遵命放火，这责任又有谁担得起？"寒云道："你不必来难我的。现在赶紧把内部人员、军机、要物动了过移，如果风声不紧，这庄子姑且留意着，若是明后天风声更加吃紧，那么我来动手放火。庄主问起来，好在有任先生锦囊上说话先可推托；实在推托不了，那罪名由我一身来担当就是啦。"

当下八云议妥，和丁副管一说，他尚不及八云有主张哩，自然唯唯从命。好在伯先重要东西，本由八云经管。于是漏夜收拾妥当，都装在自己船上，派定丁副管同着冷、岫二云，押载要物，由水道运往小海李家暂藏。

内部七十六名敢死队员，由剑、啸二云统率着，顺便抬着病人于大林，也连夜出发，由陆路往高资杨庄暂避。此地留守，由寒云同倚、凉、漱三云负责。什物虽多，究竟人多手众，在傍晚时候动手收拾，到三更过后，已大部就绪。寒、倚、凉、漱四云，人也乏了，要紧回庄睡觉。谁知他们才得睡下合眼，暗中却又来了一班凶神恶煞，就是在南京盗库留名嫁祸的姜佰仙等，唯恐江宁一案不足置伯先于死地，故又出其不意偷偷地跑到焦山来动手放火，下这连根拔毒手。正是：

叹息从前作过事，一朝没兴竟齐来。

要知以后若何，请阅下文详解。

第二十八回　闻所来见所去司马骑驴　修尔戈振尔矛群龙开会

大抵人在少年走运当儿，肯退让一步，不去过分占别人的面子，后来如果失意起来，趁势踏沉船的主顾，也少几个。倘若得意辰光，面子多占一些，一旦倒霉起来，踢飞脚的人也格外多些。仔细算来，何尝占着别人便宜，都是自己和自己打交关。故而孔仲尼要教人“温良恭俭让”。古人又道：“世事让三分，天宽地阔”。处处能忍能让，毕竟不吃亏的。因为世界上无论何种人事，最最难得的，是保持常态，始终不变。庸人意谓能够蒸蒸日上，博得家人说声好，总不错。谁知有好必有坏，往往青年子弟，初出猫儿强如虎，一出道，便大得其意，引惹得亲邻自族啧啧称道。某人家后起有人，如何如何好法。讵料中年出岔，无端遭着三场人命四场火，家计重了，跌下来。论到他家实在境况，不过仍旧打倒车，回到了原来状况罢，并未真正弄得罗掘皆空。但从别人眼光内看起来，却又一致说某人家败了。因为从前好，如今相形见绌，故显出坏来哩。若是没有从前的好处，也衬不出目下的坏处。故而做人、治家、治国，都是一样的，但求一直保持现状，历久不变，俗谈所谓“老皮脓滚疮，始终如是”，那是算最不容易的了。即就论到做事的吃亏便宜上头，亦是如此。你在走运当口，不千刁万恶去占别人的便宜，回头自己失败起来，自然没有这种仇家，也来穷思极想给你亏吃。再者你在马上占惯了别人的便宜，一朝下马，愈觉处处受人欺负哩。古今来的人类，一生总有交运、倒灶的两种时期。而且交运辰光，三合六凑，总让你走着顺风大路。倒灶起来，也定有永远预料不着，超出情理之外的飞灾横祸，反寻上身的。所以清朝的吴下名医叶天士，乡下人提起来，常说他大门上贴着“甘草能致命，砒霜当药医。趁我十年运，有病快来医”的字条儿哩。

姜伯先目下的境况，已由顺境反到逆境里来了。沈斗南设计赚他入衙，并无恶意。蓦地南京又会发生那盗库大案，移到他身上来。偏偏他又为了一个“义”字，不肯掉头径去，固执了一些，以致铸成噬脐莫及的僵局。而且暗中跟他作对的，在江宁玩了这一手尚不算数，还要偷偷地跑到焦山来纵火烧庄，这人的心手也算狠辣到极点的了。不过冥冥中这一下，也是个循环报应的一件普通因果。还是伯先在东三省当军官时节，一时气愤，种下这恶因。初不料这厮早不来迟不来出手报复，直到官场方面有人正在算计伯先的辰光，他暗中又来损两下冷拳，真个明枪易躲，暗箭难逃。倘使从前伯先得势时候，不种这个恶因，到了今日，只要单纯对付包后拯的诡计，好招架些哩。现在变成两路夹攻，背腹受敌。偏偏自己手下的左辅右弼，又天南地北，不在身旁。更遇着了一位掬忱相待，情愿丢官，不愿和伯先绝交的沈斗南，软绵绵地夹在当中，愈加弄得无法可施。这也因为伯先当日对待别人的心思手腕过分巧妙，所以现下自己也会遇到这种真尴尬事儿的啊。著书人因要讽劝世人在马上之时，待人接物，切不可十三道头大篷扯足，得时明让一步，就是失时沾光一步。故不嫌词费，要噜噜苏苏地说上这一大套废话。如今闲文表过，书归正传。

那个盗库留名、纵火烧庄的主谋者，也是四海群龙当中的一条毒龙。他同伯先以前在东三省的交关，以及往后伟如、仲文等怎样去收拾他，后文自有交代。目前只得向读者告个罪，连他姓名都不去提及，要卖一下关子啦。单表这一日，乃是正月二十五日的晚上。西北风又刮得树头呼呼作响。等到毒龙把火一放，可称风高月黑天气，正是放火杀人当日。可怜寒、漱、凉、倚四云从睡梦中惊醒过来，忙起身扑救。无奈庄中人手，大部分搬迁他去，除他四人之外，只留得打杂、司厨、庄丁六名，一共只有二十双手。护庄河内的山泉，又逢冬枯，春水未涨，剩些泥浆，不中用的了。要到山下长江内去取水来搭救，可称远水救不来近火。再者诺大一所庄院，仗十个人去取一点水来扑救，又可云杯水车薪，无济于事。只得眼睁睁瞧着它烧吧。说也古怪，当烧至待时堂相近，寒云跃足叹道："别的可惜，倒是有许多贵重的书画古籍，懊悔适才不曾也搬往小海去寄存，如今是准变灰烬的了。"他口内话言未了，忽然藏军洞上面的一座峰头经火一逼哗啦一声，直坍下来，震得地皮都有些震动，俗谈所谓"山坍海啸"，本来那声响算最大。经它一压下来，把那火焰压熄；好似暗中有人调度，把这座山峰推了下来，恰巧把伯先办公的寿石山房，仲文住的藏军洞密室，以及几处秘密重要所在，通统笼罩在内，总算将贵重物品和仲文几年苦心安设的奇巧机关，全仗它这一坍保全了，没有被祝融收去。不过保全虽则保全，人却也不能出入。因为那口子非但乱石纵横，阻挡住了，无路可通；并且还有七八丈光景一堵石壁，宛如一道石门似的。接连坍下来，都竖在那进出要道场合。石壁上罅隙是有的，然而人身却钻不进去。除非要像秦始皇在虎丘上寻觅鱼肠宝剑似的，要喊许多小工来，不论年月，凿石开山，开进去啦。这不是轻而易举的事，所以至今焦山上藏军洞地址，土人指得出来，进去玩耍则不行的了。当下寒云等目击情形，见浴日山庄外表烧成一片瓦砾，内室被坍峰隔绝。他们十个人一商量，只好暂且收拾些烧残砖木，在山下砌了两间临时草棚，暂庇风雨。动用器具，在火烧场内搜些尚有用处的出来凑凑。其余家用要物，以及目前粮食等项，寒云只好回到自己家内，向生父商借。幸而他生父是当保正的，家道小康，可以腾挪得出，寒云拿来。暂度光阴，一切待大林病愈，任、赵两先生归来，再作道理。

话分两头。却说南京方面，那张之洞先接着沈斗南力保姜伯先的复文，心上已经不快。回头藩库被窃，下了八百里加急飞递公文，到镇江去提那嫌疑犯姜伯先，那个不识时务的沈知县，竟会又有保姜无他的详文申复上来。其时专制时代，只有上官说昏话，不许小民正当辩护，不问大小事儿，都是顺我者生，逆我者死。斗南二次申详到辕，换了别一个总督，又要马上催迫的了。但这张之洞却喜欢沽名钓誉，善于阴谋诡计。他接到了斗南公文，倒故意搁起来。等到一搁十天，藩司方面，果然有公事来催。就是和伯先作对的包后拯一方，也走门路探听虚实了。张之洞接着藩司催呈，又一搁五天。包后拯急了，晓得官场事情，全靠镬子趁热搬，冷场是冷不得的。好容易从总督左右亲信方面探着了真因，故便又去教唆出几个住在南京的镇江士绅，联名控告新任丹徒知县沈斗南倒行逆施，贪赃枉法，不洽舆情，请求撤换。张之洞接到了这种禀单，正合己意，才派一个候补知州班次的湖北人，名叫唐文华，着他驰往镇江去，摘沈知县的印绶。

唐文华是黄冈的世家子弟，他这知州虽然也是加捐，但他实在是个恩贡出身，以直隶州州同用，故而肚子内有墨水的。而且生性爱乐，在南京候补，每月总要向家内去支出一万八千来挥霍挥霍，所以诨名叫“唐二乱子”。在交际场中用起钱来非常阔绰，连当时几个差使的府道班次，都不及他有面子。因为他交际广阔，人缘自然极好，上峰跟前，常有人代他吹嘘。故而短期好差使，不时派着。不过好的长差使，以前也派着过的。像上新河木税局长，真正肥缺，派着了他，他干了不到半年，自己没心思干了，别人谋也谋不着，唐二乱子反自去面辞。人家代他可惜，他说：“差使固然肥美，不过也要自己用精神上去刮削的，我白相心重，不愿去过分剥削商民，所以也弄不到许多。别人反而眼红得很，因我有了肥差，告帮借货，格外多些。实不相瞒，当了五个月好差使，反每月多用去了头二千。而且身子拌住了，反不能称心适意跟友人捣乱。左右是用钱取乐，我何必恋栈不走，反弄得用钱不乐呢？”唐二乱子如此存心，能说这种话，也算得风尘怪物，天字第一号的精明浑帐人了。

此次奉了制军之命，上镇江摘印，分明也是上峰调剂他。老实说，印摘到手，起码好代理三月。他却不然，连江轮也不搭，从人也不带，只一个人出太平门，由陆路翻山越岭，沿途雇了短轻驴子前往。等到一进丹徒县境，便逢人打听现在沈知县的政绩。斗南接印虽则不久，只因下车不满一月，便毅然抓了个刘六，故而百姓口碑，对他非常称道。越到近城越好，十停中人，倒有六七停说："这种县官，丹徒长之没有了。希望他做个一二十年，咱们小百姓一定好沾不少光哩。"唐二乱子一听这种论调，他到了镇江，在江边火观楼栈房内住了三夜，连县衙门也没有进去过，仍旧骑驴回到南京，上辕销差。张之洞听他如此说法，便当场唾了他一口唾沫，骂他疯子。唐二乱子正色答复道："大帅提拔卑职，自然五衷感激，当该粉身图报。但是卑职一到沈令治地，沿途访察舆情，对于沈令的口碑，竟一致赞美，真是个不畏强暴的廉洁能员。料大帅有了这种良好属下，未曾深悉，所以有摘印密命。故卑职特地赶回来报告情形，并向钧座道贺，自然印毋须摘了。若然大帅已知沈令善于临民，不过为了别种关系，不问他的好歹，定要将他撤任，着卑职驰往摘印。那么果真把印摘了，不但卑职要受镇民辱骂，连大帅亦恐不免。故而印更不愿摘，卑职情甘回来受大帅一人斥责，不愿被镇江阖邑人民万口唾骂。请大帅还是另简甘受民骂之人去吧。"张之洞料不到唐二乱子竟也有如此胆门子，敢如是大碰钉子，一时反变无话可说，连茶也不端，立起来往里去了。二乱子也仰天打了个哈哈，自顾自退出去。隔不多时，唐二乱子果然被处分，说他有疯病，奉旨休致回籍。唐二乱子对于区区微末前程，毫不在心，照样兴致勃勃，高吟"无官一身轻"五言诗回去。往后此人也有用处的哩，下文再行细表。当时朝野哄传此事，多说唐文华不减鲁亮俦昔年气概，可惜张之洞局量褊狭，尚学不像田文镜哩。至于丹徒县缺，俗读所谓"强盗不要贼要，小贼不要丐要"，暗中钻谋的人真不知有多少。结果藩署挂牌，将沈斗南撤任，另委一个叫李鹤千来署理。

单说镇江方面，因被两江总督一搁，唐二乱子一岔，日子已经到了二月过月半了。在交进二月初头上，寒云等屡次要想衾夜入衙，面晤庄主，只因遵守着任先生告诫，不敢轻举妄动。再者张襄文由江北回来，询知底细，他代寒云等入署探问明白，方知庄主为一句说话出入，故而不肯出衙。不过山庄失火，他已晓得有人纵火，付之一叹，心上有些不快的。现在有些小感冒，叫寒云等毋庸进署。只要待大林病好，任、赵二人回来之后，赶紧送信进去。日下沈知县将庄主万分优待，叫大家放心。寒云等心思略定。

不料过二月十二百花生日，消息一天恶似一天了。先是社会上纷纷传说：沈知县拿了刘六，被刘六手下到上头告准词状，要切官了，上峰已经着任来摘印哩。继而又说：南京派来的摘印人员，也是个好官，打听明白沈知县是好官，所以悄然来去。非但不肯摘印，并且回南京力保沈知县是有才干的；上头信了他的话，如今沈知县固然不撤任，那刘六已有许多仇家进了禀单，审实口供，问成死罪。等到京详批准，要砍头的了。又过了不到十天，谣言又变了，说沈知县的前程到底保不牢，南京藩台衙门牌已挂啦。后任姓李，目前就要来了。至于刘六那件案子，已同生铁铸的一般，反不过了。并且新任李知县背后，有个和浴日山庄姜爷作对之人，在那里当家把舵，据说把姜爷也做在刘六一案之内，怕也免不了受一刀之罪哩。这话传不多时，果然新任李鹤千到镇江了，沈斗南自然遵令告卸。沈知县卸任出衙之后，动身赴南京，已经有病，离镇不久，便传说他呕血死了。寒云等对于斗南这些消息，还不十分注意。最最注意，乃是沈斗南走了，为何尚不见庄主出衙？偏偏此时的张襄文，因为二月初八他的母亲死了，忙着料理亲丧，七中守制，外事不问。当那沈、李新旧交替之际，襄文正奉着母柩渡江，回原籍开吊去了。居中少了个切实传信之人，更加棘手。

幸亏于大林病体痊愈了，由高资赶来。他稍许有点主张，便带了寒、漱二云，晚上飞檐走壁，入衙探个究竟。岂知庄主不曾探着，反发现那伺候新县官的亲信，就是本庄逃奴衣云。大林到底是不学无术的莽夫，一见衣云，又想到南京风闻的说话，竟要下屋去抓他。结果衣云不曾抓住，反打草惊蛇。原来李鹤千此来，有包后拯荐给他两三个保镖的，本早在防备中。经大林等三人那晚一闹，鹤千就差衣云回南京去搬兵，暗中又去邀请好手到来。一壁用公文关照城守营都司，叫他派人到署保护，日夜梭巡，很认真地防卫。大林等那晚空自入衙，一事未成，怏怏回出县署。等到来朝，风声愈加不对了。

大林正愁着孤掌难鸣，幸而赵至刚由北方回来了。他是毛暴脾气，询知大概情形，已急得他暴跳如雷。恰巧又得着伯先也穿了琵琶骨，钉镣下监的信息。至刚也不问此信真假，忙同大林等商定了，就借北固山甘露寺的北顾楼作为临时会场，先把住在附近伯先结交的生死朋友招呼拢来，会议一下。伯先在未立"三不会"之前，已曾组织过一个"千人会"，凡属千人会的最高阶级同志，那名篆或表字上必有个立人旁，以为暗识的。譬如姜伯先、任仲文，"伯"字、"仲"均有立人旁，余如赵至刚到单名一个侗字。商资杨庄庄主倒海金龙杨老九，乃是双名仁甫。东台小海镇的贩私盐大当家，人称"金鞭李二爷"，其实真名李仪。只因下江人"仪""二"同音，故有此称。扬州城内开道生堂药铺，兼做方、汪、万、程等八大盐商总镖师，名叫冯传贤。丹阳磨坊头脑，名叫铁臂膊夏俊锋。还有溧阳双刀将鹏程马伏、金坛于杰奎、常州八大剑侠白泰官后裔八臂哪吒白偎云等十兄弟，都属千人会。这些人只消传个信去，朝发夕至。这单就镇江附近而论。其他苏州的戴仞千、无锡沙佛陀、松江姚伟廷、昆山张伟兮、常熟徐伦，以及外省群英，还有和于大林等同班的巢湖帮代表夏竹深、余孟亭，太湖帮代表峒坑四天王等辈，尚不及通知哩。

当下由赵、于二人作主，召集八云童子，差遣他们出去，分头邀请。杨、李二人固已得信自来，不须请得。那冯、夏、马、于、白五位豪杰，一得消息，也立即赶到镇江，径赴北固山甘露寺北顾楼上会议。当即推定年纪最大的冯传贤为主席。然后由赵至刚报告北上经过。于大林报告伯先被赚入署起，直说到目下换官下狱的消息。于是大家七张八主，各人提出援救伯先的方法。不过人手究嫌太少；况且有几位尚为着环境关系，一时尚不便露面干事；再者山庄被焚，眼前经济困难，办事上愈觉不大顺手。所以各人想出来的方法，主席总觉得尽善而不能尽美。正在互相讨论当儿，忽然啸云童子上楼报告道："天巧星小诸葛任仲文先生，已从海外回来，也赶来列席会议哩。大家一听仲文回来,都知道他足智多谋,手腕灵敏,一定有妙计策划出来,搭救伯先安然出狱,恢复自由,这大概也是伯先五行有救吧。故而大众都愁容稍敛,略觉开怀。忙都抢步下楼,上前迎接仲文去。正是:

正愁指导无能者,忽报游龙出海来。

要知仲文回来之后,伯先性命可能平安与否,且待下回分解。

第二十九回　国士访奇人重洋放棹
英雄救侠义千里传镖

却说任仲文自正月二十边别过伯先，离开浴日山庄，单身动身过江，觅路到江北海州治下的板浦镇上，预备搭船出口，到洋面上去寻访老朋友闵伟如。其时的板浦，不比目前。原来自从陇海铁路通车，安徽大半省行销了淮盐，板浦也辟为商埠以后，市面顿时兴旺。同如皋和泰县间的姜堰、高邮的邵伯、江浦的浦口、吴江的同里、太仓的沙头、金山的洙泾、青浦的朱家角等七处，合成为江苏八大名镇。同湖北汉口、江西景德镇、河南周家口、直隶张家口的中华四大名镇，互相媲美的了。然在那时节，却尚只十几家竹篱茅屋。表面上算是居此捕鱼，其实设几处土灶，靠煎私盐度日。所有泊到临洪口南、埒子口北的船只，无非是来装运私盐的。虽说防守鹰游门的，有两淮缉私营派二十条大小炮艇，不住在水面上梭巡；另外鹰游山上，也有驻在淮安的江北提台黄少春手下提标弟兄，驻防徐州的总兵刘青煦的镇标弟兄，划分南北疆界，分头担负防守责任：可称水陆皆有重兵把守，守得铁桶相似。其实只哄骗哄骗大官僚和小百姓罢了。俗谈所谓"私盐越紧越好卖"。这三标弟兄借口不相统属，陆上不问水路的信，镇标不买提标的帐。但这也难怪，倘然上自官佐，下至陪补打杂、勤务水火夫等，全仗那点正饷，那一路上吃下扣除了饭钱，余下来的一些些，莫说妻儿老小养不活，连自己脊梁骨都要饿断的，哪个不靠在这私盐上捞几文？所以到板浦来装盐的船只名为私运，其实有三种特别卫兵保护着，一些风险不担的那镇上十多家私灶，那些官长弟兄多有股份的哩。

仲文赶至板浦，天已近晚，便向一家灶户人家要求寄宿，许下重酬。俗语所谓“金钱万能”，有重大酬资给人家，焉有不能达目的的，当下仲文住了下来，便同他们有一搭没一搭去瞎话，探问海上消息。初听口风，有些眉目，索性问他们，可晓得海洋内闻岛主其人？灶户道：“这位大人物，沿海各埠，十人九晓。他各岛所用的食盐，不时要到此间来采办的。”仲文道：“闻岛主采办食盐的船只，目前有条把在此吗？他的船只，可有甚特别记号呢？”灶户低声道：“因为前两年，外洋水师被闻岛主打败了，退至此地来讨救兵。此地的提、镇两标，在鹰游山上架起了大将军大炮；一面仍命外洋水师同着缉私炮艇，出口诱敌。头一次，闻岛主中计受敌，吃了一次败仗。这些饭桶丘八，以为这一胜，各可以雄镇海洋，海盗不敢再来侵犯。岂知闻岛主早又派遣许多便衣敢死队，在开山口登陆，渡过沭河，占了云台山峰顶，向此处攻击；一面在上游秦山头，派兵登陆，一支沿着大沙河攻出来，一支由青口岔道刺斜里袭击；洋面上又派了铁甲舰队，步步进逼，四面出兵，取包围之势。将官兵打得落花流水，弃甲丢盔，望风逃去。闻岛主非但打了胜仗，还得着许多精利的枪炮子弹，安然载回岛去。从此官兵不敢正眼去瞧一瞧岛兵，永不再去惹他们了。不过岛内派船到此采办食盐，也不能似从前那样明目张胆，只同我们约定的六七户人家做交易。他们船上，别的暗记没有，只在大船上头，加插一面红底黑边白色八卦的小方看风旗，那就是岛方来的船只。那怕不是岛主直辖的部舶，一定也是往来闻岛主所属各岛地面上去营业的商船哩。”仲文无意之间，便探得这种珍贵消息，腹中十分欢喜。

到了翌日清晨，亲至口岸上留心一瞧，却瞧见一条将要起锚解绳的大沙飞船，竖着八卦小红看风方旗。仲文便假托是走方郎中，欲搭船往岛中营业。同船上商妥之后，便回寓重酬了灶户，取了行李，径自下船出口。俗谓“行船坐马三分命”。在这一面见天，一面见水的大船上，日子是不好过的。再加这一段洋面的水势汹涌澎湃，哪怕坐在招商局新铭轮船上经过此处，老出门都难免心头作呕，有的怕连东西都不能吃喝哩。幸亏仲文自小就随父往日本去过，海上风波倒也惯常的，不过现在好久没有下海，略略有些头眩脑胀罢了。

在海面上行了两日三夜，到第三日的白天，船已向着一个岛门口收港了。仲文不知此岛何名，在船上向那海岛一望，只见山高水曲，竹青花艳，真是一块好地方。回头舟船泊定，仲文拿出钱来，谢过船家，然后登岸。那岛上并无城郭，险要所在，都是叠石为堡，上架巨炮，派人把守。凡由岛外来的客民，都要到甄别馆去挂号上名字。仲文入国随俗，自也照办。馆员见仲文写出事由来，乃是副统领故人，到来投奔谋事的；马上派人送往吐握馆住下，十分优待。不过那天伟如恰恰不在此岛，直候了三天，伟如方巡逻经过，上岛相见。知心故旧，如此相逢，自然格外开怀。

这一日，乃是三、六、九例操日期。伟如便同仲文到校场中检阅岛兵，演练阵势。伟如道："弟通考古今阵法，无有过于黄帝破蚩尤之阵了。盖黄帝按井田作阵法，大军归中，专主旗鼓，八方旋绕，悉听指挥。若正北受敌，则东北、西北二阵为奇兵，张左、右翼以援之。若正南受敌，则东南、西南二阵为奇兵，张左、右翼以援之。他如正东、正西以及四隅受敌，均以此法应战。所谓'常山之蛇，击首尾应，击中首尾皆应'是也。古之名将知此法者，只有姜尚、孙武子、韩信、诸葛亮、李靖等五六个人，吴起以下，莫能知也。定名为天、地、风、云、龙、虎、鸟、蛇者，则孔明之八阵图也。一大阵中，包含八小阵。而此八小阵中，固亦藏着小小八阵在内。乃取法伏羲八卦，以成大阵。又取文王八八六十四卦，化成小阵。兵家所谓'阵间于队，队间于阵'是也。若得参用九星开八门，错综三奇之法者，则又属黄帝命风后为之也。因古名将皆以神道设教，使人一时莫明其所以然。夫将居于玄武方位，则北岳为常山蛇首。倘又移于朱雀方位，正南之蛇尾，倏又变为蛇首矣。如是变化，玄妙莫测。并且方位不妨一日三易，而队阵不会杂乱的。"仲文因为新来乍到，未便多话，唯唯而已。等到陆军检阅完毕，伟如岸上并无行辕，便同仲文下岛，同至他的司令坐船上去。仲文方知此岛名叫沧州岛。

他俩一下船，伟如就吩咐船家，往北开去，要巡阅田横、东褚、崆峒、姆矶、长山，以及直隶海峡的大钦、大黑、砣矶、高山、庙岛、南北城隍岛等处哩。当日火舱内开出来的夜膳，因为有客，所以端正四盆八碗，已经算是特别盛筵了。席间伟如道："现在草创时代，不敢自奉过丰，要和士卒同尝甘苦。对于老友供张，只得简慢些了。"于是又谈起在海上做事，全仗水军，说道："现在已经练就的，除了铁甲舰队之外，尚有大将坐的楼船队，船上建楼三重，列女墙战格，树幡帜，开弩窗矛穴、枪炮洞眼，置抛车、垒石、铁汁，状如城垛。不过经着风暴，一时人力难制。所以楼船队除了示威受俘，壮观惊敌之外，大战争是不用的。作战以斗舰队为主力。船上设女墙，至多不到三尺高。墙下开掣棹孔，船内纵横吃水均以五尺为度。又建棚与女墙齐，棚上再加女墙。重型战舰，上无覆背，前后左右，树牙旗幡帜。冲锋之际，则以蒙冲、走舸为前驱，以游艇为弋袭。蒙冲队，以生牛皮蒙船覆背，两厢开孔掣棹，前后左右，有弩窗矛穴、枪炮孔，使敌矢石不能近，小枪炮火力不为工。在大船左右，伺隙进逼。攻则务于疾速，乘人不及。退则散列四隅，分敌目标。走舸队，舷上立女墙，多置棹夫，少居战卒。然棹夫皆选勇力精锐少年任之，往返如飞鹏。利在攻人之隙，其疾如风，兼司联络侦敌之责，如陆军之游骑也。游艇队，无女墙，舷上置浆床，左右随大小长短，起码四尺一床，以期进止，回军转阵，少列旗帜。以之攻敌，兼以自卫大船者。每逢大敌，则以海鸥队当先。该队坐船，头低尾高，前大后小，如鸥之状。舷下左右置浮板，形如鹘翅，翼以鼓风，以利进行，虽风涛涨天，不虞倾侧。船背上，左右张生牛皮为城。牙旗金鼓，列如常法。江海作战，以此船为第一。船上咸用照板水平槽，以古法改良制用之。掩护海鹘主力，则用铁甲舰队。其次则用广一丈六尺、长十二丈之大翼艘队。每艘容战士廿六人，擢手五十人，把舵舻者三人，操矛斧枪炮者四人，正副指挥各一人，陪补运输卒五人，凡九十一人，暗合水府三官星属之数。

与铁甲舰队夹辅海鹘前进，横行海上。造成弟目前局面和个人地位者，赖此数队之力也。”仲文因为不曾目睹，依旧唯唯而已。直到随了伟如，在海上各岛检阅完毕，同回至西连岛上伟如的办公行辕之内，觉得海上这个局面，前途颇可发展。伯先叫自己放洋主旨，虽已和伟如说过大概，不过未曾详述，直至此时，才仔细诉说出来。

伟如听了，喜得打跌道："小弟上次所以托商人送礼招隐，本有烦劳姜恩公，以及吾兄、至刚、大林等，到此共图霸业私意。唯恐伯先不愿称雄海角，情甘逐鹿中原，故此先将薄礼八色，试探恩公心意。现在恩公驻镇既感环境不佳，小弟在此又愁辖地日广，有鞭长莫及之虑。弟固才力菲薄，同事诸人，除了田先生一人之外，独多搴旗斩将之材，缺乏运筹帷幄之子。今既蒙恩公及兄等惠然肯来，使弟内顾无忧，可以全力南向，经营舟山群岛，徐图黄、渤、东、南四海洋统一之策，真是数万岛民之福，不特小弟一人之幸也。现在事不宜迟，待弟派定两位迎迓专使，随兄往焦山去，迎迓恩公等放洋。一路上，弟自另派精细之人沿途照料。从明日起，弟预定三个月休沐期，把岛务大小搁起，诸事多取保守政策，不去进行。一心一意招接恩公等大批能人来岛之后，再行择吉祭旗，重复着手岛务，积极进行。务请兄将小弟此意转达恩公视听，俾恩公等可早降一日，岛事可以早一日扩充也。”仲文当然一口应允。伟如便派了一艘浅水巡洋舰，委任机械部干事巧手林、理化部委员多心何俩人，充当迎迓左右专使，随同仲文前去。临行之际，闵、任俩当面约定七日为期，行否总有消息传递到来。回头仲文一走，伟如觉得心惊肉跳，魂梦不安，总觉放心不下。于是忙忙的下转牌关照。所有各岛巨细事务，在这二、三、四三个月内，都暂由各岛原来理事全权办理，不必定禀明自己而后执行。岛务处理妥帖之后，自己带了些金银，也等不到七日期满，第四天上，已坐了条浅水巡洋舰，向南开驶，迎上前来。书中暂且慢表。

先说仲文和林、何二人别过伟如，登舟上路。那浅水巡洋舰，外表虽和商船一毫无二，不过裹头装着轮舶引擎，一上了路，既可张帆借风力，又能开动引擎,用机械力赶路,故此赶路异常迅速。仲文跟林、何俩人闲谈消遣,方知他俩是姑表弟兄,一个原籍福建侯官,一个世居广东大埔,不过他们都是生在南洋霹雳埠的。巧手林是个机械专门家,能造枪炮、飞艇等各种新式武器。多心何是理化专门家,深知各种物性反正生克原理,善制炸药、麻药等诸般化学产品。故此有那“巧手”“多心”的外号。本来名字,莫说外人不知,连他们自己也回答不出来的了。又据水手们私下告诉仲文,说他们并非表亲,乃是义哥义弟哩。听他俩说过,因为在南洋目睹荷兰人处处欺负华侨,实在气愤不过,所以决心学成了绝技,想回祖国来干番烈烈轰轰大事业。谁知中华大小官吏,全是醉生梦死,反不如海盗来得眼光远大,作事光明。故此他俩投效到伟如部下,决心臂助岛主,力争祖国的光荣哩。仲文一听这话,知道他俩都是爱国男儿,心中很是敬佩。路上有这一双良侣为伴,不觉寂寞。船又行驶得快速,第三天晌午,已抵焦山。等到上岸,适与寒云的生父阮元源巧遇,问及底细,元源尽情告诉出来。故此仲文忙又下船,开至江南岸,来到北固山上,参加会议。

当下大众迎接仲文上楼,落座以后,仲文先凄然开口道:“小子离开伯先,首尾不到五十天,岂料已出了偌大乱子。山庄被焚,那暗中纵火贼子,我已料着,九分九是这班人干的。目前搭救伯先要紧,回头再去找他们说话。但是众位弟兄们对于搭救伯先方法,可有成见呢?”大林抢着要说伯先受赚经过。仲文道:“此事我已听寒云父亲元源君详细说过,不用重复说明了。最要紧的是救人计策。”于是各人都把想出来的主张次第告诉出来。仲文听了,一味摇头。等大家说完了,忙道:“大林那回打草惊蛇,反生了不少困难,与伯先非但毫无小利益,反有大大损害处哩。小子所虑者,现在我们要行的办法,不能再蹈大林覆辙,画虎类犬,反又弄成下井投石。众弟兄的高见,只有冯哥的劫法场一策,最最近情,无奈目前人手又觉太少。据我想来,只得两路夹攻,双管齐下。与其劫法场,不如先探明伯先现今关在何处。好在我海外同了两名好帮手在此,或者可望成功。至于白老弟的反牢劫狱主张,又嫌水花泛得太广。不能如愿称心实做,只能悄然下手，打他们个措手不及。再者山庄被焚，失却了根据地，我们只得四处散开，因此要多耗用费。而且经济一层，不问可知，眼下一定拮据的了。事到如今，只好有累众兄弟们，格外辛苦些，把自己的镖旗，同着伯先的暗号，分往各地各同志处，跟他们打个商量，有钱的出钱，无钱的出力。庶人手、经济，两敷支配。那时劫狱劫得出伯先，算是最最美满；如其劫狱失败，竟依冯哥办法，大大地干一下，索性待到京详批转，上法场劫人去了。大众听了，自多赞成，预备立刻分头进行。不料丹阳的铁臂膊夏俊锋，忽然站立起身，双手乱摇，高声喊道："不妥！"被他这么一喊叫，非但仲文要紧动问，就是其余诸人，也急于要询问俊锋，何所见而反云不妥？正是：

人定胜天争一着，截长补短事三思。

要知夏俊锋说出怎样一个不妥理由来，容待下回分解。

第三十回　遵师命下山访孤子
示先机剪径阻群龙

却说夏俊锋道："伯先自从出道至今，混了这许多年数，以前在军界之中，固然有批交情，后来又有党会同志，三家同参弟兄，以及政、商、学界在门的，打光棍的，武林中的镖客达官，绿林豪杰，黑道健将，九流三教，无项不有，上下中三等，多已交遍。不过事到而今，伯先背了这样大风火，去信给衣冠中人，社会名流，他们多是势利怀，唯恐株连，人人明哲保身，定多远而避之，反不如绿林中人重义气，讲交情哩。那么此次传镖，自然首先注重这一般人物。但是伯先是交尽天下贤豪长者，各地方多有心腹朋友，如四川的神、棒两匪，两湖的快口、土匪，两广的教会、码子，北五省的响马，河南、河北的五枪会徒，关东三省的红胡子，口外的马匪等等，都该去招呼到的。无奈地区分布这么广大，几乎遍及中华全国，请问一时如何来得及传镖呢？不要回头钱也够了，人也来了，伯先的性命却也已经挂彩的了。时间是不等人的，我们应该预算一下。如今仲文没计及此，故而我认为大大不妥。"大家听了点头，认为此话颇有道理。

仲文想了一想道："有啦。俊锋思虑精详，所言极是。咱们现在传镖地方，可以方圆千里为限。料想众弟兄分头四出，区区一千里路，来回要不了多少日子。所有他省远道诸友人，有些势力广大，手面阔绰的，好在伯先平日同他们订有密电，不妨以电召集他们。其次则以快邮代电。若是现正在马在门，享受一时虚荣之辈，索性一概不去关照。非但防招之不来，反虑生出意外岔事来，并代他们着想，正在得意之秋，却和吾辈往来，实也有所未便。至于风闻消息，不招自来，固然又当别论，我们也不一定拒之门外。伯先近三四年来，也好久没有甄别朋友了，乘此机会，倒大可将新旧朋友甄别一下。倘然此次到来，加入救援团体之中，那么不论出钱出力，以后总认他为知心耐久之交，参与将来的秘密；若是此次不来加入，以后尽可认此辈作泛泛之交，机要将他除外。众位意谓如何？”马伏道：“办法极好。不过京口电局，此际如去拍发大批密电，恐怕他们要起疑不肯，或者因而又生出岔事来，反觉不美。”仲文道：“这倒不妨。可以托传贤兄带往扬州去拍发。好在盐商有生意进出，也常有密电往还。”至刚道：“山庄被焚，未知那许多密电本儿，可曾抢出来？”仲文道：“即使焚掉，谅八云童子执行此事已有年，也可以默写出来的。”大林道：“那密电本儿，一共十三种，在搬移军械要物往小海去时，幸亏丁副管想得到，倒一古脑儿也带去了。”大家听到难题解决，自多欣然分头进行。当下派寒、啸、倚、漱四云，先随冯传贤回扬发电以后，再行出去传镖。其余各家英雄，把东南西北各路议定了，分头出去送信。书中暂且按下。

先说姜伯先的传道师父星子和尚，自从三十年前到峨嵋朝山，在伏虎寺内做了住持以后，便一意苦修，不问世事。隔不到三年，伏虎寺的方丈度谛圆寂了，大众依着南岳宗派，要公举星子继位。星子恐怕沾染尘俗，误了自己前程，便私下跑至万山丛中，结下一个茅篷，仍旧守着苦行戒律，耐心做那入定功夫。天下无难事，只要有心人，居然被他虔修十年入定功夫，练到塔顶尖上。于是再由静而动，操练出定功夫。

这时候，有个山西五台县的阎四十儿，本来是个窃贼，忽然勘破红尘，屠刀放下，情愿披剃为僧，在北京西北平原村潭柘寺内落了发。住了几时，觉得此处是沽钓场合，不是真正万缘俱寂的出家人所宜久居之所。故便一瓢一笠，云游飞锡，整遍千山万岭，渺渺白云，渡过朝潮夕汐，滚滚长江，最后到峨嵋山来，被他寻着了星子和尚的茅篷。万事数由前定，他

一见星子和尚每日只出篷一次，拾些松子充饥，用钵盂汲些涧泉解渴，屏绝烟火，一天到晚不言不语，老是五岳朝天，打坐在蒲团之上，心上十二分的羡慕，便跪在星子和尚面前，五日五夜。总算打动老僧慈悲，允许收他做了徒弟。询知他向来练过拳脚，便教他从补习“达摩拳”“易筋经”入手，首尾不断，寒暑无间，足足练了二十一年苦功，练得他童颜鹤发，虬筋钢骨。谈到武行内的内外家功夫，可称完全无缺。不过师父说他终究是红尘中人，不能超凡入圣的，熬练至此地步，已臻极顶，不会再有所得。

这一日，星子和尚忽从蒲团底下拿出一口剑来，吩咐阎四十儿道：“这口镔铁剑，乃是用云南丽江府鹤庆州出产的古宗铁所铸，用鹤川水九炼九濯，耗费四十九天造成。锐利可以削铁，屈之可以绕指。四十年前，为师在杭州挂单，蒙一个闻人绍檀越赠给我的。现在付托于你，你火速下山，代我去了却一场公案。”阎四十儿听到“下山”二字，不禁两泪直流，双膝又跪下地去。星子和尚笑道：“我并非把你撵逐。你随了我二十一年，我从来未同你说过。我一生连你，收过三个徒弟。论到天分，要算你大师兄丹阳姜伯先第一。论到功行，却是你二师兄咸阳彭龙标独步。三者之中，你的天资、功行，算最次最劣。现在你大师兄已走入了金刚伏魔道，不久就要兵解。虽有好友帮助，但是这宗冤仇，必待你大师兄的后人出世，方能快心报复。不过你大师兄虽交遍天下，而知道他有后辈之人，除我和你二师兄外，只有一两个人深知底蕴。你如今把此剑带下山去，将来见了二师兄，将剑交与他，再向他如是如是说法，待他好去找寻姜门后裔，赠剑报仇。你出山之后，径至镇江甘露寺内卓锡，你二师兄自会同你来碰头，并且一定有大道传授给你。再越四十年，我同你在山海关外孟姜女庙门口，二次相见，可以同往印度去参佛祖了。”当下阎四十儿口内虽唯唯答应，心上总有些依依不舍。况且师父说的话，多是惚恍迷离，内含很深的禅机，未知是真是假哩。无如一日拜之为师，应该终身奉之若父，师命难违，怎敢违拗一点半点。好容易硬挨过这半天，到第二日一早，只好硬着头皮，拿了宝剑和自己行李，别师下山。于是觅路搭船，沿江东下，到了甘露寺挂单住下。

不上半年,果然有个陕西人姓彭的来找他。见面一谈,确是师兄,并知大师兄就在焦山,近在咫尺之间。无如星子和尚戒律森严,他不曾说叫阎四十儿去拜会姜伯先,故此不敢私去拜谒。就是彭龙标同伯先俩,以前未做师弟兄时节,曾经有过一面,后来做了师弟兄,反而不通音问。若是见了面,龙标认得出伯先,伯先还认不得龙标的哩。更有一桩小诧异处:同门师弟兄三人的年纪,倒是老三最大,姜、彭二人虽是同庚论起月份来,倒又是彭比姜先出世五个月哩。阎四十儿既和二师兄会到,自然把宝剑交出,并将师命转达清楚。龙标即便动身,背剑走天涯,寻访姜氏孤儿去了。阎四十儿照旧在寺苦修,世间诸务,概置不问。直至今天,仲文、至刚等在此开会,他在小沙弥口中得闻一些端倪,屡次要来做自荐毛遂,点化众人,究因想着师命而止步。默忖:"如今用不着我,往后少不得他们来求我,现在何苦去自寻烦恼啊?"不提局外旁观的阎四十儿腹中打算。

且说赵至刚和冯、夏、马、白、于、李、杨八位义士,分率着八云童子和于、丁等众,分头出去传镖。他们的办法,也和目今团体征求队员相似。恰巧连八云和于、丁等统计在内,一共一十八人,便分了直、鲁、豫、苏、皖、赣、湘、鄂、浙、闽、粤、桂、滇、黔、川、陕、甘、晋十八条路线,各自进行。内中直字队的赵至刚、鲁字队的于大林俩,和伯先关系深切,所分直、鲁两省又相近,所以二人一起行动。他俩分派着的区域,乃是江北一带,地方虽则贫瘠,但是绿林中讲义气的人却产生不少。不讲别的,单就第二十回提及过的江淮三条龙,得闻此信,一个个恨得牙痒痒的。像淮隐闹海神龙苏二,钱虽没有,人却可以召集到一千八百个,而且个个有一手儿,不是只能助威呐喊的饭桶。泰州的龙门鲤,徐州的伏云从,这二人是非但可以助人,并可帮助经费。赵、于俩人不仅在江北一隅送信,就是住在鲁、皖、豫三省边界上人物,如安徽天长、五河、盱眙、泗县、灵璧。宿县等六邑,河南永城、夏邑、虞城、商丘四县,山东日照、莒县、郯城、沂州等处的英雄义士,也赶去关照。并由海州帮内的云北代为传信到烟台一带,所以连胶州帮多有人加入。赵、于二人马不停蹄，日夜办公，一个圈子，足足走了半个月。所有加入助阵之人，已多先赴镇江，到杨九爷庄上歇足报到去了。各帮资助的金银，有的亦已经带去，有的就托他俩带交。

于、赵俩计算出外将近二十天了，信也送得差不多，可以回镇江了。于是仍循旧道，沿着清江浦南归。那天行至三江营宿夜，预备来日到扬中，渡至圌山，赶回京口。不料第二天过于起早就道，到扬中还在早市里哩。其时扬中尚未设县，只是扬子江内一块沙滩，与下游的常阴沙相似，所以荒凉异常。即就现在设县之后的状况，也仍旧简陋草率，何况几十年之前呢。于、赵二人同着四个原有伴当，加上山东沂州标得王手下的左右二位先锋将，海州云北的把弟铁石星官鲍莏臣，分坐五辆二把小手车儿，连五名车夫，一共十四个人。在扬中进了早餐，忙忙动身，意欲今天搭一个黄昏，要赶到镇江的哩。每辆车上，暗中都装着六百块现洋，藏在行囊之内。所以这五名车夫虽都是在清江浦挑选的著名快脚夫，年轻力壮，行走如飞，但推了这班客人，也觉得行走不利落哩。当下走出扬中市梢，大林笑向车夫道："你们三年寡孀守出头了。由此到口岸上，至多不过十里足路。一到江边，雇船摆渡。到了江南岸，跑不到三四里路，就可到家了。今天你们休息辰光，比赶路时候来得多。一到了家，公事交卸，空车回去，究竟省力。就算招揽着回载，不见得再会如此沉重的了。"内中一个年纪稍大的车夫，气喘吁吁回答道："爷们谦虚，说行李中并无银钱。但是小子推这小车儿年代虽不多，小经验儿有一些了。照这种死重样儿，只有书籍和现洋两件东西，一毫没有借力的。除此以外，那怕米麦豆石，分量虽重，车轮推动了，一抛一颠，总有些巧劲可借，不会如此呆滞滞的沉重的。爷们幸而雇了咱们五个人的车，若是年纪大些，臂力含糊点，这注长行生意招揽成交了，也要半途掉做短站，实在吃不消的。"

他们一路闲谈消遣，往江边进发。不料行了一半路光景，遥望一箭路外，有个四五亩田大的大松坟。鲍莏臣道："这种大松坟，幸亏坐落在江苏好地方。若在咱们淮河以北，或者鲁省沂、兖、曹、临等府地界上，行人遇见此处，要生戒心，防有土码子放响马借川资哩。”荩臣话声未绝，车子已推近松坟。忽然里头转出一个老年长汉，手内拿了根长旱烟袋，在当路一站，厉声喝道：“此路是俺开，此树是俺栽。若要经过此，须留买路钱。”此时若换了经纪商人，或者公子哥儿，定已吓慌了手脚。现在是赵、于、鲍等一班人，司空见惯，不足为奇，自己也常玩这种把戏，腹中都在那里暗笑。况且剪径的是单身老年汉子，自己方面连伴当都是强手，共有八九个人可以上前抵御，当然毫不惧怯。就是那五个车夫，也是老门槛了。莫说在这种著名太平所在，哪怕像济南、皖北强盗土匪圈子内，他们也时常进出。无论大帮小股盗匪，也有做这没本钱买卖的生意经诀，所谓“陆路不害车马夫，水道不碰篙舵工”。比不得有班无业流氓，勾通了游兵散勇，假着搜检私货为名，专门抢劫航船的。这种所谓盗匪中之冒失鬼，好比黑道上的倒麦粞贼，他们的目标只在钱财而不在客，所以一味蛮干。但是十桩抢劫航船案子，也有九桩不伤摇船把舵的船上伙工的。可见他们虽不守规则，仍顾全一些旧章的哩。因此连那五名车夫也丝毫不惊慌，反都把车儿停在路上，自顾自蹲在路旁吸烟拭汗，静瞧坐车的去和断路的打交关。

当下赵至刚忍了一肚子怒气，跳下车儿，跑上前去，抱拳带笑道：“线上的朋友，咱们是合字，一向少候了。承蒙不弃，照顾咱们。彼此自己人，也毋庸说那废话。咱们水头虽有，然而不是昧心瞒己，在众人头上搜刮来的。也是江、海、河三道同志，为搭救丹阳的姜伯先姜大爷，所以拼凑了一些，意欲送到镇江，代姜大爷上下打点，保全他平安出高圈的。我看朋友也是老道了，想来姜大爷的名儿，定也知晓。请卖个交情，放一条生门吧。”那人听了，仰天打了个大哈哈，把至刚脸上瞧了一瞧，现出一副很轻视的神气，含刺带讽道：“俺以为是谁，说得出这种行话，应该总照子亮些哩。原来是醉尉迟赵呆子，确是有几分呆气的。常言道：‘送死不如养生’。与其把这性命八字搏得来的汗血钱，拿去搭救一个死胚，何不双手献给俺六太爷，去买烧刀、牛肉吃喝，有用得多啦。姜伯先在江湖上混了四十年太平天下，他未曾生下地来，六太爷已晓得他免不了过铁结果。俺六太爷从来不行向内外油子要几文来过活，唯有这一回，因为暗中注定，叫俺改一回节，越是救姜伯先的金银，越是要如数截留。俺若卖交情放你等过去了，回头小姜靠甚为活？那就不能长大成人，报仇雪恨的。俺也没有多少空闲工夫同你呆子搭话，快把银钱财宝，双手供献出来吧。"这人如此不识抬举。赵至刚怎生再按捺得下？高声骂道："好个不识抬举的老王八！想必活得不耐烦了，竟敢在太岁头上动土，大虫口内来挖食。休怪俺双拳不生眼睛，要对不起你啦。"口中说时，至刚已将两臂运气，猛作一个饿虎扑羊之势，左手向着这老儿肩上一掌，右手的斗大般拳头，已对准他当胸，用力打进门去。正是：

屋漏偏遭连夜雨，船迟又遇打头风。

要知赵、于诸人能否将这三千块钱保住，把这剪径老儿战败，多在下回分解。

第三十一回　扶病人囹圄难逃定数　挂冠归闾闬衔恨戕生

大凡自己明白武功,老走江湖之辈,偶尔遇到绿林剪径,向自己借盘缠,蛇绞蛇起来,有个分别的。索性是大批人马,先放响箭出来,探你胆门子大小,随后白天枪刀林立,晚上火把通红,一窝蜂拥出一二十骑牲口,七八十个步下喽罗,那倒好抵挡的。反是碰着老头小孩,年轻妇女,游方僧道,孤丁独一,手内大抵多随意捏件东西,不一定是枪刀剑戟等军器,站在当路,狮子大开口,要抽取多少多少过路税,这一流人物,反较大伙土码子厉害。老实说吧,来者不善,善者不来。他若没有惊人绝技学在身骨子内。怎敢干这独角营生?而且那些合了大小股,占了一座山头。差不多自认是这项买卖内的人了,倒同各方不防有进出,不时要买买别处有面子人的帐哩。越是这些放单出马的,说不定他一个月做一回,或者半年放一帐,也有一年干一次。更有三年五载,十年八载,才出一出手。像东三省有个著名单身红胡子,诨名老疙瘩。他本是黑龙江绥化直隶厅的绅士,专和官场中人往来。轻易谁也瞧不出他是线上干无本生涯的。他用起钱来,比谁都阔绰,他必定要到债台百级,四面楚歌,亏了庄款及亲友私债。积有十多万了,迫不得已。才去出十天半月的马。把欠人的债款,在别人头上刮削够本了,仍旧回至本地,过那出则高车驷马,入则暖阁红炉,美酒羊羔,娇妻爱妾的绅士生活去。据说他骑马放枪,上高落下本领,莫说东三省算他独一，竟可算得全中华翘大拇指的角儿。所以连当时和他同时出道的三张一冯，以及阚、汲诸众，虽都是天不怕地不怕的角色，然而见了他也有三分惧怯，余者可想而知。也有一种不出名师家，本来与世无争，并不要干这把戏。忽然遇着一件飞灾横祸，无端临到他身上，一时手中缺少金钱摆布，无可如何，只好来干一下剪径玩意，救救自己的急难。那么谁人在倒运当儿，偏偏碰着了这些主顾，一旦失了风，连根都没处追去，凭你大好老，补救不成的。

今天赵至刚碰着这位自称六太爷的人，虽然已经跟他动手，但是心上却正犯疑："不要正是这一门吧？这总是在伯先倒霉辰光，才会遇到这些的。况且听他自表历史，分明向来不干这一手儿，今天诚心对准了姓姜的船头摇的。"至刚心上正转着这念头儿，果不其然，那六太爷是个大行家，醉尉迟赵至刚那里是他的对手。他见至刚右拳打进门来，只将身子略侧一侧，举起手内的旱烟袋来，从容不迫地观准至刚右手脉门上轻敲一下，口内吆喝道："没眼珠的小子！狠些什么？还不跟我躺下来。"说也古怪，赵至刚的本领也不是起码角色，经着这六太爷一敲一喝，竟是应声而倒，直挺挺地睡倒在地，两眼睁得像铜铃般大小，四肢伸得笔直，宛如羊癫疯发病时一样。

此时恼了鲍荩臣。他本是练习醉八仙、通臂猴两门拳术出身，后来加套的地躺拳。动起手来，忽上忽下，倏左倏右，跌扑灵活，乱人眼目，乘隙进攻。这种拳术，固然是不容易学入门的，一旦练成功了，和人对垒起来，人家也更不容易破的。鲍荩臣年纪虽然未满四十，他在苏、鲁交界地方，久已名声赫赫。同人打起架来，他也不立门户，不站步口。人家见他两腿左歪右斜，倒东偏西，多误认作他是个初练学徒，把式多拉不来的哩。及至一交手，见他分明是摆出一个金鸡独立姿势，一腿高举，一腿跺地。对手自然要用金雕抓雏之势，取他上中两部，破他这一手。讵料他"霍"地身子一缩，往下一蹲，趁势变换一个叶底偷桃；或者就地一滚，来一个沙上滚马，或者就地翻金砖等身手法，敌人无有不败的。此刻荩臣见至刚吃亏，他便将长衣一卸，向车梁上一丢，身子一蹲，作势蹿至老儿面前，一言不发，即便出手。六太爷一见荩臣拳路，哈哈大笑道："来了个地躺门后辈了。来罢，六太爷好久没松筋骨，今天就和你玩玩何妨。"老儿口内如此说法，只见他身子摆动，发开两腿，人似纸扎的一般，一些重量没有，随风转动，在距离荩臣身子二尺以外地方绕圈儿。荩臣眼面前陡觉有四五十个老年长汉，在自身前后左右，上下八方绕圆圈儿，被他转得头眩眼花，竟分辨不出那个是虚影，那个是真身。这门功夫，也分南、北两派的，虽多是从文八段内化出来，名称绝然不同。南方传派，名叫八卦游丝掌。北方传派，就叫杨家八卦拳。若能练精了，竟可以空中跑路哩。地躺门遇到了这八卦拳，好比张道陵被鬼迷，有法无使处的了。既然身影的虚实，一时尚分辨不出，试问怎好下手，打中他的穴道？而且被他这一绕圈儿，本人倒脚不点地的跑着，越转越急，益觉眼花瞭乱，脑门子发眩晕了。两下相持得工夫不大，荩臣一不留心，又被六太爷举起旱烟袋，击中腰间穴道，同至刚一样，也卧倒地上，动都不能动了。

标得王手下的左右先锋、乃是同胞手足：一个叫过街鼠孟广泰，又唤孟牛，要牵了才走；一个叫雀地龙孟广隆，亦名孟狗，被人呼着就跑的。本领都只是勉强对付过去，二三路角色罢了。不过弟兄俩机警非凡，能够见景生情，随机应变。别人就是专门想上几日几夜，尚不如他俩的促狭哩。当时见赵、鲍二人上前去，都被那老儿战败，晓得这老不死只可智取，决难力敌。于是孟狗便伸手把装在车栏内，卷没在被窝中的一口薄刃厚背尖头单刀抽出来，也蹿至老儿面前，假作举起单片子来，一个量天切菜之势，好似要斩到老儿头上去的一般。其实是哄他全神贯注了前面，孟牛已从路旁抄至老儿身后，在腰内取出九响头小风炮来，扳动机括，意欲"砰砰砰"迭连三四响，把他铳掉了就完啦。岂知这老儿好像后脑壳上也生眼珠似的，一见前面刀来，倒毫不在意，却趁势往后倒退两三步，蓦地回转身来，又举起劳什子的旱烟袋来，对准孟牛捏枪的那只右手手腕上轻敲一下。可怜孟牛瞧他回转身来了，心想："赶紧开吧。"无如心上虽想快些，偏偏手内来不及，已经又被他敲着了，躺下地去啦。那六太爷将孟牛阻闭气血，顺手将旱烟袋反打过去。齐巧孟狗抢进一步，用刀斩下来，那装烟的铜烟斗正碰在刀口上，"当啷"一声。孟狗顿觉右臂酸痛麻木，单刀休想再拿得住，被老儿把刀磕飞，落向斜刺里的松坟里头去了。因为是彼此用力之故，所以刀上尚留余劲，飞入松坟，恰巧斫在一棵最矮小的松树上，约有三四寸深，轻轻颤悠。孟狗情知不敌，况且家什脱手，仙人难救，识时务者为俊杰，急急掉转身躯，撒腿便跑。六太爷那肯放松，只紧追一步，仍用那根长长的旱烟袋，向孟狗肛门上面，俗名叫做活肉上，轻轻一戳。孟狗也非常听话，向前合仆一跤，跌倒地上不动了。

事已至此，于大林同着四名伴当，明知不敌，也只得上前来动手。六太爷把烟袋使了一个散花盖顶手式，四方圆圈绕拢来，五个人都被他点着掼翻。他口内又咕哝道："这五名车夫，让他们也卧在地上歇息一会。回头待苏二哥来救他们吧。"车夫一听此话，吓得都没命飞奔，奔出了二三丈路之外，都跪在地上乱磕头，口内齐声讨饶。不料一阵子磕头，磕得他们七荤八素，及至抬头定睛细瞧，那老头已经不见啦。又向四周一瞧，也影踪全无。才互相壮大了胆，立起身来，回至车儿面前，想搀扶他们九个人站立起来。谁知个个同生铁铸的一般，休想扶得起。弄得五个车夫莫名其妙。

正在无可如何之际，后边尘头起处，又来了两骑牲口，背上驮着一老一少两个人。原来来的不是外人，果真是长淮独霸闹海神龙苏天雄苏老二老英雄，领着徒孙小活猴朱全义。走近一瞧，地下躺着赵、于诸众，不知受了谁人的闭气阻血功，一个个倒卧地上，动弹不得。如果敌人用了点穴法道，连苏二也不会救治。现在这闭气阻血功，比点穴法要次一级，苏二却能救治。忙下了骡子，将他们一个个救醒过来，追问他们如何弄得如此狼狈，遇着的谁呢？此时于大林要紧去查点银洋；只有鲍莛臣单边车的车栏内，剩下一半数目，其余装在四辆双边车车栏内的，总共二千四，加上鲍车一半，统共被劫去了二千七百块钱。倒是款子都是现洋，老不死一人双手，如何携带了走的呢？

赵至刚便将经过情形，和这老贼的奇形怪状，告诉出来。车夫也在旁插嘴，诉说最后情形。苏二听了，诧异道："如此说来，这人好似天津的六更李。不过他和伯先也有交情的，不会下这一手。而且地段也不对，他如何劈空会到此来剪径呢？"至刚又说出他的怪话来。苏二道："这一定是他了。此人原籍安徽合肥人，本来做打更的更夫，不过时时喝得烂醉如泥，打更要打出六更天来的，故而有这名头儿。同乡李鸿章小时候，见他已经像近六十岁人。据云他时常喊一班小孩子，跑至人家大坟上边，吩咐那些小孩，分跨在石羊石马之上，喝声'跑'，那石羊石马竟都会跑起来的。曾经有个徐姓小孩，算拜他为师，学会许多障眼法。后来父母去管束他，适逢这小孩跨了石马放趟之际，被父母一喊，他便骑了石马，跑得不知去向，于是坟主缺了一个石马。徐姓失了一个孩子，很想向六更李说话，究因事无佐证，况且迹近白莲妖术，所以中止的。从此六更李也不肯再玩这种大把戏了。后来李鸿章做了直隶总督、北洋大臣。有子侄辈从家中出来，李鸿章问起六更李死了没有。子侄辈道：'依然未死，而且神气仍似近六十岁人。'李鸿章便大大称怪。不料他今天一提及，明天天津市上就发现了六更李的踪迹。所以近来大家就误指他为天津人。他不时口内唱些新鲜鼓儿词。十有八九是预示后来发生的事情，而且应验的多。故此又有'李半仙'之称。但他决不会劫伯先的财帛的。他口内既说过后辈不后辈，临了又带着这二千七百块钱去，其中定有因果，往后或者仍在眼前几个人心眼内实验的哩。"（著者按：据老僧告诉在下，袁世凯关门做皇帝时代。有个奇人李六更，专唱怪山歌的，就是这六更李哩。不过民国八九年间，报上登过李六更作古消息。难道半仙寿限到了？还是尸解去了呢？一时说不定。所以怪力乱神，夫子不道啊！）赵、于诸人听苏二如此说法，一半是带着譬劝性质。事已至此，况且这个自称六太爷，真是扎手货，只好大家难过在心上。苏、朱俩人本来也是到镇江加入救姜团而来的。于是结伴渡过长江，一起至北固山，和仲文会面。

其时出去传镖诸众，大半回归。所有各地同志，十有七八是出力助人，无钱资助。谈到助钱的话，还要推赵、于俩的直、鲁两队，算最最多哩。初不料又会遇着这六更李出来剪径，将经费劫去了一大半。仲文听至刚、大林报告完毕，长叹一声道："目下外埠到来臂助诸人，陆续地赶来，每天的伙食，那怕三素一荤，支出已经不少了。正在用钱之际，偏会发生这种朝天沟内打翻洋船事情，真个命焉运焉。"说罢，喟叹不止。至刚等反问仲文，到底劫狱那一策，办了没有？仲文道："还要提它则甚？"大林道："莫非狗官防守森严，无从下手？"仲文道："若是无隙可乘，下不了手，倒也罢了。只因巧手林和多心何俩人，玩意儿真高明，一出马，居然马到成功。我便主张立刻送上浅水舰，径驶往海岛中去休养，不宜再在此间停留。初不料等到动身上路，半途上想跟伯先谈话，才瞧明救出来的并非伯先，却误救了别人。这一来，反蹈了大林上次进县衙想捉衣云刁奴的覆辙，打草惊蛇，不啻给了个警告与赃官。现在千方百计的侦探，也没探出他们究竟将伯先幽囚到何处去了。"赵、于等听了，一个个顿足叹息，咬牙痛恨。

那么伯先本人究竟怎样了？俗语所谓花开两朵，各表一枝。原来到京口来接斗南后任的李鹤千，江西吉安府庐陵县人，是个大挑出身，分发江苏。其人本性不十分狡诈奸猾，所以到省候补了十多年，仅委着二次局差，一回代理。候补做官做得一身不完，将祖宗传下来的一份薄薄家私，完全在做官上贴得一干二净，变做穷的了。常言道："人穷志短，马瘦毛长"。境况不佳，四方环境逼迫拢来，一味想救穷方法。于是十恶不赦的没廉耻事，顾不得许多，都要干了。此次到丹徒来接事，那是同包后拯做的双簧。目前后拯虽不出面，一切运动开办大小杂费，全是后台老板包后拯代垫，言明鹤千做那双簧前台。到任之后。不论大小进款，都是四六开拆，鹤千只派四成，后拯倒要坐抽六成。并派在滁州收来的心腹小厮衣云，改名包平升，也荐在鹤千处，当掌印兼签押房，其实是后拯派来暗中监督他的。其余附带条件很多。而且两家订有合同，有居间介绍人和制军幕府的折奏师爷签名证明，一条一款，一项一目，全载明在合同上头，双方不能毁约更改的。

斗南初次和鹤千见面，照例备酒洗尘，席间斗南有心道："小弟来此时日虽不久，倒合着'讼简刑清，吟啸自若'八个字的自考批语，总算衙门里头，除却吟诗、下棋、唱曲子三种声音之外，日日只听见些书吏公差背地的咒骂声口。如今老兄来了，照兄初次见面，就再四诘问地方出产、词讼有无特别通融等话看来，那么衙门内定要更换戥子、算盘、板子声和本衙门三班六房等众的称颂声了。"鹤千明知斗南存心讥诮他，却装作不懂，故意正色答道："吾辈要代皇上办事，想答报上宪提拔大德，便不得不如此认真办理，只好把小民抑压一点的了。"故而鹤千接印之后，由包平升主张，竟把天平戥子添办了许多。又将三班卯首、六房书办正身，先都分头传进去，问明了各项余利。然后一个个恺切谕话，叫他们务必涓滴归公，不许隐瞒一点。后来每出一件公事，凡有银钱进帐的，定要三日一比，五日一追，瞎猫擒了死鼠，一些不放松的了。而且用的板子，暗中都拿至内衙，将轻重称较过了，做下暗记，分为一正一副。等到坐堂追比起来，见差役拿副号打人，便知他私下得贿，就立将正号重板子打这得贿用情的差役。这种父母官，算他清的呢，还是浑的？真正是个刮地皮大专门家，恐怕地皮都要被刮去二三尺了。正合着"初来认是此之谓，今日方知恶在其"的两句俗语哩。这都是李大令的政绩，往后也不去细细述及。

目下和斗南照例酬酢完了，便着手清算交代，一面又向斗南索要要犯姜伯先。依着斗南，那里肯将伯先交代出去。又是出于伯先自愿道："你把俺早交出去一天，俺心上早舒服一天。"斗南拗不过他，只得交代出去。其时的伯先，自从得了山庄被焚信息，心上非常不快活。继又听到襄文丧母，雪上加霜。天下最苦的，是精神上的桎梏，偏又不能和别人闲谈解闷。故此连日里大寒大热，病得很厉害。可恨那个李鹤千，始而接了伯先去，仍照斗南待客方法，稳住了伯先。伯先心上，也明知这是黄鼠狼拜鸡，不是好心好意，意欲待自己病势减些，然后走他娘。讵料鹤千身旁有个衣云刁奴，又信任了王大忠恶役，毒计早都安排好了。等到交代算清，斗南迁出，他搬进了衙门，便乘伯先发热得发昏时候，假意用软工来骗供。及见伯先不上钩，顿时翻过脸来，吩咐将他四肢用刀割开皮肤，在里膜之外，装入了许多铅屑，然后再用橡皮包扎好了。要知铅遇了热血，便熔化无形，使伯先四肢从此发抖，不复再能高来高去，这是衣云的恶策。丹徒县监后面，有口很深很大的眢井。鹤千又听了大忠献计，把伯先在深夜送入牢房，将他圈膝坐在一只大筐子内，上头系了巨绠，悬在眢井之内，上面仍把石板盖上。一方面又故意漏泄出去，说姜伯先收禁在令字狱第九号内。本来旧时监狱，多将"雷霆施号令，星斗焕文章"十个字编排次序的，故有令字狱之称。其实伯先像汲水的吊桶相似，高悬在眢井之中，身子凌空，不能用力；上头加盖，无从叫喊；何况又是有病之人。而且这一件事，由鹤千同大忠、衣云及南京带来的几个镖客动手干的，事后又派心腹人监视着，外人一时很难探着详细底蕴，都误认伯先收在令字狱哩。

这在仲文等众，固然隔膜，无从探明。而才刚交印出衙的沈斗南，却已微有所闻。只是大扣子又随了襄文去了江北，自己与伯先手下，又一个不相识。浴日山庄被焚了，虽免了彦知府搜庄的心念，但是如今却感觉着无从传递消息的痛苦，仔细追想："倘然自己不去计赚伯先入署，此刻的伯先，一定天际翱翔，鸿飞冥冥。万不料此事变幻得若是迅速，并且又荆棘横生。伯先虽负兼人绝技，究竟英雄只怕病来磨，眼见一个带病之人，交托在酷吏鹰犬之手，等于羊入虎口，凶多吉少。我竟做了个晋朝王导，活活地把周伯仁累死。伯先虽有'死固我分，与公祖无涉。并且对于公祖曲宥之德，今虽失败，然挚爱终铭五内'等亲口慰词，无奈只是他知我知，并无有力第三者在旁证明。如今传出去，人家总说我沈斗南害死了姜伯先。莫说别处，就回转家乡，有何面目去见中牟山的小虬髯啊！"

斗南自己责备自己，虽有妻子王安人旦夕在旁百计宽譬。斗南心上终难释然。故而在镇江动身，已觉心坎内微微作痛。到了南京，将例行告退手续办清，饮食已经大减常度，三天吃一些些了。他也不愿再在这黑暗官场厮混，索性辞职回乡。那时他跟上宪碰了两次大软钉子，本来红过半天的第一能员，已变了墨黑的黑人，他若不辞，在江苏也候补不出大道理来的了。等到辞官照准，上道回家。病已沉重。好容易赶过徐州。进入河南省界，那天到距离马牧集西南三十里虞城县该管的刘堤圈地方打尖，心痛大作，一霎时热血翻腾起来，张口大呕。不曾挨到薄暮，竟是呕血身亡。临断气辰光，尚连喊:“愧对知己”。正是:

女娲离恨天未补，因此人间缺陷多。

这厢清官可怜客死他乡，那厢酷吏正得上峰嘉奖。要知后事，请阅下文。

第三十二回　王大忠交运发横财
小鸭子殉情仰毒药

沈斗南临终当儿，含泪向着妻子王安人道："我病看来决计不起。名义上我发榜之后，便得简放外任，做了好一时官哩。不过我虽非一琴一鹤，两袖清风的廉吏，可同古时赵清献、陆稼书等后先媲美；然而未脱书生本色，除了正当额俸之外，意外的非分财帛不会弄的。所以私蓄也有限得很。大约我客死他乡，又在失势期间之内，你又是墨守古礼的女流，事事要去托不相干的外人经手购办，势必要多花一些。那么一些些余积，料理过了我的丧务，也差不多完了。最最可怜的，是眼前我只合了'无官一身轻'五个字，那下句'有子万事足'，是今生无望的了。你身孕虽有，未卜是男是女。即使养出来是个男孩，也难料养得成人养不成人哩。不过万一是男孩子，可以养得长大成人，那么你千万记好了：书不可不读，官万万不可做。除此之外，我也叮嘱不尽许多，全仗你自己心灵识窍，总之事在人为了。我的心上，倒是此次对于姜伯先那件事情，总觉对他不起。他的行侠尚义，急人之急，胜于己事，实属令人可敬。大凡世间游侠一流，不是富豪子弟，挥金结客，沽名钓誉之徒，定属根性毒狠，处世阴贼，外表虽执恭谨以待人，实则欲假此以倾动天下，这都是作伪的侠客。伯先出身寒素，中年华贵，而能免此两层普通积习，实为当世寡二少双之士。他此次失着，我早已料及：朝有刻猜深忌之本省长官，野有妒贤忌能之草莽同类。彼乃摒弃虚荣，甘侧布衣之列，任侠行权，风靡海内。此时即无人攻讦，犹且有尾大不掉之处。何况他一身为侠，而受其庇护为其羽翼者，都俨然以土皇帝的辅弼自居，一朝势衰，最易土崩瓦解。我因为自小即酷嗜当代奇烈之士，此次邂逅相逢，倾心结纳。本想乘予夺在手之时，扬瑜攻瑕，俾得成全他为一代豪士，遗留五世之泽。却不料事变错综，六州铸错，恶劣环境催逼得人如是幻速，而酿出现在这人我俱亡之局。事已至此，尚复何言，不过我身虽灭，我心决不能得世人之原谅。你将来如能将我这番苦衷遍告世人，不求大白于天下，但愿有一部分人肯说一句姜伯先并不是被沈斗南害杀的公道话。我在九泉之下，非但甘心瞑目，而且深感你宣传之德也。”斗南说了这一大套惨话，血又涌上喉间，张口直喷，加着气喘不定，喘不到十分钟，便两脚一挺，五官一牵，呜乎断气了。

王安人还算是有主见的妇人，不比从前在家乡受那兵四九的摆布，遭着飞来官司之际，急得手足无措，除了啼哭之外，别无法子。如今总算又阅历了这几个年头，口齿脸子都比从前老辣，忍了一肚皮伤心，含着两眼眶热泪，将斗南尸身成殓。倒是刘堤圈是个小地方，当地居民大半姓范，乃是宋朝文正公范仲淹的后裔，多是半耕半读，不重工商。所以要办丧中需要东西，要一样无一样，都要开了单子，派人上马牧集去购办回来，一往一返，须六十里足路。可怜斗南这一天咽了气，时候已晚，不及差人，直待翌日清晨，才差人往马牧集去购办了衣衾、棺椁回来，又不及大殓。直待至第三天中午，方得入棺。而且一切因陋就简，操色简单得很。但是代价却又很大，竟被斗南生前料着，这个丧事办完，果把积蓄用罄。王安人因为单身扶柩回去，一来费用大；二来身边留下的三个佣人又都非常懒惰，一点也靠不上他们；三来又风闻路上不甚太平，带了夫柩格外不方便。所以就托旅店主人，向距离刘堤圈二里路的牛王固寨地方，一所铜像庙内的当家老道说妥，将斗南灵柩暂寄庙中。一切料理妥洽，她才孤零零地就道。她回乡之后，遗腹生儿，将来成人长大了，到此搬柩，因而生出老道衰僧连环命案，姜人龙巧破无头案，沈斗南沉冤得洗白等由，后文自有交代。目下暂且搁过不提。

单表镇江丹徒县署内快班卯首王大忠，他既抓了刘六，近又得了新任李本官的信任，他的声名势力，一天大似一天。本来充当捕快伙计之人，大半是下流末作，不过说出去好听些，总算在官府当公事的。其实同打光棍的流氓比较起来，俗谈所谓“席上碰到地下，相差尺寸有限”。故而这班人的平素作为，无非强吞弱食，欺良压善，鱼肉平民。更有一班和这些人沾亲带故，闲时混在一块胡调吃喝的，到了此际，也标榜依附，愈加肆无忌惮，胡作妄为。年轻力壮的，仗了自家拳头大，臂膊粗，又依仗了这点小牌头，无非开条子，贩黑佬，淘闲气，刮苦鬼，吃乡亲。年纪老大或者有嗜好的，那么借了这小名目，争门面，兜文局，私设燕子窝，养瘦马，串放白鸽，崭洋崭。自古迄今，由今往后，总脱不了这几道门槛，所以当公事的被人告发起来，无非跌翻在目无法纪、包庇烟赌、贩卖人口、结党局骗等几项条款上。此时的王大忠，一朝混出了头，再加有刘六旧时羽党，见自家老头子口供审实，死罪难逃，没翻梢的了，识时务者为俊杰，就趁势反跌过来，投在王大忠门下。会拍马屁的，照样再送帖子给王大忠，又算大忠的徒弟了。按照青帮旧规，一身不能投拜两个老师。除非自已师父临终时候，把所有徒弟拜托同门弟兄或者生平第一知己朋友带只眼睛照看照看。由病人出主，招呼徒弟们，当着他面，向托付的那人磕头改口，名为过堂，犹之圈外平民的托孤一样。不过称呼虽换，帖子不能送第二张的了。如今刘六部下，同墙头上的草一样，东风东倒，西风西倒，分明投降王大忠，倒又送帖子过去。而且自家掩饰自家的不义气，说什么这只是拜先生，自称门生或学生，并非拜老头子。因此前后相距不过三十天，王大忠的势头，竟突飞猛进。大非昔比，所有衙门内寻常公事，他已不高兴过问，全委托了捏牌伙计高三级去干的了。

大忠每日清早，到衙门里转一趟，尚无特别要公，便回出来，到万全楼吃茶点。挨至中午，回家吃饭，饭后便往澡堂里一踱。倘有乡下人讼务钱漕进出，托他经手，须到澡堂子里去候驾。他这一个澡，起码要洗三点钟,有时就在澡堂里睡一会午觉。直至傍晚出来,便往窑子里去花天酒地,吃酒碰和,闹到半夜三更回去。这种起居注,多么写意。横竖铜钱不管它的来路用得用不得,只要由他手内经过,拿来用了再讲。好在闲事多了,可以东移西盖,损南益北,挹此注彼的。不到两个月,人家觉着王大忠更不比刘六,所以也送了他“瞎眼地扁蛇”“无毛大虫”两个绰号,他本来面孔瘦削,身材也不甚壮伟,自从当了这卯首,一走红运,每天澡堂子里睡午觉,以致心广体胖,躯干面貌,便一天肥壮一天。不过身材虽胖,人家说他身发财发,其实他的气力和气焰倒反不如前。一因身子一胖,不能多跑急路,跑急了就得发喘;二来像他这种出身的人,居然爬到了眼前的地位,也算得青云得路,和苏季子六国封相彷佛了。无论谁人,一过到穿吃不愁的日子,干起事情来,大都是保身价的,不肯再同初出道时节,遇事当先,穷凶极恶,硬出头哩;三来近日里在窑子内出入,小鸭子痴心妄想,想借重王大忠力量,保全刘六性命,故此假意跟大忠上劲要好,米汤一五一十地灌了下去,打得火一般热。本来大忠已经饱暖思淫欲,何况小鸭子又凑近乎,他嫌弃家内黄脸婆子不讨喜,意欲将小鸭子娶归作妾。无奈对于床头旧人,有三分惧怯。一时为免淘气关系,再加真穷好过,假富难当,手中又无实在的款,不敢启齿。所以心上反添了一件丢不开、割不断的大大心事,那有闲绪再去干正经。故而他胆门子和膂力,以及办事精神,皆不及以前壮大泼辣得多了。

那天他在万全楼吃了茶点出来,预备回家午膳,忽和高三级中途遇到。三级便附耳关照大忠道:“本官今天有手谕下来:为风闻外间谣传,有人要来反牢劫狱,搭效要犯姜伯先。故此着我们全体快班,也要加一倍心,不时派几名专人,在牢外梭巡,暗助狱卒,严密防守。如有面生可疑之人,在狱外四周走动,应上前盘话;若是言语支吾形迹可疑,不妨逮捕到本衙门法办。”大忠听了,点点头道:“那么你去酌量派几名伙计,往狱外四周暗查密访就是啦。”三级应着自去。

大忠回家饭罢。二次出门,本又想上澡堂子去了。忽然想起饭前高三级的说话，特地绕道到监狱外面瞧瞧形色。不料他走至监狱所在的那条巷口，瞥见从那首走来一个类似乞丐的人，与他擦肩而过，也向西走进这条监狱巷内去了。大忠自后定神一瞧，见这乞丐身上衣服并不十分褴褛，足上趿了一双南宿州出产的簇新牛毛毡鞋，手中却携了根十三节通天紫竹，竹上挂了一双半新半旧的草鞋，虽被风吹，那双草鞋并不摇动。瞧他拿这紫竹，大约是做算卦生意的。但是跟了他二三十步，仍未见他在喊叫，并且行步非常之速，决非糊口一江湖之流，亦不是穷苦乞丐。大忠忽然心上一动，竟全神贯注到了前走的那人身上，一步不肯放松。那人也很机灵，晓得后面有人盯梢了，他脚下更加加紧，一直走过县监向西行去。大忠在后，也仍跟着。

等到出了这巷，向南去是通的，往北去不到三百步，就是城墙，还有一道护城河，不能通行，而且还是荒僻旷野地方。大忠遥见那人出巷北，心上更加吃准，自己步伐放快。这出巷向北，随那人走至旷野。那人瞧见前面城墙，并有护城河阻隔，故意止步高声道："咱要饭要到这荒郊地方来，向谁去讨去？"口内如此说法，身子向后转过来，恰巧同大忠撞个满怀。那人忙道："借光，有累。"度他心上，急于想要脱身。不料王大忠两手摊开，拦住去路，竖眉瞪目，厉声喝道："这样开阔的地方，非窄小闹市比。怎么你这穷鬼走路，会撞到大太爷的身上来？不得了，大太爷的腰被你穷鬼撞闪啦。"那人一见大忠发怒，口内连连认错，不住拱手求饶，其时心上要紧觅路脱身。大忠喝道："你撞伤了人家的腰，就想安然脱身，天下没有这便宜。如今你愿私休呢，还是官休？若是官休，立刻喊了保证圩甲，同至衙门里去说话；如愿私休，快将你手中那根紫竹儿，和那双旧草鞋留下，待大太爷拿去变卖了，自去延请伤科，服药调治去。"那人一听要截留他手中的仗、履，不禁脸上立时失色，苦苦央求道："大太爷好生之德，恕了穷人这次吧。至于这根竹竿儿和草鞋，大太爷拿去，也变换不到许多钱花。可知穷人没了这棒，要受拦路恶狗的气的。"大忠向他脸上狠狠地啐了一口唾沫，更加怒气勃勃道："穷痞子，撞伤了人家，还要口内占便宜。

你骂俺拦路恶狗，以为大太爷听不出你话里由头吗？这场官司打定了，快些走吧。”此刻王大忠愈加瞧得真切，非把他的杖、履夺下不可。那人听说到官理论，似乎有些气短，一味作揖哀求。无奈大忠水花都泼不进。那人晓得无意中露了破绽，被这厮拿住了把柄，非把杖、履丢掉不成，白白央求了好半天。要想用武、大忠手下早又来了三四个，双拳难敌四手。结果那人将杖、履向地下一抛，口内骂了一声："妈啦巴子。”将大忠上下通身睃了几眼，怏怏地往南走去了。

大忠待他走远，然后弯腰伸手，把杖、履拾起来。初不料一根小小竹杖，一双半旧草鞋，分量非常沉重。大忠心上暗喜，晓得内中定有道理。于是先打发手下仍往监外梭巡，自己忙提了这杖、履，不上澡堂子，一直跑到小鸭子生意上，喊她们借了把劈篾片刀来，亲自动手劈拆开来。一瞧里头，果然都藏着上好赤金叶子，两件东西内，共总拆出五百七十三两七钱足赤黄金。大忠乐得喜开了血盆大口，露出一嘴焦黄牙齿，笑个不停；真和“十年久旱逢甘雨，万里他乡遇故知”一般快活。小鸭子和宝林姐等亲眼目睹，问大忠何处得来这许多赤金？大忠便一五一十告诉了她们。临了笑向小鸭子道："我早已有心要娶你回去，做珠帘寨内的二皇娘，实在自知手中没有金钱，怕养你不活。如今我发了这票横财，可以如愿了。你也不一定要做到端午节除牌子了，同我干事情，最喜爽快干脆了。好在你又不是讨人身体，自能作主。快把细帐开出来，我代你还掉了。你要些首饰，衣裳等等，横竖到了我家里，也好办的，不过迟几天罢了。咱们说干就干，也毋庸别人居间说话，咱们立刻就来直接谈判如何？我是当公事的人，不是拆白党；所有金钱，你也亲见，不是荷花大少吹大气。我年纪虽大，良心很好，作事老成可靠；又不比小白脸儿，没有好心眼儿的。你如……”

小鸭子忙道："王老爷，这些话何用说得。你老不嫌奴是败叶残花，青楼贱妓，那怕唤奴到府上伺候太太梳头洗衣倒马桶，一辈子做个粗使丫头，也心甘情愿。不过奴屡次求你老想法，保全阿六一条狗命，到底这事能办不能办呢？”大忠不悦道："你还提这死胚干吗？你跟了他，一辈子做那个白相人嫂嫂,有些犯不着吧?况且他现在已成了热煎盘上蚂蚁儿,死多活少了。老实告诉你吧,刘六这小流氓,前任沈呆子审了他,口供审实,为了小乔那件小案子,所谓杀人偿命,已活不成。如今又被李青天做入了姜伯先偷盗库银、通同革党大案内,那怕生了一百个脑袋,也要砍掉的了。我劝你息了这条心思,马上嫁给了我吧。我的被窝功夫,不在死胚之下。你若不信,今晚就试试何妨?”说罢,忍不住哈哈大笑。此时的小鸭子,听说刘六准死无疑,自己一片痴情,尽付东洋大海,终身无靠,后顾茫茫。不禁一阵心酸,盈盈欲泪。但想到当着这无毛大虫面前,万万不可露出来呢,只好忍泪含悲,勉强敷衍着。禁不住王大忠又再三提及嫁娶问题,小鸭子只得暂用缓兵之计,哄他待过三天之后,再给确实答复。

无如光阴迅速,三日工夫,只消眼皮一眨,已经过去,大忠又来催讯。小鸭子本想待刘六受刑那天,到法场上祭上一祭,然后回来自尽。现被王大忠催命无常,迭连逼迫,真正急如星火,刻不待缓。而她手中的私蓄,这一向为了营救刘六,也浪费得一丝不剩,并且背了点债哩。她和刘六确有前缘,决心要嫁给他的,却不料如此结果。故而第四天上,假意还向王大忠开了个谈判,骗了他三百块钱,约定十日后嫁他。第五天上,又偷偷地去探了刘六一次监。偏偏刘六也风闻她要嫁给王大忠做小老婆哩,一见她面,狠狠地将她辱骂一场。她又受了一肚子委屈,本想给一百块钱与刘六,被他一骂,骂得气昏了,钱也没给。回来跟宝林姐俩谈心,隐而不露地说了几句断肠话,最主要的是托宝林姐道:“如阿六被杀,无人收尸,你要念我们小姊妹相交一场,代我去收一收尸,最好和我的棺材合葬在一块,我做鬼也感激你。”当晚她就吞了三四块钱生鸦片烟。不料她平日间常代客人烧烧弄弄,有时也要抽几口大烟,所以生烟吞了不断气,不过有些发晕而已。挨到第七天上,反又清醒过来。可怜她恐怕死不成,在夜晚悄然起来,用条刘六平日系裤子的玄色绉纱大束腰,穿在床上的横楣泼风眼内,悬梁自尽了。正是:

年少尼姑逼还俗，不如老妓愿从良。

小鸭子如此多情，出人意表。然而王大忠花了那三百圆白花花大洋，捐了个小小冤大头做做，反代她和刘六会钞了棺木杂费，岂肯就此隐忍罢休。

要知大忠又想甚法儿出来作耍，请阅下回。

第三十三回　囚打囚怨冤相报
错中错愤恨徒呼

两性间的情感,本是很神秘而变幻莫测的。往往有郎才女貌,半斤八两,岂知夫妻反而不时反目,旧门阀弄得分炊拆居,新家庭闹到离婚完结。倒是老夫少妇,少夫老妻,或者潘、宋般的少年,娶了无盐、嫫母似的妻子,画上真真,嫁了残废男子,将“姻缘前定”四字做了拒绝外论的挡身牌,累旁人代为怨恨造化不平,他们伉俪间却非常情深,岂非玄妙莫测的吗?至于青楼中人,更加奇极怪极。据著者所晓得,上海有个花媛媛老大,到北京去改名花容老七。狗肉将军要娶她作妾,愿出身价二万,她正眼儿都不曾瞧一瞧。反去结识一个乌师,代他出钱拜王瑶卿做师,学习旦角,着实费了一票资本。而且她自己没钱,还是托一个姓刘的骨董商,花重利去借来的。原想栽培他成梅兰芳第二,然而他并不走运,对待她亦平常。她并无怨言,万分愿意。人说她不及红菊花嫁的白玉昆,她反说:“红菊花远不如我自由哩。”余如我友姓朱的,对待怜爱卿,真个鞠躬尽瘁,只少挖个心出来待她。她偏偏处处玩弄他,也情愿和一个乌师打得火一般热。临了,为了这乌师遭着人命,弄得东飘西荡,她反情愿得很。至于妓女殉情,晚近以老五蒋红英殉罗炳生为最著。然而蒋老五在无锡做生意时节,因为脸子常常黄瘦,所以外号叫“菜叶老五”,和那时的商会长王克循交情很深。袁寒云赴锡游玩,孙寒厓请他坐蒋家灯船,一见老五,也异常倾倒。

当筵书赠联句，有了“老圃秋容春旖旎”的上联七字，正想下联。其时克循亦在座，寒厓怕闹出三礼拜六点钟的交涉出来，故便代对了“五云深处拥瑯琊”一语。寒云为之搁笔叹息。可见她和王郎俩人的爱度，已达沸点。谁想得到他俩尚会中途乖离，老五到了上海来，反为罗炳生而殉情。难道王克循的资望，反不如小罗吗？并且事后争传，罗炳生实在未死，至今活着，老五死得犯不着，真令人料想不到。和吾书中小鸭子的殉刘六，也是大同小异的，说不明白一个所以然出来。就算王大忠跟刘六俩人比较，相差很大，故小鸭子不愿嫁王。但是所做的一伙客人之中，仕宦红人，正当士商，有财有貌、好心眼儿的漂亮少年，也还有几个，为甚她一个不愿意下嫁，反为了一个无恶不作、受刑过铁的流氓殉身？传扬开去，莫怪人家听了，都很诧异的。古书上道：“三军可夺帅也，匹夫不可夺志也”。其实世界上百折不回，矢志不移的匹夫，一时难找。就只有情海可怜虫，不论男女，一旦作茧自缚，被情网罩住了身魂，竟有奇妙莫名的活剧演出来，供人谈话资料。自古迄今，这班情天孽海中执迷不悟的痴男怨女，真不知有多少。

只说小鸭子自尽之后，她本孑然一身，上无父母，中鲜兄弟，又乏亲族，身后一切，反仗一个毫不相干的宝林姐感动了狐兔之悲，代为料理。不料尸身才得入棺，那个无毛大虫王大忠，赶来寻晦气了。不过小鸭子没有亲人，他这三百块的肩责，一时吃不牢在谁人身上，实在无气可出。结果迁怒到死者身上，表面说得很好听道：“小鸭子已经是我的贰室，她又别无亲人，身后诸事，应当由我主持。”于是派定两三个跑腿，在小鸭子小房子内监督着。宝林姐乖巧异常，晓得小鸭子内里已是空的了，趁势收篷，再也不来过问多言。大忠初以为小鸭子总有些首饰等项，不难捞回那三百块钱。及至一接上手，方知小鸭子非但内无余积，并且尚负了不少外债。债主全盯着几件硬头家什，大忠若要搬动台凳床帐等物，债主就要向大忠要钱，一些便宜占不着。而且自己又算公门中人，一时倒说不出无理蛮话。认了小鸭子作妾，反又要垫出一笔出殡费用。真正偷鸡勿着蚀把米，又下错了着棋儿。等到二七里头，大忠预嘱手下，将小鸭子的棺材，草草不恭的抬至台地上，放把火，将小鸭子尸身实行火葬，聊以出气。至于她小房子内和生意上的硬家什，由得债主们去公摊瓜分，他永不再来问这个讯。可怜小鸭子痴心妄想，同刘六俩人生虽不能同衾，死后总可同穴，再三把这事嘱托了宝林姐，结果仍未能如愿，被大忠来放了一把无情三昧火，将她今生情根烧断，魂如有知，恐怕也希望以后生生世世，不再生作有情人了。

这段名妓殉情的艳闻，当时非但本地报纸多累篇盈牍的刊载，就是苏、沪报上也登载的了，外埠的人已多知道，何况镇江本地。其时刘六虽收禁在监，这消息也已得讯的了。所谓“路遥知马力，日久见人心”，方知小鸭子确是一片真情对待自己；而且由这上头，愈见得王大忠狼心狗肺，少义无情。倒变做哭一回她，骂一回他，要紧希望京详早转，头祭钢刀，好到阴间去和知心人做恩爱夫妻去了。他行同患了失心疯一般，不分日夜地哭骂。非但吵得和他同收星字狱内的难友不安逸，连上间壁令字、下间壁斗字两牢内的囚犯，也日夜不得安静的了。

且说令字第号的犯人，外头以为是姜伯先，其实是遭罗天才捕送来的寿州孙凤池。照他轻身功夫，也可以早早滑脚。无奈拒捕时，被罗天才们殴坏了一条腿，在平地上走路尚且不行，那能上高蹿空，脱身越狱？只好耐着性儿，待养好了腿伤，再作道理。他在以前已经进过囚牢两三次了，所以当囚犯的门槛全精。收禁时候，先就爬在留情洞外，高喊一声：“众位同难大爷高升。”锁上了橄榄式木头上边，又和在自身左右的二囚用心联络，不会再有冤枉苦楚受着。跟着又拿出钱来，把监中所有禁班头儿、禁班伙计、大小灶上、巡更打杂水火夫，以及司狱身旁的管监二爷、闸监二爷，还有内外十号老少诸难友等等，都请吃一顿满堂红。别个犯人的满堂红，不过请一碗光面罢了，唯独孙凤池却是一顿酒饭。好在他一件紧身短袄夹层里，一半木棉，一半是塞的钞票。一到这种地方，生死置之度外，金钱身外浊物，一古脑儿拆出来使用。余多下来，自己也不收藏，去交给龙头代收。馀如带着扛嘴棒吃饭，上了镣铐换裤子，他本来会的，不须出资去请龙头把手教导。不过凤池真会白相，教虽不请人教，学费仍旧照例开销，而且双倍。就是倒大马桶、看金鲫鱼游太湖、上梁山等等禁子的私毒刑罚，他都出了代价捐免。唯恐禁子得贿受责反叫他们奉行故事一回。如此的漂亮干品，挥金如土，阖监上下，自然一致说好。禁子反代他去觅上好伤药和京都同仁堂的狗皮膏来，医治腿伤。养至目下，十成中已愈了七八成哩。

有一个禁班放龙给他听，方知去年到了镇江，向刘六拜山求道，反被这半吊子踢了一个飞脚。后来又知道王大忠在县官前顶自己的山头，抽起根来，又为的是刘六家帮外教，才有这下闷棍受着，故而把刘六恨得牙痒痒的。不料天网恢恢，疏而不漏，这刘小子也会跌进来哩。依着凤池心上，自然就要设计报复。无如刘六那时，居然逐日有那些徒弟朋友等辈，川流不息地来探望，代向禁班们打招呼；而且刘六自身，还跟一个查临壮勇有交情。凤池晓得火候不到哩，不如隐忍一时再说。回头刘六罪名定实，从外临也收进死囚牢来了。凤池想要下手，不料小鸭子又来代派通监使费，张罗一切，凤池又难报复。挨到现在，机会巧了。凤池自身伤处，一天好似一天，资格人缘，也一天老到一天，竟也有了副龙头号长身份。（正龙头皆老囚犯担任，可以干涉全牢人犯的。副龙头，只能在自身收禁的本字号里作威作福，故亦名号长）。那和刘六交好的那个壮勇，又调出去了。小鸭子也死啦，无人再来代刘六花钱买安乐了。至于朋友徒弟们，知他定了死罪，今生不得翻身，忙着在外走门路，送帖子，倒反过去捧王大忠的热场，更无人再上刘六的冷庙里来烧香。凤池暗喜有隙可乘，只消等有由头拾着，就可发挥哩。偏偏刘六真倒霉，可称“福无双至，祸不单行”，近几天来，日夜哭骂，闹得人人厌恶。凤池就借题发挥，教唆大众公诉禁班和正龙头，去摆布刘六。经他这一煽刘六苦啦。

旧时中国监狱内的重重黑幕，一时也说不尽许多。第一是克扣囚粮。照例每名囚徒，每天派着粮米三合。但是狱官老爷，向来是每囚扣去一合。其次是犯人的出入和囚米的增减。大概犯人明天出去，狱官总要捺后两三天，方才报除。如有新犯进监，则适成反比例。譬如犯人初一进大牢，他的囚粮，上月廿七八内已经增入在口粮计数单上的了。其余如端阳日颁赏的席、扇，重阳日发给的棉衣，更加不消说起。总之没有一桩不揩油的。任凭上峰关于稽核方面，制定一等一的严密方法，实际上，他们上下其手，总是无法防止。别的犹可，独有这三合囚粮，全给了死囚吃喝，已愁吃不饱，怎经得起司狱每名扣一合，禁班等照章每二名再克扣一合，每天只剩一合半米，如何吃得饱？故此十天之中，倒有七天吃粥，其实为无米之故。去粜点一半沙子的最次籼米，煮起来，二成米七成水，加一成石灰。瞧那粥汤雪白，实在不能下咽。

本来刘六有小鸭子来用了钱，倒顿顿吃的大米干饭。现经凤池一摆布，也改给大锅粥与他喝了。而且监内有卖饭规矩：临开饭时先由管监来按名发饭筹，然后大灶上拿了粥桶筷碗进监，见等发饭。使用够钱的，吃饭辰光，照样带到萧王堂上，爬台坐凳的吃喝。无钱使用之囚，就在坐卧锁系的场合吃的。如果你吃不下，或者嫌这石灰粥不好不要吃，可以将饭筹卖给别个囚犯的，每一根筹，可售三十文至五十文的价钱。刘六吃了一顿石灰粥，嫌它粗糙乏味，而且石灰味道难受，自言自语道："第二顿不要吃了。"锁在他左侧的囚犯便道："你当真不要吃，下顿饭筹卖给我。"岂知两回一出卖，管监的饭筹素性不派给刘六，直接派给左侧那囚双份。刘六向他要钱，他说："这是管监给我的，与你甚相干？"刘六钱既卖不到，反连石灰粥都没有份，三天之中，起码少吃两顿。这一来，把刘六已磨得够了，真是饿又饿不死，吃又吃不着。其实暗中都是凤池想出来的主见摆布他，而且这一点还不算数哩。

刘六初进监牢，既有金钱，复有势力，所以受着特别优待。刑具时常开掉，名为贿放。不过贿放也分别大小两种：小贿放，就是在监不上刑县；大贿放，乃是有一种已经判定徒刑若干时日，下监执行之犯，只要金钱舍得花，竟可私下暂行出监，待等执行期满之日，先一天再进去，第二天好去演到庭具结，取保开释等把戏。不过这大贿放，非确有把握，不敢贸然允行。就是囚徒方面,也因代价昂贵,非坐拥厚资的假倒店、假宣告破产等黑心掌柜,也拿不出这许多。至于小賄放,竟是监中常事。如今刘六财势两缺,天天把全副刑具上在身上,而且三日两头来更换,分量越来越重,镣铙越换越旧,一不小心,把镣铙或链条绷断了。其实是旧刑具自行锈坏的,但是狱卒不管三七二十一,又要着在刘六身上赔偿。如其没有钱,把他身上衣服脱下来作抵,名为霸王卸甲。等到刘六原来的衣服脱干净了,多谢禁子们哀怜他单薄衫裤太冷了,反借一件棉袄、一条棉裤与他穿着。不过刑具又换了新而且重的来了。殊不知这身老棉袄裤上头,跳蚤、白虱、臭虫三种,真不知豢养了有多少,得着身热气,都钻出来叮人肌肤,叮得痒不可当。无如身上上了全副刑具,腾不出手来抓挠,只得将身子牵动牵动。岂知新刑具有锋头的,身子多动了,皮肤被那锋头擦破,以至滚脓出血,淌青水了。本来刘六睡的高铺,如今改为地垫一个柴草把坐坐。号子内脏垢山积,臭秽难闻,地上又阴湿不堪。刘六因哀求禁子,可能白天锁到露天,去换换新鲜空气?这一下,正中禁子怀抱,便把他三日两头调出笼尝那金鲫鱼的木犀风味。晚上又不时将他上匣床。

本来依着看守所监狱内的法定条规,明明载着禁子等不得无故禁锢被告身体,虐待死囚。但认为有脱逃可虞之时,禁子等可酌量予以拘束云云。不料他们就在这"酌量予以拘束"六个字上,生出种种残酷私刑来对待罪囚,用以敲诈财帛。而且无论何处,名义上狱内设有浴池,以借犯人沐浴,实际上,恐怕只有屎池,何来浴池?犯人终年不得一浴。所以狱中的污秽黑暗,几成为各监普遍现象。就是镣铐的上全不上全,刑具的新旧重轻,都是监狱中员役的生财门道。以罪人摸靴统钱出得多少为标准,将刑具新陈轻重等作为伸缩,从中颠倒播弄,藉以生财营利。往往犯人家内富有的,一旦为搭高铺、开刑具等各项事由,开起谈判来,整百满千的也有。如其身体本来不佳的,一入此中,非病而死。每逢夏天,瘟疫更是盛行。横竖他们不医不报,不理不睬,一旦罪人死了,典狱官报病报毙的两张公文,总归一同上呈,不过把公文上的时日,填的参差些罢了。而且监门上

画的那个兽头，名为狴犴，乃是龙生九子之一种。据说此兽只往肚里吞，却从来不排泄，吞多了也只能从嘴里吐出来。故此犯人收了监，只有仍从前头大门内调出去杀，或者罪满出狱，没有从后出去之理。因此监狱没有后门。其实是为防备上谨慎起见。但是大多数人说起来，就因狴犴只吃不拉之故。后面墙上洞是开一个的，以前老例，这洞的里墙上头，远画一个裸体妇人，一足跷起。这个墙洞，恰巧开在她的两股中心点的地方。此妇俗称刘娘娘，其实就是汉高祖的正宫吕雉。此洞俗名牢洞。囚犯死了，从这洞口拖出。

当下刘六受尽种种苦楚，真比死还难过。只怪他自己以前为甚要暗损孙凤池，现在反受凤池的暗损。循环报复，天理昭彰。他唯有日夕望京详早点转来，早死早超身。如是又过了几时。那天清晨，刘六尚昏昏沉沉，坐在地下打瞌睡，未曾醒来，耳边厢忽听禁子等高声叫唤，人声鼎沸。刘六从睡梦中惊醒过来，初讶不知何事，继念不是京详批转，定是失慎走水，除此两端，监中人不会如此惊慌的。正是：

有罪难逃这里过，无钱莫到此间来。

要知究竟为了何事吵嚷起来，须在下回分解。

第三十四回　姜伯先舍生取义
闵伟如认父收尸

从小鸭子短见自尽之后，孙凤池公报私仇，小辫子刘六真不知吃了多少哑苦。这天清晨，刘六被人声鼎沸闹醒过来，意谓不是火发，定是京详批转，不知那一个难友，要恭喜脱罪哩；或者就轮着自己，也未可知。谁知回头得信，都不是的。原来跟自己作对的令字第十九号的囚徒寿州孙凤池，越狱逃遁去了。脚镣手铙和穿琵琶骨的铜丝细链，都断成绝短的一段一段，遗弃在地。仔细检验起来，却是用最猛烈的镪水洒在镣铙上，钢铁虽硬，经这镪水浸过，脆弱如同薄纸，只消再轻轻用力一扭，无有不断的。而在打更的夹道内，又发现了昨晚下半夜当值的巡夜更夫小王，被人四马攒蹄捆缚着，口内又塞了棉絮，有口难喊，只能鼻子内出气。等到大家将他解放四肢，取出口内棉絮，人有些晕厥的了。好容易用姜糖百沸汤灌醒过来，盘问情形，方知昨宵三更半天，有两个夜行人到此，将他抓住用刀恫吓住他不许声张，诘问明白了令字九号牢房所在地方，然后将他捆缚起来的。他俩话儿谈得很多，不过口音像是广东或福建人，听不明白。司狱官听了，晓得这是凤池羽党前来救去的。逃去罪犯，事情很大，不敢隐瞒，申详上去。结果从司狱起，直至更夫为止，都受了申斥。而且将那小王革掉名字，指他呆木误公，既见贼来，何不鸣锣号众，所以要将他口粮革去。其实呢，也叫官革私不革，小王倒换过来，叫做王小，依旧服务。

这不过是一种交代，总算逃走了一名不甚重要的犯人，革除了一个误公更夫。其余监中执事员役，记过申斥，分别惩诫。又发出了几道知照邻邑缉捕的文书，本衙门三班公役也多了一道海捕公文。这么一来，对上头道府诸宪，下边士民诸色人等，都有了个交代。此所谓官场若戏场，总算唱过收场。好在孙凤池所犯的案子，虽由督宪密探捕送，又经快班卯首王大忠告发，但是出了文告，并无谁来补状控诉。办重了，不过是徒刑。现在跑了，比较别犯要轻微一些。若是走了姜伯先、刘六等犯，事情可就重大了，连彦知府都有处分，不会就此马虎完结。

搭救凤池出去的好汉，不消著者说明，看官们也早明白，是任仲文的指挥，巧手林、多心何俩人夤夜入狱动手。总算手到功成，把令字九号犯人救了出去。而凤池此番得救，倒是沾了面貌和伯先相似的光，得能恢复自由。在他固是祖宗积德，侥天大幸。但在仲文等方面，犹如拾着了假钞票，空快活了一阵，真是倒了一百代的霉。再想复干一下时，无奈伯先究竟收在何号，一时侦探不着。再者牢内丢了一个孙凤池，顿时加紧防备，加派日夜双班当值，另加城守营、绿营兵士协同守卫，川流不息的梭巡，不似以前那么大意，倒也不易再去下手。所以赵、于等回来问及劫狱情况，仲文唯有叹息事情干糟了。

谁料这厢错救孙凤池，那厢闵伟如因为放心不下，等不到满了七日约期，已经随后亲自赶来。一到镇江，先离舟登岸，去借宿在金鸡岭下海神庙内，心想会见了熟人再说。偏偏任、赵、林、何等一个碰不着。他在闲人口中探出了伯先下狱、火烧浴日山庄等消息，打消了回船驶往焦山去的计划。于是自己改装成一个穷小子，便将带来的金叶子装在杖、履之内，想径入狱中探望伯先，然后用钱买通了牢中上下人等，乘机援救恩公出狱。不料刚走到监狱巷内，却被王大忠看破巧机关，将杖、履劫去。床头金尽，壮士无颜。最可恨金钱失去了，倒同于大林遇到了。于是同至北固山，和大众相会。彼此失着，错中生错，那么只好预算定了京详批转日子，等候各路弟兄到镇会齐，动手劫法场了。

谁知王大忠因为小鸭子死了，一腔怒火没发泄处，只得到李鹤千面前再进谗言道："孙凤池是一个窃贼罢了，料他外间有多少交情，会有能人到来劫狱。想来这定是劫刘六或姜伯先的，弄错了，才将凤池误劫了去。并且凤池面庞儿跟伯先相似，此事有七八成是姜伯先羽党来干的。请本官早定主见，不然，姜党确有几个了不得人物，后患无穷，防不胜防哩。"鹤千一听此话是对的，于是亲自到了南京，面请督宪指授机宜。张之洞说："既然姜、刘都是盗库要犯，况且又是草菅人命，鱼肉良民，为害地方的痞棍，不妨就地正法，毋庸待得京详批转。横竖两宫垂询，或者刑部内追询起来，本部堂自有说话对付，你回去好好儿干吧。"

鹤千面领宪谕，立即回至镇江，秘密吩咐各班，照例伺候端正。次日十点钟时候，突然公堂提人，把姜、刘俩人同提出监，宣布姜，刘罪状，并称亲奉督谕，将该两犯立即就地正法，枭首示众。他俩在监内提出来的辰光，尚都未知今天乃是如此结果，所以萧王未拜，断头羹饭也未吃。直至到衙，县官宣谕之后，捆绑手才上来动手。此刻的刘六，把沈斗南、李鹤千、王大忠和几个动手捉他的捕快等一班人破口大骂。捆绑手先把他捆了，他还是左挣右扎，吵骂不休。原来捆绑手捆起斩犯来，也按前人的传授：最初和被捆犯人对面站着，他把绳子先在自己身上按了穴道次序，从下身一路向上绕起来。等到周身绕齐，由旁侧副手相助，一步步脱卸过去。譬如绕在捆绑手项部的绳圈，副手脱过去，就套在死囚的颈内。此后手上的移套手上，脚上的移套脚上。等到移套完毕，再由正手挽成一个三翻头的牛切股结。而且这结儿必须挽在犯人的下颏底下，使他咬又咬不着，别人代解起来，又不好一解就开。非但代替一根拄嘴棒的用途；并且少顷只要犯人头落下地，将绳子一抽，就通卸下来，一毫不费事的。如果被绑之人始终一强不强，这道绳稀松百懈，并无痛苦受的。倘然要强一强，那绳就加紧一点，越强得厉害，越收得结实，其名"步步紧"，又叫"连花套"。现在刘六一阵子挣扎，那绳儿紧拢来了，可怜切进了肉内，真和上扳罾吊坐老虎凳、跪满天星的味道相似哩。

捆好了刘六，再去伺候伯先。此时的伯先，虽然受了这许多时日的虐待，坐井尚观不着天，再加有病，然而态度尚不减平常。鹤千居然向伯先道：“本县深知你是个好汉子，本案波及，有些冤枉的。不过你是堂堂丈夫，况且也在新军里头当过军官。私通革命党呢，大概留学生出身的新军中人物，十有八九如此，不去论它。倒是你待友以义以诚，治身能谨能俭，又有了这一身大好功夫，怎么肯同匪类往来？并尚愿意代那些毛贼担当污名，承认这许多盗案在自己身上，至死不悟，徒被后人骂你也是个害人瘟强盗？你若早些说出那些做案毛贼的真名实姓来，你的罪名可以减轻不少，不但以往好少熬些刑罚，并也不会有今天懊悔嫌迟的一日啊。”伯先忍不住冷笑道：“李鹤千住口！王彦章道得好：‘人死留名，豹死留皮”。人活在世上，一百年也免不了一死。你道我死之后，遭人唾骂。难道世间之上，好人死绝了种，多像你们利欲薰心，但想升官发财，腼颜事仇的龌龊奴才了吗？公理自在人心。我死之后，未必人人唾骂。似你这种行径，那才是真正害人不浅的瘟强盗，也许要万年遗臭，连子孙都洗濯不清哩。至于那些冒名做案之人，俺姜伯先如不代他们担当罪名，累你们捉羊抵牛，指鹿为马，搪塞上峰，自保前程，真不知又要冤屈了多少清白良民哩。俺出世至今，近五十年了，在中国版图内的地方，那一处不会到过；上下中三等社会的滋味，那一等不曾尝过；至于好玩的，好穿的，好吃喝的，以及寻常不多见的奇怪东西，那一桩不曾亲身经历过，就死也不枉的了。不过你今天把俺和刘德标那厮合在一处开刀，你太葬送了俺啦。你有了这种刁念，往后也有个报应。目前总算你收拾了俺，可以得个全功。赶快动手，好让你到上宪跟前报功邀赏，何必还要多言多语？你若是再迟一点，怕俺生死朋友，要来和你算帐，你就要弄得懊悔嫌迟了。”

鹤千被伯先大大训斥一阵，竟极力忍住了不动火，还想找话盘问，也许伯先能露出一两个羽党名字来，又好掀波作浪，功上加功。一听到末了这几句，不免心上一动。便忙吩咐捆绑手等，赶快收拾吧。一壁特命专诚请来保镖的杀虎手杨龙、滚地雷丁云、一杆旗华子林、黑无常孙洪洪等四人,同至法场防护。倒是捆绑手等伺候到伯先,多有些不忍,反是伯先催他们干脆爽快点。那刽子手胡根义挨至伯先近身,暗问:“姜爷可有未了之事？吩咐几句。”伯先道:“山庄被焚,旧部星散,俺已成了无家可归、有国难奔之人,心上还有甚丢不下？只不过俺亲手经营的‘三不社’虽已成立,不曾如约干成一件惊天动地的大事。其次,有处地方的一个土豪和一座怪屋,俺不能为民除害,斩草除根。还有丢失的一匹宝马,虽曾托人去要回,去的人没有回来,未知此马收得回收不回。俺生平的几个知心刎颈之交,现在多南北分途,不能一诀。这几件心事,略有芥蒂。至于寻常人怜我没有后辈,我自己反不介意。况且……”

伯先说至此处,城守营都司和守备已都带了弟兄来了。今天格外严重,连绿营内都派有佐领统率一中队旗兵,和李大令同至法场,负责保护。于是满汉两种兵士,文武官员,骑马上轿,摆开执事,拥着伯先俩出离县署,径赴法场。将近校场之际,伯先猛见好似于大林迎面奔来,瞥见伯先果在其内,便回身飞一般奔去了。那刘六初出衙门,口内居然仍旧噜苏辱骂,又道:“再隔一十八年,依旧是个英雄好汉。那时把你们这些颠倒是非的狗官,狼心狗肺、贪功卖友的王八蛋狗人的,一个个仔细收拾哩。”等到一上街,又变了口吻,先唱皮簧、秦腔,又唱小曲,而且需索酒食小吃。末了又哭道:“小鸭子好妹妹,今天你来领我去吧。出事那天,我责备你,要哭在送我出殡时候哭。不料倒是你先走一步,今天我反哭你。”及至一进校场,顿时变得面无人色,反含着眼泪喊:“姜大爷,有人若救你,我和你捐弃前仇,乃是同难好友,也要搭救我一同去啊。好大爷,听见了没有呢？”说罢又哭。伯先怒喝道:“鼠子毋多言！英雄不封侯,便为盗贼。五鼎供膳,和五鼎煎烹,还不是一样吗?杀头快事,他人巴都巴不到。并且鼠子修到和俺同流血,真比出将入相还荣幸。遇到这种千载一时,为人所不及的荣幸大快事,真是祖有余德,虽死犹生,多言多语则甚？难道尚有甚不愿吗？俺早就懊恼同你这没种奴才弄在一块,倒足了十七八代的霉哩。”刘六被伯先骂得既不敢开口,又不好意思再放声大哭,只低着头吞声饮泣。

伯先抬起头来，将四周的防卫军丁同外圈瞧热闹的人一望，只见那些兵丁都把前健机上了子弹，一个个装着预备放枪姿势，把枪口都对准自己和刘六。伯先不禁失笑道："你们这班饭桶，把枪口向内对着我，我是个就缚病夫，宛如釜鱼笼鸟，若说要显能脱逃，也等不到今日。现既甘心被戮，被你们绑到了法场上，也不想走的了。万一背后有人动手劫俺？你们都背对着外，枪口反向着内，被他们拔出家什一刀一个，你们也同俺伸颈就戮一样，反遗留许多枪械，供敌使用。请问你们笨不笨？"伯先朗朗之声一宣布，那些丘八太爷，一个个汗毛凛凛，好似背后真有人来拔刀动手般，竟一齐面容失色，大半扭项回头去瞧瞧身后，有的索性听了伯先吩咐，立刻身子内后转，把背心朝内，枪口向外了，惹得百姓们扬声哗笑。军士们格外慌乱，勉强步武整齐的队伍，顿时间弄得杂乱无章。带兵的佐领、都司等见情况太不雅观了，忙从演武厅上赶下来，弹压申斥。那班站在二道栲栳圈前排的几个有资格平民，切切私议道："姜伯先真有本领，随便演说几句。已说得这班兵士心神不宁，内荏气馁的了。这种好角色，落在草莽之中，官场又把他视为丛渊鹯獭致使他如此结果，辜负偌大经济，一无表见于世，不仅造化不平，直是吾人没福啊！"又有些受过伯先小惠之人，也恨恨私语道："怎么那寿州贼骨头，会有人来救去，姜大爷交情遍天下，反无人暗中来代为设法？难道这些朋友都死完了，致使他老人家被酷吏残害？真使吾等心上大大不快哩。"

此刻的伯先万念皆灰，所以五官格外聪敏。那班闲人瞎说，当公事的不放在心，伯先倒有几句吹入了耳内。一所以又抬头向四周一望，瞥见东南角上站着一个长须壮汉，好似在那里见过的；西南角上有一僧一道，在那里交头接耳的密谈；东北角上站立的一个少年，又好似海州羽山姓鲍的。心上不禁一动，回头向胡根义道："赶快动手吧，迟了连你们都活不成哩。"恰巧李鹤千也听了四个保镖的说话，派心腹下来关照刽子手：刘六的首级要枭示，姜伯先的首级不必枭示；再者午时三刻已到，动手吧。偏偏胡根义不忍先斫伯先,反先斩刘六。

伯先眼见刘六本来跪在木桩前面,刽子手胡根义走至他的旁侧,将他身上披的衣服掀掉,由一个副手将刘六发辫扯向前去,刘六的头部自然面向着地了。一个将他反缚的两条臂膊往上一抬,刘六的头颈自然伸长了出去哩。胡根义右手倒提鬼头刀,刀口向后,用左手的大拇指,在刘六颈内一摸,摸准膏肓穴。"霍"地右手翻斫过来,齐他自己大拇指前一二分光景斫下去,"咔嚓"一声,刘六的后颈骨、肾经督脉、气食两管,全都斫断。那拉辫子的副手一见刀下去,顺手即将发辫往左一拖一掼,自己身体向右一闪。不然被死人头咬牢了,俗名所谓"死勿放",要闹大乱子的。此刻闲人顿时嘈杂,演武厅的将台上,金、鼓、军号三种声音同时并作,校场外面连珠升炮。那刘六的一颗脑袋,却骨碌碌滚落到六七步外,被枯草根拌住,才不滚哩。那个无头尸身,头才斫下后,那颈圈忽然一揪,口收小了。胸口跳动,跳得浑身肉抖。别人都看得出,跳了三四秒钟,忽地颈口又放开来,一股鲜血像喷花筒似的,往上直喷,喷有二三尺高,越喷越低。喷不到二三分钟,然后无头身子仆倒两脚,挺直。

大众视线再移过去,谁知在这众声难作当儿,一个仁义大侠姜伯先,也经胡根义等归天去了。不过上头吩咐,伯先首级不枭,所以根义手下留情,伯先的脑袋尚牵牢一些些皮肉,不会完全和头颈脱离关系。并且伯先的颈脖子内,不是就流鲜血,而是先有一股白气热腾腾地上冲霄汉。有的人说:"这是有功夫人散功。"有的说:"伯先身子不近女色,健全不过,气血两足,所以淌血之前,先有热气的。"有的人道:"可见姜大爷是冤枉的。明朝时候,朱太祖错杀了钱鹤皋,相传鹤皋也淌的白血。朱太祖才知他真是冤枉死的,所以下诏颁行天下,每逢清明、中元、十月朝三节,阴阳一体致祭。目下城隍的三节会,大家只知祭社稷坛,其实就是祭的鹤皋。要不血会色白?大概同今天姜爷一样。或者姜爷现在遭了屈死,将来也要受阴阳地方官公祭,受万年香火哩。"有些站得遥远些的胆小之人,以及站在演武厅左右、要想抢判斩条的朱笔回家捉恶鬼之人,连这边动手情形,一些不曾瞧见，只拾着了几句“下巴残”，回头散出去，反添枝添叶，加油加谐，绘声绘色的传说出去。故而邻近各县多知道姜伯先是得道成神，借着过铁兵解的。当下金、声、军乐号、炮声、枪声，次第寂静。那文武监斩官，仍由三班衙役两种兵士等，前后呼拥着，离开校场，先至城隍庙内拈过了香，然后分头回归衙署。

别人不表，单说李鹤千飞舆回署，立即升坐大堂，起鼓排衙。那快班卯首王大忠，校场内不曾去，守候在衙内。因为排起衙来应由他同皂班卯首李吉，分开左右，领班叩报的，所以专等在署。刽子手胡根义拿了血刀，自向牛羊肉庄、鲜咸肉铺、南北货店等各商铺，收取陋规，俗名要“揩刀草纸”，书中不去细说。

李鹤千待排衙三次完毕，正欲掩门退堂，忽然有个军官模样的少年，一路且行且泣，投到大堂上，面递呈子。呈子上大意，是说自己是姜伯先的干儿子张大公，义父不是杀人越货，蠹国大奸，伏斧锧之诛，受枭獍之罚者可比。现在尸暴于野，情实可惨。星烂荒原，月明柴市，而文文山和张苍水等，尚许有人收葬；何况义父罪不逮文、张，而张大公又谊关螟蛉。伏望堂上恩准，容张大公赴校场收尸。鹤千最初想不答应，又是那四个保镖附耳献策；鹤千方拔根朱签。派一名皂隶，会同该管地保，监视张大公收尸。该班值日的，自然领签，同着张大公前去收尸。李鹤千也就退堂进去。

各班衙门役散出来，互道辛苦，并奇怪姜伯先怎么会有这个年纪相若的义子？别人说说空话罢了，独王大忠忽然想着这领尸收殓的张大公，似曾相识。仔细追想，不禁连连顿足，频呼“不妙”。忙从衙门内赶出来，径赴校场，又想去节外生枝。正是：

白天不作亏心事，黑夜闻更自坦然。

但不知王大忠此去，究竟有无发生别种枝节出来？这张大公究是何人？伯先身后，仲文等又将如何？都在下回交代。

第三十五回　小报仇戕官杀吏 大结局歃血联盟

却说王大忠心上想道:“这个自称伯先义子的张大公,就是前次被我在沿城脚旷野所在,劫夺手中杖、履的乞丐,此刻怎又自陈姜氏义儿,前来收殓伯先尸身?此事与我大有关系。所以赶至校场中,再下斩草除根的辣手。那么这个张大公,不消著者说明,阅者已都知道是闵伟如的化名了。可怜伟如对于伯先感恩刺骨,不辞千里迢遥,间关到此,虚掷金钱,空劳思虑,非但未能延伯先旦夕之命,反速其死,真个泪出痛肠,哀号欲绝。他也知栾布哭越,蔡邕恸卓,都为了这数行血痕,竟致贾重祸,贻大戚,足为前车之鉴的。但是九原知己,生死不谕,至此宁复顾及其他,所以挺身到署,投呈收尸。倘若这赃官以为殊刑犹未足蔽辜,必再欲暴露其尸,则伟如愿以身入官为赎。当时幸得四个镖客两次陈言:第一次说得伯先首领不和刘六之头,共枭示众;二次陈词,使伟如得遂收尸之愿。这因为他们四人,也一向在外头走,资格很老,欲成全江湖一个“义”字起见;再者惺惺相惜,故肯如是暗里帮忙。当下伟如隐着公差,先去喊了本段地保,同至校场。仲文、至刚、传贤、大林等,已都将上的衣衾、棺椁购备端正。一见伟如同差役、地保皆来,询知已获县官允准。大家聚集拢来,共有四五十人,齐至伯先尸身旁侧,跪拜痛哭。内中仲文和伟如俩,哭得最最惨伤。一壁由八云童子以及雇来的土工,一齐动手,将伯先尸身,从地上扶起来，搁在棺材盖上用温水洗去血迹。又由寒云和剑云俩小心谨慎，把头缝合。然后穿好衣服，安殓入棺。等到棺材上盖，合缝落榫，加好横销，自有伯先平日豢养的那班内部壮士，纷纷上前扛抬。待大林等先护卫送出城，伟如还要照例填具结单，拿出钱来，开销了公差、地保，才能走哩。

他们在这一边收殓伯先，恰巧那一边刘六的无头尸首也有宝林姐想着小鸭子的说话，而且此次小鸭子身后，她暗底下得着不少实惠，故此托人买了一口棺材木，也抬至校场收殓。那些瞧热闹的闲人见了，都说："姜伯先不含糊，总算交着这许多生死朋友。刘六到底是流氓，平日间徒弟哩，师兄哩，自家人哩，闹得乌烟瘴气，真不知有多少牙爪；到今日之下，却要吃窑子饭的姑娘辗转托人，前来殓他的尸身哩。人在人情在，煞是不错。那些自家人到那里去了呢？不过青楼中竟有如此钟情人物，倒也是难得的。"又有人道："刘六总算作威作福了一生，结果还修着这样一个巾帼知己，福命也不坏了。照他生前行为，倒该暴尸露骸，狗衔鸦啄哩。你我身后，恐怕还没有这般的艳福享着啦。"

他们正谈得起劲当儿，王大忠赶到了。他成心要来豆腐里头挑骨头，寻张大公的事的。岂知伟如在县署之内，也已经瞧见大忠就是前次劫夺他杖、履的那个恶贼，他即不追踪前来，尚且不肯就同他善休；何况他反迁就的到校场内来，那是再好没有，该先给点苦楚与他尝尝。其时伯先尚在小殓哩，手空的人居多。伟如暗暗丢个眼色，关照大众。于是苏二的徒孙朱全义，立刻便换到大忠近身来。大忠一壁正和公差搭话，一壁留心伯先的棺木、服饰要寻些由头出来，找张大公的岔子。冷不防全义挨了过来，假作身子被人挤得向前一冲，把右手在大忠身上一搭。其实是觑准了他的环跳穴内，用中、食两指一点，还假意先道"啊唷"，复向大忠连声道歉，然后闲闲地走开去。大忠始而不在意，正要向张大公诘问怎么收尸来了这许多人？这些人和死者究有甚关系？不料想开口时，气自然往上一提，内里肺叶一张，被朱全义暗损的那一下伤便马上发作了。陡觉下部发胀，急于解小手了，忙从人丛中退出来，到墙阴地方解去。偏偏白费了半天工夫,解又解不出来。等到裤子系好,回身走路,谁知走不到四五步又觉下部复胀,又想小解了。再去解时,仍解不出。如此三次,觉得全身欠筋缩脉,一百个不舒齐,那里还有兴寻衅,急于要回去设法通便了。所以王大忠追虽追了来,因为受了这记暗伤,逼得他只好回去,不曾掀风作浪的。等到校场上两个尸身殓后,各人分头散开,公差自去复命。

从此,镇江社会上便把姜、刘同斩这件事,很热烈地作为谈话资料。因为伯先扶植民权,反对官场,大多数舆论,对他非常怜悯。而刘六素行,是鱼肉良善,此次被戮,大家又十分称快。但是厌故喜新,可算得是我国的国民性。不论对哪一桩事儿,热心至多五分钟,五分钟一过,便一天冷似一天,姜、刘这条事情,在春天发生的,交进首夏,已经谈论的人少了;秋风一起,完全吹散,竟无人提及。

到了那年冬初,那日丹徒县衙内,忽然由一个乡下地保姓阮的,领着两个十五六岁的童子,到衙击鼓叫喊。乃是呈报金鸡岭附近,离城十里路光景,有一家乡下大户,昨宵被盗,非但失去若干东西,并且刃伤事主,有男女大小七条人命哩,请大老爷下乡检验踏勘。其时知县还是李鹤千,就为了杀掉姜、刘的功劳,已经由代理改为正式署理。当下得闻此信,知道乡下大户有油水的。尤妙在代包后拯监督的包平升适往南京解款去了,这票买卖,好独享用了。所以并不委左堂代勘,亲传仵作,带了两名保镖,执事摆开,带同苦主和该管地保,一同出城前往。

不料走了一半路光景,路旁忽然闪出二三十个乡村耆老,手内多执了香,诉称是附近耕农,今年田内生了白蛸,暗荒非常之重,曾往报告田主,田主都不肯认荒。如今巧遇大老爷经过,请下舆顺道弯进去瞧瞧。鹤千被迫得无可如何,只得出轿,带了两名亲信家丁,步行前去,一看究竟。吩咐所有执事保镖诸众,都暂留在大路上。好在那几丘暗荒的稻田,名虽弯进去有半里光景,其实站在大路上,望都望得见的。故此执事人等乐得不去,由那班村野老农执香簇拥前往。倒是到衙报盗的事主、地保,反都跟去瞧热闹的。保镖等起初遥见村农领着本官,由小路走去,大约走至两三箭路外，便在那里指东划西，和本官说话。那里多是种着晚稻，想必就是暗荒所在了。后来见他们越走越远，绕过了一个乡下宅基，索性岔向斜刺里去，望不见了。那两个镖师不免觉得有些奇怪。

十月里的天气，日短夜长，他们十二点半出的城，到此处已经一点半钟。大家引领伫足，候到三点半钟，尚不见本官回来。追上去望望，又望不出什么。走到那个宅基上问问，大人都到田内做生活，家内只留下十二三岁的女孩、七八岁的男孩看守着。乡下小儿见了陌生人，话都说不出，请问探得出什么来？这条路上又很冷僻，行人稀少。天色已经晚了，那班衙役三班，仍然不见本官回来，心上惶恐，而且一个个口干舌燥，心焦起来了。大家一商量，决计从那小路上分头追寻下去，寻着了本官，再作道理。或者此刻的本官，已在那班报荒农民家内喝茶饮酒，也未可定哩。

于是大家从斜刺小路追过去，追了近二里路，经过无数高粱地和稻田，才碰见三四个歇工回家去的乡农。掮旗打伞的不识相，想用硬工去罩。不料乡下人大都是百步大王，到了城市镇口上，自然而然地会胆怯起来，若在乡下田岸上，就胆大气粗，硬工罩不住他。还是那两个保镖的随风转舵，用好言盘问。其中一个乡人方才说道："这条小路尽头，乃是扬子江的边岸。今年收成诚然不佳，无奈报荒不准，只好将就过去，一大半收了起来，已都改种小熟了。至于四五里路外头，并未曾风闻出甚盗案。自从小辫子刘六死了，地方上太平得多啦。什么知县大老爷，咱们没有瞧见。今晨听见住在沿江的人说起，口岸上停了六七条大沙船，有三条'偷鸡报'的机器洋船拖着。船内的乘客，形迹可疑，大家怕是海盗，聚了几十人，上去盘诘。不料这些船的头脑，乃是以前在焦山姜家庄上做大官事的于大叔，有人认识的。据于大叔担保，说是决不搅扰小百姓一草一木，他们是报仇而来的。你们的说法，不要已闹出了大乱子来哩。"大家一闻此话，个个心惊胆颤，怎敢再走向前去找寻。但是又不敢不寻。可怜他们互相壮大了胆，鬼鬼祟祟，风鹤皆兵地寻了上去。又寻出半里多路，在一个很大的芦苇墩内，发现了李鹤千和两名从人的尸首。那从人呢，都是分心一刀刺死的。独有李大老爷，脑袋被斫得若断若续，两只眼睛一颗心，全被挖去，身子僵卧在血泊之中。那两个镖客见四野寂然无人，忙飞步赶至路尽头口岸上一望，只见西逝的夕阳现出一种殷红色，和那碧波相映射。望望长江内，浪花四溅，暮霭深沉。只有东边隐约地好似有两三道淡淡的黑烟。此外连远浦归帆都没有，那里来甚船只影踪，只得怅怅而回。

当时发生了这件暗杀县官的巨案，自然又要骚动一时。先是公文电报，四出纷驰，追比捕役，严限破案。结果凶手鸿飞冥冥，不入樊笼，只是王大忠等手内，多添了一道海捕文书罢了。至于鹤千等尸身，自有家属前去收殓。首尾不到一年，春天施之于人的，到初冬就变做自身尝试。而且鹤千居官太觉酷辣，如今遭此惨毙，连悯惜他的人，还不如可怜伯先的人多哩。鹤千死了，另换他人来接丹徒县印。书中表过不提。此事暗中最最便宜的，倒是黑幕中捣鬼的包后拯和衣云俩人，反得脱身事外，未遭报应。不过天好似一杆秤，称人毫无差错，只不过时候早晚罢了。

戕杀李鹤千这件事情，自然又是伟如、仲文等，为代伯先报仇而干的。他们利用寒云的生父本是当地地保，并且受过伯先恩惠的，所以设了此计，果然成功。不过发生此案之后，寒云生父也只得丢了地保，将家搬往海岛上去寄居的了。因为包后拯同衣云俩，尚未抓来祭奠伯先，再者伯先生前未竟的志愿，应由后死者代为努力做去。所以仲文等到了海上，便公推伟如做了首领，发号施令。大家帮助他悉心规划，四出联络党人。天下大小事儿，全仗人做。他们这许多有志之士，好在有海岛作立足地，经济又可支持，所以不到一年，局面已经做得更大了。由伟如提议，召集国中各种声气相投的秘密会党，请他们各派代表，都到田横岛姜伯先墓祠之内，公祭伯先，顺便开个临时大会，讨论一切。于是经大家议决下来，觉得伯先的“三不社”“千人会”等名目，太觉狭小。现在团体多了，该当公定一个总名。至于“三不社”等，不妨依旧存在，不过算大团体当中的一部分小集合便了。团体的总名，经众公定，叫“兴中会”，是取振兴中华的意思。会中的宣言书哩，办事条约哩，办事人的职务名目哩，都是仲文一人的手笔起了草，交付大众审议过了公布的。隶属兴中会的小团体，共有五六十个名目。大家歃血联盟之际，也由仲文拟了盟单，请各会代表签名盖章，派定专人保管，以昭郑重。那盟单开头的缘起道：以下便是白莲会、顺刀会、虎尾鞭、义和拳、金丹八卦教、清门教、坎卦教、大乘教、如意义和门、白阳教、大刀会、在理教、天地会、三合会、三点会、清水会、双刀会、哥老会、青帮三义门、红帮袁家门、黑帮江湖团、白帮斧头党、绿帮水火门、同仇会、华兴会、普济会、洪江会、双龙会、九龙会、白布会、平洋党、岛带党、金钱党、祖宗教、百子会、白旗会、红旗会、黑旗会、八旗会、龙华会、光复会、中国独立协会、复古会、贵州光复公会、川陕甘三省公会、黑边钱、子母鸳鸯会、青黄赤白黑五色枪会、联壮保卫团、七星会、扇子会、兄弟会、花篮会、黄绫会、天神会、四川诸神会、大棒会、公口团、打单团、千金九宫会，连着伯先在世组织的千人会、三不社、南北柔术团，共六十四个大小会党代表的签名画押，恰巧八八六十四卦数目暗暗符合。以后如果再有团体加入，可以随时在盟单上添写姓氏履历。伟如等经过此次歃盟典礼之后，声势日渐浩大，非但中国官场多很注意，连日本人都派了专使，到海上大肆侦查。正是：

尚义士同田五百，齐心臣媲姬三千。

要知以后如何，下回再行详述。

第三十六回　贤进奸诛恩仇了了　笔宣口述始末源源

却说仲文、至刚等在海上相助伟如，联络内地各种秘密党会，混合组织成立这个“兴中会”，颇费一番心思手续。所有江、海、河三道的会党帮口，差不多联络齐的了。只有提倡神权迷信太深的香花会、灯花教、舞讴教、茅山九皇会、三山滴血正乙会，大被教等，因曾派人投身进去调查内幕，一来其中并无杰出人才，二来口内说得天花乱坠，无非哄骗一般老妪愚夫的辛苦汗血钱，太觉不堪，故而拒绝的。其次像专门掉小枪花的青帽党、歪毛党，已都并入了黑帮的江湖团里去了。余如含着国际性质的天方教、锡兰教、天主教、耶稣教、喇嘛的红黄门、蒙古的骆驼教等等，范围又嫌太大了，联络了进来，怕将来有强干弱枝之虑，所以也不吸收。又有侧重儒教、拜大学的黄崖教，研究导引吐纳、劝人由肉欲入手的太谷教，讲究望气、星算、堪舆等学术的移山教，练习法术、注重烧丹炼汞、调龙摄虎、咒人生死的骷髅白骨教，又嫌他们太觉迂阔，并且量窄，所以也未去招呼加入的。至于此次歃盟典礼，大家都视为非常郑重，故而举行得很整齐严肃。并由伟如亲自拟成五大条誓言道：

第一誓：诚心入会，不敢反悔；如有反悔，天诛地灭。

第二誓：入会以后，协力同心，遇事不敢畏避；如有畏避，雷殛火焚。

第三誓:会中秘密,虽亲人亦不准泄漏。如有泄漏,身受千刀。

第四誓:祭旗举义,令到随至;如有不到,命尽五殇。

第五誓:会员齐心,如同手足;倘生外心,身受五刑。

处今世而惧亡国,非狂呓则何哉?自永历建元,穷于辛丑,明祚既移,而炎黄姬汉之邦族,亦因以澌灭。回望皋渎,云物如故,惟兹元首,不知谁氏。中华之亡,盖已二百余年矣。民今方殆,寝而占梦,非我族类,而忧其不祀。觉悟思之,宁俟欧、美、日、俄分割,始云郊丘乏主也欤?自顷品庶凋瘵,邦人君子,愸然自谋,作书告哀,持久有故。有言立宪君主者矣,有言市府分治者矣,有言专制警保者矣,有言法治持护者矣。岂不以讦谟定命,国以与立;抑其秩序,无可凌躐。衡阳王而农有言,民之初生,统建维君。义以自制其伦,仁以自爱其类。强干普辅,所以凝黄中之絪缊也。今族之不能自固,而尚何仁义之云云?悲夫!言固可以若是者乎?故知一性化者,亦无性而不化也。贞夫观者,非贞则无以观也。且满洲八部,不当数省之众;雕弓服矢,未若铅弹之烈。而蓟燕大同,鞠为茂草;江淮湘粤,屠割几尽;端冕沦为辫发,坐论易以长跪。苇兹犬羊,安宅是处;哀我汉黎,任台任隶。鞭棰之不免,而欲参预政权;小丑之不制,而期杆御晰族。不其谬乎?夫力不制,则役我者众矣;莫之与,则伤之者至矣。岂无骏雄,愤发其处?而视听素移,民无同力,恬为胡豢,相随倒戈。故会期清明者鲜睹,而乘马斑如者多有也。吾属孑遗,越在东海。念延平之所生长,瞻梨洲之所乞师。颖然不治,永怀畴昔。盖望神丛乔木者,则兴怀土之情;睹狐裘台笠者,亦隆思古之痛。于是无所发抒,则春秋思王父之义息矣。昔希腊陨宗,卒用光复;波兰分裂,民会未弛。以吾中华方幅之广,生齿之繁,文教之盛,曾不逮是偏国寡民乎?乃召俦侣,集会纪念,以志亡国之痛,徐图兴中之策。凡百君子,婵嫣相属,同兹恫瘝。愿吾蜀人,毋忘李定国;愿吾闽人,毋忘郑成功;愿吾越人,毋忘张煌言;愿吾吴人,毋忘瞿式耜,愿吾楚人,毋忘蒙正发,愿吾燕人,毋忘李成梁;愿吾湘人,毋忘何腾蛟。明天演以箴大同,察种源以别蒙古,齐民德以哀同胤,鼓芳风以扇游尘。庶几陆沉之祸,不远而复,皇道清夷,威及无外。然则休戚之薮,悲欣之府,其在是矣。庄生云:"旧国旧都,望之畅然"。虽丘陵草木之缗,入之者十九,犹之畅然。"况属亲自见见闻闻者耶?呜呼!吾辈有生以来,华鬓未艾,上念阳九之运,去兹已远,复逾数稔,逝者日往,焚巢余痛,谁能抚摩?每念及斯,弥不腐心流涕。此所以群众之同心盟誓,不可缓矣。

歃盟大典告成之后,代表们续开半月会议,讨论本会方针大计,制定各项规约章程,难以一一尽述。其主要条款是:

(一)本会以驱逐异族政府、推翻君主政体、建立民主国家为根本宗旨。

(二)举义之时,勿侵害国民暨华侨之生命财产,勿焚毁名胜古迹暨寺院教堂,严禁奸淫掳掠及一切非法行为。

(三)与敌交战,除不得已时,不得使用猛毒武器及残酷手段。对待敌人俘虏,禁用残酷极刑,须照文明交战条例处置之。

(四)所有君主国专制法律,待建立均富平等政府后,一概废除。

(五)为防敌探假冒,本会职员和会员分别暗藏金质和银质徽章,章镂"中"字篆文,旁刻楷书号数。

(六)联络口令,采用七绝二十八字,其文是:“黄河源溯九江潮,卫我中华汉族豪。莫使曼殊留片甲,轩辕神胄本天骄。”办事机构,也分二十八部,即以上述七绝二十八字分别为其部名。

(七)大会每年召开四次。临时会议不定。

会议结束之后,代表们又公祭姜伯先一次。其祝文是闵伟如所草,全文如下:

千载有公,喜着先鞭。气吞胡虏,威被八埏。觉罗不灭,公忍长眠!黄农遗胄,都四亿千。凭藉公灵,洗腥涤羶。国命可复,公可配天。尚飨。

祭罢,代表们团坐宴会,尽欢而散。次日,代表们相互道别,陆续离开海岛,扬帆而去。

不提大家回去之后,都去积极进行自愿承担的任务。单表伟如等众,也由田横岛起程,回西连岛去。在路上,伟如同仲文谈谈,又谈起一件心事,要去立即进行。倘能成功,非但可了却心头一层抑郁,免得牵肠挂肚,并且伯先生前的仇恨,也可算报去了过半数哩。到底什么事呢?原来伟如触动劫夺杖、履旧恨,要去找那王大忠了。当下回至西连岛行辕之后,翌日便聚众商议道:“恩公在日,一生最大经济,乃是树人结客,为他年发难地。惜乎他重武轻文,所以绿池应教,文章枚、马之俦;东阁从游,参佐邢、温之选,在他那里绝无仅有。以至反对派要编派恩公,号召奸人,侈张幸舍,家作逋逃之薮,身为盗贼之魁等罪案哩。当时俺同恩公旅邸邂逅,蒙其招客山庄。俺察看情状之后,就同任先生讨论过的。以为恩公立心虽正,设科无择;虽云药笼之品,本不弃乎溲勃之材;夹袋之名,或曲隐夫疵瑕之士。然而根之拔者实将落,披其枝者伤其心。今恩公身独蒙难,吾辈侥幸苛全性命,亦云幸矣。不过恩公中年所作大快人心之举,乃是暗杀贪官污吏，剪除奸胥恶役，而结果竟仍断送在此辈之手。岂所谓善射者毙于矢，善猎弋者死于禽兽类耶？那原问官李鹤千，固已于去冬将他发落过了。而教唆造意的包后拯和衣云俩人，迟早要去收拾。倒是镇江方面，尚有丹徒县快班卯首王大忠，他夺去的杖、履藏金，以致贻误大局。就是不待京详批转，提前行刑的办法，据传亦是这厮主谋。使吾辈措手不及，等到大林瞧见通信，诸事仓猝，急急赶至法场，已经迟了。推原追本，都是此人之过，如何可轻放过他？故而俺思即日动身，再到镇江去一趟，结果这厮性命。"伟如话未说完，阶下闪出一人道："割鸡焉用牛刀？此事不劳闵公亲往。小子愿拼一身前去，相机行事，取此厮狗命，聊报诸公援命之德，并报姜先生于地下，还可乘机去取回宝马，以坚小子个人信诺，庶不负俺师兄之付托也。"

大众回首一瞧，原来就是错救出狱的寿州巨盗孙凤池。他自从上次经林、何二人误救出狱，送至海岛，腿伤调治痊愈之后，伟如询知他善于轻身腾挪功夫，便挑选了五百个年轻壮士，在西连岛的后面，特辟一处柔术教练所。就命凤池做总指导，分班训练这五百名子弟，预备毕业了，自成一军，像岳武穆当年的背嵬军相似，其时已训练得有很优良的成绩。此次伟如等往田横岛去公祭姜伯先，及同天下英雄歃盟，凤池是黑帮江湖团内的有名人物，故此特地放了几天特别假，一同随往田横岛去的。他虽然是个窃贼，心地却很光明。自来岛上，他时常想着姜伯，和他直接虽无关系，但是俺能安然出狱，不成残疾之人，并且身为人师，多是间接叨着姜的恩惠。后来伯先受刑，凤池格外愧恨，颇有心思要尽自己一份力量，代姜伯先去报仇雪恨，也算表表自家的心迹。上回大众出发往镇江，去计赚李知县，他得信较迟，未曾加入。今天一听伟如说话，又想起师兄雪狮儿前托自己去设法要回那匹"回头望月咬人青"宝马那件事。好在此马也是伯先遗物，此去做翻王大忠，盗回龙驹马，那怕从此辞了伟如，自向江湖上独立组个局面，也说得出的了。所以仿效自荐毛遂，挺身而出。仲文见是凤池，仔细一想，他也是为抬高自己身价起见，此去期在必成，比差别人去来得好。余如至刚、大林、八云童子等辈，虽和伯先情感比他更加深密，无奈镇江地方上人认得的多，再加出了这件戕官大案，单身前去干事不方便的，反不如凤池去的好。故而仲文首先赞成。伟如自亦首肯，当即吩咐凤池道："上回我们去采李子之前，俺预先两个月就到镇江，仍去借宿在金鸡岭下海神庙内。那庙内老道，为人非常和气。你去了，也可住宿在彼。并且我是假充朝鲜人申观涛，不算中国人的。如今护照现成，你带了去，也充了朝鲜游历家，较为利便些。"仲文又取出一把用毒药锻过九次，用时见血封喉的匕首，交给凤池道："你带了手枪之外，再把此刀常藏在身，动起手来，瞧见什么利便使用什么。"

凤池一一收了，打叠行囊，别过众人，就此动身。他是进的胶州湾，在德国租借地的青岛上陆，然后觅路南下。他瞧瞧伟如交付他的朝鲜政府护照上，一来年月太久，再者护照上写明是朝鲜举人申观涛，自己形状不像笔管生，怕盘计起来，朝鲜话又不及伟如纯熟，反而容易惹人疑惑，故此索性不用。恰巧那日到王家营宿夜，间壁一家大店之内，住下一伙北上幕友，都是跟刚子良南来办理清漕，腰包内都捞得饱满之人。凤池打听明白，费心他半夜过去，借了一票大大川资，行色顿壮。索性化名山西亢伟卿，充作巨商阔佬，谎说南来物色丽人，要买作篷室的。那天到了镇江，便在江边大观楼客寓中住下。他是取其邻近小招商码头，交通便捷，做了案子，出脚快些。但是凤池现在住这间大房间，就是从前闵伟如访包来镇初会姜伯先的这一间，也算奇巧极了。

他住了下来，先向茶房探探消息，顺便问起丹徒县快班卯首王大忠其人来。茶房说了半天，还是不清楚。凤池知道王大忠必定是窑子里的常客，便向窑子内闯去。一闯三天，却和宝林姐遇着，打得火一般热。于是两下闲谈前事，说及小鸭子，牵涉到王大忠身上。才知道王大忠自从姜、刘受刑那天，得了一个淋浊症，小便不通利。不知服了多少秘方丹药，枉花了不少医药费，并不见效。后来到天长去请着一位好大夫，方知道是受人点穴伤的，并非梅毒发作，结果到昆山去请闵家伤科医治好的。据说前后花掉近万啦。本来大忠颇喜风月场中出入的，自从有了怪病，自然风月场中不常到了。等到晓得了此病是受人的暗算，他自知外头冤家太多，所以病好了，更加小心，深居简出。每逢上衙门，或者往那里办案，前后保镖，至少四个一班，分为日夜四班，十六杆小风炮。他自己身上，也必定要藏两三个家什。见神见鬼，防护得十分严密。并且小公事，他早已不问，由手下一个当手伙计金二，一个捏牌伙计高三级，替他代行的了。

风池有意问道："当公事在门之人，只有公仇，没有私怨，况且他身为快班首领，外头还有那个大胆人，敢和他去作对呢？"宝林姐低声冷笑道："他的冤家真多着哩。就算小辫子刘六自作自受，身后没有肝胆朋友代为报仇。可知小孟尝君姜伯先，虽不是他原承行人，暗里却趁势踏沉船，踢过二三次飞脚了。你是不知道，小孟尝君在日，真是万家生佛。不说别的，穷苦之人到了寒冬腊月，棉衣棉裤，大小除夕的米票子，稳可照牌头派用场。单就这两样，据说小孟尝君每年必须要花掉六七千块钱。因为不但镇江一处，连南京、句容、丹阳、常州各地，多委人去施送的。他所交的朋友，没有一个不是披肝沥胆，生死荣辱相共的。去冬李剥皮的惨遭毒毙，也就因做了小孟尝君的原问和监斩官的关系。做掉一个知县，不费吹灰之力，何况王大忠只是一个衙门走狗。而且大忠现在手头有了钱了，他这票钱的来历又不正当。故此弄得四面楚歌，一步都走不开的了。新近往扬州去买了个脚踏子，算收房做小的。人家都疑心这脚踏子，是在扬州伺候过李官人巷八大盐商总保镖冯达官的。姓冯的跟小孟尝君又是刎颈之交，此次这脚踏子愿意嫁给大忠，怕是冯达官授意，叫她来收拾大忠性命的，不然二十多岁很漂亮的大姑娘，怎肯嫁给一个四十多岁黑麻胖子、满口络腮胡子的丑老儿呢？"

风池道："难道大忠已长了胡子出来的了？他不是个赤糖色脸的矮胖子吗？"宝林姐道："谁告诉你的？那时大忠将小鸭子活活逼死时节，此间生意上，他天天要来三四趟，那怕他烧了灰，我都认得出。他是六尺上下身材，将近五旬年纪。以前身架不胖的，年来财发身发，变了个凸肚皮的大胖子。皮肤糙黑得同印度黑炭一般，鼻头上有一块小黑麻子。左眉毛上头有颗很大的黑痣，痣上还长着一撮紫毛哩。这是他的特别记号，从前他在小溜溜手下当伙计，大家都比他作《施公案》内河间的一撮毛侯七，当面也有人喊他老七。现在他得意了，连背后也没人敢再提及这雅号。此话镇江人士大半知道。你指他是矮胖子，不要把他手下的金二，误当了王大忠，姓金的确是赤糖色脸的矮胖子。”

凤池道：“既然他暗中结了这几家大仇人，他的家里定要住在闹市丛中才是。”宝林姐道：“他本来住在大司马曹家的沿街门房，虽热闹场合，出入很便利的。自从当了卯首，爱面阔了，便迁到状元桥梁家屋内去了。房子虽然的确大一点，不过置办起东西来，出入已不如大司马便当啦。去年秋天，就为要娶妾装门面起见，在都天庙后头买了一所小三进的住宅。空气固然好的，不过冷落却实在冷落，早上或傍晚，那里鬼都捉得出。并且孤零零一所屋子，连贴近的东邻西舍都没有的。”凤池道：“我替他想来，他住了这种房屋，实在危险得很。”宝林姐道：“横竖他家内天天开大锅饭，有一二十个彪形大汉常养在门内。再者房子四面落空了，捉起刺客来，反而好做手脚，空地面上一望无余，逃都逃不掉的。屋后三四十步之外，又有个很深的天河潭，家中消防器具办端正，也不怕仇家纵火烧房哩。”

凤池道：“咱们背人瞎谈谈究竟王大忠捉了刘六以后，地方上得到好处没有？”宝林姐叹道：“刘六这厮，终究是个赤手空拳的流氓，作起恶来，终究有点忌惮，水花不大的。就是对付小乔那件事惹人愤恨的。但是不久就遭了小孟尝君的金钟罩，气焰立刻矮了下去，目前的这个梅山货，仗着身上披了件老虎皮，在那李剥皮任内，更加仗势欺人，大小事儿，要尝尝咸淡的。再加他又暗作弄了小孟尝君，除了他同党以外，竟没有一人赞成他的行为。别的不知道，单就把小鸭子的棺材烧化，他的心刻毒不刻毒？去了一个为非流氓，养成了一个作恶公人，非但以暴易暴，简直有过之无不及。不过现在的天和豆棚一般高低，照他如此作为，大概也没有好结果。而且他自己已经疑神疑鬼，瞒三瞒四，心虚气馁的了；好比一根木头，

那木心已经起点子霉烂，不久就要生出蛀虫来。此地门口生意，并不见得好到那里，早已想回上海，或者开往南京、扬州等别个码头上去了。心上就为这件事悬挂着，想长点灯草满点油，睁开了眼珠子瞧啦。唉！我那鸭子妹妹，生前为人精明得紧，怎么做了死鬼，一点脑子没有了？有人说尸身被火烧了阴魂要打入火山地狱，不易超生。我倒已花了不少经忏钱，托金山寺、北固山的甘露寺两寺高僧，金鸡岭海神庙的高道，做了三四坛水陆道场，不知鸭子妹妹在阴间脱罪了没有？"说至此处，她心上一酸，面容失色，眼泪留不住从眼眶内直流出来，此时神态异常凄惨，引逗得孙凤池格外无名火提高了三千丈，恨不能立刻就往都天庙后的王大忠家内，结果那厮狗命去。当下只好用言安慰了宝林姐一番，谈到别的事上去了才罢休。

自从这一日之后，凤池窑子内不常去了，连大观楼也不住，乔迁得不知去向。累宝林姐姐寻煞也寻不到。凤池见都天庙后宫常常紧闭，他就搬进去，把那块"保障海滏"的大匾，做了临时床铺，白天睡觉，到晚上越墙出去往王大忠家中看当口下手。无奈这厮实在防范得紧不过，一个人万难出头结果他。光阴迅速。凤池八月底离开海岛，九月下旬到了镇江。他逆料在官人役的"俱乐部"，不外乎赌场、烟馆、妓院三处地方，居然被他瞎闯闯，就遇见宝林姐。在十月中浣，已把大忠踪迹探明。十月二十迁入都天庙后宫内，一日三，三日九，转眼之间，残冬已逝，大地春回，又要过新年了。都天庙后宫，元宵节照例要挂灯开放。凤池不能存身，只得再和宝林姐去鬼串，索性住到她的小房子内去了。新年伊始，四天虚度。到了年初五清晨，凤池自东北兜向西南方，无聊闲步，经过大忠家门口。这天大忠家内的几个保镖，有的连夜局，赌钱没歇手，有的新年请了假，回老家。大忠一早起身，他年年接财神老例，连妻妾都不许来偷看，亲自执香到大门口，迎接财神上宅。据说四眼见了，便不灵验。大忠刚刚开了大门，踏到头层阶沿上，向西南喜神方向一躬到地，不料财神未来，死神倒光降了。凤池看见他的面上痣毛，晓得是大忠正身。时对不容坐误，蹿上去挨近大忠背后，那把毒药匕首早从腰间抽在手中，用力向大忠腰间一插，顿时透进衣服，入肉三寸有余，里膜已破。大忠“啊哟”也不曾喊得，身子便打横倒在阶上，两只脚倒搁在自己门槛上。凤池恐怕他不死又在绑脚布内，抽出一柄无药匕首，再对准他心上刺了进去。然后扬长自去，回至寓所，收拾行囊，别了宝林姐，自向湖南宝庆府去盗马去了。

这里大忠死了，当场家中人一个都未曾知道。直至半点钟后，高三级同金二等来赶赌，才从外头反嚷进去。家人们方才知道，出来一看，大忠卧在血泊之中。心头那把刀，不过寻常的三角钢刺。腰间那柄短刃，却是极锋利的纯钢所制，不但口薄，且有毒药浸染过的，所以伤口流出来的是紫黑色血。于是也顾不得新年不新年，喊地方报官检验缉凶，都是照例手续。这消息传出去，大家都说瞎眼地扁蛇、无毛大虫，也有这种结果。大多数猜是伯先朋友来报仇，也有疑心那个脚踏子的。常言道：“人命无真假，只怕苦主不肯罢”。无奈王大忠的妻子听信了丫头仆妇等的教唆，不先全副精神对外，反扬言是那小老婆有了外遇，假手他人，谋死亲夫。外头人也多如是说法。王大忠的妻子还说：“再隔几天，凶手提不到案，把贱货捆送到衙门，用刑追比，包管凶手就有着落。”那个脚踏子听了这话明知她是报复主义，仍含着酸素作用，含血喷人，起初还想回嘴争吵的哩。但是现在局面，不比大忠在日，这脚踏子资望既浅，人头不甚熟悉，平日间又眼高于顶，和高、金诸伙不大胡调，故此大忠一死，王妻的势力一天盛似一天了。脚踏子一瞧情势不对，识时务者为俊杰，连七都不曾守满，与刺大忠的凶手一样，也鸿飞冥冥，跑得不知去向。她逃走之后，人家愈加纷纷传说，说十有八九，是她有了外遇，乘新年内将本夫害死。不料又隔了几时，将近大忠百日之际，社会上又哄传大忠的妻子，和金二有了首尾哩。于是大忠被刺这件案，非但逃妾是嫌疑犯，连这糟糠之妻也洗不清了。因为大忠得意之后，动辄以骄横之气凌人，社会上闲冤家很多，此刻多乘报复。于是一件如此大的白昼杀人案，竟被众口铄金，无形中缓和了下来。苦主方面如此情形，自然这件人命案闹不清楚的了。可怜王大忠自从顶名充当卯首，继小溜溜的后任以来，曾几何时，已同电光石火般，倏亮倏灭,一生已了。

再说凤池八月动身,到了十月内没有信息。伟如于十一月内也动身到了镇江来,暗中监察凤池举止。若是他正月内还不能成功,伟如便要派人来协助他哩。现在既把大忠处死,伟如面都未露,先悄然收拾回转岛上去了。临行之际,他在寓所甘露寺后的镜面石上,留下一首短歌行,以志重来鸿爪。他回去之后,听了仲文说话,眼光放得远大,专门向外发展。不久国民党要人宋教仁、张继等知道了,也曾通函联络。日本报纸上刊过一篇《间岛偷头党》,一篇《骇人视听的中国杀人团》的奇文,实则皆是伟如等弄的玄虚。

著书人当时迟到了甘露寺一步,不曾如愿以偿,得和伟如会面。仅听那个老僧,将此事始末,说给我听,命我如果有暇,不妨记述出来,劝诫劝诫世人。在下仔细忖量了一回,又追问那老僧道:“如此说来,大师的俗家,想必姓阎。那么请问:‘伯先的师弟,背剑访徒侄,可曾访到那包后拯和衣云俩人?怎生结果?句容笪家的阎王庄,后来又怎样的呢?’”那老和尚皱了皱眉头道:“这许多枝枝节节,曲折甚多,必须另起炉灶,再行追述。目前有许多,连贫僧也回答不出来哩。檀越既慕闵公诗名,贫僧再将他前题海神庙壁上的十二首绝句背来,作为这番谈话的煞尾如何?”在下道:“这十二首内的三、四、九、十二四绝,已听人传诵过,只求将那几首背一背吧。”老僧便背道:“沧海横流世日非,何年重赋一戎衣?可怜闺妇头将白,边塞征人归未归?”……其余的七首,大抵也都是问天斫地悲壮淋漓,令人不忍卒听之作。当时那老僧将这绝诗来作为谈话煞尾,著书人何妨也就借着这诗句,来作为本书的结束?好在开卷第一回内,也是因为听人背诵了闵公诗句,才上北固访贤,如今依然归结到这时上去。正是:

不图摘句寻章客,却具屠龙刺虎才。

写到此处,照例又要向阅者诸君告别,道声再会了。

民国武侠·插图版

四海群龙记

全二卷 下

姚民哀◎著 杨苇◎插画

山西出版传媒集团
北岳文艺出版社 BEIYUE LITERATURE & ART PUBLISHING HOUSE
·太原

目　录

本书开场的重要报告

按照旧小说的通例，每部书的部首，总有几则凡例；每一回头里，又必先来一首诗词歌赋之类。老友叶小凤著《官僚丑史》时候，别开生面，于本身百回之外，另加一章不列在子目内的楔子。胡朴庵说，这是传奇体裁，长篇小说用楔子，尚属罕见哩。近来刊行的各家作品。索性把凡例、诗词、楔子以及序跋、题词一切等等，完全删除，开门见山，倒很爽快的。因为现代大多数人的心理，多喜直截了当，以速为贵。譬如以前没有轮船之际，东南人出门，皆坐民船；西北旱道上，都以骡马牲口、二把小手车儿代步，居然也不觉得缓慢。到了现在，莫说叫人们坐民船、雇骡车赶路，连乘轮船多嫌慢，火车尚且慢车不愿意乘，务必拣特别快车搭乘哩。再往后去，那怕十里八里路的起码旅行，也必需飞艇或摩托车来去，连特别快车也不高兴乘坐了。就是著书人自己心上，亦是如此，专想快了还要快，速了更要速。故此小说开场，再要用那序、跋、凡例等累赘东西，谁耐烦去细瞧，的确一概删除掉了，来得干净些。

有人说："你既也主张删烦就简，不用凡例等等的，为何本书开场，先来这一段报告？报告些什么？未免自相矛盾吧？"这是因为，这几句废话，不能不先向读者申说明白的。

上年本刊所载的《四海群龙记》拙作，幸蒙苕狂代为宣传，又加上阅者诸君的抬举，总算很能博得多数人士的欢迎。不过《四海群龙记》中的主人翁尚有未竟之志，究竟伟如、仲文辈怎样的继续努力，代他完成工作？他的后人有师弟背剑找寻，在何处寻到？孙凤池去要回那四回头望月咬人青，是向谁去要的？要回来了给谁？所有那漏网恶人包后拯、衣云俩人，如何结果？句容那座阎王庄，究竟谁能打破？以及其中几个异人，已留名的，如韦益三、邯郸老驼等；未留名的如小茅山大力牧童、郭庄庙村店髯客等；虽留名而仍在疑信之间的赵四爷及其义女四小姐等，都应该有个交代。那么今年本刊上，自当续刊《四海群龙记》二集，把以上未了诸人，都有个结束之后才好另起炉灶，再做别一种。怎么前书未完，又刊起什么《箬帽山王》来呢？著者就为此故，所以不得不先写上几句这报告的废话，着重声明一下子。

近几年来，在下因为要搜集秘密党会珍秘的材料，所以不惜耗费精神和金钱，随时在江湖上跟此中人物交结，留心探访各党秘史轶闻，摸明白里头的真正门槛，才敢拿来形之笔墨，以供同好谈资。冤枉铜钱，固丢去不少，但是被我探访确得实的秘党历史，以及过去、现在的人物的大略状况，也着实不少。除了已经说过的孙美瑶、峒坑四大王、姜伯先等之外，尚有杭州马德芳、顾瑞哥、吴江何家六、震泽倪财宝、江阴章少良、南京苏大官、江北伏龙、潘凯渠、南通薛老四、无锡沙大、海州云北、徐州桑海山、浒浦葛绣锦、如皋、泰州杨家老九、老十、老十一三弟兄，安徽鲍老四、营口计庆星，以及过去的人物如余孟亭、夏竹深、曾国璋、刘贵狗、李达三、郜三、马永贞的妹子、夏小辫子的女儿、范高头的妻子等人所干的事迹。倘经一位大小说家联缀在一起，著成一部洋洋洒洒的宏篇巨著，可以称为柔肠侠骨，可泣可歌，足有令人一看的价值。如今出自在下笔头，可怜我学术荒落，少读少做，故此行文布局，多呆笨得很。只得有一句记一句，不会煊染烘托，引人入胜，使全国爱看小说诸君尽皆注意一顾。清夜扪心，非常内疚，有负这许多大好材料的。

因为在下一不能缀珠成串，拼为《水浒》般一类大著作，又不愿鸡零狗碎，胡诌若干短篇用掉它。掐指一算，总共尚有五十多位秘党男女英俊，多干过吊民伐罪与现在革命工作略有关系的事业，足堪一记的。故便抄袭“五十三参”“正法眼藏”的皮毛佛典，预定做一种分得开，拼得拢，连环格局的武侠会党社会说部。好在适届现代人心多喜愈快愈妙之时，免得硬拉扯成了几百回一部头小说，反变得淡而无味。换了我是读者，也要憎厌它水远山遥，没心绪去细细翻阅哩。

为上述两种原因，同茗狂往返函商之下，决计实行做这连环格别裁小说了。譬如《四海群龙记》已有了个小结束，就算它完了吧，如今再来做这《箬帽山王》了。不过名称虽异，内容有许多地方，同《四海群龙记》依旧遥相呼应，息息相关的。以后如果再做《洪英择婿记》《侠义英雄谱》《关东红胡子》等等，仍依着草蛇灰线例子，彼此互有迹象可寻，直至说完这五十多个男女秘密党人轶史为止。这叫做连环格别裁小说，其实乃是脱胎于《儒林外史》，它不是也若断若续，似连非连的一段一段儒林佚闻，凑合成为一部小说的吗？可见并不是在下的创造。不过它是把许多生不同时的斗方名士，硬拉拢在一起，好歹融冶一炉。在下却顺着年代，嬗递写来，分篚高供的。又类于程小青的《霍桑探案》性质，然也似同而实在不同的。因为它是许多说部，都记述霍桑一人所侦破的案子。在下却写许许多多人的作为。不过可能这部书的结局，倒安插在那一部书内；此时无关紧要的一句谈话，将来却就为这句谈话，要发生出另一件重要事儿来哩。如此作法，庶读者自由一点，既可以随时连续读下去，又可任意戛然中止。所以今年倒并不续写《四海群龙记》二集，却又另写这《箬帽山王》了。其实可以说，《四海群龙记》和《箬帽山王》是一而二，二而一者也。因为这位箬帽山王，当初也是四海群龙队中的一条大龙啊。

因此之故，在下自然不能不先来这段废话，向阅者郑重报告明白。并且像那唱大鼓、说评书的人们，还要老着脸，向诸君讨情一句：在下是初练刚会，倘有不到之处，尚乞诸位先生格外原谅，特别包涵一点。哈哈，闲言叙过，书归正传吧。

第一回　联珠班卖艺逢劲敌
潘海渠偷剑遇高人

谁不知道常熟县城内，有处白相场合，叫石梅场。其实石梅是石梅，场是场，因在邻近，故而并缀并称。所谓场者，目下乃是公共体育场。以前明朝是苏、松、常、镇、太粮储道的署址。到了清朝才把粮道、巡道两缺合并为一，道台移驻到了苏州去。这所衙门，自从明朝嘉靖年间，毁于倭寇兵火之后，一直不曾建筑起来，留下一片宽阔广场，背山面街，尤其邻近全城最热闹，上东落西的那条寺前街。所以一年到头，那片场上走江湖的杂耍游艺，以及手托肩挑、摆摊头的小食负贩，简直不断头的。从前父老每谈起来，尚分开着道："往道门场上瞧把戏，回头到石梅喝茶。"现在的人，却不再区分，合称为石梅场了。

那时在光绪末造，合邑男女哄传石梅场上新到一班由广东香港来的联珠班，大出戏法，技艺惊人，不可不看。著书人被多数两脚广告说动了心，也跑去花了四十文入幕资，挤进他们外头用绳篱，内衬白布短幔的戏法场子里头去。定睛一瞧，只见地上斜竖着一个粗毛竹扎就的大三角架，那竹架尖头，离地总有三层楼般高。架下悬着一个丈余阔，三四丈长，很结实的铁丝细网，这个网离地也有四五尺高。在下瞧时，正有个副手把三个小秋千架用梯子靠在大三角架上，跑上去相了一相尺寸。然后依着铁网方向，将三个小秋千架排列成一直线形式，大约每个距离有丈五左右地步。然后他们又把毫无节拍，乱敲乱打，闹得人头疼的锣鼓响了一阵。于是有四个年纪在二十多岁的壮男脱下长衣，露出里头的衫裤乃是红、黄、绿、黑四色，都走至三角架的毛竹旁边，像电灯匠修理路灯似的，用挂绳替换着带斜势爬上了秋千架去。穿红的坐在第一个架上，中间第二架是空着没人。其余穿黄、绿、黑色的三个人，都去挤在第三个架上。一声吆喝，那穿黄的由胸前掏出一股索，一头系着一个纯钢四须钩，扔过去，钩住了第二个秋千架，向身边拉过来。然后从容不迫，收藏过了钩索，双手握住横木，两足一挺，身子完全在空中荡漾，只借那两手握住横木的一些力。同时第一架穿红之人用足尖钩牢横木，身子也倒挂下来，荡东荡西地荡着。穿黄的忽也身子拗上去，到了架上，也倒挂转来荡至东面，同穿红的手携手搀牢，接成一条近丈长的人绳。继而他俩一放手，穿黄的再向西荡过来，口中一声呼哨，两足一放，两手一拍，一个翻空筋斗，尺寸如数不多不少，恰好翻到第三架的下面，去抓住穿绿的一只脚。于是穿绿、穿黑的，也照式轮流表演过了，再由穿红的从东翻过西面，历遍三架。而且无论那个经过第二个空架之际，必定夹杂玩出各种花样，什么“翻位”“大小摇动”“越杠、“筋斗、“挂锤堕、“张飞卖肉、“蜻蜓点水”“双单大鹏展翅”等等名目。不过轮到看守第一架时，总是一定的，老是倒挂着准备伸手接人的。接人法儿，也分多种：有时接荡来之人的手，有时又接人的足，或接他的膝盖，或待那人两手叉腰，去接他的两胁。真个花样百出，层变不穷。最足惊人的，是穿红的刚刚接着穿黄的，不料穿绿的已经紧尾在后，也荡了过来哩。穿红的就把穿黄的往西一送，一撒手，便去接那穿绿的手。此时非但穿黄的身子横卧在空，那穿绿的在穿红的撒送穿黄的当儿，他倒两足也放开了，不钩住第二架横木哩。分明一黄一绿，在空中一进一退，磨肩而过，间不容发。倘然撞一撞，碰一碰，两人都要跌下网去，就算不死，总不免跌伤。吓得观众多伸了舌头，缩不进去。等待他们这一场表演完毕，那穿红、黄、绿、黑四色衣服的男子，次第在秋千架上一个个作个鹞子翻身姿势，蹿过铁网，翻至平地，一字排开，向观众行了个鞠躬礼，鱼贯退往幕外去休息。此际在场目睹情形的男女老少,莫不高声喊好,不约而同地喝起全堂彩来。

在这彩声雷动当儿,幕后又钻出一个近三十岁的秃子,手内提了一柄短把乌油牛奶锤,站在戏场中心点地方,向四周厉声喊道:“列位既然赏识咱们这套空中飞人小玩意儿,怎么不掏腰解囊,哗啦哗啦撂一点儿金银财宝,给咱们买米充饥?这是真功夫,把性命换本钱,不是寻常玩把戏的障眼法儿。可称上天下地,中凭良心,咱们要拿列位这一点财帛,不是好赚的。”秃子说了这套要钱例话,见尚没有人撂下钱来,他便假作恨恨之声,提起铁锤来,作势要向自己秃头上敲打。于是幕后又奔出一个近六十岁的老头儿,假意相劝,做好做歹,鬼混了好半天,目的无非要看客撂钱。最后算拟定一个办法:希望有十位财神爷,不拘多少,援助一下。谁知时候空耗了良久,虽有几个人急于要瞧他们下套玩意,丢了几个钱,无奈那时候铜子虽则已经有了,市面上尚未通行,普通男女,仍旧用制钱做交易,所以三文一搁,五文一扔总数终究有限。内中有般吃饱自家饭,专管别人家事情的真正闲人, 都在那里议论道:“这一班人的功夫是有点的,不过门口刚才已收了看资,如今又要开花,似乎说不过去吧?况且全是男角色,若得有几个漂亮些的女角儿在内,那么向人若即若离地厮混要钱,也许可以弄昏一种年轻好色之徒,有大洋角子扔出来。如今全仗男人真功夫,清拳铁臂,总难望搁得多,不会有甚大油水的了。”又有一个人道:“他们眼界也太大,到了此地,连拜客帖子也没飞。据说陆大少爷多了心去,有过说话。故此他们生意一天次一天,恐怕要站不住脚快了。”闲人谈论未毕,场上的秃子和老头,已将散在地上的大小制钱,收拾到了一面铜锣里头,总数不过五六百文。他俩皱着眉头,转往幕后去了。

又空过了二十分钟。因为冷场时候太长,看客多你一言,他一语,发话责问。他们才又走出一个壮汉来,向大众宣告道:“久仰贵处是言子故里,文物之邦。咱们不辞路远,从云、贵、两广方面,纠集了二三十位同志,同下江南来访遭寻师。实在我们志不在乎金钱,只要有人能够施展出一行功夫，为敝班中人一个都不能仿效时，那么愿将来到贵处头一天算起，算到目下，一共五天之中，承列位见赐的金钱，如数送给那位有功夫朋友，任凭他花用也好，移充善举公费也好。但是贵处注重文学，对于这武士道一门，想必不甚研究。所以敝班中人，觉得人地不甚相宜，大多数主张另开码头，不敢再在此取厌地方。小子乃是广东花县原籍，江湖人谬称小子叫拆天张洪，叨为敝班副管事。故而现在斗胆出头，将同人意思，代表告诉一声诸位。常言道：'人各有所长，人各有所短'。又道：'龙眼识珠，凤眼识宝'。一毫不能勉强。小子们谢谢大众，准备走路……"张洪话未讲完，正东方面，忽有一人高声喝道："好一班目中无人，胆敢出言伤人的走江湖东西！你们自己过门不清，犯了人家的大道，以致生涯失败。不思方法补救，反用这种激将法，欺负在场诸众。你们究竟有多少人，一共会多少解数真功夫，不妨次第施展出来，待俺一桩桩奉陪，也照式走一趟，请大家瞧了，公平裁判。若是那一方先谢绝这套功夫来不了，就算那一方认输。这办法如何？"

那人如此一嚷，非但联珠班内的张洪等人急欲瞧瞧是个何等人物，敢于出头捣蛋；就是站在场上看热闹的诸色人等视线，也都移向正东角上一瞧。只见一个二十多岁年纪，五尺上下身材，浓眉大鼻，方颐阔口，脸如重枣，口操四川土音的红脸壮士，从人背后挤进圈子之内，和联珠班内一行人众，面论比试程序，说定胜负分判之后，应该如何赏罚。当下自有一班年轻好事者流，自愿挺身而出，代两道作证，公判输赢。双方讨论了好一会工夫，才公请红脸壮士先献技能，献过之后，待联珠班中人照样奉陪一下。如其红脸壮士一套一套，当众施展出来，班中人套套推得出个陪客，要待红脸壮士自己说，所有能耐，已全露了出来，现在确实没甚新鲜玩意啦，而联珠班方面，尚有几个专门功夫之人，未曾出手。那么算联珠班大获全胜，红脸壮士愿凭班中人任意处罚。若是红脸壮士施出来的解数，班中人方面无能奉陪，那么把这五天之中，共总收下的二十三千六百八十七文汗血钱，如数留下；并且要在一点钟内，离开常熟地面，以后如在别码头再碰头，红脸壮士允留才留，倘然不允存留，仍只得往别处利市。两方条件谈定，所谓“君子一言，快马一鞭”，彼此凭着信义二字做事，连书面甘结都不消写了。

只见那红脸壮士托人去弄五根细竹竿，都要一丈三四尺长。拿到当场，分东、南、西、北、中央五方方位，教闲人代他去分开插好，而且入土和距离尺寸不拘。那怕第一根和第二根距离三四尺地步，入土很深，第三根同第四根反距离了七八足地步，入土又浅，都不妨事的。红脸壮士先向大家宣布道：“如果竹竿入土深浅、距离尺寸有了规定，那是同联珠班艺员刚才所玩的空中飞人一样门槛，宛如钻刀门、蹿火圈一般无二，练就这点虚劲，多一寸不行，少一分不灵。如今俺竹竿入土深浅不一，距离尺寸远近不等，方见俺的功夫是随心所欲，是活的，同他们一寸一分多少不得的呆功夫两样一些。诸位须注意这一点。”红脸壮士说罢，见旁人已将竹竿插好。他长衣也不卸，只把两个肩头轻轻向左右摇摆了两三下，身子同离巢归燕一般，人家眼皮一眨，他已蹿上了中央那根竹竿顶上。于是两只手伸开来，两个袖口随风飘荡，好比飞隼的两扇翅膀。先顺着次序，由东转南，自西至北，再回到中央竿顶。然后又蹿来蹿去，上东落西，一会来一个蜻蜓点水，一会又来一个顺风扯旗。而且绝细的竹竿，本来被风吹得弯腰曲背，只要他蹲到顶上，那根细竹竿反而坚硬挺直，像深山古柏夭矫临云相似。始而下面瞧的人尚分得出他人影在那根竹竿顶上。约摸过了十分钟时候，他来去如飞，快得如同雨点随风，云罅闪电。在场男女一个个眼花瞭乱，但觉上头一点黑影，倏东倏西，或疾或徐，竟分不出人形竹影虚实方向的了。

红脸壮士玩了三十分钟工夫，飘然下地，面不红，气不喘。正欲开口请联珠班中人照样上去来一下，不料班中人一见他施出这门“踏雪无痕，神行无形术”出来，那是山西派董门硬功夫，他们同伴二三十人当中，偏偏一个都来不了的。故而赶紧收拾东西，待他下地，仍由张洪代表大众，把二十三千六百八十七文制钱，在他脚跟边一堆，口内说了声：“领教。后会有期。”一个个满面含惭，匆匆携了家伙，急急如漏网之鱼，忙忙同丧家之犬，飞一般走了。

红脸壮士撑不住哈哈大笑，也喊原经手人，将细竹竿归了原主。将地下那堆制钱，招呼乞丐前来，照人头分派，分散掉了。自己也急于离开石梅场。有许多人搭讪着要上前请问他真名实姓，无奈他不肯直说，口内随意敷衍，脚下也如飞移动，别人休想拦得住，追得着，一眨眼珠子，已走得不知去向。瞧热闹的闲人，也就四散分开。从此以后，石梅场上不见了联珠班踪迹。不过六门三关，四乡八镇，却新发生了一种绝好的谣言资料。这是中国社会上一种特殊功夫，今古皆然，后文再行叙述。

目下却要先提常熟东乡支塘镇上有所涵真阁道院。据称支塘全镇是个鹤形，那座涵真阁就是鹤头。而且本地方上人，为口音关系，把“涵”字念成“恒”字音。所以自元迄今，支塘着实出过几个有道羽流。最最著名的是秦、项两真人。就是目前，迷信虽已七分打倒，那支塘镇上一般知识界人物，仍有皈依斗坛，做阐教信徒，在家黄冠的。人家延请他们做大道场，也似票友玩票般，照样化装礼斗，画符念咒，至心皈命，应有尽有。并且故老相传，涵真阁的正梁里头有一部《洞幽通明灵秘录》，分上中下三卷。上卷是专论超凡入圣，大道捷径；中卷是定国安邦策略；下卷是移山倒海，役鬼驱神符录。如果谁人有缘，得到这部秘录，可以上知五百年、下知五百年过去未来之事，一介凡夫立刻能成半仙之道。墙头里边也藏有口松纹古定宝剑，非但有切金断玉吹毫发、四益三绝、削铁如泥的好处，并且如果得到此剑，方圆百里之内，所有妖狐鬼祟、五通邪神之类，尽皆遁形绝迹，不敢逗留。此剑的来源，还是前清康、乾时代，苏州穹窿山上出过一位施亮生真人，他同江西龙虎山天师府法官李华阳合力捕捉白獭精之际，精神上感霄汉，感动上八洞金仙，于是吕岩仙师便化作云游羽士，到穹窿山送口剑给施真人，成全他捕捉水獭一件因果。后来亮生尸解，这口剑传给大弟子周癞头了。周癞头原籍支塘，暮年归隐故乡，听了项真人的劝解，把这口诛邪古剑，也藏在涵真阁复壁之内。因为涵真阁有了这两种可遇难求的无价至宝,故此有只千年得道玄狐,金睛白爪,盘踞阁内,暗中保护这两件至宝的。这种情近荒诞的神话,不仅支塘一镇上人互相传说,连江北如皋、泰州、监城、兴化一带人也都知道的。因为支塘土产大宗乃是纱布,运销外埠,首推江北地方最广,一年四季有人来往,所以这说话会传到长江北岸去的。

当时兴化有个潘海渠,本是河南信阳州一带小刀会小首领,为了避风头,遁转故乡。无意之中,听人谈到了支塘一书一剑说话。言者无心,闻者有意,海渠即便悄悄然动身,走靖江八圩港渡江,进江阴口子,搭常、澄小航船,先到常熟。然后再乘往来常熟、沙头的班船,到支塘起岸。先在小客店内投宿下了,留心着问了七天。到第八天晚上二更时候,神不知,鬼不觉,一个人爬进了涵真阁的围墙。其时天气正在中秋之前,一轮皓月,照耀如同白昼,瞧那涵真阁主屋就在眼前。海渠兴冲冲走过去,不料有个鹅头颈弯。海渠顺弯倒弯转了两三转,迎面忽又发现一个山门模样。在月光之下,定睛一瞧,山门上面有"蕊香庵"三字。海渠心中虽则疑惑,但是身临此境,欲罢不能。好容易再越过蕊香庵的围墙,蛇行鼠伏,翻过两层院落,瞥见下面天井内,有一道灯光斜射着。海渠心想:"探探明白,再行下手。"所以便从有灯光屋后的小天井内一棵木樨树上接脚下地,偷偷掩掩踅至后窗户外,想听几声壁脚。他身子才得站定,见一排四扇冰纹梅花式的短格子窗儿,都用白纸糊着。海渠轻起小指,在窗纸上戳了个月牙小孔。用一只眼向屋内一张,不禁心上一喜。蓦又听见屋中人的说话,心上又不免大大吃惊。一霎时惊喜交集,进退两难。要知潘海渠所喜何事,吃惊何话,且容下回分解。

第二回　侍母病无心退暴客
保身家蓄意访名师

潘海渠借纸窗上的月牙小孔向屋中一张，只见紧靠后窗短墙之下，摆着两只椐树八仙桌，桌上点着一盏保险台灯，那台灯旁却堆放着一叠一叠大银圆，估量上去，大约有二十块左右一摞，总共四十多摞，大概在一千块钱上下。海渠见了，那得不喜。不料这屋是小三开间，坐西朝东的。靠北边上首次间屋内，沿墙摆了一张小半桌，桌上香炉、蜡台，一应俱全。不过正中间，不是供着土偶木像，也非天将神祇，乃是一个紫檀架子，架上高供着一部奇书、一口宝剑。桌子侧面，摆着一把树根雕就的大靠背椅，围圆极广，可坐可卧。椅上有个童颜鹤发，道骨仙风的老道，把两腿合盘式，五岳朝天，圈膝坐在那里。等到海渠瞧见这老道时节，那老道正对着后窗户，朗朗高诵道："你们的志气可不小，一个江北跑到江南，一个山东奔到江苏，要想偷盗宝剑、秘籍，想造成一代奇人。不过贫道职责所在，上天定数难违。这书是湖南周公旦子孙预定了去，这剑是杨老令公后人所有。你们桑维翰、潘仁美子孙全没有份的，休得痴心妄想吧。唉!真是一双呆鸟，放着现的不拿，却想赊的，这又何苦呢！"老道这种说话，明明已晓得窗外有人，前来暗算奇书、古剑，所以故意这样自言自语，说给夜行人听听。

潘海渠听见了，焉得不毛骨悚然，疑心这老道，不要就是此间人众口一词所说的那只白爪金睛千年玄狐精吧？想到这一层，更加不寒而栗。自已以心问心，还是知难而退，最最便宜，不要冒险动手。俗语说："秃子头上的虱子——明摆着的"。决非这三分似人、七分似妖的老道敌手。识时务者为俊杰，决计走他娘路吧。海渠正要回身拔步，仍拟越墙回寓，不料已经来不及了，猛觉自己背后"呼"的一声。海渠究竟也在外混过好久，临过大敌，自身虽无出色惊人绝技，但是当场机变，也算不含糊。忙把身子一蹲，往斜刺里躲闪。讵奈迟了一些，那里避让得及，只觉得当头顶上，被人家一种粗笨竹木器具，劈头盖顶，结结实实打了一下。到底血肉之躯的人，又没有熬练过何种功夫，再加是六阳魁首的头部上边，蓦然间经此一击，顿时知觉全失，身子倒在地上，晕厥了过去。

如是者昏昏沉沉，也不知经过了多少时候。直至被冷风吹面，浑身发冷，方才渐渐恢复知觉，悠悠苏醒过来。初醒之际，尚觉呆木不灵。又隔了一会，海渠脑筋内方将已往经过，翻过来推想了一阵，然后张开两眼，勉强支撑着坐起身来。向四周一瞧，原来自己的身子倒卧在旷野地方一个松坟之内，天色已在白昼辰末巳初时候。回想昨晚上涵真阁欲盗书、剑的情形，静心追念，历历不爽。最后想到隔窗窥见桌上银洋，耳中听到老道怪话，觉得头顶心内又隐隐生痛。大概自己正全神贯注在屋内，不会防备背后有人掩上来，将棍棒之类的家伙，对准当头顶用力击了一下，以至当场打得晕厥了去。他们便喊人动手，把我抬至此地，抛在松坟之内，当我是死的了。不料我得了土气，又经冷风一吹，尚能苏醒过去，真是死里逃生。但不知此地距离支塘多远？因为自己有个小小包裹，尚寄在小客店内。内中虽只一身替换衫裤，不值钱的，但有一块春宝山的票布，一角小刀会的会证，乃是花钱办不到的东西。况且自己往后去，仍须在外打光棍去日子，这两件黄金狗屎草大有用处哩，非回去拿了再走不行。

海渠以心问心，一个人想定了主见。站起身来，离开松坟，瞧了瞧天上的太阳，定了方向，信步往东南角上一个三家村落走去，意欲前往探访路径。不料走不到一箭多路，斜刺里来了两个下乡农，手中都拿着香斗、纸马、鱼肉荤腥,准备购回去庆赏中秋节的。他俩一壁走,一壁在谈论镇上新发生的奇闻。一个道:“有两个外来帮匪想偷涵真阁内镇山宝贝,不知怎样一来,都会错走到涵真阁后头的蕊香庵中去的。庵中的当家老师太,方圆二三百里路内,多晓得他是个不出名师家。他们太岁头上动土,老虎头上做窝,有便宜讨吗?结果打死了一个,活捉住了一个。并且已告诉图董同镇董,喊了地保,在两个帮匪存身的小客寓内,搜着了证据,怕今天要解城里的哩。”另一个乡人道:“本来我想上直塘的,幸亏你喊我上了支塘,总算听到了这种新闻。不过我料想那帮匪也不是好惹的,怕他们将来要起了大帮,再来报仇。”先开口那个道:“你痴煞了。有蕊香庵的老当家掮了肩责,还怕什么呢?”海渠一闻此话,心上老大吃惊,暗忖:“三十六着,走为上着。不要去自投罗网了。回头掏清了那老道的根底,丈一叫丈二来做他。此时回去,自讨苦吃。好汉不吃眼前亏,个小包裹,譬如算放在典当里吧。”当下海渠便问清路径,走沙头,上浮桥,出口渡江,悄悄然回转江北。君子报仇三年,预借二次卷土重来,再行雪恨出气的了。目下暂且按下不提。话分两头。

却说吴江乡下有个大镇叫同里,非但算是吴江县治下第一个热闹繁盛镇口,乃是和高邮的邵伯、扬州的仙女庙、如皋的姜堰、金山的洙泾、太仓的沙头、南京的上新河、江浦的浦口等七镇,称为江苏省内、长江南北两岸的八大名镇哩。名虽是个乡镇,一天到晚,经商贸易,上市乡人肩摩踵接,不断头的。镇上有个姚广孝的坟,据称坟内的珍珠财宝,不计其数。并且在一座附设在财神堂旁侧的狐仙殿后, 一个假山当中有口智井,从上头望下去,可以望得出一点痕迹。曾经有人转过念头,不料有条浑身出火、丈外长的大蜈蚣蹿出来,耀武扬威,张牙舞爪,把那个起意掘坟之人烧得焦头烂额。从此以后,再也没人敢来操瞎心思了。

这同里镇上,有任、沈两姓,都是大族。那任家有兄妹三人:长兄是上巳日生的,所以叫三三;二妹是天中节生的,故而叫端端;三弟是登高节生的,因而叫九九。总算再巧也没有,合镇上人都知道这事。谁知任家贴邻，有一个家姓曾的，恰巧在端端出世后一年的乞巧日子，也生了一个孩儿，乳名就起了个七七。住在附近之人，都道曾家这个巧孩儿也该让任家养的，那么三三、五五、七七、九九，兄妹四人，凑了成双数哩。曾姓方面也为了巧凑成双之故，所以将孩子寄名给任家。论曾家的家计虽然不及任家，但是祖上也有点遗产。七七的父亲读书不成，改习商业，在生意场中，也算是个优等人才，对于经济学上，很会盘算。故而家中衣丰食足，可以人口无饥。七七长到七岁那年的七月初七日子上，由双亲作主送到一个姓范的馆塾里头，开始读书。七七虽非一目十行的神童，天分还不十分鲁钝。那位范老夫子，自己虽只是个廪生，肚子里却很过得去。七七从读方字开荒田起首，一直经他一手训导，居然十二岁读完五经开笔，十三岁就出去观场，十四岁幼童入泮，于是人家都不唤他的乳名，改称他的学名，叫曾海峰了。

到了那年下半年，就由范老夫子作伐，定下了一门亲事。乃是范先生族中的侄孙女儿，不过向来住居平望乡下，不是住居一镇的。不料海峰命硬，对了亲未满一年，他的未婚妻范氏沾染了时疫，连诊治都来不及，竟呜呼尚飨。海峰父母得闻此信，自然要招呼了原媒，向女家去要回聘礼。不料范姓方面，把“男死还一半，女死只好看”的两句俗语做了护符，不肯交还原聘。范先生为好反成隙，也不知费了多少唇舌，这交涉才得了结。

恰巧海峰有个同案，名叫丁海溪，芦墟落乡人，和海峰在苏州道考之际，同寓认识的。两下虽是初交，彼此情投意合，异常莫逆。其时海峰二老，在家内办那亲事交涉。他自己却和海溪等四五个同伴，一起赴南京乡试。等到秋闱报罢，仍同海溪结伴返乡。海溪要好，将海峰硬邀到家内小住几天。海溪父母早已亡过，有一个异母妹，闺名叫淑翘，年近二十，尚未字人。海峰自己眼见之后，回家告诉了父母，央人前去作伐，这头亲事自然一说便成。不料定了亲不到半年，那淑翘小姐随了兄嫂上杭州天竺进香，却不料被野鸡轿夫抬得不知去向。海溪报官请缉，定了重大赏格，在杭州四处八路，差人找寻。白白费了两个月工夫，未能珠还合浦，音信杳如。海溪无奈回家，差人到曾家来报信。那时海峰的父亲，恰巧病卧床席，正在危危乎当儿，海峰无心管到未婚妻失踪不失踪。直到父亲病故，在家守满了百日孝堂，才到海溪家内问了大概情形。然后一同赶至杭州，瞎天盲地的寻了一阵子，依旧消息沉沉，白费心思，只得快快回来。依着海峰的母亲主张，还要托人作伐，另行对亲。反是海峰坚执不答应，道："一来生父服中，岂可定亲；二来自己的婚事，已经空喜了两下子了，好在自己年才弱冠，况那丁淑翘尚未有实在消息，如果急煎煎又定下了一门亲事，万一丁淑翘倒安然回来了，试问怎么办呢？况且孩儿命中注定，妻宫要多磨折，不要对了第三个，又同前两个一样，竟复走到非死即亡路上去，岂非又是白丢一笔聘金吗？为今之计，姑待父亲服满，再守个一年半载。如果在这时期内淑翘回来了，那是最好；若再无确信，那时再行另对一头亲事，就是淑翘蓦然回来，晓得了我守候过他三年五载，良心无愧，他也说不出什么话的了。"

海峰母亲听了儿子说话，理由甚为充足，一时无话反对。不过老人心坎上抱孙心切，照目下情形，一时难偿所愿。再加上男人作古，家中境况，总较丈夫在日，有活钱进门时候差一点。儿子是个弄笔书生，虽然钱是不瞎用，但是赚也没有赚进来，单靠祖遗下来的几百亩田花利，只恐坐吃山空。俗语所谓："家有千贯，不如日进分文。"有了这几层心事，不免镇日闷闷不乐，以致时常发寒发热，不舒服的了。海峰虽非衣不解带，晨昏侍疾的大孝子，但是他是个通达事理的文人。自从母亲有病以后，白天由老妈子承值，到了晚上乃是雇定一个小大姐同一个卖绝丫头，当心茶水。有时见老母病状厉害，通宵需人伺候，海峰总体惜下人，唤那两名小婢，叫她们上半夜尽理睡去，由他留心；等到十二点钟以后，海峰去安息，喊她们起来当值。不过这两个小丫头，孩子脾气太重，小主人叫她们安睡半夜，她们总不肯便睡，黄昏时分，只管恶耍空玩，要玩到近十点钟才睡。回头海峰去喊她们起体，她们正在好睡当儿，往往喊上半点钟辰光，她俩尚未醒哩。

这一天是十一月廿四晚上。恰巧海峰母亲在这冬至大节病情加重，卧床不能动弹。于是海峰照例承担了上半夜的服侍责任。等到吃过晚饭，先催促两个丫头去睡了。回头到了初更过后，家中男女仆妇，也都次第安歇了。海峰先拿了一只台灯，亲自去照看过了前后门户，然后才回至老娘房内。走到床前一瞧，见娘已睡着。于是轻手轻脚，退到外房，把炖水的风炉添足了生炭，用扇子扇旺了。那一晚格外寒冷，海峰一来要紧烤火；再者为十二点钟以后，必定要到对面厢房内喊下人起来当值的，所以连房门都没有虚掩，自顾自拿了一本《史记》，就在风炉前面的那张小矮凳上，背对着房门，面对着炉子，坐下看书。

转眼之间，听典当更楼上，已经敲二更。海峰自觉有点倦了，从体边掏出表来一瞧，尚只十一点钟不到一些。再瞧瞧那风炉的火力，也不行了。于是又放下书本，重又添炭，用力扇着。正扇之间，耳边厢似闻正间屋内有人行动之声。海峰以为是那个小丫头，她俩本来和衣而睡的，一觉醒来，不要又在那里捉迷藏耍子哩。就他本心，本想走出去结结实实地每人打上几下。只因半夜三更，老娘又熟睡未醒，未便大动干戈。故只信口低低地喝道："你们这两个淘气胚，在那里掩来掩去，想干什么？这种天气也好安心休息的了，何苦还要在这更深人静之际，寻事体做呢？"海峰口内道罢，外间果真寂然无声。但又过了半点钟光景，外间屋内又在那里响动。连里房的老娘也被惊醒了，在那里追问是谁走动，什么声息。又喊："七七，时候不早，不要用功了，早些安歇吧。"海峰先站起身子，到里房床面前，和娘亲问答了几句。待退至外房，听那外间仍旧有那窸窣之声。海峰不禁心头发火，厉声怒喝道："你俩到底意欲何为呢？难道好言好语不肯听，必定要少爷生气出手吗？我因为老太太有病，所以处处同你俩不认真，存心放宽一步的。怎么你俩好歹都不分，欺到我头发尖上来了？"海峰话声未绝，忽听外间接口道："请你老人家息怒。咱俩也是叫穷极无君子，没奈何干此不作事儿。不料大水冲了龙王庙，闹到自己人家里来。你老不必出手，咱俩也不是贪得无厌，不知轻重的孬种。但求开一条生路，咱俩明天一早就开码头，上震泽去找财宝哩。”

海峰始而听见外头搭话，吓得心上别别发跳。等到听明这席说话，又听母亲已急得在床上发抖，不住地低喊：“七七进来，不要出去动手，你犯不着的。”海峰才明白外间那俩外来飞贼，误认自己是个有功夫的不出名师家，所以改用软话求乞。事已至此，好在自己上回到杭州去找寻未婚妻，曾经同一班打光棍的白相人交谈过几回，那些不三不四说话，耳朵内倒拾着不少，如今索性以误缠误，挡过了这阵再说。于是自己壮大了自己的胆，故意闲闲地道：“你俩早些到我家里拜山讨路，我即使怎么样没心绪，总得尽个地主之情，三餐一宿，何必要这样地硬扒呢？现在听你俩说话漂亮，总算照子还带得好，我不同你俩一般见识。你俩前人是谁？报上名来，待我晓得了三帮九代，定了交情深浅，好给些规矩与你俩，待你俩明晨也好开别码头，另寻生路。”海峰说罢，故作侧耳静听的样子。外间那两个窃贼，果然口若悬河，滔滔不绝，背诵了不少江湖黑话。海峰只听出头一个说的是：“山是双龙山，堂名忠义堂，吸的五湖四海水，烧的龙凤如意香。内口号安邦，外口号定国。”后一个道的是：“山是东梁山，堂名北汉堂。吸的西江水，点的南岳香。内口号外夷悦服，外口号华夏心归。”海峰待他俩背罢，假意道：“看在你们山主分上，你们自己叫什么，露一露相，好打发你们走路。”外间两个贼子初犹不肯露相，以为屋内人就算当场不再弄甚玄虚，以后碰见了山主说出这事，有关本山名誉，少不得要受三刀六洞之苦，所以不肯说出。无奈海峰定要他们露相，只好先要求不可告诉山主放龙吃水，然后才报出名儿来，一个叫花蝴蝶萧斌全，一个叫扎不死尤老福。

海峰回到里房，拿出二十块钱来，每人给他们十块。他俩拿钱时候，只好进来。海峰在灯光之下，留心一瞧：一个是赤糖色脸矮胖子；一个个儿长大一点，左额角上有颗茶杯大小的肉瘤，可惜面目黧黑，好似吸鸦片烟的。两人的装束，都是皂布包头，打着拱手结，牡丹花盖顶；身上皂布短袄，小袖口，密门钮扣，英雄挑包束腰；皂布裤子，花布绑腿；足登铜头铁

跟、翻尖跌死虎头鞋。他俩满脸含惭，收了大洋。临走时节，向海峰再三道谢。并道：“此恩此德，往后有缘，定当图报。就是您老的功夫，下次相逢，也该领教领教，开开咱俩眼界。”他俩说罢，搭讪着退出外房，仍由旧路蹿高上屋，宛如两只狸猫相似，屋上只微微有些响动，不留心根本听不出。转眼之间，已走得不知去向。海峰待他俩走了之后，暗暗说声：“惭愧！总算冒险，打发掉了两个外来飞贼。”

谁知他的母亲自从遭了这晚虚惊，病势有增无减，延至年终当儿，也呜呼尚飨。海峰一年之中，迭遭大敌。自己看上的未婚妻，又生死存亡，不知下落。莫怪他志气灰颓，万分消极。无奈家中大小杂事，一切出出入入，皆须亲去料理，一时又容不得自己逍遥自在，百事不问。好容易办过老娘丧事，把父母两口灵柩，都运往祖坟埋葬。又将家中杂务，渐次整理得略有头绪。

正欲往芦墟丁家去，同内兄海溪去商量一件大事，恰好海溪派专人到来送信，说其妹淑翘此次失踪，不是寻常拐匪所做的案子；乃是太湖内大小七十二帮水寇队中，不知是那一帮做的。所以海溪决计乔装渔户，泛宅浮家，亲下太湖，找寻妹子下落。因谊属至亲，相关休戚，故遣专人前来报告一声。海峰得闻此信，本来心上有一桩牵肠挂肚，放心不下的非常大事，时刻在胸，此刻知道海溪亲下太湖，访寻乃妹，愈加忧心忡忡，刻不待缓。要知海峰心上放不下何事，且看下回分解。

第三回　愤国事秀士辞家
谋生计穷儿卖身

在曾家未发生外来飞贼硬进软出借盘缠那件事情之前，海峰在上海刊行的一种《繁华报》上，瞧见一段直隶河间府献县知县浙江归安人姚定元，上给北洋大臣、直隶总督荣禄的一个条陈专件。说的是帮会党徒遍及天下，严重危及大清朝廷。建议朝廷下诏各省，协同剿灭，否则后果不堪设想。海峰见了这个专件，从头至尾，细细看过一遍之后，心上便产生了一种感想。暗忖："现在的时局，在上横征暴敛，在下十室九空，朝无良相调和鼎鼐，边无名将震慑遐迩，内忧外患，互相起伏，不出十年，定当大乱。照历史上向来的成例衡量现局，已有分久必合，合久必分之虑。何况还有那蛮夷猾夏，胡种乱华的关系。吾辈读了几句老八股，对于安危经济，国家趋势不去过问，恐怕将来连饭都没地方要去。再者眼前政局，重文轻武，那怕一个二三品的总参武职，同六七品的知县官儿见了面，知县把'文武不相统属'一句例话做了护符，全不把总参放在眼内。恐怕到了国家再有变动之时，一定要倒转过来，重武轻文哩。似俺这般手无缚鸡之力，到将来如何得了！乘年纪尚轻，倒不如暗中留心察访，访到了一个不出名的师家，习练几手拳脚，就算往后用不着它，学会了防防身也是好的。况且目下衣冠人物，士林中人，大多刁钻刻薄，不是包揽词讼，教唆人家打官司，便是包庇烟赌，代私娼撑门面，专做十恶不赦，有损良善子弟的事情。对于同辈，非但一毫没有爱群公德，隐恶扬善之心，反而互相攻讦，拼命排挤。反不如那些帮徒党人，倒多把一个义字大帽儿戴在头上，自相援引。真所谓‘叔季之世，反古之道’‘礼失而求诸野’。君子队中，偏多小人；小人群里，反有君子。一旦有机缘遇到，我也要跨进门槛里去试试哩。”海峰有了这种念头不久，便又生出那件翻高墙客贼叨借路费怪事。现在又得着内兄丁海溪浮家泛宅信息，心上蓦又想起那萧斌全、尤老福俩临走之时，留过‘领教领教’话儿。若能在这几个年头上，赶紧学会了一点小能耐，那么亡羊补牢，倘不嫌迟；若再因循自误，将来要大受厥累，后悔不及。况且父母双双亡过，妻子生死不知，自己又淡泊功名，不急利禄。那么对于家乡又有甚放不掉，丢不下，依依不舍的留恋呢？

海峰主见打定，便着手进行出门寻师大事，将家中大小事情，分头托付了至亲近族，以及有忠心的仆妇们等。然后自己带足了川资，孑然一身，飘然离开故里。因为平日间见同昆曲合组在一处卖艺的绍兴武班角儿，表演那《蔡家庄》《郑州擂台》，全本《大名府》等武戏时，常听见一般玩玩三脚猫的游手好闲之徒，多种赞他等武功有一手儿，料想绍兴地面定有武行惯家。所以他一出里门，便先搭船到杭州，匆匆渡过钱塘江，一直由萧山觅路，向绍兴进发。谁知将绍兴一府八县，大小水旱地方完全访遍，也不曾访出一个有玩意的武术专门名家来。后来好容易在余姚治下的天元市地方，听着一句说话道：“上虞境内蒿坝镇上，有个卖冬菜出身的铁头孙四有功夫的。”海峰忙赶到蒿坝去访寻。不料冬菜孙四这个人是有的，而且从各方探问得来的消息，汇齐了一参校，其人确实是个不出名师家。不过距今三四年前，他忽然看破世情，剃去了三千根烦恼丝，出家做了和尚的哩。他虽则在本地落了发，但是出了家不久，便一瓢一笠，行脚朝山，不知飞锡到了何处去了。在七八个月之前，有人从天童回来，说起孙四在天童挂单，而今不知尖在那里否。海峰听了，姑且碰碰运气，上天童去试试看。天可怜他求道心切，到天童竟和谛闲法师遇到。一问冬菜孙四行踪，谛闲道：“孙四法名叫潭月。半年之前，在此挂单。现在迁到宁波城东四十里同谷山内，王伯厚古墓附近住茅篷去了。”于是海峰再到同谷山内去找寻。寻了十多天，方才在万松环拱，人迹罕到的僻静深林之内，找着一所三间茅屋的小小庵堂，名叫潭月庵。海峰心想：“此庵莫非是了？”上前打门问讯。有一个近三十岁的沙弥出来招待。动问根由，此庵果是潭月所建。这沙弥就是他的大徒弟，法名万全。但是潭月本人到了普陀潮音洞去，要隔一二十天归来哩。海峰心想：“与其寄居山脚下乡下人家老等，不如就借宿在庵内等他吧。故便和万全商议妥洽，在庵中耽搁下来。始而几日，海峰白天出去逛山，薄暮回来，吃过早夜饭，即便安歇。同万全每天至多照面三次，循例寒暄，也不曾细谈身世。直至五六天后，彼此渐渐熟悉。海峰也把全山逛腻，镇日躲在庵内，不出去了。于是同万全闲谈永昼，便互诉已往的经过历史。

方全听海峰说出来意，此番找寻潭月，并非求经慕道，乃是想跟潭月学习拳棒，不禁哈哈大笑道：“如此说来，咱俩真正是同志哩。曾施主，可知小僧俗家是何许样人？”海峰道：“原来小师父也是中年披剃，不是自小出家。恕不才眼拙，猜不出小师父以前贵业。”万全叹道：“唉！提及小僧俗家情形，真正也是不堪回首。小僧原籍江北，原来父母姓什么，连自己也不知道的了。说也惭愧，因为小僧出身寒苦，只记得七岁那年，我们一家男女六口划了一只氍毹船，过江到了浙江嘉兴下属的新塍镇上。小僧的生身父母，以为贩萝卜干呢，还不如贩咸肉生意，又没有足够现款，就把小僧卖在一个江湖戏班内去做学徒。好像身价极廉，连开销不满二十块钱的。于是小僧便离开了生身父母，投到那个戏班内过活。领班子的康黑儿，本来唱武旦的，年轻时候，着实出过风头。后因倒了嗓子，京、津、沪、汉大戏园内，没有他的份，便退做江湖班的领班。专做杭、嘉、湖一带台口，买卖倒很不错。小僧始而学的是须生，后因嗓是左嗓，再加个儿不高，便改习丑角，外带零碎。可怜小僧七岁上半年进了那班子，简直过的是人间地狱日子，也不知受尽多少苦楚。直挨到十四岁那年，领班有个徒弟，叫粉菊花，唱花旦的，居然码头上唱红，出了小花旦的名声。小僧是丑角，跟他俩常配戏的，那时日子才稍觉好过一些儿。

“如是者又混了三四个年头儿，小僧已经十八岁，粉菊花也十六岁了。咱俩听了一个唱文武老生的嘉兴人叫张桂芬的教唆，便跳出了黑儿的班口，换到张桂芬儿子的班子内做拆帐。做做又觉得不十分得意。恰巧杭州有个张老虎，他领着一个海字大班，有人介绍咱俩加入海字班内。于是小僧悬牌叫马海仑，粉菊花叫赵海流。先在杭州拱辰桥唱了几个月馆子。后来重新出门，上宁、绍、台、金、衢、严、温、处等地拉台口，连江西抚州班的生意，多被咱们分掉油水，大家觉得很高兴。

“到了那年年底，因为要回杭州赶新年生意，故而班都未散。我记得十二月过二十，从金华赶杭州，全班一共八号大船，两条小船。接生意的开路神，其时早已回到杭州，安稳过年。那天是腊月二十六，咱们大小十号舟船，驶至江头镇过夜。不料到三更时分，停在咱们外帮的一条宁波红船，被水寇抢劫，大呼小叫起来。其时咱们一条船上，共睡十个人，也有些长短家伙。依小僧主张，年近岁逼，不要去管这闲帐。无奈同船十个人当中，有一个唱武二花的，诨名阿戆；一个唱武老生的，叫小于；一个唱武小生兼武丑的，叫瘪嘴老太婆。他们都是天津卫出身，并又受过名师指教，所谓艺高人胆大，那里还有暇听小僧的劝解。从被窝中爬起来，好在军器又是现成的，都随手拿了一件家伙，不由分说，钻出舱去就动手。咱们第一号船上角儿一出手，后头那九号船上的武行、打英雄、二三路武生、武净等等，以为土码子是抢我们的班的，故也一齐起来，呐喊助阵。人多势盛，再加小于、阿戆的马叉，老太婆的单刀，确都是了不得的。阿戆头一个跳过船去，见那码子方面有一个个儿顶高，站在那红船的外船头铁锚上指挥大众。阿戆抱定擒贼擒王的宗旨，好似唱《金钱豹》般，就窥准了那匪魁咽喉之处，用力飞过一叉去。那厮如何防到，正中要害，立时倒下河去致命。小于同老太婆追踪过船，也搠翻了两三个小寇。他们见不是头，打了一声呼哨，便拚命把那两三个尸首先抢下小船，然后下桨开船，如飞逃命。不过临走时候，他们异口同声道：‘好！认得你们了，下回再见。’阿戆尚接口道：'要你们认得，难道怕你等来咬了鸟去不成！'当下盗寇败阵，咱们总算仗义救人，大获全胜。那宁波红船船主立刻就送四十块钱给咱们，道：'本来要备办一些粗肴水酒，待到明天专诚酬劳众位。只因萍水相逢，况在荒辟地方，又是年近岁逼，所以只好干折。区区数目，务望哂纳。'咱们自然老实不客气收下了，当场不曾觉得。直至第二天，到了杭州起箱子时候，方知缺了一柄马叉。阿憨想到摽中了盗魁，被这死胚带下了水去。好在有四十块钱在此，不妨除掉了一柄叉款好哩，当时我们也不放在心上。

"谁知开转年来，年初生意大蚀本，张老虎没有心绪再干了。于是小僧同粉菊花、小于、阿戆等四人发起，原班人马不散，向张老虎把大衣、二衣、头盔、家伙等箱笼行头，转租了下来，依旧出码头去。于是咱们四人之外，又加入老太婆和一个唱老旦的小龙，一个唱正旦的叫桂林，一个唱文生的杨柳青，一个二路兼白胡子的叫全福，一个拉前场兼龙套、文场三行头脑的叫阿虎等六个人。向紧接洽，由咱们十份头负责转包了下来。因为上一年走的是浙东，这一年便移向浙西放台口。不料浙西方面班子多不过，除了黑儿、小张家两家老班之外，又有陈桂林的老长春，柏二的老万胜，外加苏州的大雅班，文全福昆班，无锡、常州的金玉堂、文全秀老徽，王家、陈家两班髦儿戏，杭州的群芳小京班，一古脑儿有二十多家班子，在嘉、湖、苏、常、松、太五府一州地方转动。而且好台口卖不起行情，十有八九是靠码头卖戏。咱们混了七个多月，本虽不蚀，但是我们十份头老板，只挣出了一个苦开销，一点好处没有。咱们预备混过了金九银十回嘉兴散班了。

"那天是九月初一，全班在宜兴西外做杀猪公所加工钱的本戏。忽然来了三四个安徽口音的汉子，同咱们接洽十一、十二、十三三日半夜四台酬神戏，道：'场合离此不远，在丁家山、蜀山的附近。不过我们的戏目，是由神圣点定，我们凡人不能作主，全以拈阄为凭。我们每五年演一次戏，也许神圣爱听小戏，那么行情就要减少些；也许神圣全点的大戏，你们演员须大大努力，那么行情就该出大些。故而先来请教贵班价目，最贵若干，至少几何，然后再定方针。’咱们十份头一商议，便向来人道：‘我们不问大戏小戏，每一个台口，言无二价，向例一百六十块钱一本，日戏八个码子一本，夜戏四个码子一本。文武场对搭，连灯彩油火、喜钱等等，一概在内。你们合意时就做，不合意罢论。’那三四个来人听了，都说：‘这也爽快，明一早，成否给你们回信。’等到来朝，他们只来了二个人，道‘准其如此。三日一夜，算是四台，一共六百四十块钱。先付定洋二百元。到初十那天，开船前往。’我们见来人如此漂亮，倒不疑心别的。偏偏初一、初二献过了神戏，一时没有下脚，便在宜兴献了七本卖台。

“到了初十早上，来定戏的三四个安徽人非常至诚放了一只小船来做向导。我们很高兴地开船前往。一路经过的地方，都是些汊港小道。打听打听路线，据他们说是沿太湖边线走着。到了晚上，果然出口穿过四五十里路湖面，方才到了一个小汊港内停泊。港口全是很茂盛的芦苇，若无向导，休想摸得到这地方。十一早上发箱子，从停船地方发到搭台场合，又有十二三里旱路。他们招待得十分周到，料定我们上下不便，戏台后面已搭就五间很高大的木屋，预备给我们安歇的。第一天开台，台下听戏的人并不众多，而且赶节场的小贩也寥寥无几。我们留心往四周一查看，原来是在万山丛中，断断续续几个小村落，户口不多，所以人烟稀少。我们不以为意。等到两台做开，第三天的戏目乃是十二晚间送来。又烦原介绍人来打招呼，要求我们格外辛苦点。我们一瞧，白天八个码子，几乎全是武场；晚间四个码子，全用火彩，什么《竹林计》《濮阳城》《火烧百凉楼》《火烧连营寨》等。我们也不在意。

“到了十三那日，小僧同粉菊花俩人，白天戏码演完之后，他们尚在那里演《火烧红莲寺》，咱俩左右没事，到后台卸妆之后，便一同往附近去遛遛腿。那天台下听戏之人，比前两天加出两三倍。不过十停当中，只有一停女人，小孩子简直一个没有。而且这九停男子，口音各别，个个生得虬筋虎骨，一望而知多懂些拳脚的。咱俩信步行去，约摸走了二里多路。

正想回去，瞥见一箭路外，有一道山涧，有一个大足显眼的乡下大姑娘站在涧旁边，目不转睛遥视着我们。咱俩走过去一瞧，见她足下放着一篮衣服，一个敲衣木槌。我俩因见四顾无人便嘻皮涎脸，上前用话挑逗着她道：‘放着好戏不看，尚高兴料理家事。可要把衣服搁着慢洗，跟咱俩到前村去看戏吗？’谁知咱俩话声未绝，她忽柳眉一竖，不慌不忙，朗朗地说出一番话来。咱俩不听犹可，一闻她话，不禁惊吓得毛骨悚然，魂飞魄散。”海峰道：“那个小小女子，一说些甚么话呢？”万全道：“容小僧喝口水润一润喉，停一停再讲吧。”

第四回　侠女有心泄天机　优伶无意得救星

却说赵海流同马海仑俩人沿山散步，瞧见了那个浣衣女子，他俩存着不良之心，上前用话调拨。不料那女子"霍"地倒竖双眉，圆睁两目，正颜厉色，向着赵，马两人道："嘿，你们真是不知进退的混账东西!自己死在目前，一毫不知，尚敢动着兽念，癞蛤蟆想吃天鹅肉吗？"海仑见那女子虽则钗荆裙布，足赤鬓莲，但是她的皮肤非常白洁，不假修饰，自有一股天然妩媚。不过她此刻含怒发言，觉得她眉宇之间，另有一种英爽之气，而凛然不可侵犯的神情，使人见了，便不期而然邪念顿敛，有上三分惧怯之意。可谓艳如桃李，冷若冰霜。不禁后退一步，一时竟回答不出相当话来。还是海流本来唱花旦的。自有一种不男不女，扭扭捏捏的肉麻神气做出来，向她似笑非笑地道："咦！咱们前日无仇，往日无冤，你又何必含血喷人，张口就骂门，诅咒人家死啦活啦？老实说，咱俩叫你莫洗衣服，请你去听戏，这话也不算怎样错，怎么就回答出这样重言来哩？"那女子冷笑道："不说一点真实门道给你俩听听，自然也不会相信俺大姑姑的说话。你们同班角色里头，是不是有一个叫阿戆的呢？你们去年挨年，是不是在杭州江头泊夜，邻船被劫，你们全班角色曾拔刀相助过的呢？那阿戆出手一飞叉，是不是一仗成功，断送过了一个盗首的性命呢？但是你们虽然战胜，是不是却丢失了一柄马叉，并且尚受过事主四十块钱酬劳费的吗？"赵、马俩人一听这女子侃侃而谈,话出有因,不禁都屏息凝神,呆呆地听她指手划脚的演讲,口内不住地答应"是是是"。

那女子又道:"不料那柄马叉上头有你们的班名刻着。那班江湖上弟兄回至存身之所的寨内,一边代盗魁成服开丧,一边商量对付方法。多道:'大家都是在江湖上闯道,靠朋友吃饭的,理该相不吃相。他们这一回的事情,实是存心跟咱们作对,所以临别时节,动手之人还敢口出大言,一点不稍让步。咱们倘不代当家老大报仇雪恨,也白白结义一场,算不了江湖好汉。'当时有一个诨号赛诸葛的言道:'此事虽则可恼可恨,但是这班戏子如果真是仗义出手,连一口清水都不受人家,或者动手之人同那宁波红船上人有甚亲戚关系,这也不能怪人家多管闲事的。好在咱们得到这柄马叉,叉上又刻有他们的班名,姑再忍耐一下,派个精细弟兄,前去留心探听明白,再作道理。'大家听了,都赞成此话。先将那柄马叉供在盗首灵座旁,庶大众触目惊心,不忘此事。一面又公举一个年轻老幺,叫烧鸭壳子的,特地到杭州地方,投至你们班里头,跑了三个多月龙套,把此事的始末根由完全察访明白。然后回来报告道:'全班角色,跟那红船上人全无瓜葛。当晚确是路见不平,拔刀相助。不过事后红船上人送过四十块钱烧路头东道,班中角儿因为丢了一柄马叉,所以老实不客气收受下来的。'大家得到这报告,一个个气得暴跳如雷,戟指痛骂。于是当天矢誓,歃血盟心,众口一词道:'不代大哥报仇,真个是披毛畜牲,禽兽不如!'当场乱了一阵子之后,回头又静静商议如何报复的方法。结果仍由赛诸葛想出这个'倒树净根'之法,把金钱做了香饵。好在你们全班人马,又不在城圈子内唱馆子,依旧东奔西跑地走码头,真是天与报仇好机会,所以把你们引诱到此间唱戏。唯恐你们武打行里头真有了不得的大行家,故此这三日一夜指定唱演的戏剧,完全注重武功,把你们做得人困马乏。今天的夜戏又偏重火彩,其实他们暗中也准备好了硫黄烟硝、烈火干柴。等到你们台上演至热闹时候,拉前场的接连放彩,台下人也就大家动手。好在你们搭台和睡觉的地方也早有埋伏,预先藏下了引火杂物和炸药品，只消把火一点，顿时爆裂，便会四面八方烧将起来。少不得把你们全班人的性命，宛如滚汤泼老鼠，完全烧成乌焦黑炭。就算冒烟夺火冲出火围，他们也准备好手，拿了家伙，以逸待劳，在火场四周伺候着你们，就算不死在火里，也免不了丧在他们手里。你俩跑到此地，好比临死之人的回光返照一般，倒还想什么禽兽念头，把不三不四的屁话跟大姑姑来开玩笑吗？”那女子说完，自顾自取了洗的衣服，提了捣衣棒槌拔步向峰后去了。

赵、马二人一闻此话，仔细一想，今年下半年在杭州辰光，果有一个跑龙套叫烧鸭壳子，入班不久，便私自跑掉了。在当时发生这种事情，本为常事，不时有的，不以为怪。如今一想，到底江头夜泊那件事情，干得有些不应当。当时马小丑曾经阻挡过的，无如阿戆等艺高人胆大，一时间哪里劝得住。自从做了此事之后，同班角色非但不自悔悟，还讥笑马海仑太觉胆小，说出那些长他人锐气，灭自己威风的没种话来。岂知祸根到底埋得既深且大，如今要遭着这生烧活烤的人间炮烙地狱了。

当下赵、马俩人低低地商量了一阵子，也顾不得有脸没脸，忙忙地拔步追上去。幸亏那个洗衣女子慢慢地移步，走得尚不十分路远哩，被他俩追过一个峰头，已经追着。他俩先高喊：“姑娘止步，我俩有要言奉告。”等到那女子站定身躯，回过头来，他俩已走到她的身后，一言不发，双膝点地，不禁泪随声下，哀哀求告道：“可怜咱们全班数十条性命，虽然孽由自作，要遭此焚身之祸。但是各人家内多有妻儿老小，连环计算起来，竟有四五百条的性命关系，一生俱生，一死同死。可能求你大姑娘指点一条生路，好让我等保全一命？至于那船只行头，以及一切身外之物，我们情愿一样都不带出去，托大姑娘转言，算是我们赔罪认错，向那过亡的大大王祭奠的一份薄礼。虽则明知现在的当家也不希罕这一些些，然而置办起来，至少也要二三千块钱。现姑充作我们全班人的买命代价，拜恳大姑娘去试说一下。万一偶尔侥幸能得如愿，那么大姑娘真是我们全班人的重生父母，续命恩人，往后总多焚香点烛，祷告天地，保佑你大姑娘百年长寿,万事如意。”

那女子听了,噗哧一笑。接着向赵、马俩人脸上啐了一口唾沫,道:“呸!亏你们也算男子汉大丈夫,装得出这种婆子气来。早知今日,何必当初?你们既然自知理亏力弱,不是人家敌手,那么去年年底下装甚好汉子,要代不相干人硬出头,做那保镖客呢?你们想吧,事情已经闹到这般田地,势成骑虎,虽道还是金钱所买得到的吗?你们也是常在外头走走,靠朋友吃饭的,当晓得外面打光棍的轻重缓急门儿。请问你们跟他们的地位掉了过来,你们便该怎么办法?又到了这个箭在弦上的利害关头,不要说是对头冤家,双方直接开谈判,那怕是一帮局外第三者,不相干的人,代表仇家来说情,你们肯答应罢休不罢休?况且现在的事情,闹得愈加大了,一反一仰,一转一侧,都是有几百条生命出入的了。万一饶了你等活命出山,只留下了东西做祭礼,回头你们陈报官厅,有赃有证,官厅定必派兵围剿搜捕。他们山中人家内同你们家中状况一般无二,照样也有妻儿老小。两下一对一算起来,论不定你们班中人的眷属,尚远不及他们山中人口来得多哩。你们准认为俺也是强盗内眷,所以想向俺求饶,希望一个万一的挽回。老实告诉了你俩吧,俺并非盗眷,不过隐居此处,同他们的妻小因为邻居关系,时常往来,因此间接晓得这番交涉的经过。适才见你俩死神已追随身后,尚动着混账邪念,故此一时口直,吐了一点真情给你俩听了。你俩如今追来求告,老实说吧,不中用的。你们还是回去凑数,省得被他们觉察了,追上来抓回去,临死还要受一顿零碎毒打的痛苦哩。”那女子说至此处,“霍”地又似笑非笑的,鼻子管内哼了一哼,回头开步,又往前走了。

赵、马二人觉得她临了这一哼,哼得大有研究,她一定是个了不得的大行家。今天既然奇巧碰见,无论如何,要求她指点一条生路的了。所以从地上爬起来,再追上去。索性这次追着了,一个跑在她的前面,一个跪在她的身后,异口同声,哀求大发慈悲之心,大开方便之门,搭救同班大众性命。她实在被他俩缠住了身子,不能摆脱;又听他俩口口声声,总代大家求饶；说至临了，并肯把他们俩的身子，押在这边做保证，如其同班之人活命出山，口是心非，上官厅去控告，那时尽可将他俩千刀万剐，他俩死而无怨。她因为听了这几句，暗暗钦敬他俩虽是吃开口空心饭，走江湖跑码头的，倒很有一些义气。故而打动芳心，默默地思忖了半天，重又开口道："要俺允许搭救你们全班人口生命，一者天色将晚，时候不及；二来俺是一个梳头裹足、涂脂抹粉、寄人篱下的客地女流，也没有这样大的能耐。既然你俩不知不觉，偷偷地脱离虎口，或者老天注定，你俩不应葬身在这火窟之中。如今俺体会上天好生之德，碰你们自己的运气，指点你俩一线生机吧。你们虽则已离开虎穴，但是此地一面高山，三面大水，方圆三百里路当中人烟稀少；就是偶然遇着一两个六小村落，那村中男女多是你们的对头仇人，不见得肯饶恕你俩。除非要用船渡出汊港，过了湖面，才有生望。但是如今你俩怎么渡得过这太湖呢？如果你俩回到自己船上解缆开船，那不是逃命，简直是催命。他们各处港口，早多派人埋伏，并且水里头也早已邀请福建水海帮内高手到来，伺候在湖底内，用斧凿算计你们船底，万万跑不了的。至于像眼前你俩的信步瞎走，就算不被他们巡山大队，巡哨中队等查着追着，你们老是向山坳山套内躲闪，至多三天五日，你俩虽不烧死、斫死，也要饿得僵卧山中，供那野兽一顿美餐了。"她口内说时，随将右手的捣衣棒槌交付在提取衣篮的那只左手并拿着，然后伸手在胸前袋内，掏出一小片银制的秋叶儿来，授给赵小旦道："你俩快趁此天未断黑，沿着这道山涧，一直往下走去。走到尽头，也是一个汊港。然后你俩往右顺着山坡拐弯，经过一丈多一块潮湿泥地，你俩跳得过最好，如其跳不过这块泥地，下足时当心点，尽景地上少留足痕，鞋上少留泥迹。过了这泥地，再顺坡向左一个大转弯，你们的目的地便到了。那地方有个半水半陆、临湖背山搭就的渔棚儿，在靠山的一边有两扇矮竹门儿。你俩上前轻叩三下，重叩三下，千万不要开口说话，静听里头声息。如果隔了半天，没有什么声响，可再轻叩六下，重叩六下。如还没回响，你俩便咳一声嗽，再叩一下门，把这秋叶小银片儿高擎在手，低喊一声：‘秋叶儿。’那时棚内定有声响。若是棚内人点起灯儿，门缝内有灯光映射出来，那是棚中人表示不管闲事，自顾自取火捕鱼。那么你俩五行没救，也休想生存，就跳入湖中，保个全尸吧。如果棚中人并不点灯，也咳声干嗽，接着喊：‘秋叶儿在此。’你俩千万不要多话，快在他门外跪着。他不见门外人答应，一定开出门来，破口大骂。你们尽他骂上一顿，老是跪着不开口。他骂过之后，定吩咐你俩如何如何。你俩完全依照了他话办，那么才有活命之望，他自会救你俩出险。时候不早，快些去吧。”那女子说完，把娇躯一扭，向前一蹿，已越过了跪在她前面的马小丑头部，匆匆自去。这一回走得快了，眨眨眼睛，已是走得影迹全无。

赵、马二人明知再要想顾全全班人口生命，连自身都难以保全。只好站起身子，硬硬头皮，噙了眼泪，依着那女子嘱咐的说话，沿着山涧，顺弯倒弯，往下走去。不多一会，且喜已到山脚下的石坡上。定睛向前一望，果然白茫茫一片湖光，真个水天一色，水面上笼罩着一层暮霭，另有一股凄黯惨淡的神气。再沿坡向右拐弯过去，原来是一块苇地。如在春水暴涨辰光，此地定是一片水洼。此刻地下虽然没水，也是湿的。望望对面，有块巨石嘴角突出着，这一边亦是如此，好比天生的两个木桥桩儿。也许以前这上头用木板搭着，不过现在没有了。他俩狠命一跳，且喜都跳过去了。于是再前行了未满十步，又向左大转弯。等到转过了弯，已在沿湖的滩上。再向一箭路外一瞧，一个茅草做顶壁，下用圆木作柱的渔棚儿，已映入眼帘了。他俩又惊又喜，忙忙地走上前去，找着了那个门儿，全依了那女子嘱咐的说话，叩门轻重，前后几下，一些都不敢更易。两人心上都怀着鬼胎，不知自家性命能否保全。此刻天色已晚，偏偏又刮起很大的东北风来，大有雨意，吹得赵、马二人三十六个牙齿作对打战。因为一来肚内空虚，二来身上衣服穿得不多。再加人心一体，大都是舍死取生，爱惜性命。事到如今，身躯绝地，前途如何，尚在未定之天，不免胆吊心提，惊恐交集。不遭这种大风吹刮着，已多不寒而栗，何况又被这滨湖旷野的山风一吹，自然更加觉得寒冷，打起战来。心一边尚留心那渔棚内人的动作，以定自身往后的生死存亡。

不料初次叩了轻重六下，二次再打了十二下，棚内声息全无。直到第三次上前，马小丑用力咳了声干嗽，赵小旦把小银器儿高擎在手内，低低地喊了声："秋叶儿。"在这余音未绝之际，早听见棚内起了一阵窸窣之声，好似一个人卧在稻草当中转动的声音。他俩都认为棚中人本来睡在稻草铺上，梦魂甜蜜，所以声息全无。如今醒了，不见棚内射出灯光来，大概他俩五行有救哩。不料默想未毕，忽地觉得眼前一亮，也不知棚中人点的是什么灯儿，非但是一线灯光从那矮竹门内射出，简直是一片红光把这整个儿的渔棚全部照得四围雪亮。赵、马二人这一吓，真正非同小可。暗忖："棚中人既已点火，那女子千叮万嘱，也曾说过，这是他一种拒绝援救的表示。我俩也不必再长跪在这地上，还是早早跳湖自尽，把身子喂了鱼龟，反觉得干净痛快些。"主见打定，他俩便毅然决然站起身来，作势向湖内跳下去。究竟两人的性命是死是生，请看下回分解。

第五回　焚戏班一场浩劫
查茅棚两度虚惊

赵、马二人正预备作势要双双跳湖之际，耳边厢忽听见一个苍老人的北方声口，在棚内骂道："那里滚得来的两个兔崽子，好不要脸！既然有这肝胆闹出乱子来，有甚畏尾？左右不过一死罢了，有种的好汉凭着两条铁臂，一颗铜头，冲破天罗地网，打出龙潭虎穴，才不枉是个闯关东走关西的英雄豪杰。哈哈，脓包东西，瞧见了刀山剑树，便不敢往前冲去。听信了哪一个混账王八羔子的浑话，倒来找俺人不出众、貌不惊人、姓名不见经传的捕鱼老头儿。亏你们有这副好脸面，找到这地儿来。快滚吧，老太爷上半夜睡足了，下半夜要下湖去捕鱼，明天要应那早市，变换了大洋钱，好打酒买肉吃喝，没有这闲空管别人的生死帐。秋叶是老了，不中用哩，你们还是去找春花去吧。"赵、马二人一闻这骂声，又止步定睛一瞧、原来这派红光，并非发自棚内，想来是山寇湖匪，已在那里动手放火烧台。因为距离得没有多远，那火光直上九霄，又从天空反照下来，故此将渔棚也映照得红通通的了。皆为他们心神不定，眼花瞭乱，适才竟误认是棚内点的灯光。如今回思追想，确是自家吓呆了，棚内果真点了灯，岂有反照得棚外四周会雪亮起来呢？又听见棚内骂声一起，晓得尚有一线生机，不是真正到了山穷水尽地步。故此二次重又蹑手蹑脚，屏息凝神，仍将小银秋叶片儿高高擎起，回至矮竹门前，双双跪下，静待棚内人出来发落，静心一听，好似隐隐间有那呼号厮杀之声，猜想上去，定是同班的那班武打角色，舍生忘死，从火圈内冲锋突围而出，被那山寇湖匪阻挡，在那里拚命肉搏啦。工夫不大，又遥见湖心水面，也有一大派红光，映射得通红。仔细辨辨，好似就在这汉港附近沿湖的浅滩上，也起了火哩。他俩口虽不语，心上都知这沿湖的火光，定是那班盗寇在那里动手烧船。因为泊船地方芦苇甚多，所以火势愈加发旺。再加那戏场山地，到底距离得远些哩，故此人声火势都隐约其间。而那泊船所在，大概离此不远，所以略着湖中水色反照过来，格外清晰，令人见了，真正惊心动魄，变貌变色。又想着自己的两条性命，前途固尚吉凶未卜，而同班诸人恐怕此刻就算没有烧成乌焦炭，好容易能冒烟夺火冲出来，但被敌人以逸待劳，大概也都击毙的了。虽则各人各姓，并非同胞手足，但是彼此相聚有年，各人的脾性，都你知我见，大家都相交得非常莫逆，所以今年会结拜弟兄，合领这个班子。如今一个个惨死长离，往后去再要想聚这许多讲得投机的伙伴，倒也难了。想到了这一层，心上宛如万矢攒射，利刃剜胸，愈加觉得难受。

正在这胡乱猜想惊疑当儿，那渔棚上的矮竹门儿，忽然“呀”的一声开了。里头走出一个年老渔翁来，被那两处火光一映射，照见这老渔翁银须红脸，奕奕有神。头上戴一顶破旧草笠，身穿一件真青老布棉袄儿，下穿一条真青布大脚管短裤，足上套着一双本色老布的长统棉袜，趿着一双青布翻头千针万缝的杀虎快鞋。一出门来，口内依旧骂道：“累人东西，黄昏夜晚，闹得人睡都不能睡。到底是怎样两个东西？老头儿倒要来瞧瞧，有脸面没有脸面的呢。”赵、马俩人吓得鼻子内气都不敢呼吸，只一味跪在地上，一声不响。不过赵小旦把两只手高擎过自己的头部，将那小银秋叶片儿特地显露出来。那老渔翁走至他俩近身，却先伸手把秋叶儿拿在掌中，仔细瞧了一瞧，方长叹一声道：“俺早知是这小东西作祟，也不忖量忖量这是何等要大的血海干系，老头儿肩上扛得起扛不起啊。”说罢，又默默地出了一会神，忽然眉飞色舞地向着赵、马二人道：“随俺来吧。”

他俩一听此话，如同候决死囚逢到了特赦恩诏一般，顿时精神旺盛，连肚内饥荒，身上寒冷都忘记了，赶紧在地上爬起来，跟着那老渔翁同进渔棚。那老渔翁先将门儿关闭上闩。然后点起火来，把遮在靠湖一面的一扇大柴帘掀起，指着外面存放的一个荷包式蔑青有底鱼罾儿道："你俩瞧着，万一遇到紧急时候，须都要依俺说话，躲到这里头去。你俩莫小觑这东西，外面瞧它并不见大，那收口的圆径只能一个人勉强钻进去，其实里头世界大得很，竟能躲藏三四个壮汉哩，俺捕捉住了几十斤大鱼大鳖，都用这东西来装的。少停说不定还要把你俩当做鱼鳖般看待，你们身子装进去了之后，要多费一番手脚，将这罾儿浸一半到水内去哩。"老渔翁说罢，把柴帘放下。又指着沿竹门的一边壁角说道："现在姑且在这地方躲一躲，等过了狮子巡山、大虫归洞之后，再谈别的。"他俩也不知这是什么黑话，心想动问，又记着那女子嘱咐的言语，叫他俩千万不可多开口。不要说在这狼巢虎窟之中，就是在外边不时走动的，也明白那句"开口洋盘闭口相"的老话哩。故多一声不响，静静地躲在屋角边，待老渔翁处置。那老渔翁将赵、马俩人略略安顿就绪，把火吹熄，仍旧钻入铺在地上的那个稻草床内，放心睡觉，一转瞬间，又在那里呼呼作响，往华胥国去封侯拜帅了。赵、马二人到了这棚内，心思少定。不过自身尚未脱离危险时期，又想着同班众人，只怕此刻已由火神爷领进了枉死城，在森罗殿前点名去了。

正盘算间，忽觉火光一亮，湖内起了一阵欸乃的橹声，自远至近，向着这渔棚方面驶过来。还听到船上人好像在那里交谈道："他的资格何等老练，莫说近年，前十年已经不喜管那闲是闲非。他的棚子内不必查验啦。"赵、马俩人一闻这话，字字打入心坎，不免又有些抖颤起来。又听见一个沙喉咙的言道："赛诸葛的说话，全山弟兄相信的，他的心思算计，总比我等灵活。他说斩草不除根，逢春防又发。总之这一班人漏网了一个，就是大大的祸根，可怕之极，何况现在跑失了两个呢。他棚子内虽不见得有人，但是我们为了山寨安危起见，又是顺路，不费什么大周折，拿亮子进去照一照，一壁再和他打一个招呼，他不见得就发毛暴脾气哩。"赵、马俩人闻此话，暗暗叫声：“苦也。”

此刻卧在稻草铺中呼声如雷的红脸老渔翁“霍”地一骨碌爬起身来，忙忙地钻出茅棚外头，提高了嗓子问道：“那一路？”只听船上人答道：“本字四，七两路查湖。”老渔翁道：“有特别公事没有？”船上人道：“有的，就是三光一案，代前当家扬眉吐气，不料跑失了两头小羊，现正水、旱两路分头侦查哩。”老渔翁道：“你们太呆，料想这般羔羊，是旱脚货底子，又被咱们劈了，那里会走水道？一定由旱道上出松的，湖内用不着查的。把俺的酒肉来源赶得四散奔逃，明天俺若赔了老本，要跟你们大当家算损失账哩。”船上人笑答道：“你老又要打哈哈啦。真累你老赔了本，咱们都愿意供献一点小心念儿，莫说大当家，只恐怕你老不肯赏脸收受啊。”老渔翁也笑应道：“天下有这样的呆子吗？人家送油水上来，尚肯不受吗？闲话少讲，你们也是奉公差遣，私情是私情的说法，公谊是公谊的讲法，俺的草窝内可要来搜查一下？免得回头你们受了冤苦，疑心到俺老头儿身上。”

船上人听了这话，静默了三分钟，又咕哝咕哝商量了一阵子，才又搭话道：“你老到底明白，不使咱们小弟兄为难。咱们只消奉行故事过了，在大当家面前也有个交代。”老渔翁“霍”的一声吆喝，好似晴天起霹雳，连很平静的湖面，也被他喝得波兴浪涌；就是这所稻草渔棚儿，摇摇震动，竟好比要坍了下来似的。吓得船上七八个巡风弟兄都面容失色，个个心慌意乱，晓得触恼了这个老家伙不是当耍的。正要开口把话说回来，谁知说时迟，那时快，那老渔翁已一伸手在草棚屋面上抽下一杆长柄五股托天叉来，向着自己棚内一阵子乱搠。赵、马俩人蹲在棚内，在黑暗之中觑得清楚异常。只见雪白光亮一个叉头，好似五条小白龙似的，向屋内直射进来，三伸三缩，离开他俩蹲身地方不过二三寸光景，真把人活急死。如其搠在身上，轻则重伤，重定废命。老渔翁把叉儿向内搠了三下，然后抽叉出棚，把叉头伸过去，喊船上人验看有无血迹。如果屋内躲藏了人口，一定被叉儿搠着，叉尖头上要有血渍的了。就算屋中人东躲西闪，避过叉锋，那么棚内定有一种窸窣之声发现。如今屋中既无声息发出，叉头上又无鲜血玷污，你们想屋中的有人没有人？

那班船上的巡风小头目，本已知道这老儿不是好惹的东西，心上虽想入棚查看，但又怀着鬼胎，唯恐老不死的把脸翻转过来，连七十二座山头、大小水旱三十六帮总当家见了，也会忌惮三分，何况他们这般巡风老六，跑腿老幺之辈啊。别的不怕，怕他练就一身刀枪不入、水火难攻的混元一体气功夫。不要说腰内那个革囊解下来，张开囊口时，难以抵敌；单只要跳上船来，被他伸出两根铜条般的指头儿，在他们满身紧要穴道上一阵子点点戳戳，少不得个个口定目呆，起码一周内不能开口转动，已经够受用了。而且现在瞧瞧他是个人不出众、貌不惊人、行将就木、大风吹得倒的干瘪老儿罢了。谁知他只消捎带一个确信出去，登高一呼，众山齐应，自有一般三山五岳的英雄，五湖四海的好汉，不远千里，特地赶来听他的指挥哩。识时务者为俊杰，大丈夫能曲能伸，太岁头上宜乎少去动土为妙，做窝做在老虎头上，终究不是道理。况且今天巡查责任，乃是侧重在旱道上，他们水面游弋，只不过以防万一罢了。老渔翁既打出这样清楚的过门儿，他们乐得趁势收帆，免讨没趣。所以船上人又异口同声道："你老千万不要误会，并不是咱等对你老棚内有甚疑惑不放心。这等事情，你老也都明白，彼此只要有个交代，障眼法儿障得过去，这就算了。现在你老如此漂亮，当场把铜叉捌过，咱等也好回复当家，何消再验叉头？咱等去了，惊扰，惊扰。明天再见。你老请回棚去休息一刻吧。大约他们陆道上的大刀队，也快要查缉到金狮峰地段来了。今晚是峒坑的浦东太保小许领哨，横竖跟你老也有交情，不见得再打扰你了。你老下半夜想来还要下湖去捉鱼啦，祝颂你多多得利，明天还要来讨酒喝哩。"他们说罢，自顾自把船一路沿港口摇向西首去了。

那老渔翁把鱼叉仍旧在原处安顿好了，钻进棚中，仔细一想："那太保小许性情毛暴，做事实心眼儿，很有服从天性。山主叫他怎样做法，他一点都不肯苟且，必要百依百顺，照山主吩咐的话做去，绝不会稍为通融些办理。今晚是他来查缉，一定要进棚亲自看过了才休的。而且他性情古怪，那怕天王老子都不买帐，实在是个浑人，跟他善言开导也不中用。非得先患预防不可。”故此便低唤赵、马二人，先次第钻入那个荷包式竹制有底鱼罾之内。静待巡山队伍来时，还要把鱼罾悬在水杠头上，把罾儿一半浸在水内，权当他二人是白天捕的鱼鳖，养在活水之内，遮蔽来人耳目。

等到赵、马俩人钻入了罾内不满半点钟，果已听见一大群整齐步伐之声，从远处走近棚来。老渔翁忙照预定计划，将罾儿安排妥帖，他自己回进棚中。果然有个浦东口音的人，在那里打门喊叫道：“秦师伯，请起来开一开门。小侄许金华，有句要言奉告你老哩。”当下老渔翁故作睡梦中惊醒神情，有意七岔八缠，鬼混了好一阵，然后才起来拔闩开门。只见浦东太保小许，头上戴了一顶荷叶式厚呢制作的秋帽，身上披了一件紫酱色斗篷，足登抓地虎京式快鞋。后面跟随着一百余名精壮老幺，虽则高矮不一，服装各别，但是精神俱极勇敢，手中分执亮子火把，长短家伙。小许一进门来，由怀内掏出个电筒来，把屋中四周一照。又走过去掀起柴帘，把沿湖的外棚，也照了一照。然后恭恭敬敬向老渔翁说道：“报告师伯：咱们大当家的仇恨，上天保佑，总算已经报了。那个动手的阿戆，居然还由火圈内跑出来，被我们拿住了，开膛破肚，祭奠当家。不过有人看见，好似有一个旦角，一个小丑，薄暮之际，离开了台口，没有回班。咱们怕漏网出去，祸根不小，所以四面八方，派人追查搜缉。又有人说起，那两个王八羔子和你老的令外孙女儿交谈过的。山主放心不下，特命小侄到你老跟前讨一个慈悲。因为这里头出入很大，拜恳师伯要顾全大局，万万不可仗义热心，救了他们两命，往后咱们全山近千条男女性命，说不定要反送在这两人手内的。故此小侄深更半夜，再来惊扰你老清梦，也是情非得已，千乞恕罪。”老渔翁道：“老拙虽同你们不常在一块办事，但是我辈交朋友，只要交一个心。老实说吧，你们全山有甚变故发生，于老拙也是有损无益，岂肯帮着外人，来和自己人捣蛋？唯恐难以表明心迹，故而此刻肯放你们进来巡视一下；不然，老拙的怪脾性，你们全山人多知道的，不见得肯如此驯良。至于谁瞧见我家外孙女儿跟外人交谈过的，请这人站出来，明天待老拙同了他，和混帐丫头去面质是非。若得真有此事，那怕老拙将外孙女当场一刀两段，决不怨张恨李的；如其没有此话，哼，到那时莫怪老拙和丫头俩反面无情，又要跟你们全伙人别一种哩说话！”许金华听了，诺诺连声。一面再把电筒、火把四周照了又照，实在影迹全无，只好搭讪着率众退出草棚，自向别处留心查去。

那老渔翁打发这班人走了之后，唯恐赵、马二人禁不起在水内多浸辰光，所以忙把门儿闭上，赶紧钻出棚外，想去提那竹罾离水，不料伸手一提一个空。再低头仔细瞧瞧，偌大一个鱼罾儿，适才分明安置得一妥二帖，如今竟变得无影无踪，不知去向。把一个惯临大敌，手段通天的太湖渔隐，当场倒也愣住了，好半天说不出来。要知这鱼罾儿究竟往那里去了，且看下回分解。

第六回　听悲歌月下订交
全大义当堂自首

曾经读过在下那部《四海群龙记》的看官们，对于那个邯郸老驼，大抵都很牵挂的。因为他只在邯郸道上的吕公祠中露了一露面，神龙见首不见尾，从此便不再出现了。现在太湖渔隐失去的那个荷包式有底大鱼罾儿，就是这个罗锅儿来下手偷的。他为甚要来作耍呢？其中有个小小关系，说起来话长哩。

这个太湖渔隐姓秦，确是官家子弟，出身是很高贵的。他的老子，做过湖北汉、黄、德兵备道。其时做汉阳府知府的，是北直隶汉军旗人，姓冯，最喜喝酒，玩小旦。太湖渔隐的老子，生平也最爱杯中之物。上司、下属的嗜好，竟天然吻合。好在又是同驻一城，故便镇日价聚在一处，传杯弄盏，行令猜拳。那位冯太守有三个儿子，其时最大的近二十岁，顶小的十四五岁。因为上辈交好关系，故跟太湖渔隐也时常混在一块。逢着春秋佳日，总同游归元寺，或者上武昌玩洪山，凭吊黄鹤楼，到汉口逛马路。小弟兄四人，也交往得很密切的。日子玩得久了，那些登临快觉，酒肉征逐，都觉玩腻了，要商量出些新花样来玩玩。太湖渔隐便提出学拳脚、唱戏两件事来。不料冯太守的长、次两位少爷，本都是戏迷，一听这话，自然赞成唱戏。而太湖渔隐的本意，却更喜欢拳脚。双方志趣有点不合。冯大少爷说："学拳脚，我们不是不赞成，无奈眼前缺少名师指授。倘然瞎天盲地胡弄一番，功夫决不会长进；一个不小心，反有伤气伤筋、吐血折肢等危险发生，大不相宜。这件事情，决不是靠聪明做得来的。反不如唱戏，咱们本有一些门道，学习起来容易成功。将来声调唱好了，再请内行排一排身段，咱们哥儿四人，也好上台玩票露露脸去。”冯二少爷接嘴道：“着呀。学会了戏剧，万一倒起霉来，咱们愁穿少吃时候，也好粉墨登场，下海去赚包银糊口的。”太湖渔隐一个人拗不过他们三同胞，再加口才又天生得不甚便捷，故而只好削足就履，降志相从。于是他们四人，便天天请了琴师，念词上弦，按板吊嗓，学唱起京戏来。如是者又过了五六个月。

那一天是中秋节，他们小弟兄四人在汉阳府署后面的小花圃内喝酒赏月，彼此唱了几支皮黄，又谈了半天北京名伶的轶事，大家兴致勃勃。因为务必要瞧见了月华才休，所以由太湖渔隐提议，乐一个通宵，不预备安睡哩。因此直到三更打过，人静夜深之际，他们四人依然兴高采烈，一唱三叹，互相比起嗓子的高下来。此时真个万籁俱寂，天容沉寞，只剩他们四个人的声音。忽然耳边吹过一阵金风，那风里头似有一种声音。他们凝神侧耳一听，原来也是谁人在那里唱戏。仔细一辨，乃是唱的《薛礼叹月》，越听越清楚。听唱至《独木关》一段的“回故土只怕是千难万难”一句，千回百转，悲壮苍凉；宛如长空鹤泪，两峡猿啼，使人不忍卒听，又舍不得不听。冯大少爷先撑不住喝起彩来道：“消遣的玩意儿，竟有这许多回味。”太湖渔隐道：“咱们听见了这种好唱工，觉得自己同蚊子哼哼，苍蝇嗡嗡的调调儿一般了。既有这种好手在附近，咱们不可交臂失之。我想漏夜寻声访探，前去走上一遭。你等赞成吗？”此时大家都有点酒意，再者都是年轻好事辰光，三来正愁玩得枯燥乏味，难消长夜之际，自然太湖渔隐说出这主意，一致赞成。便急急动身，悄悄然走出了宅门，匆匆同出衙门，由旁边兜至衙后，再止步凝神，听上一听。且喜那人也是个大戏瘾，还在那里唱哩。于是辨准了声音吹来的方向，逆风寻过去，居然一寻就着。

原来距离府衙后面不远，有座很高的泥山。泥山上头有两间墙坍壁倒、泥墙瓦面的古旧小屋。屋中住着一个五六十岁的老媪，一个四五十岁的男子。那一晚也为庆赏中秋，睡得迟了。那老媪忽然提及中年时节，寄居北京辰光，每逢良辰美景，春秋佳日，必定要上戏园子听戏。这种福气，今生休想再享的了。那男子一闻这话，怕老媪闷坏了身子，故放出看家本领来，提高了嗓子，唱了一出全本《凤凰山》。不料太湖渔隐等闻声寻至，彼此一谈，很觉投机，便结成了贫富深交。从此以后，太湖渔隐等四人，得暇便到泥山矮屋，找寻那个男子谈戏。

转眼之间，已到了十月里头，那个老媪忽然不见了。太湖渔隐等问及老婆婆何往，那男子眼泪汪汪地道："死啦。"他们四人既悯且异：悯是悯这男子家无隔宿之粮，蓦又遭此丧事；异是诧异他们差不多天天到此，事前并未闻她生病，如今她既真的死了，怎么尸首收殓得这样的一干二净，一些痕迹瞧不出，岂非怪事吗？当下也未便追问，只大家帮衬了他许多金钱，也就过了。从此以后，太湖渔隐跟这人的交情，比冯家三弟兄还要深密些。因为渔隐心目中，觉得这个男子是天壤奇人，决非寻常人物，同他交往，仅和他研究皮黄，真是可惜的。所以时常一个人跑来，想探骊得珠，独受他的不传之秘。就是那男子，也觉得冯氏弟兄，不过酒肉朋友，倒是这位道台少爷，很有点血性，虽非生死之交，然而宦家子弟有如此的诚朴，确是难得的了。等到到了那年年底，那男子忽地预约渔隐等四人，大除夕晚间，务必到他破屋内来饮酒守岁，乐上个通宵。当场四人都答应了。

到了那晚，只有渔隐同冯大、冯三来的，冯二没来。宾主四人，虽非银灯海错，华烛绮筵，只有粗鱼大肉，如豆灯光，倒也别有一种趣味。等到酒至半酣，那男子忽向他们三人道："你们家两位老大人，近日不是接着一角四川督署公文，要访拿一个身犯八十一件大小血案的江洋大盗江一飞吗？"渔隐等听了一呆，心中暗忖："怎么署中秘密公事，他会知道的呢？"那男子瞧出他们三人神色，不禁仰天打了一个哈哈道："实不相瞒，俺就是犯案累累，戕官拒捕，匪号人称'八臂哪吒'的江一飞是也。俺本是个闲云野鹤，出没无常，地北天南，任兴去留的。十月中去世的那个老媪，是俺盟兄的外室。我那盟兄，当日也是个杀人不眨眼的魔君，练就一身刀枪不入的功夫。十三岁出道，在江湖上混了二十年，混得大名鼎鼎，独霸长江，可称三界弟兄，五道众生等等，那个不知，谁人不晓。实在名气过分大了，被彭玉麟注意了去，免不了将军阵亡的结局，在芜湖出岔，被彭老头儿抓去劈掉的。可怜这样的一个顶天立地奇男子，行侠尚义大丈夫，要遭身首分离的惨结果，连四十岁未曾活满，只活了三十五岁。他临终时节，因为俺一些些小能耐，全是他的一片心思传授给俺的，故此不顾生死，担着血海般干系，到法场上去活祭过他。他自幼死掉父母，家中只有一个寡孀婶子，跟他素来意见不合的。因此三十多岁的人，尚未成家，只有天津地方有个北班子内的红姑娘，跟他有过一夕的缘分。他若不出事，本来就在这一年，预备要代她花钱赎身，娶回家内做媳妇儿啦。所以俺去祭他，他别的说话没有，只提及了这一句话。俺待等收殓好了他的无头尸身，便上天津去送信给那姑娘。可敬她虽是青楼妓女，倒十分情重，立即毁容上车，跳出火坑，代我那盟兄守节。所以俺当她一个义嫂看待，赡养了她好几十年啦。这一回，俺四川做的案子太多太大，站脚不住，才同嫂子到这汉阳地方来避风头的。不料中秋晚上，跟你们四个公子哥儿认识了，使俺心上随便怎样，总摆脱不开。本来义嫂一死，俺孑然一身，可以到处闯荡，就为舍不得跟四位分手，耽搁到了如今。目下更难啦，俺若拂袖他去，连累四位的天伦要遭处分的。因为两月之前，成都督署中雇用捉俺的眼线到过汉阳，溜过眼的了。所以才有公事到这里来，着在此间三道衙门内要人。俺如再走掉了，岂非累及你们的天伦吗？万事无非前定数，想来也是俺恶贯满盈。故此今晚和你们欢聚一个整夜，明天俺就上汉阳县衙门投案，好让你们两家天伦得功邀赏哩。”

渔隐等三人听江一飞说罢，六只眼睛先互相瞧了一瞧，心中都想找一番说话出来劝慰他，无奈满肚子找不出一句相当的话来。当下四个人静默了好一会，仍是江一飞先笑道：“怪俺这话说得太早啦，应当黎明时候，俺同三位分手之际说的，此时说了，反累三位不开心。好啦好啦，现在这话不谈。咱们喝酒，只剩半夜辰光了，过了这半夜，俺同三位公子爷生离死别，来生再会哩。俺同你们是由唱戏认识的，如今也该大家哼上一段拿手玩意儿，算是临别纪念。好在今宵是大除夕，人家都不睡，不然半夜三更，也未便闹人家的。来来来，冯大少爷用筷儿敲打盆儿，算是鼓板，俺拉胡琴，让秦少爷先唱。”江一飞一面这样地说，一面站起身子去拿胡琴了。

渔隐此刻才开口道：“江哥，你明天自首这句话真的吗？”一飞道：“俺现在尚只四十九，天一亮，便算五十岁。七岁便跟俺盟兄出来走江湖，在外头混了这四十三年，从来不曾打过一句诳语的，岂有现在垂毙之时，反说起谎话来呢？”冯家弟兄二人道：“江英雄，万事三思后行。就算你是光明磊落的大丈夫，不怨及谁人，怕你的部下回头要恼恨我们四个人的。”一飞道：“俗语说得好：‘家有家法，帮有帮规’。俺旧部虽多，俺早已嘱咐过他们。大丈夫身做事一身当，生而何欢，死而何惧。决不像那妇人女子，会怨张恨李的。三位放心，我死之后，连棺木也有人买端正，自会上法场收殓俺，决不会有一半点穷酸气传染到三位身上的。”冯氏弟兄脸上一红，刚想开口辩论，渔隐把手掌用力在桌上一拍道：“为着甚么要交朋友？古人说得好：‘一贫一贱，交情乃见’。”一飞接口道：“一死一生，乃见交情。”渔隐自言自语道：“我就是这个主意。”冯氏弟兄问他什么主意，他又喃喃呐呐地说不出一个所以然来。一飞笑道：“他自然有他的主意，我也有我的主意，你俩也有你俩的主意。咱们各凭着自家主意朝前做去，别人的主意不去管他。如今还是喝酒唱戏吧。”渔隐强笑道：“着呀!‘今朝有酒今朝醉’，我们还是图一个眼前欢乐吧。”当下他们四个人，虽仍传杯递盏，有说有笑，不过说笑之中，好似另有一种顾忌介于其间，脸上也都有一层神秘色彩笼罩着，不比往常聚首时候来得畅快了。

好容易敷衍到东方发白，门外忽然闯进两个行色匆匆的彪形大汉来，眼泪汪汪，一直走至一飞面前跪下，颤声低语道：“孩子们该死，前五天才得信，洋船又没有啦，所以起早漏夜赶来，且喜还得见你老一面。游衔耗子带来的口信，咱们小弟兄等全都知道了，因想你老犯不着走这末路，大家都愿替代你老。故而当天拈阄，咱俩侥幸拈得一个‘代’字。所以急急赶来，告禀你老人家，成全了咱俩吧。”一飞本来笑容可掬，脸上一副和蔼可亲的神色，此刻忽然脸色一沉，双眉一竖，两目圆睁，顿觉一脸的杀气，使人见了不寒而栗。向那两个大汉道：“你们呆死啦。长江后浪催前浪，前人不死，后人怎好钻出头？难道我的说话，你们敢违拗吗？现在你俩来得正好。俺这屋子内，有几件花钱买不到的东西，正愁没处交代。如今体念你俩一片好心，便宜你俩。论资格是该你家三师兄得的，如今给了你俩吧。”

他们三人这一番对答，弄得局外的渔隐等三人莫名其妙。虽则有一两句，就意思上推测上去，也有一点儿明白，不过不晓得这江一飞有些甚么好东西，怎么花钱也买不到呢？正想瞧个究竟，谁知一飞先来催促他们三人走了，道：“天色已经明亮，你们三位堂上都有大人的，该回去梳洗梳洗，要拜年贺节。咱们此番聚首四个多月，也是三生石上题名，可算得一桩朋友史上的小小佳话。从今以后，阴阳异途，各走各路。三位如果有俺这朋友在心坎儿上，那么到了清明、寒食，端正一杯清酒，一炷明香，在庭心中当天喊一声‘江某人，来喝吧’。俺若到了阴司果真有鬼，而且能够自由来往的，那时一定要赶来领你们两家情义的。如今请回公馆去吧，此地三位不宜再久留的了。倘若三位再不走，莫怪俺反面无情，要下逐客令，把三位摒之门外了。”渔隐等被迫不过，只得硬着头皮，离开这土山败屋。倒是渔隐身虽回至道署，那颗心依旧挂在这江一飞身了。

等到元旦的午后一点钟，果然下人到上房察报道：“四川巨匪江老胡子，自行投到汉阳县衙门。经知县大老爷预讯之下，他自行供认名叫‘八臂哪吒’江一飞，今年五十岁，安徽潜山县人。二十八岁到的四川，一共做了三百多件大小劫案。川省来文上头开列的八十一件血案，乃是指曾经报官请捕的，尚有二百十余件未曾报官和欲报而不能报的大案子，为外人所不知道哩。并且说手下羽党共有二三万众，现在散居川、鄂、陕三省地面。如果要用着这些人，只消传令招呼，一下传牌，一个月当中，即可聚集听候差遣。还说他是个英雄好汉，一身做事一身当，请大老爷赶紧把他解送犯案地点去，早早定案，早死早超生，隔上二十年，依然是个英雄好汉。若要追问他同党名姓住址，他决不宣布。就为要免去牵累别人，所以他才来投案，了结这一重交关的。又说他身上尚有三百多块钱，一半是他的棺材本钱，一半是投案自首之后，无论就地处决，或者解回四川，候京详批转，总得在监狱内等几天，三合米一天的囚粮是吃不惯的，也要预备几文添添酒菜钱的哩。”

下人正欲再往下说时，外头汉阳县知县亲来禀见秦道台，就为江老胡子投案一件事情，来请示上峰应该如何办理。当下道、府、县三机关会商之下，把江盗暂且寄监，待开印之后，再行公文到四川去。别人听了犹可，渔隐一闻此信，心上好比万箭攒射，千刀并戳，口内不言，心中暗忖："吾若不想法援救江大哥，也枉生了这六尺之驱，还好算是个顶天立地的男子汉吗？"要知渔隐是否将一飞救出，且待下回分解。

第七回　假传令侠客出囹圄
真绑架公子入盗窟

却说汉阳县衙门前，那一日来了两个彪形大汉投递公文，就是本城兵备道署的公事，要将四川巨盗江一飞提往道署内衙，秦观察须亲加研询。当下汉阳知县把来文亲自验过印钤手续，皆无错讹。当即加派值日干役，同来人先至监内提了人犯，协同护解到了道署。由道台的亲生少爷出来接收要犯，打发县差回销，谁想得到有甚岔子出呢？岂知这名要犯由道署提了去后，到夜没有解回。汉阳知县为谨慎起见，黉夜上道署去面叩上峰。谁知宅门上回报道："今天我家大人早有吩咐，说新年封印时节，不办公务，要和本府冯太守俩打赌酒量大小，仿效平原十日之饮，什么事都不问。所以不敢上去禀报。"汉阳县一听话，因合不上榫了，忙又回衙，把加派的两名本衙公役，先传至签押房，问明了解送巨盗往道署去的交代情形。待等第二天清早，带了解送差役，再上道署去面讨要犯。岂知同秦道台见面细谈之下，才知昨日这角公文，原是奸人伪造，并且道署内也有同党躲藏，暗中援助，盗用公钤。于是闹将起来，把合衙门上下内外仔细一搜，非但没有巨盗江一飞和那两名假冒公役的彪形大汉影子，连秦观察的亲生儿子也不知去向。当下秦观察同汉阳知县俩各走极端，彼此闹得下不来台了。幸有冯太守到来，从中和解。好在这大盗是自行投案，并非耗费国帑悬赏缉捕来的。再者四川的文书，本预备要到开印之后驿递。如今上下都丢开芥蒂，汉阳县算丢了这场大功，秦观察赔掉一个儿子，都不再多话。一壁遴派干役，暗中加紧侦探严缉，希望把江盗追捕回来了再作道理。这件公案，当场虽由冯太守调停之后，风潮暂息。后来江一飞捕捉不到，到底合城文武都遭了上峰的分别处分。

但是江一飞同渔隐等四人，究往何处去了呢？原来秦渔隐是天生成的忠肝义胆。虽则出生华贵，从小娇生宝养惯的，可称不知稼穑艰难，其实没有一点纨绔子弟的恶劣习气。自同江一飞上年中秋晚上订交以来，心上非常钦佩这个奇人。除了生身父母之外，就轮上和江一飞的情感，算最最合式。真是交浅情深，表面上虽无特殊亲爱表现，骨子里反比冯家三弟兄的交谊来得密切。所以他大除夕晚上，听见一飞提及自首投案的说话，当场就义愤填膺，有一点痕迹露出来。回头得信，一飞果已自行投到县衙。他便又悄悄然到泥山败屋之中，找到了一飞两个部下，商议妥洽。再回至衙门，乘父亲同冯太守打赌酒量，喝得酩酊烂醉，百事不问辰光，他便伪造了一角公文。好在自己本兼着监印职务，那个掌印下人，一向听自己指挥，故而一毫吹灰之力不费，把所有手续全行预备舒齐。恰巧这一天父亲带着四五重要幕宾，十几名亲信家丁，微服离衙，往冯知府那里赴筵去了。他便乘隙下手，居然马到成功。

当下将一飞接受下来，同至内衙僻静所在的空屋里头。渔隐忙着要去找铁锤、铁钳等家伙来，弄掉一飞身上的刑具。此刻的一飞也不劳渔隐再费唇舌，早已明白他的用意。故先开口问渔隐道：“秦公子，你别忙去找铁器，俺先请问你：你把俺弄到了此处，以下你预备怎么样办理呢？”渔隐道：“江哥，这不过表表你我相交一场的情谊。我预备把你放走了，此间的事情，全由我一身担负。好在你是在四川省做的案子，此地是湖北省地界；我又是身入黉门的观察公子，放走了你，至多我的功名详革，最重最重办上个徒流罪名，决不会身首分离。你放胆走吧。”一飞道：“这话是你自愿说的，回头不要后悔呢。”渔隐笑道：“难道咱俩相交了五六个月时候，连这一些些脾性，尚没交到你知我见地步吗？我要不是真心救你，也同冯家三弟兄一样,躲在内衙,随侍在天伦酒席旁边凑趣,谁有这闲心思来承担这血海般干系,把你想法弄到此地来呢?”一飞不待渔隐说完,高喊一声道:“这才是俺姓江的好朋友。既然如是,俺就听你说话,只好走了。”一飞口中话声未绝,把身子全部筋骨用力一缩,头颈往上一伸,四肢微微用力一挺,身上边的镣铐立刻当啷发响。一眨眼睛,那副刑具好比虫蚁儿脱壳相似,像蝉衣般褪在地下。一飞的身子既已恢复自由,便向渔隐拱拱手道:“青山不老,绿水长流。咱们再会了。”一壁又回过头去,向那两名彪形大汉道:“屋内的东西运掉了吗?” 两大汉同声应道:“都运舒齐啦。”一飞道:“如此,可以同俺一块走了。”口内说完,只见他身子一蹲,向屋外一跳,已经到了庭心。再作势对准上面一蹿,又到了围墙上头。那两个大汉也跟了出去。渔隐耳边厢好似听见他们三人的声口,在那里同声喊着:“公子珍重!咱们再会了。”忙追至屋外,抬头向上一看,只有天空云过,寻食的饥雀在屋面上跳来跳去,那里还有什么人的影儿。

渔隐站在当庭,一个人呆呆地出了一会神。然后回到屋内,把江一飞遗留在地的那副镣铐先收拾起来,悄悄然拿至后面。那里有昨天已经掘就的一个泥坑,把镣铐埋了进去,泯然无迹。然后一个人在后面旷场上,反背着两手踱来踱去,闲闲地思想以后办法。想了半天,总觉没有一个方法是尽善尽美的。所以口内不禁自言自语道:“方才懊悔不曾和江大哥一同走他娘的路。倘然如此,此间事情,岂非都可不问了?”不料“了”字尚未出口,陡觉背后有人掩过来,先用一种黑布之类将渔隐的两目一蒙。同时又把一团棉絮之类向他口内一塞。于是渔隐有口不能喊,有目不能视,任凭强人摆布。仅觉得身子离了地,昏昏沉沉了一会子,又觉得身子被他们好似装在车儿上了。旋觉车声辚辚,不知驶往什么地方去了。

如是者也不知过了几天几夜,只觉得饥渴劳乏,疲倦得半死,倘然再隔一时,竟要死了。幸亏他们的目的地也到了,把渔隐从车箱中架出来,先去掉了眼罩。渔隐睁目一瞧,原来是在万山之中,也不知是什么地方。面前是一座很古旧而又宏大壮观的庙宇,也不知是何神道的庵院。自己

身后站着两个大汉，手内都捧着一柄厚背薄刃的鬼头刀。二三尺路外，停着一辆车子，车辕里套着两头骡子，毛片都是同火炭一般通红耀目，一望而知是日行千里不黑，夜行八百不明的代步好脚力。再向天上望望，乃是朝曦乍过，约摸辰末巳初时候。

又听见身后两个大汉在那里低低谈活道："咱们川、鄂两省陆道上的交关，怎么倒是江南省的山主来问讯呢？"那一个赤糖包脸的答道："俗语说得好，叫做'铁树不开花，三界不分家'。只要正直无私，确实为了公众的'仁义'二字起见，那一个山主不好问讯？平日得说起来，我们本省的神、棒两道，关东的步红、马马，山东的响哥儿，直隶的绿字票，河南的会、散，安徽的巢、哥，湖南、湖北的红、洪、上，江苏的青、光，以及江西的窑，福建的木，两广、云、贵的香、单、公口，一共一百多门水陆大小帮口，表面上各走各的道，并不过问，其实彼此都有相当敬礼，只要当家山主有一份交情，便互相联络，息息相关的了。"先开口的黑脸又道："但这个箬帽山王，前几年没有听人提起过。"赤糖色脸的道："你怎么一点没有记性呢？前三年巢湖帮内的余四儿、夏小辫子俩，不是引见一班太湖新帮头儿到我们这儿拜过山吗？同伙共有五六个人：一个吴江芦墟镇姓房；一个震泽镇占码头老大姓倪；一个叫董道甫，手下弟兄最多；还有两个小帮头儿的名字，咱记不起了；结末一个，不就是箬帽山王杨龙海吗？"黑脸的恍然大悟道："被你一提起，咱也想起来啦。啊呀！前三年来拜山时候，这姓杨的年纪未满二十岁哩，怎么一搅就搅得出这样大的面子？"赤糖色脸的道："咱们江湖上走道的人，不论年纪大小，要论为人能干不能干，手段漂亮不漂亮。若是爱财怕死，贪色负义，那怕搅到须眉斑白，两鬓苍苍，也搅不出甚名目来的。这就叫做'有志不在年高，无谋空延百岁'。"

黑脸的道："那么咱们山主，准奉了箬帽山王的转牌，特地差遣八彪五虎十二旗下山，千方百计兜拿到了这名孤雁，预备怎么办呢？"赤糖色脸的笑道："你真是呆子。咱们山主同峨嵋派、剑阁支都有交情的，此回就没有箬帽山王的转牌，也要动手的。不过本来没有这祥的神速，须要访问确切，再行下手。有了江南人的催传符令，立时爆发，所以要分遣二十五路大头目同时下山，分道布网，小题大做了。”黑脸的伸了一伸舌头道：“如此说来，这厮少不得又要同上回那个鱼肉乡民、欺良压善的土油子一样处置的了。”赤糖色脸的道：“这又何消说的。你比咱迟进山堂四五个年头儿，所以你只瞧见上次那个土油子遭着这酷刑，你已觉得惨不忍睹，深印在脑筋里头，时常谈及的了。咱自从十八岁进了头寨，二十三岁提升到了山堂当值，今年三十八岁，前后一十六年里头，眼睛里也瞧得多了，什么开膛破肚，敲牙割舌、剥皮塞草、磨骨扬尘，那一桩不曾瞧见。这也怪不得咱们残酷，本人定也是个不忠不孝、不仁不义的混帐王八蛋。倘然本人有一点儿长处可取，莫说山主不去碰他一根毫毛，就是咱们弟兄也非常的敬重这人哩。”黑脸的喟然长叹道：“葬身何必桑梓地，人间到处有青山。”

渔隐口虽难言，耳却甚聪，听见他俩的问答，明知此身被盗匪绑架入山，一定凶多吉少。正在思忖之间，忽见庙中走出四名奇形怪状的长大汉子来，向身后两汉喝道：“不许多话！听山主令下，把这厮洗剥了，等会一熬好了锅子，要将他心、肝、脾、肺、肾取出来，油炸过了，祭奠峨嵋山山主哩。”红黑脸两汉听了，忙诺诺连声，要上前来动手。

正在这一发千钧时节，忽地由前峰转过一个人来。此人身长七尺上下，浑身玄服，遍体皂装，连披在外头的一件斗篷也是黑的。跨了一头乌云银蹄的黑驴子，如同画图上边踏雪寻梅的孟浩然一般，蹄声得得，向这古庙山门口款款行来。走至五六尺路外，渔隐定睛把来人一看，真个悲喜交集。可怜口中塞物，不能叫喊，只好呜呜作响，两目中止不住热泪交流。那六名盗伙一见驴背来人，也忙都停了手内工作，一个个很惊异地站立两厢，先行了个军礼，然后异口同声叩问道：“江大哥从何处到此？汉阳的事情，到底是谁冒了你老名姓干出来的呢？”不用著者说明，读者定已猜出来人是江一飞了。此刻江一飞已瞧见旁边被绑的肉票，就是自己的好朋友秦渔隐。也不及跟他们六人答话，先忙着滚鞍下骑，匆匆地道：“你们的当家在堂吗?”六个大汉应道:“在堂。”一飞连自己脚力也不顾,斗篷也不卸,脚步踉跄,也不等他们通报,急急闯进庙门,与山主碰头,搭救渔隐去了。

一飞进去了不满两盏茶辰光,便有七八个美俊女郎婷婷袅袅走出庙门来,喝开那六名壮汉,由她们上前动手,把渔隐身上三道麻绳解开,并伸手在他口内挖去絮团,代他浑身按摩殆遍,使他血脉调和。随又回到庙内去,拿出热气腾腾的鲜牛酪来,给渔隐解渴。回头又去搬出许多水饺、面包等点心来,请渔隐充饥。本来渔隐已饥渴得奄奄待毙,面无人色的了,此刻瞧见了一飞,不觉精神顿旺。现又解除了身上、口中的束缚,并经她们纤手按摩上一阵,精神上肉体上马上觉得两无痛苦。只有肚子内实在饿得鬼也似的叫,也就不管它吃得吃不得,放开怀抱,席地而坐,大嚼了一阵。她们见盘中没有了,都很小心地动问:“公子够吗?如果不够,尽可添去。”渔隐把头摇摇。她们见渔隐吃喝完毕,又去捧出热水来,让公子擦脸。直服侍到一切舒适之后,她们才告退进去。

她们才退,一飞已笑容可掬,从庙内踱出来,伸手上前,携了渔隐的手道:“老弟受惊了。为着劣兄,累你受这样的冤苦,使劣兄不安之至。如今且随劣兄到一个朋友家去乐上几天,补补你这番屈遭的苦楚吧。”说着,便携了渔隐,一声不响,同向前山步行走去。但闻他口中微啸了一声,那头黑驴好似懂得人说话般,自顾自走在头里,像雇用的向导一般在前带路。于是从上半天巳正走起,直走至下午申牌时分,也不知转过了几个危峰峻岭,更不知道走了多少路程,才到一个前临深涧,后倚高峰,左右森林,四围雉堞,与从前的城堡形式一般的古旧山庄面前。堡上静悄悄一个人影不见。渔隐正欲启口动问,一飞忽然腾出两手,把手掌用力拍了三下。本来那庄门虚掩着,等到一飞掌声一起,顿时隐隐约约听见庄内先起了一阵銮铃之声,好似就在门口响起,由近而远,渐渐地往在庄内传进去,听不见了。接着头上边又发出了嗡嗡作响的巨钟之声。渔隐抬头一望,原来这钟声是从庄门之内,位置在左右厢的碉楼上发出的。钟声未绝，庄门已经洞开。本来庄前的护庄木桥高高吊起，此刻也徐徐放落下来，平铺在涧上。先从庄门内蹿出一群猎犬来，都生得狰狞可怕，直奔过庄桥来，大声狂吠。恰巧先同一飞的黑驴相遇，个头同这黑驴也不相上下。彼此遇到了，先用鼻子互相一嗅。想来牲畜同人类相似，也嗅得出来人的生熟好歹。等到一嗅之后，群犬都摇头摆尾，不再狂吠，回身引导了他们一驴两人，安步过桥，同进庄门。庄内早有十几个高矮不等的庄汉，满面春风出来迎迓。

此时的渔隐，再也忍不住了，拉着一飞臂膊，急切动问他此间是什么所在，这座高山属于何省何县，叫甚名目。要知江一飞回答出些什么话来，请看下回分解。

第八回　八拜交妄言妄听
九牛功罕见罕闻

江一飞听渔隐询问山庄名目，笑向他道："你此刻不必动问许多不相干的话，回头劣兄同你细谈之后，你若情愿置身山寨，做个草莽英雄，往后去不消动问，自会次第知道的。目前你的身子也乏了，料想这几天里头为着劣兄，冤苦也受够了。亏你这膏粱之体，纨绔子弟，居然也熬得了这番风浪。眼前别的不谈，此地的客房非常雅静，劣兄命他们先引导你前去，放心托胆，将息精神。明天恰巧是正月十五，山下城市间的大小人家，都忙着看灯踏月。但劣兄此刻另外有一件紧要事情，相约一个姓杨的朋友在万县城外江边碰头，立刻就得亲去走遭。等到由万县回来，至迟在明日初更过后，二更不到些。计算辰光，你也一觉睡醒，天上的一轮皓月正好也大放光明。此地后面有一处叫江天览胜楼，楼外有一座小云台。那时劣兄同你联袂登台，开怀畅饮，远瞩长江，仰观皓月。劣兄少不得要狂奴故态复萌，手舞足蹈，把少年时的所作所为以及半生来交往的一辈人物，同目前所处何等地位，将来准备若何收束，桩桩件件，说给你听。自然此间是什么地方，这庄主的尊姓大名，你都可全明白。现在你快去将息，劣兄怕失信于这姓杨的，急于要走啦。和你回头见吧。"一飞说罢，便招呼一个秃头矮汉，速即招待秦公子，到奋字客房中去安歇。他自顾自翻身出庄，急急跨驴出山去，往万县候那杨姓友人去了。

渔隐由那矮汉引至客房，果然十分精致。这矮汉也招待得异常殷勤，知道渔隐早上吃了一次东西，未曾进午膳的，所以还去拿了许多上好精细茶点进来。待渔隐用过之后，才伺候渔隐上床歇息。渔隐此刻确很愉快，可称心安意得，安安稳稳地睡觉。一觉醒来，已是翌日过午时候。等到披衣离床，矮汉已推门进来，服侍渔隐梳洗、漱口、进茶点等事。比及起身例行俗事告毕，天又交了申末酉初。恰好一飞已经事毕还山，怕渔隐心焦，亲到客房中来看望。当下两人见面之后，先在房内谈了一阵子，渔隐方知一飞向日行为，不全是惨无人道，残酷凶恶的。原来遇着了奸佞小人，他便是个杀人不眨眼的魔君；如是孝子顺孙，义夫节妇碰在他手内，他便又变作个慈祥恺悌，有求必应，无所不宜的万家生佛了。

他俩直谈到夕阳西逝，皎月东升，有庄丁到客房内来催请过了，才同至后面，拾级登楼，走至小云台上。渔隐抬头四瞩，果然隐隐望得见波涛滚滚，一泻千里的扬子江水。再把目光放近来一瞧，只见群山万壑，如同众星拱月，分布四周。真个观玩不尽，使人心旷神怡。方知山中日月，别有天地，这种境界，真非红尘中人所能梦想得到。又瞧见近台五六箭路外有片旷场，场上有一队近百名的黑衣小人，身材都只有一尺有余，在那里对着明月，跪拜舞蹈，倏起倏落，忙乱得很。渔隐仔细定睛一看，见这班人表面上虽然很杂乱、无次序，其实进退动止，均随着头一排靠左首的那一个小人起落，大概这人算是个总指挥吧。再将这总指挥留心瞧瞧，说也古怪，竟是一个缩小的八臂哪吒。渔隐越越看像，忍不住回头动问道：“江哥，你想也瞧见的了，这到底算甚么呀？”一飞笑道：“呆子，你连苗人的跳月都不明白吗？”渔隐道：“怎么苗人身材，只长得这一些？你瞧左首头里那一个，又活像是谁？”一飞笑道：“你的小心眼儿太多，有这许多用心思管人家的闲帐，去分别像谁不像谁。就算像了劣兄吧，省得你狐疑莫释了。”说罢，一飞忽然一声长啸，顿时天空中好似有一种金石东西互相撞击之声发出。再加上这万山之中。四面空谷内，多有回声传出来，愈觉清越震耳，使人听了，毛骨悚然。等到他啸声甫毕，那五六箭路外旷场上的黑衣小人,一个都不见了。渔隐愈加疑惑。

此刻席面已经由壮丁摆好,一飞便拉渔隐入席饮酒,劝他不用再去瞎操心思。等到渔隐落座举觞,饮过三爵之后,一飞问道:“老弟原籍是浙江吴兴吗？”渔隐道:“咱们老家住在太湖附近,其实是江苏常州府宜兴县该管。因为咱天伦小考时候,是考的浙江湖州归安县入泮,因此便算了浙江人哩。”一飞道:“老弟既是家近太湖,俺记得从前到姑苏游玩,有人陪伴俺到了玄墓圣恩寺中去随喜,登上了还元阁去望太湖。那阁上悬着王彭年的一副楹联道:‘太湖七二峰,震泽三百里,纳入芥子界中,本是还元真相;邓尉万梅花,渔洋一诗卷,坐吾瓜皮艇上,来寻喝石禅院。’因为这寺是万峰高僧的道场,寺中有‘穿井喝石’的胜迹,所以结句有这四字。但是那起首‘太湖七二峰’一句,俺一向探听不出到底是怎样的七十二个山峰。你既是近太湖,定该知道。”渔隐道:“这小弟倒也曾考究过的,现在可以尽吾所知,奉告大哥。但是真确不真确,小弟自己也尚未敢相信哩。”一飞道:“你姑且把你所知道的七十二座山头名字,说给劣兄听听。”渔隐道:“小弟所知的是:(1)虎丘山、(2)阳山、(3)管山、(4)阳抱山、(5)彭山、(6)温山、(8)鸡笼山、(9)甑山、(10)象山、(11)南瓜山、(12)北瓜山、(13)徐侯山、(14)锦峰山、(15)玉遮山、(16)凤凰山、(17)贺九山、(18)花山、(19)澄照山、(20)何山、(21)岞峨山、(22)狮子山、(23)铃山、(24)索山、(25)高景山、(26)定山、(27)羊山、(28)南峰山、(29)北峰山、(30)天平山、(31)白坡山、(32)赤山、(33)白羊山、(34)仰天山、(35)明因山、(36)灵岩山、(37)穹窿山、(38)黄山、(39)茶磨山、(40)高峰山、(41)治平山、(42)宝积山、(43)洞庭东山、(44)洞庭西山、(45)马尾山、(46)尧峰山、(47)玄墓山、(48)邓尉山、(49)西积山、(50)蜀山、(51)龚山、(52)龛山、(53)龟山、(54)蟠螭山、(55)铜坑山、(56)马驾山、(57)虎山、(58)弹山、(59)香山、(60)渔洋山、(61)法华山、(62)米堆山、(63)岷山、(64)花园山、(65)翠峰山、(66)千山、(67)龙山、(68)锡山、(69)丁家山、(70)南马鞍山、(71)尹山、(72)天目山。不知对不对？”

一飞道："非也。那太湖位于皖南、浙西、江苏腹部三省地界，它的山脉来源，一边就是天目山的支系，一边和徽州、宁国两府治下的群山也息息相关，所以天目山不在七十二峰之列。你把一座依山傍水，最最重要的箬帽山，怎么反遗漏掉的呢？此山地位坐落在往来梁谿、吴兴两邑的要道之所，前山是滨湖要塞，后山又有间道，可通丹阳、溧水、句容、金坛等处。在朱洪武开国时期，同吴王张士诚鏖兵，徐达兵困牛塘谷，这牛塘谷也就是附属在箬帽山后面的。至于你适才所背的锡山，一名惠山；马驾山，正名香雪海；虎山，亦名武山；铜坑山，就是铜林山；龟山，又称塔山，其实就是光福山。前人所称包山、林屋山，即是西庭山；莫厘山、胥毋山，即是东洞庭山。曾有人提议过，说尹山不过一座小土阜，算不得山，不能在七十二峰中占一个位置，应该把洞庭后山改名为林屋山，代替尹山。很有人赞成这说法。此外，崇奉五通神的上方山，就是治平山的别名，亦称楞伽山；高峰山，亦名峰山，又称妙峰山；黄山，一称笔架山；灵岩山、石鼓山、明因山又名横山、荐福山、据湖山；天平山、俗名翁家山；北峰山，又称东峰山、中峰山、硼山、观音山，何山，正名叫鹤山；花山，可称华山，又名天池山，就隐山；玉屏山，就是玉遮山；青芝山，就是凤凰山；徐侯山，又叫卑犹山、徐航山；象山，一名福寿山；管山，亦作罐山，阳山，别称秦余杭山、四飞山、白鳝血、万安山。这许多山头，俺曾为不明白何以要一山数称，仔细探访通品文人。据他们说起来，头头是道，都有很长的历史，才有此别称。俺听过了忘怀啦。老弟，你总该完全明白这些别名的，不是劣兄信口胡吹吧？"渔隐点头道："此话确有根据。小弟虽不敢夸口全都知晓，大概与人家谈起来，勉强可以对付。不过既有这七十二座山头，为甚不称太湖七十二山，而要称七十二峰呢？"一飞道："俺也查访过的。据云因为洞庭山的缥缈峰生产碧螺春茶叶，天下闻名，因此便以讹传讹，把其他某山某山，全误称为峰，所以形成了这个七十二峰名称，不叫太湖七十二山哩。"渔隐道："此说虽非信史，也不失为一说。"

此际他俩一壁谈话，一壁对月举杯，已菜上五道，酒过三巡。一飞

“霍”地停杯长叹，郑重其事地动问渔隐道：“你如今到了此处，丢了现现成成的观察公子、秀才相公不做，随了俺一个山野武夫，寄身在与鬼为邻，同豺虎鸱鸮作伴的地方，你打算以后怎样呢？”渔隐也停杯敛容，规规距距地答复道：“你我情深交浅，彼此相知以心，自己人不说门外话。实不相瞒，俺是俺家天伦的奸生子，出世之后，为生母名誉关系，就送入育婴堂内乳养。其时我家天伦本房清贫寒苦，恰巧有一家远房富族亡过了，留下一个年青的孀婶，我那大母为谋这一房嗣产关系，假装怀孕，私下托人到堂内搜觅男孩。我家爸爸知道了，便从中设法把我抱回家中，立即算兼祧那远房香火。我家爸爸就得了这份嗣产，才有赴考盘缠，果然中了一榜。三赴春闱不第，再改就大挑，挑着一等，由知县起家，一直到目下地位。不料我那大母自从抚育了我未满五载，得了急病暴亡。爸爸续娶进门的继母，对我不甚欢喜。如今在衙内的两个庶母，与我也面和心不和的。小弟实在也是个孤露曙星，不是真正享福少爷。一向要想跳出家庭羁绊，做那自谋独立生活的大丈夫，无奈没有机会。此前和江哥一见如故，也是三生有幸。此次被绑入山，若没有江哥到来相救，早已命返老家。所以俺随你来到此处，心中已经决定，预备从此跟随着江哥过这山中生活，不愿再回到那龌龊官场中去做那饭桶式的公子哥儿了。”

一飞忙道：“你休得这般说法。一来你上有天伦，要希望你接续香烟，传宗接代；二来你是衣丰食足，颐指气使，适意惯了的。倘若跟了劣兄度日，乃是和部下一律过活的，虽然也有甜的日子遇着，但是通年算来，到底吃苦日子来得多，怕你熬受不了这苦楚，往后去一定要自怨自悔。还是回府去做道台少爷好呢。”渔隐道：“我那两位庶母，已都生了弟妹，随侍在衙。我家天伦与我的父子间情感，也不似以前那般疼爱。我明知总是两庶母为了爱护自家孩子，视我宛如眼中钉相仿，私下进了谗言，爸爸才会歧视我。故此我毅然决然地离开家庭，心上毫不系恋。至于江哥有甚差使派遣着我，那怕赴汤蹈火，亦断不推辞退缩。哥如不信，我当天设个重誓你听听。”说时便在桌上取了一只假珊瑚的红筷，起身出席，对天立誓道：

“弟子秦渔隐,从今年今月今日今夜今时开始,情愿把余生躯壳,听凭江一飞大哥差遣;如有二心或者口是心非,半途叛变之处,有如此筷。”说罢,把手中红筷用力一折分为两段,然后回身入席,把两段断筷授给一飞道:“江哥,从今往后,你总该不疑小弟了。”一飞笑道:“再不料你虽是做官人的儿子,却真是个天生强盗胚,定要搅入劣兄伙内。”渔隐也笑道:“你何所见者小啊。本来做官就是合法强盗呀,心狠手辣起来,真比强盗凶得多。”

一飞道:“照你材料,决不是临阵冲锋之子,只好在内三堂文部里头充当一个职役。现在劣兄先要面试你一下,看你的资格够不够进文部之内。”渔隐欣然道:“请大哥出个考题,待我来试一下子。”一飞道:“咱们江湖上向有一句传说的老话,叫做‘八拜之交’。你可知这‘八拜之交’是什么出处呢?”始而渔隐以为草莽中人问起文学史上的说话,一定易于对付。不料第一个问题,就闻所未闻,回答不出一个所以然来,当下静默了十分钟。一飞见渔隐尚答不出来,又含笑道:“据前火传下来,说从前有陈、雷俩人是胶漆之交,管、鲍是贫贱之交,左、杜是患难之交,廉、蔺是刎颈之交,羊、左是生死之交,俞、钟是知音之交,祝、梁是男女之交,秦、单是道义之交:此之谓八拜之交。不过最后的道义之交在鲁省以南,都说是秦叔宝和单雄信的;到了德州以北,以及关东三省,又都说是荆轲同高渐离俩,算是道义之交的。”渔隐道:“俞、钟、祝、梁是谁呀?”一飞道:“怎么你连俞伯牙、钟子期、梁山泊、祝英台等四个古人都不知道呢?”渔隐笑道:“伯牙何尝是姓俞呀?”一飞道:“有一部古书,名叫《今古奇观》,不是明明载着俞伯牙操琴吗?而今有人说伯牙是老大,他还有三个兄弟,他们乃是同胞哥儿四人,名字是伯、仲、叔、季小排行,其中老三名叫俞叔夜。”渔隐撑不住哈哈大笑道:“江哥,这些混帐话,到底是谁跟你说的呢?《今古奇观》乃是一种消遣岁月的稗官小说,俗名所谓闲书,如何好作得正当掌故稽考古籍?只有伯牙琴之称,并没有伯牙姓俞之说。至于俞叔夜乃是大明朝一个名士叫冯犹龙,他欢喜喝酒嫖妓、填词谱曲两件事儿,因为自己生不逢时，一肚皮不合时宜无从发泄便将自家一桩轶事撰成一种《西楼记传奇》。这种传奇中的主要人物是一男一女，男名于叔夜，女唤穆素辉。其实女是当时一个吴中名妓，男的就是冯为自家写照。他一向自负是晋代山涛、稽叔夜一般人物，故取名于叔夜者。“于”、“余”同声，“于”、“予”并且同形，言其我是稽叔夜复生。如何冬瓜缠在茄门里，到了伯牙琴上去的呢？说到梁山泊、祝英台，愈加无从稽考，怎么绿林中也当作真有其人，诚心供奉呢？”一飞正色道：“伯牙同叔夜为本家这句高，老弟驳得极是。至于梁、祝的话，虽则姓名不见于经史，在你们秀才相公心目中，便根据此点把这一对爱情纯洁、好色不乱的童男贞女，看得一毫价值没有；无奈中人以下社会上人物，常常提及这段野史，同孟姜女哭倒万里长城的传说有同等价值，遍传愚夫愚妇的口舌间。我辈中人敬重他俩守身如玉，贞义可风的事实，所以甘愿跪拜。虽明知既无其事更无其人，可要相传有此话，假的又何妨当它真的看待呢？换句话说，一部二十四史上所载的忠奸贤不肖，和许多国家隆替的事情，你有何法可以证明这史鉴上的说话，没有一句伪造的？倘然严格的论起来，和这梁祝故事比较也差不多儿。不见得历代修史史官，笔下一点不徇私曲阿，不采取民间的古老传说作为参考资料。再从传播范围来说，梁祝这件事，那是一种民间传说，社会上知道的人居多；那二十四史上的人物，虽有文家记载，价值较重，但举询普天下一般民众，怕除了一部分读书子弟之外，能深知底细，源源本本讲解得出的人，十停中不过三四停吧。”渔隐听了这怪论，连连点首道：“这句话，小弟很是心折的。但是……”

一飞道：“咱们不谈此道，要紧讨论正经话吧。照你腹中，似觉不怎么样，进文部不相宜。你对于拳棒一道，有些门径吗？”渔隐道：“小弟幼年，曾经遇着一个卖伤药的和尚，因为小弟资助他不少川资，他便传授我一个静坐摄生法。据他说，这是习练文八段功的初步，叫我每日早晚两次，依法打坐。如果坚持三十年，一天不脱工，日后有缘得遇，他还要指授我九牛神功哩。小弟听了他话，自那年九岁到现在，每日临起身和临睡两次，必定要依着和尚嘱咐的说话，五岳朝天，静坐两回。心上时常妄想，不知今生可还有缘和此僧相遇，得传他的九牛神功方法呢。”

一飞听了此话，脸上顿时现出一种奇异而又怀疑的神色来，忙出席走至渔隐身后，口内招呼他休慌，不要动，先伸手在渔隐后脑壳上摸索了半天。又把渔隐头顶中心同囟门两处的头发分开了，凝神瞧了好久。最后张开两手，抱住了渔隐腰身，轻轻掂了三掂。等到掂试之后，忍不住大呼小叫，高声嚷将起来。要知江一飞为了何故叫喊，请看下回分解。

第九回　试神功连毙二命　得秘方分传三徒

当时秦渔隐不知就里，见一飞叫喊，心上忐忑不定，忙问："江哥何故如此？"一飞道："老实告诉你吧，劣兄生平所练的功夫，也是属于九牛神功门中的一部分。这套功夫，共分九九八十一部，软硬兼全，有生有死。劣兄因为不是少年入手，好比学校中的插班生似的，完全走的是终南捷径。故而至今只走到硬功的止境，再想加练，无奈都是软功范围，劣兄筋骨生硬，今生休想练习成的了。曾和许多同功高手苦心研究，他们都说，这非自小熬练起来不行。故此劣兄不向本功上用心，现反专心一志到踏雪无痕术的轻身功夫上去了。你是自静坐入手，再者是童体，比劣兄资格高得多。你如今快听我话，我另外传授你一种吹箭扬弩的绝技。这是软中带硬，棉里针功夫。你若能练到升堂入室，就能横行天下，少不得江湖上有你这样一个人物的位置了。"渔隐听了，自然唯唯答应。自那晚和一飞樽边交谈之后，渔隐便藏身在这川陕交界的米仓山中，熬练功夫。

光阴迅速，转眼之间，他已隐身在盗窟之内，三载有余。所练的功夫，也着实进步。时值是五月底六月初的天气，故此渔隐绝早起身，练上一早晨吹箭法。到日中正午，天气炎热，不能练功，恰好可睡午觉。睡至夕阳西去时节，再练晚功。这也是江一飞最初叮嘱他如此练法，所以渔隐的起居住，始终如此，一毫也不违背的。山中岁月和尘世往往适得其反。譬如城市中那一天寒暑表升至一百度以上，人人汗出如油，炎热不堪；也许深山穷谷之中，有地面上的冷气，被热度逼入山谷中，封锁在岭顶峪口之上，致住在那万峰环拱，有古柏苍松笼罩地方的山民，一毫不觉着热。有时红尘中人觉得今天寒气侵入，要架起铜炉火炭来御寒；那山中地气，反很暖和。

这一天的清早，山中酷热非凡，渔隐在屋内练功，诸多不舒畅。虽则一飞曾经也嘱咐过，说："打熬这门吹箭扬弩法则，已是练气初步，不全是熬力的了。像老弟现在情形，已经不是寻常解数，举凡飞禽走兽、鱼虫草木，碰着了你这口罡气，吃不住的了。大凡练气之士，又都体念上天好生之德，轻易不开杀戒。据劣兄意思，为避免无端造孽起见，目前的五六个月辰光当中，你还是在练功房内，举行早晚功课，不要到屋外高旷场合去施展吐纳。待将来功行圆满，深通了经权变幻的玄理，到能救人能杀人地步，再行到无遮天地，不避三光之处练去，未为迟也。当时一飞如此劝说，渔隐自然唯唯遵命。叵耐这一天屋内实在热得呆不住了，渔隐又不肯抛荒一天早课，所以才一个人上后寨小云台，到露天去练的。始而依着洛水玄龟灵数，也是戴九履一，左三右七，二四为肩，六八为足，疾徐吐纳，呼吸清浊，同在屋中熬练一样，毫无变动。直至练到末一节"快快放"段落将了之际，忽然想起了一飞叮嘱之言，默忖："自己仅练了一千有零些日子，难道已可吐气伤人？莫非江哥有意褒奖鼓励？自己反有些不相信自己哩。何不姑且试一下子，便知江哥的说活是否的确。"

主见打定，抬头一望，遥见天空中有二点黑影，自西至东，在云端里行驶过来。大约是一种人间不常见的大型异禽之类，它的翅膀张开来很大，所以气力也大，飞也飞得高。待它在自己头上掠过，自知能力够得到了，便仰面朝天，轻轻张开了口儿，用力向上一吐。唯恐无效，再用劲连吹两口。然后定眼一瞧，只见那黑点，正在蔚蓝色的天空里棉絮般的白云底下，同离弦弩箭相似，飞电疾风般往东直射过去。蓦又一停顿，接着便同风筝断了线一样，向下颠横倒竖，旋转翻腾，直跌下来。一眨眼睛，已瞧得出是一只巨大无伦的花背红眼苍鹰儿。再一眨眼珠子,已经往山下坠落,不知落到那里去了。在渔隐本人,不以为意,故此回头同一飞见了面,也不曾提及此话。恰巧一飞自己呢,也为了一件朋友的要事,立刻动身要去一趟汉中宁羌州,无暇同渔隐说长论短,匆匆地走了。

于是渔隐剩了一个人,看守米仓山的后寨。虽已山居日久,闲静惯常,无奈日长天暖,无以消遣。每天端茶送饭,伺候汤水的,乃是出一飞指派着十二名心腹喽罗,用心服待。那十二个人,自己排好次序,每天由四名当值,分作上下半日、上下半夜四班,每班当六小时差,三日轮转一次。故此渔隐虽然寄身盗窟,那起居服食上反比做道台少爷来得安乐舒适。只不过像这种困人天气,一出了远门,归期未定,他一个人除了熬练功夫时间之外,只好看书写字。所看的书,都是《孔子》十三篇、诸葛《新书》、黄公《三略》、吕望《六韬》、黄帝《阴符经》等兵书战策之类。这几种书看过之后,必须要同两三知己互相辩论研究,才有兴味,若是一个人闷看,至多一遍,已经要愁打瞌睡哩。不比一飞在山,渔隐好拉住了他问长问短,有时还要求他领到前山后岭,左峰右崖去遛遛腿。偶然碰见一两个山野名流,岩谷畸人,便枕流漱石,幕天席地,畅谈一回安危经济,治乱方针;好比过屠门而大嚼,虽不得肉,聊快朵颐。日暮归来,饮一壶酒,舞一回剑,唱一阕诗,闹得酒醉更深,酣然就枕。一觉醒来,又是朝暾乍上,把胸中垒块,正好消去不少。过这种日子,自然兔驰乌逝,月盈日昃,一毫不觉着无聊的。如今一飞出了门,前山虽亦有人,渔隐和这班人也个个相熟。彼此又多披肝沥胆,相见以诚,大可去找了他们清谈永昼。无如渔隐知趣得很,同这班人究竟客气一点,情愿少聚晤,见面反多亲热的为妙;若是厮混在一处惯常了,偶尔自己无心说句戏言,恰巧刺着谁人心病隐痛,多了心眼去,非但自己将来跑不开,连江一飞的威信、地位都不大方便的。故而情愿守在后寨屋中,好似吃文明官司,坐特别拘留所,收改良模范监狱情状哩。

一飞出去后第五日,这一日格外热得厉害。渔隐进过中膳,睡了一觉午睡。醒过来瞧瞧时间，尚只未末申初。实在觉得闷坐无聊，便踱出后寨的玄武门，走至对面的那座狮子峰顶上，拣一处高旷所在，准备纳凉永昼。爬至危峰极顶，恰好有一丛顽石，天生成像炕榻般一座。而且从石后面的罅隙中，长出了五棵大松树。估量这树的年代，至少在六七百年以上。所以树身都是合抱不交，树顶四散分披，松针茂密，如同五把罩头青伞，将那座天然石榻笼罩着。渔隐觅到了这处清凉世界，心花怒放。忙便把身子坐下，抬头四瞩，披襟当风，心旷神怡。直坐到申时过后，酉时初刻，要酉正了，怕那值班喽罗无从找寻自己进夜膳，又要到前寨去访问，不如暂且回庄夜膳已毕，洗上一个澡，再到此地来赏月练夜功。主意打定，正欲站起身来开步，瞥见沿这山峰左首，大约相距三丈六七尺之外，有个山坳，石上苔藓藤蔓，生得非常茂密，碧绿如茵。只是看不清楚这一堆山石全部，共有多大多宽。而且那苔藤之上，被那一抹斜阳映照着的一角，好似有一股泉水隐隐流淌。分明这山坳僻静之处，还有条山泉，故此那草儿茂盛。

渔隐正瞧之间，忽然从山坳幽洞之内，跳出一只狗熊大小般的小老虎来，浑身毛片淡黄，口内衔着一个骷髅蹲在那滩苔藤上，两条后爪蜷伏着，伸出了两个前爪，竖起一条小尾巴，把那骷髅不住的滚弄，大有小儿得饼之乐的神气。摇头摆尾，跳跃起卧，别有一种神态。把渔隐的身子又看住了，连夜饭都不想回寨去吃了。他正瞧得出神，老虎也玩得得意当儿，蓦地斜刺里又蹿出一条关东种的大猎狗来，张开箕口，露出锋锐獠牙，乘乳虎全神贯注在玩骷髅之际，猛作一个威势，蹿上前来，对准乳虎颏下，狠命咬上一口。它气力又大，身材又高，把小老虎咬到口内，只将狗头向上一昂，已把虎身拖离山地，再低下头去两三扔，可怜一只富有天趣，活泼泼的小老虎，已被掼得脑浆迸裂，四脚挺直，呜乎尚飨的了。那猎狗正待衔着死虎向山下走去，不料恼了站在峰顶上局外旁观的秦渔隐，暗忖："大虫虽是恶兽，但是照这条猎狗捕虎凶状，也决不是驯良家畜，一定也有害于人的。倒不如试试自己功夫，究竟练了这许多时候，行不行了呢。如其有效，一举两得，也是为民除害，并非暴戾横行，有背天地生机。”一壁如此暗想，一壁忙便鼓动丹田功劲，上下嘴唇、左右两颐一齐用力，把手指指定了下边，当作毛瑟枪上的瞄准尺般，喷出一口气去。恐怕上下距离太远，自己功夫不到，所以第一口气才吹下去，接连又吹了两口。忙再定睛瞧时，说也古怪，那猎狗当时情形和前晨天空中的鹞鹰一样。它本口内衔虎，回身向山下举步，忽然像受到什么猛击似的，忙把口内小老虎丢在路旁，要翻身迎斗。接着四蹄腾空，一个歪斜势，侧倒地上。渔隐耳边厢好像听见它一声怪嗥，在山石上打了两三个滚，向右首一道深不见底的涧沟内直滚下去。涧内的瀑布怒涛，如同高河倒闸，将它身子一卷，一转瞬间，已不知卷送到了何处去了。渔隐试过了这一回，才知自己功夫不浅，相信一飞规劝的说话，确是悟道有得之言，不敢再阳奉阴违，在屋外练功，轻易戕害生灵了。

过了些时，一飞由宁羌州事毕回山，同渔隐会晤了，便说道：“陕西略阳县境的嶓冢山内，有个隐居高士，年纪已有近九十了，外表尚同四五十岁的人一般。他不喜和人类作伴，说现在世界上的人，多是欺诈成性，毫无信义，反不如返哺之乌，跪乳之羊来得仁孝哩。所以他专同禽兽为伍，家中养着三四十只鹞鹰，五六十头猎狗，被他教养得灵活如人。据他说，禽中之鹰，兽中之狗，这两种异类的脑神经和人的构造是一样的。喂养的方法是：‘第一按准时刻喂食，不失信于它。然后逐步留心教练。它若记不牢，干错事，那么扣除它饮食。它挨了一两次饿，自然牢牢紧记，不会忘怀做错了。最忌是胡打乱骂，打骂得它脑筋发炎，他同人发疯一般，要倒行逆施，闹出噬人啮物等乱子来。’只要用心喂养，至多费两三年工夫，便见功效哩。所以欧美科学家用科学方法豢养异类，大如虎豹，小如蚤虱，都可以教化得它们串演把戏哩。至于走兽当中的猿猴，本来是人的源头，愈加可以教得它受人指挥，动止尽如人意。故而此老家内，除了百多头鹰、犬之外，尚养着三头猢狲，一头灰象，一头灰虎，十几匹精壮骏马。方圆一千八百里内，多知道这个奇怪老头，江湖上信口唤他做‘通天教主’。不过计算他家内每日的开支，至少要五六十番一天。瞧他不耕不牧，不渔不樵，表面上毫无收入。实际上一年又一年，很适意地度过去，也不知他怎样调处的。他家内除了本人之外，另有两个秃头黑婢，一个驼子家人，一个麻面跷脚小厮。这两男两女下人，专门伺候他一个人的。那些异类饮食，从不假手于人，务必由他自已经理。

“此人的行径，咱们注意已久，一直采访不出他的根底。直至前年，方知道一些痕迹。原来山西地方，以前有个五台县人阎四十儿，乃是南北驰名的黑门高手，一向本省没有出过匹敌之人，也无承继衣钵的后辈。近年却出了一个飞驼子，论他本领，竟在阎四十儿之上。同道们互相探访，皆探摸不出飞驼子的实在根底。直到住在蟠冢山邻近的同志传述出来，才晓得三晋地方的飞驼子，就是伺候通天教主座下的那个驼背侍者。下人有如此能耐，那东家够多少玩意，属于何等程度，也可想见的了。劣兄此番到宁羌州去，路经沙河坎，又听到几句说话。说这通天教主，原本是湖南辰州府辰谿县人，名叫万有全。少时做皮行放鞭汉，带卖小风火出身，俗谈所谓走方郎中。中年遇着白莲教分支南方离宫头殿真人、河南商丘部生文祖师传派的白阳教徒大刀彭桂林、花枪赵天吉二人。彭、赵都是山东省兖州府人，其时为纠众焚毁了兖州的教堂，戕杀了两名德国牧师，遭官厅追捕，逃至南京，川资用尽穷无所归。万有全其时正在江宁做生意，买卖很好，便解囊接济了彭、赵二人。他二人受了有全的恩惠，就将白阳教内的一种必要门槛传授有全，算是答报他救助之恩。有全得了这个门道，便又将自己本行内的‘九丁十三川’方法，参用几桩进去，立即转教给一个清凉寺方丈大和尚，一个候补佐杂班次叫沈长贵的。不久就传开了‘仙茶治病’的美名儿，居然哄动一时，名为‘茶叶仙人’。长江东至淞沪，西迄武汉，南至皖、浙腹地，北达豫、鲁两省，四面八方男女老少，都专诚赶到南京，请仙人赐茶叶治病。好在无论内病外症，都肯医治。而且病若不见功效，分文不取，即使病痊愈了，也不需索若干，尽病家按着自己身分，量力输助。所以站得牢脚跟，至今仍有人相信哩。

“有全通了这一门，又传了一个江阴人姓吴的，去寄居在苏州、昆山交界的正仪唯亭附近乡时，挂了块专医疑难杂症的招牌。若是有人去请教他，第一趟诊治，必须初一；复诊又定要月半；三次复诊，必定要下月初一。横竖无论何等重大病症，只消诊治三次，无有不愈。并且诊治起来，他并不诊脉开方，病人也不花挂号钱和诊金，只要端正一副斤统香烛，拿进去燃点在吴姓客堂内的天医星堂轴之前。然后姓吴的问明来人病由，他自向四方磕过四九三十六个响头（每一方须行一次三跪九叩首的大礼）。于是拿一根绢线，同病人对面立着，其间相距三尺六寸一分地步，暗合周天度数。他将线的一端衔在口内，一端用左手大、食、中三指拈牢。再用右手中、食、大三指，在线上弹拨，以来人病势轻重为标准，大抵病重的多弹几下，病轻的少弹几下。不过弹的数目也有法定的，至少应该若干，最多当弹多少。而且也有名目，例如：‘一天二地三才，四季五行六律谙’。诸如此类，都有交代。等到弹罢，便算诊治告毕。如须复诊，就告诉病人，下次应朔日或望日再来的日期。而且看好了病症，也是分文不取。还说学道之初，曾经对天发誓：如取酬金，要遭五雷殛顶。倘然病人诚心惠赠，或者他代为转送上海各善举团体收领，其实也是茶叶仙人的夹里陪衬，彼此互相协助，遥遥呼应。

“有全打通了这两路，正思自己往上海去开疆辟土，谁知这姓吴的原本是北平道德会段正元派信徒，这戏法儿被上海道德分社抢做了去。所以万有全才气得归隐空山，别图事业，甘愿与禽兽为伍的。不过他手下这两男两女，都非同小可。那个驼子下人，果然就是山西有名的神偷飞驼子，外间知道的人已多。余如那个跛足小僮，也就是川南著名神匪首领的花面判官。那两个黑丫头，乃是关东有名女马贼驼龙、驼虎俩的拜盟姑奶奶，连冯麟阁也退避三舍的大人物，一个叫无毛大虫铁甲兵轮，一个叫葫芦铁皮黑金秀。他有了这四位高明部下，家中经常开支再浩大些，也不用愁烦的了。

“最近不知被谁暗算掉了他一头一字九号飞将军，一头霸字四号走元帅。他所养的飞鹰走狗，乃是编为‘独霸中原无敌手，要将五洲一扫平’十四个字号，每一号十头，总共一百四十头禽兽。如今短少了这两头，他恨得牙痒痒的，一壁四出托人访问，一壁宣言访明了断送他部下的仇人，准备要自己带了天、地、人三级的猿大军长，亲自出马，去找寻仇人说话哩。”一飞讲至此处，渔隐撑不住面容失色，顿足高喊：“糟了！”一飞忙问：“为了何事，值得这等张惶？”要知渔隐回答出些什么话来，请看下回分解。

第十回　万有全逞凶栽筋头
秦渔隐埋名乐天年

却说秦渔隐一听江一飞说出“通天教主”万有全带猿寻仇一番话，想起上两次自己试练功夫，恰巧断送了一鹰一狗，未知是不是万有全的宝贝。当下便将此事详细告诉一飞，并道：“事后懊悔不曾遵依哥哥说话。如今非但平白地断送一飞一走两条性命，而且枝枝节节，又闹出这一个岔子来，该当怎样对付呢？”一飞听了，皱了皱眉头，半晌没有开口。渔隐一时也想不出什么解开这个扣儿的好方法来。故此他俩默然相对了好一会，一飞忽然启口道：“事已如此，老弟台既出无心，闯下这次横祸，劣兄现在勉强想出两种办法：第一种是索性走硬路，反先找上他大门去寻衅去。对手莫说是截教鼻祖的通天教主，那怕是阐教创始祖爷元始天尊，此番道子闯定了，预备他撕皮吃肉，将五脏六腑都挖了去，到底还剩下一副骨殖的哩。大丈夫本来不怕死，做了人迟早要死的。与其活到暮年，害病死在床上，仔细想来不上算，反不如此回挺身而出，同那厮拚命火并去。万一得胜，从此长江上下游，黄河南北岸，只有你“秦渔隐”三个字，没有他万有全的虚名儿了。不过走这条险道，非得要有姜维斗大的胆子，才可以孤注一掷。如果自知胆子不够，可能闹出画虎不成反类犬的笑话来，那么还是采取第二种低头服软的办法。先挽出几个跟万有全有交情的人，往幡冢山去疏通就绪，然后你登门谢罪，声明误会。他如有令人难堪的条件提出来，你为息事宁人起见，并且避免使居间人为难，只好逆来顺受。不过从今以后，即使你练到手段通天，世无敌手，但在绿林的圈子里，到老只能爬到外八堂巡风把码头的身份，不可能再高的了。你自己仔细去盘算一下子，准备走那一条道路？或者除了这两种办法，另有一种办法，也是没出息人干的，那就是不声不响，听其自然。好在你断送万有全鹰、犬这件事，目前尚无第三者晓得，你我永远不再提起。就算有人疑惑到你身上，将来有意无意的询问起来，也始终不可承认。只是你的身子寄居在此，和万老头耳目太近，不大相宜，非得回转江浙故乡，或者迁居关东口外等地去。而且目下只得暂时敛迹，不能有所作为。须待通天教主归了天，然后才能徐图发展，设法开基立业。这倒也不失为一法，我们江湖上先辈之中，以前有好几个如此做过。像《盗御马》京剧内的窦尔敦，他原本霸县出身，因在德州李家店门口受了绍兴黄三太一支金镖，栽了个筋斗，便忍气出关，在连环套支撑成了一个小局面。然后再入关盗马，寄柬留刀，小罗成黄天霸的身家性命几乎断送在他手内。这件事是妇竖咸知的，倒不如你也步了窦尔敦的后尘吧。”

渔隐不待一飞说完，愤然作色道：“江哥这些丑话，少说几句吧，你再说下去，呕得小弟要受不住了。你所拟的几项办法，甲种失之太刚，乙种又失之太柔，小弟都不赞同。至于第三种办法，更有损于人格，小弟宁死不愿干的。为今之计，我倒想出一个刚柔相济、先礼后兵的折中方法。”于是如此这般，说了一遍。一飞听了，鼓掌称善，喜得跳起来喝彩道：“好啊！这才像俺江一飞的拜盟把弟，不枉天生你这六尺之躯。男子汉大丈夫，待朋友应该如此光明磊落。事不宜迟，咱们立刻出动，就照这样儿干去吧。”渔隐道：“好呀！咱们哥儿俩检点结束，立即出动就是啦。俗语说得好：‘不入虎穴，焉得虎子’。”

他俩一壁交谈，一壁收拾，不多一会工夫，诸事就绪。正欲离开这米仓山冉家庄，不料有个前寨庄丁特地进来禀报道：“适才外头来了一个皓首银髯，五短身材的矮老头儿，要拜会吾家庄主爷，乃是老庄主前去招待的。迎接到大厅上落座献茶之后，小的等在旁伺候，听他俩叙谈。那老头说什么找寻九牛神功门内的后生小子，特来晋谒。老庄主一再回说，敝庄近年并无练习这一功的。小辈听这老头儿说话越来越硬，最后索性蛮不讲理起来了。说什么他有两名部下，都在我们米仓山冉庄附近。也曾在外留心探访了四五次，知道我们冉庄男女，多是爱练这门棉里针功夫的。今天还是识相些，交出那个肇祸的人来，彼此免伤乡邻和气；不然，莫怪不念街坊情面，要无礼了。老庄主也怒气勃勃地回答他。他口内一声怪叫，忽从屋上跳下一只遍体白毛，一双火眼的大马猴来，径奔上厅，对准老庄主胸口一把揪住，同人揪胸脯打架一般。老庄主忙站起身躯，还手招架。无如这毛团力气甚大，再加它四个爪儿可以一会左长右短，一会又左短右长的运用着。老庄主一来年迈散功，再者穿了长衣服，趿了厚底鞋，不便出手。交手不到十个照面，竟被这畜生占了上风去。小的们正要赶进来分头通报诸位爷们，忽然前厅上面那块'思义堂'匾额里头发出一种声音。那通臂白猿抬头一望，顿时一声怪叫，一壁向窗外逃窜，一壁不住的用前爪抹那右眼眶。小的们没有瞧明白猴子眼内究竟进了灰尘呢，还是别样东西。正惊讶间，忽从匾内跳下一位浑身天青色服装的汉子来。此人生得面如银盆，齿如编贝，方眉阔额，颏下生着一部三绺长须，追至白猿身后，起右手，使出一手朱太祖独劈华山招数，将白猿的天灵盖劈开。恰巧下面被老庄主抢上去，使一个掠燕穿林之势，执住白猿后爪倒提起来，用力一撕，把畜生撕做两片，鲜血淋漓，猴子的心肝滚了一地。那矮老头一见长须好汉，好比鼠子见了馋猫，顿时威风尽敛，局促不安。长须汉对他冷笑道：'好一个通天教主！俺三个月不问你嶓冢山的信，又要兴波作浪，胆敢如此的小题大作。还不收拾了贵部下的猿大军长，随俺走路。'那矮老头果然诺诺连声，一些不敢倔强。口内又是一声怪叫，半空里飞下四只鹞鹰来，将白猿的尸首先衔着飞去。又有四头猎狗，从庄门外闯进来。咱们自己的猎犬都蹿上去迎拒狂吠，经老庄主吩咐，小的们喝开了自家猎犬。只见那四头猎狗径至厅上，把地下的血渍先行舐净，然后又衔了白猿那副心肝五脏，好比人打了败仗似的，垂头丧气，先行出庄。那长须好汉也逼着矮老头儿，同公差押解流犯般一同走了。直待他们去远，老庄主回丹房歇息，才吩咐小的们上后寨来告诉一声两位爷。这也算得一出好戏，可惜两位爷没有列席亲睹啊。”那庄丁报告完毕，责任告卸，自行退去。

一飞听了，大喜道：“这真正是天从人愿。咱们趁万有全克星光降倒运的当儿，快些上门去找他，保可大获全胜，咱们早些走吧。”渔隐此刻反一声长叹道：“江哥，小弟不去了。论此事的起因，实在是我的不是。如果没有这长须好汉出头罩住姓万的，咱们值得跟他去拚的。如今既有此人，并且万有全已经丢了面子，咱们再去找上门去，就是乘人之危，借势踏沉船，太不光彩了。”一飞道：“依你便怎样呢？”渔隐道：“现在成了胜之不武的局面，这是天不许我成名。违天者不祥，我只得依你第三条没出息办法，从此终身湮没，无闻于世，不再想甚打江山，夺社稷了。”一飞道：“若等到万有全死了，你该……”渔隐双手乱摇道：“这种半铫子干法，小弟早已说过，宁死不为。况且姓万的功夫，在我之上，恐怕将来我倒死了，他尚不曾死啦。我的归隐是真的跳出三界外，不问五行事，并非待时而动，希望将来啊。”一飞口内虽讪笑他没出息，心上却很赞成他气节非凡，不愧是个昂藏六尺好男儿。所以渔隐前半生空有着一身绝好能耐，始终不曾露过一回脸，在朝在野皆不知道这样一个大人物。直到垂暮之年，九老下句容，十八帮水陆英雄围攻笪家冲汉凌霄楼，大破迷人馆时节，万有全妄想痴心要做白阳教的掌教祖师爷，三下嶓冢山，助纣为虐，放鹰纵犬，谋害姜伯先的后人，秦渔隐方才拔刀相助，大打其抱不平，出足风头，名震遐迩，可惜年纪太大，真同古人所谓“夕阳无限好，只是近黄昏”的了。现在却为了顾全气节，不肯倚势凌人，情甘老死空山，与人不相争竞，与世不通问闻。自九牛神功学成之后，自顾自隐居太湖边上，捕鱼为业。那个青年女子实在是江一飞谱嫂的姨甥女，就由一飞介绍，投拜在渔隐门下为徒，习练功夫。暗地虽是师生，不过表面上渔隐未曾说过实话，故此住在七星峪附近之人，都以为这女郎是老渔翁的甥女儿。他是君子心，深山遁迹，甘老渔行。对于米仓山当年的往事，非但不恨万有全的恃强欺压，以致连累自己终身不发展，反时常自怨自艾，抱怨自家心志究欠坚定，不听江大哥嘱咐之言，少年好事以致弄得终身雌伏，不能干番事业。所以他负兹隐痛，永远抱着“明哲保身，宁人犯我，毋我犯人”宗旨做人的了。

渔隐这一面是如此情状，那万有全方面，自从冉庄丢脸，白赔掉了一头地字号的通臂神猿，当场被那长须好汉押送归山，好比孙大圣碰见了如来佛，任你一个筋斗好翻十万八千里，总翻不出如来掌心之内，所以服服帖帖，一强都不敢强。但是心上总不甘服，回山后嘱咐部下的四名厮役道：“以后如果探访到是谁暗算我们一鹰一犬之人，你们务必设法拔他的镖旗，也下下此人的面子。”那四个人自然诺诺连声，牢牢谨记。书中交代：那个长须汉子以及万有全的将来结果，后文另有正传。

如今先表那飞驼子。他在通天教主门下寄食了七年，便到山西去创立一个局面。那一回为了徒弟沈秋槎的事情，和小徒弟瘌三妹俩同下江南，在邯郸道上无意之间同沈斗南相遇，便绕道到了汤阴，代姓沈的小小出了一口冤气。然后再到江苏无锡，先将徒弟事情办妥了，久仰太湖内的水景甚佳，准备要大大地玩上几天。不料其时滨湖各县正闹湖匪，没有一个大胆船家，敢摇他们师徒俩下太湖去游玩哩。飞驼子留心打听，究竟为了怎么一个关系，湖匪声势会闹得如此的浩大呢？

据一般关心时局的人传述道：湖匪猖獗原因，由于滨湖各地芦荡最多，向来有江北淮、徐、海帮，安徽巢庐黟、歙等帮客民移居屯垦。近年客民日见众多，其中良莠不齐，难保不有匪徒厮混其间。于是散则为农，聚则为非作歹。始而官厅不甚注意，名虽不时剿捕，其实奉行故事。于是宵小更加胆壮，引类呼群，日见增多。并有本来安守本分之人，因垦种客田之有利可图，不惜背井离乡，间关到此。讵料粥少僧多，无田可垦，若辈进退维谷，于是亦铤而走险，加入匪伙。好在屯田客民利用行踪靡定之便，官厅并无户籍，于是就沿湖一带，架搭临时棚屋，假名露天鸭棚，说是以船为家，食鸭捕鱼为业。其实这种草棚茅屋，就是湖匪的临时营房，即使匪人不住在内，也是绝好的窝藏军械及掩埋劫来赃物的仓库，一时做公人万万想不到的。所以现在官厅方面，已郑重注意剿匪卫民，拟定治本清源方法：对于各帮客民，严加取缔。如确属安分居民，注有户籍者，仍准照常垦牧，惟须随时检查。所有临时架搭之露天鸭棚，一律拆除。至于阳假放鸭为名，阴实谋为不轨之恶劣客民，一概驱逐出境，不许逗留。滨湖各县，均有公文咨照，会同办理一体遵行，以清匪源，而弭隐患云云。

又有人道：湖匪发源，尚在嘉庆末年。道光接位之初，其时川、鄂、陕、甘、鲁、豫等省，正闹白莲教匪，有一部分乡民逃到下江来避难。从皖南泗安、广德陆道上来的，到了长兴山内，便垦种山地。恰巧那时候的吴江、震泽两县，正闹水患，便利用这班难民垦下来的山泥，载到各乡湖港门口，修筑堤坝，保护堤岸，一举两得。故索性出示招募各省游民，到太湖边上来垦山填湖。于是数万客农，渐次蜂聚，被本地人称作“湖民”。从此有浙江温台处州帮，安徽巢湖帮，本省江淮帮，每年春初播种而集，入秋收获而去。内中反是受雇而来的佣工，居百分之七八十。等到田主秋收归里，他们散无所归，狡黠地便纠众肆行劫掠，干起违法事情来。并且垦山填湖，先必筑围，筑围尤需人多。人数众多，良莠不齐，为非作歹，更易坐言起行。譬如福建的木匪，江西的窑匪等的情形，和这湖匪也大同小异的。不过以前兴盛了不久，被满洲滑头瑞澄做了江苏藩台，特地奏准了德宗皇帝，兼了清乡总办团练局、保甲局督办差使，任用林得胜，抓了范高头、范毛毛，信托钟大炮，在江、浙交界的枫泾镇上，竟然开火战败夏小辫子夏竹深；又计诱了杭州顾才宝，教他设法软禁住了天皇老子，劈掉了双刀马德芳；这边又收抚了吕文标、叶巧寿、倪赚饱、宜天润等众，并命董道夫哄余孟亭投案自首，总算没有蔓延开来。况且那时当湖匪的并无大志，战斗力甚弱，虽则零星小股多如牛毛鹤虱，奈彼此各不相下，不肯团结拢来，缺乏集合大党精神，所以尚无大害。

近年来朝政变幻莫测，暮楚朝秦，素称上媲天堂的苏、杭两地，也屡经兵燹，溃兵散勇穷无所归，也加入太湖匪伙。于是湖匪也有了火器，实力渐渐充足，不似以前癣疥之疾可比了。不过若大一个三万六千顷广阔的震泽湖内，名虽称为三十六大帮，七十二小帮，其实大帮只有巢湖、江北、河南、两浙等七八帮，小帮只有绍兴、温台、浦东四五帮罢了。其中推河南信阳、湖北二黄、江北淮徐海等客帮最最凶悍，浦东的南桥和祖居沿湖的木渎、善人桥等帮最最会打算。新近又添入了一般山西佬，极力居间说项，把大小各帮联络成为一气，并去运了不少枪弹来，由这几个山西佬发号施令，训练组织，俨然练成一种水陆兼工的劲旅，自称为靖国安民天下第一军、第二军等名称。非但派人镇守大钱口、小梅口、亭子港、三山门、舟头塞、马迹山，以及宜兴的大浦港、长兴的夹浦港等等的湖中要塞，并且还派出几股弟兄，分据着松江治下的三泖及淀山湖，吴江的庞山湖，莺脰湖，卢墟的三白荡，昆山的洋澄湖、巴城湖，苏州的全鹤湖、黄天荡，常熟的昆城湖、尚湖等地，遥为犄角，互相声援。

恰巧两三年前有个高级军官姓张，手下的省军独立第三旅，因为本是江北土匪改编的，所以借缩减军备当儿，将全旅目兵一律遣散了；把那姓张的始而改任做水陆公安处处长，继又调入抚署办事。无奈他三旅旧部，有许多心腹弟兄，仍旧盯住了他谋事。他在处长任内，也顾不得许多，竟借检阅为名，将各地的陆警和各队的水警，指他们老弱误公，裁汰了无数。同时表面上算是另行召募，实在就是把三旅旧部，一个个分头安插下去。不料那些飞划营出身的老水警，虽多是疲癃残疾，没有大用处，但是沿湖腹地的汊港支河，他们肚子内，心目中，都晓得来滚瓜烂熟。就是那班被裁陆警，久处在那块地方上，居然大半有了室家，一向全仗披着件老虎皮包运私货，庇护赌娼，将日子一天天混过去。一旦打碎饭碗，始而还想改作土痞，将就度活。不料那班新到差的三旅弟兄改编货色，他们本来也是土码子出身，对于这些土痞们瞒上不瞒下手段全都明白，所以假公济私，板起了面孔，公事公办，滴水不漏。逼得这班退落货走投无路，没奈何铤而走险。好在各地方的土痞与盗匪，原本互有往还，水道地理又很熟悉,便去勾引湖匪,索性肆无忌惮,大干特干起来。今天洗劫了东面一个繁盛市镇,等到官厅派人来剿捕,他又窜至西边去开武差使了。并且还有当地土痞流氓代他们做了眼目,动起手来,总拣有实无名的殷实人家发利市的;那些有名无实的空心人家,他们碰都不去碰的。因此湖匪的声势会如此浩大,闹得滨湖七县的清白良民,真个朝不保暮,寝食不安的了。

飞驼子因为听说有山西人在内主持,愈加用心侦察,究竟这班山西人姓甚名谁呢?回头访着了一个四川同乡,即是在箬帽山王杨龙海帐下做老幺的,深知湖内各帮确实情形。飞驼子要探山西人名姓,没有探着,却于无意中询知师父的嫌疑仇人秦渔隐,乃是在七星峪捕鱼过活。因而想起万老师当年说话,就想前去暗算他一下,跟他捣蛋。并且如果得手,再将祸根儿移到第三者身上,待秦的去找他,闹成他们一个鹬蚌相争局面,他反可袖着手儿,青云裹头看厮杀,好耍子哩。算计已定,立刻运行。要知飞驼子玩的什么把戏,将祸殃又移到谁人身上,秦渔隐曾否着了这道儿,这许多曲折,皆在下回分解。

第十一回　既失鱼罾又中毒计　才离虎口复陷龙潭

俗语说得好“在家靠父母，出外靠朋友”。在外跑跑，吃外口饭的人，最好和蔼可亲，厚人薄己。亲家多一个好一个，冤家少一个好一个。秦渔隐少年时节因为一时鲁莽，结了冤家，情愿牺牲自家大半生的幸福，以退为进，甘心躲在太湖边上打鱼度活，不想驰骋中原，和天下的贤豪俊杰去争名夺利，较量高低。空有了一身惊人武艺，做那伏枥老骥，也可以说人间罕见，为寻常人所不容易学得到的了。谁知生了疮疖，只有出脓淌血之后，才有收功之望。事情已隔了几十年了，那里想得到，平白地会钻出一个飞驼子来暗算着他。不过书中交代：在飞驼子方面，尚以为这个秦渔隐，也是米仓山冉家庄上西霸天冉杰魁、八臂哪吒江一飞、九头太保王元龙等一党之人。曾经耳闻过姓秦的也是熬练九牛神功棉里针门内的信徒。所以只要算计掉他一件东西，那怕拔上一枚绣花针儿，或者取得一文鹅眼小钱儿，就算占了一些些小面子，回头就好在江湖上吹嘘拔过他们米仓山冉家镖旗，抬高自家嶓冢山身价的了。如其知道此人就是当年断送飞鹰、走狗的嫡亲冤家，真正死对头的正牌当事人，老实说吧，也就不肯仅捞着一件东西，便将就完结的哩。闲言表明，书归正传。

飞驼子自无锡用心探听之后，再到宜兴、长兴、湖州、嘉善、吴江等处采访，随地留神，打听得千真万确之后，才又回至宜兴治下的丁山、蜀山、

湖汉等地，跟一班烧铸陶器的窑户混熟。还私下觇了渔隐几面，看清进出水旱脚路，然后才同小徒弟瘌三妹俩人，弄了一条草上飞，出其不意，攻其无备，划到三汊港下手，盗了秦渔隐一个蒲包式有底大鱼罾儿。并且知道秦老头儿定要发急找寻，故此把鱼罾在水内拖起来，装载在草上飞中舱之内，然后小船不即登程上路，就划到渔棚东首四五丈路外的芦苇当中，暂且隐藏着船身。飞驼子早已收拾停当，手内执了弓矢，站在船头上，全神贯注在那渔棚儿上，果然一瞬之间，老渔翁发觉不见了大鱼罾，慌忙回进棚去，将身上结束，草草检点一下。二次钻出茅棚之外，跳到他自己常备的那条浪里钻小渔舟上，一手解缆，一手下篙，用力一点便放篙下桨，小渔舟向湖心内如飞直驶出去，先往西面追赶。约摸过了两顿炊饭工夫，那老渔翁因为向西追了一阵，不见什么动静，又向左拐弯，从南首兜抄过来，准备望东追寻去哩。飞驼子师徒俩运用夜眼，瞧得清清楚楚，口内虽则不说，心上都很钦服这姓秦的水面上功夫真不含糊。偌大一把年纪，一人一桨，弄了这么大一条小舟，而且在夜晚之间，你看他随波逐浪，上下翻腾，竟是在水中穿梭来去。换了生长西北旱道上的人们，凭你有功夫，在这种三面见天，一面见水的夜行小船上，人已吓矮了半截，有的还害晕船病的，经这野风一吹，巨浪一颠，怕已簸得人头疼脑胀，发昏章第十一，先要呕得半死，还能这样若无其事地驾驶疾行，如飞往返？三国年间刘备说过："南人善操舟，北人长骑马。"确实不错的。

等到老渔翁的小舟在距离老驼藏舟的这片芦荡一丈七八尺时，飞驼子自知膂力够得上了，急忙拈弓搭箭，把那箭头上粘个纸条儿的一枝响箭，"嗖"的一声，对准老渔翁船上直射过去。此刻船尾上的瘌三妹，也早已将身站起，把头伸出芦苇之外，定睛看清。待等这枝箭射落在老渔翁的小舟舱内，瘌三妹忙高喝一声道："你也不用空追白赶了，你如有种的，上咱们山寨跟咱们当家的去要去。"口内说完，师徒俩忙都把身子蹲下去，借那片白芦花，遮蔽了自己的身影。那边船上的秦老丈正用力驾舟，留心追赶之际，猛听得斜刺里有弓弦响声，忙便抬头四瞩。一因事前没有防备，突然射来；再者时在夜晚，并且是坐落在吴头越尾的水面场合，万万想不到有这山东道上放响马的规矩玩出来的；三因自己一人两手，凭着一枝木桨，在危风急浪之中如飞行驶，既要当心小船不被横浪冲翻倾欹，又要留神瞧看四周；故而不及腾身接箭，只得由它坠落在舱底。正欲伸手过去拾起那枝箭来，瞧瞧箭杆上有无符号镌刻着，耳边厢忽又听见什么空追白赶，有种没种的话头。若是换了初上跳板的好事少年听见了，一定要暴跳如雷，火上添油，急忙逆风找寻过去。先找着了暗放冷箭，存心不良，小说小话之人，再着落在这厮身上，要回自己原物。唯独秦渔隐老成持重，向来不肯干冒冒失失，蛮不讲理之事的。当下他一闻这几句说话，再仔细辨了一辨这枝响箭和这番谜语转射来的方向，明知那厢的一片芦荡，乃是绝好一处藏匿之所。老渔翁暗想："他们既胆敢留有此话，不消说得，箭上定有名姓刻着。到明日白天，按步就班前去理论，来得光明正大。现在一来夜深时晚，再者总算是在三汊港附近，江湖上本有强主不欺弱宾的定例，我若此刻就去理论，就算占了面子，也沾着踏门槛大，靠家欺生的嫌疑，并且还不可不防他们使的连环双套毒箭。那芦苇中埋伏层层，有意用话激怒了我，等到我单人独桨冲将过去，正中了他们的陷人圈套。回头传扬出去，更加丢脸哩。"所以秦渔隐受箭闻言之后，并不追赶，急急地摇回渔棚，把小舟系好了缆。然后取了那枝响箭，回进棚内，石中取火，点起灯来一瞧，原来箭上粘有纸条儿。取下来展开一瞧，那上面写的是七言四句道：

关西夫子等犹龙，门对湖心飘缈峰。卧榻不容狼虎睡，龙山高岂及穹窿。

——笠帝

老渔翁用心一想："'关西夫子'，是汉代扬子云的别署，莫非此人姓杨？或扬、杨、阳三姓之中，占着一姓？照那句儿的意思推测上去，无非他要独霸太湖,防我作梗,故而先来撩拨一下,想比个高低而已。”又将署款“笠帝”二字一研究,“笠”的俗名叫箬帽,“帝”是人王的简称。于是猛然想道:“对了,好似听人说过,那杨龙海近年来自称箬帽山王,要按着十二个月令,收十二个徒弟,六个教会他们陆道上马步功夫,六个教会在水路上浮沉本领;还有一个算是开山门,要教得水陆皆工,软硬去得,那是暗和闰月关合的。而且这班徒弟名字,皆以“海”字排行:擅长水内功夫的,下边二字都用三点水;陆道上的,皆从山字头。算是亮标帜当中的暗符号。出门干事,头上须戴一顶遮阴范阳斗笠,组织成功一个笠帽党。要同河南五杰村主创立的五色枪会联庄保卫团去各显神通,斗上一下法力哩。不料他入手初步,倒同少林寺传派的拳棒差不多,先从山门内自己人头上开打,一路打到山门外头去哩。我和这姓杨的虽则住居邻近,但是各人所抱的宗旨不同:他喜管闲事,专在外边打抱不平,要博个行侠尚义的虚名儿,将来希望享受千万人家的香火祭祀,成为万家生佛,千户恩公;我是天性恬淡,对于人世间一切虚荣实利,均极淡泊,不高兴去同造化对垒,自寻烦恼,尽由它自然生灭。因此我俩宗旨不同,半生来所度的日子,所遭的环境,自也截然不同,不相过问的了。不过他的名字,我在少年脱离家庭羁绊,跳入山林中来的开始时期,就听见江哥口内不时提及他的。所以虽同他从未谋面,对面不相识,但是他半生来的经历事迹,我却巨细咸知。我既深知有他这么一个人,料想我半生来的遭遇出处,他也未必不知道哩。如今他想大有作为,干一番烈烈轰轰,惊天动地的伟大事业,万想不到倒先从我这墓木已拱,名不出众,貌不惊人的干枯老头儿身上做起来,当我狼虎看待,不容我在他卧榻之旁鼾睡。好好好,明天先去给一个喜信与他,然后邀请天下山川水旱两路的英雄好汉,老少爷们,同他不论水火文武,由他拣中了,来较量较量,分别出个高下是非来。大家都留着一份交情在外,彼此皆有几十年修下的道行,或者好碰一下子,不见得照面全无的哩。”秦渔隐越想越加气愤,恨不能马上天明了,就闯到箬帽山中,找寻杨龙海理论,要回大鱼罾来。书中暂且按下,后文再行详述。

先表飞驼子师徒二人略施小计，那秦渔隐果然受愚。待他回进渔棚之后，他俩才将小船划出芦苇，一直划到张渚镇上。始而认为这个大罾内分量很重，里头定是鱼虾之类。打算划到张渚镇上，趁早市把鱼虾变卖掉了，再把这钱儿设法寄还秦渔隐，气他一气的。不料到天将黎明，船近张渚之际，忽听罾内有了呻吟之声，老驼诧异起来。好在天色已明，辨得出事物了。忙伸手揭开盖儿一瞧，那里是什么鱼虾，原来是两个奄奄待毙，仅剩喉间一丝游气的两名年轻汉子，老驼更加惊疑。先把这两人拖了出罾，留心一看，原来是饥寒交迫，又浸在水中辰光多了，所以都变做了昏昏沉沉，真个是两个活死人了。当下船至张渚，老驼师徒俩上岸去弄了姜糖汤，通关散。回至船上，先将他俩身子合仆在左右船舷上，将通关散从鼻子内吹进去。等他俩呕了好一阵清水，才又灌了些姜糖汤下肚，觉得身子都渐渐发热，神志慢慢有些清爽了。再命瘌三妹去买了点心，泡了热茶，叫他俩吃了一顿。老驼师徒俩，也用过早餐。

一切舒齐，老驼见岸上围站着不少闲人瞧热闹，未便追问他俩说话。故推说要上宜兴城中去置办现成衫裤大褂，方好替换他俩身上的湿衣下来，喊瘌三妹下桨开船，重又出湖上路。这才开口盘问他俩的名姓、籍贯，作何生理，怎么会藏身在鱼罾之内，浸在湖水之中的呢？赵、马二人经这一问，弄得面面相觑，莫名其妙。本来他俩以为这罗锅老头儿就是那个渔棚主人，不料又转过了手哩。莫怪听了老驼动问的说话，要呆瞪着四个眼珠子，回答不出半个字来了。好容易胡缠了半天，老驼谎说："俺是老渔翁的至友，昨晚特地约咱师徒俩放棹前来搭救你俩性命的。当时匆匆不及细问老渔翁，故此如今要请问你俩哩。"赵、马二人以为这是真话，便将自己过去事儿，一五一十地诉说出来。瘌三妹听了，撑不住开口道："不错，上回咱们初到江南，同沈师兄会面之后，他不是跟师父提过的吗？说马尾山的当家性命，在杭州平白地送在一伙戏子的手内。现在他的部下商量定了一个倒树净根方法，把金钱做了香饵，不久便要做出来哩。如今这两头绵羊既然是漏网的孤雁，咱们犯不着跟自己人空做闲冤家，倒不如送上马尾山去，落上个整个儿的现成人情吧。”赵、马俩一听这话，又吓得三十六个牙齿作对打战，暗忖：“命中注定，难逃这一劫，才出龙潭，又入虎穴。与其被这两个船上盗伙仍旧送到盗窟里去丢命，倒不如趁早跳入湖心，把尸身去喂鱼鳖。”

他俩正欲作势向湖内跳时，只见船头上那个掌篙的驼子，侧着头想了半天，向船艄上把桨的那个秃子道：“咱们今天这件事难办哩。我等身寄客边，各方都是朋友，得罪了那一边好？若按着大理，应该把这两厮送至马尾山去，了结江头那件公案。不过送了他们去啦，秦老头儿脸上又搁不过去。依了东要碍西，助着南又碰了北，岂非难了？”瘌三妹耳闻师父说话，目睹他使了两个眼色，恍然想起，尚有挑拨老渔翁跟箬帽山王捣蛋的一节事情在内哩。所以也忙改换口风道：“咱们爷儿两口子，本来没有什么亲家冤家，只要那一方漂亮，不使咱们两口子空劳这回神，就帮那一方。”赵、马俩听见口气松动，正欲开口搭话，老驼已先向赵海流道：“你腰内挂着一段硬绷绷的家伙，究竟是什么东西？拿出来给俺瞧瞧。”赵海流一听，提到腰悬这一物，不禁脸上颜色又变了。原来他腰间挂着一块琥珀猫儿坠，真是一件好古董，并且他还不是花钱买来的哩。这种小玩意儿，一时可遇而不可求。那是今年到苏州、昆山交界的角直镇上唱戏，那镇上有个浪漫女子，叫金四小姐，确实是上海著名教会女校卒业生，瞧上了赵海流，特地将祖传的这块宝贝赠给意中人，算纪念品物的。因为是情人所贻，故而赵海流挂在腰间贴肉地方，时刻不离的。如今老驼一追问，明知拿了出来，不见得会原璧归赵。但如果不拿出来，和马海仑的两条性命，生死存亡，全在这呼吸之间。他正在大大踌躇，狐疑莫决之时，还是马海仑乖觉些，忙向赵海流使了个眼色，赶紧回答道：“现在咱们两人性命悬在你俩手掌之中。你俩看中咱们身外余物，什么都愿双手奉献。不过你俩也是明白人，咱们如果把护身秘宝也一齐供献了出来，可能网开一面，不再把咱俩送往马尾山去了吗？”瘌三妹气吼吼地道：“咦！东西没拿出来，尽这样噜噜苏苏，说上一大套废话，有鸟用！快拿出来吧，不要恼了老爷子脾性，哼！怕你们吃不了还要兜着走哩。”马海仑见不是头，忙催赵海流将琥珀猫儿坠赶快解下来，送给掌船老大吧。赵海流心上虽则一百二十四分不愿意，无奈处了如此环境，只好将情人恩物，由腰间贴肉处解了下来，双手呈献给船头上那个罗锅儿。老驼倒是个行家，他眼睛里头好东西也见得多了。即将这块玉坠接到手中，反复仔细一瞧，只见这块玉坠是头睡猫式。两颗眼珠是用真正猫儿眼宝石镶嵌眶内，奕奕有神。浑身玉色，真的同琥珀相似，灼灼生光。

老驼得到了这件真宝贝，故意向瘌三妹道：“为师的得了这一件好东西，若再不成全这两个人脱离火坑，指点他俩一条生路，老渔翁脸上说不过去。不过我真的放了他俩，唯恐回头他俩去勾引官兵，若是马尾山有个三长两短，也有些讲不过去。这便怎么好呢？”瘌三妹晓得师傅用意，忙一手把桨，一手伸向打腿布内，抽出一柄雪白光亮的牛耳尖刀来，往舱内一丢。口中厉声高喝道：“咱家师父的说话，你们谅也听明白的了。如果要想跳出这虎穴龙潭，那么自己漂亮些，留下一点交代，以后我们也好跟别山的当家启口说话。料想你俩也是走码头吃空心饭的，这点子过门总会打的了。男子汉作事，要干脆痛快，免得咱们爷儿俩生气，代你们动手了。愈快愈妙，时候不早，大太爷也没有许多空闲工夫跟你俩闲磕牙儿哩。”要知这秃头徒弟抽出这把尖刀丢到舱内何用，叫赵、马俩人又是怎样的痛快干法，才算过门打得清楚，横竖下回便有交代。

第十二回　访名师马海仑讨饭
抱不平张海歧遭殃

赵、马二人，终究自小是在江湖上混饭吃的人。俗语所谓"三年江湖毒如砒"，何况他俩都不只三年五载的资格了。当下一见这情形，一听这说话，马海仑便在舱底拾起那把尖刀来，朗朗言道："二位船老大，唯恐放了我俩生命，此番逃了出去，回头往官厅出首，控告请兵，将来围剿马尾山，使得二位老大兜不转，故此要我俩留下一句说话。也罢，咱就把左手的一个小指，冲着二位老大面前，把它一刀剁下来，也算表明表明咱的心迹。说时，便把牙关一咬，将左手小指伸直了搁在船舷上，右手提起那柄牛耳尖刀来，用力往下一斩，果把左手一节小指头斩了下来。那段断指掉在湖内，鲜血淋漓。当场痛得马海仑脸容都失色。本来十指连心，不是当玩的。一壁忍着苦痛，右手索索抖地把尖刀授给赵海流道："你也把心迹想法表白一下。"

赵海流接过刀去，也预备照马海仑的样儿，拚着牺牲一节小指头，保全一条性命。不料老舵见此情形，先忙将琥珀猫儿坠向自己胸前藏妥，然后弯过身子来，在赵海流手里夺过了尖刀，向打腿布内一插道："算啦，你俩有种的，资格不冤枉，够交明友的了。现在莫慌，在咱们师徒二人身上，把你们送上天堂太平路上去。那一个损失掉了一件古玩，不必再使皮肉受苦了。"瘌三妹在艄上也接口道："好。你自己剁掉了一节指头，一定疼痛的。大太爷是善心人,可怜你昨晚在水内浸着,又遭着那种破天荒惊吓,今天那里受得住这种零碎苦痛?待俺施舍些金创药给你敷上吧。你先熬着痛,索性把手伸到冷水内激一下子,热血遇了凉水,马上会凝结拢来。然后再把俺的刀伤药搽上去,十分钟辰光之中止痛。至多半月,少则十天,伤口痊愈,保你疤痕都没有的。”他口内絮絮叨叨表白着,一面伸手在胸前百宝囊内取出药来。马海仑依着他话,一激一敷,果然血止痛止。

当下老驼师徒俩,把他们送出太湖,并且送过石湖,到五十三环洞的宝带桥旁侧,指点赵、马俩人离舟登岸。他俩回至湖汊,先把借来的草上飞小船还给原主,然后将老渔翁的有底空鱼罾寄到上方山五通神庙内,暂托当家老道收起来,并谎称这鱼罾是箬帽山王杨龙海偷盗秦渔隐的,请庙祝得便时还给原主。他们赶紧回北边去,另干要事。但是赵海流的情人恩物,却被老驼带走了。不过他取这件东西,也含有一些作用在内,这段隐情后文再行细述。

如今先表赵、马二人一上了岸,身上的衣服虽多有些干了,但是彼此饥寒交加,四肢无力。仔细一商量,先沿塘赶奔到了苏州盘门外头。其时的青阳地,才租给日本人,正在热闹时候。他们便先上戏园子门口去一瞧海报,只瞧着一个唱武二花的叫李海源,在杭州共过事的。此人唱戏本领不见得怎样,但是天生成力大如牛,两膀竟有七八百斤力气,而且无家无室,人很义气。当即找到后台,和海源会面。海源见他们这种狼狈情形,惊问从何到此。马海仑便把已往之事粗枝大叶告诉了他。最要紧的是向他借了三四块钱,告辞出馆,先去剃头、洗澡、吃东西。这些事舒齐了,然后去看定一家栈房,包了个双铺房间,再叫茶房去知照海源,回头李海源来了,又把这事从头问过一遍。他皱着眉头,不说什么。赵海流说:“你是粮帮中的‘大’字辈,长江一带,总算有点名气。你可能代咱们被难弟兄,想一条报仇主意?”海源一味摇头说难,不肯帮忙。马海仑见这情形,明知这乱子大啦,无论是谁听到了,都不肯来负这血海般干系的。所以向赵海流使了个眼色,把话岔了开去。回头海源走后,赵、马俩人直商议了大半夜,最后议定的办法是：赵海流去找寻一个在江苏候补的安徽人韩道台，先投在他身边，得了他信任，然后再慢慢地仰仗他的力量报仇。马海仑呢，因瞧出了李海源的神气，晓得要报此仇，非自己有了大能耐，然后挺身往太湖去找寻这些人说话；若说想靠别人势力去报此仇，是不可能的。故此他自己拿定主张，预备戏也不唱了，一个人在江湖上混干胡闯去，暗中物色到了高明师家，就拜他为师，学会了惊人技能，再代同班诸人报仇雪恨去。一到第二天，他俩起身算过了店帐，同至一家小饭铺内吃了一点东西，才洒泪分手。不提赵海流去投奔韩道台。

先表马海仑和赵海流别后，一个人踽踽独行，一时间大地茫茫，往那里去找高明大行家呢？继念："有本领的人，往往隐在下流末作之中，真人不露相的。我可不如此如此，着手访寻呢？"主意定了，他就把用剩的零钱去买竹竿、篮子，做起要饭的叫化来了。先向老丐一打听，才知乞丐也分东、西两行和相士三种。相士是蹩脚生、贱骨头改造的居多，决不会有大行家隐在其内。倒是每逢春二、秋八，背了长袋开码头的东、西行流星水碗队中，或许有能人混迹在内。马海仑又从老乞丐口内探访明白，晓得太仓州宝山县该管的罗店镇，乃是走江湖乞丐的聚会之所。于是他便由苏州动身，一路讨饭到罗店。留心一打听，罗店有所纯阳殿，是西行公会；一座关帝庙，是东行公所。西行是完全客帮，讲究飞镖、扔流星、吞剑、吃铁弹，以及弄蛇、牵猴、拉野兽、打金砖等种种硬功生活。可是罗店的纯阳殿内，人影全无，不过有这个名目，从上辈流传下来罢了。东行的玩意，也有几十套哩。最难学的大套，什么挂长凳、转盆碗、跑马金钱、跳财神、掉灶王、唱莲花落、扮假瞎子、装哑巴、黄牛叫、乌龟碰、连茅山道士唱道情、沙门和尚假化缘等手段，都在东行范围之内的。

马海仑一到罗店，见西行没有人，自然也只得加入东行帮口内去。不料一行有一行的规矩，当叫花的规矩，倒也很麻烦。他们阶级制度很深，完全是封建时代的功利思想。第一步是拜师父。他们也有"孝、悌、忠、信、礼、义、廉、耻，天、地、君、亲、师"十三房支派。马海仑投的是第七房'廉'

字支。这个支派内，又分为“龙虎风云，日月克明，公侯万代，吾道长兴，财源福凑，永久太平”二十四字辈。马海仑投的师父，是第十四代“道”字辈，他自然是轮到第十五代“长”字辈。同班辈的一共先有八十三人，他挨到第八十四名。拜完了师父，先要出去讨一个月供养师父。等到一月期满，然后由师父领着，往各码头走一遍。回来在关庙墙上，钉上一个铁钉。另由值年本支师伯或师叔，给你一个长袋。倘然不出门去，就把这长袋挂在那钉上。再由本支或别房师兄，传授你一种看家本领。将来开到生码头上，万一被土棍逼迫碍路，就要放出拿手玩意儿来，给颜色与人瞧。不过近年来做东行的，那些装瞎子、扮哑巴等老玩意儿已经不吃香。故此东行流丐也仗着交好友、打光棍度活，专讲究代别人夺码头、帮相打，或者人家有红白事去包杂役，新开店包招呼，造桥、筑路包小工，以前那些老文章不干的了。马海仑一进这重门，留心一交往，其时有一个叫小黄牛，一个叫麻皮小铁顿，一个叫玲珑子阿星，总算都有手面，走得开路的。不过马海仑觉得，这几个人虽不能说都是没义气的酒肉之交，却能力有限，尚不能称大流氓，只好算小捣乱。仰仗他们下太湖去代自己报仇，实在够不上这资格哩。东行内没希望，要巴望西行的了。可是在东行伙内混了一年多些，也不会碰着一个西行老板。马海仑一赌气，便一声不响地私自溜掉了，依旧放单要饭，预备往北五省去找寻找寻，也许天可怜见，投着一个大行家，好代同班拜把子弟兄报仇。

他是从常熟福山口岸渡江，到了崇明、海门共管的狼山地方。恰巧那天是三月廿八东岳圣诞，江北居民多很虔诚地上狼山烧香，连东台、扬中、靖江、如皋、泰兴、泰州多有人专诚来进香的。马海仑左右是讨钱要饭，也到狼山去玩玩。一到狼山脚下，就听见闲人纷纷议论道：“小霸王遇见了花和尚，也是活该。这件事，若没有这无名侠客代替张四爷出头，有谁敢去捋着虎须？俗语道：‘天网恢恢，疏而不漏’。这话是不错的。不然，怎么会刚赶上海门王知州、崇明黄知县到来，把这恶人带回衙门内法办呢？”又有人道：“本来我们狼山上的东岳圣帝灵验非凡，大概总是那恶人一向作恶多端,冲犯了圣帝,直到这回他恶贯满盈,圣帝爷才暗中去调派那个红脸侠客来对付那厮。此所谓'善有善报,恶有恶报,不是不报,时辰未到'。我们瞧了这桩事,到底要做良善人的好。"马海仑听了,搭讪着上前动问。人家因见他是个衣衫褴褛,面目黧黑的走江湖背长袋的乞丐,都不愿意跟他搭话,故而访问不出甚么由头来。又向前走了一段,沿途留心观听。来往之人,大半是谈论这件新闻异事。最堪注意的,乃是一班衣冠整肃,形似上流社会之人,也聚在狼山的半山腰地方,或站或蹲,围成一个栲栳圈,在那里静聆一个坐在山石上的进香老头指手画脚,演述适才奇事。据他说是亲目所睹,一句没有谎话。

马海仑挤入人圈子内侧耳一听,那老头正道:"你们休小觑了这恶人,他非但张张嘴也可招呼一千八百个徒子徒孙,聚拢来帮助他为非作歹;并且他有个堂叔,本是段山夹套内新沙上出身,后来冒了江南常熟县籍进的学,专门包打官司,硬夺沙田。刀笔一门内,着实有功夫,算是沙上四金刚之一。现又拜了南通张状元做了老师,愈加肆无忌惮了。这个堂侄,肚子内是一窍不通,全仗那位阿叔丞相包罗万象。不过他胆门子却天生杀泼,真个是够的上瞧见回禄往里跳的脾性。而且两膀也有五六百斤力气。自小就寄名给海门盘篮沙上的徐祖德做干儿子。徐祖德虽也是个目不识丁的沙蛮,但是为人四海要朋友,而且待母极孝。无论大小事情,他肯站出来管管,总抱定息事宁人宗旨办事。十桩事情,往往有七八件赔饭贴工夫不算外,还肯代双方贴钱买太平,所以有这点子手面。这恶人羊佐刚,少年出道之际,就靠了干老子的牌子。那年同无锡的一个也是姓羊的夺一丘沙田,姓羊的派人上太仓去请了一位绰号叫'三双头'的跟羊佐刚对垒。'三双头'带了三四百名部下,二百来根长短家伙开拔过来。羊佐刚风闻此信,自知力量够不上了,便去哭诉于干爹徐祖德。徐祖德信了他一面之词,代他邀请了杨家三弟兄,又四出送信,北至五条沙,南到温州湾,多有人派来助阵打架。'三双头'被这先声一夺气,连场面都没有摆。后经铜沙洋面的歪头申公豹、浒浦的鲍四儿、浮桥的周器如等出来说合,代双方拉场摆和面酒，才算避免了一场大祸。而实际上是羊佐刚占上风的。从此在长江入海口的水面上，羊佐刚有了点小名气。羊家叔侄一文一武，狼狈为奸，鱼肉乡民，无所不为。而且他忘恩负义，脚跟一站定，便忘了本来面目，连干爹和杨家三弟兄的面子，都要盖一下子。因此有了'花面夜叉''矮脚中山狼'的外号。

“近年来，手头钱是着实有点了，不过他自己不去仔细照照那副尊容。附近的几家邻居小孩子，把他面庞儿编成四句山歌唱道：'雨落钉鞋泥，鸡啄西瓜皮，翻转石榴皮，屁股坐在棉子里'。非但麻面，而且身材矮小，腰围倒又生得很大，变成横阔竖短，同绍兴酒坛一般。偏偏他自负风流俊俏，最喜在女人面上用工夫。在外头跑跑的人，不论财、色两门，一门都犯不得；如其犯了，到老做不成市面。谁知花面夜叉恰巧财、色二门都犯着了。所以徐祖德等已经看破了他，同他日渐疏远，不肯真心援助他的了。他尚一些不觉悟。他去年到灵甸镇上闲逛，又看上了一个妇人，想去转邪念头。不料这个妇人，乃是灵甸有名的茅节妇。十九岁冬天冲喜过门，嫁了丈夫，到二十岁春天，男人就死了。天可怜她腹中有孕，后来倒养了个遗腹子。她守节抚孤，含辛茹苦，开了一所小杂货店，苦度光阴。她的脸子，确实生得不错。花面夜叉一见之后，便仗着财、势二字，去逼迫引诱她，可敬她一毫不动心。他自己老着脸，上前去交谈。被她当着众人面前，大大辱骂一场。以致他恼羞成怒，先暗派手下前去，把她倚为生命的三岁小孩子，请财童请了去。回头为价钱讲不对，竟把小孩子撕票。他尚不肯放松她，私下依然千方百计地想毒计，要玷污她身子。

“在二月之前，此话被张四爷张海歧晓得了，两下本来认识的，四爷便上他门去，正言劝告。岂知他表面上唯唯听命，暗中却恼恨四爷不该去侵犯他的自由。又和海门一个姓陆的劣绅，设下牢笼奸计，花钱唆使海门新近抓住的小梁山海盗，诬攀张四爷是坐地分赃的大窝家。贼咬一口，尚且烂见骨头，何况被强盗诬攀。幸而张四爷也有手面的，就托那茅寡妇的一个远房夫兄，向在南京、镇江做律师的茅某人，大宽转地想法洗刷，总算暂由茅律师把四爷保释出衙。但一经堂上提讯，就得到案质询。这么一来，张四爷精神、经济，都冤枉花费掉了不少哩。大概总有人告诉四爷，说此事是羊夜叉的教唆。恰巧今天在山上庙门口两下里碰头，四爷问及此事，羊佐刚心虚话拙，竟先动起手来。四爷虽也练过拳术，无如胎力不及他大，又出于冷不防，加以四爷是单人双手，而羊佐刚却有随从援助，故四爷被打倒在地。连旁观之人，多代四爷担忧，怕受不住这顿毒打，一定要打出事来……”要知此事如何结局，且看下回分解。

第十三回　巧遇奇僧复燃死灰志　瞥见侠女重波古井澜

马海仑挤在人丛中，静听那坐在石头上的老头细说沙上土豪的霸道历史。听到姓羊的倚仗人多手众，反把张海歧殴打，不独他一人真个怒从心上起，所有围在老头左右前后的闲人也个个恶向胆边生，不约而同地开口追问道："这便怎样呢？"有一个壮汉向来知道张海歧底细的，忍不住愤愤地道："四爷练过太极拳的，近来又当在家内抄木手。多不敢替他吹，大约七八个长大汉子跟他动起手来，轻易也近不了他的身，怎么会吃羊佐刚这小子打倒呢？怕你老看错了，那是羊佐刚被四爷打倒了吧？"老头向那人瞪瞪眼，冷笑一声道："我偌大一把年纪，难道人头还认不清吗？况且跟四爷还沾点亲，岂肯硬帮小羊代他胡吹占了上风的鬼话，这于我有甚益处呢？你既知道，我不说了，你说吧。"当下由多数人把那个说话的壮汉说了几句。然后再追问老头道："想来海歧被恶人揪翻之后，定是打伤的了。恰巧王别驾和黄大令到来拈香，他便喊冤。是不是？"老头道："不，此事尚有曲折，不是这样的简单哩。"大众齐道："那么此事到底如何结局呢？"偏偏这老头逍遥自在地挖出烟荷包来，把倚在石头左侧，一半借它作为拄杖用的茅筋长旱烟袋拿起来，装了一袋旱烟。人家要紧听他演讲，故都忙着代他点火。他又有很多虚文浮节，谦让不肯。好容易点着了，抽上两口，又咳呛起来了。直待他咳了一阵，吐掉一口黄澄澄的浓痰，又凑到烟嘴上去抽烟。不料烟斗内火星全无。经别人蹲下去，二次代他点着了。

待他用力抽了三四口，然后才继续演述道："四爷实受了众寡悬殊之亏。再加小羊也吊过膀子，练过刀石，所以会把一个巧似金台般的舍亲张海歧掀翻在地。他手下一班狐群狗党，口内假意相劝，其实趁势下冷拳。小羊本人也拳脚交施，先把海歧毒打一阵，然后一只脚踏住了海歧的胸脯，要海歧叫他三声老太爷，才肯放手。海歧又是个天生硬汉子，非但不肯说半句没志气话，反而破口大骂。卧在地下的海歧骂一句，站在上头的佐刚便打一下。此时老朽目睹始末情形，两下闹得势成骑虎。小羊那种以强为胜势派，实在太不成话。如再相持下去，激恼了两厢观众，怕要大动公愤，闹出大乱子来了。故此我正拟挨身进去，代他们两下讲和，不料在这当儿，我身后起了一声吆喝，好比晴天里打雷一般，震得人两耳嗡嗡作响。大家正抬头四瞩，找寻这声音自何而来，却从我身后抢进一个浓眉大鼻，脸如重枣，年近二十的红脸汉子来，一个箭步，蹿至小羊近身。只见他施展出一个云燕掠波把式，上头起左手，把小羊连肩搭背一拦。同时下面起右腿，在小羊下三部一靠一钩，喝声：'狗头，还不给我躺下！'说也古怪，这么高大个儿的羊佐刚，经不起这后生的一掌一腿，果然就仰面一翻，一个倒拔葱，歪歪斜斜侧倒在地。那班小羊手下走狗见此情形，齐喊：'反了！'丢下地上的海歧不顾，都向那红脸汉子围上去，也想殴打他一顿。不料小羊一跤跌到地上，忙把两足往上一伸，大概想要作个鲤鱼打挺势，跳起身来的。讵料卧在地上的张海歧，实因小羊手下人多，将他按住了，才被小羊踹住了胸脯，不能动弹。此时大家一松手，去围攻那红脸汉子，海歧便一骨碌侧转身儿，瞥见小羊要爬起来，他便就地滚过去，用力把这厮一拖，拖得小羊两脚朝天，打不起挺来。那红脸汉子一见大众拥近身来，他猛把身子一蹲，作个坐马势。恰巧小羊的脚伸起来，他就顺手抓住了，只很写意的一提，即将小羊的身子提离平地，竟同三国年间战宛城时候，曹操手下的典韦一样，把人抓在手内当家伙，先使了一个旋风，连起一个摩云盖顶大盘头，把手中羊佐刚觑准了这班帮闲头面上打过去。非但那些狐假虎威、凤毛鸡胆的破落户，都恨爷娘少生了两条腿，一声极嚷，翻身抱头，没命地飞跑到圈子外头去；连我们不相干瞧热闹的局外之人见此情状，也都心惊胆颤，向后直退。不过大家都是一样的心理，胸头虽都别别跳个不定，怕今天弄出一场大人命来，拉到当官去做见证；但是这人借用人的身体来厮打，却又是千载难逢，又舍不得不瞧一个结局。那红脸汉子将小羊倒提起来，用劲一摔，竟被他又打倒了逃跑不快，落在后头的三四个帮闲。然后把小羊向地上一扔。此时的小羊，已被舞弄得头晕眼花，四肢无力，奄奄一息，两手抱着两太阳穴，卧在地上直哼，装不成英雄好汉了。此时跌在地下的张海歧，反爬起身来，骑跨在小羊身上，先数说了他的一番罪状，然后再打他的耳刮子，说一句，打一下。打得两厢瞧热闹的闲人忍不住都扬声大笑，也有的竟喝起彩来哩。

“正在这乱哄哄嚷成一片的当儿，崇明县知县黄传祁父台，同着海门直隶厅、沙州海防同知王宾司马，一起到了。原来黄知县和王司马相约不坐轿子，不带衙役，而乘马游览了长江和东海的风景，最后也顺遭到东岳行宫拈过香。憩息片时，打算就在庙内吃了中膳，再下山分头回署。黄知县身畔有一个得力小厮，跟羊佐刚叔侄本有勾结。故此一班破落户晓得此刻庙内有两位现任父母官。一见自己头领吃了眼前亏，便有两三个不怕打官司的混蛋，奔到庙内去喊冤，说什么羊佐刚被流氓拆梢，打得寸骨寸伤的了。而且旁边又有那个小厮帮腔，竟把两位青衣小帽的大老爷，怂恿到山门口来干涉了。又谁知王司马是四川人，那个打抱不平的红脸汉子，跟王司马非但同乡，并且还沾点世谊，上辈就有交情的。两下一照面，反先大客气了一阵。我站的地方，距离得远些，故此没听清楚他们交谈些什么。但见王司马先为黄知县和红脸汉子俩介绍寒暄，好像那红脸汉子说‘贱姓杨，草字龙海’，要不就叫‘隆海’，听得不大清楚。三人站了个丁字式，言谈了好一会。又见黄知县喊从人把张四爷先传上去，略问几句。临了听见说：‘下去补呈子，到本县台下控诉便了。’四爷便诺诺连声，先行站起身束告退。那羊夜叉是倒灶了，上头问都未问，就向庙内道士要了根绳子，将两手反剪了，先派人押到黄知县的船上去锁押起来。始而小羊口内直嚷：‘我捐的是花翎五品衔、候选直隶州州判实职，也是朝廷命官，刑不上大夫，你们谁敢动手缚我？’无奈王、黄二人都扮足一副公事公办脸子，虽有那个一向有来往的小厮在旁，也不相干的了。继而小羊见不是头路，又要放出野蛮手段来，想把动手捆缚他的人打翻几个，溜之大吉。不料又被那红脸汉子抢至他身畔，起右手中、食两指，在小羊两肩窝内点了两点，小羊顿时两只眼珠突出，口也不嚷，同电竿木一般，由官役摆布，把他押解到官船，一毫都不倔强了。大家都猜这红脸汉子是个拳术大行家，想必用了一个点穴功夫，故把矮脚中山狼制得如此的服服帖帖。可笑那些酒囊饭袋式的帮闲，满拟拉出两个官来，要给点辣面与张海歧吃的，结果倒变作逆风点火，自作自受，反害小羊跌了进去，吓得他们一个个抱头鼠窜，四散奔逃。那红脸汉子由王、黄二人一同邀进了庙去，享受茶饭款待。

“当场目击始末的闲人，也都纷纷走散。倒是老朽听见有几个同小羊接近的人，在那里私相告语道：‘单为今天这件事，佐刚这场官司，没有大不了的。如果牵连到私贩食盐，烟土，包庇赌娼，开堂放布，帮助全寅夫纠人械斗，殴毙人命等等条款上去，事情便大了。若是再查出私藏军火，暗通海盗湖匪，谋为不轨等罪案，更是谋反叛逆，吃饭家伙怕要搬家的。一旦往他家内去抄抄，一定还有赃证抄得出。远的不谈，单论吾邑前任那个袁大令，不知同这些三界弟兄有甚过不去，专门注意办盗案，以致恼了海沙帮。等到姓袁的调任太仓镇洋县，他们故意过江去，在太仓治下的沿江海岸一带，做了不少大小案子。有一部分的软硬赃物，全托小羊设法销售，堆在他屋子里哩。只要搜着了这一票东西，已足可使他人亡家破的了啊。’又有人说这红脸汉子乃是海歧的过堂师父，也是一个什么山头的大当家。本来江湖上规矩，蛇不咬蛇的。皆因小羊欺到他徒弟的头上，他才忍耐不住，出头干预的。不过据老朽想来，这话不对。那红脸汉子既然也仗开武差使过活的，怎么又会同官场中人来往呢？”

马海仑听至此处，暗忖：“今天或者可以如我心愿，去投拜在那红脸汉子门下，学成了一份本领，好下太湖去报仇雪恨，代过亡的那八个把兄弟吐一口冤气哩。”所以他忙抽身退出了人圈子，急急地走上山头，找进东岳行宫，想去寻访那个红脸义侠。不料迟来一步，访知王、黄两位官长已经下山开船，那红脸汉子现往何处去了，没有一人知道下落。海仑忙又赶至山下，探听到了张海歧的住址，特地登门去，想打听一下，或者可以达到目的。好容易寻到张家，始而海歧家的长工庄客，都嫌他是个乞丐，不肯说真话给他听。后幸问着了海歧的一个乳媪，年纪已有六十多了，老婆婆心慈些，才打听到海歧就为遭羊佐刚等打伤了，上昆山去求教闵家好伤科医治去了。海仑同疯了一样，又急急赶至崇明、海门两地，心想找着那无名义士红脸侠汉。然而大海捞针，一时间那里会有甚影响啊。最后又转想到红脸汉是四川人，所以又求乞到了四川省。可是把四川几乎找遍了，仍然毫无踪影。如是者日子倒虚度两年多近三年，餐风宿露，忍饥挨饿，其苦楚真是一言难尽。心上很希望生病死了，倒也干净，偏偏又伤风寒热都不生一次，脚指头也没碰破一只。这几年磨练下来，磨得海仑壮志全消，把同班人的遭难，付之老天前定气数，如想报仇，恐怕今生今世休想的了。不然，就算红脸壮汉碰不到，难道另外的能人奇士，也一个都会不着的？故此海仑的报仇心念，好比香尽灰烬，不似前三年那种火辣辣存心了。

从四川求乞，又流转到了浙江。那天行到长兴治下一处小地方，名叫虹星桥。他预备再求乞到宜兴境内沿太湖一带无人之处，仍旧跳入湖内死了。然后做个恶鬼，暗中去找寻那马尾山湖匪，一个一个收拾他们性命，代同班人报仇。他的心志呢，也可以算得坚忍不拔，有义气的了。他到虹星桥镇上，已是乡下人吃第三顿点心的时候。他走进南市梢，一摸身上只剩一二十文小钱儿。肚子里实在饿得受不住了，便自己用心拣了八个较大的制钱。恰巧瞧见路西有家大饼铺，他走上去想买两块大饼充饥的。

不料饼铺间壁，乃是一家带卖酒饭的江西面店，所以门口围着四五条野狗，等候汁汤骨头等嚼吃。一见海仑走过来，它们的眼光本来是势利的，天性欺贫重富，故都迎上前来，向海仑乱吠。海仑饿火中烧，本来心上有二十四分不耐烦，见这一群畜生围住了自己狂吠，他便买了两块大饼，自己吃了一块，把那一块撕成一小块一小块，丢到地上喂它们。这些野狗见有食料，便暂时止吠，要紧抢食。但一块大饼能有几许，再加狗有四五条之多，一刻之间，已经吃光。二条花犬尚有良心，享受了海仑的一些恩赐默然地走开去了。但是还有一条金黄色、一条全白、一条墨黑的没良心东西，等到嚼罢，又向海仑滥咬哩。海仑骂道："瘟畜生!吃了我的东西，仍要咬我，太没天良啦。"口内说时，把身子一蹲。那三条狗见此形状，格外吠得厉害。连那饼铺、面店以及其他商店的伙友居户男女，都奇怪这犬吠声何以如此凶猛，引得他们赶出门来瞧看。只见那乞丐身子蹲下去，恰巧那三条恶犬吠近他身，他便手足并用，下面右足一蹬，伸出左足来，一个旋风扫膛腿，将身右的一黄一白两犬都踢得跌到了下街路东沿塘的滩岸下边去了。上面伸出右手来，一个海底捞月式，早把身左的那条黑狗右足抢抓在手，用力往背后街心中一掼。口内骂道："俺把你们这种欺贫重富、忘恩负义的东西！总要一齐收拾干净了，才称俺的心意啦。"这话说得两厢瞧看之人，都不由笑骂起来。

海仑的宗旨，不过要做出这种疯疯癫癫情状，惊动了街坊闲人，然后好借脚上阶沿，求讨些钱米而已。此刻见借着打狗为名，已引起一些人的注目，便站起身来，预备开始向店家求讨去。不料他把那条黑狗往后掼去，用力太猛，直掼到三丈路外，尚未扑地，恰巧市梢头又走来一个采药草的游方僧人。只见他头上戴一顶玄色棕笠，身穿一件月白杜布、千针密缝的百衲僧衣，足登多耳麻鞋，用两根青布条儿在脚背上紧缚着。非但瞧得出他赤足穿麻鞋，连一段毛茸茸的小膀都露出在外。背上背着一口戒刀，一个朱红漆描金大药葫芦，左手执了一柄纯钢药铲，扛在肩上，右手拿着一柄拂尘。正兴冲冲往前行来，一眼瞥见迎面有件黑魆魆的东西，正对自己面门上射来。他忙把身子向路西一闪,扬起手内拂尘,对准那在空中飞舞的黑东西,一承一抑,那黑狗方得直跌到地,黑狗汪汪汪叫个不停。僧人一见是狗,又把拂尘向它鼻孔上一拂。那黑狗一嗅着这气息,吓得一声不响,忙忍痛爬起身来,尾巴夹在屁眼内,翻身向南市梢外面飞跑。当下有好事之徒,命小孩子追出市梢去瞧瞧。只见那黑狗一直逃出了半里路外,犹未止步哩。于是更加哄动一时,都猜这和尚是个伽蓝降世,罗汉临凡,至少是有半仙之道,所以那黑狗经他拂尘一拂,会没命地逃避。而且有人留心跟上来一瞧,不但一条黑狗如是,所有虹星桥镇上的家狗野狗,一见这一僧一丐都是异言异服,陌生脸子,当然都要咬的。但是向那和尚一张口,经他顺手一拂,家狗都向家中壁角里钻,再也不敢叫一声半声,野狗必定要逃到两里三里路外头,去偷偷地躲起来。因此和尚后面跟了无数男女老少,都要瞧瞧他究竟是仙是佛,是人是妖。

当下和尚拂退了黑狗,再一留心察听两厢闲话,才明白是前面的乞丐,将黑狗用力往后一扔,才会飞奔上自己的面门来。于是紧走几步,走到海仑身后,先将他后影上下一打量。再抢前些,留心看了一至海仑面孔。方把拂尘在海仑肩上拍拍道:“朋友,你这飞狗手段真不错。不过你心上念念不忘的生死大冤家,也是十月胎生的人类,你何必把背驮日月的异类出气呢?你若真是有心人,可随出家人到前头去说话。”海仑被这异僧一言道着了心事,连钱米也不去求讨了,跟着这和尚便走。一壁留心将这和尚的相貌身量仔细打量,只见他生得:

面似降龙,显威风蜷毛一嘴;形如伏虎,添英爽铁帚双眉。龟背熊腰,估量着有千百斤水牛般精力;丰颐广额,看上去够五六寸火炭样心肝。万念皆空,遇善良竟是个低眉菩萨;六情未绝,见奸邪尚要做怒目金刚。或有前缘,此间邂逅;中含玄秘,蓦地言谈。

当下那和尚领海仑到了离虹星桥北市梢外半里路光景的一所坍败不堪的城隍庙大殿之上，然后像法官开庭审判似的，诘问海仑道：“你既生着这副相貌，又有这点膂力，万不至于沦落江湖，流为乞丐，其中定有隐情。老衲虽是出家人，却最喜多管红尘中不平之事。你快把真情讲给我听，或者我可助你一臂之力。”海仑因见有许多镇上人奇怪他俩行径，都成群结队地跟上来，要瞧瞧他俩一个究竟，此时也都跟到了殿上，耳目众多，未便直说，故而一味支吾。直挨了好一刻工夫，等到夕阳西逝，闲人见他俩只是面对面坐在木拜单上谈话，而且声音不高，听不出讲些什么，此外并无特别举动再做出来；加以时光已是傍晚，都要回去吃夜饭了，才渐渐散尽。和尚方又说道：“去年秋天，老衲上黄山采药，在安徽青阳县城外，就见过你一次飞狗要饭。怎么现又流转封了浙西地方来呢？”海仑见没有第三人在场了，方把自己已往历史，同现在常存的报仇心念，一并直说。

那和尚听了，钦敬他一腔义愤，虽非豫让的漆身吞炭，也可算勾践的卧薪尝胆的了。为成全他的志愿起见，特地拿出一个紫金钵盂来，交给海仑道：“这是一件信物。你赶紧动身，到宁波天童山内，去找寻洒家师弟潭月，把你自己心事告诉了他，然后就拜他为师。非但好练习一身惊人本领，并且可望师父代你出头设法，报复你的仇恨。如果他不肯收你，你将这钵盂献出去，他见了定肯破格收录。快快去吧。”海仑本已意懒心灰，消极不堪，一旦和这异僧萍水相逢，听了他这一席指迷真言，不禁又雄心勃勃，死灰复燃。当即别了异僧，赶至天童山，侥幸和潭月见面之后，只说出自己来意，并未用着异僧金钵，潭月便允许收留在座下，就在天童落发，法号万全。并因天童香火太盛，未便传授功夫，故而带了他到同谷山内，特地支架起三间茅屋来，教万全练功夫。光阴迅速，万全一个人已专心练习了一年多哩。不料这回师父上了潮音洞去，平白地来了个吴江同志曾海峰，两下偶谈心事，万全才把自己已往历史，一五一十地诉说出来。著书人也借这当儿，顺便把秦渔隐和李海源、张海歧等等经过事迹，带补一下，不是无端岔生枝节，因和下文都有相关。

万全正讲得娓娓动人，海峰也听得津津有味之时，忽然有一个浑身穿着绯红衫裤的人儿，同戏台上扮演《盗盒》剧内的红线一般，从围墙上蹿进屋来，好像半空里掉了一块火炭下来，出其不意，僧俗俩都吓了一跳。海峰凝神一瞧，原来是个女子，正往着屋内走进来，越走越近，愈看愈清，把一个铁石心肠的曾海峰，看得呆了。而且胸中还勾起一件旧时绮恨，心想："看她颇有五六分相似，莫非真是她探知我在此处，特地找寻前来的吗？那么应该我先迎出去招呼她的。"海峰到底勾起了什么绮恨？来者究竟是他的意中人不是？而既是个琐琐裙钗，为何来到这空山僧寺，不叩关而入，反跳墙而进呢？看官若要明了这几层小关节目，请看下回，自都有分解。

第十四回　蝴蝶女寻兄闯萧寺
侠义汉传令再开山

曾海峰的第一个聘妻范氏未及结婚，先已逝世。第二个聘妻丁淑翘，又在杭州遭奸人拐骗，至今存亡未卜，生死不知。再加父母相继见背，抱恨中天。自己又性耽史传，关心治乱，不喜埋头在高头讲章堆里，一味去研究“且夫”“尝谓”，想博那科甲虚荣。所以把乍吐情苗，索性都移到救世卫民的大经济上去，不再兼顾到寻常男女欲爱之情。故曾当着亡过的老娘面前，宣言要静待丁氏下落，等过了三年五载，她仍无消息，再提这婚事未迟。但是人非草木禽兽，古人说得好：“但余三寸气，便有一腔情”。草木禽兽虽说无情，也尚有连理花枝，交颈水鸟，何况人类。而且越是大英雄，真名士，越是来得情重，故此所干的事儿，所说的话儿，无一不是从至性至情中做出来，所以才能感人入深，精诚不贰。倘然恣睢暴戾，任意胡为，一味越出性情二字的范围，也不成其为真名士，大英雄的了。不过英雄虽然情重，在发轫之先，却万分慎重，所谓“慎其始而善其终”。至于对那异性交关，更加不肯马虎一点半点，情愿受庸人“矫枉”的责备，不肯躬蹈“妄滥”歧途。故而曾海峰要死守起丁氏来哩。不料今天在这空山孤寺之中，正与一个住持阇黎闲谈往事，借消永昼，骤睹梦寐不忘的未婚妻丁淑翘，翩然逾恒而入，心上安有不跳动之理？故反较万全站立得迅速，忙抢出长窗，迎到屋檐前头，二次把她仔细一瞧，反又把预备在喉咙头的说话，瞧得缩住了口，咽下了肚内去。为何呢？原来墙头上跳下来的并非真的是丁氏淑翘，不过面貌生得有八九分相像罢了。只见她：

头挽乌云，肤堆白雪。蛾眉插鬓，翠生生斜抹浓烟；凤眼垂珠，光闪闪半含流电。伏犀贯顶，琼瑶鼻直撑天庭；飞鸟衔桃，朱砂唇紧包地角。绛霞色一道红绸帕，横束住铁铮铮绰约小蛮腰；湘水痕六幅茜罗裙，平遮过袅婷婷夭娇凌波步。

海峰瞧出不是丁氏，和自己面不相识的。自悔适才不该这等没主见，反抢在万全前头，忙忙地走出屋来。如今弄得进退两难，回头怕要贻出家人的背后讥笑哩。偏偏那个女子一毫没有羞涩俗态，一壁走上台阶，一壁开口问道："潭月师从普陀回来了没有？"此时万全也迎出屋来，向着那女子含笑和南道："方外人眼梢头觉得红光一亮，从墙上落下来，口虽不言，心中早猜是四姑娘由山上回来了，除了你的凤驾，别位没有这样装束，恁般性躁，连叩门拔闩的一刻工夫都等不及的。家师上了潮音洞去，至今未回，不知可曾飞锡到别处去哩。"四姑娘道："你们的师父，老是这样没正经。一到荒山绝涧，人迹罕到之所，别人害怕，唯恐有甚毒虫猛兽钻出来啮人，他偏生的好人所恶，单身寄迹在那旷野地方，会一天天留恋下来，尽有敷衍，一些不厌烦的。我这番到来，就为我家义父教我过风的说话，上次和你细谈过的了。因为那恶人的那座倒运的房屋，确是盖得奥妙无穷。我那养父是言出如山，向最重然诺。既曾在姓姜的面前许他代访能人，并胆同心，去干一番锄强扶弱的义举，故凡属他老人家平日心目中所钦佩之人，都要带去一个信儿。若允同下句容，援助一臂之力，当然求之不得，最最美善；就算本人不到，代他鼓吹鼓吹，转邀些人去也好；如果本人不来，也不愿转邀，那么最后一句叮嘱，是请他至少不要出山援助对手，那就算有了我们父女俩面子哩。我为了自己兄长之事，不能在此久候，马上就要走了。你家师父回来，千万把这番说话代我转达，不可忘怀。

如果像桑海山托那糊涂虫带信给他师父，那人跟杨山主会面了三次，也没有提起半个字儿，以至于现在连累海山事情闹糟，虽免失败，就为受着所托非人之累。你俩若也如是，哼！下回遇到，莫怪我要有特别的敬意给你俩哩。”说罢，倒又回过眼来，向海峰嫣然一笑。万全连声答应，又道：“有现成茶水，待我去斟出来，姑娘喝口热茶之后，再走不迟。”四姑娘匆匆地掉转姣躯，拔步就走，口内居然说声：“不消了。”“了”字才出口，身子又已蹿上高墙。海峰见她上如弹丸打高枝，下若岩石落深涧，一眨眼皮，已跳往墙外，如飞出山去了。海峰站在檐前，呆呆地出了一会神。然后回进屋中，动问万全道：“适才来得突兀，去得飘忽。你叫她四姑娘，其人究属那里人氏？她的真姓名叫什么？今有多少岁数？她所提及的义父，乃是何等样人？”

万全道；“这位奇侠女子的姓氏，莫说小僧人格卑卑不足道，当然不得而知，怕并家师也不晓详细。她现在寄居南京干爸家内，故而她就算是江宁府上元县人。她的年纪，小僧也不晓，估量上去，大约至多二十五岁。她的义父名赵四爷，以前曾在江宁将军衙门内当过公事，后又充过长江南岸的水路标头，占过下关码头，很有一点手面。好像听师父说起，那赵四爷尚兼领着一种清油教秘密党会的职司，资格地位很老到高贵。后因南京地方又新产生了一门骷髅白骨教，其宗旨虽和清油教小异，性质却颇雷同，不过气派来得大些，连戴红顶儿，拖花翎儿的文武官员，也有在内的。清油教在南京的势力，原本式微，自赵四爷当了家，费尽九牛二虎之力，下足十二成心思，对付内外，苦心孤诣，好容易有点发展希望了。那哥老会本由湘、淮两帮老军务上沿革下来，在长江一带，大家都知道是很有势力的。赵四爷三番两次，同该会头脑接洽联盟，稍有头绪，前途略见光明。岂知白骨教后来居上，非但教内信徒，大半就是哥老会员改造，并且同新成立于南洋第九镇的三十三、三十四两标下级军官、目兵、伙夫等互通声气。又有该镇马、步、炮、工、辎五种营队内的江北帮弟兄，组成一个尚武团，由一个韩恢、一个伏龙、一个姓哈的，一共十八个人为首为头，所谓十八个小弟兄,一时名震江淮。也被白骨教首领先知道了,抢先结盟,暗中尽量资助他们经费。尚武团团员受此恩惠,便即并胆同心,代白骨教努力宣传,借以报答协助之恩,大见成效。因此清油教枉先成立,远不敌白骨教进步迅猛。赵四爷白白地把自己一份家私赔贴干净,一毫不见青红皂白,故而他忍住了这口冤屈,连将军衙门的差使先辞掉不干,后又将水路标头、下关码头索性都让给南京城内的天方教教徒马哀陆,代表自己去兼做老大,他自己腾出身子,云游各处,意欲结识那一班各地不出名师家,志同道合之人,将来重整旗鼓,决心同白骨教去分个高下。这个义女真是被他收着了。你莫小觑她是个梳头裹足的弱质女流,你我本领远不如她。她竟可上山擒虎豹,下海捉蛟龙,专喜流转江湖,爱管不平等闲是非。她已往所干的劫夺贪官污吏,周济贫苦善良的历史,小僧一张嘴,怕一时追述不尽。她这一身大能耐,多出于乃兄所授。但是她的哥哥,也为中年时节,独立干件惊人大事失败了,便削发托钵,空门遁迹,也已做了十多年和尚的哩。新近不知她为了何故,四出找寻她的胞兄。有人讹传在此同山谷内静修,所以她找得来的。你投奔到此的前两天,她已经来过一次,拜谒家师不遇,嘱咐了小僧一番说话,便入山去了。她本说下山时候,定必再来一趟,果然她不失侠义身份,一毫不肯失信,今日又特地光降来也。"

海峰道:"不知她有了婆婆家没有?"万全正要回答,忽然山门上有人叩门,而且又是个性急人,把门擂得同打鼓般震天价响。万全听了心慌,不及回答海峰说话,急于奔出去拔关启户,瞧看门外来者究系何人,为甚连"前三后四"的打门规矩都不懂,要像报丧、救火般打法?及至开出门来一看,乃是一个黄脸大汉。万全一见,慌忙笑脸相迎道:"呀!吾道是谁,原来是胡大哥。你怎么会上这儿来的呢?"大汉道:"说来话长啦。咱行路口燥,且到里边去坐定了,可有温茶,先给咱润润喉咙,还有要言同你说哩。"万全听罢,连应:"温茶尽有,请进屋喝吧。"一壁忙着把他让进既算大殿,又当正屋之内坐地。一壁又赶紧闭上了山门,奔进去倒出茶来给他喝。大汉一进屋子，瞧见海峰，便伸出左手两指，指着海峰动问万全道："这一位敢莫就是新徒吴江到此姓曾的吗？"万全正倒好了茶送过来，一闻此话，忙应道："正是吴江曾海峰施主。"又转向海峰介绍道："这位是四明的胡海昆大哥，乃是箬帽山王杨龙海师伯的头班少爷，玩意儿真不错。这里宁波地方，单说那王征南一派的拳路，练习的人虽多，可惜入门的人材已经很少，更休道升堂入室了，就只有胡大哥真露脸。连同家师一辈的前辈老英雄，那一个不赞成王征南传下来有套'醉刘唐'把式，那是南派中最为实用的五毒功路，等于北派的'地躺门'架子。目下外头夸说会这'醉刘唐'拳法的很有几位，无奈多不曾先练过少林内堂的'滚雕手'，大抵只靠聪明，将大八套内'九滚十八跌'打了底，再将'武松脱铐''醉八仙'两套来化一化，就算'醉刘唐'。谁知这套拳路，没有一手小开门的，不曾练过'滚雕手'，再也学不到家。非但全宁波地方，除了胡大哥没有第二个，竟可以说全浙江一省地面，统算咱们一辈里头，这套功力拳法，也首推海昆是真正魁元了。所以连江苏江阴县的郑味言，虽是有名的研究'醉刘唐'拳法的专门名家，也佩服胡大哥的哩。"海昆刚把温茶接过去一饮而尽，听万全如此的捧法，忙道："算啦，别挖苦人哩。咱们尚有正经大事要谈论，莫一味瞎吹胡捧人了。"万全笑着收拾过空茶杯。海峰同海昆照例搭了几句套话，便拟回避。海昆忙止住道："咱和万全弟说的话，潭月师嘱咐过，须请尊驾旁听的哩。"海峰只得陪伴在旁，静聆他俩说话。

海昆先从胸前摸出一件小东西，顺手搁在半边桌上。海峰一瞧，乃是一顶铜铸的箬笠小模型，同小孩子玩的要货般，不知什么用处。只听海昆道："万全弟倒说咱们老头儿又把山门开放，大飞票布起来了。咱如不接到他的信令，只听人传说，再也不会相信的。"万全道："怎么平空关了又开起来呢？咱们大家坐定了细谈。"海昆道："若说这关而复开的原因，复杂异常哩。俺也不暇一桩桩的细说，单将几件重要大事说吧。江苏地方，有一部很珍贵的奇书，还有一口削金断铁的古剑，被一位隐逸名流，有缘觅到了。到临终之际，嘱咐他的合法继承人道：'别的东西都传给你，唯有这一书一剑，你不配占有它们。放眼中原，只有我的世侄杨龙海得了去，庶不负这一书一剑。’这人嘱罢这几句说话之后，就咽气了。可敬他的后人不背先人遗嘱，在三年孝服制中，就四出托人找寻吾家师父，前去承受这一部奇书和一口宝剑。初不料横里钻出一个杂毛老道来，先谎说是家师的代表，把书剑骗到了手。继而就在那地方借此招摇，站定脚跟。我家桑大师兄去探探消息，那老道就利用老桑装神弄鬼，击退了一个江北同志姓潘的。回头又把老桑捆送当官，诬控为偷书盗剑的歹人。家师闻知此信，忙先设法去救了老桑出狱，又去找那老道。谁知他早有准备，一方面煽惑了地方上的土劣豪绅做他的后盾，一面又暗同五杰村勾结。非但不认错服罪，不将书、剑交出，并且扬言要代世人除害，诚心给大筋头让家师栽哩。这是一桩令人难堪的事儿。

“又有马尾山全山弟兄，不知为何，同秦老渔翁平空闹起意见来，中间又牵涉了老渔翁的外孙女儿柳非烟，以至柳非烟一声不响地跑掉了。这个当儿，又不知被那一个促狭鬼从中去设法挑拨，掇弄得马尾山全山众人，跟家师面和心不和。秦老渔翁是更加不对了，老头儿自己亲到箬帽山找寻了好几次。家师看在他老脸的份上，怕他在火头上，两下见面，万一话儿说僵，彼此下不来台，难免闹出不好看来，总有一方受亏的。所以数年来总是百般隐忍，不跟秦老头儿照面，以为如此退让，总可罢休。不知秦老头为了什么，一点不肯放松。据说他已捎信往东西两川去，邀请冉、江、王、李等一般老弟兄，起了四川帮来跟家师办交涉。故此家师说：‘谣言不可不信，也不全信。老东西果真去调川帮下太湖，俺也得派人上北五省和关东口外等处去送个信儿，调些东北帮人马来，和他西南帮弟兄交交手哩。这两件事儿，已足够把家师少年时的烈火性情打动，又想做下车冯妇的了。

“同时镇江的小孟尝姜伯先出了大乱子，他部下的一般人物，分头送信给伯先生前的要好朋友，招呼去共商报复方法。连苏州戴仞千、无锡沙佛陀、松江姚伟廷、昆山张伟兮、常熟徐伦等处都有信的。太湖内的大小帮口，更加不用提啦，大约七十二座峰头，信要遍传到七十一处，唯独箬帽山家师那里，连口信也没有谁带到。这也使得家师心坎上不痛快的。

“他因为有这几件心事闷在胸头，所以往各处去玩耍玩耍，散散闷。不知在那一县城内，又无端同一班卖解的打了一个小小交关。当时家师因耳闻这班人的口气，太觉目空四海，大言不惭，小觑我们江左无人，故此出头抬杠的。自然他老人家一高兴，岂有丢脸之理。不料这一班卖解的虽然本事不济，却有个有本领的靠山。这个人不知是他们的师父呢，还是师叔伯。他是福建派白鹤拳内的高手，非但两广、云贵、八闽、台湾诸色人等，以及东洋倭子，都拜倒辕门，钦佩得五体投地，连南洋群岛的侨商土民，也受他的指挥。家师一时有兴，挡了他门下人的道路。这些人回去哭诉于他，想来又添了几句不尴不尬的挑拨话儿。故此又惹起了那人的火气，扬言要到江南来找寻家师放对比赛。

“此外尚有崇明张海歧师兄一桩讼务，打了好几年，内中也牵涉着家师。青浦何海岳师弟，也因平日间除暴安良，锄强扶弱，和地方上的不端氓绅势不两立。最近经仇家倾陷，被湖匪诬攀，也遭了官司之累，弄得妻离子散，家破人亡。还有许多不如意事，接二连三地逼拢来。

“同家师相好之人都说：‘这是你没有结合一个团体，手下部徒虽然不少，向来分住各处，好比一盘散沙，才吃这种零星小亏的。目下快些集合起来，组织一个自己人的接洽机关。你自家也要常常过问，不要再以闲云野鹤自况，一年到头奔驰在外。像你这般能耐，又有不少高徒，外头各方也有交情，只要正式成立，邀请各地水陆英雄联袂偕来，宾主把晤，乘便亮一亮标。如果有人跟你心上有疙瘩，也可趁势解开。保你一年半载之后，便生效力。三年五载之后，别的不要说，大概太湖内的其余七十一个山寨，和那一百单八帮大小帮口，怕他们不齐来公推你做盟主啊。’家师闻言心动，加之他自己心上也有一种打算，故而会把山门关了又开，四出传令的。俺奉到了家师信牌，前晚从家内出发，昨天午后，无意中和令师尊潭月叔父在途中相遇。他令俺特地弯进山来，有一番说话，叮嘱万全弟和这位曾兄。”

万全一听海昆述及自己师尊口令，忙招呼海峰一同站起身子，俯首听令。要知海昆转述些甚么话儿，且待下回再行细述。

第十五回　马当山老尼收徒弟
骂娘河伙伴当团总

胡海昆见马、曾二人站立起身，他也忙着站起来，朗朗地道：“昨日途遇令师，他说接到南洋霹雳埠望引中学主任教员香山苏玄瑛的一封书信。玄瑛本是个在家和尚，深通佛典，和令师同是南岳大乘宗的皈依弟子。当初在苏州戒幢寺中邂逅相逢，曾约定同往印度朝参佛祖，顶礼佛骨，迎取佛经，游览塔院等事。目下玄瑛要实行此项公务，以了一生功德，故而递书相邀，招往作伴。令师克日登程，不及回来亲口嘱咐。不过说上次万全弟送去的禀帖，令师早已阅过，连日里用梅花大六壬数，反复推算，算出曾君海峰，与他并无师徒缘法；况且曾君是好人家子弟出身，犯不着来做江湖九流内的人物。如果曾君立志坚定，必要投师学艺，那么曾君的师父，照卦象上看来，乃是在长江中部，湘江南北，须向川、赣交界及湖南岳州、零陵等地找去。至予万全弟欲报大仇，也不合佛门中子弟身份。故而此回趁箬帽开山之便，命俺把你带进杨门，仍旧还俗，仍名马海仑，过堂给家师做侍奉。至于此间屋子，令师尊说，不出这三天之内，定有一个跨着一头非驴非马非黄牛的奇怪骑士到来接收去的。如其过了这三天，没有这样的一个怪人降临，那么教万全弟赶紧捎信给大师兄，邀他来主持庵务便了。”

海仑听说命他还俗报仇，去加入太湖箬帽党，非常高兴。因为马尾山强人，本也和杨龙海暗存意见。自身凑巧投入杨门，闷在心头好几年的一股迂冤之气，有发泄扬吐希望的一天了。本来自从在虹星桥镇无意碰见了异僧，接了他紫金钵盂，投到潭月师座下之后，掐指算算，已有好几个年头儿了。闭着两眼想想，不但武艺已经练习得有进步，并且把四方名人豪士，英雄怪杰，也着实认识了不少，居然都有相当情谊建立起来，故能博得外三面一些些小名誉儿。倘然潭月再不放他出山门，此次来了个望门投止的曾海峰，他见守屋有了个接替人儿，他私下也要打算偷跑出去，先找一找赵海流，同他接洽定了后盾救援，他就准备下太湖去独闯马尾山道子，为同班弟兄报仇；若仍卵石不敌，也只得拚着一死的了。现在亲闻胡海昆来转达师命，如愿以偿，真同牛皋骑在金兀术背心上，乐得满身筋骨都酥麻。

可是临了，又闻"捎信给大师兄"一句说话，不禁又骇讶说："啊哟！我自入师门，只听见师父提及过两三回，说有个大师兄，乃是浦东高桥人姓范，他老子就是范毛毛，伯父就是范高头。他的伯伯、父亲，被林得胜诱捕到了当官，出了苦相，高桥扁担帮的势力一落千丈，连沈小妹都趁势踏沉船，有谁还带只眼睛照顾范门后辈？师父本着出家人慈悲心念，特地雪中送炭，大开方便之门，把他收留门下，取名范海潮，传授了他一条杆棒，一张弹弓。学成之后，就送他到天津李达三处做保镖，专走河北、山东两路的镖车。又由达三代他运动，兼充民政部该管的内城巡警厅内的盗贼稽侦员。传说该厅左厅丞钱能训、右厅丞吴炳湘俩人，都将他非常信任宠用。后来又是师父探知了余孟亭的儿子余海岗，充军到黑龙江扎来诺尔地方，安置发披甲为奴。师父怕海岗年轻不晓事，又恐忍受不了一路上的苦楚，故捎信到京津，给大师兄三道锦囊，一面镖旗，叫他务必成全江湖上义气，要亲自护送小余到配所的。大师兄本性行侠尚义；再加师命，焉敢违拗；三来自己也是落魄公子，饱尝过人世间势利滋味，对于余海岗，真个是惺惺相惜，有狐兔之悲：故毅然决然，硬辞掉了公事不当，抛妻撇子，亲送小余出关。自从前年将近年底出了山海关以来，到现在连书札没有来过，可谓信息不通。我和他又素未谋面，见面不相识。虽曾听过一句闲文，说大师兄在关外又成了一个局面，和红、马两帮互相倚借，在那里玩得很高兴。无奈传说的人也是道听途说，并无大师兄的详实地址。试问此刻捎信给他，一时捎到何处去呢？这岂不是一桩大大的难题目，扎手的事情吗？”海昆道：“令师是有道行的人，他说出来的话，决不会无谓而发。他原说先要等待一个怪客，待过三天怪客不来，才设法去邀范海潮。少不得先会有怪客光降，用不着捎甚信的哩。倘若怪客不到，也许这三日之内，海潮和海岗俩人仍旧同行作伴，从关东归来，也未可知啊。”

他们正在讨论，山门上又有人在那里叩门哩。海仑忙出去开门一瞧，只见门外站定一个骨瘦如柴，两日炯炯的矮黑汉子。背后站着一匹骆驼，驼背上驮着一套被褥。后面跟着十余个傍山居户家的男女小孩，他们是生长南方近水之区，从来不曾见过这种高背小头，长颈长脚的外国马，所以都不辞跋涉，随这人进山来瞧个爽快。那人见海仑开出门来，他便朗朗言道：“在下五河裴国雄，前晚接到潭月师伯的便人专信，开读之下，备知一切。此来一者接收庵宇，代马兄职务。二因江西石钟山昭忠祠后面，有个奇怪老人寄居着，据云此人乃是当年彭富保的亲信。后来彭做了长江提督，往来川、鄂、赣、皖、苏、浙、闽七省地方盘查仓库，检阅军马，专杀贪官污吏，土豪劣绅，凡遇彭私行察访出来的请皇命案子，那个特别刽子手，必定是这老儿承乏的。他自己屡立战功，也保举到遇缺即补提台身份。不过他天性恬淡，不愿为官，自彭死后，他就在这石钟山上隐居，做个在家老道。在下亲闻跟他相好的黑冠道友说起，他要收一个品学兼优的好徒弟，非但把自己所能的武功和中华只此一家的‘罗公八’一手教授给那徒弟，免至失传。并且他尚有一肚皮洪、杨战争时代，随着老宫保南征北讨，东荡西杀当儿，亲闻目睹的许多秘密珍闻。如曾国藩始而想做皇帝，后来改变初志；清文宗咸丰信了端华、肃顺两亲王说话，重用老曾；清穆宗同治依了阎敬铭、翁心存两宰相计划，羁縻胡、曾、官、左诸臣；以及老曾扶植哥老会，李少荃变节学张松，彭宫保三番两次劝进等事：也要借

在徒弟身上流传后世。所以他指明要个有文学的人拜他为师。在下晓得这话好久啦,因为自己不学无术,故而不能做自荐的毛遂。现在瞧见师伯信上说及有位吴江曾秀才,一时无从过堂处。在下一想,曾先生如愿赶往石钟山找寻此老,真是天造地设的一对好师生,不用再行'师访徒三年,徒访师三年'的老例了。"

此时胡、曾二人也走出来听海仑同裴国雄问答。听至此处,海昆笑向海仑道:"如何?令师作事,何等周密!而今不消再去招呼你家范师兄,你可放心随俺走路哩。"海仑此际乐得颠头簸脑,和弥勒佛般一味傻笑。就是海峰得闻石钟山隐士说话,亦很高兴,当即招呼裴国雄进屋。裴把坐骑牵至屋后安顿好了,又取了被套,步入山门。随来的瞧热闹小孩,少停自行散去。胡、马、曾三人,今天是来不及动身的了。海仑见庵事付托有人,才把海昆拿出来的小箬帽儿收拾好了。这是他愿意过堂到杨门去的一种暗表示。然后将庵中大小什物,一齐点交国雄执掌。四个人欢天喜地,聚晤了一天。到了来日,大家收拾行装,别了国雄,一起出同谷山,先至宁波江北岸,搭轮到了上海,再行分手。姑且按下海仑随着海昆,往投过堂师父处去。

先表海峰再搭长江轮船,转至江西湖口登岸,一直觅路上石钟山,找寻那个老者。海峰小时候读那苏东坡的《石钟山记》,知道唐朝李渤的"南声函胡,北声清越"的叩石闻声是不对的。倒是郦道元《水经注》上的说法,与东坡月夜泛舟所闻的江水冲激,石罅内发出的声音,与钟声相类,故名石钟山。此次亲临是地,为要访寻那个老者,先到昭忠祠后面一寻,踪迹全无。于是就借宿在那祠内,每日不惜爬山越岭,在山中访寻。几乎把一座山头倒翻过来,才发现上钟岩与下钟岩之下,都有一个天生石洞,可容数百人在内坐卧,而且都深不见底,形如覆钟。所以这山名唤石钟,乃是就这两洞的形势以名,并非因江水激石作声而名。李渤的考据固然不可信,就是郦、苏俩人的说话,也不对的。可见古今来无论何种事物,传闻记载,大抵失实,耳闻是虚,非得亲历亲见,用心研究,才能得实。不要说这石钟山的由来，倘死读古书，便难稔知其真相。就目前而论，分明裴国雄侃侃而谈，说得着着实实，这老儿住在昭忠祠后面，谁知到了祠内，几次三番地访问看祠堂人，竟一毫影子探访不出。没奈何，自己满山去跑，专向人迹罕到的幽谷邃坳、峻岭危崖间去搜觅。这石钟山属安徽黄山山脉，前山兀峙在扬子江中部，鄱阳湖口，同九江一样地势险要，皆属赣省的滨江门户，一寻就遍。倒是那后山高低起伏，迤逦往东北角而延伸出去，在彭泽县地界内略断了一断，重新高高拱起，便是皖南徽州府的新安岭了。

海峰在这山里足足找了半个多月，碰着做猎户或者樵子的土人，便低声下气，赔笑动问。好容易问着了一个白发樵夫，指点他到马当山脚下，有个马垱集，那里有个老年隐士，不知是不是他所访求之人。海峰依了他话，找寻前往。虽然道路相距很远，幸而下了石钟后面山坡，一路是田塍平地，不须上高落低，又些微觉得省力点。一路上留心瞧瞧沿途景致，倒也不觉得路远得怎样。等到到了马垱集，再一访问，方知这隐士家在离集半里路外的独家村上，尚须走一段路哩。海峰在集上稍事休息，央人陪至市梢，指示明白，说："望至尽头，路北那一片瓦房，前面围着一个竹篱笆，里面有个小小花圃的所在，就是那老隐士孙先生家里。"海峰谢了那人，拔步前往。其时已届隆冬天气，前两天又下过残雪未化，越走越近。海峰遥望这孙隐士的住宅，只见四围古木，一曲寒泉，舍宇参差，竹篱周匝，俨如身入画图之中。走至竹篱前，见那两扇半旧的木门半开半掩着，他便伸手推门，慢慢地踱将进去。先是一带竹林，接连着两岸木芙蓉。再越过一道小石桥，中间是片广场，广场尽头便是五开间的一所院落。左首被豁涧隔断，右边是一座很高大的假山，旁边倒也有一条通人小径。海峰因见正屋内门窗紧闭，人影杳无，就从右面假山旁的小径上抄折进去。却原来是所临水荷亭，亭畔长着两三棵参天高松树，树上缠满着童臂粗细的古藤，藤上树上多堆着凝冻残雪，再瞧瞧那边有一架花屏，从松影罅隙中露出，不过被雪盖得如玉屏风相似，也分不出是十姊妹呢，还是蔷薇花。花屏那边有三间楼屋,遥见正中一间的六扇楼窗是洞开着,顺风一听,里边似有诵经声音。海峰便放胆闯去。刚走至檐前,恰巧有个披发小童,由屋内屏风后面转出来。海峰迎了上去,具道来意。小童听说是裴国雄介绍来的,便代为入内通禀主人。少顷,小童回出来口宣主命,先令海峰把行李发来,就留他在楼下上首那一间客房内住宿。

始而海峰意谓自从蓄志寻师,离开故土,披星戴月,跋涉征程,空度了这许多日子,一事无成,如今可望遂心如愿的了。不料到了此间三个月,除和这小童同台饮食,略略交谈几句照例寒暄之外,也不曾认识得第二个人。偶然有二三个或四五个客人来往,不过打从这屋前假道而已,也不和海峰搭话。直至五个月后,才知此屋主人是个老年尼姑,并非姓孙的老头。半年以后,由那小童转述老尼之命,叫海峰每日担水打柴,算是代定的日课,照海峰的本性,一天都呆不住的,实因求道心切,私下问过了小童,才耐心一天天地耽搁下来。又过年半之后,老尼才唤他上楼,面授秘诀。本来熬练功夫,只在得着明师指点秘诀,秘诀呢,至多不过三言两语。海峰又是心思专一,肯下苦工,一经道破,百窍贯通。如是者足足练习了三年,自己虽不觉得怎样,其实功已不浅。那一天老尼忽着小童送出三副锦囊,一口剑来,吩咐海峰如此如此,命他立刻动身,到湖北骂娘河地方,代表老尼去了结一重公案。此时的曾海峰,真实本领有了一些哩,做人之道反胆小起来。这正如唐朝孙思邈所说:“胆越大而心越细,智越圆而行越方。”再加湖北省从未去过,也不知这骂娘河属于何府何县,应该要请示一声师父。不料老尼叫他先到汉口去打听,不要说明湖北本省乡镇,保可晓得,连东川、湘北以及沿汉阳江岸的陕甘地名,都可打听得着的。

海峰没奈何,辞别了师父,立刻仗剑动身,渡过长江,走望江、宿松、黄梅、广济,满拟到了蕲春,便可沿着扬子江边岸,假道黄冈,径达夏口了。他一到广济,便已访知这骂娘河在李家集附近,从田家镇、团风、阳逻过去便是,不必到汉口的。因为这骂娘河乃是黄沙河、歧亭河、涨渡湖、武湖等四水的支流，东岸属于黄州府黄冈县地界，西岸南首归夏口厅，北面属汉阳府的黄陂县该管的了。有个风俗也不知始于何朝何代，每年到了大除夕，沿河两岸的居民必定要召集了各村男女老少，彼此隔河列阵互相戟指咒骂，越骂得刻毒粗俚，越博得多数人的钦佩。据云必须举行了这番相骂手续，明年才能田稻大熟，瘟疫都没有的；不然，来年非但年岁不佳，还有时疫流行之虑哩。因此年年大除夕，要互相辱骂一下。在相骂的辰光，那怕小辈对于宗亲姻长，也不买这笔穷帐，要快心适意地痛骂一顿。而骂的程度最低限度，要涉及人娘哩，人姐人妹哩。故此连这条河名，也唤作骂娘河了。海峰打听到了这地名，自然很高兴地赶路。一至阳逻，已经明白师父打发自己到此的意思了。怎么一回事呢？

原来骂娘河东岸有家姓萧的，始而是家中人之中出过一个举人。在这乡下地方，出了一位举人老爷，已经大足夸耀邻里。无奈河西岸有个夏家集，一共有二三百家姓夏的人，族大人多，向来操纵这一方的大小事儿。而且在萧举人之前十多年，夏家先出了一个进士；后来进士公的乃弟，又点了翰林。论起世谊来，夏进士还是萧举人的改文字先生哩。故而萧举人在本地方上发扬不出，所以负笈出外，一向在外游幕度日的。夏家虽出了一位两榜，一位翰林，因为家内有钱，再加有祖传下来的固有势力，故此老是住在家内，经手闲事；同时在武汉两处，买了不少住宅，精力注意到染指省公产上去，反不及那萧举人在外一阵子混，居然倒弄到封疆八座，开府北湘地位了。萧举人有个堂侄，向在李家集上小面馆内做下手伙计，专门干挑水烧火，洗鱼切肉、拾掇鳝丝等粗生活的。其实乃叔做了本省风宪长官，这位侄儿居然也做了李家集保卫团的团总了。不过他是个市井小人，哪晓得什么叫做规矩礼节。恰巧团内为着支领公家津贴，写信给董事去催讨。那个保卫团内的司书兼文案，照例写了一封公函，去请团总鉴字盖章。他肚子内斗大丁字识不满三百个，又不肯开诚布公地待人接物。自己也不想想，写出来像蚯蚓样的大字，怎么可以见人？就算不论字的好坏，凡发出去的文件，须亲目签字，以昭郑重。那么这是头一回干这玩意儿，当该问明了格式，然后落笔。不料他把公函接过去，居然看了一遍，把头点了几点，口内“哦”了三声，便提起笔来，签上“季家集保卫园园总肃少师钧启”十三个字。弄得那司书在旁瞧见了莫名其妙，仔细一研究，想来他把“李家集保卫团”误写为“季家集保卫园”，故此有下边“园总”之称。倒是“肃少师”三字，作什么解释呢？忍不住问他本人。他很得意的道：“咱不是尊姓萧吗？人家称呼咱叔父，不是老帅，便是大帅。那么老帅的儿子，该称小帅，大帅的侄少爷，当然是少帅了”司书方知他写了一连串的别字，把“萧”字少写了一个草字头，将“帅”字又多添了一笔。

这司书倒很忠诚的劝告他，他却怫然不悦道：“你自己少读了书，所见不广，倒来挑咱的字眼儿了。古人书上，不是早有‘肃肃马鸣’、‘肃肃宵征’两句？‘肃’是古体的‘萧’字。至于‘帅’、‘师’两字，又通用的。前人兵书战策上，往往有令某人‘帅师’多少，去‘讨代’某某。咱叔子解释给咱听，分明说是某大帅同着他的儿子某小帅、侄儿某少帅，一同领兵出去打仗。因为父子、叔侄不能同名字，犯讳的，所以下边指那小辈而说的‘帅’字，须多写一笔，以志区别。”司书听他把“率师”的“率”字误成了“帅”字，并把“讨伐”念做“讨代”，真正顽石不可收拾，也没好气再同他多话，不过说：“信上如是署名，在下头一回瞧见哩。这信是送给总董事夏大先生的，他肚子内非常渊博，又是进士的族弟，翰林的兄长。若他见了这署名，非但传为笑柄，而且因为嗔怪团总，闹出些枝枝节节来，在下可不负这责任”。萧少帅笑道：“你不明白官场规矩。夏老大是进士、翰林老爷的弟兄，咱岂有不知道之理？官场中顶客气，乃是上手本；其次投衔帖，把自己衔头列在官名上面，那是敬重人家。你那里晓得，咱也是听叔父指点了，方得弄清楚。你放心照这样送去好啦，夏老大是个识者，肯定称赞咱福至心灵，不枉是个宪公祖大人的侄少爷哩。”司书听他如此说法，自然依着他话送去。一壁自己写封信给原介绍人，说自己不愿与绛灌为伍，决计辞职。他也不等介绍人回信如何，忙忙地收拾书囊卧具，悄悄然动身往汉口去了。但是这封信送去之后，下文怎样呢？请看下回分解吧。

第十六回　争闲气大赛龙灯
解纠纷小试武艺

著书人借本回开幕之前，答复一位读者的疑问。这位先生瞧了小子上一回的下半节，他写信来问难道："你这部小说的原料，分明说的是清德宗中叶年间事情。但是照上回下半段语气，好象是记述萧耀南与夏寿康、夏寿田的一番交涉经过。并且那个萧少帅，本是备好鳝丝零售于人，并非面馆下伙"，云云。小子一见此信，晓得此君是我文字知已，所以肯如此注意，连夹缝中的经纬，都被他瞧出来了。这倒可以烘托出小子所做的东西，总有一点小来历，不是信笔胡涂的空中楼阁，瞎说一大篇哩。至于年代远近，与原来事实小有不同等等小节，那是小子有心更易，借以淆乱一般人的眼目。好在识者见了，到底还瞒不过他法眼。如果比现在更忠实，更赤裸裸地描写出来，非但有伤雅观厚道，并且也太率直乏味了。这要请读者原谅，自行见仁见智的了。闲言表过，书归正传。

李家集总董夏老大接到了这封信，瞧见了这署名，真是又好气又好笑。依着他，就要宣扬出去。恰巧族兄进士公在乡，老大便去请示他。毕竟进士公忠厚，极力主张不要响，这是有损无益之事。并说："万事瞧在他叔父脸上，我们又是书香世宦，何必去跟这中人以下之人一般见识，较量这种小节。官家津贴，迟早给他们团内使用，既有信来，照例发给就是了。"在这边是忠厚待人，不会声张。不料萧少帅还自负深得官体，逢人便指斥那个不辞而去的司书见闻寡陋哩。但是夏家门内的下人，却渐渐地知道这团总是一勇之夫，胸无墨沉的。见他日渐作威作福，颐指气使，有些看不过，要把那“季园肃师”的笑话，代他宣扬开去。

那一年新年内，有家王姓请吃午酒，居然请团总坐了首席，并烦自己族中的一个房长王三老爹等作陪。始而倒还宾主互逊，不失亲故。后来团总多喝了三杯酒，又指手划脚，大吹大擂起来。别人尚忍耐得住，唯有这王三老爹，一来年长；二来他的老伴，就是夏太史的奶娘，他就倚仗妻子脚路，现在既做夏家看田的催头，又兼充骂娘河东岸的圩甲；而且团总以前还时常向他借零钱，吃白烟的哩；新近又闻知夏氏家丁庄客，告诉他团总闹别字的笑话。故此心目中很瞧不起这位自命不凡的萧少帅的。一旦同席吃喝，听他实在吹得不入耳了，便喊应了主人道：“咱们湖北一省，沿汉阳江的居户吃大鲫鱼，沿扬子江的居户吃大鳝鱼，那是天派我们的食料，一年四季都有。不比下江吃黄鳝，只有春末到秋初时期。今天你请萧少帅这样的贵人，就算鳝鱼现在价格昂贵些，你整碗的清炖或红烧鳝鱼办不起，也应该端正一盆氽鳝丝过过酒，才是道理。”主人家尚未听出由头，以为三老爹真的责备他，故而局促不安道：“漫说李家集小市上这几天没有鳝鱼，连田家镇、团风等大镇集上，小侄前天就托人去代办，岂知也没有。据说天寒未已，捕捉不着；偶尔有点捉着，也被汉口宴月楼派人来收了去，所以买不到的了。”三老爹故意愣住道：“怎么李家集没有鳝鱼？我倒不信。”又假装想了一想，故意拍桌勃然道：“嗯！对了。我们集上捉鳝鱼的人，都做了‘肃师’，煌然要算官宦，同我们东家去称兄道弟，所以捉鳝没人，至于断档的。”另有一个夏姓促狭鬼，接口道：“就算捉是有人捉的，也没有人拾掇了。远的不说，就论目前，团总从前不是就擅长此道的吗？目下再请他动一动贵手，他还肯答应吗？”王三老爹假意怒喝道：“夏小六子！你不要仗着自己人势头，在我们朝夕相见的穷苦人脸上搭臭架子，像脱落了牙床般滥吹牛皮。你也要睁开眼来瞧瞧，旁边那是一些何等人物。你得罪了我干瘪老头，奈何你不得；你得罪了团总，是贵人大老爷大帅的后辈少帅身份，大得了不得，不要贵人一翻脸，哼哼！你一颗脑袋恐怕不够，大人发了脾气，把你杀了头还得充军，这叫做死不饶人哩。”夏小六冷笑道：“得罪了别个贵人，真正了不得的；至于这位大贵人，咱俩一向有交情，他决计板不出脸蛋子，把咱送到电报局、招商局、邮政局、昌善局、施药局去吃官司的。”说罢，回过头去，向萧团总道：“贵人，大人不记小人之过，宰相肚里好撑船，千万不可认真生气。就算不将咱解五局法办，只喊手下第兄把咱移解到纯阳堂、猛将堂、财神堂去管押起来，已经受不了的呀。”三老爹说：“看夏小六不出，他倒三堂、五局，都说得出爷娘家。”夏小六道：“这是和贵人适才讲的九卿六部，遥遥相对的。”他俩一搭一档，一吹一唱地讽刺团总，说得旁边听的人都忍不住鼓掌大笑起来。萧团总再也坐不住了，就在这哄堂之际，他推说告便，急急地逃席而去。害得主人家非常抱歉，只好两面赔小心。不过萧团总同王三老爹，夏小六子的一份仇恨，由此记下了。

到了元宵节前，他们各乡村上，向行放龙灯的。这年的李家集，萧团总起劲，大放龙灯，一共扎了九条龙抢一颗明珠，名曰“九龙取珠”。结果又遭王三老爹和夏小六子批驳道：“照天皇玉帝，该玩九龙。那人皇皇帝，纵是真命帝主，也不过玩五条龙，故名九五之尊。像萧家的官职，至多玩三条龙，那才相称，如何玩起九龙来呢？”团总因为听见王、夏两人的妄议，故意不把龙灯放过河去。偏偏这年河西田内收成大不佳，于是王、夏俩又乘机造谣，归罪于正月半九龙不过河西去。所以河西居民等到翌年春节，河东九龙又放出来时，他们也放出九条飞蜈蚣灯来。彼此斗足闲气，大家不渡河，只沿着河岸放来放去，放到二月初十边，双方还不肯罢休。河西的蜈蚣灯，虽则假名夏家大老爷、二老爷领头，其实钱是各村上人拼凑，由王三老爹和夏小六等作主的。河东的龙灯，一来是放第二年，不及头一年兴致足。再者团总一个人敌不住王、夏两人的主意。三来他的保卫团本来一半经费由各村募集的，他再去劝他们出放龙灯经费，乡下人道：“我们负担不起这一行一行捐钱。这样吧，我们拿出了一笔钱来交给团总，由你去算灯费也好，团捐也好。”于是河东的龙灯，在经济上发生了影响。四因萧团总毕竟当公事，负着保卫地方治安的责任，焉能领头放灯放上将近一个月还不停止？就是被叔父知道了，也要受训斥的。所以河东先停三日，算是输给了河西。这一年，偏偏河东在夏末秋初起了一场大大的瘟疫，也怪到了河西的飞蜈蚣灯上去。因为乡下人相传，蜈蚣飞入了龙的麟甲里去，要吃龙肉的。因此河东从这年的冬天开始，就筹备起次年正月十五的龙灯来。他们扎了十三只金鸡灯来保驾龙灯，因为金鸡是吃蜈蚣的，以此对抗河西的蜈蚣灯。计划从正月十四放到二十，共放七天。如果到了二十一晚上，河西还不歇，预备渡过河去，打散他们。河西得了这个消息，也忙着集资。加添十七只金眼雕和火眼神鹰灯，以抵制河东的金鸡灯。一面又暗地花钱去四方邀请了打手来保灯。那怕因此而打出人命来，也在所不惜。双方憋足了闲气，箭拔弩张，准备大打出手。

海峰的师父和《四海群龙记》中闵伟如在山东碰着的那个赠剑老尼，乃是堂房师兄弟，非但深通剑术，并且颇谙医理。她曾在衡阳市上，也为一时义愤，当着千人百眼，刺杀一个衡山县福田铺的土豪。当下被驻在衡的陆军拿住，先送到标本部执法处去预审。其时萧少帅的叔父适在那军队内做执法处处长，一问口供，又派人出去一调查，那个土豪果然死有余辜。故把老尼罪名改轻，私下纵放，把那件命案含糊了结。那土豪的家属和亲友虽曾几次三番上省控诉，到底有了枪杆儿做了后盾，笔杆儿上定出来的法律失其效用，上控了一场没结果。后来这一标人马由衡阳调至洛阳，那萧处长已经升做该镇第五标标统，不过他有个吐血病症。那老尼为报救命之恩，特地赶到河南府，送一大包黄天竹子和铁树花给这标统，并再三叮嘱说：“这血症不宜多服中药，也不宜请西医多打针，否则反而要转成肺痨病。倒不如吃点丹方。第一不要当它重症，时刻挂怀。保你不至于凶狠到那里去。”标统依了她话，将黄天竹子、铁树花煎汤一服，果然血就止了。标统也算报答她治病功劳，特地问明了她卓锡所在，派得力家人代她去建筑一所称心适意的房屋，住在里头修行念佛。海峰习艺的地方,就是标统代她出资建造的,所以有如此精雅。老尼连次受了萧大帅的恩惠,故此很留心他的大小事情。这回骂娘河西岸邀请的打手,有太湖马尾山上派下来的中头目五六个,又有德州北面五杰村上差遣出来的人。她风闻了消息,唯恐河东岸萧姓方面吃亏,故差曾海峰赶奔到来,见机行事,代他们两下里和解。

海峰在广济探知了骂娘河所在,自然兴冲冲地前往。在路已经听人谈及夏、萧两姓斗气,河东岸金鸡保飞龙,河西岸金雕保飞蜈蚣。临了难免一场大打架,双方打手都请端正的了。这闲话吹入海峰耳内,他毕竟是个聪明人,一听此话,心上了然:"原来师父差我来做两下调人,把这场大事化做小事。不过人多手杂,又在夜晚之间,俺单人双手,怎么调停法呢?这倒不可造次,肚子内须先想端正一个解决方法的。"

他是正月十九到李家集,借宿在一家点心店的阁楼上。先瞧了两夜灯,果然双方都不惜工本的点缀,可称钩心斗角,拼命竞争。戏名台阁,五色烟火,杂和在灯内扮演燃放。怪不得连武、汉三镇几家大工厂的工人,多赶来观看。一般小贩,也多自远而来赶节场,实在热闹得了不得。

到了二十晚上,河东散灯。廿一白天,借名谢龙请客,其实就是喝的齐心滴血酒,准备晚上渡过河去厮杀哩。并且各人多带了小攮刺、斧头、铁尺等各种家伙,横竖打出祸来,有团总叔父的大靠山,打死了人可以不偿命的,故而格外胆壮。那席酒筵,直吃到下午四点钟敲过,才行散席。当即仗着酒兴,由团总率领着渡至西岸,派出一二十人看守船只,其余分头埋伏,摩拳擦掌,专等天黑动手。不料河西方面更加厉害。表面扬言,灯要比东岸多放三夜的,其实今晚故意休息,不出灯。私下约齐了打手,守候在河东人过来的要道所在,按着"避其朝锐,击其暮归"的兵法动手。在萧团总的心里,倒希望河西多出一两夜灯,他便可领人过去,打他一个落花流水,然后再去验伤叫喊,诬指他们借放灯为名,开场聚赌。还可暗中指使爪牙,到团总处报告,说是男女混杂,有伤风化,且有匪类混迹在内,故而带了弟兄渡河搜查弹压,反遭他们痛打,请官厅追究。这样的双管齐下，包打上风官司。初下不料扑了一个空，可谓乘兴而来，败兴而归。谁知回到相近河边的一个大松坟面前，河西方面由夏小六领了三四十人，先哄出松坟，反说奉了保卫团团长命令，搜查奸宄，不放河东人自由回去，须要检查。两下里一言不合，自然扭打起来。此刻河东方面共有五六十人，再加一股勇气尚未发泄出一点半点，河西人头又少，当然不敌。夏小六见不是头，忙先拉开了嗓子一声怪叫，接着把预备的流星点着了向上丢。这是他们自己人约定的暗号，顿时四面八方埋伏的人围拢杀来，有的用长柄的锄头、铁铲和定做的四须钩镰枪，有的用软弓射尖箭，也有握了拳心枣核钉。又由王三老爹指挥那些年老之人，执了火把，从后如飞赶来，呐喊助阵，声势十足。夏小六领的那班先出头阻住去路之人，至此才都施展出生平本领来，拳打脚踢。个个是临过大阵的打架好手，任凭你河东人用刺刺他们，用尺打他们，无如他们刺得鲜血淋漓了，照样同疯狗般蹿近身来，抢夺家伙。同时沿河也有伏兵动手，纷纷拚性舍命地去抢夺河东人的船只，声言抢过来，一只只架火烧毁，断绝他们归路。这样的各路发动，任你河东人齐心猛勇，也心慌意乱，各人要觅路逃跑，各顾性命了。自己人气一馁，愈加心分神散，眼见要吃大败仗了。

正在危急之际，忽从塚左一棵大松树上，跳下一个壮汉来。只见他两脚着地，便一伏身窜入人圈子当中，先伸出两只手去，一阵子左挥右舞，把双方扭做一团，彼此不肯服输，冲在前方的十多个硬汉，都同扔流星般一齐摔出去了。他又一伏身，窜至团总近身，轻轻一拍，萧团总已仰面一跤，跌倒在地。夏小六和王三老爹俩都瞧得清楚，以为此人是来助阵的。故不约而同一东一西地靠拢来，想捉地上的死老虎。谁知他俩走近身来，被那人又是一手捞住一个，都同小鸡般拎在手内。此时东西两方打手，都急于要救自己头领，二次围拢来，拳头家伙，竹箭锄头，都不顾死活，同雨点飞蝗相似，往那人身上打去。那人一声大笑，举起手中的夏、王二人来，向两边上下左右一阵挡扫。非但被扫之人直跌直掼出去，吓得不敢再来；就是夏、王二人，也叫苦连天，忙喊大家不要动手。那人见两方已经住手不打，才把夏小六丢到地上，左足原踏着萧团总，如今又提起右足，把夏小六踹住。然后先把手内的王三老爹数说了一顿，说他枉自活了这一大把年纪，不代地方上吹散一切非理妄为之事，反这般地推波助澜；若不念他年纪老大，今天非把他打得半死不可。说罢，顺手一抛，将三老爹抛了个一溜跟头。又指着足下夏、萧二人，大大地训斥一阵。临了，警诫他们道："不许再暴勇斗狠。究竟你们都是祖居在附近，沾亲带故居多，为甚争一时闲气，如此任意妄为？反拉扯外头人来混点肥鱼大肉，好酒好饭去，何苦来呢？我是神州侠客，专喜排难解纷。你们今后再不和好如初，仍要胡作妄为，请瞧瞧我留下的一个榜样。"说罢，伸手拔下背上的宝剑，对准路旁一棵松树轻轻一挥，拦腰斩断。又用力对准坟上一个石人，剑横过去一劈，把笆斗大小一颗石人头也劈了下来。一壁收剑入鞘，一壁放起地上两人，口内又厉喝一声："我话牢牢谨记!多看看这两个榜样。俺就去也。""也"字出口，人已开步，一眨眼睛，已经不知走往那里去了。

骂娘河两岸居民经此巨创，两败俱伤。那萧大帅同夏氏昆仲知道了，双方都将自己人埋怨。再加有那无头石人和半截松树两件纪念品放在眼前，触目惊心，犯不着自己人火并，便宜外头人来，既占面子，又吃白食。故此渐渐言归于好，不再斗那无谓闲气。书中表过不提。

且说曾海峰了结了这宗公案，然后急急回至李家集面店之中，连夜谢过店家，收拾东西走路。直回到了广济城外，才觅店投宿。心想："这事如今办妥，自己行止如何呢？"左思右想之后，把师父第一封锦囊打开一看，原来是叫他速到南京下关望江楼，自有际遇碰着。于是海峰便觅路至东流搭了下水商船，径至南京。舟船到埠，天已在晚上八点以后，故而不曾上岸，仍在船中过夜。等到翌晨上岸，打听望江楼坐落何处。原来望江楼是一家卖酒带茶的大馆子，坐落在招商旅馆斜对面。现在这块地方被江宁邮务总局购了去，翻造了洋房的哩。在清朝光、宣之际，也算下关的一处著名酒楼，所以海峰上岸后一问便知。他便觅路到了望江楼门口，相了一相方向，慢步进店，拾级登楼。他两足移动，心上暗想："师父命我到此，不知有甚际遇碰着？在旁人看来，我一清早由洋船上起岸，赶至此间，好似有约而来。谁想得到我是高等游民，瞎天盲地地到此间来碰运气的啊？”要知海峰进店以后之事如何，请看下回分解。

第十七回　望江楼题词惊俊杰　南京城讨饭欺众人

曾海峰走上望江楼，此刻时光虽早，那楼上的茶客，就因这码头关系，旅客或来或去，加上迎宾送客等众，所以五开间两侧厢的一个堂口，已经泡着有一百多碗茶啦。海峰因嫌散座内人多嘈杂，故而走到西厢雅座内，靠窗一张琴式小半桌前坐下。跑堂照例送盆脸水上来，问明了茶泡红的还是绿的之后，自行往炉子间去泡茶。海峰一壁放下手内提携东西，一壁绞手巾擦脸，举目把雅座中一瞧，只见那一边有四五个壮汉，围站成个月牙式。另有一个人立在凳上，手中执笔，在墙上题诗。因为都是背对着窗口，未曾瞧出这班人的面目如何。不过瞧瞧这些人的背影，都不像真正斯文一派。等到海峰擦罢脸，跑堂送茶上来，三句说话一兜搭，那边一班人已都簇拥了那个题壁之人，且说且笑，一窝蜂走了。海峰眼梢瞥见那个题壁之人，好像生的重枣脸，神气非常英爽，而且似曾相识。要想仔细再看一眼，无奈他们已经匆匆地走去，仍未曾瞧仔细。

于是海峰踱至那边，抬起头来，把墙上一瞧，只见壁上歪歪斜斜，墨迹淋漓，写着一手苏字。停睛瞧瞧，原来题的是首长短句的《短歌行》。当下低低念道：

苍颉造字鬼夜哭，何以同时天雨粟？哀哉后世所谓一般识字人，往往文过饰非掩罪恶。抚今吊古感难禁，太古人无机械心。自有文章传世后，人情势利更精深。世无真豪侠，季布朱家谁援手？世无真将军，台湾香港匪我有。英雄时势互相依，肯向朱门作走狗！自讼此生正壮年，补天浴日敢辞艰。布衣未必长贫贱，好与朱刘争后先。不然追法班定远，不立殊勋不复返。漫惜年华渐老大，八十封侯未为晚。何以我年四十未立尺寸功？寒衣饥食同愚蒙。男儿三十无建树，草间苟活等夏虫。一歌心凄楚，斫地问天拔剑舞。再歌神惘然，大地茫茫竟无一片干净土。安得还我囫囵太极图，无男无女无文武，不生不灭不今古。

——笠帝戏墨。

海峰暗忖："这'笠帝'二字，脑子里好象很熟悉的，曾在那里见过的呢？"又见另外一面壁上，写着几行龙蛇飞舞的十七贴书法，略用心思，才看出那题目是"三过金陵，小饮望江楼酒家，醉后有感，成此当哭，调寄《满江红》。江南大胆书生海岳倚声"三十四字。再瞧这阕词句道：

虎踞龙蟠，三百载，声威都歇。忽思南朝，落落劫灰余烈。壁垒四郊堪痛哭，荃兰一例沉风月。望帝魂何在？杜鹃啼，夜未切。 从前耻，浑难雪；来日愁，何能灭？只转眼沧桑，江山残缺。羌笛城头惊压遍，西风塞上肯流血。恨无情堤柳又青青，芜宫阙。

他一刻之间，见着这一诗一词，不禁打动了他旧时积习，有些技痒起来。好在这雅座之中，只有他一个人品茗，可以静悄悄的构思。约摸隔了一盏茶时光，腹稿已成，那是步这自称"大胆书生"的原韵，也填了一阕《满江红》词。反复推敲两三回，就拈起那边桌上的现成毛笔，也借凳子垫了脚，去写在后面道：

封豕长蛇，并吞志，无时或歇。风云壮，好男儿建丰功伟烈。铜鼓声骄沙碛地，宝刀舞落关河月。报国仇，尚武奋精神，情同切。冒弹雨，啮毡雪，身可死，志不灭。把头颅拚掷，补金瓯残缺。洗尽腥羶华夏地，好煎热沸英雄血。看挥戈返日气如虹，冲霄阙。

海峰题罢之后，退下凳来，把笔放在原处，回到自己泡茶的琴桌前，斟了一杯茶。又一手擎着茶杯，二次走到这壁来，把茶杯搁在嘴唇上，似呷非呷，一只手负在背后，昂起了头颈，将墙上的诗词反复研究，有点小小着魔。

在这当儿，又来一个茶客，形似中人以上的人物。他走进雅座，用目四面一瞧，先瞧见墙上“衣帽物件，各自当心。倘有遗失，与堂无涉”等茶堂老例揭贴，以及禁止吃茶谈话、聚众赌博等告示，还有热心人抄录的经验丹方等纸条，他都不在意。再顺瞧过来，这边壁上有一张很大的梅红纸，上写着“莫谈国事”四个大字。另有一条狭长白纸条儿，上头有银朱横写“注意”二字，下头用青莲色墨水写的“谨防野鸡毛”五个字。那人见了，微微一笑。再瞧过来，瞥见海峰像电杆木般矗立在那里，倒把他微微吓了一跳。忙将海峰上下身形仔细一打量，也把墙上诗词约略瞧了一瞧，又走至海峰坐的琴桌边绕了一转。忽然退出雅座，连茶也未泡，匆匆走了。

海峰虽曾瞧见，却不十分在意。瞧了一会诗词，回过来坐定身子，向窗外一望，天又下起春雪来，而且东北风吹得和虎吼一般。非但应了“春寒冻煞老黄牛”俗语，并连这座望江楼屋也吹得好似有些摇动。那些散座内的胆小茶客，或者尚有家务未了的经纪人，怕雪下大难行，都赶紧走了。海峰暗忖：“自己该当怎样呢？照这情形，也不见得有甚好机缘碰着。此番到南京的目的，怕要落空的了。”正在犹豫思念间，倒又有一个衣衫褴褛、黑面虬筋、露肘赤足的高个儿汉子，像喝得有些醉意，所以脚步踉跄地闯进雅座里来。一望而知来者是个要饭的乞丐，而且就他外表看来，也不像个安守本分的良善叫化子，一定是强赊硬讨的走江湖恶乞丐哩。暗想："怎么这望江楼本店伙计，一些不当心店务，放这种人到堂内来求讨？自己行李虽很简单，但是被套中裹着师父赠俺那口宝剑，价值匪轻，不要被这厮顺手牵羊偷盗了去，倒要当心点的。"

乞丐刚走进来，背后却已有堂倌跟脚进来驱逐他，向他横眉怒目道："黑鬼，又要来鬼串了。你不瞧瞧，这种下雪天气，寒冷得这样，我们自己生意也未做着，你速往别处去发利市吧。你也太呆，前天总督少爷瞧对了你的仪表，颇有心思提拔你，你非但不感谢他的美意厚恩，为何还拒绝他赏你的金银和酒饭？并且跑出店门口，像吃了豹子心肝老虎胆，仗着三分酒意，站在街心，高放七十二个连环屁。你也不想想，他是堂堂极品大员的亲生儿子，况且又有精明强干、掌握大权的声名。江苏、安徽、江西三省地方上的大小绅衿，现任文武候补老爷，见了他都得低头服小，含着笑脸奉承。你是个来历不明的异乡孤丐，仗着什么势头，敢这样教训讥笑他？临了索性破口辱骂。你是讨饭三年，做官无心，横字当了头，闯了这场泼天大祸，尽自扬长而去。却害我们一店之人，都吊胆提心，怕少大人迁怒到我们店里，私下拜托少大人的随员仲副爷，不知赔了多少小心，代你说了多少好话。总算少大人宽宏大量，犯不着同你这不知轻重的瘟叫化一般见识，居然不曾发作，没有下文。若是仲副爷不肯帮忙说好话，不但咱们一店之人吃不了兜着走，连这块望江楼老牌子，也要生生地断送在你这臭叫化手内。谢谢你，下次在楼下太平点吃喝了就滚，不要再到楼上来胡闹啦。快些走吧。"说时伸手去拖扯他，想攒他下楼。

讵料那乞丐一跨进雅座，先将海峰望了一望。然后扭回头去，瞧见了墙上诗词，却瞪起了一双铜铃巨眼，目不转睛地观看着。那跑堂在旁唠唠叨叨地数说他，他一句都不曾入耳，自顾自摇头晃脑，赏鉴那墙上题字。跑堂伸手去推扯他，他好像立在那里生了根一般，休想推扯得动他分毫。直至瞧完了，重又把眼光回过来，将海峰又瞟了一眼。蓦然向那跑堂道：

"后边这首词,墨迹未干,像才写上去的。那个写词人走了没有?"堂倌道:"你一天到晚没有事,来充假斯文,管那闲帐骗酒饭吃。我们却一天到晚,堂内泡茶开水都忙不开,哪有心思分出来管这没正经事?谢谢你,早早走吧。"乞丐叫过头来,看着海峰,好似要开言说什么的样儿。忽又沉吟了半晌,微叹一声,回身过去,脚底下发出踢踏之声,嘴内信口而唱道:"力拔山兮气盖世,燕雀安知鸿鹄志。"往着雅座外面走出去。跑堂唯恐他还要在散座中去厮混,故跟出去,不住口地催走,直逼迫他下楼去了,才放心再做生活。

海峰本已觉得此丐奇异,又听他把项羽、陈胜的成句合在一起,当无锡景小调唱,愈加纳罕。侧耳静心,想听他以下唱些什么,因为走得远了,听不清楚啦。正要喊跑堂进来,追问此丐根底,恰巧又有个五旬左右年纪,六尺上下身材,颏下一部络腮胡子之人走进雅座来,喊跑堂烫酒做菜,赏雪举觞,把海峰要问的说话暂时打断。因见时候虽不到午膳辰光,而身上寒冷,既然此时已有酒菜出售,便也烫了一斤黄酒,要了一小碗干丝,一碟盐水鸭,一碟油鸡,一碟肚子,非但充饥御寒,并可消磨时光。他自斟自饮了不到三杯,倒又有一个穿着陆军制服,肩章上印有"245 左营卫兵"白字的人,由散座中走至海峰面前,一个立正,低声下气问道:"请教爷,敢是搭江宽下水洋船,由东流下舟,到此登岸的吗?"海峰一闻此话,暗忖:"莫非师父说的机缘来了?"故忙应道:"正是从东流至此。小可是区区一介细民,怎么会劳副爷下问起小可行踪来呢?"那卫兵问明是东流来客,也不暇回答海峰反问的话儿,倒又忙忙地行了个军礼,一个向后转,开大步姿势,匆匆退出去了。海峰心中纳罕,放下杯箸,正拟追出雅座看个明白,不料楼下蓦的人声鼎沸起来。大家以为有甚意外失慎之事发生,口中都嚷:"什么事?怎么街坊上这等嘈杂?"说着,有的赶下楼去瞧个究竟,有的挤到沿街窗前,不顾风大雪花要吹进来,皆推开窗子,伸出头去探望,就是雅座内的曾海峰和独酌汉子俩,也未能免俗,跑至沿街一面,推窗瞧看。原来沿江码头上,此刻有一只下水、二只上水洋船到埠,同时海峰乘坐来的那条江宽洋船，也拉了第三次汽笛，往镇江开驶了。一刻之间，有四条洋船开的开，停的停，自然一般栈房接客，车夫赶脚，以及迎送来去客人的亲友，贩卖零货小食等各项苦力，加之船上上下客人，大家不约而同地扬声喊嚷，已经声音很闹。并且有班剪绺挖包，卖滑头船票的歹人，故意夹杂在人群里瞎起哄，好把初出门的土老儿吓得发呆，只要你愣上一愣，他们连抢带夺，硬扒软挖，可以乘势做生意。因此声浪格外显得沸反盈天。

正在此时，从仪凤门到江边的那条大街转弯角上，有一个无手无脚的残疾乞丐，坐着一只用生铁定铸的尖底敞口东西，同普通人家煮菜用的小锅一般，不过直径大一点。这乞丐手脚全无，远望过去，活似塑在佛殿里的神像一般。但是他坐在铁笆斗内，不劳别人助力，他只将这一段身子向前一蹶，那铁斗便朝前行进，要它左就左，要它右就右。背后随着个壮年和尚，一手拿着一柄拂尘；一手托着一个人家喂马所用的石槽，既长且阔，他当它长方石盘来用。两人不知从何处来到南京，已经来了近两个月哩。在南京城里城外化缘恶讨，而且不管铺面住家，都要进去求乞。每日上街，扬言今天往那一方，讨若干家数。大约至多五十户，至少三十家。乞讨之时，先估量了这家店铺，或住户的盛衰大小，然后开口索取多少，由十文起码，至一千文为止。如果照数给了他们，便谢上一声，走往间壁去了；若是他俩要讨一千，你只给了九百九十九文，那可不行。若是店面，那个残疾人“霍”地由铁斗内向上一耸，耸到了人家柜上，一刻不停地吵嚷。倘是中下住家，那和尚把石槽在门口一横，将进出要路阻塞。若是大家，他俩便不管内外，直闯进去，高声喊嚷，不依他俩说的数目施舍便不答应。总之，使人厌恶难受，为了安静起见，宁可满足他俩的要求，打发他俩走路。每天无论讨到多少银洋钱钞，都搁在和尚的石槽内。假定讨五十家，每家统扯五百文，总数要二十五千。有一天，有条街上，故意约齐了不给小银币，都兑好了铜钱给他。心想：“廿五千铜钱，分量也不算轻了。如果每文钱算它一钱重，那么十文一两，百文十两，一千文六斤四两，廿五千文，共计重一百七十二斤十两。要把这恶秃的臂膊都压折。”不料石槽内装了廿五千铜钱，和尚照样把左手托着，若无其事，于是人家又疑惑那石槽定是做成空心的，所以他可照样托在掌中，连手都不换一换。回头有人跟随他俩到安身之处，待他们把钱出空了，去把石槽试提一下，觉至少有三十多斤，并非遮人耳目的空心滑头货。所谓“百步无轻担”，他能托了这二三十斤重量的粗笨东西，一天到晚走长路不换手，那臂力已经可观，何况又加一百七十余斤的铜钱在内呢。于是远近争传这一对大力怪东西的名头儿。并且到了南京五十多天，银钱着实乞讨了不少，他俩又都是除荤戒酒，日用开支不大，估算他俩很可盈余点的了。但是盈余的钱在那里呢？又没有谁见过。这也是一件奇怪事情。

他俩自经人家布施现钱，又来试提过了石槽之后，索性又扬言道：“不论是谁，如果一脚能踢翻铁斗，或者除了银钱之外，能将一件别的东西，在五步之外丢进和尚手中石槽之内，他俩立即离开南京。不然，他俩要在此开辟道场，用众人布施的钱，建成一所同清凉寺大小的庵宇，才肯罢休不讨哩。”这话传扬开来，自有那年轻好事之人，特地找寻到了他俩，问确实了此话。大半都是好奇心作怪，拿好了石子、小砖头等，站在五步之外，瞄准了石槽丢过去。和尚并不十分注意，只将手内石槽忽上忽下，倏左倏右地躲闪避让，果真丢不入槽。如果换了铜钱，或者大小银币丢过去，他非但不闪开去，反使出种种巧妙手势来承接去，和砖石适成反比例，没有一下丢不入槽内去的。继而五六个人分站了东、南、西、北四方，同时用砖石等丢过去。和尚见他们取包围阵势，索性左手托了石槽，一动不动，把右手拂尘充作石槽的保镖，在槽上四周一拂一个圆圈儿。说也古怪，那些硬砖石碰着了他的软拂尘，不知为什么，也都会回激转来，四散分抛开去，有的掉在二三丈路外地上去，有的弹转来，反把动手抛掷之人打得轻则喊痛，重则鼻青脸肿，甚至于鲜血淋漓。有些欺心人见和尚不好惹，那个残疾东西也许容易欺负些，想用力踢他一飞脚，定可踢得他铁斗翻倒，人同冬瓜般滚一转。不料这个残疾人也是不好惹的。用力踢上去，

記

有时他半段身子一蹶，避让过去，动脚之人反因用力过猛，踢了个空。没练过武功之人，一只踢空的脚往前一蹬，这边站的一只脚一抖颤，身子立不稳，倒仰面朝天跌了个蛤蟆翻身。有时这半段头人见踢的人练过梅花桩，那左边一条站的腿一些不抖颤，右腿四平八稳的踢出来，他索性不躲让，在斗内用了一种癞团功，反将铁斗迎了上去。踢他的人踢着铁斗，不是踢破足趾，便是受筋骨内伤，当场出丑，不能自由步行回去，需人扶着或背回去的。连水西门的师家铁腿张得标，朝天宫的巡山老道赛纯阳李鼎春，都是南京城内有名硬腿人物，经人请出来去同他俩故意捣蛋，也丢脸出丑退下来，请伤科医腿。才知这一对怪东西都是有功夫的。也有人疑心他俩不是白莲教，定是红喇嘛教，或者练的是沙门金刚大魔禅，有邪法的，还是远而避之，少亲近为妙。故此由他俩在龙蟠虎踞的石头城内肆无忌惮，吹说南京全城的拳教师，多被他们征服，也树了降幡，投了降书降表的了。

他们新近寄宿在鼓楼下面，今日因见天公下雪，故而不上南而往北，出仪凤门，到下关来乞讨。他俩已经来过一次，再者城内所有经过之事，下关之人全知道。今天见他俩出城来，自有一伙中下社会的无知识男女和小孩子，连风雪也不顾，跟随在后，瞧他俩乞讨。并且还在后同声鼓噪，高嚷："来了，来了！大家快快瞧呀。"和江边人声相应和。故而格外使望江楼上不知就里的茶酒客听了，心上发慌哩。直到大家推窗了望，互相探问明白，方才定心。

此刻雅座的沿街窗前，也不止海峰同那汉子俩立望，而且散座茶客也挤进来了望街上情形，连店内上下手跑堂也挨进来观看。还有适才驱逐异丐的那个伙计，生性欢喜多说话，一见那残疾人同丐僧俩乞讨过来，他就指手划脚，把所见所闻演述给大家听。这当儿，有个十多岁的小孩子钻来钻去听讲，因为自己身子矮小，瞧不见跑堂的面孔，故此一毫不顾公德，就爬到了凳子上去。那位胡子大汉回过去坐下来喝酒，怕被他的钉鞋碰脏自己的衣服，顺手一弹。海峰在这边看得明白，那孩子鞋底下的钉子,已被他弹掉了两只,掉在楼板上了,而穿钉鞋的孩子却一毫不曾觉得。

那汉子听跑堂讲完,便弯腰拾了一枚钉鞋钉,笑向大家道:“列位少待片时,等那和尚乞讨到此间楼下,在下把这东西自上掷下去,丢入他的石槽内,倒倒他的胃口,赶他速到别的码头去,免得再在此地讨厌。大家赞成吗?”此刻楼上茶客一大半拥进了雅座内来,听见汉子发此毒话,除了海峰依然低头饮酒不说什么,其余全是盼有事怕太平的年轻人居多,自然异口同声说赞成的。也有的干起劲,揎拳捋臂道:“帮你老助威呐喊,协力赶这两个要饭的滚蛋。”本来静悄悄的望江楼上面,顿时同上潮般喧闹起来。要知这汉子和丐、僧赌赛的结果如何,且看下回分解。

第十八回　恼羞成怒恶僧下毒手
旁观不平侠客显绝技

却说望江楼上的多数茶酒客人，听了那汉子的话，大家都很兴头，要瞧他把钉鞋钉丢入和尚石槽之内，存心捣蛋，赶那残疾人和丐僧走路，自然仍都挤在沿街的窗前，眼巴巴等这一出闹剧开幕。就是曾海峰，也左右没事，会逢其适，乐得瞧瞧这种花钱无看处的新鲜玩意儿。这些楼上众人同捕虎猎户般，已经把陷阱掘就，窝弓埋妥，专待大虫跳过来着道儿。再说那沿门乞讨的残疾人和丐僧俩人，正挨家挨户地硬要过来，已到望江楼间壁的一家小客栈门前了。

海峰因见那汉子已放下酒杯，走至长窗外面的小阳台栏杆边站着，晓得他快要出手了，故此也挤出来，向南了望。忽见后边有六七匹高头怒马，二三十名精壮汉子，簇拥着一个二十多岁，赤糖色脸，方额角，尖下颏的少年向江边冒雪直驰过来。前面一个开道的大块头骑士，一见这两个要饭的，高嚷："三少爷，咱们不用再赶了，找着啦。"于是这班人跨马的都下了鞍轿，同步行诸人一窝峰围了个栲栳圈，将那两个乞丐围在垓心。由那个领头的所谓三少爷其人，同他俩说话。海峰始而不懂，后来听到那个多嘴的跑堂报告，方知这位三少爷，乃是现任两江总督部堂、直隶遵化州丰润县人张人骏的儿子。年纪虽则不大，早已秋闱高中，是个举人老爷，名叫子搏。他虽则中的是文举人，却绝对不欢喜研究八股文、赋帖诗，专爱考较骑射，私下养了不少敢死之士。据说他的志愿很大，将来若得做像曾、左、胡、李等封侯拜帅，出将入相，已经算不得已而为之；依他本心，竟要着实干一番王霸事业。他的天分很高，促狭念头儿肚子里也装了不少，自称是小诸葛亮。自随老子到了南京，同第九镇三十三、三十四两标内弟兄交得很亲热，时常在外闲游瞎逛，和江湖上的九流三教结交。据他说，要在这里头识拔几个出色人才，将来助他干事。而且对于地方上无论大小事儿，他一时有兴，都要干涉。虽则一介细民为了妇人小孩，饮食口舌等心事遭了冤抑，被三少爷来干涉了，平反过来的事情，确有几件。但是有时因他偏信了先入的一面之词，弄得对方家破人亡，有冤没喊处的枉屈事儿，倒也不少。故此南京人对于这三少爷，有的崇拜他是豪侠公子，极品大员的后人，像他这样少有的了。有的却比他作《水浒》里的高衙内、黄文炳一流人物，骂他是个舞文弄墨、自负聪明的恶少。那个领路的胖子，也是三十三标内的弟兄，名叫仲金奎，代三少爷喂养牲口的，算是最最亲信。其余诸众，一大半是马、炮、步、工、辎各营内的弟兄，一小半是三少爷的家将。适才上楼来要饭的黑面叫化子，出身也是提台公子，两膀天生有千斤之力。上回三少爷风闻此话，特地来找寻黑丐，有心提拔他，不料正值黑丐喝得酩酊烂醉辰光，不识抬举，反将三少爷当众辱骂一场。换了别个公子哥儿，听见了还了得。他倒肚皮大，唾面自干，绝不计较。这一下，大家都称赞他有涵养。平心而论，他本人是真要朋友，讲情的。倒是跟他做跑腿的人狐假虎威，往往打着三少爷的牌子胡作非为，以至坏了他的名声。因为有人去告诉了他，南京市上有这样一对奇怪叫化子，故而今天他不顾风雪，同了手下诸人，先至鼓楼探访，晓得这一僧一俗，在鼓楼之下存身。不料到他俩公馆内，他俩已经公出，才又冒雪冲寒，追出城来。当面问明了他俩说话，也要试试和尚本领。命人端正了砖石，他取好了大小银洋，向和尚的石槽投过去，试他的说话是不是吹大气。如果和尚真正有大能耐，大概要请去做教师爷哩。

跑堂的演讲未毕，下边街上又喧嚷起来。原来三少爷已问明说话，开始试验。那和尚同残丐照样向北要饭要过来，三少爷同那班帮闲四散站开了，将东西觑准了石槽，抛掷过去。说也古怪，除了三少爷亲手丢的银洋能掷进石槽，其余各人丢的大小砖石，休想掷得进。此时一僧一俗，已走至望江楼门口。楼上散座中有一个军官和四名护兵，本也凭栏闲看。军官一见铁斗内那个半截子人，仔细一瞧，蓦地怒目横眉，忙喊跑堂过去，叫护兵会过了钞，又嘱咐了几句话，便很匆忙地带着从人下楼出店，见大街上人头拥挤，便急急地走小路兜抄去了。海峰初时不在意，直至那军官出离店门，方才瞧出他所带的护兵，内中一名就是适才来动问他可是东流下船之人。如今他们走了，不知方才问他这一句有甚作用在内。海峰忖念未竟，那僧俗二人已走到望江楼门首，雅座阳台下面。此时三少爷银洋已经住手不掷，正吩咐亲信，要把僧俗俩招呼到望江楼来款待酒饭，又想提拔他俩。那些帮闲大部分也已停止扔砖石，尚有小部分，以及好事观众、顽皮小孩，仍旧在那里抛砖弄石，虽则不及方才凶猛，然而砖头石块，满街飞舞。和尚未敢懈怠，依旧将手内拂尘一刻不停地挥着。

楼上闲人。此时也七嘴八舌，催那汉子快把钉鞋钉抛下去呢。汉子只是微笑不答话。直到下面三少爷说："大家住手，随我到望江楼里边吃点东西吧。"于是砖石战才完全停止。和尚想来也听见了这话，拂尘拂得迟一点了。汉子猛向下高喝一声道："大和尚仔细了！"口内喝时，手中的钉鞋钉早已对准石槽射下去。钉儿出手之后，倒又作势向上虚扬一扬。和尚听见上边声音，眼皮望上一翻，瞥见上边之人把手一扬，上下异势，自然挥那拂尘。初不料这一扬手是虚的，等到左手举起拂尘来，那钉鞋钉已经落在槽内。楼上闲人看得分明，先不约而同轰雷般一声喝彩。接着便又同声大喊道："你们这两个臭叫化子，休夸海口，小觑我们南京没有高明能人。如今石槽里已有一只钉儿在内了，你俩快点别开码头去吧。这四五十天来，南京地方受你俩的累也够了。再要不识相，死赖在此，不要惹了众怒，每家赔上一股香，把你们这一对瘟叫化子活活地烧死，送上西天去见如来佛啊！"始而楼下街上诸色人等，尚不明白楼上人为甚喝彩。虽则自有人胡调，也附和喊好，大都却以为是称赞和尚的本领哩。到底那位张三少爷和随从的一干众人头脑灵活点，晓得这彩声决不是捧和尚的场的，赶紧派人上楼一问，才知底细。三少爷听了，忙同手下先往望江楼楼下正厅后面阁子内去。这间阁子，本是他花钱长包着，专卖他一个主顾的。他坐定之后，派人出来，非但要把和尚、残丐喊进去，连楼上那个丢钉之人也要订交结识哩。不料那些街上闲人一闻此话，也异口同声，驱赶两个乞丐走路。

和尚此刻方知一个大意，栽了筋斗了。仰起脖子来向上一瞧，恰巧汉子的目光也正注意的看他，四个眼珠子一打照面，彼此心上一动。和尚高声道："出家人有言在先，你老既然射中石槽，请再下来把我们同伴的笆斗踢一脚，如果也踢得翻了，我俩立刻走路，决不食言。"他口内说时，索性将手内的石槽、拂尘都在望江楼的街沿石上一摆，合掌当胸的请汉子下楼。楼上闲人那知轻重，不约而同地怂恿汉子出手。楼下诸人也嚷："一不做，二不休，请楼上好汉代咱们南京人露脸，索性把那厮也踢翻了，让他俩好死心塌地的滚蛋。"汉子始而自悔多事，平白地来惹下这场是非，本拟跑掉了就完啦。经不起闲人一致的推戴，那和尚又用话刺激，加之他酒也喝得不少，三合六凑，明知躲避不过，即便站起身躯，出离雅座，大踏步下楼。和尚心泯善念，眼露凶光，见汉子果已下来、明知来者不善，他早已抱定先下手为强主意。等到汉子出了店门，乘他脚步未曾站稳，已从袖袋内掏出三扇纯钢铸就，同面盆大小的铙钹，分上中下三路，望准汉子咽喉、胸口、腰内三处要害直射过来。

恶僧的这门飞钹功夫，乃是从穹窿山玄妙观上院小神仙多臂法师倪韫璞处学来的。倪法师的飞钹，当时江南苏、松、常、镇、太四府一州地界之内的人民，那个不知，谁人不晓。在正乙盟威、三山滴血派道帮之中，香头也站得很高。他是文武全才，一生只收过两个徒弟。将养生秘诀、静坐摄生等方法，传给一个绍兴人姓何的。此人后来年纪活得很大，假充大罗金仙，谎说能知过去未来，诱骗愚夫愚妇，妄想立教度人，做开派祖师，致遭官厅干涉。此中黑幕重重,不是三言两语所可说尽。总之这姓何的受了倪法师所能的文功。至于倪法师的武功,全教给这个原籍广东、寄居上海的慧灯和尚。他以前是做红帮裁缝,因为犯了奸案。上海不能存身,才到穹窿山去做香积厨挑水香工。倪法师爱他膂力胜人,收他做了徒弟,教会了他一身软硬水旱功夫,算是蛤蟆功门内入室后辈。他有了这点能耐,静极思动,便又偷跑下山,再至上海,干了十几件刃伤事主的偷盗巨案。实在风火背太大了,要遮蔽做公人耳目,故而在常州天宁寺再出家做和尚。现在表面上装得很像四大皆空,六根清净,不辞劳瘁,严守戒律的行脚苦僧,其实暗中仍旧做那太湖帮盗匪的踩盘伙计。

他和汉子乃是似曾相识,不过唤不出他名姓,只晓得也是线上弟儿。他上南京来的目标,本来注意在总督儿子身上。好容易费了近两个月工夫。同飘洋船发现了新港口般,有巴望了。回头借脚上阶沿,好混进督署,约齐了同党,可以里应外合,软进硬出,干上一大票。就算这一下干不成,单把这位公子请财神请了去,也可捞一笔大进款。无端被这汉子来打一大岔子,心上真正恨得牙痒痒的。所以等到他下楼出店一照面,一句话也没有,就下辣手,名为“迎门三不管”,取出铜钹来,用足全身功劲,三钹同时出手,打他个措手不及,真要结果汉子性命。就算他也是大行家。躲闪得快,大概让两不顾三,就算不死,总要带一身重伤的了。当时可谓说时迟,那时快。汉子一眼瞧见有三团雪白光亮的东西,向自己上、中、下三部疾射而来,心中暗道:“不好!”若非曾逢大敌之人,吓也要吓昏。而且此时自己身子乃是站在店门首,地方狭窄,身边还有不少青云里看厮杀。不知死活轻重的闲人包围着,一时躲闪都没有地方的。恰巧望江楼门是小三开间,坐东朝西的。靠左首砌着一个五眼灶。灶面前约摸三步路外。摆着一个小柜台,台上放着许多油绿缸,缸中分装鱼肉鸡鸭等类,堆的像座山头。靠右首沿壁,摆了一只杉木四仙桌。三面放凳,也是茶、酒兼售。靠西的一条长凳,两只脚借助上阶沿,骑门槛摆着。中间留一条出入的狭路。幸亏汉子的身子在沿桌的一边,所以一见暗器飞射过来,赶紧将身子往后一退，退进门槛。和尚的飞钹都是拖一根牛筋带子，功夫练得真不错，要这钹儿怎样就怎样，得心应手。一见汉子倒退，他便将带儿放长一把，好似钹上生有眼珠一般，也跟着汉子飞进门来。此时汉子也顾不得两面闲人，急将肩肘一摆，身子一匐，把摆在南首的一条长凳举起来一扫。只听到铮铮两声，挡去上、中两钹。一壁把长凳对准秃驴身上掼出门去，一壁自己就向四仙桌下一钻，侥幸将下部飞钹又躲过去了。只苦了这般挤在头里的闲人，见他们真的打出手了，有的拚命躲往灶背后去，有的自己心慌向后直退掼倒了，有的被汉子肩肘摆得摇摇不定，又经人一拥跌翻了。那个欢喜多话的跑堂正挤在左首一边，恰巧被长凳激射过来的两钹带伤了额尖，眼角两处，血流如注，掩面奔逃，口中极喊救命。顿时人声鼎沸，大乱起来。

和尚一见长凳飞出来，不及避让，就起右臂一隔，竟被他隔往斜刺里坠到雪地上去了。他隔开长凳，抢上一步，见汉子躲在桌子底下，乘他喘息未定，正急欲找觅出路，分心散神，再加身处绝地、施展不开手脚的当儿，自谓容易得手，所以也忙把身了一弯，将右手两钹收回来，左手的一钹又变成一个长蛇入洞把式，望准汉子连肩夹背射过来。汉子瞥见飞钹又射过来，自家蹲的地步尴尬，无从退避，加之又是赤手空拳，那铙钹是四面出口，来势又极凶猛，不比别种一面出口的暗兵刃，可以用五指一拳去或挡或接。这一下万难躲闪，只好听其自然吧。谁知那铙钹刚飞到台底口头，忽从靠灶角那边的闲人丛中，也飞出一件东西，“当啷”一声，正射中在铙钹中心，把铙钹射个对穿，直跌下地。这一下，汉子瞧得异常清楚，知道是谁人暗助自己，放了一只脱手镖。这镖的本身形式，虽也是头尖尾扁圆，六寸馀长，两面起血槽，和寻常无异，只是镖尾上头，做有个对穿小洞。若是本领不佳，不能放脱手镖，后头须拖带绳子，这小洞就是系绳的。如今这支脱手镖，尾上这个小洞内，却穿了一个小铁环，这环上又系着七个小鸽铃儿。所以射下来打在钹上时节，发出“当啷”之声，格外热闹刺耳。

门外的和尚满拟第四手铙钹飞出去，可以把那人打伤，挽回自家脸面。不料又是功败垂成，遭旁观者横飞一镖，破了自己飞钹。及至收回去一瞧，钹上中的是支七星响镖，暗暗倒抽一口冷气，晓得暗中有绝顶能人相助对方，今天自己休想占一点面子。识时务者为俊杰，还是趁早退吧。他正转念间，方才匆匆而去的那个军官，已经喊了地方，同到该管警区内报告，由区长派了四名长警，二十名巡士，如临大敌，荷枪实弹，随着那军官和护兵等五人如飞赶来，且喜他俩倘未走远，军官等赶开闲人，从人背后转出来。军官厉声吆喝道："哇！你们这两个漏网教匪，胆敢在此作祟！尚认得江西玉山的唐金孙唐老爷吗？今天特来捉拿你们这一对狗头！"和尚一听这"唐金孙"三字，忙将中镖的那扇破钹向地上一丢，一壁收拾起那两扇好钹，一壁赶紧过去，一伸手把那半截子人连铁斗抓起来，往肩上一扛，所有撂在地上的拂尘哩，石槽和银钱哩，一概不顾，忙忙如丧家之犬，急急如漏网之鱼，向北首如飞逃命。只苦了门外这般闲人，站在西南的，遭了军官和警察的斥责；而站在东北的，亦被这和尚撞得七横八竖，跌了一地，浑身滚满了泥雪。那军官一见他俩逃遁，那肯放过，也招呼随从，往江边直追过去。要知此事结果，以及其中许多曲折，请看下回分解。

第十九回　失宝剑欲觅无从　得画图莫名其妙

当下那个军官统率护兵和警察，向北追赶乞丐去了。望江楼门内门外乱得一塌糊涂。那个汉子乘大家忙乱之际，抢先去拾了门外那个中镖的破钹，然后回到柜上，会过了帐，也不暇再顾下文，扬长自去。试问此事余波，烦谁料理呢？幸而正厅后面小阁中那位张三少爷未走哩，由他出来支派：将和尚石槽内的银钱，散给那些受伤苦人做院药费；那个槽儿和一柄拂尘，回头待巡士来收解警局，因是土匪留下之物，应该入官的。他本来一团高兴，要延揽这几个无名英雄，不料如此散场。他也弄得二十四分不高兴，将门口杂务草草料理出了一个头绪，便也唤手下备马，由随从拥护了，仍旧冒雪进城而去。这样一来，总算那幕武剧告终。望江楼周围五十步内，从喧扰境界中又渐渐地归到沉寂原状上去。

那个置身局外、作壁上观的曾海峰，此时也酒醉饭饱。从清晨坐到了晌午，总算目睹了这许多奇怪人事。自己的机缘，却一丝影子没有碰到，也可以会了钞走吧。当即招呼跑堂，问他茶酒菜钱，一共该需多少。跑堂含笑对答道："你老的帐，已由适才领头追拿乞丐的军官老爷统行付掉，并且吩咐小的转告你老，酒饭用过之后，务必少待一时，他把公事办妥了，回头还要来找寻你老，有事相恳哩。"海峰讶道："我和这人水米无交，从不识面，那有无端搅扰他酒饭之理？你代我多多致谢一声，并且说明俺另有要事，不能久待，下次再会吧。”说时，将银钱递过去。

跑堂那里肯接，没口子道：“你老也是个明白人，那位军官老爷很至诚的代你老会钞，再三嘱咐，咱们做小买卖的经纪人，敢违抗扛枪穿老虎皮的八太爷吗？况且你老帐也不大。据小的愚见，还是扰了他，不用客套，请把银钱收回。下次光顾小店，你老再会钞吧。不过你老无论怎样，须得等他一会儿，不然你老公馆打在何处，请吩咐一个明白，回头那军官来时，好待小的转达。否刚放你老走后，他来查问根底，小的一时回答不出，肩膀上担当不起。不瞒你老说，就是方才跟和尚动手的那个长胡子先生，他在柜上算帐，也说要代你老会钞。咱们大掌柜、二掌柜尚未知晓军官老爷知照在先的话儿，竟收了银洋，准备把零钱找出去啦。幸得那个打破头脸的王小根子，用稻草灰掩住了伤口，想到柜内去找些包扎东西，他听见了此话，忙向柜上说明，你老的帐目，已有人先行代给，有多少存款在堂口内正堂手中，待你老吃喝罢了，一并结算。于是柜上先生们把小的喊下去，问明了确实如此，即把胡子先生的钱退还。那胡子先生见会不了钞，只好罢休。不过叫咱们店中人转告一声你老，说什么适才进店之际，瞧见长江流域，两川、鄂、赣、皖、苏、浙、闽七省著名的翻高头好手，专门劫富济贫的飞走义贼野鸡毛儿，装作商人摸样，从咱们店内走了出去。胡子先生深知这贼伯伯的怪脾性，近年来专喜跟卡线上人开玩笑，他所到地方，不肯空手来去。回头上楼瞧见你老，彼此虽未交谈，可认定你是个练过功夫的卡线上好汉子。莫非野鸡毛要同你老打哈哈？故此嘱吩咱们转告你老，可要检查检查，丢了什么要紧东西没有。如今沿长江口岸的大小码头上有钱店户，被这位贼伯伯偷得怕极了。所以茶坊酒肆，仕宦行台等处墙上，都粘了警告客人的纸条儿，请各个人自家随时留意，因为他做生意的手段神出鬼没。据说他曾遇异人传授奇术，能够运用一种功夫，把身子忽儿变成长大无伦的胖个儿，忽儿又变成短小身材的矮瘦汉。他有牛、马、猫、狗、驴、鼠六套毛皮衣服。若是他访问着了一个不出名的贪官污史，或者伪道学、假慈善的刁恶绅衿，心想去拿些金珠财宝出来，代他结结善缘，施舍给一般穷苦良民，孤儿寡妇。如果那里防范严紧，不易下手，于是他便穿上兽皮衣服，混入这家内室，看清脚路，然后动手。所以百发百中，没有一趟白跑的。至于各地方的捕快壮丁，差不多全被他整服帖的了。一见他老人家光临辖境，赶紧尽地主之谊，端正肥鱼大肉，杀鸡宰鸭地款待他。见他身上衣服破旧了，赶紧代他换季。知他手头拮据，忙又成千整百的大洋钱送上去。他轻易也不肯搅扰人家，如果人们二十四分诚意孝敬他，供奉他，情不可却，十回之中，领情一次。好在他也不是白受人情的，至迟一年半载之中，他总有一个相当的报答。若是初出猫儿，不买他的帐，挡了他道儿，嘿，这还了得，非弄得你哭笑不得不可。就是咱们不相干的人，背后谈论到他的所作所为，若是偶尔毁谤他某一件事干得不当，某一件事做得不义，好像有耳报神去告诉他的一样。批评得的当，回头他竟把前事倒转过来，使得不相干的局外人无话再去批评他才罢休。如果批评得不当，或者无休无止地无理侮辱了他，那怕是同媳妇儿躲在被窝里的说话，他也会知晓，不过时间迟早些罢了。等到他得了信，那报应比天老子打雷还快些，而且报应得轻重适当，没有一件过分的。因此近两年来，连背后谈论他的话儿，也无非称赞他行侠尚义，代社会上补缺弥根，比法律还公正无私。没有谁再敢无端胡说，去惹出意想不到的闲是非来哩。那胡子先生既然美意留言，叮嘱你老，可要检点一下，曾否丢掉什么值钱宝贝，心爱东西。

海峰一听此话，心中别地一跳，默忖："俺一身之外，并无珍贵宝物。"再再仔细想了想，忽而想到了师父给他的那把宝剑，并想到了小童告诉他的这把宝剑的来历。

原来海峰的师父在中年辰光，曾到云南瑶族地方，学会了他们铸造浪剑的方法。又到广西去，找到了九炼苗钢，运至江西庐山绝顶，开炉铸剑。并将魏文帝曹丕制造百辟匕首的方法，参互配用。头一炉造出九十九柄。再经七七四十九次冶炼，只剩下两柄。而且其中的一柄，在近柄的锋口处还有个缺口。海峰的师父，把这缺口剑命名为"缺德"。此次海峰出山，师父给他的就是这把缺德剑。

海峰初得此剑时，见它剑身单薄，黝黑无光，以为不过是一件寻常兵刃，并不在意。等到骂娘河排解纠纷时，用此剑砍古松，劈石人，居然锋利无比。这才晓得此剑原是稀世珍宝，爱不释手。此剑原无剑鞘，海峰生怕行家见了，心生觊觎之心，故而藏在被套当中。如今听了跑堂的转述那胡子好汉的言语，心中一动，忙去被套中一摸，宝剑果然不翼而飞，却觉得有个硬绷绷的小东西。赶紧摸出来一瞧，原来是根雄野鸡身上的尾巴毛。那跑堂一见，很惊异地极嚷道："不好啦!这就是那贼伯伯的符号，你老定然不幸，怕也失掉了什么东西的了。"

海峰始而惊觉失去了缺德宝剑，也拟嚷将出来的。及至掏出了这根野鸡毛，心上反过来一想："总怪自己大意，搁在身旁被套中的东西，自身一步未曾离开，竟会不知去向。就嚷了出来，也不能吃住望江楼柜上人赔偿我的失物，至多他们帮着我瞎找上一阵，临了说上几句含有拍马性的慰籍废话，赔上一番小心，也就算啦。即使我用霸王开硬弓手段，把话套住了他扪，他们辩白不清，愿意赔偿失物，然而不是作价给钱，便是去买一把寻常攮刺来予我。我费了许多心想，要了这柄顽铁打就的东西来何用呢？反叫他们背后谈论俺不漂亮。茶坊酒肆，俗名'小法堂'。这座望江楼又坐落在这四通八达地段，一天到晚，张来李去，一年到头，进出客人，真正来千去万。若把我今天这件事传扬开去，非但俺从此担个蛮不讲理的坏名儿在身上，并且相形之下，还不啻去捧了野鸡毛一下场。足见他的手段高明，拿了我的宝剑去，曾某人枉自在江西学了二三年功夫，曾受高人指点，当场会一毫不觉得的。我现今好比观场的幼童相似，入了县府考场内，就闹出犯圣讳、题目竖旗竿等大笑话，连父、师都被带累了，往后还能赶道考，上乡场、赴公车等等吗？况且这东西，不是内家也不起眼的。仔细推详推详，适才那个黑丐哩，胡子好汉哩，也都是我意想中的嫌疑犯。动手之人既有符号留下，分明是向我示意，我若是个有能耐有种的英雄好汉，只消放出手段来，草蛇灰线，想法儿去要回原物来。或者上岸之际，东西已经自己不小心丢失的了，被那个军官看见，所以他说要来找我有要言面谈，也许就为此事，也未可定。总之古人说得好：‘登天难，求人更难；黄连苦，贫穷更苦；春冰薄，人情更薄；江湖险，人心更险。知其难，守其苦，耐其薄，测其险，始可讨论为人之道矣’，这也是天公给我一个教训，不要气，只要记，千万不可声张；须不动声色，暗中着手侦缉，才是道理。”

他主见打定，口中反故意装出诧异那跑堂的行径道：“咦！你敢是疯了？我的枕头，乃是野鸭绒的，一头破的了。大概鸭绒之中，杂着雉绒，这根硬的，便从破缝里钻出了头，此刻被我顺手拉了出来。你怎么瞧见了，要用得着如此的大惊小怪，硬指着这是偷儿符号，强迫编派我丢了东西？其实我的东西，什么都没丢呢。你何用如此大呼小叫，高声乱嚷啊。你说那军官回头准来找我，此刻不放我走。那么不要累你受闲气，我只好暂且丢了自己正事不去干，再在此等候一会吧。你快把空壶盆碗收拾出去。就是那茶水也淡而且凉的了，你另外再代我泡上一碗吧。”那跑堂也是个老角色，明知这客人说的话儿，心口不同的。他所以郑重其事献殷勤，乱嚷起来，一大半是怕找麻烦，唯恐寒湿气传染到他们店中人身上来，故而要如此做作，回头易于脱卸干系，洗净自身。现在客人漂亮，反这样说法，自然也随风转舵，不再装出皇帝不着急，反而急煞太监的神情来。忙自收拾碗盏，另去泡茶去了。海峰打发开了跑堂，将手中那野鸡毛反复端详了一会。然后贴身妥藏起来，以后要在它身上去要回缺德宝剑的哩。此时心同风车一般，辘轳万转，筹思如何办法，所苦者，自己才得出山，外间人头欠熟，一旦遇着这种恶耍，着实够斤两的。

他正在默默转念头的当儿，忽然又有个蹩脚画师，手携臂夹了许多画稿，一本正经走进雅座来，向着海峰道：“小可粗知相法。凡人修心补相，相着心生，修相补心，相随心转。如果要辨别人的行为邪正，只消瞧他的眼、鼻生得如何。要晓得这人的言语真伪，可喜滥吹胡说的，只消瞧他嘴唇皮的厚薄。余如功名看气概，富贵看精神，主意看指甲，风波看脚胫。

若要知道此人的心地和他的学问经验，只消于无意中，觇他的言行。按照这几个方法观相世人，百不失一。总之，那人言行举止端庄稳重，待人谦恭卑和，一定是个未发贵人；或者作事处处有归着，心存济世度物，体天地和育生泽之心，这人定是大够家当的福人。今见足下两目失神，双眉微蹙，身虽昂然高坐在这望江楼雅座之中，但是尊驾的一颗心，不知飞绕在于何地。照这情形看来，大约是丢失了一个心爱之人，或者一件心爱之物。虽有一线光明，不难循之追索，无如茫茫四顾，宛同大海捞针，一时究苦无从着手。也罢，小可是有刎颈至友，指点到此，特来奉赠一幅《雨后春山》的毛笔画图。若是普通庸碌之徒，拿了这张图画去，真个覆瓿嫌薄，糊窗苦狭，一点没有用途。好在奉赠给足下，也和红粉送与佳人，宝剑赠与烈士两桩快事同途异辙。以后得着了此图助力，不要忘怀了献图的张别驾啊！"海峰一听这话，真个事不关民，关心则乱，忍不住又要同这蹩脚卖画的交谈起来。要知以下如何，且容后文分解。

第二十回　客邸订新知雄谈滔滔　樽边述旧恨宿孽重重

海峰以前在家中时节，对于那各种医卜星相等杂书秘籍也曾瞧过。并且与那些到同里镇上来做生意的客籍九流三教等众，也曾结交过。所以他对个中人行话了如指掌。如算命的叫“金行”，走江湖郎中叫“皮行”，变把戏等叫“和子”，相面称“靳盘”，测字叫“戳小黑”等。并且对于星相家做生意的唯一秘诀，也有些晓得。大凡星相家，都把顾主分为老、中、少三类。来人年纪大了，总劝他万事看空点，怡养余年，不必再同后生小子去舍命力争。若是来人正当壮年，那么使用褒中寓贬，贬中寓褒的模棱两可的活络说话，庶容易引人入胜，格外见得灵验点哩。来人年岁尚轻，无非说他尚未出世，叫他努力前途，将来还有个将来哩，个中所谓“遇着少年进进，老年退退，中年进进退退、套套赞赞”，就好把他袋里的银钱转到你手中来，买甜酸苦辣吃的了。

现在海峰失去防身宝剑，正在百无聊赖当儿，忽然又来了这个落魄画师，口中喃喃不绝，诉说出来的一套说话，却是《麻衣相法》《柳庄新著》等书上所未载的。而且他的说话，说到临了几句，竟字字打入自己心坎上，刺耳惊心的。如此又熬不住不开口，要问他那幅画儿想售多少钱呢？只见他放下手中、胁下怀夹的许多东西，从身畔去掏出一张画图来，折叠得很小，授给海峰，口内却咕哝道：“这类东西，乃是要卖于识者的，我若不看重朋友情谊，轻易也不肯把它出手售出。若论价钱，有时可以贵过珠钻，有时贱于粪土。你放心收去好啦，目前不要破费你半个子儿，回头你借助了它的力量，再来同你结算就是。若是你始终未曾沾着它的光，我一辈子不来向你算帐的。”他一壁如此说法，一壁赶紧收拾好了放下的东西，很匆忙地走了。海峰一听他不要润笔，晓到收受不得，赶紧想还给他，不料他已经拔步走了。及至海峰追出雅座，追下扶梯到门口，那人已去得无影无踪。海峰无奈，回上楼来，心中又是纳闷，又是纳罕，怎么他今天尽是遇到这种不痛快的怪事呢？及至回到了雅座中，展开那画图看时，原来是“扁舟一棹归何处？家在江南黄叶村”两句宋人诗意的墨笔山水画，而且画得极有神韵。虽只小小一张册页，却画得峰峦清深，意趣高古。看他皴法，乃是力摹北宗李思训的小斧劈皴法，间以江贯道的泥里拔针法。不过画却是画的东南山水，满纸清奇秀丽，使人见了，恍如置身在洞庭西塞，邓尉灵岩之间；不似那西北旱道上的群峰屼峙，气势峻嶒，令人望而生畏的险峻山道。暗想：“此人把这幅东西赠送给我，我有甚用处呢？”

正在猜想之际，那个军官已经公事完毕，就在对面招商客店开了房间，仍命适才那个问讯护兵到来邀海峰过去晤面快谈。海峰便把画图收好，由那护兵代拿了行李，同出望江楼，向对面走来。海峰急于动问那护兵道：“贵上尊姓大名？现居何职？怎知在下是搭江宽到此？命召有何差遣？”那护兵一味含笑，回答道：“你老见了敝上官，自然能明白的。”海峰没奈何，不再动问，同至旅舍。那军官开的是廿三号大房间，在楼下最后一进的僻静所在。他因为要同海峰畅叙长谈，若是开了楼上或前面房间，少顷自有一般土娼，以及沿门卖唱等人，都向房内瞎闯胡闹，故而开在后头幽静些。

两个见面之后，照了世俗通例，先互相行礼，各通名姓，落座敬茶烟，寒暄了一阵子。海峰方知此人叫孔元甲，原是南洋第廿一镇四十二协八十三标步兵三营左队的队官，现在新升北洋第二镇四协五标步兵左营管带。原籍山东曲阜，迁居湖北德安府应城县白粉壁镇，已经五代了。他这回也是搭江宽船抵南京，拟转车北上，赴二镇新任。因为在船上先听见一个汉口人提及李家集今年放灯如何如何热闹。后又听一个团风人谈起，说双方闹意见，打群架，幸得一个无名侠客从中调解，不然真不知要打出多少人命来。那传述之人，也是被骂娘河西岸聘请的好打手之一，身列局中，目睹情形，故而说出来格外有声有色。回头海峰在东流下船，他一见就暗暗犯疑。继而见海峰拿出那柄宝剑来拂拭，于是他才认定就是骂娘河解纷之人。私下指着海峰，告诉别人道：这就是正月廿一晚间，代萧、夏两造解扣儿的无名侠客。孔管带是由护兵口内间接听到的。本来心上有件气愤事情，自己被公务缠身，无暇办理，一向想委托一位代表，无奈拣选不着这么一个相当的人材。此次风闻着世间有这般人物真是再合格没有。但是他听到此话，已是昨天晚上，轮船泊到了南京岸边，时间匆促，不及订交，虽和当代豪侠有同舟之谊，然仍失之交臂，等于不知。初不料海峰也是在南京起岸，上午又同在望江楼品茗。他经护兵指认了面目，唯恐有误，故再命手下过来问着实。正欲接谈，又因碰到一场僧丐和胡子好汉的大混战，岔了一岔，直岔至下午四点多钟，才能如愿以偿，聚谈一室。因询知海峰是曾经下乡场，到过南京，深知地方上的风俗人情，孔管带却是头一回到此，便请海峰把南京城的地理历史，指示个大概。

海峰道："此地现名江宁府。明朝称应天府。春秋属吴，战国属楚，楚威王埋金镇江，故名金陵。秦改秣陵。吴大帝孙权建都于此，初称南徐，后名建业。晋改建康。隋置蒋州。直至唐至德间，始称江宁。元改集庆路。明洪武定鼎于斯，迨永乐迁都北京，以此为陪都，故曰南京，为江南三省之枢纽，两江总督驻节于此。城周九十六里，共辟一十三门。在北首者为太平、金川、神策、钟阜四门，神策俗名得胜门，钟阜俗称小东门。靠西首是仪凤、定淮、清凉、汉西、三山五门；汉西俗名旱西，三山俗名水西门。南边只有聚宝、通济、洪武三门。东面只有朝阳一门。那座满洲营，乃是顺治十六年所筑，坐落青溪之东，自太平门起，沿旧皇城基，一直到通济为止，以备江宁将军所统的八旗兵士屯扎。现在城门名虽十三，出入只有九处。

位居长江南岸，距镇江一百三十五里，离上海六百四十里强。江宁府东界丹徒，西界和州，南界当涂，北界仪征。倚山临江，幅员辽阔。管领上元、江宁、句容、溧水、江浦、六合、高淳七县。至于风俗，所谓民物浩繁，为江左士林渊薮。地方上所出的土产，除了丝线、纱缎、宁绸，绢绒和江鲜等外，那茅山的苍术，雨花台的石子，也算有名的。有石头城、台城、冶城、新亭、乌衣巷、华林园、谢公墩、景阳井、穆陵、明陵、明故宫等古迹，有钟山、覆舟山、鸡鸣山、清凉山、雨花台、燕子矶、玄武湖、莫愁湖、秦淮河、北极阁等名胜。此外又有座报恩塔，世俗讹传是孙权报乔国太母恩而建筑，其实不是的，乃是明永乐报正宫马氏母后而筑。据云此塔经营十九年，才得完工。然而原拟要造十三层，后因工程浩大，只筑到九层为止。所用原料，皆系纯磁。平地起，计高二百二十三尺。八面玲珑，缤纷五色。非但在中华历史上有价值，连欧、美、澳、非四洲各国，也曾都有人来摄影记述的。南京郭城，大而且坚。最高之处，几有七丈，起码也要四五丈。顶厚之处，大约有三尺五寸。不过这样一个大城，人烟稀少。西南角较为热闹些，东北角上，不要说城外，就是城内，也很多荒芜之处，田塍隙地，触处皆是。如果细细地经营一下，再把那饮水首先改良，最好也像上海般，建筑上一个大大的自来水公司，就可大为改观。好在沪汉航线，必经之地，津浦路线，就在隔江。其次往下去，如北河口、大胜关、江宁镇、石八镇、乌江、和州、采石、太平、西梁山、芜河，向下来，则笆斗山、六合、大河口、泗源沟、十二圩、镇、扬、淮、泗等各埠交通，都跳不过南京的。将来皖省南北，以及江北方面，同北方燕、鲁，西边川、鄂诸省商业交易，都借此做互市场合，少不得逐渐发达起来。无奈人民的脑筋里，只有媚外性质，都认为有了租界，才有发达希望。故此下关虽已开辟商埠，终不及沪、汉两处热闹哩。”元甲笑道；“曾兄非但侠义过人，并且还留心大势，注意治国安民的大经济哩。不过近年来天灾人祸，变乱迭生，此地成了东南半壁的军事必争之地，那里有这般大胆商人，敢于在此投资呢？”

海峰叹道：“现在形势，和汉末三国年间相似。别省不谈，就江苏本省而论，若是江北淮、徐不守，上游东西梁山失去，下游镇江被割，这南京便成了没脚蟹。那怕象洪、杨时代负固死抗，保兹孤城，终归失败，树了降幡完事。”元甲道：“曾兄只顾及两国相争的一方而言。要知近年来最大坏处，乃是在土匪股盗，东扑西起；好比人身上遍生了无数蚤、虱一般，虽则无甚大害，但是东痒西咬，却也非常讨厌，一时竟没有妥善办法的。”海峰道：“目今一般人的口头禅，便是‘爱国’。但是不能一味口内空嚷，总要大家实事求是，去躬亲力行种种的爱国方法出来才对。譬如说，这孩子是商业子弟，而且生性又喜研究那一门商学的，那么自小读书，就向这条路上走。回头西洋卒业回来，就回到本业内来，用种种方法，改良老本行。所有以前传下来的法则，不是全不佳的，不妨保留了固有的良法，再参用新知识下去，自然这一门商业便蒸蒸日上了。这一着，便是爱国的原素。其次，大家都嚷要普及教育，人民程度提高，国家就强了，这话是不错的。不过屠沽之子，受了教育，仍回去做屠沽才对。无奈现在的人们，仍把教育误以为做官捷径，所以一百个学生出洋，倒有过半数去研究政治、法制学的。等待回国以后，不要说他的文凭是买来的，就算是个个高才博学，无奈本国没有许多位置安插这班人。况且说到改革，每每将旧有的良处完全改掉的了，而于以前的种种弊窦，暗中非但没改，反而加甚一点。朝南坐的朋友，只晓得打官话，也不问这句话说出去，事实上有效无效。并且早上宣言，要打倒某一件陈旧陋规，以苏民生；到了上午，为了一笔军饷关系，对于早上主张革除的那件事，不得不保留了；待至晚上，又为一注什么费无着，又在早上主张革除那件事上，反而更深苛了一层，添出一项捐税名目来，开始征收哩。而且还要用‘寓禁于征’四个字来遮遮掩掩。所谓既要铜钱，又要面子。等到税收到手，又听见一方人的讥弹，或者友邦的诘责，于是到了明天清晨，忽又雷厉风行的平反过来，派人搜捕起来了。一件事如此，件件事皆如此，弄得无论大小事情，无所谓公，无所谓私。至于某件事，甲省如此办法，而乙省偏与甲省相反，更加多哩。这倒还可推说各省情形不同，不妨办法各别。倒是一个省份内，类于这种情形的也很多很多,弄得民不聊生,日无宁晷。莫怪多要铤而走险,啸聚为匪了。孟轲说得好:‘以逸道使民,虽劳不怨;以生道杀人,虽死不忿。’在上之人,如果能仿效诸葛亮的‘开诚布公,经权参互。尽忠益时者,虽仇必赏;犯法怠公者,虽亲必罚。服罪输情者,虽重必释;游词巧饰者,虽轻必戮。善无微不彰,恶无纤不贬。庶事精练,物理其本,循名责实,虚伪不齿,用心公平,劝戒明显’等治军法则以治民,保管可以人民安居乐定,都用心到实益上去了。在下主张振兴南京城内市面,就是一个小小模型。广义说起来,合天下也是如此的。我们中华是农业国,古人早说‘民以食为天’,又道‘食为民本’,最要紧是改良农业。那怕这农民生了三个儿子,读书识字之后,尽管一个习工商,一个为儒仕,仍须留一个世袭农业。平民顶顶注重是吃食,食粮不愁,自然定心,肯想正当生利念头。若是甲省出产的粮食,供给本省人处,尚有余多,而乙省倒不够,尽可酌量移粜过去。若是本国粮食有余,不妨卖给外人,只要价格上算就行。何必一时禁起来,恨不得一粒米都不许出口,情愿霉烂掉?有时松起来,也不问自己有无,尽量出口去。等到农业根本一进步,横竖其他工商各业也会进步的。等到黎庶一富有,凡事无求于人,自然就会强盛的。至于那班游手好闲的惰民坏蛋,可分别流徙到边远地方,叫他们去教导土人屯垦去,也是废物利用。美国的强盛,不就是仗着富有,以经济来压迫世界上人吗?民富自然会国强。目下民穷的多,自然国也难强哩。至于百姓发明的有利可图事业,该给他一个专利年限,不要一见有钱可赚,非但同道要去抢他的,连官厅都要垂涎,设法掠夺。自然大家都不高兴发明创造,多想凑现成的了。因为在上设施乖张,那么在下也就没有远大思想,全希望不劳而获。于是乎土匪慢慢地多起来。像江北阜宁方面,有一个大土匪,把一个儿子、一个侄儿,自小入学读书,大起来送入东洋士官肄业,毕业回来,教他俩教导手下弟兄。那么那些饭桶军队,临时拉来的目兵,开拨去剿灭这一股土码子,试问打得过打不过呢?不要说别处了,连媲美天堂的苏、杭两处,也不时发生洗劫乡镇,掳人勒赎等事。这都是专门吸收平民脂膏,希望国库富盈，以强凌弱，把‘力’字临治人民。实行春秋五霸之道的害处。如果真正厉行仁民泽物，无偏无党，以德服人的王道政策，就不至于如此了。”元甲听了海峰的民富国强、国寓民乱说语，不住地拊掌赞叹，连道不错。

此刻时已不早，护兵先把房内瓦斯灯点亮了。元甲便吩咐去喊了乳腐汁拌生虾、牌南，薰鸡，板鸭等四个冷盆，以及小碗松蕈鸡片、白果枣泥羹，鸡脚鱼翅、栗子红焖鸡、生蒸火腿，白汤鲫鱼等六个菜。另外加一个火锅，锅内是菜心底的胶菜肉丝。又买了十斤绍兴花雕。回头酒菜齐备，由护兵和茶房动手，拉开桌子，摆下杯箸。曾、孔俩面对面坐下来，开怀畅饮。席间，海峰问起元甲，和那丐僧俩有甚仇恨呢？元甲长叹一声，便将此事一一说了出来。

原来元甲的高祖，自小在日照长大的。那一年，因为和淮河王姓卢的为了争围沙田起衅，双方邀人打架。不料姓卢的在长、淮一带的潜势力真骇人听闻，随便招呼一声，可以召集一二千条扁担，自然打不过他。回头跟他打官司，又因姓卢的有财有势，各方打点，所以还是输了。故此元甲的高祖在日照栽了个大筋斗，无颜再住在本省，迁居到湖北应城乡下的。元甲的曾祖，因听人谈起汉阳江的船帮，比淮河内更厉害，他想代父亲去拉回这脸儿，故此到汉阳江一带走动，有心结识这班人。谁知汉阳船帮虽悍泼，无如一出汉口，便打折扣，所谓“一方曲蟮吃一方泥”。想请他们下淮河去打架，一者事实上办不到，二来就算到了长、淮地方，也是毒龙难斗地头蛇，未必权操必胜的。元甲曾祖空费了一番心思，结果只结识了汉川一个名师家艾柏龄。回头将元甲的祖父，就送到柏龄手内学了拳棒。

元甲的祖父，非但软硬功夫都行，而且天生神力。十八岁就中武举人。十九岁入京会试，在山东道上，因见一个蛮横赶脚，欺负一个皖北的寒苦文孝廉，实在欺得太过分了，元甲祖父仗义出头干涉。偏偏碰着这车夫仗着自己是淮河王的本家，什么人说话都不买帐，更加恼了元甲的祖父。他出手殴打，打得这车夫装了三声狗叫才住手。不料这厮和山东道上的响马都有相当勾结，挨了这顿毒打，怀恨存心，私下便去勾出各路大小股匪来，劫夺元甲的祖父。幸亏元甲祖父功夫好，气力大，进京出京，前后碰到二十七次盗劫，都被他一条杆棒，施展出钩、挑、摇、拨、遮、拦、格、架手段来，打得绿林中人落花流水，着实打死了几个有名大当家，因此又多结下了一重仇恨。到十五年后，仍由那个卢姓赶脚的做了向导，领了八个了不得的土码子一共九人，同至白粉壁地方，登门寻仇。元甲的祖父跟他们动手，打死了二个，打伤了五个，放走了二个，自己也力尽呕血身亡。

于是元甲的祖母立志报仇，将一个年才五岁的小儿子，仍送到汉川艾门去习练武功。柏龄其时年纪已大，不肯收徒，道："你早年生的二男一女，一男一女夭亡了，一个小时候被拐匪拐出去了，生死不知。就留下这一些些芽芽，快不要练这劳什子了。"可是元甲祖母报仇心切，一定要学。柏龄无法，只好收下。而元甲的父亲，聪明绝顶，十六岁已学得文武全才。后来由举人大挑一等，分发山东，迭任曹州观城、定陶、东昌、聊城、泰安、东阿、新泰等县，拚命严捕盗贼。并访着那个卢姓赶脚，其时已经七十多岁，尚在东阿豆子坑居住，做响马的"送财神"伙计。元甲父亲访问着了，亲自登门捕获，依法治罪。就是他的党羽，也无一漏网。万不料他有个儿子，其时在蒲台宾大刀那里变易姓名当庄客，没有查出来。等到元甲父亲东阿卸任当儿，恰巧断了弦。柏龄晓得了，由他亲至山东做媒人，把沂州杀虎妈妈赵氏的义女嫁给元甲之父做续弦。就是元甲的生母，虽是女流，能耐也着实可以。柏龄因知小徒弟暗中冤家做得太多，故而撮合赵女这头亲事，不啻介绍一条臂膀来做保镖的。及至到新泰任上，那赶脚的儿子亲来行刺两次，牺牲掉了一手一足。元甲父亲自己也明白仇敌太多，故辞职返乡。谁知自鲁返鄂，一路上也不知遭着了多少危险，大半是仇家亲友，小半是小卢教唆出来的。到底受了伤，故此抵家不满一年，便伤发身亡。不料小卢暗中也追随到鄂。赵氏意谓丈夫已咽气了，不妨事了，一个大意，竟被小卢托人来割了死人首级去了。赵女怒火中烧，亲自去追，幸得艾柏龄的徒子徒孙帮忙，总算首级夺回，并把小卢所剩的一手一足，也斩了下来。这个无手无足的小卢，正是如今坐在铁笆斗里，在南京城里以叫化为名，强要民财的半截子怪物。那个同伴和尚，则是小卢的狐群狗党。

赵氏唯恐这仇恨再结下去，便把大儿子元甲索性自幼送入陆军小学，一路升学升上去，直至保定军校卒业，投身在军界内谋事。同时探知小卢的功夫，完全是在江西玉山唐家学来的。故此把小儿子元丙亲送到玉山，也投入唐门熬练。且喜所投的师父唐子金没有儿子，便将元丙改名唐金孙，认作儿子，连他家唐门救命三绝手，都传授了义子。小卢投的师父，是子金的父亲唐金鸿。后来小卢探知孔元甲在保定读书，又约了人去暗算他。幸亏金孙恰好去探望胞兄，将小卢等打走。那回保定交手，小卢已和这贼秃在一块，所以今天他俩一听“唐金孙”三字，吓得急于跑了。可惜元甲慢了一步，仍被他俩逃脱，未曾拿住。此刻元甲在席间追述给海峰听，说至此处，尚不胜恨懑哩。

海峰听他讲完之后，忙接口道：“如此说来，管带招呼在下，想是命俺代表尊驾，去找寻这一对恶贼，为令先祖、令先尊报仇雪恨吗？”元甲摇头道：“非也。小弟心想恳烦大驾去干的，乃是另外的一桩极容易的难事。”海峰奇异道：“既云难事，怎么又说极容易呢？”要知元甲要恳烦海峰究竟干什么事儿，请看下回分解。

第二十一回　叔婶昧良心活埋弱女
英雄仗义气暗换孤儿

孔元甲道："小弟向在廿一镇内当差，驻防武汉。家母同贱内，仍旧住在应城白粉壁镇上老屋里。好在相距不远，弟每三个月当中，必定请假五六天，回去省亲一次。故而对于应城县地方上大小事情，也不很隔膜的。应城去年成立了一个商会，推举一个叶云五做了会长。这个叶云五，实在是个读死书的半截通人，对于商业知识，一毫没有，事实经验，更不消说起。自被举了商会会长，又信了一班市侩商蠹的甘言诱惑，妄想发大财，大做其投机买卖。倘然这种人能够在投机事业上发财，叫那些靠此营生的专门经纪家那里再捉得着洋盘？他们的妻儿老小如何养活呢？全仗有叶云五这种人钻出来，那些人好度活。所谓不有此辈，便要饿杀彼辈。如是者不过半年，云五已经白丢了十余万现金，背了不少债累，表面虽然未破产，实则外强中干，急得他走投无路了。他家内结发之妻早已去世，弄了一个成衣王三的女儿，名为偏房，其实等于续弦。初不料这王氏，本是应城地方有名东西，绰号叫做'满街铺'，亦名'狗食钵'。面貌虽仅中人，但是善于修饰，尤工狐媚。一进叶门，就同一个饭司务叫尤大鼻子的有了不正当恋爱。云五有个胞兄云三，娶着了一个有钱嫂子，手中着实有点。其时兄嫂多已亡过，只留下一个孤女叫叶曼珠，恰巧新从武昌女子师范毕业了回去。云五虽则早与乃兄分家析炊，而住却同住一个宅子里。自从兄嫂亡后，曼珠正在专心求学，每逢寒暑两假回去，为便利起见，自己不另再开伙食。好在只有一个人的饮食，有限的很，故而一向依傍着胞叔、小婶贴膳的。去年卒业返家，日子要住得长了，情形不同，曼珠想另外雇人煮饭。反是叔、婶要好，先说仍照旧时贴膳办法，不必另起炉灶，双方省使些。曼珠自也赞成的。不料曼珠回家才半个月，便瞧出小婶子和那厨役的暗毛病，先讽劝了小婶子几回，劝他自己想想身份，不值得同下人来往。况且他们应城叶姓，也是有门槛的大族，传出去名声难听。无如王氏不听。曼珠便迁怒到尤大鼻子身上，扬言若不改过，要告禀了叔父，办这厮吃官司。

尤大鼻子风闻此话，自然着急，私下便同王氏商定一条毒计。原来曼珠自小就许给同城杨家做媳妇，那杨家孩子是个麻脸。曼珠不愿嫁他，在武昌读书之际却同一个长沙人姓陶的，肄业在两湖书院的学生订了个文字交，渐渐地感情由浅入深，彼此你敬我爱，秘下有了非卿不娶，非君不嫁之盟。此时杨家正央人前来提及，预备要择日子大婚哩。曼珠正央告叔父和四姑娘代她作主，了结杨姓之事，愿嫁给长沙的陶姓少年。那四姑娘是云三之妹，云五之姊，本来挪借曼珠三千块钱一笔大款子。曼珠许她只要将杨事办妥，三千块就奉送。故而肯代侄女说话。云五那时尚无确切表示。王氏便乘此机会，先勾结四姑娘，许她助了云五，除掉曼珠之后，非但三千块不讨，并可再送七千凑成一万。四姑娘自然听得进的。王氏勾结好了四姑娘，便去教唆云五。云五本因投机失败，周转不灵，一闻王氏说话，拍手赞成。马上板起了面孔，说：‘男女婚嫁，须凭父母之命，媒妁之言。曼珠生身父母死了，自当听叔父作主。岂可赖了杨家婚，再叫我主婚出帖，配给长沙姓陶的呢？’四姑娘自也随风转舵，说话偏向云五方面。曼珠明知事情糟了，预备亲到武昌去，同姓陶的会面了，索性自己出头请律师办交涉。不料临走的那一日，被尤大鼻子暗中监视，追了回来。王氏更加有所借口，怂恿云五快刀斩乱麻，免至玷辱门楣。云五一心转云三那笔遗产念义，竟勒逼曼珠，答应就嫁到杨家去，不然还是速即自戕。曼珠一桩都不答应。结果被王氏、四姑娘等动手，把三钱生烟化的毒水，硬灌下了曼珠肚子。而且曼珠气不曾断，已经漏夜买了棺材来，由尤大鼻子去喊来了人，想来都许了他们重酬，把曼珠生装入棺。最可怜是曼珠用手推住了棺盖，又被尤大鼻子用劈柴斧头一斫，十个指头斫断七个。翌日一早，把棺材抬出去，据云曼珠尚未断气，还在棺内喊救命，有人听见的哩。曼珠活埋之后，云五骤得一笔大大产业，又大为活动起来，尤、王两个狗男女，更加得其所哉，竟无人出头代死者说句公道话。

"曼珠同贱内，乃是在应城女子高等小学时候同学，直至我省亲返里，由贱内告诉了我。我打抱不平，当即去拜访杨姓方面的人。岂知曼珠的未婚夫杨麻子，既恨曼珠不肯嫁他，后经云五退还原聘，加了三倍奉还，故而心满意足，不说什么了。后来好容易被我找到了曼珠母舅家方面的一个五服之外的族人。"海峰插嘴道："为甚不找近房呢？"元甲道："因为曼珠舅家本支已绝，近房都不在应城。就有一两个自外归来，被云五一阵子安排，都蒙混过了。所以只得弄这个远族出来控告云五。始而尚被云五做了手脚，连进三张禀单，三次批驳。第四次附了我的名片呈进去，才得告准。讯了两堂，便开棺检验。初次开棺，我已经因有要公回武昌了，又被云五买通仵作，竟会验不出伤来。于是原告反得了个反坐罪。我在武昌得了信，便向本标标统申诉了。由八十三标黎标统，去转告诉了三大宪。于是派了专门的发审委员，带了武昌首县和夏口厅两衙门的仵作，同至应城，再去开棺重验。可恨那叶云五托人在半途贿通了官役，二次验后，依然陈报无伤。那发审委员回省禀复了。督、抚传黎标统去申诉，自然标统要申斥我。

"我实在忍不住了，便立下了军令状，带了二十名弟兄，监视着那个发审委员和武昌、夏口两处仵作，同至应城。我唯恐再被他们上下其手，当面作弊，不是玩的，所以暗中添请了汉阳府一个退卯的老仵作姓郭的。到了应城，会同本地官吏，共同检视。总算三次开棺，有我在场，才验出确系生前服毒而亡；就是那手指，也验进是生前被斫，并且棺内留有五节断指作证。原告所控各节，都属事实，并非诬告叶会长。当下我见案已大白，那个应城知县，又很殷勤地相邀我等一回到他衙门内饮酒洗尘。至今追想起来，自恨毕竟是个一勇之夫的武八，对于民刑讼案一切公事上的手续，到底外行，临场分不出个缓急来，仍旧直接受了这帮猾吏奸胥的捉弄。间接失败在叶云五金钱魔力手内。”

海峰道：“既然死者验出伤痕，足下已打了上风官司，怎说尚失败在云五之手呢？”元甲叹道：“当场我也得意极了，坦然到县衙赴筵，而且这一席，吃喝得宾主尽欢而散。散席时候，已经起更以后，我等也有了酒意，故同宿县衙。直至翌日清晨，我才想起云五只是从犯，弄死曼珠的真凶手，乃是尤大鼻子和王氏、四姑娘等三人。当即知照知县，赶紧出签拘提。不料已都逃亡得不知去向。仔细想想，安见得不是那狗官得钱卖放？所以曼珠这件案子虽翻了过来，但不过名义上好听些，事实上那三个正凶都逍遥法外。云五究竟是曼珠的胞叔，况且造意、教唆、现刑三项罪名，都加不到他身上。至于尤、王、叶三犯，虽出海捕公文，料想一万年也抓不到的了。并且放我在湖北，云五方面的人总觉不放心，所以现在把我升到北边去，省得等在武昌省城内，多他们的心眼。但是我天生的特殊脾气，一来疾恶如仇，二来无论大小事情，不过问便罢，如果多了一声口，务必有始有终，不肯半途而废。所以私下已探着一些消息。据传王氏和四姑娘都逃往上海去啦。我已拜恳一个有肝胆、有功夫的女侠，追往上海去相机行事哩。那个尤大鼻子，乃是逃到沿江一带来投亲的。我被公务羁绊，分身不开，心想托人代办这件事，又没有相当好友，可以放心托办的。及至江宽船上听见了人家谈及曾兄李家集所干的那桩快人快事，天遣同船聚晤，弟因想把侦缉尤贼这件事情拜烦曾兄。想来曾兄也是吾辈中人，不会因弟萍水相逢，贸然以此奉托而见怪。像尤大鼻子这类淫贼，曾兄一定也不肯放他为害社会的吧。”

海峰听了，沉吟了半响，又开口动问明白了尤大鼻子形状，然后将自己身世大概，也择要告诉给元甲听。至于侦缉责任，只能带在心上，不能专诚为此，实因自家尚有寻觅宝剑、找寻未婚妻两件切身要务哩。元甲听了，自也不能过分相强。当晚直饮至二更过后散席，元甲留海峰也在招商客店过夜。

到了翌日清晨，天倒放晴了。他俩又聚饮一顿早餐，元甲才带了从人，和海峰分手，渡江北上就职。临别之时，因为托海峰在长江口岸，代为留心尤大鼻子行踪关系，故拿出一百块钱来，送海峰做川资。海峰坚不肯收受。元甲笑道："做江湖上行侠尚义的怪客，第一也要有这圆东西儿；如果床头金尽，也就侠不成了。所以古今来十停侠客，倒有九停九兼做扒手，或拼班子开武差使的。我看曾兄还是初上这条路，怕对于外间人头和各种门道不熟悉，一旦水头干了，措置不易。吾辈相交，岂在这上头计较？请老实收受了去吧。"海峰听他如此说法，自然不客气，如数照收。又送至江边，依依不舍，挥泪而别。不提孔元甲北上赴任。

单表曾海峰由江边回过来，默忖："我要找寻失去的宝剑下落，且在南京留住几天。不过像元甲开的那种大房间，一人住宿不上算的。现且回至招商客店，换上个小房间再说。"于是回寓掉妥了住房，正预备再行上街，恰巧望江楼的跑堂跑过来找寻海峰道："昨天那个胡子先生，住在惠龙饭店楼上，适才命人到小店中来送信，说你老如果今日再来，就请光顾他寓内一谈。小的因见先生在此耽搁，故而特来送信的。"海峰听了大喜，当即掏出一毛钱来，赏给了那个跑堂。待他走后，便招呼茶房锁门，自己径往惠龙走去。这家饭店，就开设在仪凤门外路东，背后紧靠着狮子山。老板是一个欧洲女人，到南京的西商十有八九投宿在此。至于本国客商，嫌此房金昂贵，除了官场和没脑子的阔少，寻常人极少投宿到惠龙。这位胡子好汉住在此种饭店，已可想见他的气概。等到海峰进去，胡子好汉已候在会客室门外，怕海峰不明欧美礼节。客室内恰巧有几个西妇在内，故此把海峰径引至自己住的房间内，进门让坐，喊欧仆拿了两杯红茶来。然后推上了房门，先动问过了海峰名姓、籍贯，至南京何干。海峰一字不瞒，细细告诉了他。

胡子好汉道:“俺自信眼力不错,老弟确是我道中人。劣兄名唤李云彪,乃是湖南浏阳、衡州一带的哥老会三当家,跟毕永年、林述唐、唐才常、张尧钦、李堃山、杨鸿钧等,全是志同道合的拜把子弟兄。此次到南京来,本想代一个灯花教内排四的赵主教调和一件事情。现因接到了述唐一封密函,叫我立刻回汉口去,继续进行唐才常在日未了之志,预备同傅良弼、黎科等一同兴隆起手,不能再在江南逗留。不过我上次路经苏州,恰巧巢湖黑边钱当家余孟亭等一般人,不幸都失风栽了大筋斗,遭鹰爪抓去。孟亭的儿子年纪尚轻,判决起来,不至于有死罪。倒是夏竹深有个小兄弟,叫夏海波,这孩子年纪虽轻,胆门子已不小,居然也上火线,而且拖了家伙动手,本领真不错。后来竹深在枫泾失败,海波已经逃到了浙江长安,可以滑脚。因见余老大自首,他想减轻胞兄死罪,竟然也跑至苏州投案。因为他也动手拒捕戕官过的,所以也就难逃一刀之罪。我同这般人虽都彼此慕名已久,但都素昧平生。不过听见了有这种好孩子小英雄,舍不得他枉送一条小命,故便花钱上下里外打点了,将我自已的一个孩子牺牲了,把海波倒换出狱,保全性命,留待后用,如令寄养在栖霞山内一个方外好友的道院之中。此次我上汉口去,走的是险道,带海波同去,万分不妥;常留在山中,亦非善策。所以昨天同老弟会面后,我早存私念,目下听你如此一说,真是再巧也没有。我想给两种暗记与你,你先到栖霞,凭记去领了海波。然后同至太湖箬帽山上。那山主杨龙海,正在开山用人之际,本来他轻易也不肯滥收人,大约有我的暗记,他定肯录用。你说未婚妻本来被太湖码子拐去,你家内兄前几年已浮家泛宅,入湖寻访。那么你入了箬帽党,也许在湖内各帮混熟了,就得故剑重逢,再圆破镜。至于失去的那口宝剑,一定是野鸡毛跟你开玩笑。我虽对于他的行踪不详细,栖霞山内,我那方外好友,却深知野鸡毛的来踪去迹,好像他俩还是堂房师兄弟呢。你去顺便问一声,或就可物归原主。孔元甲托你之事,横竖到了一趟杨龙海处,多认得了点人。回头更易于找那尤大鼻子狗头了。你赶速考虑一下,立即给我个答复。”

海峰一听云彪所言，仔细忖量忖量，和自身确都有益的。况且彼此都是血性男儿，侠义汉子，所以会一见如故，大家心上皆有一种说不出的心照不宣，惺惺相惜之感。想了一想，自然一口应允。李云彪见海峰为人倒和自己一样磊落慷爽，交朋友合则倾吐结纳，不合则掉头不顾，绝无一些狡伪做作，尔诈我虞的世俗普通流行病，自喜两目未盲。现在既经他赞成自己所拟的办法，事不宜迟，忙去拿出两种暗记来，包裹好了，授给海峰，又叮咛指示一番，即便催促海峰上路。海峰当下长揖告辞，并说了一句："青山不老，绿水长流，咱们哥儿俩再会吧。"说罢回身便走。刚到了房门口，伸手将要开门走出去，心中忽然又触起一事，必须要问云彪一声。故再止步回头，启口动问。要知海峰所问何话，容在下回细写出来。

第二十二回　重然诺踏破陇头云
卜休咎妄猜推背语

海峰百忙之中，忽然想着那张画图，好在就藏在身畔，故又掏出来请教李大哥。云彪一见此图，初也想老实告诉他，继念借此试试他的经济优劣也不妨的。故愣了一愣，回说："这画据劣兄看来，没甚道理。但是这画师既然郑重赠你，所谓'千里送鹅毛，礼轻情谊重'，你好好儿收藏起了，将来或者真的有大用处，也未可定呢。"海峰动问云彪，满拟暗黑中得着一线光明，借以打破心坎上的疑云，不料他说出这样的不痛不痒话来，真是大失所望。但是照他眉宇间的神情，不像是真不知道，而是有意装出这形状，假作不知。海峰也是漂亮人，不要不识相，钻头觅缝再问了。当下仍旧收了画图，辞别云彪，回至招商客店，今日不及动身。第二天一早起身，算清房饭钱，立即动身，向栖霞山行去。

这座山是坐落在南京南首，外郭十八个门中的尧化门外，十九里多些，属于江宁县地界。山有一百三十丈高，周围四十余里。山上出产不少滋补药草，可以摄生拒死，故而一名摄山。山中有座栖霞寺，寺内有块唐高宗御撰的僧绍碑，由高正臣奉敕誊写，书法非常劲妍。佛殿北廊，又有江总所书碑文。禅堂后边，乃是觉浪和尚塔院。寺后筑有紫峰阁。阁后的山峰石上，镌刻着千百尊佛像，所以就叫千佛岩。据说是六朝时候，齐文惠太子和豫章、竟陵诸王所做的功德。岩上有座明月台，方广可有茵席。

俯视一石，形似脱颖毛锥，这就是紫盖峰。峰阳有个石洞，俗名紫峰洞。全山有上、中、下三条大涧。中涧东北，有个白鹿泉，泉上有明临淮侯李言恭写的古篆。白鹿泉附近，有座春雨桥，桥下幽涧千仞，涧底长出无数修竹。优昙庵就在桥畔。再上去是僧绍故居白灵庵。正北下涧附近，筑有霞心禅院。上涧西首，则有圆通，德云等庵，及明逸民白云先生张瑶星祠堂。一过上涧，势更高险，遥望嵯峨怪石，宛似许多人拱立在那里，这就是开天叠浪岩。岩石之上，据传唐宋两朝名流俊逸题识甚夥，无奈年深月久，遭风雨剥蚀，已经瞧不出的了。岩下也有块大禹碑。杨时乔到江宁任上时，曾经修过。山峰最高顶上，则为钟惺所盖的三茅真君殿，那怕六月里上去，也得穿棉袄或夹袄哩。

海峰第一天赶到了栖霞，依着云彪说话，逶迤入山，留心找去，足足找到了夕阳西逝，并未找着目的地。自忖："身畔干粮，倒备有两三天的，渴时喝些涧水，饮食两端，不成问题。倒是这种春寒料峭，不知何时，湿云合拢来，就要下雨，此处又没有庵宇可以借宿。只有这岩下涧畔，露宿一宵，或可支撑。未知明天能否找得到夏海波？事难预定。若夜夜宿在露天，到底仲春初旬天气，有些熬不住呀。"正且行且忖之间，眼前两三箭路外，忽见一所依山傍涧，叠石为墙，盖茅作顶的五开间三进大庄院。海峰异常欢喜，今晚就在这家山家借住下了吧。忙忙地走过去，却见正中四扇大门，靠边两扇紧闭着，中间两扇虚掩在那里。居然也贴着一副四言门联，定睛一看，乃是"因树成屋，开门见山"八个字。此时除了各处的山鸟归巢，啼声哀切，以及树借风威，风仗树舞的呼呼作响两种声音之外，却没有一些些人的声息。海峰走上阶沿，高声咳了一下嗽。门内也无人接口询问。没奈何，伸手推开了门，硬硬头皮，闯入屋中去。只见门内的第一进正间，既不像大户的门房神气，也不像村农家的所谓大前头格式，因为屋内并无台凳家伙。左手靠墙，只放了一张矮凳，一端凿了一个洞，洞内竖着一根宽约五尺，长约五尺的小圆柱头。柱头的上半段，又做有一个圆孔，孔内用铁销销了一根上端粗重，下端略细的弯曲树干。遥望过去，好似一个人把一只手臂伸直在那里。又有一张长方木质的矮桌,桌上供一块上圆下平,二尺长,一尺阔,大约五六十斤重量的长方青石。再向两边次间内探头望望,也是空空荡荡,并无家用杂具摆设着。只有石锥、石锁、大小石担和沙袋、铁珠袋等等,却满地堆放着。

海峰自言自语道:“我一出门,就练习的内功和剑术。对于那些武行初步练功夫的东西,多未研究过,只听人谈谈。譬如扔石锁,只知把青白石凿成锁形,练时身躯摆了坐马势,将手执了锁梗,左右上下掷出、接住。有苏秦背剑、黑虎钻档、怀中抱月、老汉背包、踩臂顶拳、双跹单跹等各样花式。练这种东西,太抵只当作是练两臂的分劈力,故都注意手内。其实是练脚桩的,所以老手练时,必先注意脚步不能移动,身躯不容倾侧。庶脚桩稳固,握力亦随之增加。练石锥呢,乃是用一个上尖下圆的锥形小石墩,起码五六斤重,至多十七八斤。开始练时,不过把大,食,中三个指头,去用力撮它尖头,要撮到石锥离地而起。能撮离地面二三尺高了,再故意脱手。待它坠下去,将及地时,再伸指抓牢。功夫高明之人,能够凑在井栏圈当中撮放,随放随抓,如同粘牢在指头上,不使它跌入井内,连珠不绝,其名蜘蛛吐丝。大凡练擒拿功夫的,必由练这一步入手的。我当初在家乡时候,只见有人伸石担,据说是练两臂过头劲的。我看不过比比蛮力大小,没甚大道理。至于撮石锥的蜘蛛吐丝,及扔石锁的好功夫人,都未亲见。大约正间内的长方青石,就是马鞍石吧。练起来也须摆好坐马势,上下身四平八稳。然后左右两手,替换抚摩拍击。功夫深了,可以并排放两张桌子,中间离开三四尺或五六尺,动手之人在左边右捋左击,拳中石上,石头自然跳到右桌上。若在右桌上左捋右击,石头又跳回左桌上去。不过初练之际,须先打活动马鞍石,一者容易见功夫,二来不至于伤了气,弄出病来。须要把活马鞍打得它不跳动,不活了,再练死马鞍。将死的要打得它发活了,功夫才算练得有点小交代。不过始而动手练时,不可过分用力捋击,瞎用了蛮力,手臂易于受伤。练到一年以外,两手必然红肿作痛,皮肤上满泛青紫色。越是如此,越是要熬痛习练。至少经过三次,俗称‘三收三放’,才有小道理。那矮凳上竖的树干,想是木手了。这是练打对子的,练起来或击树柱,或打树干。同人打起架来,勾扎躲闪,防搏冲击,全在这上头练的,最注重是用胳膊或两肘去抗击,上迎下拒。练好了,两臂等于铁石,那怕敌人用棍棒等劈头盖顶打下来,一时自己手内无械招架,又不及躲闪,使用臂猛力一掀,往往掀得敌人家伙脱手,虎口震开。要练空手入白刃功夫,须从习学抄木手入手的。这家人家,门房内搁了这许多东西,想是有人欢喜练武的。不过我听师父教训,习练文武功夫,都是一样,一大半要有天赋异材,问一知十。对于许多无可言喻地方,心领神会,自家悟发出来。倘一味仗着这些古人传留下来的呆笨东西苦心熬练,莫说十有八九半途而废,就算下了坚决的恒心,苦练成功了,一来年纪不等人,怕已白了头发;二来学而知之的本领,终不及生而知之的变幻无穷,一时揣测不出他的底子来啊。”

他一壁如此的暗发感想,一壁再移步向第二进屋中走去。说也希奇,这么一所大的山庄,可是他寻遍了,也没遇见一半个人影儿。再仔细到各间屋内去复找一遍,连灶间、厕所、柴房、马厩等处也都找遍,依旧没有找着一个人。看这屋中的情形,好像是乡下大户人家堆积粗笨用具,或者稻草米糠等物的场合。以前是有人住的,故而窖、缸、井、灶,一应俱全。现在就算有人仍住在此,一定是一伙长工庄客之类,决非庄户人家。因此有破旧的台凳床垫,家用杂物东西,凌乱陈设着。或者是南京城内,谁家的仓房,到了秋冬之交,就有司帐等到来住宿,向附近村民收山田租米。现在租事完毕,执事回城,派定的看守空庄职役,大概他的家室就在附近,所以回家去了。好在屋中又无值钱东西,再加坐落山坳,出入之人又为熟人,故而门都不用封锁。等到一交夏令,天气炎热,也许这屋内反睡满了纳凉消夏的山民。若是把门锁着,他等反要拆坏了墙头爬进来哩。海峰边行边想,决定今晚在此过夜。

第二天又向山内行去,不料足足地寻了一整日,直寻到太阳将近落下去时,只遇见几个樵夫和道士,和尚,连大小庵观也不曾找到一个,更把昨晚住宿过的庄院也找不到了。海峰心里既是纳罕，又是暗惊，干粮将尽，如何办法？今晚又当投宿那里？心上正转念间，忽然腹中疼痛，急于大便。于是把手里的东西在路上一摆，自己便蹲身在路右大便。岂知他大便未毕，忽从路左茂草中钻出一条驴子大小的灰色老虎来，把海峰搁在路上的东西一口衔了，便向斜刺里飞奔。海峰初时见了它，心上未免一跳。继见它衔了东西逃跑，不免心上一动，赶紧站起身来，也顾不得是否便完，草草系好裤子，也放出全身飞纵功夫，自后追去。倒是天色一刻黑一刻，瞧不清楚它往那里去了。又怕它爬山越岭，向人足所万难走到之处一躲，那么这点东西全丢啦。那张画图同云彪给的符号，幸喜都藏在身上。可是元甲赠他的川资和自己的余款，都裹在被套之内，万一丢了，以后日子如何度法？故而不得不舍命狂追。且喜老虎不走僻径，虽是走的崎岖山道，比大路难行得多，但是总还可以下脚。大概前边那头东西，并不是背驮日月的异类畜生，一定也是想入非非，装龙装虎，扮神扮鬼，打杠子断路的歹人。霎时已追了将近二里路了，老虎倒还往前飞奔，海峰却有些发喘，脚步也就落慢了。本来前后相距不过三四尺路，渐渐的五六尺，八九尺，丈二三，终于拉下了二丈四五尺远了。而且迎面又是一座峭壁高峰。海峰长叹一声道："糟了！东西丢定啦。"口内如此说，心上还舍不得止步不追，脚下依然努力的一脚滑一脚，向上走着。那灰色小虎已朝着峰顶直窜上去啦。

忽从峰后转出一个人来，头戴红呢斗笠，身披红呢斗篷，颏下一部银髯直垂过腹，手中执了一柄藤质的拐杖。一见灰虎，高喊一声道："阿戆，又去衔了什么东西上山啦？"那灰虎一闻老人声口，忙回下峰来，脚步放慢，也同猫狗见了主人般摇头摆尾，很驯良地走到老人近身。此刻海峰在后看得明白，暗暗说声"还好"。便也走上来，带喘向那老者剪拂，并索取虎口内的东西。老者笑道："小哥，难得你到此。此地曾经来过之人，数得清的。这个东西，乃是家人往川中扫墓，在山内瞧见它，尚同小犬一般，抱回来豢养至今，也有好几个年头，取名阿戆，并不伤人。小哥当它猛兽，其实它善解人意。我家按时喂食，不使它过饥，也不容它过饱，使它野性不发作。我觉得比口蜜腹剑的人们好相处得多哩。它领小哥至此，此中或有前缘。寒舍有件东西，要给小哥过一过目。日后有劳尊口，去宣传给山外人听了，让他们也知道一些眉目。”海峰因见时光确已不早，正愁无处投宿，听此老如是说法，自然答应了，跟他家去。果然那灰虎儿仍衔了海峰的东西，在前很驯良地引导。海峰在路上请问老者，方知他叫李青城，还是康熙十三年生的哩，已经二百多岁了。原籍四川开县陈家场人，向做药材客贩的。他有个兄弟叫李青云，现在四川原籍居住，比长兄小四岁，是康熙十七年生的，也是采药为业。弟兄俩都研究出了草木滋养人身的真学问来，故而活得到这般大年纪。因爱此山有药可采，故寄居在此。

当下海峰将信将疑，唯唯答应。随他转出峰后，又过了一道长涧，已到了那老人家内。原来是借助山势为墙壁，把古树当作屋柱，建造的一所茅屋，倒有十多间。老人没有妻子，屋中承值，全是十多岁的大小孩子。把海峰让进山屋，先张罗过了一顿晚膳之后，李青城便去拿出了一部像画的册页似的，搁在桌上。先向海峰讲述道：“这部东西，就是世间人都恨未见真本，而又恨无法可以证明孰为真本？孰为赝鼎的《推背图》。这东西是唐代袁天罡、李淳风俩合作的。后来太宗见了，说东西虽好，可惜泄造化先机，于苍生非但无益，反而因之生无端的恐慌。故由魏征等一班人商酌定了，其中抽去了不少推算未来事情的部分，杂和了不少不相干的进去，传留世上。但是袁、李俩的真本，已有近百部传出去的了。故此太宗下诏，反说以前的是不准的伪本，现行的才是正确的真本。因此后世之人，弄得无法证明它的真伪。老朽这一部，乃是祖上留传下来，据说曾经刘伯温、袁了凡二人用心整理过，所以上头多加有题句，比寻常不同的。我如今多的不给小哥瞧，并把过去已验的几张也不去瞧，单将未来的给小哥瞧瞧。但是若将未来全部给小哥瞧了，恐怕冥冥中也要遭造化小儿所忌，故也只拣几张给你瞧吧。”说罢，先翻出一张来，只见画着一只小船，船上卧着一个大胖子，把那小船卧满了。上头有两句题跋道：“只知猪猡吃糯米。谁知糯米也醉猪。”青城道:“猪猡朱也。糯米,赤名元米。一人卧满一只小舟,就是‘满舟是人’。这分明是指朱洪武平了元朝,后来仍旧被满洲部落内的人夺了姓朱的江山去。小哥以为我这揣测对不对?”海峰点了点头道:“姑容晚生瞧完了这几幅,回头再慢慢讨论吧。”青城道:“也好。”于是又翻过两三页,翻出一幅来道:“以下数幅,小哥不妨挨顺了看下去。”海峰先看头一页,只见画着六七个戎装佩剑之人,站在许多骷髅枯骨上头。题跋是:“三四个站人,一两个正人,算得救苦救难观世音,实在就是混世魔王害人精。一朝有衣无人穿,有米无人吞,四分五裂自火并,各将本事跳龙门。”接着揭开后一页瞧时,乃是画着汪洋大海,居中一根木头竖着,两边两个太阳,都是光芒四射。也有题跋:“木本水源,本荣水润,水枯木烂,同归于尽。”青城又插言道:“这一幅,恐怕不能作为中流砥柱看待的。大概不是单指我们中华一国而言,尚涉及他国在内哩。”海峰仍不接谈,再揭开第三页瞧时,画的是一堆桑叶,叶上卧满了僵蚕,旁边突出一棵稻,一棵麦,也都是奄奄垂毙样子,一毫没有欣欣向荣之象。再瞧那题句,更不佳了。左首是:“何谓三讨命?米讨命,麦讨命,蚕讨命,四民失业勿太平。良心若再不摆正,廉耻道丧人吃人。”右首是:“世乱年荒,人心惶惶。人多地少,吃尽当光。以强为胜,道德沦亡。自作自受。挽救无方。快刀乱麻,直截了当。”

海峰接连看了四幅,暗忖:“第一幅猪吃糯米。不去管它。后三幅倒要牢牢谨记在心,以后或者有些用途。”正伸手要去揭出第五幅来观看,谁知李青城忽地自己伸手在头上打了一下暴栗,口中惊呼“阿唷”二字。急急伸过手来,把那册《推背图》抢过去,掩藏起来。弄得此刻的曾海峰,象未满月的新嫁娘,才得着一点甜头,蓦地新郎暴病身亡,心坎上真正又苦又恨,又酸又痒,有说不出的难过来。忙问:“李老丈何故如此?”要知李青城回答出些什么话来,且待下回分解。

第二十三回　寂寞长途纵谈湖匪　凄清旅舍迭聆怪谈

李青城经海峰一问，意欲直言，忽又顿住了口，沉吟半晌之后，才道："一者时候不早，客房已经准备妥，今日你也辛苦了，请小哥早些歇息，这劳什子明晨再瞧吧。二来老朽年迈糊涂，尚未请问小哥姓名，入山何干，见面之后，却把这些不相干的闲事，烦劳小哥的精神，真正该死。小哥究竟到此空山有甚大事呢？"海峰无奈，将自己简历及现在到栖霞山来的目的，一古脑儿诉说出来。本想说完了，再老着脸，向他讨那册子观看的。不料青城听罢，喉间"嗯"了两声之后，就喊一个小童叫静然的，执烛前导，强迫海峰到客房中安歇。海峰这一晚那里睡得稳，直挨到东方发白，方有些倦意。等到合眼朦胧了片刻，二次睁开眼来，觉得时候已不早。赶紧起身，开门出去。辰牌果已将过了。那李青城一早就出门干事，吩咐小童，留心伺候客人；并说千万请客人耐心等他归来了，方可动身。海峰又只得呆呆守候着。幸亏那班小童伶俐，一会面汤茶水，一会牛酪早点，轮流送上来，招待得很周到，海峰心上很过意不去。

直守候到日将正午时分，那老者方领了个壮男，欣欣然回来了。一跨进屋，便笑向海峰道："有累小哥候久了。"伸手指着那壮汉道："这就是小哥入山两日，遍索无着的夏海波。昨天吾家阿戆无端盗了你的行囊，今晨老朽一早出去，代为找到了海波，借赎前愆。你俩都是箬帽山十三个正牌首领当中一水一旱两个重要角色，不能误了开山大典，请用了午膳，准备出山吧。”老者口内如此说法，那班伺候的小童，已经忙着把午膳摆设出来。倒由海波代表主人，邀请海峰入席。李青城虽仍同桌伴食，不过急于同海波交谈。所谈的话儿，海峰只能明白一二成，其余八九成，完全不懂说的是什么。

等到饭罢，青城又催促他俩下山。海波自己是个光身汉，故代海峰拿了在虎口内夺下来的东西，也一迭连声说早些就道。在这种情势之下，海峰来便再提索观《推背图》的说话。也只好硬着头皮，拜辞了青城，和海波下山。海峰自信跑路功夫不算十分丢人，谁知同海波比较，差得远啦。始而尚不肯示弱于人，努力赶奔。无奈海波越跑越得劲，竟和《水浒传》上所说的神行太保戴院长差不多。海峰没奈何，也只得同李逵一样，说了讨饶的话，海波才肯放缓了脚步而行。然而海波已算是踏煞蚂蚁步口了，海峰尚须留心着紧跟在后，如果一个懈怠。海波又把海峰抛在身后丈外路了。海峰询问海波道：“老兄究竟寄身何所？怎么俺枉依了云彪指示的途径，入山找寻，白费两天辛苦，没有找到？那个李青城老头，是否就是云彪所说的方外至友？你一向在山做些什么勾当？”海波道：“恩父的方外至交，乃是江西的贯一城师父。他同江一飞、陈一朴、方一麟、李一足、尤一笠、颜一瓢等六人齐名，江湖上称为‘七煞党’。和李老道隔帮掉弯，并非一气的。这个李青城，是同太湖帮互相联络。你在外间，想也听说有所谓‘十龙十虎一只狗，九熊八豹三只狲’的说法。他就是三狲之中的一分子。”海峰道：“你既是诚道人的徒弟，大概总常住在诚道人身边练习把式。到底李云彪告诉我的那座洞玄道观，坐落何处？俺想烦劳你领俺去恭谒一下令师。”海波道：“这座山里头，洞玄观的房屋随处皆是。因为近年来本支衰弱，所以没有添建新屋。不然怕五千零四十八间道房已经造成，不至于仍只有二千五百二十四间半数目哩。吾家师父为了道门中一件交涉，上年就出山西上，回赣省勾当公事去了。因为要教我熟习太湖内的公务，所以把我又过堂出来，留住在山，不然我也到江西去了。”

海峰听他讲出来的说话迷离徜恍，大半不明白。默忖：“自己前晚去投宿的空屋，莫非也是洞玄观的产业吗？仔细回味海波的语旨，大约他不很愿意把过去历史讲说出来，所以要如此的闪烁其词。我若定要追问下去，显得不智啦。但是长途寂寞，一味闭口闷走，真有些走不过他。一时又用什么话来勾搭呢？”仔细想了一想，因听见海波说研究湖务，故便顺着这句口风，探问太湖内大小各帮的大略情形，究竟怎样？现在官场中对于湖匪，很当一件大事办理，到底用些什么方法，可以绥靖湖面，使滨湖各县的小百姓，不再受累呢？海波一闻海峰提及“太湖”二字，不禁眉飞色舞，兴致勃勃，指天划地，高谈阔论起来了。海峰见他高兴谈论这事，自也逐步逐步地细加盘诘。好在海波有问必答，哥儿俩越谈越有劲了。

海波先道：“你问及太湖内的人事，我却先要把太湖内的地势说给你听。太湖面积，纵横三百八十余里，周围约广三万六千顷。按照《禹贡》，此湖本名震泽。《周礼》《尔雅》，谓之巨区。据字典《玉篇》上‘顷’字的注脚道：‘凡田百亩谓之顷’。那么震泽湖要有三百六十万亩田大。余如镇江南面的丹阳湖，武昌的梁子湖，江西的鄱阳湖，界分湘、鄂的洞庭湖，素同震泽齐名，俗称‘五湖四海浪滔滔’。其实丹阳湖久已淤泥沉积，水势日减。武昌的梁子湖，也不及震泽浩漫。鄱阳湖只有三百里长，二百里阔。洞庭湖虽居五湖之首，汪洋巨浸，一望之间，似乎比震泽来得大，号称八百里。其实洞庭湖西通赤沙，南连青草，三湖连贯，水大时愈觉茫无涯岸，水小时就有无数沙洲现出。震泽湖是一年四季如此，水量大小，表面上是看不出的，它也同洞庭湖一般，有赤沙湖、青草湖做了辅弼，愈加显得阔大哩。在中国湖泊当中，好算得大的了。故而俗名大湖，叫别了叫做太湖。太湖水面，向分东西，把洞庭东西山做界限的。东太湖的辖治权，大半属于吴江。由东往西，共有三处要道：一沿浙界湖州岸线，入大钱或小梅口，达长兴；一穿东山亭子港，假道西洞庭入宜兴；一绕东山尖，由三山门西去。水势是西太湖来得浩荡。汊港是东太湖来得多，不过水浅得很，吃水深的重载舟船，一不小心，就要搁浅。西太湖水势虽深，然而通宜兴的大浦港，通长兴的夹浦港，也不深的。西太湖的山峰，除了洞庭西山，倒算马蹟山顶高。谈到用兵形势，马蹟山西北的舟头塞最为险要。我和你如今去投奔的箬帽山，和舟头塞息息相关，都是顾渚山的支系，天目山的山脉。”海峰道：“我上次听人提及，说要阻断全湖交通，只消扼住大钱，小梅、亭子港三条路，取守势，舟头塞设一个总指挥机关，用重兵，架巨炮，随机攻守。然后由吴江、无锡、吴兴、宜兴、常州出五路正兵，取攻势。苏州、常熟、昆山、长兴以及嘉湖兼辖的南浔巨镇，也出五路奇兵，沿湖游弋堵袭，取渐进包围阵势。太湖内的弟兄就难以活动了。以前我尚不甚深信，今日又听你如此说法，方知这确是扼要之言，足以控制全湖的了。”

海波笑道：“太湖形势大概你已明了的了。其次我再谈一般社会上大多数的舆论。大概谓：太湖湖面辽阔，汊港分歧，向为盗匪出没之所。虽历经派遣军警相机剿抚，无奈地势未谙，终难根本歼除。近年来年荒岁歉，各处盗寇纵横。宜、溧以上，散兵刀匪，被政蠹利用，暗中有所结合。都借此辽阔湖荡，作为逋逃渊薮，根盘节错，治理尤难。故表面时告肃清，实际盘踞如故，此剿彼窜，兵去匪来。非统筹全局，当机立断，不能定扫穴擒渠之计，收一劳永逸之功。急则治标，惟有出奇制胜，釜底抽薪，应如何办理，方免滋蔓难图云云。这些话，也几乎成为老生常谈了。又经常听到军警两界中人，偷偷地传说道：‘匪源混杂，匪情离奇，匪踪飘忽，匪势猖狂，恐怕要酿成明末流寇第二巨患了。小胆怕死的人，本来他的度日同忧天的杞人一样，再听到了这些说话，岂有不怕之理？有的想搬到租界上去寄居，仰仗外人的势力庇护吧，却又怕绑票，因为盗匪的总机关大半是在租界上破获的，所以颇为犹豫不决。无奈无处可避，也只好硬着头皮搬了去。地方上良善分子瞧见了此人出门，心想：‘某人都搬家了，世界怕真正不太平啦。’恶劣分子见了，本想动这只肥猪，没有机会，如今见他迁居出去，机会来了，好到外面去合了武班子，做他一做。也有一些倒霉蛋，他很高兴地收拾了细软，同了妻小避往他处，奇不奇，巧不巧，在半途上碰着游兵散勇借伙食。于是更加证实萑苻遍地，民无宁日。而且甲县谣传乙县不太平，丙县倒也在那里谣传甲县不安逸。至于丁县，它也毋劳他县人越俎代谋，自己人在那里说恨话，打倒车，批评桑梓地方，四境多盗哩。如此一来，方圆一带，竟无一块乐土。此所谓'乱在人心内'，谣言要谣成事实了。太湖里头，原来啸聚的一班无业流民，确是不少。不过要在湖内站得定脚跟，须一言之下，可以招呼到三百或五百个人，并须八面玲珑，和各方都有说话资格。自明末清初，湖内加入了一伙胜国遗民。于是有赵、朱两大派，门户相当，各树旗鼓，朱是明裔，赵是宋裔。其次尚有许多前代孤忠，受屈未伸，遁迹其间。一个湖内的水产，同各处山上的土产，只要细细收拾，也足供这帮人衣食之资。后因人口繁殖得多了，有入不敷出之势，所以又分出两派来。一派往商业途径上走去。而另一派却保持祖宗遗训，仍旧不入市朝，渔樵过活；暗中仍然熬练拳棒剑术，久欲待时而动。实在经济支持不下了，便向远处去探实了贪官污吏的不义之财，下手做一票。回来之后，也足够贴补，一生不做第二回的了。席文泰行刺清高宗，洞庭山帮不肯做鞑子官，都有历史上关系的。近因人丁越来越多，生计逐渐艰难，不得已，有的也在附近觅点野食。不过各帮都立规则，无论是谁，一犯了山规，便照例施行，没有二话可说。那些犯了重罪的，当即处死。有些犯了轻罪的，则开除出山。不料就是这些被逐出山之徒，后患无穷。他们因为无路可走，只好跑到附近码头混饭吃。起初不过勾结巢湖帮前来，假借太湖帮的牌子，开开武赌。后来索性勾结散兵游勇和地痞土棍，肆无忌惮，无所不为。外界不明底细，都归罪于太湖帮。殊不知真正抱侠肠义胆，待时而动的有资格的太湖大小帮口，依然如故。所以湖内并无大变动，倒是被这班仁兄假冒影射，在湖外四周闹得乌烟瘴气。及至派队入湖，倒又始终未遇大队劲敌。这也可以说是'天下本无事，庸人自扰之'了。"

海峰道："我明白了。广义说起来，湖内简直没有一个安分平民；狭义论起来，湖内却又没有一个是为非作歹的匪类。"海波拍手道："着呀！只要执政的仁泽遍施，恩威适宜，接连两三载岁丰年熟，自然人心安定，不要说湖匪，随便什么，都得自生自灭的。如果一味剿杀，那就真正成了'官逼民反'，恐怕是越杀越多，闹出更多的花样锦来啦。"海峰听了，长叹一声道："这个大原因呢，乃是因为教育不发达之故。近年来乡下识字人，确比以前多了一些。可惜他们识了字，正路上不曾走满一百步，斜路上却突飞猛进，比从前不知要狡猾多少。除非教育更进一步，使多数人肚子内通达了，或者将来自动地挽回刁风恶俗，倒连国际上的地位都能抬高的。如果因教育经费支绌，削足就履，无形中再把已经打倒的'民可使由之，不可使知之'的孔老二见识扶植起来，恐怕难免天下大乱。"海波听了，也点头叹息。

他俩在路上谈谈说说，倒也不觉得寂寞。而且有海波引导，拣斜径近路一走，半天路程，已到了海峰第一日入山投宿所在的空房子内。海峰又启口动问，果然这也是洞玄观屋子之内的一处。当晚，海峰身上能够取以充饥的东西，一毫没有了。海波身边却带着一种秘制的行路不饥丸，掏出四粒来，分两粒给海峰，并教他该怎样的一个吞服方法。海峰如法吞咽了下去，肚子果就不饿了。

翌晨再行上路，因无捷径可走，故足足自卯至酉，走了一整日，才走到山口。就在那孤树村小镇上，找家出售酒饭连客寓的小客店，忙忙地投宿下来。因为是小客店，不要说分别不出大菜间、官房、客房名目，连上下炕都不分，无所谓包房、统铺，只有两小开间。一处朝东厢屋，屋内横七竖八，架搭了八张临时板铺，就算床了。每一张床，只是一扇门板，下边尚非完全用长凳支架，有的一头用破缸破瓮支着，一头是用砖石垫着。沿门有一个窗户，窗棂只剩下半扇，也已破旧不堪，七穿八洞，另一半胡乱用竹帘遮掩着。窗台上摆着一把宜兴窑货的紫砂汤瓶，算是大茶壶了。瓶旁边摆两只粗窑官碗，一只缺口，一只已经补钉过，当茶碗用的。另有一只竹制油灯架，上置瓦油盏，发出豆大的亮光。灯畔尚有一把火刀，两小块打火石，一根细竹潮烟袋。分明这个堆满灰尘的窗台，当它桌子用了。

此刻房内除了曾、夏人俩外，尚有一个有须的瘦汉，一个矮胖壮汉，两个獐头鼠目形同赶脚的汉子。那胖汉是抽大烟的。此刻已在自己铺上开灯过瘾。不料他的床正对着窗洞，有风吹进来，影响他抽烟，因此口中一刻不停厌恶这客店不好。那个有须瘦汉，在旁听得忍不住了，开口谏阻道："小哥，这是客店，明知不好，也得将就。比不得在大府上，由得你当家称心适意。故而叫做'出门一里，不如家里'。此地是江南省好地方，我们出门人，巴望着夜夜有这种场合落脚，已是前世修的了。到了贫寒地方，要找这种地方，太太平平，安安逸逸过一夜，怕有了钱没找处哩。上月的初五，小可在河南杞县东边，住了一家范家公兴和老店的西厢房，床帐、茶水、灯烛、被窝等类，也同此地相仿佛。一到二更打过，我从窗格子内，望见对面东厢房里，开得四通八达，点得灯烛辉煌。中间搁着一口柜式黑漆大棺材，一架白布孝幔，一大半卷在上头。柩前摆了一张灵桌，灵桌上搁着十多碗祭品。香烟缭绕，素烛流辉。又见有七八个穿孝服的男女老少，打从南首次间屋里走出来，挨次向那灵柩拜跪之后，徐向靠北次间屋内，一个个走了进去。等到这一批人走尽，南屋里又走出第二批祭奠来人，人数仍有七八口，照样拜毕，往北屋内走去。二批走完，南屋里又走出第三批人来，仔细瞧瞧，那些人的身形动作，和第一批人一般无二。最希奇他们很忙碌地走来走去，一些些声息没有。我始而以为他们是由柩后兜抄过来，重行瞻拜，不过不明白他们为甚要这样走马灯式的车轮拜奠。依我脾性，恨不得开门走过去，问问这个所以然。继念身在客边，开口详盘闭口相，管闲帐多说话，是出门人最大忌讳，故而闷闷地上炕睡了。一觉醒来，下炕解手，天有近四更了。睡眼朦胧，遥望到东边屋内，他们依旧在那里川流不息地礼拜着。我心上更加疑惑，连睡都睡不稳的了。好容易巴到天亮，我赶紧起身，跑过东屋去瞧瞧。只见八扇长窗，牢牢紧闭，窗上灰尘老厚，好像长久不开了。再由窗格眼内张望，屋中一统三间，空空洞洞，一无东西陈设着。此时店门尚没有开，并无一人出去。那么东屋里的灵柩哩，跪拜的男女哩，到那里去了呢？回头我动问店伙和柜上的先生们，他们都道我活见鬼，造谣言。我瞧出他们的神色言语之间，都是知而不言。无奈他们不肯吐露一些些口风出来，使我心上纳闷到了今天，尚未消释。并且事后追想追想，那晚所见情形，反有些后怕哩。此地总算没有这种怪现象，岂不是要当它好场合的了？”

那两个獐头鼠目的人听瘦汉讲完，不约而同地一齐开口道：“你老说的是杞县范家老店东厢屋内的怪异，我俩倒晓得一些影踪的。”瘦汉听了大喜，忙扭回了头，追问他俩。不料此时那个抽烟胖汉也坐起身来，走至窗台前面，倒了一碗茶。又把那湖烟袋，顺手带到自己铺上。接着从身畔摸出老虎牌湖烟来，装了一袋，就烟灯上抽了两口，然后也指手划脚，很高兴地演讲道：“你说起不太平的客寓，我也经历过的，而且就在浙江平湖县城内，这是前三年的事。我跟常熟一位徐大老爷一起，他是去署理县缺。一到平湖，前任没有动身，我们一行上下近二十人，不能就进衙门，只得投宿在一家客寓内，等候交代。我记得同一位书启、一位钱谷、二位刑名师爷合房间。我是睡的下铺，早卷夜搭的。那书启师爷睡了一张郎当铺，那是临时搭起来的，所以连帐子都不好挂。这间房是坐北朝南，九路头造法，倒很深阔。不过中间用芦席隔断，分作前七后三。书启师爷的铺儿，就搁在芦席隔墙之前。那墙上贴着一张很大的红纸黄字符，据店主说是求嘉兴项真人，降临乩坛上画的，可以驱邪逐疫，再三叮嘱我们不要去动它。谁知住了四五天之后，尚未进衙，这一晚，书启师爷仰面睡在床上，闷得手痒了，便去揭揭那张大符，居然被他把上半张完全揭起来。于是发现芦席上有很大一个椭圆形的洞。爬起来看看，但觉里头阴风惨惨，墨黑洞洞，也看不出什么来。大家不当一回事，仍旧睡了。不料睡至近三更天，忽然那圆洞内伸出一只蒲扇大小、毛茸茸的大手来，去掀那书启师爷的被窝。幸而他尚未睡熟，正看《易经》，他就将枕头边的《易经》向那大手里一塞。只听见芦席后面“啊呀”一声怪叫，那只大手也就缩了进去。当时我们同房间四个人，都被这声怪叫惊醒，一问端的，那里还睡得着，眼巴巴望到天亮。大家又都向那芦席上的圆洞内望望，只见里头放着一口黑漆棺材，一只凳子，此外并无他物。咱们五个人一商议，都说这棺内死人一定成了活尸哩。回头开门出去，正拟关照店东，不料店东反似先已知道了咱们昨晚情形的样儿，见面就开口责问，不应不听他的告诫，把项真人灵符擅自揭动。不曾闹出人命来，连累他的小店，已属侥天大幸的了。我们听了这话，更加奇异。正欲禀明敝上徐大令，将此事彻底追究，恰巧这一天前任交代算清，先忙着要搬进县衙门内去了。及至部署了十余天，我们又想到此事，告禀敝上，派值日皂班去传那店主来，预备讯问个水落石出。不料这店主人是湖南人，房子是租的，已于三日之前，把房屋退了租，收拾动身，回湖南辰州原籍去了。据邻舍人家说，那店主临走时，确带有一口大棺材，棺内是他五年前死在乍浦的一个远房族叔，此次回去，就为了扶柩回乡去安葬哩。于是这个疑团，我至今不曾打破。莫说别处客栈内有那怪怪奇奇的特别事情，搅得客人不安逸。平湖这处地方，坐落在媲美天堂的苏、杭区域内，尚且有这些神秘莫测的妖异客房哩。”那人说完，又放下湖烟袋，躺下去抽大烟了。夏海波在这边接口道:“那个店主，是不是姓祝？你可记得这家客店的牌号叫什么？”那人道:“啊唷！这客店的牌号，和那店主人姓祝不姓祝，因为日子隔得久了，都想不出哩。”

此时那个胡子瘦汉急于要知道河南杞县范家老店那桩怪事，所以打断了海波和胖汉的话头，催那两个獐头鼠目之人快讲。要知他俩说出些什么话来，且待下回详解。

第二十四回　五虎堡五杰村是一是二　纱帽峰箬帽山疑假疑真

那两个獐头鼠目汉子经胡子瘦汉催问河南杞县范家店内的怪异因由，他俩便侃侃而谈道："众位在外面常走，大概总知道京口小孟尝君姜伯先这个人物吧？"海峰道："好似姓姜的已经失风被劈，亡故了好久哩。"他俩道："不错，姜伯先是挂了彩已久。那个原问官姓李的，也被伯先生前结交的好朋友，设法哄到乡下做掉，算代伯先先报一些些小仇。并且给个信与官场，叫那班朝南坐了打官话的朋友，放正了良心干事体。若再胡七八糟的滥干，那么李知县这件暗杀案，就是个小小榜样。还警告官场，不要认为害死了个姜伯先，就万事大吉，要知草莽英雄很多，放翻一两个，接着反生出一二十个，三四十个，也未可知哩。这是属于江湖上一方面的话，咱们猜是如此说法。再说那官场方面，自从这个李知县死了，他的家眷扶柩还乡，因为行李很沉重又很多，再加李知县是那样死的，怕姜伯先的好友等仍不肯放过，又在路上拦劫，更加危险，所以要想请些好手脚保护他们回乡。无如江湖好汉为顾全义字起见，不约而同地袖手旁观，不肯应募，非但卡线人一致如此，连带原本在李令衙内的几个武门中人，也早已托故他去，不肯走这趟镖。后来据说是一个辽宁人姓包的拉拢，由河南五虎堡堡主私下接手，保他们一家人回去。跟他们在南京一同上路的人，是五虎堡派的一个走跳踩盘伙计，名叫扎不死尤老福。此人说话太不顾前后，上路七天没事，他便向李家人夸口说：‘有了五虎堡的镖旗，天下那一处不好去？决不会出乱子。你们亡过的东家，生前怨仇结得不小，此次若换了别家护送登程，东西反不至于丢失，倒是人口怕有参差长短。如今由咱们五虎堡保了暗镖，一路滔滔前去，小东西或者要丢失些，至于人口，放心好啦，准可平安无事。有谁敢来捋一捋虎须？’尤老福今天下午吹了这一阵大气，到明天晚间住店，就投宿在杞县范家店内，连尤老福一共男女九个人。当晚同店之人，都见他们晚膳之前，都向灵柩插香上祭，那情形和你老目睹的怪状一般无二。到了翌日清晨，不见他们开房门，直至日中没有动静。店主人奇怪起来，喊了四邻八舍，一哄撬门进去一瞧，李家上下男女八个人，都直挺挺死的了，单单不见了那个尤老福。于是惊吵起来，喊地保，禀图董，报官检验。经杞县著名仵作郭赓旋再三再四检验，也不曾验出一些些伤痕来。又检查姓李的粗细行李，他们开有详细起马单的，照单核对，一件都不曾缺少。自然这是成了一件无头命案，由官厅处理，不在话下。那个尤老福，又隔了一天，才有人发现他吊在离杞县十九里外，一个大松坟内一棵大银杏树上。别人把他放下来，只见两个耳朵被人削去，而且张着口咿咿呀呀，人家听不明白他说些什么。仔细再瞧瞧，原来他的舌头，也被人割去，所以说不清话儿。当时杞县县衙门内得了信，派人提去询问他口供。无奈这厮有口说不清楚，也是徒然。后由五虎堡主到来保释出去。此事显见得有人同五虎堡捣蛋，而且那李剥皮生前的冤家也结得太多，所以闹出这一出新鲜把戏。倒是累及范家客店的东厢房内留下了一种怪现象：每至黄昏以后，就发现有七八个男女黑影，川流不息地参灵设祭，必定到五更才止。你们想，这三间屋子，岂非空撑在那里，还有谁敢进去住宿？也不知延请了多少高僧高道，做了多少水陆功德，什么施食哩，炼度哩，着实耗了一笔冤枉钱，可是一些些都不中用。他们把那厢屋只好空关起来。”

海峰道：“二位怎么知道得这般详细？这话完全真确的吗？”他俩道：“我们是听一个叫花蝴蝶萧斌全说的。他同尤老福是生死患难之交，如今也在五虎堡当二三路角色,差不多好算是局中一分子。如今他们一共二百多人,正奉着堡主的转牌,四面八方在外探听,究竟是那一个三头六臂,吃了豹子心肝的大好老,敢做出这样泼天大乱子来,同五虎堡抬杠。如果查明白了是谁干的,少不得自有一番翻江倒海,惊天动地的大火并做给世上人瞧热闹哩。你想斌全说出来的话,那里还会不真确呢?”海波也开口道:“俺知道断送姜伯先的丹徒知县李剥皮,乃是江西吉安人,他的灵柩怎么会走到河南道上去?二位所说的五虎堡,坐落在何处?堡主姓甚名谁?怎么称做五虎?二位既和姓萧的交好,大概总知道的了。”他俩诧异道:“咦!河南省内的五虎堡,可称声名浩大,威灵显赫,尊驾难道真的不知道吗?”海波道:“俺只知河南郑州附近有个五杰村,是七十二路红枪联庄保卫团练的掌旗当家,和西帮十弟兄、北帮七会总互相联络,威名声势,确实不含糊。却未曾听人提到过什么五虎不五虎啊。”他俩道:“五虎堡也在郑州附近,当家的五位堡主,乃是平青云、平步云和云青平、云平青两对亲弟兄,外加一个总教练步云青,合成五位。我们见了他五个人的姓名,颠颠倒倒,和回文连环圈相似,就可明白他们的同心同德,义重如山,不分尔我,祸福相共的志愿了。青云善使铁鞭,步云惯用金枪,故而一个称黑尾虎,一个名金须虎。青平骑得好脚力,人称飞天虎。平青打熬出一身水内功夫,可以伏在水底七日七夜不抬头,在水中睁开两眼,四周二百五十步内,那怕一枚绣花针,也能看得清清楚楚,所以外号鲨皮虎。至于总教练步云青的本领,更加不得了,非但十八般家伙件件皆能,五千零四十八道门槛样样纯熟,他还打得好拳头。表面上看他,同大马猴般一只,谁也不信他力大无穷,但五六十个彪形大汉,他开发起来,毫不放在心上。有时身转如叶,又可落地无声,踹冰不碎,故而外间公送他个没牙虎外号。此所谓五虎堡。”

海波笑道:“哦!如此说来,平青云是铁鞭梁二,平步云是金枪康七,云青平是快马樊全,云平青是金鳌于五,步云青是神拳金九等五人化名无疑。二位所说的五虎堡,其实就是俺提及的五杰村啊。二位老大只知其一，不知其二哩。梁、金等五个人，都不是河南本省人，好像他们的原籍，山西、陕西、广东、辽东等处都有。目下他们存身的这处所在，原名祥符营，乃是郑州厅荥阳县该管。距离轘辕关不远，那嵩山少室、箕山龙门，又尽在附近，黑河亦近在咫尺，形势确是不错。金九有个出窠小弟兄，擅长地理专门学。他在祥符营后面的一座小山头，叫万山顶上，觅着一个龙穴，其名海燕归巢地，亦名五龙治水。就暗中关照金、梁五人，先把他们五家的三代祖先骨殖陆续运来，按着五方向位，埋葬了下去。又不知弄了一阵什么玄虚，也在那块山地的下方埋妥，说是二十年之中，一定要出五个真命帝王，而且明年就有祯祥发现。果然到了翌年仲春，黑河水清了三小时，陕西华山上凤凰来仪。故此金、梁诸人便都迁到祥符营附近，筑堡寄居，取名五杰村。私下派遣心腹，四出游说各省秘密党人，草莽英雄，联络归附，互相声援。凡属江湖上具有一才一艺，无论男女老少，他们总设法罗致，扩张势力。他们的目光志愿，真正非同小可，意欲待一朝羽毛丰满，大大做出一番事业来哩。”

那两人听了，摇头道：“咱俩自己是粗胚石狮子，不懂这些巧妙玩意的。不过也曾听见有资格的人传说过，说朱太祖定鼎之后，青田刘伯温出足全力帮助他，把中原各省的龙火山地，一概设法凿断填塞尽的了。除非东三省地方，那时属于满洲部落，朱太祖治理不着的。其次珠江流域，那时为烟瘴关系，不曾全部填塞，尚留下几处龙脉活地。若说河南陈、郑一带，怎么还有真正龙穴地存留到现在呢？”海波笑道：“俗语说得好：‘六十年风水轮流转’。又道：‘人有千算，天只一算’。任凭刘伯温具有通天本领，可知‘智者千虑，必有一失’。况且地气是活的，一刻不停地变换着。远的不谈，苏州天平山，不是块四绝地吗？范仲淹祖宗一念至诚，毅然决然葬了下去。不料一个晴天霹雳，山石倒生，绝地变成活地。朱夫子判案，口念‘此地若灵，是无天理；此地不灵，是无地理’四句口号，竟也立刻起了云头，把活地打成绝地。沧田桑海，世态万变，岂可执一而论呢？”

此时他们三人滔滔辩论，各持己见，谁都不肯让步。海峰同那胡子瘦汉都恐争出无谓闲气来,故都插言劝阻,打断他们的谈锋。那个胖汉也抽烟告竣,坐起来收拾烟具。并将那张符箓依旧折叠好了,贴身藏妥。顺口劝解道:“五虎也罢,五杰也罢,活地也好,绝地也好,和我们几个人总之毫没相干的。还是早些睡了,明天早些起身上路是真的。将军不下马,各自奔前程。大家白天赶路辛苦,请安歇吧。”于是各人果都倒身到板铺上,横鼻头,竖眼睛,分头睡了。

此时已近仲春天气,俗语所谓“二、八两中平”,日、夜长短差不多。海峰一觉醒来,东方已亮。因为听见海波尚呼呼打鼾,浓浓好睡,故而自己也重新合眼,养一会子神,不即起身。隔了不多一会工夫,倒是那两个獐头鼠目汉子和抽烟的矮冬瓜,先起身出去,擦脸进早膳,算账登程去了。又挨了半晌,胡子瘦汉也起来了,听他说:“天公不做美,半夜起了东北风。我早就料到,东北风是雨太公,怕明天要阴雨啦,果然不错。”此时忽听见门外起了一阵扑扑之声,接着听见念叨“东极妙严宫主,太乙救苦天尊”之声。又闻街上乡人高嚷道:“这是大茅山的羽化卫道大李法官,那阵好风,吹到我们小地方上来的呢! ”海波本来睡得好好的,被外间声音吵醒,“霍”地从床上跳下来,连长衣也不及披,三步并作两步,急急忙忙奔往店外去了。海峰也就匆忙起身,把衣服穿好之后,正欲追随出去瞧个明白。海波却又匆匆回进房来,一壁穿衣,一壁向海峰道:“此刻俺师父托便人捎来个口信,俺方才想起,前天被李青城催紧了上路,把一件最最重要东西忘怀了,没有带在身上。故而俺此刻马上回进山里去拿去。好在天有些下小雨,劳你就在此守候俺半天工夫,俺就去就来,预计今天下午,来得及回来的了。若是你等到今天晚上,俺尚未出山,那么明晨一早,你先行上路好啦,俺同你在峰口碰头吧。”口内说完,也不等海峰答话,脸都不曾洗,急急冒雨走了。

此刻雨下得愈觉大了。那胡子瘦汉也不能走,在柜上鬼混了一会,回进房来。海峰漱洗、早膳之后,一个人发愁没有消遣,见瘦汉进来,便搭讪着和他交谈起来。方知此老是湖州人,生平研究地理专门学,名叫李龙如，在浙西三府一州大小地方上，很负一些小名誉。此次由杭州折入徽州、宁国等处，踏勘好山地，要埋葬一个至交。现由芜湖抵南京，慢慢地看风水看回去。他家中很可敷衍，并非靠此营生走江湖的。昨晚听见海波提及了五杰村万山龙脉活地，故而他已改变行程，预备到祥符营去玩一趟。见天公下雨，左右没事，也就在此多住一两天，候天晴了上路。海峰听他为亡友卜坟地，肯走这许多路，也算是个有义气的怪人，所以很乐意同他订交。

龙如照例问过海峰名氏、籍贯之后，便又提及今晨先走的那三位同房间客人。说道："适才老朽走到柜上，在循环簿上瞧见了他三人名姓，有意无意间，跟此间店主人一谈。他说这三个人都是老熟客，一个是靴子党，两个是黑道上小捣乱。"海峰道："何谓靴子党呢？"龙如道："就是明白公事手续的二太爷，说得好听些，叫做幕僚。无论大小衙门内，当刑名师爷的，十有八九是绍兴人。当这幕僚的，大抵是扬州、无锡、常州三处人居多。故而府、县衙门内，有两句老话道：'情愿忤逆爷和娘，切莫得罪扬、无、常'，又道：'宁可同上司碰钉子，万不可碰扬靴子'。因为遍天下的大小衙门之内，总有他们嫡亲同乡在内办公，如果和这班人作了对头，他们自有别人万万意想不到的刻毒手段施展出来，害得你哭笑不得哩。以前有过一个读死书的宦家子弟，初出茅庐去做知县，因为奇怪衙门内每天的伙食，何以要开支得如此浩大？私下亲自留心一调查，查出寄居在衙门内吃便饭的二太爷有四五十个。于是他便下手谕给帐房和司阍节省开支，把这些人撵逐出去。岂知这班人同他作了对啦，隔不多时，盗用了他的印信，代他陈报丁忧。知县一毫不曾觉得，直至藩司委人来接手，方知底细。这件事情，后经能吏代他弄明了真相，那个主谋虽则照律法办，然而本人也担有失察之罪，平白地把个七品前程断送掉了。你想这靴子党厉害不厉害？"

海峰道："怪不得人家说无常一到，性命难逃。这种狠毒辣手，确实可怕。还有昨宵和敝友争执龙穴的那两厮，原来是在黑道上走动的。所以他俩说话时的神气,贼头狗脑,不十分大方的。”龙如道:“一个叫地瘪虫丁四;一个叫野猫,亦名纺纱二郎。适才听此间的店伙说起,野猫是专门采毛桃的,那怕三伏天,他身上只穿一身夏布短衫裤,也能一根裤带上带四五只毛桃开趟,不是内行,一毫痕迹瞧不破他。那地瘪虫是做硬扒的,做人倒很爽快。凡是他的亲邻自族,一年之中,他必定要去硬借一回。他开口要多少,如数给了他,他非但自己决不来开第二次口,并且暗中尚担负保护责任,若是不见了东西,找他说话,他肯上心去找回原物来。若是不如了他的愿,他千方百计,日日夜夜来算计你,被他搅得家堂翻身,鸡犬不宁。因此近年来人家晓得了他的脾气,他若上门来开口,都很情愿给他的了。自去年秋天为始,他俩生意不常做了,时时在南京、镇江、扬中、瓜州等处转游。有人猜他们想是又学会了什么新门槛,换新鲜害人法儿出来玩了。”海峰听了,口中不言,心中暗忖:“大约这两厮也入了五杰村的伙啦,所以本行半洗手了。不过这种偷鸡剪绺之徒,五杰村居然也会收容,那么前途渺茫,就算它大事可成,将来做出来的是如何一种局面,也就可想而知。”

他俩一阵子闲谈,时候已将近午,雨越下越大。海峰便拿出钱来,吩咐店家代办了一只肥鸡和鱼肉菜蔬,另外再打四角酒,做两升大米饭,托他们煮熟了,陆续拿到房内来。并请李龙如不必另行做饭,就一块吃喝吧。龙如倒也很爽快,一口应承。连累店中人大大地忙了一阵。因为这房内台凳都没有,皆须由外间店堂内搬移进来。一壁又忙着打酒做菜,端正杯箸调羹,很费一番手脚。回头一切安排妥帖,海峰便邀龙如对面坐下,慢慢地饮酒谈心。海峰道:“李老先生府上,是吴兴城内呢,还是城外?”龙如道:“舍间现住在湖州城内,乌程县衙门后面。但是我的祖居,乃是在湖州乡下,也可算是太湖边上人。”海峰道:“既然你老是太湖边上出身,想必太湖内有一座山头叫箬帽山,你总知道。由此前往,该走那一条路,算是最最便捷?”龙如道:“太湖内一共大小七十二座山峰。我虽不曾全行游遍过,但是差不多都晓得一些痕迹,从来不曾听谁提及过这个名字。”海峰道："小可听人家说，若由江苏无锡往贵府去时，下太湖水道，必须经由这座箬帽山前驶过的。"龙如摇头道："你说别处呢，或者我尚不知详细；若说这条锡湖航线，我不时经过的，什么箬帽不箬帽，我以前不曾风闻过。只有出了无锡独山门湖口不多路，有一个山嘴，乃是马蹟山的余波，形状和前朝官吏戴的纱帽差不多。故此附近之人信口唤它做纱帽峰，知晓的人甚多。至于你所问及的山峰名目，莫说箬帽，怕蓑衣、草鞋等搬出一副全套雨具来，我也不知道。"

海峰一闻此话，竟同《翠屏山》京剧里潘老丈向迎儿小婢说的恨话一般，所谓"你不说咱倒明白一点啦，如今你说了，咱反更糊涂不明白起来哩"。心想："怎么太湖内竟没有这座箬帽山山头的呢？那么俺以前听那许多人横说箬帽山，竖说箬帽山，难道都是信口胡诌，编出这个子虚乌有的山名来骗骗俺吗？若是湖内山名果真只有纱帽，没有箬帽，那么杨龙海这个人，一时也没有地方可以找到的了。想来胡海昆、李云彪等辈口中提到的杨龙海哩，箬帽党哩，可能是一种特殊的秘语，故而一般人不知道。大约夏海波总该比俺明白一些，可惜此时不在这里。如今须待他少顷出山来了，再盘问他吧，此时只好闷在心头了。"

海峰呆想出神，默默无言。倒是李龙如此际半斤黄汤下肚，兴致很高，欣然向海峰道："本来我想不到，曾先生提起了纱帽、箬帽，我却想起来了。那纱帽峰既不能与五岳相比，仅就太湖一隅而论，也好比是须弥一芥，沧海一粟，只好算它拳头大一块石子罢了。不过别人不知道，我对于观看风水，视察地理的青鸟术一道，自信别有心得，较胜他人。我看那纱帽峰地脉甚佳，气运很旺，惜乎生在湖泊之旁。若是生在朝潮夕汐，一刻不停的江海长流水当中，直可同江西小孤山分庭抗礼，安徽的东西梁山也赶不上它啦。天下有眼光的识者，到底不少，所以近十年来的纱帽峰附近，来了一个不出名的大好老，因树成屋，牵萝补篱，遁迹在彼，韬光敛迹，暗暗同王勃《滕王阁赋》上那句'人杰地灵'文意吻合。所以纱帽峰的地位，日上蒸蒸，已非昔比。"

海峰忙道:“你可知这隐居之人姓甚名谁?”龙如拍手大笑道:“我不但知晓这人名氏,并且还明白此人的已往历史。昨晚贵友说及的丹徒姜伯先,我也晓得这么一个人物。现在伯先身死,远方之人不知底细,都嗟叹从今以后,天下无英雄了。然而我们那地方的人都说,纱帽峰这个隐居侠客,在扬子江下游的各种秘密社会中,能代替伯先的地位,执着那总枢纽的。倘把他以前的所作所为,述说一些出来做下酒物,比《汉书》还有味道哩。来来来,我俩先都干了这一大杯,然后待我细说出这位大人物的侠义行为,保你听了定要拍案称快,胸襟为之一畅哩。”海峰道:“究竟此人叫甚名字呢?”龙如笑道:“我们先把门杯喝干了。”说时,他伸手端起酒杯,一伸脖子,将酒喝尽了,又笑嘻嘻地道:“此人的名字,请你猜上一猜,容我吃一筷菜,停一停再讲吧。”

第二十五回　论英雄杯酒订新交　驱猛虎传书留异迹

曾海峰听李龙如酒酣耳热，谈及扬子江下游的草莽英雄，在京口的姜伯先死了之后，当推谁人为首。他想了一想道："实不相瞒，小可不过松陵一个呫哔小儒，出身寒微，才又谫陋，皆因感受了环境的刺激，不得已而到外间来瞎闯。心想投拜名师，习练一些安危经济，将来干一两件与公众略有益处的小小事业，借博身后微名。鄙怀志愿，仅此而已。对于外间交朋友一道，非但自己一向并不十分留心，就是讲到小可本身资望和财力，也够不上交结四方贤豪长者哩。况且十室之内，必有忠信。你劈空使小可要猜想一位继席姜伯先的人物，试问一部廿四史，从何说起呢？据外间多数闲人口碑，以乎除了同伯先生前患难至交、祸福相共的闵伟如和任、赵等诸人之外，其次要推常州白倚云、溧阳马鹏程、金坛于杰奎、扬州冯傅贤、丹阳夏俊峰、苏州戴仞千、无锡沙佛陀、松江姚伟廷、昆山张伟兮、常熟徐伦、高资倒海金龙杨九、东台金鞭李二等一班人了。又有人说，好汉不出名，出名非好汉。大抵某人在江湖上有了点名气，好比狐狸修仙一样，已经修到脱皮换骨，修成了人形，它的目的已达到一大半，反不如未脱本形时节来得谨慎小心。所以社会上对于那些名人的背后谈论，免不了'闻者希奇，见则平常'八个字。李倚云等人都已有相当势力，皆已自满自得，不再进取。所以一向被姜伯先罩在上头，没有一个可以同姜并驾齐驱。大江南岸的秘密党魁，决不会轮到这些人身上的。或者这把交椅，不久推尊到‘十龙十虎一条狗，九熊八豹三只猕’那班不出名老师家身上，也未可知哩。”

龙如道：“你提到‘十龙’，我倒想给你讲讲杨龙海的事迹。此人出生在四川峨嵋山附近的杨家场。相传他的父亲是峨嵋山里的猿猴，所以天生力大无穷，聪明绝顶，无师自通，十三岁就在四川本省占码头。同道各帮，都以为他是个乳臭未干、胎毛未退的小孩子，都想欺负他。谁知道首尾不到三年，都被制得服服帖帖，心甘情愿承认了他的一路镖旗。后有一个湖北卡线上的人批评他的毛病道：‘你们四川人，和广东、广西人仿佛，不论在那一道干事，总觉门户之见太深，不肯视四海为一家，关门打瞎子。历古至今，皆是如此，一毫不想改进的。比不得山、陕、河南等地的好汉，他们没有省界成见，天下为公，袒开了胸膛，心肝红堂堂，光明磊落地做去，不愧古种中原腹地，英雄豪杰，代有传人，向来走大路的。你们总脱不了‘偏私’两字的公论，始终带些苗蛮气息，走小路的。因此你们除却在本省开山，做靠家大的百步大王之外，到外面干成大局面的人甚少甚少。即使偶有一两个在外成功了，总免不了自成一家，仍包涵着很浓厚的土峒色彩。’杨怪杰受了这鄂人的讥讽，存心跟此人暗赛高低，便把本地原有局面遣散了，单身出川，准备另辟一局。

“他先到了宜昌附近，偶然见长江内蛟龙厮斗，想到自己尚无正式名字，就在这上头触着‘此去如苍龙之入沧海’一句古语，便取名叫做杨龙海，然后沿江东下，先在汉口住了五六个月。旋便顺流而下，逢码头便停留，如黄州、九江、安庆、芜湖、南京、镇江、通州、海门各地，都曾耽搁过的。并且凡是他所到之处，至少勾留四五十天，把当地的风土人情，名胜古迹，以及僻壤方言，穷乡殊俗，上下中三等社会真相，尽皆留心视察，务都彻底了解之后，才动身开别码头。至于当地的才人名士，义侠男儿，非但向居都市城镇之辈，被他交游殆遍，连姓名不出里闾，仅擅寸长一技之士，也被他随处留心探访，不惜精神、经济的消耗，三番二次，辗转央托熟人介绍，和那人把臂快谈，订交相识了才罢。所以有好多人，本来除了亲邻之外，外间无人知晓，如桑海山、潘海渠之流，以前莫说大江南岸，就是江北方面，能有几个人曾在人前提及到他们？也都是经杨龙海识拔之后，口角吹嘘，于是一转瞬间，桑、潘等居然也成为江海门户区域之内有名人物。

“龙海沿江一路逗留，最后到了上海。因为居今之世，反古之道。以前不论文字武行，九流三教中的大好老，多深居在人迹罕到的山谷之中，只有遇着了有志创业的贤主，茅庐三顾，才肯出山，做苍生霖雨，借博身后大名，否则甘愿死牖下，姓名不见于经传。现在交通便利，天地易势。有财力而无才智者，那怕黄冠缁流，经纪牙商，一旦会逢其适，居然名盛一时，竟能成为无双国士。若是仅恃才智而乏财力者，正如俗语所谓‘顶石臼串戏，左右费力不讨好’的。故而市面上有‘熟读经史万卷，不如手握钞票一束’的童谣。因为金钱万能，凡是想干些事业之人，首先要达到经济不求人的地步，故此都想发大财。要发大财，务必要往通商巨埠去钻谋。于是不论男女老少，也不自己忖量忖量，有些什么特别长处，这长处与沪埠适宜不适宜，大抵认为一到上海，就可发大财似的。于是成群结伙，都去挤在上海一处。以致深山穷谷之间，反找不到高人隐士；嚣尘恶俗之中，倒又时时发现奇才异能。龙海因为存心结识几个大好老，所以未能免俗，也只好先去做一下海上寓公。

“他一到上海，挂了一块专治疑难杂症的医生招牌，生涯倒很不错。可是住了三年半，只结识了一个前江苏巡抚慕天颜的子孙，叫慕长春，称许他慷慨仗义，肯拿出血性来交朋友的。其余一班神道之徒，他总觉得他们处处不离机械存心，一不留神，便要损人利己，把别人填刀头，衬马脚，成全他们自己的资望和地位。并且研究出上海这个地方，乃是合江、浙两省的许多村落俗尚，组成的一个商埠。若是手中有钱，大小无求于人，贪享些衣食庸福，寄居在这里，确较别地方好。或者孑然一身，无挂无碍，随遇而安，万一遇到了职务，服役肯任劳任怨，有悠久恒心之辈，葬身在沪，

倒也不愁没有出头之望的。如果是个中产阶级以上的娇养庸人,自己又算精明能干,处处想走乖路,存侥幸心的家伙,跑到上海来,无有不失败的。人家但知上海是一个滑头场合,殊不知滑过了头,也不中用。反是诚实不浮的人,有成功的希望。可惜偌大一个上海,既无真山真水来点缀形胜,市面上大小往来,又仅凭一纸以信用担保的汇划支票。外表固然热闹,内容实在不如天津、汉口两处殷实。所以银行挤兑风潮,以及大公司宣告破产的事情,不时出现。就因掊克策太厉害了,所以有如此现状。而且上海一个有名人物死了,十有八九,总亏空得一塌糊涂。也因为楼上加楼,屋上造屋的营业方法,成了公开秘密,才造成这种社会怪象的。倒是有一般胆小朋友,拖定现钱做实货。不肯跨大步的人,倒个个能够衣丰食足,无忧无虑的。至于干一番破天荒伟大事业之人,为求消息灵通起见,在此留一个接洽机关的通讯处即可,若说身子久居在此,宴安鸩毒,大不相宜。因此三年半以后,杨龙海自己毅然决然的离开上海,别寻一处安身立命的所在。"

"有人诘问他道:'照你看来,上海并非真正好地方。那么识见高远的人,宜乎避之若浼,怎么大家还是依恋不去呢?'龙海笑道:'上海市面所以能够兴旺到如此,全仗一个赌字支持着。小人眼孔浅,只知道轮盘哩,摇宝哩,以及牌九、扑克、赛马、跑狗、花会、总会等等是赌博,殊不知取引所、交易所,什么茶会等等,那一处不是含赌博性质的?大小赌局,不知有多少依附的寄生虫。并且常在沪地生活的人,谁不知道地方危险,人心刁猾。'可是嘴上尽管这样说法,他的身躯还是粘在上海,舍不得他去。因为在沪赚钱容易;况且有万一侥幸,一步登天的希望。所以嘴上越是怨恨,心上越是恋恋。孟轲所谓'以生道使民,虽劳不怨。'不过有大志之士,想及身大大作为一番的,寄居沪地,有损无益。所以眼光远大的人,一旦衣食无虑之后,必定要在故乡或者苏、杭等地建筑一所别墅,为将来退步。上海如果真正是仙乡佛国,老上海的房屋还愿意造别地方去吗?人家听了此话,一时倒也无言再同他辩难。"

“龙海离开上海，先往浙江方面去盘桓了二年多。最后他到敝乡湖州，恰巧那时谣传长兴山内，从大风中吹来了一只猛虎，雄踞在山谷之中，附近的妇女小孩，已被它吞吃了十多个哩。非但地方人民纷纷集资购械，招请高明猎户，设阱擒它；就是官厅方面，也出示悬赏，设法捕捉，以安行旅。有人说这虎是鲨鱼变成的，广东地方常有此种事儿发生。欲除掉它，非派人上广东去，延请渔翁来不行。社会上正在盈庭聚讼，众口哓哓，莫衷一是之际。这消息吹入了龙海耳内，他便到长兴拜会官绅，自告奋勇，单身前去捕虎。据传他捕虎法儿，非常特别：仅写了一张字条儿，命近山居民放大了胆，拿到山里，拣出入要道所在的路旁大树上一贴，说那头猛虎就会绝迹灭形，不知去向了。他写的字儿，全是蝌蚪古篆，没人认得。有人抄了一纸，拿至上海，去请教吴、周、朱等一班老前辈，好容易才辨认出来，原是‘此山高极入穹苍，人道虎为殃，行人过此可曾伤？社会迩来亡纲纪，率兽食人无数计。吁嗟乎！苛政猛于虎，斯言垂万古。’当时有人提议，要将这首短歌行刻石立碑，立到山口。后因事太离奇怪诞，倘若刻石立碑，迹近提倡迷信，故而未曾实行。长兴的沿山各处居民，就因为龙海有这件驱虎功绩，竟认他做当世神仙，称他为杨真人，争相罗致。龙海因爱上了这块三万六千顷的太湖，故也甘心在沿湖各乡村上，或三四月或五六月，至多一年有零些，一处处盘桓下来。最后觅到这块纱帽峰地方，以为太湖像一只癞头鼋，这纱帽峰乃是鼋头，可以领辖全湖，便在峰下盖屋隐居。

“人们因钦佩他有书符驱虎的能耐，大都邀请他到家，传授这一门本领。他笑问大家道：‘我又不是茅山道士，那里会书符念咒，驱虎役龙呢？你们既然诚心款留我，待我来传授你们一套拳术吧。’于是他便教大家熬练一种功夫，名唤‘龙吞虎坐法’。先说虎坐法的练习方法：命人将两足趾和两掌心支在地上，两腿并紧，成鼎足姿势，身躯悬空，将身子向后移动。移至不能再向后退时，然后两肘弯曲，身子下俯近地，再向前移动。移至恢复到最初姿势时，呼吸一口，恢复原状。入手练时，以三次为限。以后次数逐渐加增,愈多愈妙。但不可过分,以防受伤。这一套虎坐法,能使全身血脉调匀,既无停淤成伤之害,并可增长内脏的生长助力。这一步练熟了,再练龙吞法。其练习方法是:摆好了四平步,两手紧握两拳,收在腰际。先用右手掌的侧面,猛力向前推出。迨手臂将要伸直时,微微呼气一口。这口气呼罢,便紧接一口吸气。同时把右拳猛力拉回来,仍拉至腰际,将所吸之气轻轻咽下。咽罢,再微呼一口。于是再使左手,动作悉如右状。左右以次推拉呼吸之后,再把两手同时向前动作。计分向前、向上、向下、向左、向右五部,共伸缩三回一次,三五十五次呼吸。世人练习太极拳,普通也由此着手。练得到家了,非但有发达脏腑的功效,并可使躯干组织完密,对于敌手重压力的抵抗回激力,也随之增加,两足站定的步口,亦赖以隐固。不过虎坐法是可以随便熬练的,而龙吞法若没老师家指点呼吸方法,千万不可轻试。因为呼吸错了,气机不顺,往往功夫不曾练成,反闹出吐血、头风、闪腰、闪气、红眼睛等毛病来。武行中所谓'无师传授,枉费劳心',即此故焉。

"龙海教大家练熟了这两种功夫后,又传了一门拳路。他先吩咐大家道:'打拳须先注重脚。无论练习何种功夫,两足都不准摆出人字步。练功之初,不宜过于用力,只要在手法、步法上注意收发伸缩的虚劲,随随便便好了。待功夫到家,自然进步,则动起手来,态度从容,没有筋涨气喘等穷形极相暴露。倘入手习练攻守,便用力踢击,一者手、步两法必欠准确;再者三四个长距离拉力动作之后,定必气浅发喘。功夫一万年也学不精的了。'大家听了他的教训,用心练习这门拳路。内行传说,这也是一百单八种滚雕门内套出来的。而且一个人单打,尚不如两人抄手来得好看。人家又曾动问龙海道:'这套拳路叫甚名字呢?'龙海笑道:'你们练好了这套拳术,猛虎瞧见了,都得逃跑的,所以名叫"虎跑抄"。'自下沿太湖一带住居的青年农工们,十有七八都能玩这一套功夫了。

"有人问他本人的本领有多大,他始而一味谦逊道:'不过明白几手花拳绣腿,苦于膂力不佳,没甚了不得的。'后经许多人求他施展一下,情不可却，勉强出手。见湖内有一种运载烧酒的大驳船，俗名召伯划子，扯了三道篷行过来。他站在岸上，把双股索的挠钩头，在二百步内仍过去，无有不被他套牢船尾的。然后再用力一拉，竟可拉得那条船呆在那里，不向前进。若是风小些，船上仅扯了一道篷，经他这一拉，还要拉得倒退回来哩。你想他的力气大不大？瞧他的仪表，倒也并没有什么大特别处，躯干中人，饮啖随便，只不过一张脸子，生得同三国年间的汉寿亭侯关老二一样，红得同火炭一般。而且他寄居湖畔，屈指算来，有十多年了。初来时节，人家从他面容上估量年纪，都说至多三十岁。现在加了十多个年头儿上去，望望他的神气，仍同以前一般，一毫不见老迈。这两点远近称奇道怪，都猜不出一个实在所以然来。"

"至于他的为人，真正和蔼可亲，再好也没有。如今的太湖内，不比从前承平时代了，一个不小心，便遭湖匪劫掠烧绑。而且出事地点还倏东倏西，飘忽无定。龙海亲向附近那般渔户说道：'你们下湖捕鱼，自己识相些，少管闲帐，大约在方圆水陆四五十里范围之内，不至于出大岔事。若是你们自己不漂亮，在六七十里路外捕鱼放钩，瞧见了不相干的事，去多人家心眼，或者信口乱道，一旦闹出乱子来，莫怪我不问这笔帐。如果安分守己，循规蹈矩地出去打鱼捕兽，万一途中有什么误会闹出事来，那么我总代你们出头说话，设法去要回一点面子来。'果然近年来湖面上大大不太平，唯有住有纱帽峰附近的人照常生活，一些不知湖中有甚盗匪出没哩。可见杨龙海外面的交情真不错，自己手内肚内也发付得出。不然他是个异乡孤客，那里有这么大的手面，好在湖滨立得住脚呢？年前已有人把他的名字和镇江浴日山庄庄主姜伯先俩相提并论，说什'东杨西姜'。如今伯先出了事，继位之人除了他还有谁呢？"

海峰听龙如滔滔不绝，把杨龙海演述得文魁武冠，有声有色，不禁兴高彩烈，忍不住也要把自己心事慢慢地诉说出来。这一下不打紧，暗中又结下了一重小小纠葛的远因。欲知究竟，请阅下回。

第二十六回　干家庄行路结冤家
东小坝落水遇救星

曾海峰客边酒后，得意忘形，便将自己已往身世，先大概述说一遍，直说到现在所以要打听箬帽山，就为要去拜访那个杨龙海。龙如笑道："如此说来，足下此去，肯定功成名就，事事如意，你想吧，今天若非天公下雨，贵友还山，那里会共桌谈心？怕是东西分道，各奔前程了。既蒙不弃，招呼同饮，那么席间什么话不好谈，偏又别的不讲。一谈便谈到箬帽、纱帽，过渡到杨龙海身上。在我唯尽所知，悉以奉告。岂知我口内所说的独一无二大人物，就是足下心上渴欲一见，犹恐不能如愿之奇男子。好像我已晓得了你心之所欲，别的不说，单说这人，真正再巧也没有。天下无论大小事情，成败多是如此。谋事本人，在倒运之际，没有一事干得顺手，处处不巧的；若在走运当儿，随处有巧事碰到。今天我俩的谈话，就是个例子。你印堂发亮，前途一帆风顺，故而能遇着这样的巧事啊。"海峰此刻嘴上虽仍谦说"不敢，但愿依着你的金口，前途一巧百巧"，心上却是快活得极，暗忖："今天这事，巧妙是确实巧妙的。"

不料他俩在屋内只管奇哩巧哩地交谈，忽闻窗外有人冷笑一声，接着咕哝道："杨龙海自己的脑袋，迟早要给人割去，挂在报恩塔上喂鸟哩。你们这班井底青蛤，见了莲蒿当大树，和姓杨的一面不识，不知何处去拾了他人几句唾余谈话，贩到这小地方来吓山野村人。可知此地地方虽小，也出产一两只蚱蜢王在当地，你们少多话吧，呕得人要吐啦。”曾、李二人在屋内始而不介意，直至临了听出了由头，忙都出席，赶至房门口，向外瞧看，究竟这发话的是个何许样人。谁知四只眼睛望到门外，此刻雨已不下了，天上反亮晶晶像出太阳似的，辰光已经是下午二点钟模样。那个庭心内，连哈叭狗、叫春猫都没有一只半只，那里有什么人影。龙如走出门了，特地又走至外间店堂内去望望。只见掌柜的坐在柜内看小闲书消遣，两个店伙都因偷留了海峰酒菜的后手，皆喝得有些醉了，扒在桌上打瞌睡。静悄悄没有第三个人。龙如心上虽十分纳罕，怏怏地回进里间屋内，口内却不说什么，反道："时光不早，咱俩酒喝多了，吃饭吧。”于是同海峰用过了中膳，喊店伙进来收拾出去。因为天上重又湿云四合，东北风刮得格外大了，地下也泞滑异常，龙如无奈，只好再耽搁下来。不然，非但自己要走，并且劝海峰也要立刻动身为是的了。这晚的夜餐，乃是龙如破钞，算是白昼的答席。

海峰守候到了二更多天，也不见海波回来，天倒放晴了。挨至翌日清晨，海峰只得算过店账。和李龙如告别，一个人踽踽独行，先向东边去探访箬帽山。在路上赶了半天，却没有遇到可以打尖的地方，肚子里倒有些饿了。好容易又赶了一程，面前才出现一个背山面水的大庄院。海峰暗暗说声："惭愧！有了这所庄院，不愁肚子闹饥荒了。”及至走到庄院前面，只见庄门前一片砖砌广场，倒有两亩田大小。那座庄院，乃是坐北朝南，东西是用黄石堆砌的高墙，正中八扇黑漆椐树大门，门外石狮子广场南尽头，有一对龙爪槐，一对倒栽柳，四棵臭椿树，一共八棵大树，间杂栽种，都有合抱不交的树身。树外就是一条由东向西的塘河，河面虽不十分宽阔，但是那河水流得异常湍急。此刻广场上面，正有一伙小自十七八岁。大至廿二三岁的年轻汉子，共有十三四名，在那里举石担，扔沙袋，拎石锁，打抄手，舞刀使棒，各显能为。靠场西路旁，有一个彪形大汉，身上穿着青布袄裤，足登抓地虎云头挖嵌的皂缎快靴，两手叉在腰内，挺胸凸肚的站在那里。大汉四周有六七个庄客模样，和他并肩站立围护着。海峰是自西向东，因为口渴肚饥，未免心慌意乱，脚步快了一些，一个不当心，恰好用肩膀撞到了那大汉身上。此时场上练拳脚诸少年，正练到风狂雨骤当儿，那大汉正在全神贯注地观看，万万想不到身背后会有人来猛撞一下。何况目下的曾海峰，已不是旧时文弱书生，他这一撞，至少有一二百斤冲劲，就算那个大汉留心防备，恐怕也抵抗不住，现又毫无提防，自然更加经当不起了，因此身躯向前一仆，一个狗吃屎，栽倒在地。海峰一见自己走路不小心，惹了祸哩，一壁口内忙着打招呼，连声道歉，一壁要想伸手去扶起那个栽倒大汉。不料一班练功的少年和瞧热闹的庄客，一见这大汉倒地，都同声拍手呐喊道；“何教头状元及第了，活该走路啦。”那大汉此际两足向上一挺，使一个神蟒大翻身姿势，跳起身来，面红颈赤，伸出左手中、食两指，指着海峰骂道：“好小子！你有种的莫跑，待老子回头来收拾你！”说罢，气冲冲地奔进庄门去了。

海峰是艺高人胆大，倒也并不在意，反是那些庄客七张八嘴道：“出门走路的人，和气为贵，识时务者为俊杰，犯不着做硬汉的。趁对头人不在当场。三十六着，走为上着。快点识相些，跑你娘的路吧。”海峰听了他们这些说话，仔细想想也不错，多一事不如少一事，自顾自赶路吧。所以连打尖的话也不及提起，急急地走了。不过心想：“这些人既称这倒地大汉为何教头，想是这家庄主聘请的保庄镖客，或是这些练功少年的师爷。按理，姓何的被俺撞倒，不问俺有心无心，大家应助着那大汉，同俺办交涉，怎么那班人多是一副幸灾乐祸神气？非但不帮那大汉，反先用话讽刺他，继而又劝告我走路。此中道理，一时竟有些揣摸不出了。”海峰一壁心上默默地胡思乱想，一壁脚下加紧走路。

大约走了半里多些，猛抬头见前面白茫茫一派湖光水色。原来是一片望不见对岸，非常宽阔的湖面，挡住了去路，非雇渡船不能前进，只好收住脚步，向湖内望望。偏偏周围连蚱蜢大的小艇都无一只，唯见天空春日的光华，映射到了水面上，那一阵连一阵的野风鼓动了湖中水浪。高低起伏，浪头卷挟着映射的绯红日光，金光灿烂，闪烁不定，向海峰的眼睛射来，射得他眼花撩乱，连眼睛都要睁不开了。心想："此间无船过渡，姑且沿湖边走去，向斜刺里多走几步，或者有舟可雇。"他正欲往左首沿湖走时，耳边厢忽听一片喊杀之声，顺风吹来，越听越觉得清晰，好似有二三十人，由身后追来，口中都高喊道："这是上东小坝的大路，前面断水的，不怕这孤雁能逃往那里去。难道怕他胁生双翅，飞过这六七里路开阔的湖面不成！大家努力追上前去，打他个半死，代何教头出出这口恶气呀。"海峰听了这番言语，不言而喻，定是适才被他碰倒的那个壮汉心不甘服，纠人持械追上来报复的。回头一望，果见那大汉浑身结束，一手倒提了一根碗口粗细的马棒，率领着一班练功少年和长工庄客等辈，手内都拿了树棍木棒，飞一般追将上来。海峰因见来人众多，再加又各持家伙，自己双拳空手，众寡悬殊，主客异势。好汉不吃眼前亏，还是躲避为是。然而举目一看，前面是大湖，后面是追兵，无处可躲，只好准备交战。

正在危急之际，耳畔忽闻欸乃之声。忙向湖内一望，且喜有条敞口船，一个白发老翁同一个麻面大汉，两个人摇着橹，适从右首汊港里出来，用力向左方摇去。海峰心上暗喜，也不及多话，俗语所谓"火烧眉毛，且图眼下"。估了一估这船和湖岸的距离尺寸，以及自己的纵跳功夫，最远可跳多少。天幸那船与岸的距离，自己的功夫尚够得到。正在此时，岸上追来诸人已瞧见海峰身影，齐声呐喊，都向埂堤上一拥而前。海峰忙把身子一蹲，觑准了湖中来船的方向，施展出一个旱地拔葱飞云纵的功夫来。大家只觉得眼前平地起了一道黑光，一闪之间，海峰身子已从半空中一个大翻身，跳到湖内摇动的那条船头上去了。如果驾船的老少二人要是寻常舟子，猛地从半空中掉下一个人来，吓也要吓得手足无措。好在这两个人原非等闲之辈，熟悉江湖上的各种门道。一见有人从岸上跳到他们的船上来，料想决非安分之徒。那麻面壮汉忙从橹后抓了一根铁头竹柄的挽篙，执在手中一摆，摆出一个狮子摇头姿势，同时向中舱奔进来。那篙子头已向站立未稳的曾海峰腰眼内直搠进去。岸上诸人已都瞧了出来，二次高声喊叫道："丁老大，这孤雁是我们何教头的仇人，劳你俩把这厮抓上了岸吧。如有油水,我们分毫不要,只要这厮的身子,拿回去出出气就是啦。”

海峰耳闻目睹如此情形,明知今日身临绝地,九死一生,只好拼一拼的了。瞥见麻汉的铁篙对准自己的右腰搠来,急把身子往左一偏,顺起左手作个流星赶月之势,让篙头搠过了门,便下手抢住篙把,用力向外一拖。若论功夫、膂力,麻汉尚不及海峰一点,不过今天局面,海峰一者行路饥渴;二来地陌心慌,三来在这三面见水,一面见天的船上动手,尚是有生以来头一次,故此他用一手向外一拖,麻汉用两手往里一抽,势均力敌,僵持不下,后艄上的摇橹老头见此情形,忙把橹推扳得参差点,那船已摇曳不定的了。恰巧湖面上又起了一股旋风,接连两三个横浪,打从船底下穿过。那船更加一掀一侧,荡漾不定。海峰乃是旱脚黄牛,如何经得起这三四个翻覆。只觉自己一拖,没有拖动对手脚步,自己反经他一抽,倒有点站不稳当了。忙将右手帮上去,也想用尽两膀平生之力,再向外一拖,区区一根铁头篙子,不愁不被自己抢在手内,做护身器械的。不料那麻汉刁得很,见海峰右手加上来,膂力沉重,自己吃不消的了。于是趁船底穿浪,船身摇曳之际,反把两手一松一送。此时的海峰正用全力来抢这竹篙,那里想得到对手促狭,反松手一送,自然海峰头重脚轻,再加船身本又不稳,一个仰翻身,一声“啊呀”,已经倒向湖里去了。岸上的追兵见海峰落水之后,不会游泳,拍手欢呼。船上的麻汉晓得海峰功夫不弱。不敢就下水捞捉。待他吃饱了一肚皮白水,人事不知了,再抓上船来捆绑,未为迟也。幸亏又是两三个横浪。把海峰身子横打出去,不会沉到船底下去。

恰巧上流又有一条草上飞,有四个少年分踞头尾,四把铁桨划着。自西向东,借着顺水,那船同飞的一般驶来。中舱坐着一个方面大耳之人,像船主模样。他已遥见这边船上有人打架落水,故此吩咐手下,加快赶来援救。那草上飞划过来时,刚刚海峰身子随浪打出去,打到小船附近。靠这边一个少年忙丢下手中铁桨,翻身跳下水去,把海峰救上小划子。幸亏海峰手内握住了一根竹篙未放，不然，这样的急水里，就是识水性的下去，也得小心一点，何况海峰完全不识水性，如果空手掉下去，准要淹得半死。此时岸上诸人和船上老少。同时叫喊道："哇！来船在水面上往返，怎么不知道句、溧、金三界于、干、丁的规矩吗？这落水羔羊，乃是咱们需要的，谁敢动手捞救？不要自讨没趣呀！"舱中的壮汉并不答言，一壁吩咐把海峰身子爬在船舷上吐水，一壁吩咐四少年照旧下桨，向下流划去。同时由袖中掏出一块尖角小白布，布上朱画着一顶箬帽，分明是面镖旗，所以白布一端有个套筒。然后把这面小镖旗，套在海峰夺到的那根铁篙头上，竖将起来，便同海船上的看风小旗一般，随风招展。好在白底朱画，格外明显。那岸上诸人同船上老少见了，果都长叹一声，不再呐喊，自行偃旗息鼓，各做各事去了。

海峰此刻，正身子俯在船舷上呕吐清水，两耳嗡嗡作响。口中虽难言语，心上非常明白。两目视线，亦不含糊。这小船上竖旗退敌，一一瞧在眼内，清清楚楚。直至胸头清水呕尽，神志复原，船已行了二里多水路。海峰才回身过来，申谢那人的救命之恩，并且自通名姓，诉说行踪。那人听了，恍然道："这是大水冲了龙王庙，一家人不认得一家人了。原来你也是投奔箬帽山杨山主麾下去的啊。俺名李海源，以前是唱戏的，因为背了风火，跑到通州口外沙上去躲避。跟东海、黄海、渤海的当家人桑海山认识了。他本是杨山主的开山门少爷，故此介绍俺也加入杨门，暂充飞划副领。现因山主举行开山大典礼的日子一天近似一天，他老人家身畔可差遣之人不多，故而到宁波去喊了胡老四到来，担任了陆路；水面上有事，仍是俺和丁老九俩承乏。前天俺有事上了趟南京，今天回来，打从此地经过，天缘凑巧，倒援救了你。此地地头蛇不好惹的。江湖上有口诀道：'河南五杰村，山东五杰村，本领虽高明，可惜不齐心。句容、溧阳、金坛于、干、丁，虽然不出名，文武衙门有照应，无毛大虫谁敢碰一碰。'你今天乱子惹得不小。陆路上的一班少年庄汉，就是句容干家庄的人。那条船上的一老一步，则是溧水姓丁的族人。你要遭他们抓了去，那怕把你剥皮塞草，磨骨扬尘了，也有冤没伸处。且喜俺恰巧路过，再者于家庄也有我们本支上人在内立足，故肯买帐了结；不然，还怕不得了啦。以后他们和你如再有话，可托山主代打招呼。如今闲话少说，你预备加入箬帽山，参加开山大典礼，你可端正了什么贽敬礼呢？”

海峰道：“李云彪老大给小可一颗白玉小印，上刻‘文武参军’四个阳文字，一只两手相握的连环小金约指，说是他同杨山主的特别符号。箬帽山轻易不肯收外人入伙的，有了这两件物事，保能收录了。”海源道：“外人不知底细，以为山主贪财，要人贽敬。其实只是山主试验试验来人有多大本领，以后好派他做什么事情。如果没有贽敬，由山主吩咐你出去干的事，一定不容易的。所以俺和胡四、丁九等一班人，思想出一个法儿，于未参见山主之前，先弄到一件海内著名之物，算是个贽敬礼。他一见这件东西，也明白你有何等本领，不必再行试验，以后就好派你做事了。现在我决不强人所难，你自去思忖，还是先备贽敬呢，还是日后由山主发放？”海峰想了一想道：“便宜是先备贽敬便宜，不过一时往那里去弄一件著名东西到来呢？”

海源道：“你只要下了决心，俺就指点你上安徽泗州该管的天长县城内去，那里有一家姓杨的进士。此人本是淮安人，名叫杨鼎来，表字小匡。非但文学精通，可称江北才子；并且使得好拳棒，开发一二百条手不算一回事。他的爹是做苏州府学教官，小时候鼎来随侍在苏州署内。贴邻有家海盐姓查的，有个麻面女儿和鼎来青梅竹马，耳鬓厮磨，常混在一起。查女脸虽不美，肚内很好。鼎来非常爱她，无奈查女自小就许给吴县潘祖同了，也叫无可如何。后来鼎来中了顺天副榜，因为在苏州时节，鼎来曾经拜在潘祖同父亲门下改文字的，有此一重世谊，鼎来在北平时寄居潘家。不料宦海风波，旦夕莫测。潘祖同因事革掉翰林，充军远戍，连累乃兄潘祖荫也由侍郎降职编修。在这当儿，查氏竟仿效夜奔文君，逼鼎来同她回淮。鼎来竟然答应，一同出京。其时鼎来的先生、查氏的阿公潘曾莹侍郎也在北都，知道此事，大不答应，派了五个拳教师，追这一双狗男女。不料五个教师,全不是鼎来敌手,都被他打回北平。他安然同她回至淮安,实行同居之爱。后因潘家重又得势,鼎来怕受不了,想依附到泗州杨姓支上去,偏偏杨泗州不认他做本家。故此寄居在天长县。他家藏一面古镜,乃是潘家祖传宝物,被查氏带到杨鼎来家中的。此物价值连城,名震大江南北。吾辈取不伤廉。好在杨鼎来年纪老大,易于对付。你依俺说话,火速前往天长,如此这般下手,保你马到功成。回头来赶开山大典,尚不嫌迟。劝你不须犹豫,速依我话前去动手吧。"要知曾海峰是否听从李海源的划策,前往天长做贼盗取宝镜,容在下回分解。

第二十七回　住客栈巧遇二友 盗宝镜夜逢三敌

曾海峰无可奈何，听从了海源说话，动身上天长县去。那天长县又名石梁。虽为皖北泗州县属，因为它的四境毗连，除一面是本省的盱眙县界，其余三面，乃是江苏的扬州、高邮、宝应三处，所以语言风俗，和广陵相似。四乡都是旱道，交通至今不便。连电报局都没有，也由扬州电局代收代发，收报人须多花送电费两元。就是本县四郊通信，也很麻烦。譬如离城五十里，有个大镇集叫铜城，偶尔通信到城内，路上也须耽搁一星期。本地信息尚且如此难通，何况同较远的别县啊。民风俭朴，不事奢华。西境多山，土匪很多，而且都是规模宏大的大帮，开大差使的。现在城内居然有座天长公园，因靠着胭脂山坡建筑，风景绝佳。园址本就是县署旧址，县衙门毁于洪、杨之役。以前有个张铭知县，在署前设了一个纳谏木箱，许百姓投函告状。后来一调查，凡被告受罚之人，十有八九是遭仇家诬陷的。因此张知县便在署后，用那笔罚款建了所洋楼。现在已改为天长图书馆，也坐落在公园后面。城区占地式微。烟、赌两项非法事业异常发达。十年之中，往往八九年遭受旱荒。譬如扬、高、宝三邑下雨，唯独天长境内不下。所以有“天长人民作了恶，老天下雨下四角”的童谣。乡农一年四季忙着戽水，戽起水来，鸣锣聚众。别处人初到该地，听见了鸣金声音，大多要误以为失火呢，还是捉强盗？城隍庙，俗名唤做老子庙。酒菜馆的价格，比沪、汉、京、津还要昂贵。如用鱼翅、海参两色大菜，至少要二十元一席。它是坐落在江浦县北首，扬州西面。从扬州西去，只有一百二十里旱道。目下是出扬州西门，一直往西北进发，连黄包车都通行的了。大约每一辆黄包车，单趟三大元，来回五元，另加酒饭。其时只有土人的二把小手车和骡马轩轿接送旅客。离开扬城的六十里路，完全是甘泉县地界，地势渐行渐高，车行颇觉不便。直到过了大仪集以后，又是六十里，较为平坦易行。路上五里一墩，十里一店，乃是前朝人用来计路程的。在扬西十里路外，有一个帽儿墩，算是扬、长全路村中最大所在。三十里至甘泉镇，乃是全路最繁盛的市集。甘泉山上有座井亭，据云这井内镇锁神龙，故而井盖永远不开。行人在井栏上侧耳静听，井内似有波涛澎湃的声浪。由甘泉山再西去十五里，地名里塘，乃是苏、皖两省分界之处，树有石牌为识，是处有半苏半皖的田地一亩。再过了十子街口、仁和集两镇，到天长只有二十五里路了。据土人传说，那个大坟山相似的帽儿墩，和另外一处叫靴子塘，都是以前扬雄将军留下的古迹。但是盘问他们这扬雄将军生于何代，生时做甚官职，如何会留下这一墩一塘两处古迹来，他们都回答不出一个所以然来。其实这是十国春秋时代，扬行密攻守扬州时候，留下的一丝痕迹。年深代远，不知怎么被人冬瓜缠在茄门里，弄出一个扬雄将军来了，既非汉代的西关夫子，又不是宋朝梁山上的病关索，真使人莫名其妙的。

当时海峰是由海源送他到了镇江，指示明白了路径，海源自行别去做事，海峰便渡江到了瓜洲闸，然后也走扬州上天长。那一天进了天长县的东门，觉得眼前景物荒凉异常，名虽县城，远不如他的家乡同里和盛泽两个镇口热闹哩。本来天长县是个中等县，每年只有地丁银二万五千六百廿六两，杂税银三千六百零九两，仓米一千八百三十石，官校只有十六所，无怪市廛萧索，奄奄无生气。再加土地贫瘠，常常苦旱，交通又极不便，农、商两业均无大发达希望，自然市面不会热闹。从东关跑到西城，要不了多少时间，西关外头，更加不堪入目，只有东城比较繁盛些。于是海峰便回至东半城，拣一家招商旅店，牌名泰安栈，投宿下来。这家客店，算是天长第一家大旅店，牌子既老且硬，竟同汉口的福昌旅馆一般。然而店内布置简陋得很，房价却很高。幸而海峰不在这上头计较。等到投店以后，把姓名、籍贯、年岁、职业、来踪、去向等一切住店手续弄妥，由店中人去登记循环簿子。茶房照例打水泡茶，询问要点心还是酒饭。海峰却也急于诘问茶房，此地有个淮安杨进士家，寄居在那里？茶房始而尚不知道，直到去问了柜上才来禀复："恰巧这杨鼎来的屋子，就在本店后头，中间只隔一条小衖，可以算是前后贴邻。"海峰听了，心上暗喜动手近便，回头看明了出入路径，就可下手。

当下因行路疲乏，所以把茶房打发出去，将房门虚掩了，一个人横躺在铺上，闭目养神。忽听门外有个同乡人口音，在那里问茶房道："适才来的曾老爷，是不是住在这三号官房里头呢？"海峰因为听见了吴江土音，心头忙跳动，忙从床上下地，亲自去拉开房门，瞧瞧是谁。及至他把房门拉开来时，那人也正推进门来，高喊："海峰何在？"海峰定睛一瞧，不是别人，原来是至交而兼至亲，从前浮家泛宅，翩然挈眷离乡他去的芦墟丁海溪。这真是久旱逢甘雨，他乡遇故知了。他俩携手进房，海峰便喊茶房先添了茶水，然后再命他端正可口酒菜。便在房内开怀畅饮，细谈别后情形。海峰先把自己一番经历，依次追述出来。不过说到此次特到天长地方来，乃是想偷盗杨家宝镜，未免有些讲不出口。故只说此次是有个姓李友人，特托自己到天长来找寻一宗失物，今天才到，所事尚未着手进行。

海溪听海峰叙说完毕，拱手道贺道："原来你已得遇明师指示，良友切磋。有志者事竟成，将来定可名播中华，成为一代著名游侠。你所遇到的那位尼师，我也在江湖上听人说及，乃是康、雍时代日月姥的法派。日月姥本是明朝的公主，自幼有名师教导，异人传授，故而虽为琐琐裙钗，本领却文武兼备。她从甲申年逃出北平，当时只有三岁不到，由她的保姆怀抱了她，先到南京，后又辗转于浙、闽、粤、桂各省，目睹宏光、隆武、永历三储，以及鲁、唐、桂诸王的监国成败情形，脑子里自小就满装着故国河山，铜驼荆棘，无限兴亡的感慨。所以成人长大起来，矢志不嫁丈夫，祝发空门，以身许国，至老未忘恢复朱家旧业的革命思想。现在还不时有人提及的吕四娘哩、方青霞哩，这一班义侠巾帼，全是她的及门子弟。广东方面，她的信徒更多。至今广东有一种十姐妹党，抱独身主义，不愿嫁人的女子，也是日月姥的分支别派。不过近来这一班不愿嫁人的英雌，间涉磨镜恶疾，不全是为国为民，牺牲一己的情爱。这是日月姥派的下流，不足挂吾辈齿颊。你所遇见之人，大约也属于此派的正气一途。但是此派的主要法旨，乃是研究剑术，其次是利匕击刺。你可曾涉猎到这一门功夫上去吗？”海峰长叹一声道：“唉！提起此言，使弟懊恨欲绝。”海溪讶道：“为何呢？”于是海峰又把在南京下关丢失宝剑的经过说了出来。

海溪听了，沉吟了半晌才道：“佛家有‘慎毋造因’之诫。你那柄宝剑的丢失，同日又和李云彪、孔元甲俩订交，还同题壁畸人、异行乞丐、赠画画师、要钱和尚等耳目接触，其中怕有绝大因果，耐人寻味。现在原璧未曾归赵，自然这已往经历，好比烟云过眼，猜不出一个所以然来。不过那柄宝剑乃是君家固有之物，如同青蚨恋母，迟早总会去而复来。到那时追想失去以后情形，一丝关乎全局，当必恍然领悟，明白这经过情形，好似有人在暗中主持一切，故意同玩把戏般，幻得五花八门，令人神昏目眩。事后静思，哑然失笑。这就是大自然独具的一种伟大魔力，旧脑筋所谓造化小儿弄人的恶作剧。若是没有这一层交关，也无所谓天、地、人三才之分，人类生在世界上，愈加寡欢乏味啦。你以为我这话对不对？”海峰道：“你我曩昔居然都曾名列胶庠，腹内稍贮墨沉，所以见解言论，同寻常目不识丁，一味暴勇斗狠，自命武侠的莽男子，固当两样一些。适才承蒙开诚示喻，使小弟胸结略开。不过武行中故老流传，说这种宝剑乃是千载一时，可遇而不可求的珍贵之物。有所谓‘有德者居之，无德者失之’之说。加以七雄兼并之初，已有越王失剑而弱，楚子得剑而霸的传说。我失去的那柄宝剑，虽不如湛卢远甚，私心却唯恐蹈越王覆辙，故而寸心未免惴惴知戒啊。”海溪笑道：“你现在倒也迷信起来了。须知今昔异势，地位环境迥不相同，你切莫执持一见。据我看来，或同失马塞翁，安知非福呢。”

海峰道：“现姑不谈这话。我要请教你：判袂以来，你仿效范蠡之泛五湖，水上风味，有无特趣？探访令妹，究竟有无朕兆呢？”海溪道：“说来话长哩。你可记得，我俩二次上杭州探访舍妹下落之际，不是上城的阿才哥口内吐过一句口风的吗？他说除非人落到了太湖帮手内，下了关东，或者被广东帮转贩到了南洋群岛去了，那就没法找得到了。如果人还在江苏，浙江一带，总可设法寻到的。我回到家中，未满十天，敝镇上又遭了一次小小的土匪洗劫。故而打动我的心弦，决计自家出马找去。常言道：‘天下无难事，只要有心人’。那时我离开本土放船出去，果在常熟萧泾北面十二里、吴县徊泾东北约二十里路的七星港南首，沿西湖岸上，寻着一所杨三太爷庙。此处毗连三县，四通八达。向北可入昆城湖。往西南经阳澄湖，出唯亭至沙湖、金鸡湖，折入黄天荡，往南过真仪，入吴淞江及淀山湖，并可直达太湖。那座杨三太爷庙址，一共六间平屋，屋后一个大竹园，另有一片亩半田光景的大荒场。我船摇去之际，路上碰见了不少江北氍氍船，船尾上都插着一扇小白旗，旗上都用毛笔写着很大的四个‘煞’字，红、黄、黑、绿各种颜色都有，乃是他们等级的分别。等到船至庙门口停泊下来，见岸旁设着两尊钢炮，庙的四周站着密集步哨，门口有六个守卫，荷枪实弹，神气活现。庙墙上贴着一张长条，上书‘天下第三军防守司令部’十个字。我上去一接洽，才知这是太湖内站脚不住，散伙出来的浦东、海州、盐城、巢湖四小帮人所混合组织的，一共有一百多名心腹大爷，三四百名老公，当家老大叫郭季良，委有帮带十人，副官二人，司书三人，舱长五六十人。武器则有六十杆盒子枪，一百二十枝以上杂式长枪，七十多杆杂牌手枪，三架水机关枪，六架手提机关枪，五门钢炮，一门野战大炮，子弹亦颇充足。他们的组织方法，也采取执委会议制度。我还参与了他们一次临时会议，和第二军代表席兆洪、第一军代表席兆祥、江浙大刀会代表洪保泰、江南青年团代表白玉庭等诸人握手道劳，寒暄良久过的哩。这一队里只有应募而来的壮丁，并无诱拐劫掠而至的男女肉票。我唯恐遗漏，特又说通了他们的副官小头阿许，由他陪着我，仔细往各队里查看了一下，果然没有舍妹踪迹。我出马第一下，就扑了个空，只好索性直放到太湖内去寻觅吧。”

海溪说至此处，海峰忍不住插言道：“那时你我二人，都是文弱书生，与这些人素无交谊，你如何可以单身闯入虎穴，他们也肯招待你呢？”海溪道：“我本是峒窖帮的把家，况且目下世乱荒荒时代，做人全在自己，倘然懂得江湖上义气，对于财色两字看得淡薄，不妨碍别人道路，所谓‘四海一家，天下为公’，那里不可以去得？大门外头没有一步蹊跷路的。如果为人吝啬，既不肯用钱，说话又欠妥当，处处想占人面子，那么哪怕老躲在媳妇儿裙半边，也有人要绑他去做可居的奇货，就是出入坐汽车，雇有大力保镖，也不相干，人们注意了他，总有方法来收拾他的。我自离乡井，跑到外面来厮混，随处抱定‘诚实不欺，谦恭和让’八个字待人接物，总算混了这几个年头儿，不曾闹出大乱子来过哩。至于访求舍妹踪迹，一向特别留心，初不料一直求访到目下，还是大海捞针，影响全无。非但羞见你，连故乡父老也没面目去见他们哩。你究竟到此地来找寻何物？那姓李的朋友，和你交情深不深呢？”

海峰一听提及这话，良心上有点惭愧，不禁面红颈赤，口内吞吐唯否，对答不出什么话儿来。海溪笑道：“你莫非是来找一件圆圆的东西吗？”海峰被他道着心病，脸上红得变成紫色了，口中却支吾道：“敝友托找的物件，乃是四角方方，并非圆的。”海溪见他不肯直说，说话不近情理，也就改换口风，岔到别事上去了。他俩酒逢知己，浅斟低酌，直饮到夜静更深，方各吃了口稀饭散席。海溪道：“时候不早啦，你白天行路辛苦，快请安歇。我也回寓去了。明天一早，我尚有要事，须赶往盱眙、五河两县去一趟。早则后天下午，迟则大后天上午，我必定回到此地来找你。你千万等我一同起身，我还有要言同你谈呢。”海峰道：“你的行踪，真有些神出鬼没。今天你怎么会知道我寄寓在此？明天又为了甚事上盱眙、五河去？你寓在何处？是久住在此？还是同我般，暂时有事勾留？”海溪道：“我也是路经此地,住在一个朋友家中。适才你进城落店,恰巧被我瞧见,故此特来把晤叙阔。至于明天上盱眙、五河两处去,也是受人之托,必当忠人之事,说起来不是三言两语可了。好在我俩从今以后,或者朝夕相见,常聚在一处了。往后日子长呢,彼此得暇了,再细细叙谈吧。总之你目下对于我疑城高筑,嗔怪我行踪鬼祟,说话闪烁其词,不肯爽爽快快地和你说个明白。其实这许多都不成问题,不消多少时候,你就会完全明白了。不过现在只好让你心坎上不痛快,恕不能明白公布。睡吧,再会了。"海溪说罢,一阵狂笑,匆匆退出房去,怕海峰要相送,故而顺手把房门带上,反扣了才出去。此时的海峰,颇想跟踪而往,默觇他的实在行止。无奈酒也喝多了,身子倦乏不堪,只得闩好了房门,闷闷地上床安睡。

一宵易过,眨眼来朝。海峰正起身开了房门,喊茶房打脸水,忙着梳洗漱盥之际,忽然又有一个人从外面大呼小叫,一路嚷进房来。海峰忙定睛一瞧,不是别人,乃是前在江头分手、出家还俗的马海仑。海峰不禁也诧异起来道:"怎么你也会到此地来的呢?"仔细诘问根由,才知海仑也因得知杨鼎来家那面宝镜,和海峰是抱着同一目的而来。等到海峰说出了为此镜专诚到此的话头,海仑便坦然道:"既然你先已注意了这东西,彼此自己人,我就另外想法,弄别件东西做贽敬礼。这件好宝贝让给你,去献与山主吧。"海峰道:"光棍放债,利钱只打九九,不打尺一。这镜儿你既也有意,该我退让了,去另找他物,那有累你白跑一趟之理?"海仑道:"你说这些话,不像老朋友,把我太见外了。我若没真血性对待你,此刻也不必如此说法,回头去拿了那东西出来,再同你来空客气好啦。或者来到了天长。不来同你见面;就见了面,不说实话;就说了实话,套着了你此行目的,口内和你虚委蛇,回头暗自进行,把东西捞到了手,先自走掉,让你来担负偷盗污名,我却暗享实惠,都可以的。因为你我在同谷山潭月庵有缘结识,彼此倾心吐胆,所以我才肯退避三舍,让你大功克成,怎么你倒闹起世途上的虚浮礼貌起来了?是否你要叫俺把那东西去拿出了杨家门槛,然后你坐享其成呢?"海峰见他急了,不便再行推让,只好一壁卑词道歉，劝他切莫误会；一壁满口应承，这镜儿竟由自己去下手，但希望海仑暗地帮忙。海仑方回嗔作喜道：“这才是我马海仑的好朋友。但是你玩这一手儿，还是和尚拜丈母头一回哩。做贼也有做贼的法则和一应器具，谅你全没有预备着。送佛送上西天，索性由我一手成全了你吧。”

于是海仑先去把房门闭上，然后从腰间除下一个虎绦鹿皮小袋来，袋内装有三角钻、折叠尺、千金索、如意钩、千里火、闷香筒等一套家伙，总共有二十多件。并把应用方法，一一指点明白。又告诉海峰道：“我对于此事蓄意已久，所以杨家出入门户，复廊密室，肚子内有六七成知晓的了。你现在毋须再去探路，我索性告诉你吧。那杨鼎来住宅的中部，有座八角式的亭子，这亭子三面架空，一面靠墙。亭子楼上，就是贮藏宝镜之所。不过上楼的梯子，表面上虽有一座十三级朱漆扶梯，却千万走不得的。因为这梯上设有重重机关，一踏上去，性命准丢。另外造有一座暗梯，砌在那夹墙之内。亭前吊着一架软梯。梯下有一个水泥浇成的白象，象背上驮着一个生铁铸成的机关，用力推个转身，那软梯就会自然放下来的。顺着软梯上去，便可找到宝镜。至于杨鼎来自己，究竟上了几岁年纪，没甚了不得的了。倒是他家有个看家的女教头，擅用一对虎头护手钩，真是个扎手货。若是不幸碰见了，见机为是，切不可执拗硬挺，没便宜讨的。此外又有两头东洋种的矮脚狗，也教得十分厉害，须提防一二。除了这一人二犬之外，别无其他阻力，你大胆放心，下手做好啦。我再将这一条防身的长龙莲子锤，也借给你拿去用一用。万一跟那女教头碰到，只有这莲子锤可以挡她的虎头钩。我立刻来指点你几手紧要收发关目，临阵时多少有个借助。”海峰见他如此要好，从心坎里感谢，激动地道：“承蒙马老大如此成全，一旦曾某侥幸成功，得列箬帽杨门，用什么来报答你这一番隆情美意呢？”海仑道：“我若希罕酬报，怕不肯如此帮你的忙啦。别的也不想，只要往后我同马尾山办交涉，你在旁说句公道话，我已铭感五内了。”

当日海峰因要习练锤法和其他种种家伙的用法，来不及动手，在泰安栈三号官房内，足足闷躲了一整天。马海仑呢，自然不消说得，也就在此间和海峰同房作伴了。

直到翌日晚上二鼓打过，栈中上下都已入睡，海峰一个人把上下身结束检点，佩了百宝囊，围了莲子锤，由栈内的天井里上屋。好在杨家近在咫尺，一眨眼珠子，已经到了目的地。又牢记了海仑嘱咐的话，真正驾轻就熟，不费吹灰之力，转眼间已经推转象背上的机关，放下软梯，安然到了亭子楼上。他正晃动千里火找寻那镜子藏放之处，瞥见靠亭楼后边，一排摆着三口大橱，中间那口橱门“霍”地向上一缩，露出一个门口来，又现出一个浑身红色、遍体绯妆的女子来，同在潭月庵里曾经有一面之缘的赵四姑娘相似。只见她一伏身蹿出柜门，立定步口，双手一扬。海峰留心一瞧，觉得眼前两道黄澄澄的光华一闪，心上别地一跳。暗忖：“不要额角头不高，那话儿来了。”仔细再看看，果然她手里是执着一对虎头护手钩。因这钩儿外面是包金的，所以在夜晚间出手摆动，有黄澄澄的光华两道。此刻海峰那敢怠慢，忙松下腰间那条莲子锤，准备且战且走，夺路下楼。谁知他莲子锤才解下来执在手中，正思退后一步，让出空档来，好哗啦啦抖开铁链，施展出防身解数来。耳边厢又听见汪汪两声犬吠，那两条东洋种的矮狗也分头蹿上亭楼来，扑咬夜行人。一条是在亭楼中间摆的一张百灵台下面蹿出来，一条是从海峰上楼来的那架软梯上跳上来的。昨天马海仑早已嘱咐过，要小心防备一人二犬。如果一对一厮杀，或者还可以遮拦。如今人犬齐上，三面进攻，叫曾海峰单人双手，并且在夜晚之间，身临虎穴，自己既无后援，又不知对手虚实，真个凶多吉少，如何抵御呢？要知海峰性命如何，且看下回分解。

第二十八回　恶战通宵原是夫妻
救护数年本为师徒

中古时代，那些毛瑟枪、勃郎宁、野战炮、过山炮等各种火器不曾发明的辰光，世界上人类打起仗来，以钢铁铸造的刀枪之类，为巷战血搏的唯一利器；如果是在野外的持久战，则双方都以放乱箭为战具，如同目下距离一千二百米才瞄准放哩。不过那时候别国人的兵器只有镖枪、镰刀等三四种，倒推吾们中国人的长短兵刃独多，分出长短马步派别，俗名十八般武艺。据老师家谈论起来，马上长家伙门类中，有“棍乃军中祖，枪乃军中秀，刀乃军中威”的说法。论到步下兵刃门类，则有“巧钩笨牌，铜镏居间；三棍九鞭，只怕碰着吕公拐”之说。

那钩类兵器中，有一种名叫虎头四须钩的尤其厉害。因为它的把处装有两个护手干戈，头上又有一个三棱枪尖，既可刺、劈、钩、锁、挑、击，又可保护自己。故算步下第一门巧家伙。在康熙、乾隆年间，河南上蔡县蔡家堡，出了个铁幡竿蔡庆，始用这种兵器。后来霸县大盗窦尔敦，在杀虎口外，就是仗着这种兵器，把东乌珠穆沁、西乌珠穆沁、东浩齐特、西浩齐特、东阿巴哈纳尔、西阿巴哈纳尔、东阿巴葛、西阿巴葛、东苏尼特、西苏尼特等九王一贝勒，总名锡林郭勒盟十族，陆续征服。所以后来江湖上武行中人一见对手使用这种兵器，便知道是个不容易对付的行家，交手起来特别留心。

海峰在泰安栈内闻海仑提及当心防备杨家的使钩女教头，心上便老大疑虑。因为练习武功之人，无论是随着大队行伍出征，或单身黑夜狭路遇敌，如果对手是方外、孩子、妇女三种人，心里都不敢轻敌。这三种人，他没有一手特异玩意，绝不敢单人对敌。如果贸易上前迎敌，难免要栽筋斗。即使对方并无惊人技艺，你胜了他，也算不得能耐。海峰虽未经过多少次大阵仗，但对于应趋应避的吉祥凶忌，却都明白。心想："自出马以来，跟妇女们去争斗，却从未碰着过。初不料一上杨鼎来家的亭子楼上，偏偏就遇着一个。并且她手中所执的兵器，又是虎头四须钩。看她蹿出橱门，把双钩把式荡开来，分明受过高明人指点。"因此急忙伸手，向腰间去解那莲子锤下来，心坎上已带三分馁气。谁知那两条恶犬也一前一后地围攻上来，愈加心慌。但是既已至此绝地，只得把心一横，舍命拼一拼的了。照普通旧例，守楼的是坐船，攻楼的是行船，攻难守易，坐船该让行船先出手。不过这是就双方同性而言，如今守楼一方是女子，俗语所谓"好男不与女斗"，海峰应先觅路退让。实在无路可退，不得已而交手，那么男性又该让女性先出手，须要挨她三下子之后，才可回手。但是今晚如此情势之下，谈不到规矩了。海峰抱定"先下手为强，后下手遭殃"宗旨，不顾对方是男是女，决意抢先出手。倒是那两条恶犬如何对付呢？自己又未生三头六臂。当下真个是千钧一发，紧要关头。忽闻亭外有人喊了一声："我来也！"接着又听到一种声音。这座亭楼上的窗户和横楣，也是由巧匠做就的机关。那架软梯卷在上头时，三面的窗户洞开，横楣掩上；若是软梯放了下去，楼上的窗户关闭，横楣倒开了。不然空气就不流通，亮光也不足的。此刻软梯是放下的，自然是窗关楣启。只见有火炭般一道红光，由横楣内射进来，如同闪电般，在满楼一亮，便不见了。此时那两条恶犬好比奉了班师将令似的，都俯首贴耳，倒尾无声，各从原路退了下去。

海峰心想："暗中定有能人援助我，把两条恶犬制住，使我容易脱险。既然恶犬退了，对手又是个女子，何必跟她动手？三十六着，走为上着。姑且回寓和海仑相商了，卷土重来吧。"所以他手中铁链虽然抖松，却并未使用，一声不响，急急地仍由原路退到平地，准备走了。不料那守楼女子一些不肯放松，一见来人想溜，她忙从另一个升降机关上追下来。等待海峰刚刚踏着实地，正想定神辨别方向上屋步时，那红衣女子又在面前出现，并且门户不立，已把双钩要了一个抱子登天把式，一前一后，一左一右，向海峰胸口、腰内两要害处直捌进来，逼得海峰不能不腾挪躲闪，留心招架。这女子倒也心狠手辣，同海峰一接战，便施展出一套钩法来，其名“小路步步紧”，乃是以小制大，以弱克强的第一条捷径。

这一套钩法的创始人，即是双钩发明家蔡庆的关山门徒弟梅德隆。他幼时听人说，云南、贵州一带，出一种异蛇，身子并不很大，却能吞吃大象。德隆嘴上不说什么，心上总不相信。暗忖："大象非但生得有骆驼般高大，并且皮厚力大，小蛇那里能吞得下它呢？"后来跟师父出来卖解跑码头，到了江南地方，随处有河道的水区域内，他亲眼瞧见河内的鱼儿吃狸猫，方才追想那句“蛇吞象”的话儿，不是全无根据的。原来那内河鱼类之中，有一种头上生两根短须，身黑口阔，其形可怕的鱼，名叫鲶鱼。它因为口阔，什么东西都要尝尝的。遇到水浅辰光，它故意把自己的尾巴晒在浅滩上，不时掀动着。那些乡村人家豢养的捕鼠猫儿，也不时要下田捕虫蚁，到河边喝水。一见鲶鱼尾动弹，自然要走近来转念头了。不过猫性属火，故又善惊，总不肯贸然下口，必先用前脚去抓抓。于是鲶鱼晓得有东西上钩了，仍旧伏着不动。直到猫儿抓过了两三次，见它不动，再用鼻尖来嗅尾上的腥气时，鲶鱼“霍”地把尾扬起来，对准猫儿脸上，用力一打，慌忙把尾缩入河中。那猫儿受了这一下特别耳刮子，吓得逃到十多步路外去，蹲着静瞧。隔了半盏茶时候，鲶鱼又把尾巴出水上岸，僵卧滩上了。猫儿嗅着腥气，不免又蹑手蹑足地踅上来，结果依旧像第一次似的又挨了一下打。如是者经过三次，那猫儿挨了三次巴掌。脑筋发热，心火吊足。等到鲶鱼第四次尾巴才出水面，猫儿已直窜上去，张口便咬。岂知鲶鱼也有准备，待猫口衔着尾巴，它全身向河心底下一沉，尾巴用力一摔。凭你什么雌雄大小狸猫，总无有不抛入河中去的。那猫初下水时，居然要努力向岸边游泳，意图上岸哩，不料鲶鱼一见猫已入其彀中，下了水了，它便忙着钻到猫儿的肚皮底下，张开大口，衔住了猫的一条腿，或者一条尾巴，用力向水底拖。在这时候，若有人来救猫，鲶鱼固白费张罗；若此时没有人看见，少停猫儿全身毛片湿透，失去游泳能力，奄奄待毙。于是这无腥不食、捕鼠登高的土老虎，遂反成为鲶鱼果腹的食料。当下梅德隆亲见了这一幕天演杀机，又向老于乡村经历的老农处，打听明白了鲶鱼的狡狯，他才想出这一套小路步步紧的钩法来。出手时候，主疲弱诱敌，不甚出色惊人，但是越到后来越快。如果敌人少经验，被诱入了包围中，他的家伙无有不脱手败北的。

此刻红衣女子使出这路钩法来，海峰心上一味思想脱身出走，那里有恋战的心绪。故而抱着今宵不望有功，但求无过的宗旨，把莲花锤左拦右架，专门上护头胸，下保腰足，只顾招架，并不还手。幸亏海峰抱定了不想占面子的念头儿，所以没有一手大开门，对准敌人工门内打进去的解数，她的小路步步紧钩法，套不住他的家伙，倒也失败其效用。海峰觉得她一钩紧一钩，到三十手以外，索性阴换阳，阳换阴，连收缩进攻的尺寸都变化了。始而是逢单拐，逢双直，一钩上，一钩下，攻里头带守的。从三十一手起，乃是拐、直兼施，钩钩向着要害处搠来，一味取了攻势。海峰因为不识这路钩法的名目，不然武行小兵刃拳脚，总跳不出五行生克之理，有一路新法儿发明，不久就会有一路破法跟着发明的。如今不知这钩法底细，如何想得着破法呢？但不过她出手舍守专攻，并且紧得风雨不透，逆料快要完结了。果然挨过了六十四钩，小路步步紧使毕，形势反缓和得多哩。海峰暗忖："此时不走等待何时？"待她钩儿刺了过来，又抽回去，拔步便退。那红衣女子误认敌人吃了自己一路钩法，膂力已经用尽，所以只想逃遁，事势如此，岂肯再姑息放松？务必要乘隙把他搠翻了，生擒活捉了才是。故而一钩连一钩，不住手地攻击，真个得寸则寸，得尺则尺，一丝余情不留。

海峰被她绕住了，脱不了身，不禁心头火发。心想："如不给她点辣面

尝尝，她以为我真是没种东西，愈加毫厘丝忽不放过门哩。”主见打定，想起海仑昨日教导自己，有一套“紫竹敲窗”的岳家锤法。那是宋朝岳武穆的养子岳云，在家读书练功时节，见书房天井内有十几竿方竹的影子，被日光或者月光映射到了窗纸上面，有时被风吹动竹竿，那影子也摇摇不定。于是触动灵机，发明了这套锤法，并编了八句歌诀道：“千头万个映虚窗，姿势天分阴和阳。忽疾倏徐似雨骤，防虚翻实趁风狂。摇钻上下中三部，散播东西舞五方。数合天罡按八卦，临末佯输一扫光。”共成一百手正数，暗合三十六天罡、八八六十四卦之理。后来又加了一手败中取胜的回马脱手锤，好比那竹影被大风蓦地一吹，窗上雪白，一丝影踪没有；忽又自下而上，又是一窗纸的影子。这一手既速且乱，容易迷惑敌人视线。传到了明朝，沐英学这套锤法，嫌牛奶锤不顺手。因为牛奶锤下边的千金索，最长不过三尺，那回马脱手锤，须待敌人追至三尺地步之内才可发出，太觉危险。故而沐英便把它改为长鞭飞锤。再经聪明人一演化，索性改作莲子锤法则，算是步将专门，马将不用的了。

这路锤法，海峰本来在江西习练过的。昨天海仑指点他几手要法，恰巧收发过门，攻击关脉，岳家锤法内都有的。困此一练就熟，一练就精。现在大敌当前，心神不容懈忽，故意像杀败了似的，把身子退在丈多路外。那红衣女子误以为敌人急欲跳出圈子，脱身上屋逃遁，故而奋勇当先，如同馋猫捕鼠，在后紧逼近来，丝毫不稍宽容。谁知海峰把手中莲子锤的铁索一紧，猛然间改换了手法，把锤头耍成一个大圆圈儿，中间银光万点，一时间也不知有多少虚影，专向红衣女子的上、中、下三路，目、喉、胸、腰，腹五部穴道内攻过来。一旦眼花撩乱，辨不出他真锤头是那一个，误虚为实，将钩儿掀空，露出破绽，就要遭他毒手，被真锤头打着。若着一锤，轻则重伤，重便废命。当时那红衣女子也晓得这一套是岳家传派的紫竹敲窗，无奈自己手中只有两把虎头护手钩，破不了他这路锤法。如有一钩一牌，就可把藤牌当做窗儿，挡住了他的锤影，俟他一有破绽，可以起钩乘隙进攻。如今两钩在手，遮挡有限，挡不住锤头虚影。还是明哲保身，不要画虎类犬吧。海峰始而以为这路锤法使出来,那厮一定招架不周,要败阵下去。岂知她眼明手快,态度从容,坦然地举左挡右,起右阻左,一些些都不慌乱。海峰不禁暗暗喝彩,巾帼中人,练功夫练到如此程度,上战阵具如此经验,可以算是绝无仅有。

海峰将一百手正数使完,蓦然把锤头使个朝天一枝香式,故意开一开功门,实则趁势放长铁链,回身便走。那女子见他锤法使了一手乱劈柴,翻身走了,初以为他真的力乏要逃,故贸贸然拔步追赶。忽想道:"紫竹敲窗锤法的最后一手是回头望月、败中取胜的撒手锤,奴万万追赶不得。况且奴也笨极了,何必跟他恋战?只消去拨动机关,待他耸上屋面,蹿至墙上,飘身下去之际,少不得轮轴转动,大小各种弦索同时发作,他终难逃出这天罗地网。"故而她非但止步不追,反回身想上那八角亭时,去拨动那总机关。海峰眼梢向后一瞧,见她不中自己的诱敌之计,反回身走了。急忙回身,躯干略带侧势,将锤头对准她的后心,用力打将过去。对手虽则是个女流,倒确曾临过大敌,也是个跟观六路,耳听八方的好手。当时觉得身后"呼"的一声,同时有一股虚劲从自己两耳根擦过。晓得敌人家伙已经攻入功门,若是回转身躯,起钩招架,恐怕来不及的了。故此她猛把身子向地上一仆,让过了这一锤。海峰在后望过来,误以为她脚下误踹了什么东西,拌倒跌翻的哩。倘然要她好看向地上连发一锤,自然她非伤即死。但是海峰志不在此,见她倒地了,赶紧收回锤头,觅路出去。不料她一个蛤蟆扑水,躲过了这一锤;接着便是个神蟒翻身,在地上将身子倒仰翻转;连着一个就地十八滚,又叫做雀地龙,人已骨碌碌地滚至海峰近身;随即用手内双钩,向海峰的左腿弯和右腿踝骨上用力钩来。如果钩着,海峰一定栽倒。幸亏他不贪功,锤头已收进了功门,瞥见地上墨黑一团,如旋风般一向自己脚边滚进来,吓得一壁将身子向斜刺里一滑,一壁就把莲子锤着地一扫。恰巧扫出去,跟她的双钩碰着,"铮"的一声,火星四迸,两人手掌内都觉得热辣辣的。两下里忙各跳出圈子,急急瞧看自己兵刃有无损伤。红衣女子一瞧手内双钩,并未出甚毛病。口内不禁吆喝道："这一下没钩翻你，又便宜了盗宝贼子！"海峰见链锤没有伤痕，也接口骂道："险些儿中了泼娘的毒手！"

他俩正要二次交锋，蓦的四面火光烛天，人声鼎沸。红衣女子晓得是自己人来助阵拿贼，口内不言，心中暗喜。海峰却暗暗说声："糟糕！今晚难免要大大出一下苦相哩。"慌忙抬头四瞩，只见由八角亭后面转出十余把灯球火把，簇拥着两三个指挥首领之人。定睛一瞧，不是别人，乃是自己内兄丁海溪和老友马海仑，还有一个长眉皓首、颏下长着五绺银须的秃顶老头，很从容地踱将过来。丁、马两人口内齐喊道："你俩厮杀了好久了，也可以歇歇再拼吧。"此时莫说海峰一味发愣，疑惑身在梦中；就是那个红衣女子，也弄得莫名其妙。这到底是怎么一回事呢？

原来这红衣女子不是别人，就是海峰未过门的妻子、海溪异母妹子丁淑翘。那年随兄嫂到杭州上天竺进香，抬她的轿夫乃是双刀马德芳的徒孙。马德芳出身是唱戏的，后来在上海同李春利起了争端。那李春利是粮帮兄弟，一言之下，能够招呼二三百名打手。德芳占不了面子，便也投在一个姓杨的"大"字辈门下，想翻李春利的船。岂知一进门槛，才知李春利以前是"通"字辈，后因他代表老头子，去孝顺一个爷爷姓胡的"理"字辈，非常周到，故而由胡门二三十个徒弟同心协力，一齐提议将春利香头抬高一炉。趁姓胡的亡故之际，公逼春利灵前孝祖，也成了"大"字辈了。德芳虽则进帮，奈仍比他小一辈，彼此不能再自相火并；若再胡闹，春利犯以大压小、德芳犯以卑乱尊的两条帮规哩。德芳一赌气，便离开上海，在长江一带走码头，搭班子。不久，又同孙琪结了朋友，经孙介绍入了红帮的春宝山，这样才在杭州站住脚，具有了一部分小势力，其时春宝山山主徐老虎家内逃掉了一个小老婆，叫彩霞阁老四，曾吩咐本山弟兄一面留心侦查老四，一面代行物色一个继室的相当人物。马德芳接了山主这份公事，也曾知照过部下诸众。恰巧丁淑翘脸蛋生得不坏，其时的丁海溪又未脱土头土脑的乡下习气，故此万恶的脚夫竟敢把淑翘抬走。随田德芳派了个口蜜腹剑的鸨式老妪和六七名彪形大汉，监护着淑翘向扬州送去。幸而到瓜洲闸地方，被箬帽山王杨龙海瞧出破绽，用了个金钟罩功夫，将淑翘截留下来。

淑翘本来求生不能，求死不得，现经龙海救下，感激非常，当下自陈家世，求龙海送回芦墟。当时因龙海另有要事，须上一趟江北狼山去，待狼山回来，把淑翘送至吴江。不料海溪已浮家泛宅，海峰也出门学艺，弄得淑翘无家可归。龙海代为作主先将她带到天长来，拜杨鼎来做了干爸。非但可以安居，并且还好练习武艺。龙海在外代她随时留神，探访胞兄及未婚夫消息。新近龙海同海溪在湖州会见，便同至天长来，使她兄妹重逢。继而海溪上南京去找寻龙海，恰巧在下关望江楼上瞧见龙海的古诗和海峰步何海岳原韵的《满江红》题词。于是同龙海一见面，便提及此事。龙海当即四下一打听，晓得海峰拿了李长彪的信物，先上栖霞，之后也要来投奔自己。故而追踪东来，在孤树村上追着。先托茅山上的大李法官捎信给夏海波，叫他离群索居。再命李海源由水道在后追随，巧逢海峰行路闯祸，真是天缘奇遇。便借着贽敬为名，指引他上天长来盗镜。因为淑翘近年来颇觉心高气傲，所以必须要让他们夫妻俩交一交手。唯恐家伙不生眼，万一有个失手。故又命海溪、海仑二人次第到天长来，暗中代他们拉拢保护。龙海则于曾、丁两姓的破镜重圆，可谓煞费苦心，卫护备至。

杨鼎来及马海仑等诸人，固都明了内情，不甚纳罕；倒是身在局中的曾海峰同丁淑翘俩人，比了一个多更次的武，末了火把齐明，倒幻出这番现状，说甚么“歇歇再拼”，莫怪他俩都要发愣，一时总猜想不出这许多曲折。要知后事如何，且看下回分解。

第二十九回　进士第破镜重圆　淮安府失剑复现

海峰同未婚妻黑夜厮杀，丁、马二人邀了此间屋主杨鼎来，在暗中监战，瞧得明明白白。直瞧到双方各走极端，都不肯轻易罢休，唯恐两虎相争，必有一伤，故即吩咐庄客呐喊，将预备的火把亮出来，由丁、马二人把此中经过分头告诉给淑翘和海峰知晓。淑翘听了，女孩儿家难免羞涩，脸上一红，向胞兄轻轻地啐了一口，急急躲往后院去了。海峰听海仑追述原委，方才如云开见日，心上豁然开朗。对那个渴慕已久、钦佩崇拜的箬帽山王杨龙海，更加了一层感激之情。当下由丁、马俩人介绍，同鼎来招呼。鼎来便将他们三位让至前院书房中，落座待茶，照例宽暄叙话。一面吩咐家丁，将事先预备的酒菜搬出来，招呼大家入席，开那长夜之饮。他自己虽坐主位，却只喝一杯白开水，佳肴美酒，概不沾唇。海峰见了诧异动问原因。方知鼎来中年遇着了异人传授方法，依法实行，已辟谷不火食了十多年哩。

当下酒过三巡，菜上五道，海峰同鼎来等讨论了一番文事，又研究了半天武备，不厌不倦，尽量问答下去。海仑插言道："小子自知是个莽夫，不善应酬，欢喜开门见山，直话直说。如今曾大哥既已夫妻见面，好在丁九哥也在座。小可是本来凑现成，做大媒老爷，讨杯喜酒喝的。咱们长话短说，你俩何不把订婚一应手续，当面谈妥呢？"海溪道："吾辈志同道合，义气相投。当初在下就为钦佩海峰的品行学问,所以才托人出来作伐,缔成秦晋,戚附茑萝。其时海峰的双亲具庆在堂,老人家们的意见和咱们年轻人的主张有很多不同之处,所以当时行盘订姻之际,什么三盘六礼,以及大婚时的临门诸款,全都开过谈判。舍妹所需的衣服首饰,亦开过草帖。依着我俩心坎上,这许多都用不着的,那时实被俗例所拘,不得不然。现在我们两家这头亲事,可算得劫后重逢,前缘注定。不久又都要站在宏农旗帜之下,一起工作。难道在下还能像普通人家嫁妹般,说什么'头盘过来人抵挡,二盘过来办嫁妆'等无聊的话吗?就是海峰,也不见得计较什么一台四机、两台两箱等名目吧。"海峰道:"你的主张,小弟是极端赞成。但不知令妹心意如何?依愚见,倒是事先明白叫亮一句为妙。"鼎来道:"曾兄此虑不错,不以规矩,不能成方圆。目下你们男女两家的地位目光、环境识见,和从前大不相同。以前小妮子对于夫家的需索,不出衣饰二字范围;如今小妮子在外走过了这几年,重的是忠肝侠胆,对于那常人视为珍宝的穿拨插戴各物,反贱如粪土。现在你们郎舅俩的心上,好比青天白日,绝无一丝渣滓。但不知美女心目中,对于未婚夫婿有无特别要求?海溪最好去探问一声,免得回头发生不愉快之事。"曾、马二人也如是说法,立逼海溪入内去问。

海溪无奈,抽身进去,征求淑翘意见。他进去了好一会,才回到席上,宣布道:"舍妹对于俭婚办法,绝对赞成。不过她自己的劫后残生,算是二世为人,已非以前的蛰伏芦墟一隅,只知梳裹煮洗的丁淑翘可比了。此次嫁给海峰,乃是经方才那番争斗之后,完全钦仰海峰的武艺,才肯下嫁。这里头颇含一点婚姻自由性质。因此以前海峰府上行盘到舍下文定的一切物品,全部不算数,如今须海峰另下一件聘物,而且这件聘物是活的,不是死的。海峰若能如舍妹心愿,舍妹立刻就去君家,算是曾门丁氏了。"鼎来捋须微笑道:"如何?新的条件来了。"海仑也笑道:"令妹要求活的聘礼;这倒生了耳朵头一回听见哩。请问是什么活东西呢?"海峰口虽不开,却也两目瞧着海溪面孔,一眼不眨,含着叫海溪快快明白宣布的神情。海溪道:“现在舍妹自负是江南第一侠义美人。自古迄今,美人必和名马发生连带关系。故而含妹要求一匹日行千里不黑、夜行八百不明的龙驹宝马做聘礼。如果海峰马上有现成龙马下聘过来,舍妹也肯不待天明就过门的。”海仑骇然道:“哦!这倒是个大大难题,世上虽然常有千里马,无奈可遇而不可求,不是一时三刻就能办成的呀。”鼎来道:“曾兄如果要访求一匹良马,可要老朽向你介绍一个马贩子吗?你跟他商量商量,或者可以有办法的。”此刻不仅海峰,而且连海溪、海仑也急于想知道,这个人到底姓甚名谁。

鼎来道:“老朽的原籍,本是淮安府,谅三位也有所闻。我要介绍的这个人,名叫岳鸣皋,是我的同乡。他小时候在母舅海船上打过杂,生性非常顽皮,常在船上爬上爬下的胡闹,三次掉在海里。他本来不懂水性,却没有淹死,反而胆子越来越大,学成了一个游泳好手,故而得了一个‘海不收’的外号。他有一个好朋友,名叫伏龙。他俩一起练武艺,一起打光棍,像一对亲兄弟。后来伏龙跑到江北,混得很有名气。而鸣皋却因为陆上功夫较差,依旧是三四路角色。鸣皋很不服气,所以决心再投名师,重新学艺。他先投到我门下,学了不长时间,我又把他转荐到杨独眼门下。提起杨独眼,三位谅必也知道,他就是武当派鸳鸯腿一门的第一条好汉。他和我是师兄弟,同出于山西平阳府洪洞县董家门下。他的功夫比我强,所以我把岳鸣皋转荐在他门下。鸣皋在独眼门下学了整整十一年,才回淮安立门户。始而专和伏龙捣乱,后由朋友出面调停,把北方贩运牲口到南方的买卖全归鸣皋范围,二人方才和解。鸣皋经管牲口这一行买卖已有二十多年,对此中情形极其熟悉,他自己也喂养着不少良马。如果曾兄拿了老朽的书信去求他,谅他必定帮忙。曾兄意下如何?”

海峰听了,沉吟了半晌道:“承蒙你老热心,介绍往令徒侄处访求名马,那是再好也没有。不过箬帽山开山期近,小可唯恐错过了这个机会,一时也是有钱难买的事情。小可鄙见,求老丈把介绍信写就了,交给小可暂时珍藏,待回江南去参加过了开山大典,然后再上淮安去拜会令徒侄吧。”海溪在旁掐指一算，欣然道：“现在距离开山日期尚有几天，你若马上赶到淮安和岳鸣皋把晤，他家若有现成良马养在槽上，自然你就可马上返回；若是没有现成的，那么你当面重托岳鸣皋，请他代为注意，然后你急急赶回来，日子保你来得及的哩。”海仑接口道：“我是生性急躁的，生平不喜扭扭捏捏。曾大哥就这样办吧，免得你牵肠挂肚。待我来陪你上趟淮安，我也是要赶开山典礼之人，不见得自己捉弄自己的。这么一来，你也可以放心赶路了。”海峰见杨、马二人如此关心自己，暗想：“九九归原，求到了名马，丁淑翘究是做俺姓曾的妻子，与他俩毫不相干。他俩所以肯如此出力，无非是为江湖上一点义气罢了。倘我再饰词推却，未免不受人抬举了。”故而答应就照海溪所说的办法。于是鼎来便吩咐手下掌灯，出席往书案内坐定，把介绍信写就，回过来亲交海峰收藏。

其时已经四鼓打过，菜也上得差不多了。仍由海仓提议，催逼海峰和杨、丁二人告别了，依旧翻墙回寓。等到回至泰安栈三号房内，东方已有些发白。他俩索性不睡，坐到天明。先把自己东西收拾妥帖，然后开房门，喊茶房打水洗脸，一切完备。海峰唤茶房开帐，谁知海峰的房饭金，早由杨进士派人来说过，毋须再给。只要打发几文小帐就行啦。他俩把小帐开发以后，就此登程上道。在路无非饥餐渴饮，晓行夜宿，那天赶到淮安。

淮安这处地方，贴近运粮河畔，居水陆要冲，为南北孔道，商贾云集，货物往来甚形拥挤。中国销用最广的淮盐，就在此处运销出口。余如棉花、米、豆等各项土产，市面也做得很大。其地东界海州，西界泗阳，南接宝应，北壤沭阳。此地人多勇悍，士尚气节，城垣高大雄壮，不下苏州，南京气象。而且另外有个子城，俗名清江浦，与淮安城只一水之隔。以前海运未通，南七省漕米，由此汇齐起运，故而漕督就驻节在此。加上直隶、山东、江南、江西、浙江、湖广六卫所的各帮领运官儿，以及盐院、提督、总兵、税关监督等各衙门，都集中在此，所以非常繁盛。此时的漕督虽已名存实亡，而淮安又辟为商埠。

曾、马俩人到淮的时候，恰巧苏、淮分省未久，那江北巡抚的行辕，就是漕督贴门旧址，地基宽广，栋宇辉煌，非常气概。他们打听海不收岳鸣皋家居何处，好在海不收那时不单干那特别马牙子一行行业，尚兼着江北巡抚衙门刑、工两房卯首，又是江北提督衙门捕盗班头，铜元局稽查，盐院、淮关两署也有名字，真正名震遐迩，故得一问得知。当即穿街走巷，一直寻到岳家。海峰晓得这姓岳的轻易不能会面的，所以上门投递名帖之际，就将鼎来的介绍信附陈进去。若是海峰不这样办理，恐怕要恭候他十天半月，也不知能否得见一面。如今有了鼎来的亲笔信，靠得住了。果然投进去未满二十分钟，岳鸣皋就差亲信出来，先引领他俩到内书房款坐待茶。并道："敝东此刻正究问一件小事，不能立时脱身前来奉陪，万望二位原宥。好在不消多少时候，敝东就可前来把晤的。"海峰口内和这招待人应酬，顺便举目在这内书房四周细瞧。只见正中挂着一幅王石谷的山水真迹，并有恽南田的题跋，格外名贵。旁边挂一副刘石庵的七言签对。两厢八幅单条，左首是改七芗画的仕女，右面是王梦楼写的字。朝外天然几中间，供着炉瓶三事；上首摆一个雨过天晴色柴窑胆瓶，下首放一座五龙取水花纹的玛瑙插屏。所有茶几桌椅，全是柴檀木做的，并且用黄杨镶嵌出细巧花纹来。其余供列的大小摆设，动用的粗细器皿，没有一件不是穷工极巧，奢侈华贵之至。

海峰瞧见了这等富丽堂皇，暗忖："江湖上有句古话，叫做'财气旺，义气尽'。自古到今，大抵如斯。初出道打光棍当儿，孑然一身，无家无室，吃了早顿，不知今天夜顿有着落无着落，肚子在十天之中，倒有八九天是瘪的。偶尔有了一两块钱装在腰包内，连晚上睡觉都不安逸了。在这时候交结的一班朋友，确是大家有真义气，真血性的。因为入世未深，自身的一片烂漫天真，尚不会被淡薄社会，势利人情所磨灭掉。再者过这种刮皮日子，虽说好死不如恶活，其实恶活究没有甚好味道。故而动辄要和人舍命相拚，也无所谓自己事情，朋友事情的分别。总之无风尚且要起浪，一旦遇着交涉，自然更加舍命拚死的滚龙斗。等到混了几个年头，小名声有一些些了；或者本来是个无业流氓，有了这几个年头的混混资格，居然在那一个机关里混上一个探伙、稽查等类的差使，煌然算是衙门中人，不得不另具一副正正经经的公事公办面目。于是那一片天真，一腔血性，历年来也被那社会、人情渐渐磨灭掉了。口内对于起手老弟兄尽管仍吹着义气，实在良心墨黑，眼睛通红，只认得黄澄澄的金子，白生生的银子，绿黝黝的票子，还顾什么廉耻道德？再不想做义侠男儿了。若是身上冷起来，肚子闹饥荒，请问可能把义气来吃喝穿着的吗？出道时节，就为要成全义气，不时要弄得挨饿。好在这种世界，只要有了银钱，什么事都办得到。朝南坐的所谓'民之父母'的官家，尚且花钱买得到，何况区区'义气'二字，难道觅不到吗？至多多花几个臭钱罢了。于是对于旧日那班同过患难，吃过泡饭的老朋友，非但不甚愿意照应，并且怕他们摆出从前出浜时候的寡腔来，似乎和他现在的面子上有些受不住的。因此对于旧朋友往往大大厌恶起来，恨不能立时和他们一个个划地绝交呢。更有心狠手辣之人，谋深虑远，料他们和自己绝交不来往了，瓶口扎得住，人口扎不住，他们一定背后要去谈论咒骂，于自己名声地位上愈觉不妥当，故而索性斩草除根，大下辣手。虽然出身草莽的成功人物未必个个如此忘恩负义，然而十有六七逃不过这圈儿的。所以有'财气旺，义气尽'的两句老古话儿传流下来。现在岳鸣皋家内如此排场，不消说得，手内一定着实有几个的了。有钱之人，决少义气。但不知我来求教他的事儿，他肯帮忙不肯帮忙哩。"再回过来想想，或者杨鼎来这个介绍人很硬，也许他肯买这一笔帐的。再抬头向上边望望，又见东西墙壁之上，挂满了铁胎弓、雁翎刀和一杆十七响德国制造的双筒马枪。

海仑指着挂在西壁的一对八角烂银锤低低说道："这是海不收擅长的家伙。据人家说，杭州岳王坟旁边的飨堂内，挂着一对银锤，乃是岳云当日所用军器，传留下来的哩。海不收初学会了使锤，他照戏台上用的圆头短把式子，命冶工铸成，不料不适用。后来他到杭州去，瞧见了岳祠的那对锤样，归来就照式改造。所以头上四周虽起棱角，那全部形状，也同牛奶茄子般两只。虽不及戏台上用的好看，但是临起阵来，只消再装上千金索，向手腕子上一套，不至于再不凑手了。”海峰听了点点头，仔细把那对锤形端详了一会，又见银锤旁边悬着一个鲨绿皮剑鞘，玫瑰紫色悬绦，红蝴蝶结收口，墨绿双穗挽手，穿在剑柄上头。仔细估量估量那鞘内宝剑的尺寸，同自己在南京下关望江楼上失去的那口宝剑，竟一般无二，越看越像。胸前的一颗心，不禁有些别别地发跳。想要走过去把它除下来，抽出鞘儿看一看，究竟是不是自家的失物。但正欲站起身来时，忽听那引导之人喊道："敝东来了。"

海峰只好暂时按住心神，把目光移过来，向书房天井内细瞧。只见打从外面踱进来一个汉子，身高六尺以上，大约四十左右年纪，生得星瞳河目，大耳浓眉，海口方颐，熊腰猿臂。头戴一顶纱顶缎边的瓜楞秋帽，身穿一件紫酱色团花贡缎夹大褂，腰系一道本色湖绉大束腰，上面悬挂一个四喜荷包，一个黄皮表袋，袋内藏着一只银壳亮表，足登十行玄缎靴子，手内就执着杨鼎来那封介绍信札。一路嚷进来道："那一位是吴江曾海峰茂才？恕小弟一肩日月，尘俗鞅掌，失于迎迓，多多得罪。"当下曾、马二人，一齐站起招呼，海峰并代海仑介绍过了，然后主宾分坐。先照例寒暄了一阵，最后谈到本题上来。

鸣皋便道："可惜曾兄迟来了一星期。在一星期之前，有班山东道上的武行朋友，探听着我们江北泰兴地方有个姓王的老头，于前三年到江南昆山瞧见一家农民人家，把一骑好马在那里驾着车水。这王老头善于相马，便用话去打动原主。恰巧这马的原主正恨这马的脾气太大，拉它做生活，非咬即踢，实在不好服侍，本要得使把它掉换给马贩。王老头要想买马，自然一说便合。于是他只花了二十七块钱，把这匹马跨回江北来。始而别人见那马瘦得一把骨头，口齿又极幼稚，怕支撑不住，快要死啦，买它来有什么用呢？谁知经王老头三个月细料一喂，那马就上了膘，马脸生得特别狭长，两耳如同削尖的竹筒，四个小圆蹄子，好比装在四根钢条般的腿胫上。尤其是它的一双眼睛，比其他马生得大，看起人来，奕奕有神。开起趟来，后蹄跨前去，总在前蹄的原印子内，而且步步罩上半个蹄印。真是一匹跨灶神驹，故得名震淮、徐、兖、浙四府。这班山东武行朋友，他们是曹州道的，特地赶至王老头家内，想向他借用这匹好马，至多一年半载，言明准还。不料王老头不买交情，以至恼了大众恶脾性，开鞭挂彩，把此马硬拉着就走。因为苦主逼着不放手，风头太紧，他们不敢带马回去，这活东西惹眼不过，所以路经此处，送给在下的。在下也为它太惹人注目，恰好前一星期，有个寿州朋友由河南回来，他跨着一匹回头望月咬人青，也是一匹神骏，他是要去还给一个亡友的后人，也怕这咬人青名气太大，容易招摇，故此到舍下来，换骑了那一匹马去的。曾兄是一星期来了，在下可把那匹马送给曾兄，做个贺仪，成全你破镜重圆一桩美事。如今虽有那青马寄槽，无奈我没有主宰的主权。只好待在下挂在心坎上，慢慢地另求一匹好马；或者待那寿州朋友回来了，仍把咬人青掉换回来，在下立即打发人把那一匹马送到天长城内，交给鼎来师叔，转赠曾兄吧。”

海峰听他说了这一篇话儿，一时倒无从措词，只是目视海仑，想和他打商量哩。岳鸣皋又开言道：“如果曾兄此来期在必得上好代步，那么就请跨了这匹咬人青去吧。不过话得说明，将来原主要归还起来，尽先不尽后，那时在下仍须派人来找大驾调回原物的。”海仑一听此话，便把口凑近海峰耳边，低低地在那里讨论办法，尚未答复可否，恰巧又有个下人从后面转出来，向鸣皋报告道：“那个湖北尤厨子又发老脾气，活计不干，一味喝饱了老酒寻相骂，今天索性动手打人哩。”鸣皋怒道：“这家伙真是叫化胚，吃饱穿暖了，就要不安逸，把本来面目全忘掉了。他还以为是在应城叶家做厨师，有了姨太太的靠山，连东家小姐的性命都操在他掌握之中，要如何便如何哩。你去关照帐房先生，速去把这狗入的整顿一下。他再同前一次般地不罢不休，那么你们大家动手，把这混账东西撵出大门，滚他娘的蛋！杀猪人死了，不见得吃带毛猪的。”下人诺诺连声，回身便走。

这边海峰听到了这儿句闲话，忽然触动了孔元甲托自己探访尤大鼻子的事情，故忙把自己求马正文搁起，反先向岳鸣皋忙着追问这混蛋厨师的来历。要知以后如何，且容下回分解。

第三十回　咒蛇阵睹希奇法术
抢龙头见尚武精神

曾海峰一听岳鸣皋主仆俩对答的说话，忙开口动问那个酗酒厨师来历。鸣皋道："小子姓尤，人们都唤他尤大鼻子。原籍湖北应城县，向在本县商会会长叶云五家当饭头。这个叶云五，也是糊涂虫，正正式式的媳妇儿没有，却把一个小出身、先奸后娶的两头大迎入宅中，主持家政。她的名分虽居正室，却总脱不了小老婆习气，放而上下诸色人等，背地里称她做尖少太太。这个尖少太太饱暖思淫欲，倒看上了这饭头，暗中有了不尴不尬的混账事儿哩。叶云五自己倒马虎惯常，驮了石碑不觉得重，却被他一个嫡亲侄女儿看破机关，扬言要在胞叔跟前出首。这对狗男女情急反噬，先发制人，反去买通了一个姑太太做了硬证，把那侄女活埋掉了。他们以为把云五也瞒在鼓里，这事不会出岔的了。谁知那个侄女儿生前虽然为人良懦，做了鬼倒非常泼辣，真合着那句'善人恶鬼'的俗语，把小婶子同这饭头俩，日日夜夜搅得不安逸。这小子想本乡住不得了，便和那尖少太太脱离关系，跑到了别地方去，以为这死鬼总可放松，不缠绕了。先避到汉口，才安逸了十天，那鬼又找寻来了。于是又避到九江、安庆、芜湖、南京，仍旧没有用。后来在镇江遇见了闹海神龙苏二老英雄，求了他一封荐书，投到舍间当差。我知道他擅长做菜，就派他承值大厨房。始而倒很奉公守法，现在老脾性发作，一天不如一天了。故今日把他撵了出去完事。”

海峰忙道:“这家伙的说话,其实三真七假,不全是老实话哩。”于是将孔元甲仗义干涉,三次开棺的经过述说一遍。并道:“这一对狗男女因为官司吃紧,才逃跑出来。大约现在知道孔元甲已经调任,风头松懈,又想回去过适意日子了。小子是受了孔军官的重托,适才听你提及,已颇注意。现在既然确实是他,将他撵去,正中他的算计。据小可愚见,不如把这厮提解回应城去,了结原案吧。”鸣皋道:“照曾兄说来,那位姓孔的一走,这叶云五又愿做元绪公,出面的原告又不甚得力,那是一面官司。就是把这厮提解回去,恐怕也不会办到抵命的罪名,那位叶小姐的冤屈仍旧不能伸雪的。现在这样办吧:这厮既说他和旧主姓叶的都是袁家弟兄,所以能求得到苏二老英雄的荐书,但照他的行为,已犯了洪门的誓言禁律。本则袁家三十六誓,其中第九誓道:‘不得奸淫兄弟妻女及姊妹;若犯者,五雷诛灭。’又二十一条规则的第二条道:‘凡奸淫兄弟之妻室或与其子女私通者,处以死刑。决不宽假。’又十条禁律的第一禁道:‘兄弟之妻室,必须务正。即自己娶有妻室,亦不能贪色。倘妻室不务正,则劓其两耳。如自身贪色,则处以死刑。’只要照这三项规矩矩办理,不但这厮死有余辜,连姓叶的两只耳朵也保不住哩。故在下意欲将这混蛋仍旧送还苏二,并附一封报告书去,看老英雄怎样发落吧。曾兄赞成不赞成?”海峰仔细想想,鸣皋的说话果然不错。与其把这厮提解回应城,倒不如送往苏二处,用袁家家法处治哩,当即应声赞同。鸣皋立刻命人,先把尤厨师看押起来。再令书记写好了报告书,由自己和海峰过了目,都签名盖章之后,才派心腹拿了书信,把那尤大鼻子解到苏二处去了。

当时海峰心上很高兴,总算这次上淮安来,顺便又了却了一件心事,不算完全白跑的了。于是再谈到马的问题。依着海峰,要托鸣皋随时留心,日期缓些不妨。不料海仑要好,一口赞成鸣皋最后的一条办法:眼下先把咬人青借去,以后有了好马,再行换过来,如此才两全其美,硬逼着海峰答应。鸣皋是爱朋友的,见海仑相劝海峰的殷勤情状,自也极力附和着,劝海峰允许了吧。海峰一人拗不过他们两口,只好勉强应承。这也是六州铸错,定数难逃,无形造成这一局,以致将来为了这马,弄得自己人误会,几乎闹出大乱子来。目下不过提及一句,暂时且不细表。

单道曾、马二人见正事已了,就要兴辞,不料被鸣皋十分诚恳地款留道:"一者,要听苏老英雄的回信。二来,后天是淮徐帮和兖鲁帮抢龙头,人家还特地远道赶来瞧这热闹,二兄此回到来,巧遇这个机会,焉有不赏鉴它一下之理?务必请在寒舍小住三四天,然后回去不迟。"曾、马二人见鸣皋乃是诚意款留,暗算箬帽山开山日子,就在此勾留三两天回去,尚赶得及的哩,故慨然地允许下来。岳鸣皋见他俩言行亢爽,毫无城府,和自己坦白无私的情性相近,很愿结交。当下一听他俩允许留下,非常高兴,使命手下端正筵席,就开到内书房里来,给海峰、海仑二人接风。等到主宾三人刚刚定席归座,那押解尤厨师到苏家去的几名心腹已回来禀复道:"苏二老爹到了台儿庄去,明午始得到家。他们当手伙计,把那厮接收了去,命咱们道:'你等回去察复贵上,容我们老头子回来了,吾等将信陈阅之后,定有痛快办法拟出,前来征求贵上同意。'"鸣皋听了点点头,把手一摆,那班人自行退出去了。鸣皋笑向曾、马俩人道:"就算在下不强留二位过了抢龙头节场回去,海峰兄既受孔元甲军官重托,好容易找到了这狠心恶徒,也得候苏老儿回来,得了一个如何发落确信走路,庶将来遇见了姓孔的,也得有个交代。不然,了而不了,怕要背后受人家谈论,说曾兄办事欠周到吧。"海峰点头称是。

三人且谈且饮,渐渐说到军器上头。海峰便指着西墙上挂的那口宝剑动问端的。鸣皋道:"提及此剑,在下又是为朋友而干这一下缺德事情。因为有一个四川的彭家珍,一个广东的温生材,他俩都想仿效荆轲、聂政、专诸、要离一流人物,干一件惊天动地的事情。但是要做这暗杀门中一行义士,须有德国上好的手枪、炸弹,或者见血封喉的利器。因此他们不约而同,都来托在下代为物色。在下就转托一个黑道上著名高手,外号野鸡毛的,叮嘱他随时注意。他答应了我,过了一年多,直至上月从南京到来，才算弄到这一口，其名叫什么‘德’。据他说，这把宝剑乃是现在隐居江西地方的一个侠尼所铸，一炉总共只得一把半。他在南京下关一家酒楼上，无意得到的，一毫吹灰之力未费。回头同铁丐、李云彪等碰见，才知现下这口宝剑的主人，就是侠尼新收的徒弟，一出场就排解骂娘河畔萧、夏两姓的纠葛，将来一定有番事业做出来，在江湖上占个座儿哩。他听到此话，本想将原物送归旧主。继思能成大事之人，决计爱朋友，讲交情的。譬如这宝剑主人同彭、温二人认识，彭、温俩人要向他借这口宝剑去干件轰轰烈烈事业，宝剑原主不见得不义气，不肯借。既已盗来索性借用一用还他吧。故而他转托江南画侠，去送了一张地图给宝剑原主人。只要待或彭或温用过这口宝剑之后，野鸡毛仍去设法要回来了，在这张地图上所画的深山峻岭中，奉还原物。野鸡毛的说话，向来言重如山，说怎么办，一定照话办到，从不会半途变卦，更改反悔的。所以江南画侠也很高兴代他送图给宝剑原主去。他得了这宝剑，就到在下舍间来，叫我代他配上一个鞘儿；并捎信给彭、温二人，谁先来此，就由谁先用这东西去干事，也预约在这抢龙头节下，来至舍下交割。或者今、明、后三天之中，盗剑的野鸡毛，用剑的或彭或温，都陆续要来了。待他们来后，容在下再代二位拉场。”

海峰听了，好比哑巴吃了黄连，说不出的苦，因为当场半个字也不能吐露。如果直说明白，一来显见的自己不义气，分明不肯把宝剑借人，变成个不成人之美的滥小人；再者，使得做主人的岳鸣皋，三面都是朋友，帮助了那一方说话好？为了全江湖上的义气，此时只好明知故剑悬在壁上，暂当没有瞧见。须待以后风闻温生材或彭家珍干过了那件事，然后踏遍天涯，照着那幅画图上的山水形状，去寻访着了野鸡毛，要回原物。那时传遍江湖，才显出他曾海峰的人格来。如果当场翻脸将剑摘下来拿着就走，那么从今以后，仇家不免要结得多了。腹中通盘算计了一下，还是隐忍不发的便宜，只不过当场着实有点难熬罢了。他们三人这席酒宴，直吃到月上中天才散。鸣皋便亲送他们到客房内安歇。

不料一觉醒来，约摸三更半天气，海仑下床解手，平空被一个东西在腿上咬了一口，痛彻心肺，顿时高声喊叫，伤口上也一味流出紫黑水来。挨至天明，海仑更加痛得晕厥过去，人事不识。非但海峰着急，就是鸣皋也非常焦灼。分头请了七八个中西著名大夫来诊治，一毫效验没有。幸而最后邀来一个淮阴地方不出名的医生叫葛伯谦的，他看了海仑伤口，一口认定是被毒蛇所咬，由他介绍来一个专治疯狗、毒蛇咬伤的医生姓赵的到来医治。那赵医生一进岳鸣皋家大门，已嗅出毒蛇腥气。于是先到海仑床前瞧过受伤人情形，立即吩咐端正七个瓦油盏，盏内装满菜油灯草。一斗白米，一升稻糠，都搬到受伤人房外的天井内陈列着。又吩咐岳家上下男女通统回避开去。若是要偷觑究竟，也只能躲在楼上，从窗缝里窥探一些，绝对不可露面。而且妇女小孩最犯忌，连窗缝里张望都不可。如果不听他的话，因而再闹出连环乱子，一时三刻就有性命之忧，他本人不负责任，而且也无法可治的。大家听了这活，性命要紧，除了主人岳鸣皋和特别关心的曾海峰，还有三四个胆大不怕死的亲信下人，都躲在客房对面的一角小楼之上，屏息凝神，在窗隙内窥视外，其余诸色人等，个个谨依嘱咐，一个都不来窥探。

单说海峰等在楼上。窥见那赵大夫将众打发开了，把预备的各样东西布置起来：白米堆在东边，稻糠堆在西边，七个油盏一齐燃点好了。按着北斗七星方位，摆列在北面。又去拿了海仑一只鞋子，放在天井正中间地上。遥望过去，那鞋儿同东、西两堆米、糠堆的地方，距离很近，大概也有一定尺寸。然后他又去拿了一只茶杯，倒了一杯水。从袖中抽出一技带叶的桃树梗，先在茶杯面上空画了一阵，想是画道符在水里。然后走至天井内，徐步念咒。约摸隔了五分钟辰光，将桃树枝蘸着白水，在满天井洒了个大圆圈。二次再念，念毕再洒，不过这圈儿洒得比头回小得多了。如是者三次。然后听他向着米堆厉声喝道："天蛇蛇，地蛇蛇，慈鳗、青梢、乌风蛇，三十六蛇，七十二蛇，速出速承，毋违弗懈。"他口内喝毕，只见米堆里蠕蠕而动，先爬出一条四脚蛇来，慢腾腾爬至海仑鞋子旁边，嗅了一嗅，便很迅速地回入米堆里去了。一转瞬间，米堆里陆陆续续爬出来的长虫，一时也分不清共有多少条数。始而尚认得出青的是青梢蛇，黄的是慈鳗蛇，赤的是火赤练，白的是枰心蛇，黑的是乌风蛇，都叫得出名目的哩。后来蛇越来越多：有的头上生一只肉角，背上又生有定胜花纹的，有的同竹叶般，颜色碧绿，俏得同玻璃翠一般；有的一张蛇口内，生着两个舌头，爬出来时，舌头一撩一撩，好比一把剪刀；有的身体虽是蛇身，却生着一个人头，而且是个女形……奇形怪状，真是无所不有。海峰和鸣皋俩的胆门子算是大的哩，但瞧见了这许多怪蛇，又闻着一阵阵令人作呕的特别腥羶气味，也有些毫毛凛凛。有一个较为胆小仆人，已把两手掩住了眼睛，口内不住地念《般若波罗蜜多心经》，再也不敢窥探了。

如是者足足有一个钟头，那些蛇从米堆内出来，都爬至鞋子旁边嗅一嗅，向米堆里爬了回去，条条如此。最后米堆里钻出一条怪蛇来，形同花肚皮癞蛤蟆一般，不过只有一只脚长在肚皮底下。那只脚的形状，又和鸭脚一样，行动起来，向前一纵一跳，脚下窸窣有声。如果不是杂在群蛇中出现，单独见了它，决不当它是蛇类的。当下也跳到鞋子旁边嗅了一嗅，便伏着不动了。赵大夫晓得是它咬的了，忙向它念动催治咒语。谁知它蹲在地上，两眼怒视着赵大夫，一动都不动。赵大夫料它尚不服气，暗中早做准备，一壁连连念咒催促，并且不住手把桃枝蘸了符水，向它身上洒上去，不料它"霍"地向上一蹿，离地有四五尺高。幸而赵大夫已防备着，待它蹿高时，将手内的桃枝也往上一扔，扔有六七尺高。它见这一下没把蛇师制倒，好比人的认输相仿，垂头丧气，跳到海仑房内。赵大夫拾了桃枝，忙在后跟入房内监视它。它无奈跳上床去，把一张阔口凑到海仑伤口上去，张开口来，用力吸着。吸了两盏茶时候，它的肚皮顿时高胀了起来。海仑的伤口上却已立时皮肉出现活色，紫黑色水也不淌了。赵大夫再押它回至天井里，它也像中了毒一般，纵跳起来，不及出来时节灵活有力了。好容易蹒跚地回到了米堆之前，又回过头来，向赵大夫"吱"的一声怪叫，仍钻进米堆里去了。它一进去，接着就是最先出现的那条四脚蛇又爬出来,向赵大夫点点头,也钻入对面稻糠堆里去了。这好像人的复命一般。赵大夫忙又缓步念咒,又洒了三巡水,末了将杯中余沥向七盏灯上一倾,恰好七盏灯光一齐被他泼熄。于是他喊大家聚拢来吧,不妨事了。一壁又急急奔入房中,在带来的药箱内取出一种红色丸药,一种黄色末药。吩咐下人把末药先煎得浓浓的,撬开海仑牙关,用一小半药水,将丸药灌送了下去。那一大半药水盛在磁盆内,由他亲自动手,在海仑伤口上细细的洗涤。

曾、岳二人见赵大夫如此用心医治病人,心上十分感激,都不住嘴地道谢。赵大夫道:"不瞒二位说,我同病者以前常在一块办事,志同道合,也可以说是不分你我的忘形刎颈深交。后因环境逼迫,不得已而分手天涯,阔别了好几个年头儿了。初不料有今天这回事,真正是人生何处不相逢了。"海峰听他说是和海仓本属旧交,正要开口请问他大名雅号,同海仑已往是怎样的交情,床上的海仑此时疼痛已止,早悠悠苏醒过来,先低低喊道:"啊唷,我的妈呀!这一玩意儿真受不了啊。"忽瞥见了那大夫,忙把他的面貌仔细认了一认,直喜地鼻涕眼泪一齐流出来,连腿上的痛苦完全不在心上,从床上直坐起来,指着那大夫道:"你不是海流贤弟吗?分别了这几年,想煞劣兄了。此刻莫非我身入黄粱?还是同你在阴司相会?你一向究躲在何处?累劣兄找得你好苦啊!"原来那位赵大夫不是外人,就是和海仑昔日同班唱戏,在马尾山一同逃命,幸免火葬的旦角赵海流,怪不得海仑如此激动。当下海流也觉惨然得很,便把自己和海仑别后的经过情形,一一叙说出来。

原来海流去投奔韩道台,满想借力复仇。岂知那韩道台一来年纪已过五十,暮气很深,二来当了几回优美局差,手中着实刮到了不少。大凡一个人有了钱,自然而然要怕事的,如何肯代海流出头去请兵剿匪?故而海流在韩家住了一年有余,眼看情形不对,决计向韩道台告辞,以便走遍天涯,另觅拔刀相助之人。偏偏他又不肯就放海流自由行动,竟造成了进来有路,出去无门的局面。弄得海流夜夜吞声饮泣,屡次想要寻短见的

了。幸得韩家有个书启师爷，江西袁州府宜春县人，年纪已经六十以外。此人倒是个老江湖，他看破海流的夹层心事，便先背地盘问明白了究竟，然后自他想法，假名回乡祭扫，伪称爱海流伶俐，向韩道台说明了，借去使唤半年，一起作伴回江西，才得脱离韩姓大门。那师爷异常热心，同海流回到了宜春，恰好有个贩卖夏布的浏阳庄客，深通辰州符门内的真假“九丁十三川”门槛，着实有道行的，那师爷就把海流介绍给他做徒弟。跟了他六七年工夫，现在才得毕业出来走码头。海流专门练这咒蛇阵一种功夫，乃是有深意的，心想练到熟极而流的地步，一千六百七十五种大小蛇类，都受了自己指挥，可以随心所欲地差遣它们了，那么到马尾山去，将所有仇人一个个咒遣毒蛇去咬毙他们，大仇可报。然后再北上，去找那个罗锅儿船主同那掌舵的秃厮，要回那块琥珀玉虎坠来。他俩如不识相，也命长虫去干他俩一下。这两件事情办完之后，再去寻访当初通风指引生路的那个姑娘和渔棚内的奇怪渔翁，以便拜谢从前救命之恩。那怕赠送他俩一根稻草，也算表表自己心迹。这三件恩仇了结之后，自己仍要回江西，准备到万载山阐教的清虚道观中，出家做老道的了。

海仑听他讲完，也将自己经历一一的说给他知道。末了劝他何不也加入箬帽山党，人多手众，众擎易举，比较单身入马尾山，咒使异类报仇的渺茫办法，似乎有把握些。海流仔细一想，海仑的说话有理，故当场即很干脆的答应。并且问知曾、马俩人后天就要动身，急忙兴辞回寓，索性把应用物件，铺盖行李，也去搬到鸣皋家中来了。因为调治得法，翌晨海仑已经复原下床。鸣皋很是快话，便招呼赵、马、曾三人，一同前去观看抢龙头吧。

这一天是三月廿八，俗称东岳大帝生日。非但水上有龙舟竞渡，就是陆地上也有淮阴四乡的土偶木像，由一般人执着旗锣扇伞，前呼后拥地扛抬游行，算是庆贺东岳大帝的寿辰。海峰等一到街上，耳畔就听到闲人谈论道：“今年南帮内邀到一位安徽老师家，石锁能抛到三层楼楼房般高。倘是在档船上出手，从桥东把石锁扔了上去，等到船摇过桥洞，然后从容不迫地在桥西把那石锁接到手内哩。另有一人笑道："远来和尚好看经。花了整百整十的大洋钱，路远迢迢，派人上安徽去请得来的师家，当然格外希罕。你说他能抛石锁过桥，不要也同去年阜宁的换糖小马一样，石锁虽然是过桥抛接，不过是特制的空心石锁，外表瞧瞧很好看，实在没有多大分量，掉在河里能浮在水面上，那真要惹得北帮笑煞呢。"先开口的道："今年北帮方面，特往北平、辽东各地聘请来了无数好手。单是船上飞叉一门，据传请了十三把高手在那里。其余长靠短把，亮暗兵刃，全请定专门好手担任，想大大占一下面子去。故而逼得我们南帮不得不请人。这回如果出手打起架来，着实要打倒一大批硬汉了。听说双方预先请好的伤科先生，各有一二十位哩。我听一班长胡子老前辈谈论说，从前道光廿九年，为抢一个台儿庄旱码头，南北帮有过一番大战斗的。除此以外，历年来的比赛，不过彼此把老玩意见陈列了出来，舌剑唇枪，嘴巴上空嚷上一阵子，结果勉强出一出手，应应市面，就算完事了。唯独今年的来势，同道光廿九年相似，连苏二也劝不开，少不得要打出一场大人命来。"又有一人道："今年南帮去聘请的一班凤阳、亳州打手，架子十足，一律都是玄色斜纹布短衫裤，皮统快靴。每人手内都拿一只铜蝙蝠，那蝙蝠头是尖的，左右两翅展开来，又都磨出了口，锋利无比。如果挨上一下，就是铜筋太岁，铁头太保，怕也受不了。这一队四五十个好打手，就可抵挡对方头二百个冲锋敢死队哩。万一动起手来，咱们大家气力不佳，不能加入阵内助战。但大家是淮徐人，面子有关，应该齐心点高声呐喊，助助南帮的威势。若是打胜了，使北帮晓得我们同心协力，上下一致，不好惹的，以后也不敢小觑我们啊。"此人说时，横眉怒目，揎拳捋臂，一种凛然不可侵犯的尚武精神，确实不错。

海峰见了，心上暗暗叹息道："唉！我们中国人一向是勇于私斗，怯于公战的。照这一班人的情形，和他们所谈及的凤阳、亳州两帮人的功架，算不像老大帝国的病夫。可惜这种精神气力，只会用在这上头，在自家人面上争长短。若是对外交涉起来，也个个能够威武不屈，百折不挠，一致坚持到底，岂不就成了东亚地方的第一强国吗？但是就各方言论听上去，这回的抢龙头玩意，也有历史沿革，其中含着大大作用在内，这倒要向岳鸣皋打探打探哩。”但不知岳鸣皋回答出来些什么话儿，请瞧三十一回吧。

第三十一回　老规矩械斗夺码头
新章程考试收弟子

鸣皋道："以前海运未通，南省漕米，由敝地转运北上之际，王家营和台儿庄两处水陆码头，真是南北往来要道，赶脚的买卖好得了不得，来往人货多得很。我们江苏省的淮徐帮苦力，同山东省的兖沂帮苦力，订好条约，叫做'南归南，北归北'。譬如北人南下，归南帮做的生意；南人北上，当然是北帮的买卖。若是客人指名要谁的牲口，谁代运货，则叫'坐三行七'。譬如该是北帮做的买卖，而客人拣中南帮的人，南帮可以做这注交易，但所赚的脚钱，却要分三成给北帮，自留七成。反过来也是如此。此事统由鞭仗行代为料理。后来漕运改为海运，这班人的生活已经大不如前。等到近年来有了火车、轮船，南北交通便利，南大道没有客货来往。一百家鞭仗行，关掉九十七家，只剩两三家勉强支撑着。所有王家营、台儿庄两处水陆码头，一年三百六十日，全盘统扯起来，尚扯不满六十天有生意，有三百天坐吃。就是这六十天里的生意，也不过一百或八十里的短载，没有再像以前那种一千或八百里的长行生意了。因此两帮内的车夫，驴夫、水手、脚夫，都不守旧规，偶然有了一注生意，抢夺拉扯，以强为胜。日积月累，便酿成拚命械斗的夺码头惨剧出来。这十年里头，又改为借今天东岳生日，水陆赛会的机会，双方纠人决战一下。哪一帮胜了，王、台两处码头客货，就归胜方独家兜揽，一年为度。到了明年今日，再行决战，连胜者连任。自从此风行后，苦人性命，不知枉送多少。前年同去年两年，都是北帮胜的。故而今年的南帮，要背城借一，决一死战了。”

海峰道：“械斗是有干例禁的，难道当地文武衙门里的官儿们，全是不见不闻的瞎子聋子不成？”鸣皋叹道：“俗谈‘药医不死病，真病无药医’。大凡病一犯了真，便无药可治。天下无论什么事情，犯不得真的，若是犯真了，都没有补救方法的。他们南北帮的械斗，实在为了生计问题，逼迫得走这条末路。未动手前，双方言明，打伤了自家请伤科，打死了自家买棺材，不能经官动府，拉扯什么绅衿乡宦靠山出来硬压。有约在先，不至涉讼，公门中人如何晓得？就算那班吏役有所风闻，这些人是不干没进门事的，明知这桩事儿石子内砸不出油来的；况且打出了人命，他们自行埋殓，不与旁人相干，乐得假痴假呆，不问这笔糊涂帐了。即使地方公正士商为维持人道主义，写信到地方官衙门里去报告，本官接到了这种信札，当然是派差人先出来调查。若是双方殴打得紧要辰光，公差也不敢来查的；等到公差来调查，横竖他们早已见了输赢，本年度不会有第二次械斗发生。于是把‘事出有因，查无实迹’八个字回衙禀复，天大的事情，也就此了结啦。”

海仑道：“南北帮械斗，是否一定要借今天这个节日举行呢？”鸣皋道：“虽非一定，但已往几年，他们却总是在这个节日动手的。”海仑道：“如此说来，只消把今天水陆两起迎神赛会出示禁止了，或者他们无从假借什么名目，械斗就斗不成了。”鸣皋道：“若说要禁绝这水陆迎神赛会，内中关系更加复杂，一时更加办不到了。”海峰道：“敝邑吴江、震泽治地，同浙江嘉兴府属的嘉兴、嘉善，湖州府属的乌程县等，境界毗连。在交界地方，有一处叫商羊庙。该庙十年中赛一次会，全由附近一班营丝茧业的上等体面商家主持一切。有翡翠磨子，汉玉牛儿驮着赶磨，以及双林、菱河等处的奇巧节目，比镇江的都天会还整齐隆盛一点。老实说，会中人全是德高望重之人，决不会借端敛钱，干甚不正当事，尚且被人控告提倡迷信神权，卒由官方出示禁止。怎么贵处的赛会，竟难以禁绝呢？”

鸣皋道："本来吴风尚神祀鬼，敝地为三吴门户，本地人士当然格外迷信一些。对于此类赛会，分为甲乙两种。乙种是因陋就简，不成样儿，俗名叫'百脚会'。意谓此会一古脑儿，至多五十个人，不过凑一百只脚罢了。像今天的水陆两起盛会，多归于甲种的了。容在下先把情形详细讲述出来，庶三位好明白不易禁止的道理，以及这会和各方面究有若何相当的关系，先谈陆上的五王会吧。何谓五王会呢？在淮安府的山阳县、阜宁县、桃源县、清河县、安东县、盐城县，一共建有大小六百余所五王庙。庙里所供的五尊神像，乡下人叫做'四猛将一总管'。其实所谓'四猛将'，就是唐朝时驻守睢阳的张巡、许远、雷万春、南霁云。所谓'一总管'则是唐朝时被安禄山所害的常山太守颜杲卿。每一个庙里由地方上众人公推数人主持庙一事，叫做'社头'。各庙每年举行一次赛神会，就叫做五王会。如今我们要看的这个五王会，是本地最大的一个五王庙举办的，所以规模格外大些，场面也格外热闹些。有什么马牌、衔牌、龙头、旗伞、吹鼓手、敕旨印信、土偶木像、满汉筵席、刑具，还有假扮的囚犯、武松打虎故事等等，浩浩荡荡，游来游去，观者人山人海。不知要花费多少金钱，耗费多少人力。到了晚上，还得张灯结彩，通宵达旦，名曰'夜会'，尤其靡费。不但社头花钱，附近的居民也免不了招亲唤友，前来观看，管吃管住，开销当然也不少。这是五王会的大概情形，实难尽述。至于水面上的赛会，则是淮河、长江、黄河、黄海、里下河、清江浦、洪泽湖等一班船家及渔户的市面。虽然每一帮内至多划两条龙船，但是外加练武的档船，吹弹丝竹的音乐船，以及到别处去聘请到来扮戏的船，也足够热闹的了。非但方才曾兄说起的菱河、双林等处的戏船曾经到过敝地，连驰名广东全省的潮州戏船也来加入过两三回了。"

海流惊讶道："哦！照此说来，今天水陆两会的举行经费，以及其他人家邀亲留眷的特别开支，还有社会上种种消耗，合算起来着实不少。想必这些主张赛会的人，个个都是身家殷实的，故而才肯拿出这一笔有用金钱来，花在这无谓的举动上头啊。"鸣皋笑道："这倒也未必尽然。那些当衙门吏役的收入,大部分是黑地乌天,来历不明的血腥气铜钱,固然瞎化掉些满不在乎。其次那些饮食行、水木两作、成衣匠等各行的加入,乃是含一点广告性质,也许东隅之失,可有桑榆之收。其中最苦的,是那些胼手胝足的乡农。他们是祖上得意辰光,加入了一个什么社,到了现在子孙穷了,而遇着今年当社头,照样要应有尽有的等办起来,甚至告贷典押,剜肉补疮,倒也着实不少。旁人只道这是大人玩白相寻快活,岂知当局的哭都哭不成声,背地里咒天骂地恨祖宗哩。"海仑道:"既然如此,就算官厅隔膜,急切是禁不绝的,那么地方上总该有明白公正士商出头提议,取渐进主义设法杜绝这陋习才是。"鸣皋道:"此中主因,又分几层哩。一是穷人家一壁怀怨,一壁仍努力当社。因为怨是只怨当社头的那一年,过了这一年,要距离三四年或五六年再轮着第二次。那么其余不当社头的年头上,可以挈着妻儿去吃人家白食,末了还有社果、灯笼等物带回家去,又何乐而不为?再者他们的脑子里,迷信性比鸦片鬼的瘾头还要深些,往往说某人因为去年当某社头很至诚,所以处境直顺当到眼前。自己今年忍痛当一下头,神道有灵,从今往后也许要发财过好日子了,这是一种杜绝不了的因由。一班当书吏的,自己也晓得历年所作所为,有些违背人道,良心上讲不过去。如今适逢这赛会巧当口,自然很甘愿地用掉一大票,回头还可在人前吹说道:'我是向来办事公正的,通红的心肝,神佛都可斋供的。倘然干了阴谋诡计的事情,这回在会内当头,神道还肯放过我吗?'这也是一种杜绝不止的原因。为了赛会,花掉钱的人家固然不少,但是市面上因了这个赛会,各行商家都平空添做了几天好买卖,生意好的那几家商店,简直赶得上端阳节前的一个多月的收入,这是难以杜绝的第三种原因。有了这几种原因,所以这种迎神赛会,官厅尽管说是有干例禁,不许举行;实际上只好明知故纵,不可过于认真办理的。"

他们四人且谈且走,工夫不大,已到了鸣皋派人预定的一处湖楼门口。由手下人招呼,同到楼上,茶烟酒菜,一应俱全,他们饮啖笑语,先在临街的南窗口,瞧那五王会行过。果然仪仗煊赫,盛极一时。然后再倚到沿河的北窗口，等那水会过来。不一会，锣鼓声喧，龙舟来矣。海峰因为风闻了街上闲人说话，留心瞧瞧船上，只见都是些花拳绣腿，骗饭吃的把式匠，并未见有一个当行出色的专门大拳术家。继见十七条龙船，分竖了各种颜色的旗帜，在水面上划来划去，抢水争竞，情形很为热闹。便指着龙舟头尾上做就的白底红字，动问鸣皋道："为什么他们这龙舟名字，不是'接驾大黄龙'，便是'老柴龙'，而没有第三种新鲜名称呢？"鸣皋道："据一般靠此营生的西天白蚂蚁说来，又很有来历。说这总管老爷法身，在康熙年间，有一回忽然不见了，庙祝等四出找寻，再也找不到。大家正想另塑法身，忽在一个晚上，和该庙有关系的人们，皆梦见总管老爷亲来嘱咐他们道：'本爵是因黄河上工程紧急，奉着玉帝纶音，特去援助金龙四大王保守堤岸的。你们不必另塑法身，等到河工告竣，本爵自行回庙就是了。'果然过了三个月之后，大家差不多已把此事忘怀了，有一天，一条黄姓的大渔船驶过东海的老黄河口，无端搁住了，不得摇动啦。派海鬼泅水下去一瞧，却是一尊总管的旧法身。于是由黄姓送回庙中，重新彩画。那姓黄之人，便独力打造一条龙船，就取名叫做'接驾大黄龙'。此后凡属大小渔船帮划的龙舟，都沿袭这个名称。至于那'老柴龙'的名称来历，又有两种：第一是说，这龙舟以前只有湖南省内独有，直至五代周世宗时候，才传旨下来，准许他处也照样制造龙舟。周世宗不是姓柴名荣吗？人民纪念他这点小恩惠，故而叫做'老柴龙'。第二说又荒乎其唐了。有的说是指清初郑成功打南京时节，他手下第一猛将甘辉的事。有的说是指嘉庆时代白莲教陕帮首领冉天元的事。更有说是指某人的事。大意都是说，有一条龙船，上面所说的某一个人征调了去，预备劈了开来当柴烧饭的。岂知大小刀斧坏了不少，这龙舟始终没有劈损一些些，他们就弃之河内，不管的了。那龙船下水之后，慢慢地逆流而上，竟然仍回至原地方去，由原主收回。事后又知道了以上一番情形，于是取名'老柴龙'，同'黄龙'一样重视。凡非全仗水面生涯的乡农造成的龙舟，总名'柴龙'这个风尚，不但我们江北淮、徐如此，连江南苏、松一带的龙舟名称，也大抵如此的。"海峰道:“究竟还是算因周世宗而称‘柴龙’,传会得相像一些哩。”

海流道:“我瞧此地的龙舟划法,疾徐进退,来往掉头,都有程序,一丝不乱,好像受过训练,暗中有一种严密指挥一般。我曾听宜春老先生说过,以前芦墟有姓沈的和姓叶的,松江的陈子龙等,均以划龙船为名,暗中训练水师,预备反清复明时用的。后被一个吴江知县的媳妇识破,沈、叶诸人尽皆遭害。不过传留至今,那吴江、松江、淞江三江地区的龙舟划法,可以算江南独步。怎么此地的划法,倒也不弱于三江呢?”鸣皋道:“赵兄眼力真不错。此地龙舟划法,十余年前经过西连岛的曾国璋训练过的,所以进退循序,攻守有法。你们瞧那西边极目处的高阜上,不是有一面九龙抢珠的大旗竖在那里,旁边站着一群人,将各色蜈蚣旛摇动着吗?那面大旗就是各条龙船抢夺的目标,高阜上的人就是临阵前线总指挥。所谓‘抢龙头’者,就抢那面大旗。少顷公评下来,那条龙船划得最快最好,就把这大旗插到那船上去,龙头就算这条船抢得去了,往往高嚷不公的也有,嚷很公平的也有。经此一嚷,人声顿乱,械斗就由此开始了。”

鸣皋言犹未毕,忽闻四面金声乱响,水面、岸上同时人声鼎沸,男啼女哭,如同山坍海啸一般。那南北两帮的打手,就乘机动手,扭打起来了。恰巧双方动手的场合,距离他们借坐的湖楼地步不远,所以看得异常清楚。鸣皋指着这一簇愚民喟然叹道:“唉!在下前年也曾自告奋勇,挺身而出,叫他们举出代表来,万事从长计议,这样野蛮殴打决非良策。谁知两厢主持事务的所谓司年管事之类,都振振有词道:‘敝帮一共有多少多少男女老少人口,可怜粥都喝不上了,你老禁止我们打架,那么请先资助我们若干金银,保了我们一辈子的生活,我们就遵命不动手。’三位想吧,他们出口就这样的拒绝调停,叫人何从着手呢?”

当下曾、马、赵、岳四人青云里头看厮杀,只见械斗场上东扭一块,西揪一堆,拳打脚踢,彼此高呼口号,不住嘴地喊着:“打呀!”要想活命的,努力打倒了敌人,才有生存希望呀!”真个声震山谷,沸反盈天,地下的灰尘向上冒到五六尺高,格外显得烟尘滚滚,声势十足。其实双方都在虚张声势。这是因为，淮徐人同兖沂人，尚有生计关系，正所谓“仇人相见，分外眼红”，倒还拼命攻击一下。那被邀来的凰、亳人哩，青济帮哩，他们平素无仇，何苦出什么死力？不过到场呐喊助威，骗几顿酒食吃喝而已。所以海峰等初时风闻了街坊闲活，以为今天大有可观，默觇社会形势，也很紧张。不料双方正式开打了，战阵上始终没有什么出色惊人之处，还不如骂娘河畔萧夏两姓的那场灯斗凶猛呢。倒是那些不亲自动手，只在圈外东奔西跑的胆小口硬家伙，一刻不停地造谣宣传，真个绘声绘色，希望传说开去，格外显得精采。

当时南北帮热闹了一阵，没甚胜负。于是南帮又去把预先熬好的一锅青烟直冒、沸滚热桐油抬出来，当众丢了一个秤砣下去，道：“你们北帮有谁能伸手到锅里，把那秤砣捞了起来，我们永远不再同你们抢夺这两个码头。”北帮见了，也去抬出一块旧铁板，用砖石架起来，下边用火烘烧。等到铁板烧得通红，然后道：“你们南帮有种的，无论是谁，只要在这铁板上坐一坐，咱们就永远不再跟你们捣乱抢码头。”试问谁敢滚油中捞秤砣，热铁板上烫屁股？到了这一步，自有人出来说话了，说北帮既已连占了两年码头，今年也该让给南帮占一年了。所谓天下乃天下人之天下，非一人之天下，饭要大家吃点。经第三者这么一说，总算北帮表示让步，台儿庄主家营两处码头，让给南帮占一年。到明年今日。再定以后如何办法。一场如火如荼，像煞有介事的大械斗，暂时得着这样一个结果，可以宣告一段落了。

书中只表海峰等一行四人，从湖楼上回至岳家，恰好苏二派人送一节尤大鼻子的手指头来。这是洪门中一种暗记，表示前天押送去的那个狂妄厨师，已经按照规矩，宣告死刑；唯恐控告人不信，特地在死者手上割下一只指头送过来，借以证实袁家子弟恪守信约，毫不徇私。自然由鸣皋照例送了回条过去，海峰见诸事就绪，便择定翌日清晨，跨了那匹回头望月咬人青，别了鸣皋，同着马、赵二人，急急觅路渡江南归，向箬帽山进发。好在有海仑做了向导，准备走溧阳捷径，从箬帽峰的后山路上去。在路并无耽搁，那一日上午，海仑遥指前面的一抹山痕，告诉海峰道："那一带岗峦起伏，望过去最高的一座峰头，就是箬帽山了。"海峰自在南京惠龙饭店受了李云彪的信物以来，脑海里对于"箬帽山"三字，可称"中心藏之，何日忘之，静言思之，寤寐求之"。一旦听说目的地已在望中，心上何等快活，恨不能一步就跨到山上吧。

正抬起了头，遥观山色，脚下急急前进，忽然迎面也有三个行装打扮之人匆匆走来。及至两下睹面，原来来的是内兄丁海溪和在同谷山曾经会过面的胡海昆，还有一个似曾相识，却叫不出名氏。当下自然互相招呼，曾、马俩人代海流介绍，丁、胡俩人也为那人拉场，也不是外人，就是青浦何海岳。他们哥儿六个，略事寒暄之后，海峰忙问海溪道："开山的日子是几时？你是何日离弃天长的？我们错过了大典日期没有？你如今又行色匆匆，要往那里去呢？"海溪道："你同老马俩动身上淮安的那一天，我也就动身回来。一到山上，海源告诉我说，山主又回来过一次，开山日期虽未宣布，却留下几句话关照大家道：'凡是愿意投到我们箬帽党内来做事之人，头一步就考他们几个问题，叫他们一一对答出来。对答得出的，再谈第二步。不然，你们切莫胡乱介绍人来入党，我是抱宁缺毋滥宗旨的。'除了你们二人上淮安，桑、潘俩在江北之外，聚集在山的同门弟兄，已有八位。虽然不敢吹说是上知天文，下知地理，深通《三坟》《五典》《八索》《九丘》，然而差不多的上下古今，或者尚堪对付。而瞧了这几个问题，一时竟都回答不出爷娘家来啦。"曾、马、赵三人忍不住，一齐开口问道："到底是几个什么问题？不信竟会难到如此。"海溪指着海昆道："叫老胡来宣布是那几个难题吧。"要知胡海昆说出什么话来，且容下回分解。

第三十二回　箬帽山王水战鳌鱼　多臂道人术骗宝贝

胡海昆道："山主留下的试题，一共四个。据他老人家自己说，是很容易回答的。但是我同海溪、海源、海波、海潮、海岗、海歧、海岳等看了，自知才拙，故都回答不出。料想老马也同咱们一样，未必回答得出。或者曾兄和那位赵兄，非吾等草包可比，能一览便明。"海峰同海流俩人慌忙谦逊道："胡兄言重了。现在大家叨在同门同志，一人荣耀，大家增光，不应再用这种见外说话骂人啦。"海仑也插口道："原来潭月师座下的范、余两师兄，同俺一样，也过房过来，连江北的张四爷，也渡江来了，这都是我的熟人，好不有兴头。"海流回头嗔着他道："怎么你又要发呆劲啦。且听胡兄说明了那几个题目，你再开口来得及哩。算你人头熟，要紧来胡扯乱缠了。"说罢，忙又回过脸去，请海昆宣布那四个题目。海昆道："我的记忆力是不佳的，如今背出来，是否和原文一字不错，不敢自信。大致这四个题目的意思是：(一)龙的雌雄，是用何法来分别？(二)从古到今，可曾有过闰正月、闰十二月？(三)何种飞禽是胎生的？何种走兽是卵生的？(四)青帮中的运粮帮，共有几帮？"海流道："小子听人说过，刺猬俗名偷瓜畜，毛生得顺的是雄，生得逆的是雌。啄木鸟斑羽者雄，褐羽者雌。㭴鸡毛五色全具者雄，青黑间有白斑者雌。"海峰道："虫类之中的蜥蜴，也是如此分雌雄的。余如牡蛎左顾者雄，右顾者雌。蛤蚧皮粗口大尾粗者雄，口尖身大尾小者雌。”海岳道:“我晓得鼠粪头尖者雄,两头圆者雌。蜻蜓身绿者雄,腰生一道碧色带者雌。”海溪道:“老何说以鼠粪尖圆分雌雄,雀粪亦是如此。还有用鸟羽也可辨别雌雄。拿一根鸟毛烧成灰,丢到水里,看它是沉呢,还是浮的。若是浮的,是雌鸟身上脱下来的;沉的,就是雄鸟毛。”海流道:“喜鹊分雌雄,我晓得是翅翮上辨别的,右掩左翼是雄鹊,左掩右翼是雌鹊。其余的鸟儿,想也如此。”海峰道:“不,那麻雀儿,雄的乃左翼覆右翼,雌的就右翼覆左翼,同喜鹊适得其反。但是这龙的雌雄如何辨别的方法,既未在书籍上见过,也未听人说过。”海仑道:“老胡适才笑我肚内空空,是个草包,谁知我臭棋肚内有仙着,如今我对第三个问题倒有一些晓得哩。”海昆笑道:“这倒失敬了,你却是个渊博君子。既然晓得一些,快快说出来,给大家听了研究研究对不对。”

海仑正欲说时,不料李海源、范海湖、余海岗、张海歧、夏海波等五人,也从后紧紧追赶上来,瞥见他们六人站在路上谈话,海波先道:“好了,总算追着了。山主有令,叫海溪等不必往淮安,快和胡、何二兄回山候令,别有要公差遣。”海溪道:“本来吾等同海峰辈会面了,准备一同回山复命,不见得再空上一趟淮安去,吃喝苏、岳、伏三家几天白食哩。山主甚时回山?又有何等重大事件发生,差遣我们呢?”海潮道:“说来话长哩,此间不是讲话之所。大家姑且回到海源的住处,在他的篷子里歇一歇足,喝口热水细谈吧。”于是他们一行数人,一同回进箬帽山地界来。箬帽山虽然不大,杨龙海却把它分为八段汛卡,派定专人把守。这条后山道路,乃是海源和海仑俩人的汛地。转眼之间,已到海源的防守篷子跟前。只见依山靠树,一排搭着十二间临时棚屋,上头是用毛篷遮盖风雨,四周全用芦席柴草围蔽着,柱子全用竹竿。这种篷屋比江北人的草棚似乎好看些。然而建筑或拆卸起来,反较草棚还简易,一旦有个风吹草动,拆了就走。若是舍陆下舟,那些毛篷芦席,船上都用得着。而且做柱子的竹竿,一头或装镖枪,或装钩镰枪,都是铁头的,有起事来,在岸上好作家伙,下水又是篙子,都一举两得的。他们守汛之人,手下拨有二十名老幺,帮助守望的,所以一排要十二间栅屋。

当下大家到了海源汛屋之内，自有老幺端了热汤水上来。海仑即便吩咐老幺，速往自己汛屋内去收拾一下，多搭一张高铺，将海峰、海流的行李搬去，就是那匹咬人青，也由擅长喂马之人前来牵去，当心饲养。此刻屋中海溪、海昆等，忙着追问山主事情。海潮等都指着海波道："夏老大墨水一肚皮，请他一个人发表了吧。"于是海波便一一地叙说出来。

原来山主杨龙海，本在浙江玩耍，因为开山期近，故而走水道搭船回来。那天行到莺脰湖时，辰光约摸是未末申初，预计渡过湖面，到平望泊舟歇夜，时候富足有余。不料忽而乌云四合，大风狂吼，一霎时昏天黑地，白浪滔天，船身颠簸，胆小的人魂都吓得掉的。这条船是昆山乡下茜墩人的，上天竺烧了观音香回去，船主是父子三人，外加四个搭船的香客，和船主都是亲戚，故而也都摇橹拉纤，不是昂然高坐中舱的出钱施主。杨龙海名义上是贴些酒饭钱搭船搭到苏州，实际上等于一个人出了船钱，雇用了这一条有七个船夫的快船一般。路上龙海留神听他们谈话，七个人虽然烧香吃素，似乎是善心慈悲人，但是从他们的谈话中看来，都是昧心瞒己，专门暗算别人，欺良压善的坏东西。龙海大为恼火。幸亏自己一身之外，并无长物，即使他们不识相，半路上要出什么花招，老实说，不要说六七个乡愚不放在心上，就是加上一倍练过拳脚的师家，也还不忧不惧哩。此刻风大浪猛，却偏偏又是三个不很内行的香客在那里当橹，所以船身格外像筛糠般摇得十分厉害。龙海寻思："老坐在舱中，万一船出起毛病来，反而身子像放在棺材之内，出去时很不方便。反不如去蹲在外船头上，一见形势不佳，倒好向水里一跳。"主见打定，立刻从中舱走到船头上去，口内故意咕哝道："早不急，迟不急，刚巧这个时候，大小便都急起来了。"

他口内如此说法，两脚跨出头舱舱门，便对着扯篷的边沿上蹲坐下去。岂知他尚未坐稳，迎面恰巧有三条飞划营的炮船，用缆绳连环系住了，三条船并在一起，一字排开。在昏黑之中，乘风破浪，迎头直驶过来。

及至这边艄公望见，极声叫喊，想或推或扳相让时，那里还来得及，早已咣当一撞。你想一条人摇小快船的力量，如何赶得上三条使风炮船，等到两厢撞着，又被浪头一攻，形势十分险恶。但这边的七个老大，到了此时，尚不肯同心协力，挽回危局，反而手忙脚乱，各出主张，此之谓“老大多了使翻船”。船向旁边一侧，又被炮船一挤，顿时翻了。此时的龙海，早已跳入湖中。因为憎恶船上七人乃凶险之徒，所以并不过来救助，只在五尺以外冷眼旁观。本来这小船只是侧向一边，如果及时抢救，还不至于全翻。

不料在这危急当儿，忽从水中又来一团黑影，在靠橹处一攻，小船骨碌一个蛤蟆翻身，船底完全朝天的了。龙海看得清楚，顺水泅过来攻船的东西，原来是个水贼，他攻翻了小船，趁势打劫，捞着了一点，准备走啦。龙海不禁怒从心上起，恶向胆边生。暗忖：“这个水贼，似乎也是那飞划船上跳下来的。怪不得小百姓日子难过，原来这班混账东西当了兵，还兼这一门贵业的哩。那心怀叵测的船家虽然可恶，但是受了一下翻船惊吓，也足够的了，如今又遭兵匪打劫，太觉不该。俺此时见死不救，也不像江湖上有名的行侠尚义人之了。”胸头一壁沉思，一壁索性看准了方向，一口气钻了下去，在湖底斜游过去。等到冒过了那水贼的头，才又旋转身来，看准水贼的脖颈，伸出左手五个指头，如同一把钢钳子相似，一把抓了过去。不料那水贼的功夫也非寻常之辈，在水里睁眼看物，周围可以看到四丈六七尺地步，他早已瞧见一条黑影。再定睛一瞧，见那人不穿水靠，行动自如，晓得能耐在己之上，早做准备。及至龙海伸过手来抓他，他把头一昂，反将头顶凑到龙海手掌里来。水里动手和岸上两样得多，再加龙海轻敌了一些，掌心内觉着有物抵触，急忙用力一握一拖。谁知这水贼是练过鳝骨功的，况且早把扣喉钮带咬松，等到头昂起来，觉着敌人握紧拢来，他又把头一缩，两脚一挺，两手一划，胸腹向湖底一贴，背脊往下一瘪，“嗖”的一声，他的身子打从龙海的身子底下溜滑过去了。龙海用足功劲，仅抓着了他一顶鱼皮分水兜帽，竟中了他金蝉脱壳的老法儿，被他逃遁去矣。龙海是英雄情性，暗忖：“这贼能逃我的掌握，虽是我自己轻敌大意所致，然而他的功夫也不含糊了。抓了他一顶水帽，当他首级用，饶了他的狗命吧。”于是一拍水面，把头伸上去一瞧，此刻天倒又渐渐放亮了。遥望那香船上的七个人，想来生长水区，都无大碍，已把船平翻过来了，在那里打捞失物。龙海不去管帐了，自顾自把莺脰墩做了目标，一路游了过去，不多一会工夫，已到了墩畔。然后出水上陆，把上下身衣裳上的水约略拧一拧干。

龙海正想如何办法，猛见湖中两三个水花一泛，那个水贼倒也光着脑袋，从水里钻上岸来了。龙海喝道：“狗头，敢是前来送死不成！”那贼笑嘻嘻的道：“我是来要回水帽儿戴的。”龙海啐他一口道：“呸！你有能耐，就在俺掌内夺了去。”那贼道：“我领略了你老的手劲了。老实告诉你吧，要在水中抓得掉我的水帽，全中国能有几人？真有你的了。一顶帽儿，能值几何。因为我有个朋友叫桑海山，现在长江口岸黄海、东海沿边一带带班子，混得不十分得意，他又生性固执，不肯轻抛旧部，他去谋事。所以我得了信，特在驻防嘉湖飞划营费玉卿统领处，弄了一角公文，把海山特地调到这边来，当侦缉队队长。那角公文塞在帽内，如果你拿了去，也没什么用处，我却要失信于朋友，所以特来要还帽子的。”龙海听了，仔细把那人一瞧。只见此人生就五短身材，细眉小目，鹰爪鼻，招风耳，尖颐阔口，凫肩龟背，赤糖色皮肤。身穿连脚鱼皮水靠，秃着头，头发疏疏落落几根，神气像个光棍。不禁恍然大悟道：“哦！你莫非吴江、震泽、嘉兴、秀水、乌程、吴兴、仁和七县驰名的钻底子鳌鱼吗？”那贼道：“岂敢岂敢。匪号确是叫鳌鱼。”龙海道：“所以逃得过俺这一把玉龙舒爪。好好好，帽儿一定还给你。”鳌鱼一面伸手接那水帽，一面言道：“我看你老神气，一定是个有名人物，可能把大名宣布一下？”龙海笑道：“你问俺名姓吗？你才提起的那个朋友桑海山，乃是俺来到江南地方所收的第一个徒弟。”鳌鱼惊喜道：“啊呀！你老就是箬帽山主杨爷爷吗？莫怪我的鱼帽要被抓掉，真正不枉的了。难得贵人临贱地，如今你老身上也潮湿得不堪，容晚辈略尽地主之谊。咱们爷儿两口子，就借这莺脰楼上暂留一会，把衣服烤一烤干燥。

待晚辈立刻去弄一点粗肴水酒到来，宵夜长谈，谈到明天一早分手。晚辈尚有福建、广东帮的秘密消息，要告诉你老。你老肯赏脸答应，屈留一宵否？”龙海听了那句闽粤消息，又见鳌鱼言论丰彩，也很四海，不像黑道上小捣乱，左右没事，故便允留一晚。鳌鱼自然很高兴，便向莺脰墩庙里的庙祝商借妥了坐场，请龙海先上楼去烤衣服。他又忙上平望镇去，弄了一席酒菜来，就在那楼上秉烛开樽。从楼窗里望出去，一碧湖光，万籁俱寂，倒很有趣味的。

席间，龙海便问道：“你要告诉俺什么闽粤帮的秘密？但是广东、福建的事情与俺何干，倒要告诉起俺来了呢？”鳌鱼道：“你老以前是不是在常熟地方，曾跟一班卖解的抬过一回杠子呢？”龙海道：“有的。这班人好像叫香港联珠班。因为他们吹牛吹得太过分一点，渺视我们江左无人，所以俺才出面捣乱的。”鳌鱼道：“福建下游漳、泉、汀三府，有名的白鹤拳，你老大约深知底蕴，内中共有多少高明好手？”龙海道：“虽知一二，却不十分详细。”鳌鱼道：“那联珠班的副领班，是泉州府同安县人拆天张洪，就是白鹤拳门内的大弟子。正领班洪大艳仔，诨名扫帚星，原籍广州府香山县。他本担负九龙山的访贤公事，出来游码头的。自从上回在你老手内栽了一个大筋头，他们回去后，决心调救兵。目下洪大艳仔假借九龙山名目，已说动了玉屏山、揭阳山、九连山、文笔山、罗浮山、云浮山、云开山、丞相岭、仙海岭、七星岭、玳瑁山、临贺岭等大小十三帮，张洪也说动了大姥山、双髻山、洞宫山、畲山、武夷山、鹫峰岩、大杉岭、长岭槛、覆鼎山、戴云山、平岭、紫金山、莲花山、将军山等一十四帮，要和你老比个高下。并且你老是用轻身法战胜他们的，如今他们也在闽粤交界的永定、大埔两县的九十九洞山里，邀请出一位踏雪无痕功门内的老前辈，好像叫何什么名字，年纪已有近百岁了，能够站在细竹枝头上弄石担。曾经有人不相信，故意去试试他。他同试他的人面对面站在城隍庙的戏台面前，他是面北背南，试他的人是面南背北。他叫那人旋转身子去，喊一声‘老何’试试看。那人果真回身试喊。他应声而起，已经蹿过了戏台屋顶，翻到里面去，变成了面南背北，仍旧同试他之人对面站立着。那人不信，再翻一个转身，老何照样站在他对面应着。你想这老何的功夫露脸不露脸？此次是经洪、张二人三反四复，八面托人，把他硬请出来，要跟你老赌一赌轻身柔术，究竟孰优孰劣。他们一共廿七帮人马，合组成一个至公堂团体，现在内部尚未完全就绪呢。只要内部组织完备了，然后先发帖邀请天下水旱各路英雄，一齐到场做公证人，最后才来请你老前去较量高下。虽然你老是艺高人胆大，也不把这种事搁在心坎上，然而却不可不预先防范。晚辈是上月里往乍浦去，从一个送杉木来的红船上朋友口内探听着一些些。而今巧遇你老，不敢不悉举奉告啊。”

龙海含笑谢了他通风美意，并劝他道：“以后做生意，一定要拣那些无人敢碰的贪官污吏、劣绅奸商下手；那些贫苦小民，非但不要去动他们，还该暗中接济接济才对。希望你‘贼’字上头加一个‘义’字，也算代黑道上朋友争一口气。”接着又把这个“义”字引今证古，大大地发挥了一下。鳌鱼听了，唯唯受教。后来他果然改变初衷，迥异寻常，居然成了一个黑道上的怪杰。全仗今宵杨龙海的一席正言陶冶了他，成就了他的名声。

他俩这席饮宴，直吃到近三更天。席散之后，又谈了些别样闲话，坐待天明。待等东方发白，龙海走过去，推窗一望道：“天已明亮，俺就走啦。”鳌鱼道：“容晚辈去唤他们起来开门，端正渡船，送你老到平望镇上就道。”龙海道：“不必惊动他们吧。横竖望过去，那条画眉桥又瞧得见的了。”鳌鱼道：“望虽望得见，其间有一段河面，也有不少路哩。”龙海仗着酒兴，把身上大褂子脱下来，卷成了一根葱一样的小棍子。接着蹿到窗外屋面上，口内说声：“再会了。”便将那衣卷当作拂尘般向空挥舞，自己两肩用力摆动，两足一伸一缩地空踏着步口，顿时身子凌空，带一点斜势，向画眉桥面上直蹿过去，眨眨眼睛已经到了桥上。然后站在桥栏上，从从容容穿好衣服，遥向楼上拱拱手，即便下桥去了。鳌鱼明知道是杨山主有意显点能耐，让自己看看。若是再迟一会，道上有了上市乡人，这种奇形怪状，叫他做都不肯做出来的。

这门功夫,属于文八段之一。入手练习之初,把一条五六尺长的棉绳执在手中,上下左右旋转舞动。始而盘绕身旁,不甚称手,功夫既深,自然挥洒自如。于是把棉绳尺寸逐步放长,练得棉绳要软就软,要硬就硬,可以代替兵刃,将敌人的军器卷得脱手了。于是再练过头劲,专门在上三部舞动,舞到后来,便能借一点子虚劲,渡河涉水了。所以老师家在措手不及当儿,有的解一条绉纱束腰下来,当家伙拒敌,也就是这一类。不过这一门功夫,同弄石担、拎酒坛、盘钢叉等等完全不同。那些都是讲外表美观,没有实用的价值的。而这一门完全讲究内功,习了十年八载,一时尚没有何等出色成绩可观,所以外行大抵没有心思去习练的。当下龙海走后,鳌鱼自去酬谢庙祝,补付酒资等事。书中不去细述。

单表龙海得了鳌鱼的报告,默忖:"这一来,支塘的那部《洞幽通明灵秘箓》和那口松纹古定宝剑,都用得着了。如今顺道前去,把那口剑取来佩在身上,以备不虞。将那部《秘箓》带回山去,研究一下。回头同闽、粤两帮人交起手来,或者有些用处。"故而他到了苏州,便出齐门,下州塘,取道常熟东门,径至支塘取那书剑。一到镇上,前去拜访士绅,谈论起来,才知前番留守此处的那个金门羽客,寄居在蕊香庵内保护书剑,小心翼翼,和地方上感情也很好,一向相安无事。后因他江西本堂有正经事情,派专人前来邀他回去。他没奈何,托了一个道友,乃是陕西嶓冢山人,九华分支,自称多臂道人,代他保护书剑。那多臂道人一接手,就有两个江北人,一个姓桑,一个不知名姓,想来盗取书剑。自此以后,多臂道人不时挟书佩剑,出去云游。新近回来过一次,说起他出家的本堂九华支,乃是赣粤交界大庾岭罗浮道院的分派。罗浮道院的开山祖师,叫薛紫贤,收了陈泥丸、张紫阳两个徒弟。陈泥丸又收了全州留柴元、北平白玉蟾二徒弟。后来白玉蟾率领了鹤林彭耜、翠房郑孺、月窗张湛然三人回至北平,三度丘长春,建立了白云观。留柴元道成之后,回至全州,凭借清静功夫,开广西道教先河。后来的铜脚道人、黄叶道人,都是留派传人。张紫阳却承继了薛祖师香火,主持罗浮道院。先收了王邦叔、沈志静、傅玄虚、刘云洞、王文辅、李景先、刘玄一、谭曰通、谭曰选九个徒弟。暮年得道之后，又度了沙蛰虚、鞠九霞二人。鞠九霞的徒弟朱翠阳，乃是九华派开山鼻祖，故而同大庾派息息相关的。现在大庾派已加入至公堂，有传单递来，命多臂道人前去赴会，所以他特地回来告禀当地绅士，说此去也许三年五载，也许十年八载，才能回来哩。至于书剑二物，仍由他随身带去，若是金门羽客到来问及此话，请他上南五省来找寻好了。

龙海一听此话，暗忖："罗浮鼻祖薛紫贤，道号道光，乃是黄山滴翠峰松云道院石翠元石泰的徒弟。这多臂道人既把系统分得如此明白，俺只消上黄山去一趟，摸一摸根底好啦。不过自己向来以朋友为性命，最重义气。那个多臂道人就是爱上了这口古剑，这部秘籍，向我当面启口要去，我决不至于严词拒绝，何苦要这样大使盘头，从金门羽客手内，设法巧取去呢？上回桑海山到来探听下落，俺尚怪他多事。后来潘韶九、了了道人等同俺在海上晤面，他们把多臂道人误成了金门羽客，都说他生了贰心，大大靠不住。胡海昆从宁波到来，也转述潭月和尚临别赠言，叫俺稍稍注意。如今这些说话大多证实了。更有那大庾派加盟至公堂，新近鳌鱼不是说及的吗？这古剑、秘籍，如今竟然落到了仇敌手内去了哩。"

于是龙海又向当地人探问这多臂道人面貌如何，身装怎样，可知道他俗家姓甚名谁呢？有人答道："这多臂道人外表极其动人，真可称他仙风道骨，鹤发童颜。他衣服最喜穿紫酱色。文功不甚佳妙，武艺却有解数，打得一手好弹子。每至秋高气爽天气，在野外向空打雁，可以一手发三弹，打落四只开口雁。他虽说原籍陕西，却是一口山东土音。他俗家姓氏，初时秘不告人。只有一年中秋节晚上，他喝醉了酒，一个人在月下顾影自吊，喟然长叹道：'再不料俺铁背熊会如此装束，隐居在这种地方的啊！'想来这'铁背熊'三字，是他未出家之前的外号了。"龙海憬然道："照此说来，这多臂道人，额角有个大肉瘤，左手上短少中指、无名指、小指的了？"大家对道："左手指头少不少，当时没注意，而今回答不出。不过额角的大肉瘤确是有的。"

龙海听了,暗暗责备自己当年大意一点,斩草未曾除根,打蛇不死,终留后患。看将起来,要把这书剑找回来,须大大地费一番手脚了。要知此中是何关系,请看下回分解吧。

第三十三回　为发财葛锦绣卖朋友　抱不平桑海山违师教

凡在山东、直隶经营土布事业之人，谁不知道孟家的祥帮字号。至今北平大栅栏的瑞蚨祥，依然名声赫赫。凡是山东孟家所开的店铺，招牌上总有个“祥”字的。同时关东吉林方面，有家姓牛的巨商，也是山东人，同孟家沾着好几重亲戚哩。在东三省设肆营业，和祥帮是做联号的。不过牛家商店招牌，总带上一个“升”字。如奉天源升庆、长春恒升庆、齐齐哈尔庆升厚、哈尔滨源升合、双城子增升合等等，全是牛姓产业。他既同祥帮做了联号，自然一年到头的货物往来，也不计其数。那时关内外的交通，哪有现在便利，商家货物往来只仗着大车、骆驼、牲口等载运。而北边道上，又一向不甚太平，三人欺两，绑架勒赎，不当一回事。他们牛、孟两姓大商家货车来往，总是常年雇用保镖的；好比目下请律师一般。孟姓祥帮方面的镖客，小镖是山西董家担任，大镖是大刀王五开的震远镖局招揽这注大买卖。牛姓升帮方面的大小镖，统由盛京杨家盘龙镖局担任。

这所盘龙镖局的局主，名影杨魁元，乃是太极拳专门家杨班侯的族中弟兄辈，据说还是四川杨胡子侯爷的玄孙哩。杨魁元在马上擅用一柄五股托天叉，一对八角狼牙棒。在步下惯使一条镔铁齐眉棍，两柄牛耳泼风刀。又放得好袖箭，扔得好双股铁流星。至于拳脚，是更加行家了。年轻时节，仗着这一身能耐，在江湖上打开了一条血路，在山海关外头尤其名震一时，连俄国人都被他征服了。所以能够站定脚跟，在东三省设立镖局。升帮货车的大小镖路，全由他一姓走着。魁元的待人接物，二十四分和气。面孔生得白皙异常。那怕今天要动手收拾这人了，见了面还是满脸春风，不会疾言厉色。所以外间多叫他“洋河高梁”。后来年纪大了，生有七个儿子，又过继了一个爱徒做螟蛉子。他自己算是宋朝的金刀令公杨业，把后辈当做杨延辉，延德、延昭等八郎。每逢走镖入关上北平交货，他夸说是“八虎闯幽州”。其实这八个孩子，都是酒囊饭袋烟荷包，没有一个比得上老头子。不过他们的口舌个个生得伶俐灵活，凡走镖出去，路上碰见胡子，不问大帮小股，他们总是用善言央告，哀求过山。所有关东道上许多有名卡线上朋友暗中多早有接洽，赔掉运动费，买通山路的。故而江湖上传说道：“如今洋河高梁的后人出世了，一个个满身羊气，他老子吹说是八只猛虎，其实是八只真正肥羊。大的叫洋葱头，其次洋镜纸、洋山芋、洋肥皂、洋蜡烛、洋油箱、洋取灯，更带上一个过房儿子杨梅窗。人莫自知其子之恶，莫说官场中的大老糊涂，就是我们江湖上靠真功夫，出血汗性命搏食吃的人家，一有了老钱，也变得浑沌沌哩。这队羔羊仗着牯牛生活，总有一天遇着猛虎，连骨头吞下去啊。”后来这消息辗转吹入杨魁元的耳中，暗中留心小辈走镖，确实用哀求功夫挡前阵，把金钱做后盾买交情的。这一气，气得杨老头到了极顶。东家牛姓方面也有所闻，他们是有血本关系的，知道了这话，格外不安。于是邀了山西董、河北王等几经磋商下来，所有升帮货车的大小镖，名义上仍算盘龙镖局独保，实际上另邀客师把局。所有洋葱头等八个宝贝，由孟家祥帮下了关聘，聘他们到山东地方保保地头装货车辆。这也是顾全魁元老脸，想出这一着棋子，叫他们八只老虎好做下台地步。魁元自知年纪衰迈，无可奈何，勉强答应；不然他还不肯认输让步哩。

那洋葱头等到了山东，吃饭拿工资，简直无事可做。那一次祥帮第十九路伙计，往本省武定府的海丰、乐陵、滨州、利津一带装运白布、土绢，风闻有大钦、砣矶、长山三岛海寇，由渤海的黄河口进口，在徒骇河、马颊河等处出没，地方很不太平，故而邀了洋葱头等去保镖。去的时候是空车，自然不出乱子。到了地头，布、绢装上了车，起程回济南，路经桑林店地方，遇到土码子了。此人是蒲台麻湾镇的坐码头老大、山东有名响马大刀宾鸿的把兄、人称铁背熊徐狗子，能将一百廿八斤重的大刀搁在颈项间，用颈盘旋，身子也微微摆动，那大刀便可在颈上旋转如飞，其名"乌龙盘颈"。又可以使大刀在背心上旋转到右肩胛上，再从右肩转至胸前腹上，徐徐卸至右腿，又过渡到左腿上，复由左腿向上盘至左肩胛上，仍回到背部起舞地方为止。盘旋时的刀环，要响便响，要默便默，从心所欲，无不如意，其名"狮子搜毛"。故在山东道上很有点小名气儿。此次来拔祥帮镖的旗，也是同宾鸿酒后打赌，有心来开一下玩笑的。宾鸿阻止他不要来，来也徒然的。狗子问大刀："怎知去也徒然的呢？"宾鸿道："目下祥帮本省坐庄办货也聘请保镖的了。"狗子道："越是他有硬汉保驾，越要去碰碰他。俺天生成逢龙拔爪，遇虎敲牙的恶脾性。"宾鸿道："他们的镖客，软得同豆腐一般，是以前在关东道上有名的八羊党。你是英雄脾气，吃软不吃硬的。等到你去一照面，他们端正一碗蜜糖似的洋粉汤，把你甜滋滋地一灌，使你一肚子虎威发不出来，结果放条生路让他们走了，岂不是去也徒然吗？"狗子受了宾鸿的激将法，当天立誓，此去软硬不吃，不达到拔镖旗目的不止。及至在桑林店遇见了，洋葱头等果然用那老法儿哀哀求告。徐狗子已动了两三次软心肠的了，只因和宾鸿有约在先，再加自己亲口矢誓，口沫未干，故而必须截留一两车绢布下来。

其时适遇杨龙海经过是处，见那卡线上的朋友太过分了，人家苦苦哀求，自贬人格到末等地步，怎么一些情面都不留呢？于是打动了他侠豪性情，上前说话。偏偏徐狗子仗着在自家地盘里头，出言不逊。两下里话儿说僵便动手开打。本来一个徐狗子，哪里是龙海的对手。不过当时狗子手内有一条杆棒，龙海是赤手空拳，而且一对一动手，又不比一个人抵挡二三十名拿家伙的人，倒可以钻入枪林刀围之内，施展出一路空手入白刃拳术来，借刀杀人的。如今两下相持，非把敌人膂力盘乏了，才能夺他家伙，开发他走路哩。所以两人一往一来，也走了近二十个照面。狗子见不是头路，只好自行让避。龙海并不要致他的命，将他赶跑了，也就算啦。不料人无害虎心，虎有伤人意。狗子吃了一回亏，先去同把弟宾鸿说明了。连麻湾镇的码头都不占，老是私下跟在龙海后头，伺机下手暗杀。一壁拚命的练暗兵刃，居然被他学成一手三暗器的技能，可以两枝袖箭，一枝紧背低头花装弩；或者一枝铁蒺藜，两块飞蝗石。两长一短，同时出手。如果对手不曾临过大敌的，躲闪都难躲闪哩。他年半工夫当中，行刺了龙海七次。龙海起身追赶他时，他老是没命逃遁，连身影也不敢露一露。如果路旁有树林，身子就向树林内一藏。龙海为人又很光明磊落，江湖上本有遇林不追的老规矩，故而回回被他漏网逃去。在第七次行刺时，他用了鸡鸣断魂香，满以为这一下可把龙海闷倒了。从容不迫，大踏步走到龙海卧床面前，拔刀砍向帐中。谁知龙海并未着道儿，见他单片子砍进来，便用了一手绝招，夺下他的刀来，回砍一下，削掉了他左手三个指头。于是徐狗子晓得自己远非此人敌手，要报此仇，须另想别法。故又买通了一人，假意同龙海交朋友，徐徐探听线索。他自己索性出家去做老道啦。直到得着那买嘱之人回报，又费尽心机，巴结上了金门羽客，把书剑哄骗去了，也算聊以泄愤。现在龙海一闻“铁背熊”三字，自知这恶因由己下种，初不料隔了这许多年头儿，还会幻出这段恶果来，往后又多一番周折了。

龙海想携书佩剑，既扑了个空，回想自己既然开山结党了，那江北方面的兴化潘海渠、海门张海歧等，都应去招呼他们一声才是，故此离开支塘，便走璜泾到浮桥，准备出七鸦口，渡江往江北去。及至到了浮桥，便听见不少闲人传说：南岸从吴淞口到武进沿江，北岸自惠安到靖江，这许多地方被桑海山闹得鸡犬不宁，小百姓食不甘昧，寝不安席哩。至于崇明、天生港、常阴沙以及段山夹坝等淤沙地方，向来有一伙小梁山弟兄谋为不轨，现在来了这一大批桑海山羽党，狼狈为奸，更加闹得不成话了。龙海听了大大惊叹，寻思：“海山这人富有军事学识，算得是个爱国男儿，所以我肯收他做开山门徒弟，怎么现在变得如此不堪收拾了呢？这倒须得自己密查一下，若是他果真像那祸国殃民，十恶不赦，狼心狗肺的狠毒军阀，俺应该先去收拾掉他，免被别人取笑。”因此到了浮桥之后，反又不即渡江，慢慢地沿南岸视察到了吴淞。再转身西上，什么福山、白茆口、浒浦、徐六泾，沿海城到了江阴黄山港。然后渡到北岸靖江，由八苇港一路再向下打听。桑海山部下骚扰沿海居民，确有其事，不过十件案子，倒有九件是本地地痞沙蛮假借他名义干的；就是他自己所以要来沿口岸胡闹，也是为打抱不平，含有一点仗义性质在内，情有可原。这话说来很长，且待在下慢慢讲来。

原本江北距离清江浦七十余里，有个小城池叫涟水县，一名安东县，也是淮安府下属。县城靠近海疆，城内南北相距三里，东西相距六里，似乎觉得地方不小。在城的中心，有一个很大的池沼，号称广一百五十丈，其实还不止哩。这个池名叫涟池。本地民性强悍，最喜暴勇斗狠。街上往来之人，以前都带枪刀，现在则多购置手枪、盒子炮等。家中藏有十枝或二十枝长短枪械，算是独一无二的大家私。如有五十枝以上火器，或有钢炮、迫击炮等一两尊，更算是富称敌国的大户了。因为风尚慓悍，四乡多盗。所以城内居户为自卫起见，大抵有一种组织。其中势力最大，信徒最多，首推红帮。其次大刀会、小刀会、红枪会、蓝枪会、白枪会等，其会员也不在少数。内中有个原籍山东沂州府兰山县，生长在涟水城的刘云北，自小就投在曾国璋手下当老幺，一直升到做巡风老六。曾国璋被徐老虎并吞掉了，所有旧部，大半变节事仇，认贼作父。唯有云北始终不变宗旨，同几个披肝沥胆的真同志，一直苦心孤诣，图谋报复，和徐老虎誓不两立。最后终究被他发明出古董炸弹来，将徐老虎炸死。好在他布置周密，当时虽然雷厉风行地大索主谋凶犯，且喜没有破案。因此刘云北名震淮、扬、徐、海三府一州地界，经大家一捧，居然也立起云龙山山头来。所有安东地方的大小会党，混合组成一个顺风会，公推云北做了当家正会长，大规模地积极进行。至于会中经费，好在家居近海，无非贩海沙，运私货。未几又多了一票大连的烟土，由海道运到江浙内地来销售，经过涟水外口岸，云北派人要抽取佣金，不然不放这种船安然过去。多了这一笔大宗收入，倒着实可观，首尾三四年工夫，云北手内着实有点了。桑海山败到江北没有立足场合，便去拜望云北，具道来意。云北便把海州的板浦、赣榆的青口两处码头，代海山安排妥洽，让他暂时驻扎。

其时日本人忽然派了测量队，从开山埒子口起，经鹰游门、临洪口、岚山头、灵山卫，一直到青岛的沿黄海边岸上，都偷偷地来竖上一块"大日本国界"的木牌。云北得了信，大不答应，便派人去把木牌拔去。日本官场特地派人来和云北接洽，许他每年供给多少钱给养，叫他不要出头来干涉木牌事情。云北严词拒绝，而且表面上把来人十分优待，实际上将那人冷嘲热讽弄得这日本人当场恨少一个地洞钻下去。因此怀恨在心，回去阴谋报复，拿金钱去运动了淮、扬一带军事长官姓马的。可笑那个姓马的军官，爱国心反不如一介细民的刘云北，竟受了日人贿赂，特地出一角公文，说刘云北私藏军械，接济土匪，扰乱治安，谋为不轨。派了专员到涟水，会同了当地水陆军警，前去逮捕刘云北。这壁姓马的在淮安出公文，云北在涟水已经得信。依着部下大多数主张，竟要拖家伙同来人开火。但是云北不愿为了自己一身，糜烂地方，故便带了不少现款，由海道南下，预备到上海避风头的。及至路经浒浦口，却被人留住了。

原来浒浦镇上有一个海州帮头老大叫葛锦绣，初来时节潦倒不堪，在那捕捉海鲜的大渔船上扫扫舱底盐脚，苦度光阴。迨后也是在私贩大连烟土上起家发迹，两三年一做，手内居然有了一两万花头儿。社会是凉薄的，人心是势利的，只要这人一有了钱，自然有人去捧他的场。更有一班杀不可赦的混帐东西，始而鄙视葛锦绣最厉害，料他一万年不得翻身的是他们，后来跟葛锦绣拜把子，结寄名亲，极力捧场，也还是他们。葛锦绣经人一捧，便做了海州帮的头老大。他得了云北经过此地消息，便特地放舟到海面上，硬把云北邀到浒浦登岸，请他盘桓一时。云北是个直性汉子，见锦绣为人豪爽，很要朋友，和自己爽直脾气很对劲，自然老实不客气，带了行李登岸了。在葛家住了五天，锦绣是有心的，慢慢地用话试探，已经晓得他随身所带的八个皮包，每包藏有二万，共有十六万钞票。故此暗中已着手布置。一到第六天早上，忽传常熟城内全班陆警，由警佐统率，会同驻防的新军以及淞北营弟兄等等，要到浒浦来抓江北土匪大头脑刘云北了。锦绣得了信故意装出要挺身前往的样子，极力叫云北速急空身下海逃命去吧，至于此间后事，由他去打这场官司。云北当时还大大地觉得不安，心想："俺无端上一上岸，反累他打场官司。这姓葛的真是俺的好朋友，有义气的。"故而听了锦绣的话，将行李留在葛处，自己空身匆匆走了。云北一走之后，常熟军警果然到，仅将锦绣抓回城去，问了两堂，取保开释，也就完事。锦绣这人的心计确是有些。等到官司完结，他便到上海去，同一个独立混成第六协陆军里头的副官长，花钱买换了一张兰谱；又花钱拜了该协一个参谋长姓马的做老师；自己也弄了个稽查的挂名差使。又回至海州本乡去，改了名字，依附在驻防海州的白军官衙门里当差遣，煌然算是官了。云北自离开浒浦，便往上海住了一时，因为要购买一批德国手枪，差人到葛锦绣处起行李。岂知锦绣不在浒浦，行李没有取到。又隔了一年有余，云北回到海州才知锦绣在本地当公事，很高兴的去拜会他。不料锦绣面子上同云北空敷衍，暗中却密禀了本官，竟又派人来捕捉了。于是逼得云北没法，退到山东境内的大珠山上，落草为寇。至此才明白葛锦绣的手段。云北叹道："区区十多万块钱，又不是用不完的，他尽可明白向俺当面要去，用不着如此地大起盘旋。俺姓刘的总算自己终日打雁，被雁啄了眼，做了一回呆子呆鸟罢了。但是姓葛的以后还想江湖上混事吗？就算他自身有了这一点棺材本，那么可想到留条把路给子孙和徒儿辈也跑跑的吗？"

这件事情传入桑海山耳内，他是个血性男儿，不禁跳了起来道："怎么世间有这种贪财负义的坏蛋吗？我不代刘老大出这口气，非为人也！"可怜桑海山不合负了一时之气，连师父嘱咐他的话也完全忘记了。龙海当初收他为大徒弟当儿，见他所统的败残弟兄有两营多些，三营不到些人数，好在步、炮、马、工、辎五种兵都有，所以代他设想道："江南不是用武之地，你想成大事，非得往湖南、江西、福建等处去驻扎。因为那三省地方空旷山地来得多，一来容易存身，二来便于流动，三来可以就地生产，不愁饷馈匮乏。你若不愿往那种贫瘠地方去，不得已而求其次，那么南从通州起，一路往北去，有麻虾套、湖南沙、冷家沙、金家沙、庄家沙、瑶沙、暗沙、毕沙、大沙、五条沙等，占地倒也不小。一般沙蛮向来以强为胜，富有耐苦性质。你将部队开拔进去，大约你所有的这一部分枪杆儿，足够支配的了。先用武力征服了他们，然后再用心经营，同他们讲礼兴学，在沿海设法筑起堤岸来，保护沙土。过个三年五载之后，田土耕得熟了，你再一秉至公，代他们裁判巨细事情，少不得能当一个沙上土皇帝，这许多沙地就是你的食邑。如能达到目的，也不枉为人一世了。”海山听了这话，故而到江北沿海岸来，待时活动。这几年来，总算勉强支持，除了伙食，还有余款，可以添购些枪炮子弹，又多了几条船只。一般沙上居民，虽未曾尽人信仰，倒也有小一半人，无论出了大小事情，都要赶到青口来告诉桑统领，听他一言之下，判断是非曲直，很肯服从。龙海所教道他须干的事业基础，渐渐地有了一点眉目。

谁知常阴沙上有一个小梁山上弟兄，名叫黄眼和和，一团美意地赶至青口来，劝说海山道：“你有这点实力，屈居在这种边僻贫瘠江北地方，太不上算。据我想来，你该把队伍带到内河腹地去站了脚，然后四出做事，一者收入丰厚，二来声势容易壮盛。若能一年半载驻下来，保你大有可图，远非现比。”海山道：“俺部下是水陆各居其半，最好要有一处四周是水，像海洋里的岛屿模样驻扎着，才可论第二步建设方略哩。”黄眼和和道：“你爱水区，那么不下太湖，便往阳澄湖里开基创业去。那阳澄湖的全湖形势非常险要。我们假定把它分为东、西、中三段而论。从苏州娄门外曹庄口为起点，湖流绵延东去，大约十多里路，算是西段。南岸有外跨塘镇，北岸有五漯泾、沈店桥两镇，再向东北方二十里，则为湖的中段。湖中心有阳澄村、莲花垛两处地方，都是四面环湖，兀然中峙，可以作存身之处。中湖东南则为唯亭、县珠等镇，正东是湘城、太平桥两镇，是为东段。湖面辽阔，最宽之处有十里左右，长有二十余里。湖滨的西南乃是苏属唯亭山，东南是昆山的雀墩山，山南就是真仪镇，东北通巴城湖和巴城镇，西岸是苏属沺泾镇，湖北是常熟的萧泾镇，可称四通八达。你往那里去屯驻，再合适也没有。不讲别的，每年秋天，湖中出产的螃蟹，一大半是运到上海去卖的，单只收收这一批蟹税，已很可观的了。”

海山被黄眼和和这么一说，心上有点活动了。不过尚想着师父那句“江南非用武之地”的话，未敢轻举妄动。不料相距未久，得闻刘、葛俩人一段交涉经过，偏偏那个葛锦绣又辞去了海州的差使，重又回至浒浦去贩黑老哩。三合六凑，鬼使神差，弄得桑海山身不由主，竟弃了青口、板浦两地已成之局，带了弟兄，沿海岸南下，走长江北口，自惠安、崇明安置心腹，一直铺排到武进属下的焦溪、漕桥。更加有一班地方土痞地棍，群起附和，专同葛锦绣一伙人为难。一时声名四布，颇像一回事。始而各县的水陆军警认为啸聚的乌合之众，不难一鼓荡平。岂知派出来搜剿的一两队人马，照面全无。于是官场才着急注意起来，动了紧急公文，向省里雪片般去讨救。但是调遣来的军队，十有七八大败而去。后经老军务主张，不同他们力敌，只消人多点，四面包围住了，使他们不能活动，少不得饷械两匮，自然瓦解。

海山初进长江，一股锐气，正盛不可当，利在速战。再加借了“打倒土劣，吊民伐罪”八个字，自有一般愚民信仰。故可战无不胜，攻无不克。及至六七次胜仗一打，士气不免有点骄傲轻敌起来了。各弟兄们身上穿暖，肚子吃饱之外，尚多有一二十块大拉司的私蓄了。这般当军人的，若是腰内一个镚子没有，固然饥军气馁，士无斗志的；殊不知他们身上有了十块廿块钱，非用得干干净净了，不愿再上火线的哩。那时桑部弟兄，大非昔比了。同时江阴要塞司令部方面，派人来和海山接洽，意欲招抚去做黄山炮台的守卫兵。偏偏海山志愿大得很，焉肯削足就履，一口拒绝。手下弟兄们风闻了，暗中埋怨桑司令太呆，何不乘此收篷下台，就做做炮台卫兵也不妨的，总比目下当土码子名正言顺些。同时各地方上什么开场聚赌，贩卖人口，绑架勒赎，发生了种种违禁非法不名誉的事儿，又都借着桑海山的名义。于是把一部分信仰他的人心热度，由沸点直降至零度。

现在的打仗，不过打两个铜钱而已，经济那一方充足，自然械弹不虞缺乏，新军容易召集；若是圆东西窘迫了，各事掣肘，难望取胜。除了经济之外，其次是民心和地势。真正王道军队，所过地方，不许有拉夫征发等事发生，秋毫无犯，老百姓自然乐为效力。一旦包抄敌人阵地，军丁地理不甚熟悉，自有土人愿来指引，做义务向导，这里头占多少便宜。如今海山孤军深入，既无后方援助，子弹打掉一颗少一颗；又失了民心，地理不甚熟悉。偏又遇着兜剿军队把战线延长，长距离地包围起来；而且并不跟你来力战，采取伍子胥疲楚方法，声东击西，防南反北。像这种持久战的战法，不要说海山区区一股弟兄，能力薄弱的受不了，就是两国相争，乙方如是儿戏般来挑战，甲方也要疲于奔命，寝食不安的哩。要知桑海山这股弟兄结果如何，请看下回详述。

第三十四回　桑海山舍生取义　秦渔隐中计寻仇

桑海山毕竟是个好汉，一见大势已去，自知其过，先私自向四处老农村妇们去仔细打听自己部属的行为，实为那班随声附和的土棍地痞等所作所为，连累自己也名誉扫地。所以召集部下几个重要人物，向他们明白宣布道："我自己不听师父嘱咐，实力未曾充足，就妄想大出风头，贸然南下。又因为急于要扩大力势起见，凡来降附之人，不问他素行若何，一概罗致部下。棋错一着，满局皆乱。现在虽尚未曾至山穷水尽，饷匮兵溃地步，然而迟早要到这一步末路的。官军方面，单只注意我一个人，我若挺身自首，或者你们众命可以保全。我志已决，即日投往敌营自首去了。我一走之后，你们赶紧散帮，各人自寻生路。以后你们不论是谁，也有被推做首领的一日，千万把我作为前车之鉴。倘遇大举，临期万万莫忘'镇静持重'四个字，切莫再蹈我轻浮冒失，自致败亡的覆辙啊。"一班部下始而面面相觑，不知所对。继而有个姓陶的，开言相劝道："胜败军家常事，老大何必要自行投首呢？我们几个人，真正是患难弟兄，有福共享，有难同当的。大家同心协力，不难混出重围。据俺晓得，青岛、烟台、大连、营口等处，有个龙武军的秘密机关。最近委派的长江宣慰使、第一军军长汪佩辛、第九师师长陈卢邦、第一旅旅长朱玉堂、第二旅旅长周玉良等人全是熟人。咱们就投到那里去，他们正在用人之际，像老大这种人材，不愁不做个旅、团长哩。”

海山叹道：“我同你们走了，这许多孩子们性命怎样呢？俺不是不会干这一手，实在不忍干，不愿干。现在世上人类当中，最没有廉耻道德的，要算吾等军人和政客朝三暮四，寻是生非，闹得四民失业，河山破碎，全是军政两界之人造成的。别省不论，单就江苏来说，最先在马上发号施令，肩衅开端的罪魁祸首，隔了一年多些，大家下了台，变成无棒叫化子，同住在天津，居然又联名通电，呼吁和平了，真正亏他们有脸做得出。更有一个苏军的协统姓陈的，曾经在江阴城内负固死守，顽强抵抗。澄、锡两邑的元气，因他一人损失着实不少。现在居然又做现役军官，煌然率师御敌。万一他的部队调驻到江阴、无锡来，地方士绅还不是照样开会欢迎？若善于逢迎的衣冠败类，也许要提议代他立碑造像，歌功颂德。谁还敢提起他当年的一句半句祸民历史呢？似俺这一身，现下尽可单独出亡。手头钱多些，往日本长崎等处去暂作寓公；私蓄不多，就去上海或者津汉租界上去躲一躲。躲过了这风头，再出头运动一下，怕不仍旧是个大人或老爷身份。可是俺天性忠直，投了红旗，誓不再投白旗的。再者生平甘愿自己吃苦，不要累及他人遭害。军政两界人物，若个个像俺桑海山始终如一脾气，天下要太平，指顾间事耳。皆因贪生怕死，随风转舵，爷来爷好，娘来娘亲之人太多，所以各地方日在扰乱之中，尚无宁息之望。我行我素，各尽其道，我志已决，你们自己各寻生路去吧。”

海山当日嘱咐了部众，又挨过了两天，竟然投往敌营自首。果然他一投了案，会剿的军队就防务废弛，不十分认真了。所有他的部下，一大半也投降敌人，俯首改编；一小半散在沿江各地，更名易姓，自谋生活；内中还有一小部分有义气的，时时纠众滋事，想代故主复仇。所以近年来长江南岸，不时发生匪警盗劫，其中尚有海山余众于中煽惑。海山投首到了敌营，始而问官想在他身上罗织成大狱，发一票小小财饷。所以把海山坐老虎凳，插竹筷，烧红了钉鞋钉摆在瓦盆内，叫海山双膝跪在上头，要逼他招出同伙及窝家来。继而又改用软工诱供，希冀他口内吐出一些来。海山始终没有他话，只不过说："'成则为王，败则为寇'。俺姓桑的是个昂藏六尺爱国男儿，不幸时运不济，环境不良，来俯受你等裁判。但求早日结案，俺得早日超生，隔上二三十年，依旧是个英雄好汉。大丈夫是生死都不问的。你们要追究我的同党，那么全地球上反对现政府，不满于目下施行的不良政治之人，都是俺的同志。你们要究问我的同志名姓，那么现做某官的某人，现统某军队的某人，都是俺的部众。俺说了出来，谅你们决计无此能力，也不敢去逮捕的。俺身上尚带有六百块钞票，你若手下留情，早日结案，如俺高兴，那么给你二百块钱奖赏。再拿出二百块钱来，在这待死期内，开支酒食和零花之资。余下二百块钱，无论谁代行收存，将来俺处决之后，拿来备办后事。俺眼前当众分配，如数两讫。你们不要见钱眼开，将这笔款子七折八扣打后手。万一人死了真有鬼的，那时俺做了断头鬼，知道了你们朋比为奸，将这六百块钱不依俺话支付，私自干没，莫怪俺要变成厉鬼，上你们的腔的。"当下问官被海山如此的玩耍，也叫无可奈何，见他没有别供，只得申详出去。始而省里头定了就地正法。旋又因桑海山真个是久仰大名，如雷贯耳，特地命原问官把他押解到省会处决。

杨龙海在探听海山的情况时，海山尚未自首。龙海虽不赞成海山的所作所为，但觉得情有可原，并非像传说的那样可恶。因此他自顾自往海门、兴化等地去招呼潘、张二人。恰巧余海岗同范海潮也接到本命师潭月和尚谕帖，令他俩入关南下，加入箬帽山党，同龙海在江北巧会，一同回山。及至龙海回山不久，海山已失风自首，龙海得到了报告，长叹一声道："这小子不听吾言，致有今日。论理呢，我和他有师生之谊，应设法前去援救他。但是他身干法网，此次又滥植牙爪，贻害良民，藐法欺公，俺若不怜他是个有用之才，早已为民除害，剪除了他哩。"龙海忖念了一时，究因爱才心胜，割舍不下。适逢夏海波由栖霞山翻越三茅峰到来，龙海晓得他为人精细，办事干练，故即着他速往海山被捕地方，去打听一个详细下落。海波奉命前去，探听着实，回来禀复龙海忙把在山诸徒召集会议，决定了办法。忙着海源等五人速急追回海溪等三人，恰好在山后相遇，而海峰等也已同归。当下在海源栅篷内，由海波诉说前因。最后道：“山主吩咐，他和海山师徒之情，已经了结，现在的责任，倒属于吾等身上，当该顾念同门情谊，乘官厅把海山解南京的机会，大家追踪前去，当场见景生情，随和应变。如果能把海山活劫归山，乃是最美的一桩事，若是活劫不成，山主给我一种安神丹，药背人给海山吞服了，非但保他身首完全，并可减免他许多精神上肉体上的残酷痛苦，省得到南京之后，又要熬受几堂刑讯也。”

海波把话宣布明白，大家听了，握拳击掌，愤恨不平的也有，拊膺长叹、频呼可惜的也有。结果公推海峰、海溪、海波、海仑、海潮、海岗等六人同赴江北，相机行事。其余海昆、海源、海流、海岳、海歧、海渠等六人，留守山寨，候山主可再有别项差遣。议定之后，海峰等立即出发。海波道：“我已探听明白，官场中押解桑老大，原定附搭江轮往南京的。兹因得着密探报告，说渤海荷叶岛的公道大王，同海山也是拜把子弟兄，海山自首之际，有公道大王的亲信部下，适在长江内贩红粮，运黑土，故而得信甚早，回去报告了公道大王，派遣七纵队弟兄，在长江下游游弋，预备劫人，因此吓得官方解犯不搭江轮，改走如皋、泰兴陆路。逆料他们不由三江营渡江，便假道扬中圌山，从京口赴南京。我们分为两队，一走高淳，一由镇江，大约总有一路候着，不至于脱空了。”大家听了，点头赞成。于是海溪同马、范二人往高淳，曾、夏、余三人走镇江。

海峰等那天到扬中辖境的新坝镇，竟然候着了。海峰等重新折回头，暗暗跟随下来。海山虽则身遭官司，且喜他小钱肯用，把押解他的一个陆军排长，一个警局督察长，和十四名正副目兵，八名警察，都贿买得二十四分和气。他身上的刑具，只脚上的一副脚镣昼夜不除，手上的一副洋铐，白天赶路套着，遮人耳目，晚上歇店，必定除去。海波已看在眼里，暗同海峰俩计议，照这情形，不难把桑老大活救回山哩。他们跟踪了两天，海山同曾、夏二人不认识，与海岗以前却曾经会过面的。他也是绝顶聪明人，暗忖：“小余此来，莫非是为着我吗？”于是反先兜搭上去。海峰等假称是在里下河一带做寿材生意的，此次是到上新河去买木头。两下里一交谈，话里藏锋，海山已明白海峰等要活救他出去。然而海山厌世已久，再加无面目去见师父，抱了决死之心，不愿再偷生苟活。他又从海峰等口中得知，师父给了他们全尸丹药，故而请求给他一粒。但海峰等因为见防范不严，不难援救，故此不忍就拿那丹药出来。

这天到油坊桥歇夜，那丁、马、范三人也从高淳路上赶到了，恰巧同宿在一店之内。海波晓得这排长和督察长都喜赌钱，便提议掷骰子消遣。果然那排长、督察长俩人见猎心喜，也来加入他们六份头赌局之内。赌到将近局散之际，剩海峰一个未庄。海峰便暗暗祝告道："这一把骰色若掷得出十二点以上时，不管桑老大赞成不赞成，咱们哥儿六口子硬作主张，活救他出去；若是桑老大命尽禄绝，我们就活救了他出去，也不会太平，反而累及我们箬帽山全体弟兄要受害的，那么这把骰子掷不出十点的。"祷告之后，见众人注码押齐，便伸手到盆内掏起六颗骰子来，从容掷下去。只见先是两颗幺、一颗六滚定，接着又是一幺、一六朝天站住，只剩一颗骰子尚在盆中骨碌碌的旋转。海峰私心窃喜道："照这三幺两六局面，只要再来一颗二，也就十四点了，桑老大便命不该绝哩。"谁知他心上念头儿未曾想罢，盆内花骨头局势大变了。那颗旋转不定的骰子，转到一颗已定的幺色旁边，把它撞了个人大翻身，也变成个六，盆内变成了三六两幺，而那颗旋转的骰子仍不停止。只有这颗骰予转成个六，海峰才不赢不输，否则输定了，海山也就没命了。只见那颗旋转不定的骰子终于停止，是一个二点。于是大家嚷道："四丫头露验了，庄上统赔吧。"海峰一壁照台面统赔，一壁寻思："桑老大性命真是石上栽花，违天者不祥。只好保了他全尸吧。"当下赌罢之后，大家回房，海峰便向大众说明祝告之意，大概海山命该如此，我们就早早如了他的心愿吧。于是就在这一晚，借海溪是大赢家，请同局之人喝杯谈酒为名，由店家代办几色菜蔬，打了十斤黄酒，每人各执一壶，随量大小，自斟自饮。邀请那押解差官和难友一同赏脸哄饮。海波便暗将龙海交给他的安神末药下在海山酒壶中。当晚大家吃喝得尽欢而散。好在这种药性当场不发作,须三四天后见功效。

到了次日,该是渡江到京日了。海峰等六人一过了江,便和海山丢眼色告别,兼程回山去察复。龙海一得信,又立即令海昆上南京去收尸。果然海山到南京的那一天,忽然晕厥倒地。及至军警们急去扶他起来时,已经一瞑不视。重犯半途暴卒,押解之人大小总有点处分。而且犯尸必经相验之后,才准安殓。一切后事,统由海昆赶来主持料理。末了,把那棺材埋在雨花台下,也算一时之雄,如此结局,一棺护身,万事都已。海昆料理妥洽,自也回山复命。龙海见桑事已了,诸徒齐集,正欲吩咐举行开山大典,却又出了一件意外的事。

原来三汊港的秦老渔翁,自从中了飞驼子移祸江东之计,误以为杨龙海故意和他抬杠,故而亲自到过箬帽山前后五次,要和龙海比较比较道行深浅。龙海因为江湖上向有"相不吃相,蛇不咬蛇"的老例传留下来,晓得这秦老头虽是米仓山冉庄九牛神功的嫡系,棉里针功门内说得着的人才,终究是宦家出身,难免脱不尽顺我者生,逆我者死的老官脾气,同自幼打光棍出身,深知甜酸苦辣成五味之人两样一些。再者念他年纪老大,并且他所交好的江一飞、冉杰魁、王元龙等一班人,同自己也有相当交谊,在众朋友面上,也该让他占一点小面子去。三来自己若和他见了面,话儿说僵,两下闹翻,传说出去,自己是著名唾面自干有涵养的人,秦老头是更加出名怕事鬼,怎么自己不同硬汉比长短,倒和怕事鬼自相火并起来?恐怕反对派又要造遥说自己欺软怕硬了。龙海想到了这几层原因,便有意让步。等到老头找上山来,哪怕在家,也要叫下手下去推说出门未返回绝他的。秦老头也非没资格人,跑了四五次白趟,也明知龙海是有意回避。暗想:"他用意甚深。君子报仇三年,比不得小人雪愤必要眼前。我只管搁在心坎上,往后遇巧碰着了,再同他当面算这笔帐好啦。"老头方面既也有了这尽缓不妨的意见,这如火如荼的交涉,自然的大部分打消,已有了不至火并的趋势。初不料又岔出一件新鲜事儿,似乎老天有意要逼得他俩非交一交手不行,真所谓"合当有事"。

原来自从秦渔隐、柳非烟师徒把马海仑、赵海流从马尾山救出后，马尾山强人对他们怀恨在心，只因对他们无可奈何，只好暂时隐忍。后来马尾山上的烧鸭壳子偶然在上方山一个庙里看到了秦渔隐丢失的那个鱼罾，无意间向庙祝问起了它的来历。庙祝不知内情，当初相信了飞驼子和瘌三妹的谎话，所以说是箬帽山王杨龙海寄存在庙里的。烧鸭壳子回到马尾山，便把此事告诉了同伙。赛诸葛以为报仇的机会到了，于是派人去把那个鱼罾拿来，送还给秦渔隐，并加油添醋地加上了许多挑拨的话。

秦渔隐突然收到了失去多时的鱼罾，又听了马尾山强人的谗言，不禁大怒，把他已经冷了下来的报复念头又提了起来。回头一想："俺若贸然再往箬帽山去找那杨龙海，他要是再不照面，岂不又是白路吗？俺须探实他的确在山之际，骤然前往，使他回避不及，逼他不得不与俺较量。"主意打定，便格外注意打听箬帽山的消息。不久。他便打听到了杨龙海即将正式开山结党，四处的请柬都已发出。秦渔隐暗想："机会到了。俺乘此前去找他，难道他还能说不在本山吗？"要知秦渔隐和杨龙海如何较量，且听下回分解。

第三十五回　推心置腹前嫌尽释　放火烧山旧案未了

秦渔隐算定日期，第六次到箬帽山来面晤杨龙海。他是单身就道，轻捷便利，在路并无话说。那日已行近山岗，留心把全山形势一瞧，只见：

山不高而秀雅，水不深而澄清，地不广而平坦，林不大而茂盛。冈峦上，嶒崚危石，遥望似虎豹蹲踞；湖滩边，翻滚洪波，乍聆若蛟龙吼鸣。陆路上，曲径弯弯；水道内，汊港纷纷。山明水秀，无限天然胜境；背山面水，一带茆屋乡村。松篁交翠，猿鹤相亲。正是有莘野伊尹耕，卧龙岗隐孔明。观之不已，玩之不尽。汹汹藏十余健男，仿佛水泊蓼儿洼；凛凛含三分杀气，好似梁山宛子城。

原来前山正面的地势借着沿湖的纵横汊港，山道纷歧，故此龙海就借这天然形胜，创立一个网珠村。万一外人贸然闯进了村口，只消把四面桥梁面卸去，完全断水，好比陆逊误入了鱼腹浦的石头八阵图当中，一时休想走得出。秦渔隐前几次到来，都是走的山左捷径，径至山上，未曾经过正面大道。故而走到村前，站定身躯，详细瞧明白了出入道口，然后移步入村。

走不到两三箭路，瞥见迎面走来一个气宇不凡的红脸壮汉。渔隐便抢前一步，郑重问询道："借光大哥，老朽特地到来，庆贺此间杨山主的大喜事的。可能求台驾引导一引导，到杨山主寨内去？"那人道："在下就是杨龙海。尚未请教老丈尊姓大名？"渔隐听了，不禁大喜过望道："原来你就是杨山主。三生有幸，得在道上相逢。老朽秦渔隐有礼了。"说时便躬身一揖，直揖到地。龙海一听他报出"秦渔隐"三个字，一壁慌忙还礼，暗中已自戒备。两下见面，互相揖礼之下，不禁彼此钦佩起来。原来渔隐这一揖，暗藏一个鸡心腿，恰巧揖下去时，一腿发出。龙海幸做准备，用和合手一前一后挡护自身。此时并不觉得，直至礼毕，龙海身上发现渔隐的足印，渔隐的袜上也有了龙海的指头印子。他俩所练的功夫，虽然一个由百步吹灯，熬练衷气口劲，借风力杀人；一个是百步打空，熬练打井吸水，仗虚劲攻敌。表面固明分两途，不相吻合，实则异途同归，都是少林内堂功夫。不是先天充足，后天无亏，脏腑结实，到老真元不泄，纯阳童体之人，休想习学得成。

本来我们生存在世，古人所谓"在风尘中厮混"。但是不论谁人，都不知那风的形式如何，因无实体，所以无从描写。近代科学昌明，经许多天文、地质专门名家悉心研究，才研究出一线光明来。对于风力的疾徐大小和世间物体的损益关系，分别假定出一种标准来道：风若时速为六里，则浮云不动，水扬微波。时速为十里，则和畅宜人，大有裨益。时速为二十里，则水绞烟卷，目睫微困。时速为八十里，则芙蓉沾水，花草遭殃。时速为一百二十里，则松竹有声，植物受困。时速为二百里，则小禽敛翅，鹰隼斜退。时速为二百五十里，则野马凌霄，尘沙扑面。时速为三百里，则蓬飞茅展，心身震动。时速为四百里。则万窍怒号，撼肠流泪。时速为五百里，则草木尽偃，房屋摇动。时速为六百里，则山坍海啸，立成风灾。时速为八百里，则人兽触之立毙，竟可使天旋地转，全球倒翻。风力大小次序，大略如是。

秦渔隐练的九牛神功，乃是鼓动丹田、衷气，张口成风，并借天空风力助威却敌，故而专门熬练气的吐纳。这口气可以自由支配，要它快就快，慢就慢，以及远近大小，无不如意。这门功夫练好了，非但在武林中站得住脚，并能祛病延年，与卫生上也大有关系。就是寻常喜弄太极拳或八卦拳等功夫的师家，只要酒色二字少亲近，不常常去自寻烦恼，往往克享高年上寿，而且五官四肢，至老不衰的多。何况这九牛神功是内堂五项特别功夫门类中的一种。秦渔隐的功夫，大约一般呼吸一口气，其力量已相当于时速三四百里的风力。如果用力一吹，或两三口连珠吹出，其力量大约可相当于时速为六百里的风力，故此嶓冢山的鹰、犬经他连吹两口，都要立时废命了。龙海的胎力本来很大，再加他也是未泄真元的童体，七岁就开始练功。故此同渔隐碰到了，真是棋逢敌手，将遇良材。

龙海明知渔隐此来定有目的，初拟招呼到山上石屋洞内去落座待茶。继念石屋洞进出口子狭窄，里头又有许多天然深洞，外人进去了，急切觅不到出路的，倒像有意难他。故便甘冒简慢罪过，先同至网珠村后，沿山脚下的一片广场上。此处是龙海平日教练徒弟，操演部众所在，收拾得很洁净精致。靠山一面的高坡上，也布满着天生成的各种山石，犹如绝妙的石台、石凳。龙海把渔隐很殷勤地让至此处，再行礼分宾主坐定。龙海立刻动问道："小子同老丈虽是素昧平生，无由晋谒，但是闻名已久，向所钦佩。前者屡蒙下顾，偏偏小子又为着饥寒驱使，奔走四方，未曾恭候虎驾。罪该万死。"渔隐笑道："尊称这个'丈'字，不敢当的。叨在年龄痴长一些，俺妄自尊大了，你就叫俺一声兄吧。"龙海腹内寻思道："照外表看来，你两鬓苍苍。颏下胡子长得同银丝相似，似乎年纪比我大得多。若是仔细论起甲子来，恐怕你尚较我小几岁呢。"心上虽然这样思想，口内却唯唯答应道："既承不弃，就遵命称你一声老大哥。不过小弟在外，听说近一时期，老大哥对于小弟有很多不满意处。小弟午夜扪心，自离开两川，沿江东下，东奔西跑，末了才至此人弃我取的偏僻之地，鹪寄一枝。只有以前在江苏常熟、山东德州两地，为了一时义愤所激，曾同他人较量，至于酿成恶果。目下所谓五杰村的四出联络，欲与天下英雄广交结纳，还思与小弟背城一战，一决最后胜负。除此以外，别无不可告人之事。至于同老大哥，更加似北齐南楚，风马牛不相干。何故老大哥咄咄逼人，数四齿及贱名，似乎欲得而甘心呢？”渔隐冷笑道：“老朽衰病余年，行将就木，他人不多我的心，难道我垂死老儿反敢去挑衅，多人的心眼吗？至于趋前拜访，无非为睦邻起见，并有一些心事，须得当面讲明，解开这个扣儿。”龙海道：“敢问老大哥，有何事下问呢？”渔隐便从马尾山报仇演戏，自己徒弟柳非烟一时恻隐，指点海仑、海流出路讲起，一直讲到马尾山派人把鱼罾送还为止，如此这般地讲了一遍。渔隐由于气愤，不免指手划脚，凡他手、脚接触之处，无不石皮石屑纷纷剥落。末了用掌一击，把石台角上竟劈去一大块，火星四射，足见他的功夫非同小可。

海峰等一班徒弟，早都得了消息，一个个聚集拢来，闷声四散站立着，听山主同那怪客交谈。等到渔隐追述前事，海仑、海流听了，也不顾师父埋怨不埋怨，由人丛中走出来，走至渔隐面前，叩谢他当年援手救命之恩，并详细说出了飞驼子和瘌三妹把他俩偷去以后的情形。龙海待海仑、海流二人讲完之后，便仰天打了个哈哈道：“老大哥错怪了小弟啦。小弟生平最不爱阴谋诡算，走小道害人。自出道至今，亲手干了大小几百件事情，那一件不是来清去白。此事的起因，不须小弟自辩，有身在局中的赵、马二人诉说根由，可以证明和俺丝毫无干。至于后半段交涉，也只消去究问一声传说之人，就不难水落石出哩，俺一向还当老大哥是为了虚名竞争，不是三言两语可以解决的，殊不知是有事实的交涉。俺懊悔不曾早早见面，否则这事也早早了结的了啊。”说至此处，龙海故意站起身来，搓手跺足，表示出一种无限恨懑状态来。经他左足一跺，被跺着的山地。顿时陷下了一尺二三寸光景，竟跺成一个小小地洞。这和渔隐劈下石台一角同一用意，分明彼此显一点真实功夫出来，以便彼此心服，谁也不敢小瞧谁。

此刻渔隐忙先伸手拉了赵、马起来，然后也站起身来，向龙海道：“本来我对于马尾山那些人也很疑惑，如今咱们哥儿俩，立即同到他们那儿去质对一下子。你道好吗？”龙海道：“小弟焉有不赞成之理。此事若不追究明白，与你我前途都是一层障翳，日子越久，越难洗刷。与小弟个人名誉前途，更加有深刻关系哩。老大哥不提起往马尾山对质，小弟也要要求大驾同走一趟，分出个实在青红皂白来呢。不过小弟对于马尾山的地理不甚熟悉，还得请老大哥领路呢。”秦渔隐道：“这个自然不在话下。”马海仑和赵海流一听说自己的师父和秦渔隐要去找马尾山强人对质，很想跟了去报仇雪恨。但杨龙海和秦渔隐都不同意，只好作罢。于是杨龙海把秦渔隐请到自己所住的石洞里，设宴款待。直饮至日落西山，二人乘着酒兴，连夜出发。

渔隐来时，本来驾有一条草上飞泊在村外。依着龙海心上，划浆人都不要带的，偏是夏海波和赵海流二人，他俩本来练的是水上功夫，所以自告奋勇，下船划浆，送二老到马尾山，就在渔息矶泊岸登陆。海流不识相，和秦、杨二人分别当儿，又哀求找到了赛诸葛、烧鸭壳子等人，务乞代为报仇雪恨。不料马尾山方面，今日白天探着秦渔隐上箬帽山去了，他们暗中已严为戒备，在渔隐的鱼棚四周早有步哨暗探密布着。等到他的小船靠岸，已经窥视明白，见是渔隐同杨龙海一起来了，急忙传报上去。赛诸葛等正召集各帮头脑，在那里筹商对付方法，接着又得到密告道：“杨龙海此来，还夹杂着当年火烧戏子们一件事情在内哩。”于是赛诸葛便向大家宣言：“事情糟了！秦、杨同舟到来，显而易见是找我们对质。如果单是这一件事，还不难费些唇舌，暂时蒙蔽他俩的哩。如今又夹杂着那件戏子的旧案在内，料想杨龙海既肯代为出头干涉，那秦老头又是昔年放走两个戏子的嫌疑人，此番到来，决计要翻脸无情。若是彼此带了队伍，仗着火器混战一场呢，咱们自信战斗力不弱于人；若讲比较一对一拳脚刀剑，或是高来低去的玩意，现在咱们这许多帮口内，简直没有一个人是他俩的对手。据我想来，大丈夫能伸能屈，识时务者为俊杰，倒不如咱们四散避开，给他俩一个君不见法儿，避过他俩的风头。倘然他俩不肯就走，老守候在此，要得到一个切实解决，那么咱们索性散帮出山，别寻生路去。大家赞成吗？”当下各帮要人互商了半天，觉得赛诸葛的说话确是知彼知己的扼要之言，并非是长他人锐气，灭自己威风的倒胃口混活。结果一致赞成他的办法，各顾各去暗下转牌，通知帮众，打扫收拾，把船只移泊到僻静小巷，悄悄然先把细软搬运下去，预备散帮动身。

秦、杨二人哪里知晓，当夜三更光景，在渔息矶舍舟登陆，龙海打发夏、赵二人，将草上飞划回网珠村去，等到明晚此时，再至此间迎候；如果明晚候了一个更次，不见他俩下山，那么赶紧回去，到后天同样的时间再来。总之他俩下山总是在深夜这时候，不过说不定下山准日子，叫他们排日顺延下去，夜夜放一趟船来等候着。夏、赵俩人唯唯答应，划着小船走了。二老便连夜上山，渔隐还想试试龙海的夜行术功夫如何，便故意引着龙海走那羊肠曲径，攀藤附葛，从石头罅隙中爬上去。爬了半个更次，龙海已经气喘吁吁，落后了约二丈远，不住地喊："老大哥慢些走，等我一等。可有平坦大路走吗？"渔隐口内空敷衍，心上暗喜，脚下反而加快，向上直爬；如同老猿上树，野兔归巢。又爬了一程，回头瞧瞧，龙海的影踪全无，以为不知把他丢在何处了。先低低向下喊了两声，竟无回音。再把喉咙提高些喊一声，猛听到在自己头上边隐隐约约，好像龙海声音在那里应着道："小弟恭候在此，老大哥快快上来吧。"渔隐大吃一惊，再向上爬了半里多路，见旁边有棵几百年的古松，松根斜生在石隙之内，树身像横卧道左，姿势伶仃，危险得极。龙海却从那松顶上跳下来道："老大哥走得怎么这样慢？小弟找着了一条捷径，已上来了好久哩。"渔隐见他夜行术功夫也在己之上，心上才有些钦佩起来。

此时约摸四鼓打过，将近天亮，山路也渐次平坦。他俩又歇一歇足，再商酌了一下。待天大亮了，才往马尾山大小寨口去访问。岂知有的地方只留下些油布竹头支架的临时住处，已把寨口拆去，剩了一块平地，鬼都没有一个。有的地方盖有瓦房草屋，留下一两个耳聋目昏的老弱残丁看守着空屋，也问不出什么来。如是者找了两天一夜，都是如此。于是恼了渔隐脾气，明知他们是有心逃避，不敢对质，显然无私而有弊，心虚胆怯，决心要下辣手了。待到第三天早上，又找到了一处空屋子，渔隐恨透了，

即便取出火种来,点着了便烧。从此到一处,烧一处,把马尾全山大小七十二个山寨,多谢他们二人一气呵成,烧得精光。但不知这一烧以后的余事若何,且看下回吧。

第三十六回　大典礼开山训党义　小结束分道展宏图

在秦渔隐动手放火之际，以为这一来，他们总有人出来交涉哩。初不料把全山山寨烧完了，仍旧未见有人来接洽。其实他俩一动三光，赛诸葛等知道他俩不肯就走的了，还是自己走开，让他俩吧。故而之即散帮出山，各寻生路。滨湖各处，以及苏杭腹地，本来是安乐之乡，自从这一伙人散了出来，也变成了荆天棘地，劫掠频闻，大大不安逸起来了。幸亏赛诸葛等的大部分人，还分往江西、福建，投奔了姓朱、姓卢的土皇帝去了，不然更加闹得厉害哩。

那秦、杨二人放火烧山以后，仍未得着结果。渔隐静心想了一想，决计自己亲走天涯，找寻女徒下落。只要找到了柳非烟，内中的曲折，自也会大白的。故便同龙海说明自己主意，把三汊港的渔棚也放把火烧掉了，收拾动身，访问女徒踪迹去了。

书中单表杨龙海从马尾山回来，便召集曾、丁、马、赵、范、余、胡、夏、张、李、潘、何等一十二人，一齐到石屋洞内，问他们道："俺以前所出的四个试题，你们有谁回答得出来？"海仑第一个答复道："小子只知那第三个试题。曾见松树上袋鼠，乃是生了蛋哺出来的。那蝙蝠虽然有翅飞行，却是胎生的。未知答的是否？"龙海道："不错。大凡世间飞走动物，五窍者化生，七窍者卵生，九窍者胎生。这松鼠、蝙蝠虽然同是鼠类，却是九窍卵生，七窍胎生，实在是世罕其匹。你答对了，俺准认你为徒。”海仓忙叩头拜师，异常欢喜。龙海又道：“和你敌忾同仇的赵海流，以及从前本属同门，先后过房来的海岗、海潮二人，还有海歧、海岳、海源、海昆、海波等八人，外间早知是我门下之人，不必答题的了。海峰、海溪、海渠三人，对于那三个问题，回答得出吗？”海峰、海溪同声答遭：“小子俩对于那历史学略为明一些。山主所询的第二条，问自古迄今的夏历闰年，有无闰过正月和十二月的。我俩近半个月内，留心把史鉴仔细推查，查出东晋穆帝永和六年庚戌、五代后唐闵帝应顺元年甲午、明朝代宗景泰元年庚午，都是闰正月。又考得五代梁武帝大通六年甲寅、五代后晋出帝开运元年甲辰、唐朝玄宗开元四年丙辰、明朝世宗嘉靖十五年丙申，都是闰十二月。除此七年以外，再也查不到第四个闰正月、第五个闰十二月的了。”龙海点点头道：“倒也亏你俩翻查的了。”海峰道：“山主所问的第一条，小子等真龙未曾瞧见，如何分辨得出雌雄呢？”龙海笑道：“你们自己不留心罢了。福建九鲤湖、江苏三茅山顶上的井池内，不是都有天生的小龙吗？仔细看看，自然分出雌雄来了。俺告诉了你们吧。凡属角上凹峭，目深鼻豁，鬐竖鳞密，身材上壮下弱，朱光煜者，乃是雄龙。若是角上平平，鼻直鬐隐，目圆鳞薄，尾壮于腹者，就是雌龙。不道破不觉着，而今你等听俺如是一剖解，定然恍悟到很易分别，并不十分艰难的啊。”大家听了，点头佩服。

龙海又向潘海渠道：“海仓等三人，居然回答得出两个问题。你等认为最难分别的龙之雌雄，俺已自行宣布。他们三人都可算作俺门下弟子了。现在只留下粮帮共有多少一题，而海渠恰好是江北兴化人，应该知道的。你给大家讲讲，也好长长见识。”海渠此刻脸涨得通红，好容易搜索枯肠，想了半天，才吞吞吐吐，低低答道：“小子所知道的一些些，大概大家全明白的。”龙海道：“姑把你所知道的说出来给俺听听。”海渠一口气背出了一百二十帮的名称，虽然不十分准确，却也难为他记了个大概。于是杨龙海也收他为徒弟。

当下龙海又道：“乘目前没有外人在座，俺将组织这箬帽党的宗旨说给你们知道。俺为甚要叫做箬帽党呢?因为吾中华是农业国,顶要紧的是得到农民信仰,其次就挨到各厂家的大小工人。据俺的思想,我党要做到,凡是戴箬帽的农、工两项男妇都信从了本党,才算贯彻党义,达到成功目的,故而叫做箬帽党。并不是因为这座山头,取这箬帽名称的。你们做俺的初传弟子,首先要洗涤去中国人的普遍恶习。我们中华人的特性,无论治国齐家,立身处事,都抱着一种过渡观念,敷衍了事,从不肯忠实谨慎地做去。大而言之,投身到军、政、警、学各界去当公事,小而言之,商民进一爿商店,女子嫁一家夫家,无不如此。殊不知天下事在人为,英雄创造时势。过去的成绩,即是现在的基础;现在的成绩,即是将来成功的根本。倘然不存了过渡观念,人人不负天赋责任,各尽所长,积极进行,前途才有大放光明的希望。故而你们做我的嫡传弟子,对于本党分配的任务,不许敷衍从事,沾染恶习。本党的党纲,以不做官吏、不贪财色、不徇私情三项为主旨。因为道德学问很高尚的人,一入仕途,自然而然会把心肠面目一齐改变的;若是不变初衷,官场中也站不住脚。本党党员不仅要保持始终如一的高尚人格,暗中还须监督官吏,代平民力鸣不平,所以不准去做官吏。至于金钱一项,虽为为人要物,但是过分孳孳为利,滥取不义之财,自贬人格,容易为人所蔑视。不贪女色,非但是吾辈习练武功之人所必须,并且和第三项的不徇私情至有关系。故此本党党员务必财不妄求,色不亲近,最好是实行独身主义,那么可以事事依法正轨,一毫不会有徇私护短弊窦发生。古语所谓'公生明,廉生威',才可代社会民众排难解纷,昭雪不平之事了。至于吾党应做的事情,无非是行侠尚义,济困扶危。俺因见现时代的政治,大都是势迫刑驱,陷民不法。有钱的牙商土痞,虽旦夕为违禁犯法之事,公家非但不去明治其罪,反贪其重赂,为之保护,不遗余力。穷苦小民,那怕终日不言不笑,不饮不食,而一不留心,也会有灾祸飞来,家破人亡。加以廉耻道德沦丧迨尽,兵连祸结,盗贼横行。故而吾扶持正气,疾恶如仇,彰善惩恶,丝毫不苟的箬帽党组织,不容再缓了。等到将来,各省戴箬帽的农、工都入了本党,随时随地进行本党所定工作，那么吾辈创始人的职责，才可交卸。这是俺组党主因，及党务进行程序。至于你们一十二人，海溪、海源、海流、海波、海潮、海渠专心习练水内功夫，海峰、海仑、海昆、海岳、海岗、海岐留心研究陆道能耐之外，俺再教会你等一种摄生静坐法。这是道藏真篆内一种太微灵书上所载的法则：平日清晨、晚上，熬练五岳朝天的静坐功夫。每逢朔望晦日，乃是七魄流荡之期，灵学家所谓交通神鬼之日，须练习还魄练形之法。是夕正体仰卧，两足平直，用手掌自掩耳窍，手指接于项后，闭吸七次，叩齿七通，目注鼻端，心除冥想，默呼七魄神号：一曰尸狗，二曰伏矢，三曰雀婴，四曰吞贼，五曰非毒，六曰除秽，七曰臭肺。将七神默呼完毕，随诵太微灵咒曰：'素气九还，制魄邪奸。天兽守门，娇女把关。炼魄和气，与我相安。不得妄动，看察两源。若有饥渴，听饮月黄日丹。'照此练习，倘十年不懈，即天分不高，资质鲁钝者，亦能变成两青龙时在两目中，两白虎时在两鼻孔，朱雀的心，玄龟、灵蛇分在左右足底，两锦衣玉女把火当耳门。因而咽液七通，延年祛病。如果生有自来资质聪俊者，便能看见一丸白光，渐久渐大，贯彻上下九重，以气调血，以血运气。如欲练剑、御气，均可由此入手也。这许多秘诀，俺因为不便当众宣布，故而今日提前告诫尔等，当各牢牢谨记。"海峰等自都俯首答应。从此，各人照着师命，着手练去。

龙海这次嘱咐过后，又越七天，已至选定的开山正日。各处志同道合的草莽英雄，都纷纷赶来庆贺。所有开山排场，大致按照洪门仪式，也要供上前后五祖、梁山好汉等神位，供桌之上所供诸物，皆有用意。因为取普照十方之意，所以用红纸灯；要干遮天盖地的大事业，故而用红纸伞。其余七星刀是表示威武；龙凤棍是管束后辈；算盘是财上分明；秤、尺是公平交易；镜子是休忘本来面目；剪刀是剪断身外葛藤；宝剑是防身要器，桃枝是辟邪主物；数珠、木鱼，一则持以镇心，一则击以固志；那百果穿成的高溪万年塔和纸扎九华塔，木斗、木城、三军司命帅字旗等，都是纪念前徽之紧要品物。并备着十面尖角小帅旗，陪插在帅字旗旁侧。不过照洪门规矩，入会之人，须红巾结发，由领香大弟子引走三圈竹桥，经过三四次诘问手续,今天龙海是改良了。等到礼堂举火,司仪员已喝众徒上堂参谒,开山布告誓词念毕,十二大弟子就将贽敬献上,值堂护法已把双图展开。山主便宰牲滴血,和阖堂同志欢呼分饮。

本来最后是新会员登录和出卖票布,此次不然,末了是由十二大弟子各言其志。先是丁海溪代表右班水道弟兄言志道:“海溪等既乏文才,又无武艺。只知把酒问天,看花踏月;焚一炉好香,抚瑶琴数曲;烹一壶苦茗,读楚辞数则;挥几幅米家泼墨山水,吟几首崔珏同命鸳鸯。遇贫交缓急,敝簏不吝千金;逢龌龊鄙夫,老拳何妨一击。赠宝剑于烈士,拔佩刀于不平。无所谓志愿,仅如此耳。”这边陆路同门,也公推曾海峰出来,代表大家宣布道:“海峰等生性粗豪,未尝学问。既不知理学渊源,更无论词宗同异。不耐烦与痾子酸儒,镇日没相干的歪缠。遇有机缘,扪虱而谈。上马杀贼,下马草露布。如耿恭班定远之立功异域,图像凌烟;倘时运不济,则牛角挂书,鳌头饮酒,路见不平,拔刀相助。一腔热血,遍洒孤穷。自知狂妄无状,乌足以言志愿。”海峰述毕,退立左班。

杨龙海手中握了十二封锦囊,站在正中,高声演说道:“本党目下第一要务,乃是派人往各省去设立分部。但是中国幅员辽阔,跟前党员只有一十二人,如何支配呢?鄙人已早定有计划:除新疆、青海、西藏、蒙古各地,须由鄙人亲往物色人才之外,其余按照总督制度,分配人数。现拟直、鲁一人,晋、豫一人,陕、甘一人,四川、川边一人,浙、闽一人,奉、吉、黑一人,热、察、哈一人,云、贵一人,两广一人,两湖一人,两江一人。而两江跨着苏、皖、赣三省,和奉、吉、黑、热、察、哈情势稍异,故特加添一个副手。趁今日驾临参预开山典礼,指导一切的同志英豪,各省都有在内,故鄙人立即当众把小徒们的省份分拨停当,免去后来一番拉场手续,彼此熟稔了,又可收互助之效。诸位谅必赞成的。”龙海言毕,两厢来宾鼓掌如雷,表示赞成。

于是龙海便先喊海峰道:“俺今派你往直、鲁两省筹设分部。你应知北平、直省,历元、明、清三朝,向为畿辅重地。降至现代,长城之陆险既夷，津沽之海防又撤，无复如昔日之形胜足恃，不过白河流域，平原千里，川泽纵横，若能垦田引水，以资灌溉，农作物出产大有可观。长城一带，矿苗绵亘，不让开平。长芦之盐，口外之绒，加以精制，远近行销，利源安可限量，实业大有可图。至于山东方面，民物殷阜，太公、管仲，先后用之，以成霸业。运河中贯，江淮四百万粟，自昔取道于斯。海舶既通，稍为逊色，但津浦告成，齐鲁仍为南北往来孔道。海有鱼、盐之利，山有煤、铁之饶。你牢记我言，将来农工发达，则本党党徽之箬帽，定必随之增荣也。”海峰唯唯答应。龙海又喊海溪道：“我今命尔为两江筹设本党分部主宰，且派海渠为尔之助。江苏地势平坦，川渠交错，交通最为便利。据南北中枢，扼长江门户，形势亦甚冲要。皖省则萦带江淮，中原翼蔽，自昔东南多故，起于淮泗间者，往往为天下雄。赣地面彭蠡之险，负庾岭之胜，以言农则土质腴美，林业则茶叶、木植，工业则磁、纸、夏布，矿业则萍，宜成效卓著。你等两人，好自为之，本党定可鼎盛也。”丁、潘二人亦同声答应。龙海再派海岳往晋、豫，海岐往陕、甘，海波往四川、西康，海流往浙、闽，海潮往奉、吉、黑，海岗往热察、哈，海昆往云、贵，海仑往两广，海源往两湖，一个个都有一番嘱咐。并分给他们每人一个锦囊道：“以后遇到大大困难，真正棘手事情，打开观看。”各人分领去讫。

龙海使命大排筵席，宴请天下同志。席间，有人谈及五杰村事情。龙海被这人提醒，忙把海峰、海岳二人唤至近身，另行嘱教一番。因为德州在海峰范围之内，郑州是划给海岳领治，故而要郑重嘱咐。等到夜深席散，那些赴会英雄，有的连夜动身回去，有的在箬帽山耽搁一宵，翌晨就道。

杨龙海再把十二个徒弟用心教训了半年，然后次第发遣他们出去。众徒弟打发完了，他自己也要往新、青、蒙、藏等边塞地方去物色人才，筹设分部。好容易被他访到一个吕留良的后裔，叫留飞黄，一个新疆奇人，叫甘星海，将来辅佐了一个姓金的，仿效张子房博浪椎故事，把杨回子击毙，大大地干一番事业。这十二个大弟子分头出去，其中往浙、闽去的赵海流，又是冤家碰着对头，要和赛诸葛等再结成一件连环仇恨。幸亏逃避北方，巧遇飞驼子，琥珀猫儿坠原璧归赵，因而得着强有力的贤内助，同下闽北报仇雪恨。这里头尚牵涉福建采木帮工人的强暴轶事，和闽北土皇帝卢、陈两姓的盛衰历史。曾海峰别师下山之后，和丁海溪一同回了一次吴江故里，再同至天长杨鼎来家献马结婚，与丁淑翘团圆花烛。满月之后，夫妇俩北上干事。谁知为了这匹回头望月咬人青，几乎性命都丧失。后来北平市上彭家珍行刺不成，缺德宝剑失而复得。再瞧了那张图画，往小五台山去三访野鸡毛。又破家营救孔元甲，弃家追寻李云彪等，都是以后的事情。就目前而论，杨龙海组党告成，得能开山立帮，他在事实上得成一个"箬帽山王"，不是有名无实的了。

本书就此暂告结束，就是杨龙海同五杰村、至公堂等种种交涉，也要另起炉灶，再行叙述的了。

姚民哀创作年表

黄步青

1914 年，参加范烟桥、周瘦鹃、郑逸梅等组织的南社，并为徐枕亚主编《小说丛报》撰《商妇琵琶记》《息庐丛谈》。

1915 年，为徐枕亚所著《雪鸿泪史》题词于釜山绮云书屋跋，署名为天亶。又在李定夷主编《小说新报》撰《花萼楼随笔》。

1916 年，为徐枕亚著《双鬟记》长篇小说著跋于琴韵楼，为刘铁冷著《斗艳记》长篇小说题词，为王西神主编《妇女志》撰《闺秀佳话》。

1917 年，为徐枕亚著《余之妻》单印本题词于琴韵楼。

1918 年，为周剑云主编《鞠部丛刊》撰《南北梨园略史》《歌场野获录》，又为徐枕亚主编《小说专刊》撰短篇杂文《不平》，为孙雪泥主编《世界画报》撰短篇小说《险难因缘》。

1919 年，为姜侠魂编《武侠大观》撰序，又撰《王季臣》《力人传》《马七》等短篇武侠小说，又为李定夷主编《尘海英雄传》撰《包英美》《菊娘》《余玉莲》等短篇武侠小说；又为李定夷主编《武侠异闻》撰《姬秀才》等短篇武侠小说。

1920 年，辑编《民哀说部》，由新华书局出版，并为赵苕狂主编《社会小说大观》撰《花会》《翁仲眼里的上海人》等短文。

1921 年，为赵眠云、郑逸梅主编《消闲月刊》撰《悔之晚矣》短文，并担任上海小报《春声日报》助理编辑，又为施济群主编《新声》杂志撰《花底沧桑录》《说书新评》《毒婆》等短篇，并撰《素心兰》长篇连载弹词。

1922 年，受李涵秋主编《快话》杂志聘为特约撰稿，撰《京华血影》《隐痛》《端阳戏话》《眼泪制造厂》《中秋佳话》《骈技手印》等短篇小说和短文；并为周瘦鹃、赵苕狂主编《游戏世界》杂志撰《民哀杂记》《菱芡新谱》《游戏舞台》《老学究与新文豪》《共和新言》《财神问卜》《白云鹏》《霓裳杂记》《俗语考证》《集宝塔诗》等短篇小说及短文，并撰长篇武侠小说《山东响马传》。为信义与袁寒云、刘豁公等主编《戏》撰《程长庚小传》，又以乡下人署名撰《说书新评》《梨园佳话》等短文。

1923 年，在上海自办《世界小报》，又为周瘦鹃主编《半月》杂志撰《娼女之女》《记齐门三义店》等短篇小说，又为严独鹤、赵苕狂主编《红》杂志撰《将晓市钟》《红娘》《上海奇怪人》《社会闲评》等短篇小说及短文，又撰评弹开篇《中秋拜月》，又以乡下人为笔名撰《南技琐话》及《势利的灯光》，又为张舍我主编《千秋》杂志撰《读书札记》。

1924 年为《红》杂志撰《血誓》《息庐趣拾》《甲子纪年表》《小说界的妙判》等短篇；又撰《重阳开篇》及《红杂志一周年开篇》等。又为范烟桥、赵眠云主编短篇小说集《星光》撰短文《苦了便宜的烧鸭》，当《红》杂志易名为《红玫瑰》杂志后，撰长篇武侠小说《盐枭残杀记》及《不得了》短文，又为严芙孙主编《蔷薇花》杂志撰《死的研究》皆文。

1925 年，为《红玫瑰》杂志撰《瓜异》短文，又为苏州蒋吟秋著短篇小说集《秋星集》题词。

1926 年，为《红玫瑰》杂志撰《龙驹走血记》长篇连载武侠小说及《谐诗》《三风争巢记》等短篇小说及短文；又为程小青主编《新月》杂志撰《两杯茶教》武侠会党小说及《花萼楼怀念录》《联洁》等短文，并为周瘦鹃主编《紫罗兰》杂志撰长篇武侠小说《荆棘江湖》，又为严独鹤主编《丙寅花》

杂志撰《碧寒鸿影录》短篇小说，又为王天恨、曹萝鱼主编《梦痕》杂志撰《花萼楼诗话》，又为顾明道《小说新铃》短篇小说集撰序，又为刘恨我主编《新新日报》撰《花萼楼佚剩》笔记。

1927 年，为《红玫瑰》杂志撰《嚼瓜小录》《午沤教》《词的小说》等短篇，并撰长篇连载武侠小说《独脚大盗》。

1928 年，为《红玫瑰》杂志撰《三不堂》《定时诗》《小说漫谭》《滑稽推背图》《在理教》等短文，并撰《侠骨想思记》《拆天升天说》小说。

1929 年，所撰长篇武侠小说《江湖豪侠传》《山东响马传》《盐枭残杀记》等武侠小说由世界书局出版发行。又为《红玫瑰》杂志撰《甘夸子》《生死朋友》《周四先生》《两间的点缀》《横泾小剃头》《玫瑰花片》《三头会》《美术新语》《花萼楼浪漫剧谈》等短篇小说及短文，并为刘豁公主编《戏剧月刊》。